Scarlet
스칼렛

www.bbuimedia.com

여리
여리한
복종

여리
여리한
복종

1판 1쇄 찍음 2016년 7월 6일
1판 1쇄 펴냄 2016년 7월 12일

지은이 | 윤이영
펴낸이 | 정 필
펴낸곳 | (주)뿔미디어

기획 · 편집 | 이영은

출판등록 | 2002년 9월 11일 (제1081-1-132호)
주소 | 경기도 부천시 원미구 소향로 17, 303(두성프라자)
전화 | 032)651-6513 / 팩스 032)651-6094
E-mail | scarlets2012@hanmail.net
블로그 | http://blog.naver.com/dahyangs
홈페이지 | http://bbulmedia.com

값 10,000원

ISBN 979-11-315-7281-8 03810

여리
여리한
복종

윤이영 장편 소설

SCARLET ROMANCE STORY

contents

　무대는 내 꿈이었다. 지금은 그게 내 꿈이었는지도 기억이 나지 않지만 어쨌든 그것은 내 꿈이었다. 빛나는 생기와 화려한 옷을 입고, 사랑스러운 노래와 신나는 춤으로 내 인생을 장식하는 것이 나의 목표이자 전부였다.

　내 십 대는 그 꿈을 위한 발판이었고 희생양이었다. 교복을 입고 구르는 낙엽만 봐도 웃을 나이였지만 나는 지하 연습실에 처박혀 연습하고, 연습하고, 또 연습했다. 나중에 받게 될 보상을 기다리며 나는 괴로워하지 않았다.

　그렇게 데뷔를 했다. 수많은 사람들의 시선을 받았고, 사치스러운 옷도 입었고, 유치한 노래도 불러 보았지만 시선은 관심과 사랑으로 이어지지 못했다.

　나는 무명의 걸그룹 리더, '윤여리'다.

1
계약

"저보고 뭐를 하라고요?"

황당해하는 여리를 보며 소속사 대표인 이현태는 답답하다는 듯 얼굴을 구겼다.

"연예계 짬밥이 2년인데 내 말이 뭔 뜻인지 몰라?"

"아니 그러니까…… 대표님 말씀은……."

여리는 금방이라도 눈물이 쏟아질 것 같았다. 이 대표는 그런 여리를 정면으로 바라볼 만큼 뻔뻔하지는 않았다. 고개를 돌린 그가 한숨 섞인 목소리로 설득을 이어 나갔다.

"그 사람만 잡으면 회사는 자금난 해결할 수 있고, 너는 지긋지긋한 중고 신인 소리 벗어날 수 있어. 감정적으로 생각하지 마. 이 바닥에서 날고 긴다는 애들 중 스폰 없는 사람이 어디 있어. 내가 그 사람 잡으려고 얼마나 애를 썼는데! 우리 같은 피라미가 잡을 수 있는 흔한 동아줄이 아니라고."

스폰서가 동아줄이야? 라는 말이 목 끝까지 차올랐다.

"결국…… 몸을 팔라는 소리잖아요. 그래 봤자 몸 팔고, 웃음 팔고 창녀처럼 스폰서 밑에서 벌벌 기라는 소리잖아요."

예상하고 있던 일이긴 했다. 이제 막 시작하는 단계였던 지금의 회사에서 야심 차게 데뷔시켰던 걸그룹 '크리스탈'은 2년간 그 어떤 성과도 내지 못한 채 시간을 축내고 있었다. 회사는 투자금을 환수하지 못해 자금난으로 곤란한 상황이었고 크리스탈 멤버들은 어린 나이에 겪은 인생의 실패를 온몸으로 감수하느라 허리가 휘었다.

이럴 때 쓸 수 있는 방법은 딱 두 가지였다. 패배를 인정하고 연예계에서 물러나거나, 밑바닥에서 하늘 저 끝까지 올려 줄 강력한 스폰서를 만나거나. 이현태 대표는 후자를 택한 것이었다.

여리는 앞으로 닥쳐올 미래를 여러 가지 형태로 떠올린 후 알겠다고 대답했다. 17살 때부터 시작한 꿈이었고 이제 와 포기하기에는 이미 잃은 것들이 너무 많았다. 당연히 누리고도 남았을 학창 시절은 물론이고 가수 외에 다른 진로를 꿈꿀 가능성조차도 잃어버린 지 오래였다. 노래하고 춤추는 것이 하루의 전부인 것처럼 산 지가 5년인데 그것을 놓아야 한다니 생각만 해도 숨이 막혔다.

게다가 지금의 소속사를 나가 또 다른 기회를 잡을 것이라는 희망도 남아 있지 않았다. 벌써 나이가 22살이었고 심지어 데뷔까지 한 중고 신인이었다. 아이돌 가수로서는 적지 않은 나이였으니 늘 새로운 얼굴만 찾는 연예계에서 언제 올지 모르는 기회를 마냥 기다릴 수는 없었다. 언제쯤 꿈을 이룰 수 있을까 전전긍긍하는 것보다 꿈을 잃고 희망 없는 나날을 보내는 것이 더 끔찍할 것 같았다.

네까짓 게 무슨 연예인이냐며 비웃던 아빠의 얼굴과 이제 그만

할 때도 되지 않았냐는 친구들의 얼굴을 차마 볼 용기가 생기지 않았다. 무엇보다도 그녀 뒤로는 연습생 기간 3년과 데뷔 후 2년을 합쳐 5년을 함께한 멤버들이 있었다. 흘린 땀으로만 보면 빛을 보고도 남았어야 했다. 그들과 함께 몰락을 선택하기에 그녀는 자신의 꿈을 너무 사랑했다.

스폰서를 만나겠다고 말한 날 멤버들과 여리는 서로를 껴안고 서럽도록 울었다. 누구 하나 감히 어떠한 말도 꺼내지 못하고 소리 죽여 흐느낄 뿐이었다.

✳

"어차피 하기로 한 거 잘하자."

강남에서 가장 핫 하다는 클럽의 VIP 라운지 앞에서 이현태는 말했다.

여리는 하늘하늘한 흰색 원피스를 매만지며 고개를 끄덕였다. 어울리지도 않게 타이트한 원피스를 입어 볼까 생각도 했지만 우스워 보이기만 할 것 같아 포기했다.

숙소를 나서기 전 거울을 보며 끊임없이 올라오는 구역질을 어찌나 참았는지 아직도 속이 울렁거리는 것 같았다. 자신이 맞이해야 할 두려운 현실 때문이 아니라 그 현실을 당당히 거절하지 못하는 스스로가 역겨워서였다.

"여리야."

이 대표는 그런 여리의 속을 아는지 모르는지 나름 애처로운 목소리로 그녀를 불렀다.

"미안하다."

서로가 서로에게 미안함을 느꼈다. 하지만 서로를 마주 보는 눈빛에 원망은 없었다.

"제 선택이에요. 포기하고 싶지 않아서 제 스스로 선택한 거예요. 대표님 탓 아니에요."

스폰서를 구하고 싶다고 해서 누구나 얻을 수 있는 것은 아니었다. 연예인으로 데뷔하는 것이 하늘의 별 따기라면 막강한 스폰서를 구하는 일은 별 볼 일 없는 위성이 태양계로 편입되는 것만큼 확률이 낮았다.

이 대표의 깊은 한숨 소리가 바닥을 기자 여리는 애써 웃어 보였다.

"걱정 마세요. 마음 단단히 먹었으니까."

"그래…… 그리고 조심해."

이 대표는 입술을 깨물며 무책임한 충고를 건넸다. 하지만 여리는 이미 호랑이 굴 앞에 서 있었다. 조심하라는 말은 불필요했다.

"네 스폰서 될 사람, 성질머리 더럽기로 유명해."

여리는 클럽에 오기 전 간단하게 스폰서에 대한 이야기를 들었다. 사실 들을 필요도 없었다. 이름만 들어도 알 만큼 유명한 사람이었다. 그는 대한민국 제1의 기업인 '이화그룹' 현 회장의 셋째 아들, '권이현'이었다.

이화그룹은 최근 대한민국에서 가장 뜨거운 감자였다. '후계자 싸움'이라는 뻔한 가십 때문이었는데 혹자는 그룹 이름을 따 '꽃들의 전쟁'이라고도 말했다. 그중에서도 이현은 이화그룹의 통신 사업과 아트재단을 물려받은 서른 살의 '세 번째 꽃'이었다.

"여자라고 봐주는 것 같지 않으니까 괜히 자존심 부리고 그러지 말자."

여리는 괜한 헛웃음이 삐져나와 건조한 목소리로 중얼거렸다.

"여기까지 온 것부터가 자존심이 없는 거지."

도착지까지 가는 길에 진흙탕이 있다면, 반드시 진흙탕을 지나야 한다면 여리는 온몸에 진흙을 묻히며 진창을 구를 준비가 되어 있었다.

"자존심이라곤 다 구겨서 쓰레기통에 버리고 왔어요. 걱정 말아요."

라운지의 문을 열자 커다란 공간 안에 꽤 많은 사람들이 북적이며 구르는 것이 보였다. 쾌락으로 얼룩진 지옥이 있다면 딱 이런 모습일 것 같았다. 시가와 담배의 뿌연 연기가 천장을 채웠고, 독한 술 냄새가 숨 쉬기도 어려울 만큼 가득해 있었다. 여자들은 헐벗었고, 남자들은 그런 그녀들을 좇느라 바빠 보였다. 그중엔 얼굴만 보아도 알 만한 캐스팅 디렉터와 영화 감독, 크고 작은 엔터테인먼트 회사의 임원들이 있었다.

여기서 연예계의 모든 것이 결정되는구나, 싶은 광경이었다.

이 대표는 헛기침으로 긴장을 숨기며 여리의 손목을 가볍게 쥐었다. 두 사람은 제법 비장한 걸음으로 사람들을 헤쳐 나아갔다. 여리가 만나야 할 이현은 당연하게도 가장 먼 자리, 상석에 있을 것이 뻔했기 때문이다.

긴 테이블의 옆을 성큼성큼 걸어가고 있을 즈음, 누군가의 긴 다리가 여리의 걸음을 가로막았다.

"누구?"

한창 주가를 올리고 있는 여배우였다. 그녀의 얼굴엔 경계심과 호기심이 이곳저곳 묻어 있었다. 난데없이 등장한 어린 여자의 존재가 마음에 안 드는 모양이었다.

순간 독한 시가 향이 안개처럼 풍겨 왔다.

"네가 알아서 뭐하게."

장난스럽지만 낮은 목소리의 남자가 여자를 밀어냈다. 그는 검은색 소파에 상체를 묻은 채 긴 손가락으로 시가를 태우고 있었다. 테이블의 가장 끝이자 가장 높은 자리의 주인, 이현이었다.

여리의 손목을 잡은 이 대표의 손에 힘이 들어갔다.

"아, 오빠 손님이야?"

여자는 얼굴색을 밝게 바꾸고 이현의 팔에 매달려 아양을 떨었다. 여리를 쳐다보던 예민한 눈매가 단번에 애교스러워지는 걸 보니 그녀도 이현에게는 약자인 모양이었다.

어떤 남자가 보아도 어여뻤을 그 여자를 이현은 신경질적으로 밀쳐 내며 인상을 찌푸렸다. 더러운 것이라도 묻었다는 듯 툭툭 털어 내는 모양새가 제법 날카로웠다. 이현은 바짝 얼어 있는 여리와 현태를 번갈아 쳐다보며 피식 웃었다.

"반가워요. 쥬얼리 엔터의 이현태 대표님 맞죠?"

목소리는 낮고 어쩌면 단정하게 느껴지기도 했다.

"마, 만나 뵙게 되어 영광입니다. 이사님."

현태는 자신보다 몇 살은 더 어린 이현을 향해 황급히 손을 모아 허리를 숙였다.

"뭐, 영광까지야."

이현은 웃음 가득한 얼굴로 고개를 저었다. 깔끔하게 올라간 검은색 머리카락이 남자의 긴 눈꼬리와 어울렸다.

"저희 회사 메인입니다. 예쁘고, 재능도 많으니 이사님께서 잘 봐 주시면……."

현태가 여리의 등을 떠밀며 다시 한 번 고개를 숙이자 이현은 말을 끝까지 듣지도 않고 입꼬리를 말아 웃었다. 정확히는 비웃었다.

"예쁘고 재능도 많으면 왜 날 찾아와."

장난스러운 분위기, 입에 걸린 미소, 어려 보이는 외모까지 남자의 모든 것이 가벼웠지만 그의 말에는 숨도 못 쉴 만큼의 무게가 실려 있었다.

"안 그래?"

자존심을 가볍게 뭉개고는 확인 사살까지 하는 잔인함도 갖추고 있었다. 현태는 이현의 직설적인 말과 행동에 식은땀을 삐질삐질 흘렸다. 그런 현태를 한심하다는 듯 힐끗 쳐다보던 그가 이내 고개를 돌려 버렸다.

이대로 가다간 인사도 하지 못하고 기회를 날려 버릴 것 같았다. 여리는 어렵게 버린 자존심이 아까워서라도 그럴 순 없었다.

"윤여리라고 합니다."

한 걸음 나아가 허리를 숙이고 인사했다. 이현이 고개를 들어 눈을 맞췄다.

가까이서 마주한 이현의 외모는 신문에서 본 것과 많이 다른 느낌이었다. 매스컴에선 이미 '훈남 재벌 2세'로 유명한 그였지만 실물은 사진 속 외모보다 몇 배로 훌륭했다.

짙은 눈썹은 남성적이었고, 쌍꺼풀 없이 길게 뻗은 눈은 날카롭고 깊었다. 수려한 콧날과 날렵한 턱 선은 도톰한 입술과 만나 섹시한 분위기를 자아냈고, 정확하게 재단된 슈트에 가려진 몸은 한눈에도 매끈하게 관리되었다는 것을 알 수 있었다. 무엇보다도 신문에서의 모범적인 분위기와는 다른 무엇이 있었다.

그는 지나칠 정도로 여유로워 보였고, 망설임이 생길 만큼 위압적인 분위기에, 모든 것을 아래로 보는 듯한 기운이 역력했다. 미남, 미녀라면 셀 수 없이 많은 연예계에서 2년이나 살아온 여리의 눈에도 어김없이 매혹적이었다.

"여리?"

이현이 재미있다는 듯 여리의 이름을 중얼거렸다.

"이름 참……."

이현이 제 왼쪽에 있던 또 다른 여배우를 짐짝 치우듯 밀어 내고는 자리를 만들어 주었다. 친절한 듯하면서도 무례하고, 배려한 듯 보이면서도 장난스러운 행동이었다.

그의 곁에 앉자 독한 시가 냄새가 여리의 정신을 어지럽게 했다.

"예명이에요?"

이현이 물었다. 목소리가 낮고 부드러운 것이 그와 잘 어울렸다.

"아, 아니요. 본명이에요."

"아—"

이현이 말끝을 천천히 늘이며 여리의 얼굴 구석구석에 시선을 두었다.

"신인?"

"데뷔한 지 2년 정도 됐어요."

여리는 얼굴이 붉어졌다. 데뷔한 지 2년이나 되었음에도 인지도 하나 없는 제 처지가 부끄러웠고, 끈질기게 따라붙는 그의 시선이 민망했다.

"그래요? 왜 난 그쪽을 본 기억이 없지."

"아……."

"하긴 그러니까 여기서 이러고 있겠지."

이현이 안쓰럽다는 듯 혀를 찼다. 그러나 조금의 걱정이나 순수한 동정심 따위는 조금도 보이지 않았다.

그는 신기한 얼굴을 갖고 있었다. 단 하나도 풀어져 있지 않은 단추와 머리카락 한 올도 흐트러지지 않게 올린 헤어스타일이 그의 사회적 위치와 까다로운 성격, 부의 크기를 보여 주고 있었지만 어딘가 묘하게 어린아이 같은 호기심과 가벼움, 장난스러움이 가득했다. 소년과 남자, 그 어딘가를 걷고 있는 모습이었다.

"술 마실 줄 알아요?"

질문이긴 했지만 그는 이미 짙은 색깔의 양주를 콸콸 따르고 있었다.

"마실 줄은 알아요."

이현이 웃었다. 긴 눈이 곱게 접혀 웃는 모양이 꽤 예뻤다.

"마셔 봐요. 좋은 거야."

술잔을 손에 쥐고 입술 가까이로 가져간 여리는 독하디독한 냄새가 혹, 코끝을 스치자 눈살을 찌푸렸다. 혹시나 하는 마음에 이현을 쳐다보았지만 그는 짙은 시선을 고정하며 어서 마시라는 듯 고개를 끄덕였다. 거절할 방법은 없었다.

목을 타고 흐르는 술이 불길처럼 따끔거렸다. 시끄러웠던 장내의 소리가 하나도 들리지 않을 만큼 얼얼한 맛이었다. 울상인 얼굴을 보고 이현이 또 웃었다.

"말 잘 듣네."

부드러운 목소리로 말한 그가 현태를 향해 짧게 고개를 끄덕였다. 그 이후로는 별다른 대화가 오가지 않았다. 이현은 그저 권태로운 얼굴로 정신 놓고 놀고 있는 사람들을 쳐다보기만 했다. 여리에겐 무심했고, 그렇다고 다른 여자들에게 관심을 보이지도 않았다. 그저 모든 걸 관망하는 자세로 가끔씩 조소를 뱉어 낼 뿐이었다.

문제는 다른 곳에서 일어났다. 구석에서 지저분하게 놀고 있던 남자 하나가 여리의 손목을 움켜쥔 것이었다.

"이야, 처음 보는 얼굴이네? 이름이 뭐야?"

남자는 풀린 눈을 한 채로 독한 술 냄새를 풍겼다. 어지간히 취한 모양이었다. 여리는 굳어진 얼굴을 애써 다잡으며 억지웃음을 지어 보였다.

"왜 이러세요. 이것 좀…… 놔주세요."

"에이, 처음 왔으면 신고식을 해야지. 우리 이쁜이는 뭘 잘하나? 노래? 춤?"

남자는 노골적인 시선으로 여리의 몸을 훑다 그녀가 이현의 곁에 앉아 있는 걸 보고는 호탕하게 웃었다.

"순진하게 생겨서는 오자마자 이현이 옆에 앉은 거야? 속 보이는 녀……!"

쨍그랑— 깨지는 소리 뒤로 짧은 비명이 터져 나왔다. 남자는 말을 다 잇지 못하고 소파 아래로 쓰러졌다. 장내는 잠깐의 정적이 있었고 이내 술렁였으며 모두들 한 남자의 눈치만 살폈다.

"겁도 없이 누구 물건에 손을 대."

이현의 목소리가 서늘하게 흩어졌다. 쓰러진 남자에게로 쏠렸던 사람들의 시선이 깨진 술병을 들고 불쾌한 듯 인상을 구긴 이현에게로 향했다.

여리는 순식간에 일어난 끔찍한 일에 온몸이 덜덜 떨렸다. 쓰러진 남자를 쳐다보지 않으려 해도 자꾸만 시선이 아래로 향했다. 남자는 피와 술 그리고 깨진 유리 파편으로 얼룩진 채 쓰러져 있었다. 크게 다쳤는지, 아님 죽었는지 아무도 궁금해하지 않았다.

이현이 깨진 술병을 아무렇지 않게 던져 놓고는 여리의 턱을 쥐고 제 쪽으로 돌렸다.

"야."

자신을 부르는 이현의 목소리에 대답해야 한다는 것을 알았지만 여리는 두려움에 아무런 말도 나오지 않았다. 방 안의 모두가 이현과 여리를 쳐다보고 있었다.

"대답 안 해?"

이현은 끔찍한 일을 벌인 당사자라고 보기 어려울 만큼 여유로웠고 장난기 많은 소년처럼 웃었다.

"네…… 이사님."

여리는 덜덜 떨리는 목소리를 간신히 가다듬으며 대답했다. 이현의 눈이 매서웠다.

"내 옆에 있을 거면 처신 똑바로 해."

"……."

"헤프게 굴지 말고."

억울했지만 억울하다고 말할 수 없었다. 그저 뻣뻣해진 목을 억지로라도 움직여 고개를 끄덕이는 것 외에는 할 수 있는 것이 없었다.

그런 여리를 짜증스럽다는 듯 쳐다본 그가 다른 사람들을 향해 시선을 돌렸다.

"뭔 일 났어?"

이현이 느린 시선으로 한 명, 한 명을 쳐다보자 모두들 맡은 바 역할을 다하듯 다시 놀기 시작했다. 방금 전 누군가 그의 손에 맞아 머리가 깨졌든, 찢어졌든 그것은 아무 상관도 없는 모양이었다. 모두가 그를 위해 놀고, 웃고, 마시고, 춤추었다는 것이 여실하게 드러나는 순간이었다. 그런 모습에 이현은 조용히 입꼬리를 말며 웃었다.

그는 어지러운 라운지 안을 완벽한 뒷모습으로 유유히 빠져나갔다. 그의 수행원으로 보이는 남자 한 명이 여리에게 호텔 키 하나를 건네주었다.

호텔 스위트룸으로 가는 동안 여리는 두려운 마음을 달래느라 애를 먹었다. 알지도 못하는 남자와 밤을 보내야 한다는 사실보다 그 남자가 한 남자의 머리통을 깨부순 사람이라는 사실이 더 두려웠다.

여리는 후우— 깊게 숨을 들이마셨다가 뱉어 냈다. 마지막 남은 아주 작은 자존심과 두려움, 후회와 역겨움, 그 외에 모든 것을 뱉어 내고 싶었다.

방 손잡이에 호텔 키를 스치니 짧은 전자음과 함께 문이 철컥, 하고 열렸다. 방 안은 웬만한 집 한 채 크기만큼이나 넓었지만 어두웠다. 전체 조명이 아닌 침대 부근에만 무드등을 킨 모양이었다.

한 걸음, 한 걸음. 하이힐을 벗지도 못한 채 고개를 이리저리 돌리던 중 낮은 목소리가 흘렀다.

"여기야."

이현은 구석 테이블에서 와인을 마시고 있었다. 클럽 라운지에서처럼 소파에 한껏 파묻힌 모습이었다. 빳빳하던 하얀 셔츠의 소매를 풀어 놓은 모습이 어딘가 모르게 위태롭고 위험해 보였다.

천천히 맞은편 소파에 조용히 앉자 피식, 하는 남자의 웃음소리가 새어 나왔다.

"야."

"⋯⋯네."

"이름이 뭐라고?"

예명이냐고까지 물으면서 이현은 다시 한 번 이름을 물었다.

"윤여리입니다."

여리가 천천히 다시 말해 주자 그가 작은 목소리로 잘 어울리

네, 라고 중얼거렸다.

"배우?"

그는 정말이지 여리에 대해 아무것도 모르는 듯했다. 만약 알면서 모르는 척을 하는 거라면, 그런 식으로 상대방에게 수치심을 주고 싶은 거라면 그의 작전은 훌륭했다.

여리는 스스로가 가여워졌다. 자신에 대해 조금도 모르는 남자 앞에서 웃고 기어야 할 자신의 치지가 참으로 수치스러웠다.

"아니요, 가수예요."

"아—"

이현은 나지막이 탄식하며 고개를 끄덕였다.

"아이돌?"

"네."

"데뷔한 지가 2년이나 됐는데 사람들은 너라는 사람이 있는지도 모르고…… 딱하네."

이현이 손에 쥔 와인 잔을 빙글빙글 돌리며 중얼거렸다. 그의 긴 손가락을 따라 찰랑거리는 포도주가 애처로웠다.

그가 여리를 향해 손을 뻗었다. 그 단순한 행동에도 위협적인 느낌이 서려 여리는 자신도 모르게 몸을 움츠리고 뒤로 물러났다.

이현은 화를 내지도, 웃지도 않은 채 뻗은 손을 가만히 두고 기다렸다. 쳐다보는 그의 눈이 깊고 날카로웠다. 여리는 천천히 상체를 기울여 그의 손끝에 제 얼굴이 닿을 수 있도록 했다. 이현이 긴 손가락으로 여리의 턱 끝을 들어 올렸다.

"얼마나 별 볼 일 없으면……. 쯧."

이현은 여리를 지탱하던 실낱같은 가면을 한 번에 벗겨 냈다. 이런 일 따위는 아무렇지 않은 척, 몸뚱이 하나 파는 것 정도는 아무엇도 아닌 양 여린 속을 감추던 여리는 더 이상 참을 수 없었다.

"흐…… 흐읍."

기어코 참아 낸 눈물이 고삐 풀린 듯 주룩주룩 쏟아졌다. 그녀가 할 수 있는 일이라곤 더 비참해지지 않도록 입술을 깨물어 흐느낌을 참아 내는 것뿐이었다. 이현은 그런 여리를 차분한 시선으로 쳐다보았다. 여리의 눈물에 당황하지도, 미안하지도 않은 아주 차분한 모습이었다.

이윽고 이현이 다시 손을 뻗었다. 긴 손가락이 여리의 눈과 뺨을 지나쳐 입술을 매만졌다. 힘을 줘 깨문 탓에 핏기가 돌았다.

"깨물면 안 돼. 이제 네 것도 아니잖아."

이현이 꽤 다정한 얼굴로 웃어 보였다. 정말 알 수가 없는 사람이었다. 분명 잘생긴 얼굴로 매혹적인 미소를 짓고 있을 뿐인데도 한기가 서리고 소름이 돋았다. 손발이 덜덜 떨렸다.

"무서워?"

이현이 그런 여리의 손을 안쓰럽다는 듯 쳐다보았다.

"싫으면 나가도 돼. 억지로 하는 건 나도 싫어. 너한테 강요하는 사람 없어."

정말이지 그는 그래도 된다는 듯 여유로워 보였다. 깊은 눈이 부드러웠다. 덕분에 여리는 흔들렸다. 지금이라도 고고하게 일어나 지하 연습실로 향할까 고민이 짙었다. 하지만 자신의 성공만 기다리는 가족과 지칠 대로 지친 멤버들이 떠올랐고, 매일이 울상인 소속사 대표와 직원들이 떠올랐다. 무엇보다도 피지도 못한 채 시들고 있는 자신의 꿈이 선명하게 떠올랐다. 이미 상상의 나래를 펼친 욕망은 멈출 수 없을 만큼 열렬했다.

고개를 저었다.

"싫은 거 아니에요."

단호한 어조의 말과 달리 목소리가 떨렸다.

"그냥…… 이런 게 처음이라 그래요."

"이런 거……."

줄곧 부드러운 시선을 유지하던 이현이 눈빛에 날을 세웠다. 클럽에서 일어났던 일이 떠올라 여리는 절로 어깨가 떨렸다.

"그래?"

장난스러웠던 목소리는 한없이 낮아져 발목을 간지럽혔고, 잘생긴 얼굴에 걸렸던 미소는 거두어져 마냥 차가웠다.

그가 턱을 괴고 여리와 눈을 맞췄다. 풀어진 소매 사이로 드러난 팔목이 야했다.

"처음이면 아무것도 모르겠네."

"뭘를……."

이현이 중얼거리듯 말을 이었다.

"나랑 계약하면 내가 원할 때까지 파기는 없어."

마주한 시선이 보이지 않는 수갑으로 변해 온몸을 묶는 것만 같은 기분이 들었다.

"네가 뭘 하고 있든 나는 관심 없어. 내가 원하면 너는 나한테 와야 돼."

이현이 시가를 태웠다. 독한 시가 연기가 여리의 목과 손목, 발목을 휘감았다.

"감당할 수 있겠어?"

그가 놀리듯 소리 내어 웃자 여리는 느리게 눈을 감았다가 다시 느리게 떴다. 이제 와 고결한 척 고개를 젓고 싶지 않았다.

"네, 도망 안 가요."

이현이 와인 잔을 기울여 남은 술을 삼켰다. 술을 마시는 와중에도 그의 날 선 눈빛은 여리를 향해 정확히 고정되어 있었다. 그가 테이블 위로 핸드폰 하나를 건넸다. 여리가 하얀색의 핸드폰을 조심스럽게 손에 쥐었다.

"전화하면 언제, 어디서든 재깍 받아. 네가 나한테 전화할 수 있다는 말은 아니야. 넌 나한테 전화 못 해."

이현은 단호했고 여리는 고개를 끄덕였다.

"계약이 끝날 때까지 너는."

이현이 자리에서 일어나 여리의 뒤에 섰다. 그가 여리의 어깨를 가볍게 쥐었다. 이현의 짙은 향수 냄새와 시가 냄새가 공기에 실려 여리의 몸을 감쌌다. 여리는 등부터 허리까지 뻣뻣해지는 긴장감으로 몸을 떨었다.

"완전한 내 소유야."

"하―"

참고 있던 숨이 뱉어졌다. 그는 여리를 소유한다고 했고 그것이 완전하다고 표현했다. 여리는 습관처럼 입술을 깨물었다. 굳게 닫힌 호텔 방 문이 보였다. 지금 나간다면…….

"대신."

이현이 여리의 어깨를 놓고 앞으로 가 허리를 숙여 눈을 맞췄다.

"가장 높은 곳으로 데려다줄게."

끔찍했고, 동시에 탐이 났다.

"다신 내려가고 싶지 않을 만큼 높은 곳으로."

여리가 이현의 깊은 눈 속의 더 깊은 곳을 바라보았다. 한 치의 거짓도, 허세도 없는 온전한 진실이었다. 무너지지 않을 부와 약해지지 않을 힘을 가진 자만이 할 수 있는 확신이었다. 그녀도 그의 확신에 확신을 가졌다.

"데려다주세요."

이현이 여리의 눈을 보며 웃었다.

"가장 높은 곳으로."

그리고 그대로 고개를 숙여 입을 맞췄다. 계약은 그것으로 성사되었다.

그가 마시던 와인의 달고 쓴 향이 여리의 입 안 곳곳으로 퍼졌다. 그의 손이 여리의 잘록한 허리를 쓰다듬었고 허리를 안은 팔에 힘을 줘 일으켜 세웠다. 여리는 하이힐과 짙은 입맞춤 때문에 중심 잡기가 어려웠지만 이현의 두 팔이 허리를 감싸 단단히 고정했다.

농도 짙은 행위에 여리는 절로 신음이 쏟아졌다. 그의 입술이 여리의 입술에서 귓불로 향했다.

"하…… 잠깐마안……."

"괜찮아."

이현은 본능적으로 자신을 밀어 내는 여리를 달래듯 부드럽게 중얼거렸다. 한 손으론 여리의 허리를, 한 손으론 그녀의 목을 쥐고 입술을 파묻었다.

"아앗…… 이사님! 잠깐…… 간지러워요."

이현은 아랑곳하지 않고 계속해서 여리의 목을 물었다. 붉은 생채기가 곳곳에 피어났다.

그가 여리를 벽으로 몰아세웠다. 익숙한 손길로 허벅지 안쪽을 쓰다듬던 이현은 여리를 뒤로 돌려 벽으로 밀쳤다. 여리의 매끈한 등을 따라 원피스의 지퍼가 반짝였다. 그는 능숙한 손길로 지퍼를 끌어 내렸고 힘을 잃은 원피스가 여리의 몸 위로 아슬아슬 걸쳐졌다. 벌어진 틈 사이로 이현의 손이 들어가 여리의 맨 허리를 감쌌다. 감기는 허리가 이름처럼 가냘파서 이현은 평소보다 조금 급해졌다.

"하아."

여리가 아찔한 느낌에 고개를 젖혀 눈을 감았다. 수치심과 황홀감, 자유로움과 속박이 번갈아 느껴지는 탓에 정신이 없었다. 그의 손이 여리의 허리에서 가슴으로 향했다. 브래지어 후크쯤은 가볍게 풀어낸 그가 봉긋하게 솟은 가슴을 양손에 잡아 쥐고 부드럽게 어루만졌다.

가슴에 닿는 찬 기운에 몸을 움찔거린 여리가 이현의 팔에 매달리자 이현이 소리 내어 웃었다. 그의 입술이 여리의 귓불을 살짝 물었다가 떨어졌다.

"귀엽네."

이현이 여리를 번쩍 들어 침대로 향했다. 멈출 줄 모르던 행위로 내내 정신을 놓고 있던 여리가 이현의 품에 안겨 숨을 골랐다. 클럽에서와 마찬가지로 폭력적이고 위협적일 거라 생각했던 이현과의 스킨십은 꽤 부드러웠고 매너를 보이고 있다는 느낌이 들 정도로 다정했다.

이현은 여리를 침대 위에 눕히고 흐물거리는 원피스를 말끔하게 벗겨 냈다. 이제 여리의 몸을 가리고 있는 건 베이지 색의 속옷 한 장뿐이었다.

여리는 두 눈을 질끈 감았다. 자신과 달리 이현은 여전히 말끔한 셔츠 차림이었다. 부끄러움과 아찔함이 끊임없이 여리를 괴롭혔다.

감은 두 눈 밑으로 또 한 번의 키스가 시작되었다. 처음보다 깊고 짙은 입맞춤이 여리의 이성을 농밀하게 휘저었다. 사랑하는 사람과의 잠자리도 아니었고, 쾌락을 위한 하룻밤도 아니었지만 여리는 충분히 흥분하고 있었다. 그래서 더욱 혼란스러웠다.

이현이 끈적이는 입술을 떼고 일어나 제 옷을 벗었다. 그의 몸
도 여리와 마찬가지로 뜨겁게 열이 올라 있었다. 전라의 그는 넓은
어깨와 조각처럼 정리된 적당한 근육으로 빛이 났다. 여리가 이상
적으로 생각하던 남자의 몸과 조금도 다르지 않았다.

이현이 낮게 웃으며 귓가를 간질였다.

"눈 뜨고 봐."

그가 다시 한 번 붉은 자국을 만들어 냈다.

"하앙……!"

이현은 여리의 가슴에 한껏 파묻혔다. 작은 품에서 나는 온기와
옅은 과일향이 기분을 좋게 했다. 또 그런 제 머리를 끌어안는 여
리가 귀엽기도 했다. 이현이 손을 내려 여리의 허벅지와 아래를 어
루만졌다.

"하…… 하지 마아……!"

"뭐를 하지 마."

이현이 여리의 말을 따라 하며 웃었다. 그러고는 보란 듯이 더
노골적으로 움직였다. 그의 손은 이미 여리의 속옷 안으로 들어가
움직이고 있었다. 계속되는 자극에 여리의 발끝은 한껏 오므라들
었고, 고개는 좌우로 흔들렸다.

"이렇게 민감해서 어떡해."

그는 즐거운 듯 웃어 보였다. 이현이 아래로 내려갔다.

"하앗…… 이, 이사님!"

이현은 대답하지 않았다. 아니 대답할 수 없었다. 그는 젖은 혀
로 여리의 아래를 석시고 있었다.

"아, 제발……! 흐앗…… 하아."

여리는 낭떠러지로 떨어지는 꿈을 꾸는 것 같았다. 몸이 둥둥

떠오르는 기분이었고 머리는 아찔한 느낌에 전기가 팍팍 튀는 듯했다. 여리는 급하게 제 입을 막았다. 좀 전보다 더 크게 터져 나오는 제 신음 소리를 듣고만 있기에는 너무 민망했다. 다른 한 손으론 이현의 머리카락을 움켜쥐었다. 검은 머리카락이 여리의 손으로 인해 흐트러졌다.

이현은 한참을 아래에서 머문 후에야 고개를 들었다.

"달다."

그 말은 여리의 얼굴을 화끈거리게 했다. 그 틈을 타 이현은 여리의 다리 사이로 자리를 잡았다. 줄곧 정신 못 차리고 쾌락에 몸을 맡기던 여리가 다시 긴장하기 시작했다. 이현이 움직이려는 순간, 여리는 그의 어깨를 잡았다.

"자, 잠시만요!"

"왜. 흥 깨지 마."

반듯한 미간을 찌푸리며 말한 그의 두 눈은 이미 뜨거운 열망으로 활활 타오르고 있었다.

"천천히, 천천히 해 주세요."

여리는 두려움을 애써 감추며 부탁했다. 이현은 그런 여리가 짜증 난다는 듯 피식거렸다.

"순진한 척이라도 하고 싶은 거야?"

이현이 여리의 뺨을 톡톡 건드렸다.

"수작 부리지 마. 어떻게 할지는 내가 정해."

여리는 그런 게 아니라고 말하고 싶었지만 입을 열기도 전에 이현이 몸을 움직여 그의 것을 밀어 넣었다.

"읏—"

죽을 만큼 고통스러운 것은 아니었지만 그렇다고 아무렇지 않은 것도 아니었다. 몸이 갈라지는 기분이었다. 여리는 깊은 곳에서부터 올라온 탄식을 뱉어 냈다. 동시에 이현의 얼굴이 일그러졌다.

"뭐야."

이현이 사나운 눈으로 여리를 노려보았다. 반면에 여리는 뻣뻣한 허리와 아래로부터 전달되는 이상한 갈증에 달뜬 숨만 토해 냈다. 이현의 긴 손가락 하나가 여리의 입술 안을 휘저었다.

"너 처음이야?"

대답하고 싶어도 입 안을 놀리는 손가락 때문에 여리는 말할 수 없었다. 오히려 이현의 손가락을 피해 말을 하려 애쓰다 살짝 깨물었다. 고의는 아니었지만 이현의 눈이 빛났다.

"야."

이현이 젖은 손가락으로 여리의 입술을 문질렀다.

"하기 싫어졌어. 나가."

이현은 유흥을 위해 즐기는 관계에서 쓸데없는 죄책감까지 느끼고 싶지 않았다. 그런 의미에서 순진한 척이 아닌 진짜 순진한 여리는 자격이 없었다.

여리는 뜨거웠던 머릿속에 얼음물이라도 부은 것 같은 차가움을 느꼈다. 이성적인 불안함과 이성적이지 않은 아쉬움이 동시에 해일처럼 몰려왔다. 그가 기울이고 있던 몸을 일으키려 하자 여리는 이현의 목에 가는 팔을 둘렀다. 본능이라면 본능이었고, 욕심이라면 욕심이었다.

"이사님, 자, 잠시만요."

"손 안 치워?"

이현은 싸늘했지만 여리는 덜덜 떨리는 팔을 풀지 않았다.

"하, 할 수 있어요. 가지 마세요……. 할 수 있어요."

마주한 이현의 눈이 가늘어지고 입술엔 조소가 걸렸다.

"네가 뭘 할 수 있는데."

"알려 주세요. 뭘 해야 하는지."

"나 참을성 없어. 아까 봤잖아."

이현이 눈을 빛내며 일갈하자 여리는 다시 한 번 그의 목에 매달려 애원했다.

"가, 가르쳐 주시지 않아도 돼요. 제가 따라갈게요."

둘 사이에 정적이 흘렀고 짧은 기 싸움이 이어졌다.

"보기보다 뻔뻔하네."

이현이 웃었다. 이현에게 여리는 당돌했고, 여리에게 이현은 간절했다.

"하는 동안 아무 소리도 내지 않고 버텨 봐. 그럼 봐줄게."

말을 마침과 동시에 이현은 여리의 가슴을 입에 물고 부드럽게 혀를 굴렸다. 손에 잡히는 크기가 작았지만 탄력 있고 말랑거리는 것이 꽤나 야했다. 식었던 몸이 다시 끓어오르는 것이 느껴졌다.

반면에 여리는 필사적으로 제 입을 막느라 바빴다. 그가 목을 핥아도, 허벅지를 쓸어도, 소리 내지 않기 위해 안간힘을 썼다. 이현이 멈춰 있던 허리를 다시 움직이기 시작했다. 처음이라는 것을 한 번에 느낄 수 있을 만큼 좁고 경직된 여리의 안은 뜨거웠다.

"하아……."

이현이 나지막히 숨을 뱉으며 여리의 귓가에 속삭였다.

"긴장 좀 풀어. 움직일 수가 없잖아."

여리는 아무 대답도 하지 못한 채 이현의 어깨에 매달렸다. 긴장을 어떻게 푸는지, 자신이 어떻게 해야 이현이 편해지는 건지 알 수 없었다. 그저 새어 나오는 신음을 틀어막고 퍼져 오는 쾌감을 모른 척하며 흔들리는 제 몸을 이현에게 의지할 뿐이었다.

이현이 여리의 발목을 잡고 벌렸다. 여리는 뻑뻑한 이물감과 커져 가는 흥분에 허벅지를 모으려 애썼지만 이현의 힘을 이길 수는 없었다. 그가 허리를 움직일수록 여리는 아찔해지는 정신에 기분이 이상해졌다. 분명 고통도 느껴졌지만 그 몇 배의 쾌락이 온몸을 덮쳤다.

황홀감을 참으려는 여리의 손톱이 이현의 등을 파고들었다. 이현의 손이 닿는 곳마다 화상을 입는 것 같은 뜨거움을 느꼈다. 진작부터 뜨거워진 아래 역시 단단한 충만감이 가득했다.

"잘 참네."

이현이 여리의 귓가를 간질이며 더 깊이 여리를 가졌다. 잔뜩 붉어진 얼굴로 빨간 입술을 애처롭게 막고 있는 여리의 모습은 최근 본 그 어떤 광경보다 자극적이었다. 깊게 몸을 마주할수록 여리의 안이 부드러워지는 것을 이현도 느낄 수 있었다.

이현이 여리의 양다리를 올려 제 어깨에 걸쳤다. 살끼리 부딪치는 외설스러운 소리가 방 안을 가득 채웠다. 부들부들 떨리는 손으로 이불을 움켜쥐고 있는 여리를 본 이현이 허리를 숙여 입을 맞췄다.

"잘했어."

그의 큰 손이 다정한 손길로 여리의 머리를 쓰다듬었다.

"상 줄게."

그러고는 입술을 막고 있는 여리의 손을 떼어 자신의 목에 둘렀다. 그가 다시 허리를 움직였다.

"하앗……! 하앙…… 핫……."

참고 있던 신음이 울분처럼 토해졌다. 이현이 만족스럽다는 듯 웃으며 여리의 귓가에 입을 맞췄다.

"이제 소리 내도 돼."

이현이 속도를 높였다. 가는 몸이 거칠게 흔들렸다.

"하아…… 핫! 이사님…… 너, 너무 빨라요."

소리를 낼 수 있게 되자 오히려 감각은 더 예민해졌다. 까마득한 정신에 여리는 눈물이 차올랐다. 이현이 그런 여리의 머리를 감싸 안았다.

"괜찮아질 거야."

여리가 다짜고짜 이현의 어깨를 당겨 꼭 끌어안았다.

"하아…… 하…… 이사님……."

둘의 얼굴이 작은 틈을 남겨 두고 가까워졌다.

"하…… 좋아요. 지금, 좋아요."

여리는 어울리지도 않는 말을 뱉어 내며 이현과 함께하기를 원했다. 어색하게 구는 제 모습 때문에 아까처럼 모든 것을 멈출까 두려운 탓도 있었지만, 어딘가 모르게 본능적인 말이기도 했다. 알싸한 고통과 동시에 짜릿한 전율이 느껴지면서 미간이 구겨지고 발끝이 저렸다. 낯선 남자와의 밤이 끔찍함에서 멈추지 않아 당황스러웠다.

"하, 씨발."

이현은 눈이 돌아 속도를 높였다. 이윽고 여리는 온몸이 부서지는 듯한 절정감과 함께 눈물을 쏟았다. 그 위로 이현의 몸이 무너졌다.

한 번의 행위만으로도 충분했다. 완전한 일치감과 절정의 쾌락을 맛본 두 사람은 서로의 체취를 느끼며 거친 숨을 몰아쉬기에도 바빴다.

2
비밀

부서지는 햇살에 여리는 몸을 뒤척였다. 움직이는 순간 누군가 여리의 허리를 가까이 끌어당겼다.

잠든 이현이 보였다. 여리는 눈앞의 이현을, 저를 끌어안고 잠에 빠져 있는 남자를 가만히 쳐다보았다. 아침에 일어나면 이현은 당연히 없을 줄 알았다. 여리는 어색함과 민망함에 손가락 하나를 까딱하지 않고 얌전히 숨만 쉬었다.

"아……."

조금씩 정신을 찾자 어제 마신 양주 기운이 올라와 머리가 지끈 거렸다. 몸을 조금만 뒤척여도 절로 앓는 소리가 나왔다. 허리와 다리 전부가 두들겨 맞은 것처럼 뻐근했다.

여리는 오른손을 들어 이현의 감긴 눈 앞을 휘휘 저었다. 아무런 미동도 없는 것을 보아 깊이 잠들어 있는 것 같았다. 타는 갈증이 몰려왔다. 밤새 비명을 질러 댄 탓에 목이 건조해진 모양이었다. 침대에서 조금 떨어진 탁자 위에 놓인 물 한 잔이 오아시스처럼 간절했다. 허리에 감긴 이현의 팔을 천천히 풀어내려는데,

"왜."

이현의 낮은 목소리가 귓가에 닿았다.

"으악!"

잠든 줄 알았던 이현의 목소리에 여리는 자신도 모르게 소리를 질렀다. 덕분에 이현의 얼굴은 순식간에 구겨졌다.

"자고 계신 줄 알았어요. 목이 너무 말라서……."

아침에 마주한 이현은 밤과는 조금 다른 느낌을 자아냈다. 위태롭기만 하던 분위기는 편안해져 있었고, 거칠게 일렁이던 두 눈은 차분하게 가라앉아 있었다. 여전히 긴장은 되었지만 숨 막히도록 두렵지는 않았다. 몸을 섞은 탓인지, 밤과 다른 분위기 때문인지는 확실하지 않았다.

"물 마시는 것도…… 허락받아요?"

여리의 질문에 이현은 실없이 웃었다. 진심으로 궁금해서 물어본 듯 보였다.

"아니, 마셔."

이현이 여리를 안고 있던 팔을 풀고 두꺼운 이불을 걷었다. 하얀 나신이 아무런 방해 없이 드러났다. 서늘해지는 체온과 민망함으로 여리가 얼굴을 붉혔다.

"어…… 그냥 안 마실래요. 괜찮아요."

여리가 다시 이불을 끌어당기며 고개를 젓자 이현이 느린 호흡으로 피식 웃었다. 내뱉은 말과 달리 여리는 얼른 일어나 물도 마시고 싶었고, 지난밤의 흔적을 씻고도 싶었다. 이현이 몸을 일으켜서 호텔을 나서기를 간절히 바랐다. 아무리 이사라지만 평일인

데 출근 안 하나. 여리는 궁금해졌다.

"저기 근데…… 이사님."

"왜."

"출근 안 하세요?"

여리가 이불로 제 몸을 돌돌 감싸고는 물었다. 그러자 이현이 어이가 없다는 듯 눈살을 찌푸렸다.

"내 출근을 왜 네가 걱정해."

"그냥…… 늦으실까 봐요."

여리가 어색하게 웃어 보였지만 이현은 여전히 무언가 마음에 안 드는 사람처럼 인상을 구겼다.

"이 새벽에 누가 출근해."

여리는 이현 너머로 보이는 창밖을 쳐다보았다. 밖이 환했다. 새벽은 무슨, 아침 해가 뜬 지 오래였다.

"이사님."

"또 왜."

"지금 새벽 아닌데요."

"뭐?"

이현의 짙은 눈썹이 구겨졌다.

"7시 40분이에요. 저기."

여리가 가는 팔을 뻗어 이현의 등 뒤에 놓인 시계를 가리켰다. 그가 짧게 시계를 노려보더니 상체를 일으켰다.

"늦으셨어요?"

"아니."

짧은 말과 상관없이 이현은 심각한 표정으로 핸드폰 시간을 다시 확인했다.

"왜 이렇게 많이 잤지."

"이게 많이 잔 거예요?"

낮은 목소리로 중얼거리는 이현에게 여리가 물었다. 어젯밤은 길었다. 늦은 시간까지 술자리가 있었고, 그 이후로는 뜨겁고, 어색하고, 이상하며 화끈거리는 시간이 길게 늘어져 있었다. 많이 쳐봐야 4시간에서 5시간 정도만이 잘 수 있는 시간이었다.

이현이 핸드폰으로 누군가에게 문자를 보내며 고개를 끄덕였다.

"평소보다는."

이현은 평소 잠이 많지 않았다. 체질이라고 하기에도 심할 정도로 잠이 없었다. 예민하고 지랄맞은 성격 때문에 작은 소리나 빛에도 잠에서 깨었고 쉽게 잠들지도, 깊게 잠들지도 못했다. 이현의 불면증은 오랜 시간 지속되어 온 지병이었다. 중요한 일을 앞두고 꼭 자야만 할 때는 수면제를 복용했고 가끔은 술도 같이 마셔야만 효과를 보았다. 물론 의사는 절대 그러지 말라고 몇 번이나 당부했다.

어쨌든 이현의 기분은 덕분에 좋았다. 오랜만에 깊고 편하게 잔 느낌이었다. 여리가 뒤척이지만 않았어도 더 잘 수 있었을 거란 생각에 아쉽기도 했지만 이 정도도 충분했다.

이현이 침대 밖으로 벗어났다. 보기 좋게 자리 잡은 그의 등 근육 사이로 여리의 손톱자국이 선명했다. 여리가 민망함에 이불을 머리끝까지 끌어 올렸다.

"배고파?"

이현이 가운을 몸에 걸치며 여리에게 물었다. 잠을 깊게 잔 탓에 평소라면 어림도 없을 호의를 베푸는 이현이었다.

"아니요. 다이어트 중이에요."

여리가 이불 속에서 웅얼거리며 대답했다.

"네가?"

"네."

"왜?"

"왜라고 물으시면……."

"너 지금도 깡말랐어."

이현은 이해할 수 없다는 듯 눈살을 찌푸렸다. 이름처럼 가는 선을 가진 여리가 다이어트를 한다는 긴 몸에 가죽만 남기고 다 빼겠다는 것과 다름없었다. 그런 건 이현의 취향이 아니었다.

"여자 연예인들 많이 보셨잖아요."

여리가 이불을 입술 아래로 내리며 말했다.

"그래서?"

"다들 화면보다 훨씬 마르지 않았어요? 방송국 카메라로 찍으면 원래 몸보다 1.5배 부어 보여요. 그리고 살찌면 혼나요. 대표님한테."

여리는 첫 데뷔 무대를 TV로 보았을 때의 충격을 잊을 수 없었다. 살면서 단 한 번도 다이어트를 생각하거나, 살을 빼야 한다는 소리를 들어 본 적이 없던 여리도 TV 속 화면에서는 날씬함과 통통함 그 사이의 몸으로 보였다.

그날 이후로 소속사 대표는 크리스탈 멤버 전원에게 혹독한 다이어트를 강요했다. 실제로는 오히려 마른 편이라는 걸 대표도 알았지만 TV에서 예뻐 보이는 게 우선이었다. 건강 미인, 건강 미인 해 봤자 대중은 날씬한 것을 더 좋아했다.

"혼나?"

혹독했던 단식 기간을 떠올리며 입술을 깨물던 여리 앞에 이현이 섰다. 욕실 앞에서 언제 침대까지 왔는지는 알 수 없었지만 어쨌든 순식간에 다가와 얼굴을 맞대고 있었다. 얼굴이 빨개지는 것을 느낄 새도 없이 이현의 날카로운 눈에 몸이 움찔거렸다.

"혼나냐고 묻잖아."

왠지 아니라고 해야 할 것 같은 느낌이 들었다.

"혼나긴 하는데…… 그렇게 많이 혼나는 건 아니에요. 그냥 잔소리 조금 듣는 정도예요."

여리는 가는 손가락을 들어 아주 조금이라는 것을 강조했다. 이현이 못마땅하다는 듯 쯧, 혀를 차며 눈살을 찌푸렸다.

"이제부터는 안 혼나도 돼."

말하는 목소리가 서늘했다.

"네가 내 여자로 있는 동안은 누구한테도 싫은 소리 들을 필요 없어."

이현은 '제 것'에 대한 집착이 상당한 사람이었다. 다른 사람이 제 것에 눈독 들이는 것도 싫어했지만 다른 이가 제 것에 이래라저래라 하는 건 더욱 싫어했다. 제 것은 제 손만 타기를 바랐다. 그 규칙을 거스르면 어제 클럽에서의 남자처럼 화를 입었다.

"네가 고개 숙이고 눈치 볼 사람은 나 하나야. 소속사 대표고 방송국 관계자고 상관없어."

"그래도……."

"그 사람들 돈 주는 게 나야. 네 소속사 대표가 회사 유지할 수 있는 건 내가 투자하기 때문이고, 방송국 인간들이 수억씩 써 가며 드라마 찍을 수 있는 것도 내가 투자해서야."

이현은 자신의 심심풀이 놀이일 뿐인 돈 장난이 누군가에게는 삶을 책임지는 일임을 잘 알고 있었다.

"내 옆에 있으면서 남들 눈치 보지 마."

이현이 긴 손가락으로 여리의 **뺨**을 쓸었다.

"알아들어?"

여리는 작게 고개를 끄덕였다. 이현이 하는 말들을 완전히 이해하기에 여리의 세상은 좁았지만 이현이 여리의 계단이 되고 방패막이 될 거란 사실은 분명했다.

"그리고."

이현이 여리를 향해 놀리듯 목소리를 바꿨다.

"일도 없는데 다이어트는 해서 뭐해."

여리는 그 말에 기죽지 않았다. 여리가 이불을 단단히 끌어안으며 일어나 앉았다.

"곧 생길 거잖아요."

확신이 들었고, 확인받고자 하는 마음에 뱉은 말이었다. 뻔뻔해 보일 거라 생각했지만 이현은 만족스러운 듯 여리의 머리를 헝클이고는 욕실로 들어갔다.

여리는 일어나 가운을 챙겨 입었다. 바로 옷을 갈아입을까 생각도 했지만 씻고 싶은 마음이 간절했다.

곧 일이 생길 거라는 말을 했을 땐 스스로도 조금 마음이 떨렸다. 이현이 어떻게 반응할지가 두렵기도 했고, 스스로가 천박하게 느껴져서 절망적이기도 했다. 하지만 곧 인정했다. 성공을 위해, 부를 위해, 삶의 평안을 위해 정당한 길을 두고 지름길을 택한 자신이 천박하다는 사실을 부정하지 않았다.

시간이 좀 지나자 욕실 문이 열리고 안쪽에서 따뜻한 물안개가 뭉게뭉게 흘러나왔다.

"들어가."

이현이 젖은 머리를 하고선 친히 욕실 문을 열어 주었다. 머리를 올렸을 땐 남성적이고 차가운 인상이 강했는데 머리를 내리니 소년처럼 부드러운 느낌이 물씬 풍겼다. 그래서인지 머릿속에만 있던 말이 생각을 거치지 않고 입 밖으로 튀어나왔다.

"이사님, 머리 내리니까 어려 보여요."

이현은 그런 말을 좋아하지 않는 듯했다.

"이젠 내가 막 편한가 봐?"

반듯한 눈썹을 구기며 지적하는 모습이 꽤 위협적이었다. 여리는 화들짝 놀라며 고개를 흔들었다.

"아, 그런 게 아니라……."

"그럼 불편해?"

이현이 다시금 같은 어투로 물었다. 도대체 무슨 말을 원하는지 알 수 없었다. 여리는 어색한 표정으로 이현의 눈치를 살폈다. 그는 됐다는 듯 한숨을 뱉어 냈다.

"들어가기나 해."

이현이 욕실을 가리켰고 여리는 고개를 끄덕이며 걸음을 내디뎠다.

"으아악!"

여리가 비명을 지르며 휘청이자 이현이 여리의 허리를 끌어안았다. 둘의 얼굴이 어젯밤의 한 순간처럼 가까워졌다.

"넌 걷지도 못해?"

이현이 건조한 눈으로 여리를 한심하다는 듯 바라보았다.

"바닥이…… 미끄러웠어요."

"핑계는."

이현은 여리를 일으키며 무심하게 굴었다. 그의 눈이 여리의 몸을 빠르게 훑었다.

"아무리 생각해도 다이어트는 안 되겠어. 불허."

이현이 진지하게 말했다. 반면에 여리는 '불허'라는 말이 어색하고 이상해 입술을 내밀고 중얼거렸다.

"그게 무슨……."

"걷지도 못하는데 무슨 다이어트야."

여리는 이현이 자신의 걸음걸이를 못마땅해하고 있음을 깨달았다. 침대에서 일어난 뒤로 계속 절뚝이거나 휘청거리다 욕실에서 미끄러지기까지 했으니 이상해 보이는 것이 당연했다. 하지만 그것은 이현 때문이었다. 어젯밤 일로 허리가 아파 다리에 힘을 주기 어려웠다.

'이사님 때문이에요.'라고 말할까 싶기도 했지만 해 봤자 좋은 반응이 나올 확률은 희박해 보여 포기했다.

"괜찮아요. 저 잘 걸어요."

"아닌 것 같은데."

이현이 무시하자 여리는 오기가 생겨 말을 덧붙였다.

"저 아이돌이에요."

"그게 뭐."

아이돌이든 체조 선수든 그런 것은 이현에게 아무 상관도 없었다. 그가 말랐다고 느끼면 마른 것이었다.

"한참 연습할 땐 하루에 열 시간씩 춤만 추면서 살았어요. 한 번도 쓰러진 적 없고, 다친 적도 없어요. 걱정 안 하셔도 돼요."

이현이 여리와 가만히 눈을 맞췄다.

"춤을 열 시간씩 연습해?"

여리는 이현이 어마어마한 연습량에 놀라 묻는다고 생각했다.

"그 정도는 기본이에요. 아이돌한테는 춤도 중요하니까요."

실제로 여리는 꽤 춤을 잘 췄다. 노래를 못하는 건 아니었지만 춤을 더 잘 췄다. 정확히 말하면 몸을 잘 썼다. 유연했고 동작에

40

대한 이해도 빨랐다.

여리를 바라보는 이현의 눈이 짙어졌다.

"알았어. 그건 다음에 볼게."

"뭐를요?"

"춤. 얼마나 잘 추는지 한번 보지 뭐."

말을 마친 이현은 여리를 가볍게 안아 들었다. 그러곤 욕조에
내려놓고 샤워기를 틀어 여리 손에 쥐여 주었다. 여리의 가운이 물
에 젖어 들었다.

"으앗, 뭐예요."

쏟아지는 물줄기에 여리가 눈가를 찡그리며 손을 휘젓자 이현이
짓궂게 웃었다.

"또 넘어져서 허리라도 다치면 내 손해니까."

이현이 여리의 머리를 몇 번 쓰다듬고는 밖으로 나갔다. 여리는
젖은 가운을 벗어 한쪽에 두고 갈아입을 원피스를 문에 걸었다. 욕
실 안은 이현의 향으로 가득했다. 짙은 머스크 향이 어젯밤 그와의
시간을 떠올리게 했다.

욕조에 따뜻한 물을 받고 몸을 녹이자 기분이 좋아졌다. 처음엔
간단히 샤워만 하려 했는데 뻐근한 허리 때문에 따뜻한 물속을 나
가고 싶지 않았다. 숙소에도 이런 욕조 하나가 있으면 좋겠다고 생
각했다.

목욕을 마치고 원피스로 갈아입은 여리는 젖은 머리만 수건으로
감싼 채 욕실을 나섰다. 욕실 문 앞에는 지루해 죽겠다는 표정으로
팔짱을 끼고 선 이현이 있었다.

이현은 완벽하게 준비를 마친 상태였다. 젖은 채로 이마를 가리

던 머리는 어젯밤처럼 말끔하게 넘겨져 있었고, 가운 차림이던 모습은 어제와 또 다른 남색 슈트로 바뀌어 있었다. 호텔 안에 우렁각시라도 있는 모양이었다. 그 우렁각시가 이현의 비서란 사실은 나중에 알았다.

"조금만 더 늦게 나왔으면 물에 빠져 죽었다고 생각할 뻔했어."

"그렇게 오래 있었어요?"

"한 시간쯤?"

"아…… 죄송해요."

여리는 이현이 기다렸다는 사실에 민망해졌지만 미안하지는 않았다. 따지고 보면 이현 때문에 허리가 아픈 것이었다. 또 바쁘면 먼저 나가면 되지 않나 싶었다.

"다음부터는……."

그래서 투덜투덜 입이 제멋대로 움직였다. 따뜻한 물에 몸 좀 풀었다고 이현의 말처럼 그가 편해진 모양이었다.

"다음부터 뭐?"

이현이 피식, 웃으며 여리의 말을 따라 했다.

"아, 아니 잘못 말했어요."

"왜, 못할 말 아니잖아."

여리의 얼굴이 붉어졌다.

"다음부터는 샤워 시간 좀 줄여. 아님 같이 샤워하든지."

부끄러운 이야기를 아무렇지도 않게 뱉어 낸 이현이 여리의 머리 수건을 풀어냈다. 긴 머리카락이 아래로 늘어지며 얇은 소재의 원피스를 촉촉이 적셨다.

"옷 젖잖아요."

여리가 이현의 손을 밀어 내며 다시 수건을 집었다. 그가 그런

42

여리의 손을 잡아 쥐었다.

"젖은 옷 벗고, 이걸로 갈아입어."

이현이 여리의 손에 쇼핑백 하나를 쥐여 줬다.

"이게 뭐예요?"

"궁금하면 묻지 말고 열어 봐."

여리가 쇼핑백을 묶은 리본을 풀었다. 가슴 쪽이 다 비치도록 젖고 있는 원피스는 이미 관심의 대상이 아니었다. 쇼핑백 안에는 옷깃이 여러 비즈로 장식된 흰색 블라우스와 적당한 길이의 펜슬 스커트가 있었다. 일반적인 오피스룩보다는 화려했지만 그래도 꼭 어디 출근해야 할 것 같은 스타일의 옷이었다.

"이걸 입으라고요?"

"왜, 싫어?"

"아니 그게 아니고…… 왜요?"

이현이 귀찮다는 티를 여실히 드러내며 한숨을 내쉬었다.

"같이 출근하게."

여리 인생에서 '출근'이라는 단어는 모두 남의 것이었다. 소속사 연습실에 출근 도장을 찍기는 했지만 그것은 출근이라기보다 '훈련'에 가까웠다.

"출근이요?"

"그래 출근. 무슨 문제 있어?"

"이해가 잘 안 돼서요."

"이해할 게 뭐가 있어. 내가 가자는데."

이현이 날카로운 눈을 가늘게 뜨며 몰아붙였다. 아마 계속되는 질문에 짜증이라도 난 모양이었다. 여리가 주춤거리며 다시 고개를 숙였다.

"그게 아니라……."

"일 달라며."

이현이 목소리를 낮추며 말했다.

"그만 묻고 시키는 대로 해. 주제넘게 굴지 말고."

"……."

"회사에서까지 네가 내 여자라고 광고할 필요는 없잖아."

"아……."

"비서 코스프레라도 한다고 생각해."

이현이 무심한 목소리와 손길로 여리의 뺨을 쓸었다. 다시 한 번
공기가 차가워졌다. 좀 전까지만 해도 꽤 정상적인 대화를 이어 나
가고 있었는데, 여리는 아쉬움과 씁쓸함에 얼른 고개를 끄덕였다.

옷은 여리의 몸과 딱 맞았다. 사이즈가 정확하다는 건 기본이었고
목 언저리에 달린 빛나는 비즈들이 여리의 하얀 얼굴과 한 쌍인 듯
어울렸다. 이것 역시 우렁각시 비서의 센스라는 건 나중에 알았다.

"괜찮아요?"

여리는 난생처음 입어 보는 스타일의 옷을 보며 어색함이 솟았다.

"이상하진 않아."

"다행이다."

여리가 이현을 바라보며 웃었다.

"나가기 전에."

이현이 여리의 허리를 감싸 그대로 입을 맞췄다. 차가운 말과
뜨거운 혀를 가진 그의 입술이 여리의 입 안을 데웠다. 파고드는
뜨거운 살이 모든 곳을 맛보려는 듯 바쁘게 움직였다.

입맞춤이 길어지고 짙어졌다. 이현이 여리의 벌어진 입술을 깨
물고는 눈을 맞췄다. 날카로웠던 눈이 열망으로 가득해져 있었다.

그가 여리의 목에 얼굴을 파묻었다.

"아아······."

목에 닿는 뜨거운 숨에 여리의 입에선 달뜬 신음이 흘러나왔다. 이현이 여리 목에 남겨진 붉은 자국들을 보며 웃었다. 또 하나하나 확인하듯 입을 맞추기도 했다.

"목을 가릴 만한 옷으로 가져오라고 했어. 내가 낸 자국이 너무 많아서."

이현의 말할 때마다 벌어진 입술 틈으로 새어 나온 뜨거운 숨이 여리의 귀와 목을 간질였다.

"넌 목이 예뻐."

그의 입술이 여리의 귓가를 사탕 물 듯 달래고 적셨다.

"하아······."

똑똑—

금방이라도 뜨거움을 못 이겨 쓰러질 것 같던 두 사람 사이로 노크 소리가 울렸다. 이현이 젖은 눈을 들어 날을 세웠다. 이를 가는 듯 으르렁대는 모습이 꼭 사냥을 앞둔 맹수 같았다. 이현이 화를 달래려는 듯 여리의 얼굴을 감싸고 눈을 맞췄다. 아주 잠깐의 시선이 오갔다.

"뭐, 시간은 많으니까."

그는 아침에 조찬 모임이 있다고 했다. 아침을 먹으며 회의도 하는 거라는데 미루거나 빠지기는 어려운 자리라고 했다. 회사로 가는 동안 이현은 비서를 통해 회의 안건과 주식 변동 사항에 대해 보고받았다. 금수저로 태어나 놀고 즐기는 것만 하고 살 것 같던 이현의 색다른 모습이었다. 그래서 여리는 더욱 자신이 함께 가도 괜찮은지 의문이었다.

"저, 이사님."

"왜."

"저 정말 가도 돼요?"

같이 출근하자길래 일정이 여유롭나 싶었는데 비서의 말로는 많다고 했다.

"이사님 바쁘신데 방해하는 것 같아서요."

더 정확히 말하면 이현을 제외한 다른 사람들에게 방해가 될까 싶어서였다. 이현이 그런 여리를 무심한 얼굴로 쳐다보았다.

"내 회사야."

"……."

"누가 토를 달아."

그 이후로는 여리도 별말 하지 않았다. 타고나기를 안하무인인 걸 어쩌나 싶었다.

번쩍번쩍 빛이 나는 건물 앞에 차가 멈췄다. 이화그룹의 메인 사업인 이화전자도 아닌 이화통신일 뿐인데도 그 크기가 어마어마했다.

"뭐 해?"

"정말 높네요. 크고."

"작고 낮을 줄 알았어?"

이현은 그게 뭐 대수냐며 어깨를 으쓱였다. 건물 앞에서 이현을 기다리던 수행원들이 자연스럽게 이현을 감쌌다. 그중 가장 나이가 많아 보이는 남자가 여리의 곁에 섰다.

"여리 씨는 저랑 같이 가시면 됩니다."

이현이 여러 명의 수행원들과 함께 엘리베이터를 타는 동안 여리는 다른 엘리베이터를 타고 뒤따랐다. 엘리베이터는 건물의 맨 끝까지 단숨에 올라갔고 그곳엔 이현의 단독 집무실이 있었다.

"들어가시면 됩니다."

여리와 함께 엘리베이터를 타고 올라온 남자가 물러나며 말했다.

"감사합니다."

꾸벅 인사를 하고 나서야 문을 열었다. 검은색으로 칠한 문 너머에 이현이 슈트 재킷을 벗고 있는 모습이 보였다. 뭘 어찌해야 할지 몰라 여리는 헛기침으로 자신이 왔음을 알렸다. 이현이 뒤돌아 눈을 맞췄다.

"어…… 여긴 원래 아무도 없어요?"

여리가 어색해하며 말을 건넸다. 넓은 공간에 단둘만 있자니 호텔과 다를 바가 없었다.

"내 사무실이니까 나만 있는 게 당연하지."

여리는 열 명이 넘는 인원이 다닥다닥 붙어 일하는 제 소속사 사무실을 떠올렸다.

"저희 소속사 사무실은 여기의 반도 안 돼요. 숙소랑은…… 비교도 못 하겠네요."

여리의 숙소는 크리스탈 멤버 넷이 함께 사는 곳이었다. 한 명이 들어가 서면 꽉 차는 화장실 겸 욕실과 거실 겸 주방, 그리고 작은 방 하나가 있는 낡은 주택이었다.

"숙소?"

"저랑 멤버들이 같이 사는 숙소요. 저 빼고 다 지방 출신이라 연습생 때부터 같이 살았어요."

똑똑—

누군가 사무실 문을 두드렸다.

"들어와."

이현이 장난스러움을 거두고 사무적인 어투를 만들어 냈다. 여리와 함께 엘리베이터를 탔던 남자가 이현을 향해 고개를 숙였다. 그의 손엔 여러 권의 책이 들려 있었다.

"말씀하신 거 준비됐습니다."

"두고 나가."

이현은 남자를 쳐다보지도 않은 채 명령했고, 남자는 들고 온 책들을 넓은 테이블 위에 정갈히 올려 두었다. 그러고는 다시 이현을 향해 고개를 숙이고 사무실을 나갔다.

어색한 숨쉬기를 계속하던 여리가 이현을 빤히 쳐다보았다. 저것이 무엇인지 궁금하다는 표정이었다. 질문이라면 질색하는 이현이 이번에는 선선히 입을 열었다.

"골라."

"뭐를요?"

"뭐겠어."

이현이 느린 고갯짓으로 테이블을 가리켰다. 정확히는 테이블 위에 놓인 책들을 가리켰다. 여리가 걸음을 옮겨 테이블 위에 놓인 책들을 살폈다.

"아—"

책으로 보였던 것들은 모두 영화 시나리오나 드라마 대본이었다.

"나 일하는 동안 다 읽어 보고 제일 마음에 드는 걸로 말해."

"말하면요?"

"……."

"시켜 줄 거예요?"

"어."

여리는 이현이 자신을 놀린다고 생각했다. 어젯밤은 물론 오늘 아침에도 아이돌이라고 말했건만 그는 엉뚱한 선물을 건네고 있었다.

"왜 그러고 있어? 일 달라며."

이현이 자리에서 일어나 여리에게 다가갔다. 여리는 테이블 앞에 놓인 소파에 시무룩한 얼굴로 앉아 있었다. 이현이 그 속을 모르지 않았다.

"네가 가수인 건 알아."

"알아요?"

여리가 알긴 뭘 아냐는 듯 고개를 절레절레 흔들었다.

"알아. 아이돌 가수인 데다가 춤만 열 시간씩 연습하는 사람이라는 것도 알아."

"……."

"근데 얼굴을 알려야 노래가 팔릴 거 아냐. 일단은 유명해져야지. 짧은 드라마 중에 마음에 드는 걸로 골라. 난 그 드라마에 투자할 테니까."

이현이 한쪽 무릎을 굽히고 여리와 눈을 맞췄다. 선물을 주는 다정함보다는 사업을 하는 단호함이 서린 눈빛이었다.

"방송계에서 이화재단 투자를 거절하는 바보는 없어. 어디서든 원할 거고 난 널 캐스팅하는 조건으로 투자할 거야."

"아……."

"자신 없어?"

여리가 가수이기는 했지만 요즘 아이돌들이 노래만 하는 것은 아니었다. 연예계에서 가수와 배우의 경계는 허물어진 지 오래였고 여리 역시 멤버들과 함께 연기 레슨을 오랜 시간 받아 왔다. 자신이 없는 게 아니라 믿어지지 않는 것이었다.

"그게 아니라…… 조금 놀란 거예요."

"놀랄 거 없어. 앞으로 많은 게 바뀔 테니까."

"……."

"높은 곳으로 데려다준다고 했잖아."

이현의 깊은 눈동자가 여리의 마음을 울렸다. 복잡해진 심정 탓에 여리가 말을 멈추자 이현은 그런 여리의 다리를 쓸며 하이힐을 벗겨 냈다. 여리의 얼굴이 화르륵 타올랐다.

"뭐, 뭐 하는 거예요? 여기서……."

여리가 본능적으로 문을 쳐다보며 이현을 밀어 냈다. 이현이 장난스러운 눈으로 여리를 쳐다보았다.

"무슨 생각하는 거야?"

"아니, 이사님이……."

여리가 기어들어 가는 목소리로 중얼거렸다. 민망한 행동은 이현이 했는데 부끄러움은 자신의 몫인 것 같아 억울했다.

"너 허리 아프잖아. 편하게 대본 보라고."

이현이 하이힐을 멀리 치우며 여리의 허리를 톡톡 두드렸다. 부끄러워 숨기려 했던 것을 이현은 이미 알고 있었다.

"나 회의하면 두 시간 정도 걸려. 혼자 있을 수 있지?"

이현이 일어나 책상 위에 가득한 자료 중 하나를 챙겼다.

"저 애 아니거든요."

"잘 못 걷길래 앤 줄 알았지."

이현이 붉어진 얼굴의 여리를 다시 한 번 놀리며 웃었다.

"갔다 올 테니까 여기 있어. 어디 가지 말고."

이현이 나간 지 두 시간 하고도 한 시간이 더 지났다. 늦어지는 모양이었다. 배는 조금 고팠지만 넓은 소파가 편했다. 여리는 소파에 길게 앉아 다리를 쭉 뻗었다. 허리에 착 감겨 오는 스커트가 조금 불편하기는 했지만 참을 만했다.

대본을 읽는 것도 재미있었다. 제작 상태인 작품도 있었고, 아직 시놉시스 단계인 작품도 있었다. 가장 흥미를 끈 것은 이미 방영이 시작되어 중간 투입되는 조연을 찾는 드라마였다. 단 4회만 출연하는 짧은 역할이었다. 대신 등장도 인상적이었고 죽음도 장렬한 서사를 갖고 있었다. 대중들에게 짧게나마 인상을 남기기에는 이만한 역할이 없었다.

이현에게 얼른 보여 주고 싶었다. 마침 사무실 문이 열렸다.

"들어가시면 안 됩니다. 이사님 지금 자리에 안 계십니다."

이현의 수행원들이 사무실 안으로 들어오려는 한 남자를 급히 막았다. 남자의 생김새가 이현과 닮은 듯 달랐다.

"사장님!"

수행원들은 그를 사장이라고 불렀다.

"권이현, 이 새끼 어디 갔어? 당장 안 데려와?"

남자는 거친 언사로 사무실 안을 혼란스럽게 만들었다. 여리가 갑작스러운 소란에 놀라 소파에서 벌떡 일어났다. 벗고 있던 하이힐을 다시 신자 느슨해졌던 허리 통증이 배로 느껴졌다.

"넌 또 뭐야?"

남자가 여리를 향해 으르렁거렸다. 여리는 이현과 남자의 관계를 추측하려 애썼다. 생김새는 조금 닮았지만 이현보다는 인상이 옅었고 키도 조금 작았다. 나이도 이현보다는 많은 것 같았다.

이현은 이화그룹의 셋째라고 했다. 남자가 누구인지 알 것 같았다. 매스컴에서도 자주 보아 온 '이화호텔'의 사장, '권이환'이었다. 최근 마약 관련 혐의로 수사를 받을 만큼 소문이 안 좋은 사람이었다. 하지만 그가 어떤 사람이라는 것을 안다고 해서 할 말이 생기는 것은 아니었다. '안녕하세요, 저는 그쪽 동생의 투자를 받는 가수이자 곧 배우도 될 것 같은······.' 이라고 말할 수는 없으니 말이다.

심지어 남자는 이현에게 몹시 화가 나 있는 것으로 보아 어떤 말을 해도 부정적인 반응이 나올 것 같았다. 남자가 아무 말 없는 여리를 위아래를 훑어보며 헛웃음을 뱉었다. 형제의 유전자가 하나같이 무례한 모양이었다. 그가 성큼성큼 걸어와 여리의 턱을 우악스럽게 쥐었다.

"우리 아우님께서 인형 놀이를 하는구나."

치마 아래로 드러난 다리에 소름이 돋았다. 이현의 수행원들이 사색이 되어 서로의 눈치를 살폈다. 이대로 뱀과 같은 시선을 받아 내야만 하나 싶을 때,

"형님."

구원의 목소리가 귓속을 파고들었다. 밤새 귓가를 간질인 이현의 낮은 목소리였다.

"아, 드디어 오셨네."

남자가 이죽거리며 여리를 잡고 있던 손을 거칠게 놓았다. 그 힘에 여리가 자동으로 휘청였고 욕실에서처럼 어느새 다가온 이현의 팔이 여리의 허리를 붙들었다. 사무실이 정적에 휩싸였다.

"다 나가."

이현이 제 형을 노려보며 수행원들에게 명했다. 수행원들이 눈치를 보며 우루루 빠져나갔다. 여리도 그 틈에 빠져나가려 했지만 남자가 더 빨랐다.

"너 요즘도 계집질하냐? 이번엔 쟤야?"

노골적인 비아냥에 이현의 눈이 서늘해졌다. 이현이 여리를 도로 소파에 앉히며 이내 여유로운 표정을 지어 보였다.

"주사기 꽂고 병원 놀이 하는 것보다는 낫죠, 형님."

"뭐 이 새끼야? 형님? 됐고, 너 대체 아버지한테 무슨 소리를 한 거야?"

남자가 열을 올리며 이현을 노려보았다. 그럴수록 이현은 조용하고 차분해졌다.

"왜요, 아버지가 뭐라 하세요?"

"내가 네 꿍꿍이를 모를 것 같아? 네가 아버지 꼬드겨서 호텔 지분 나누기로 한 거잖아!"

이현은 이제 알겠다는 듯 웃으며 고개를 끄덕였다.

"전 별말씀 안 드렸어요. 굳이 다른 말씀 안 드려도 형님이 알아서 사고를 치시니까."

"하! 네가 그런다고 아버지 후계자가 될 수 있을 것 같아?"

남자가 목소리를 높였고 이현은 목소리를 낮췄다.

"없을 것 같아요?"

"너……!"

남자가 분을 못 이기고 이현에게 주먹을 날렸다. 여리는 살벌한 광경에 소리도 지르지 못한 채 자리에서 일어났다. 차라리 서로 치고받는 난투극이면 안타깝지도 않으련만 이현은 이상할 만큼 얌전히 제 형의 소란 아닌 소란을 받아 주고 있었다.

"천한 출신 주제에 은혜도 모르고……."

남자는 이현을 노려보며 씩씩거렸다.

"네가 아무리 날고 기어도 밖에서 낳아 온 천출이라는 사실은 안 변해. 몰라?"

"……."

"지금은 아버지가 우리끼리 경쟁하라고 쓸데없는 짓 하시지만 결국 회사는 본처 자식인 나랑 내 형이 갖게 될 거야. 그때가 되면 넌 빈털터리로 쫓겨날 거고!"

순간 이현의 얼굴이 하얗게 질리며 살기로 가득해졌다.

"한 번만 더 아버지한테 헛소리 지껄였다가는 네 더러운 출신 온 세상에 까발릴 줄 알아."

남자는 정확히 '천출'과 '더러운 출신' 부분에서 의도적으로 힘을 주고 강조했다. 이현을 모욕하고 저주하고자 하는 행위임이 분명했다. 가만히 듣고만 있는 이현의 꽉 쥔 주먹을 여리는 보았다. 증권가 찌라시에서도 돌지 않을 만큼 철저히 지켜지는 그 비밀이 이현을 고통스럽게 하는 듯 보였다. 매섭게 날이 선 눈이 한없이 외로워 보였다. 이현의 생김새가 유독 어리게 보이는 이유가 저 때문이 아닌가 싶었다.

남자는 혀를 차며 사무실을 빠져나갔다. 동시에 밖에서 대기하던 수행원들이 근심 가득한 얼굴로 들어왔다. 익숙한 듯 움직이는 태도를 보아 이런 경우가 잦은 듯했다.

"됐으니까 나가 봐."

이현이 피가 흐르는 입술 주변을 성의 없이 툭툭 문지르며 말했다. 수행원들은 이번에도 역시 눈치만 살필 뿐 누구 하나 말을 건네거나 어떠한 행동을 취하는 사람은 없었다. 이현은 그런 수행원들이 귀찮다는 듯 눈살을 찌푸렸다.

"나가라는 말 안 들려?"

그제야 검은 양복의 수행원들은 한숨을 푹 내쉬며 물러났다. 넓은 사무실에는 이현과 여리만이 남았다. 여리가 어색한 몸짓으로 이현을 향해 움직이자 이현은 고개를 돌렸다.

"너도 나가."

지친 목소리였다. 두터운 피곤을 경험하는 듯했다. 여리는 그 모습이 안타까워서라도 자리를 뜨고 싶지 않았다.

"허리…… 아파서 못 나가요. 여기 소파가 편해요."

어이없는 핑계이지만 상관없었다. 핑계는 핑계일 뿐이었다.

"이사님…… 괜찮으세요?"

이현이 날 선 눈을 빛내며 미간을 구겼다. 괜찮으냐는 말에 자존심이 상한 것 같았다.

"너도 이제 내가 만만해? 내 약점이라도 잡은 것 같아? 같잖은 동정심이라도 생겨?"

비약이 심했다. 말 속에 울컥거리는 감정들이 읽혔다.

"그런 거 아니에요."

"그런 게 아니면 뭐야."

"그냥…… 아파 보여서요. 입술이."

여리가 터진 입술 근처로 손을 뻗었다. 이현이 가는 손목을 거칠게 쳐 냈다. 그는 수치스러워하고 있었다. 어제까지만 해도 먹이사슬 꼭대기에서 여리를 농락하던 그는 지금 이 순간 약자가 되어 제 처지를 수치스러워하고 그 때문에 분노하고 있었다. 여리는 이현의 내면이 절망으로 허덕이고 있음을 보았다.

"이사님. 우리 밥 먹어요. 배고파요. 저 살 빼면 안 돼요."

상처받은 사람은 상처 있는 사람을 알아보는 법이다. 지나치지 못하는 건 덤이다. 특히 상처의 원인이 '가족'일 땐 더욱 그렇다. 가족에게 상처 입은 사람들의 안식처는 불행하게도 없기 때문이다.

3
상처 입은 사람들의 연대

"탕수육이요!"

뭐가 먹고 싶냐는 이현의 질문에 여리는 기다렸다는 듯이 대답을 늘어놓았다.

"탕수육?"

기름진 음식이라면 치를 떠는 이현이 되물었다.

"탕수육에 자장면이요. 아, 짬뽕도 먹고 싶은데. 뭐 먹지?"

"아까 아침에 다이어트한다고 하지 않았어?"

"아까 아침에 살 빼지 말라고 하지 않았어요?"

여리가 어깨를 으쓱였다.

"까분다."

이현이 차가운 목소리로 핀잔을 주며 비서에게 전화를 걸었다. 그러고는 여리가 말한 음식들을 일러 주며 주문을 지시했다. 여리는 상상만 해도 기분이 좋아지는 음식들을 떠올리며 살풋 웃었다.

여리가 허리를 짚으며 소파에 앉았다.

"이사님."

여리가 불렀지만 이현은 그런 여리를 무시하며 회의 자료에 시선을 쏟았다. 평소와 똑같은 사무실에 사람 한 명 늘었을 뿐인데도 이현은 머리가 지끈거릴 정도의 시끄러움을 느꼈다.

반면에 여리는 시끄러우려 노력했다. 가족 때문에 속상할 때면 일부러 TV 볼륨을 높이고 혼잣말을 중얼거리며 마음을 달래던 버릇 탓이었다. 이현에게도 그것이 도움이 될 것 같았다. 가족 문제는 애초에 해결이 불가능했다. 유일한 방법은 시끄럽고 소란스럽게 스스로를 괴롭히며 잊는 것뿐이었다.

"이사니임."

"아, 왜."

이현이 쥐고 있던 만년필을 가볍게 던지며 짜증을 부렸다.

"저 작품 정했어요."

여리가 그런 이현을 모른 척하며 대본을 꺼내 들었다. 그러자 이현이 잠깐 한숨을 뱉었다. 할 일이 태산인데 여리도 태산처럼 눈에 띄게 알짱거렸다. 쌓여 있는 보고서들을 책상 한편으로 밀어 두고 자리에서 일어났다.

"제대로 고른 거 맞아?"

"제일 하고 싶은 거는 맞아요."

여리가 대본을 건네며 말했다.

"논개?"

이현이 드라마 제목을 읊고는 대본과 대본 사이에 끼워진 캐릭터 소개를 진지한 눈길로 읽어 내려갔다.

"어때요?"

여리가 고개를 쭈욱 빼며 이현의 눈치를 살폈다.

"연기 데뷔는 이게 처음인데 사극을 할 수 있겠어?"

"다른 작품들처럼 전 회에 나오는 건 아니어서 오히려 덜 부담스러워요. 역할도 좋고."

캐릭터를 묘사하는 외모는 '그림같이 아름다운 여인'이었다. 여리는 혹여 제 자신이 뻔뻔해 보일까 걱정하며 얼굴을 붉혔다. 이현이 한쪽 팔로 얼굴을 괴며 여리를 빤히 쳐다보았다.

"왜, 왜요?"

"캐릭터는 잘 어울리네."

이현이 고개를 끄덕였고 여리는 '정말요?'라고 물으며 붉어진 얼굴에 미소를 걸었다.

여리가 고른 '논개'라는 작품은 방영한 지 약 6회 정도 지난 사극이었다. 아역 배우에서 성인 배우로 교체되는 시점에서 추가 캐스팅을 하는 것이었고 여리가 선택한 배역은 논개의 친구이자, 강단 있는 기생으로서 성인 배우로 교체된 지 딱 4회 만에 죽음으로 하차하는 역할이었다. 현재까지의 시청률도 긍정적이고 여리가 출연할 분량도 많지 않아 좋은 선택이 될 것 같았다.

특히나 캐릭터 소개란에 적힌 역할에 대한 묘사는 여리의 외형을 묘사했다고 봐도 무방할 정도로 비슷했다. 하얀 얼굴에 옅은 눈썹은 물론이고 갈색 눈동자와 주홍빛 입술 역시 여리의 특징이었다. 또 웃을 때 보이는 보조개와 가는 몸 선은 여리의 트레이드마크와 다를 바 없으니 정당한 방법으로 오디션을 봤어도 여리는 그 역할에 캐스팅되었을 게 분명했다. 이현은 작가가 거리를 거닐던 여리를 본 것이 틀림없다고 생각할 정도였다.

"이걸로 하자. 드라마 제작사랑 오늘 중으로 얘기 끝낼 거니까 대본 숙지 잘해. 낙하산인 거 티 내지 말고."

"그렇게 빨리요?"

여리의 눈이 커졌고 이현은 고개를 끄덕였다. 제작은 빠르게, 홍보는 공격적으로. 이현의 사업 스타일이었다. 이현이 다시 대본을 건넸다.

"바빠지겠네, 윤여리."

바빠질 거란 말에 여리는 가슴이 벅찼다. 그녀는 또래 친구들의 바쁨을 부러운 눈으로 바라보고는 했다. 대학교에 입학해 과제에 치이고, 일찍이 취업해 야근에 치이는 그들의 모습은 진짜 삶을 사는 사람들의 모습 같았고, 살아 있는 사람들의 모습 같았기 때문이었다.

이현은 무슨 생각을 하는지 얼굴이 붉어진 여리를 보며 신기해했다. 나름 연예인을 하겠다는 사람이 도무지 생각이나 감정을 숨길 줄을 몰랐다. 부끄러우면 얼굴을 붉혔고, 어딘가 불편하면 물기 어린 입술을 쭉 내밀곤 했다. 화가 날 때 빼고는 모든 감정을 숨기고 사는 이현과는 확실히 다른 존재였다.

수행원 둘이 탕수육과 자장면, 짬뽕을 고급스러운 다기 그릇에 옮겨 담아 가져왔다. 이현의 사무실과는 전혀 어울리지 않는 냄새가 따뜻하게 퍼졌다.

"와아—"

"그렇게 좋아?"

"당연하죠. 그동안은 대표님 때문……."

여리가 잠깐 이현의 눈치를 봤다.

"……에 못 먹기도 했고, 하루 식비가 얼마 안 돼서 먹고 싶어도 먹을 수가 없었거든요. 어쩌다가 자장면 한 그릇은 몰라도 탕수육은 꿈의 음식이었어요."

"하루 식비가 얼마였는데?"

"오천 원이요."

여리가 작고 가는 손가락을 쫙 펴 보이며 말했다. 이현이 진심으로 놀랐다는 듯 '말이 돼?' 라고 반문했다.

"다이어트 때문에 하루에 한 끼만 먹었으니까요. 그렇게 따지면 뭐 별로 적은 것도 아니에요."

"적은 게 아니긴."

이현이 탕수육이 담긴 접시를 여리 가까이로 밀어 주었다.

"이사님은 안 드세요?"

"이런 거 안 먹어."

"왜요?"

"불결해."

이현이 눈살을 찌푸리며 고개를 돌렸다.

"에이, 혼자 먹으면 맛없는데."

여리가 탕수육 조각 하나를 소스에 퐁당 찍으며 중얼거렸다.

"너 이미 혼자 먹고 있거든."

이현은 그런 여리를 한심하다는 듯 쳐다보며 말했다. 여리는 아랑 곳 않고 입 안 가득 탕수육을 집어넣으며 오물거렸다. 살이라도 찔까 튀김이나 밀가루 음식을 못 먹은 지 오래여서 더 맛있게 느껴졌다.

"짬뽕도 안 드실 거예요?"

여리의 전투적인 물음에 이현은 포기한 듯 고개를 끄덕였다. 짬 뽕 그릇을 밀어 주는 것 역시 잊지 않았다. 이현은 저 많은 음식이 다 어디로 들어갈까 싶었다. 키도 작은 편에 타고난 체구도 작은 여리는 생각보다 식성이 좋았다.

"이번 주는 먹고 싶은 거 다 먹어. 일 시작하면 시간 없어서 못 먹을 테니까."

이현이 아트재단의 제작 투자 팀에서 보내 온 스케줄 표를 보며
말했다.

"밥도 못 먹을 만큼 바빠져요?"

"드라마 촬영이랑 앨범 준비 병행이 어디 쉬운 줄 알아."

"앨범도…… 준비해요?"

여리는 앨범이라는 말에 신나게 움직이던 젓가락을 멈췄다. 데
뷔 앨범이 장렬하게 망하고 난 뒤 소속사에선 차기 앨범을 내 주
지 않고 있었다. 이현도 유명해지는 게 우선이라 말해서 앨범은 나
중 일로 미뤄진 줄 알았다.

"당연하지. 너 가수잖아."

누군가 자신에게 너는 가수라고 말해 준 적이 있었던가, 여리는
생각했다. 부모님은 그녀에게 가망도 없는 무명 가수 노릇 그만하
라 하기 일쑤였고, 친구들은 지금이라도 빨리 의미 없는 연습생 그
만하라고 훈수를 두었다. 소속사 대표 역시 그녀와 멤버 모두에게
가수라고 불러 준 적은 없었다.

"쉬엄쉬엄 일할 생각 하지 마. 물 들어올 땐 죽을힘 다해 노 젓
는 거야."

"그럴게요."

여리가 힘차게 고개를 끄덕였다.

"아, 광고도 곧 찍을 거니까 야식은 먹지 마."

이현이 책상 위에 있던 보고서들을 가져와 살피며 말했다. 여리
는 그런 이현의 무심한 태도나 바빠 보이는 시선에 상관없이 '광
고'라는 단어에 의문을 품었다.

"저한테 광고를 맡길 태평한 기업이 있어요?"

"있더라고."

"어디요?"

"이화통신."

"아, 이화통…… 네? 이화통신이요? 이사님이 광고 주시는 거예요?"

여리가 상체를 바짝 당겨 물었다.

"어."

여리가 놀란 입을 다물지 못하고 이현을 빤히 쳐다보았다. 이현은 상관없이 계속해서 보고서를 보았다. 중간중간 무언가를 휘갈기기도 했고, 미간을 구기며 노려보기도 했다. 그래도 여리는 계속 이현을 쳐다보았다. 결국 이현이 보고서에 꽂힌 시선을 여리에게로 돌렸다.

"또, 왜."

"저 무슨 광고 찍어요?"

여리는 분수처럼 솟는 호기심을 누를 수 없었다.

"우리 회사에서 찍을 광고가 뭐겠어."

이현이 여리의 옆에 놓인 하얀색 핸드폰을 가리켰다. 여리를 처음 만난 날, 자신과의 연락을 위해 건넸던 핸드폰이었다.

"그 핸드폰 아직 시판 안 된 거야."

이현의 말에 여리는 재빨리 핸드폰을 살폈다. 받는 순간이 워낙 극적이라 제대로 살피지 않았는데 이제 보니 정말 처음 보는 디자인의 핸드폰이었다. 여리는 이현과 자신의 거래 증표이자 족쇄이면서 정상으로 가는 사다리이기도 한 핸드폰의 광고 모델을 자신이 하게 된다는 사실이 참 아이러니하다고 생각했다.

이현이 여러 보고서 중 하나를 펼치며 여리에게 보여 주었다.

"광고사에서 보낸 콘티야. 네가 할 거니까 보고 의견 내."

여리가 보고서를 건네받으며 어지러운 듯 고개를 흔들었다.

"적응하기 어렵네요."

"뭐가?"

"전부요."

얼떨떨한 표정을 짓는 여리를 향해 이현이 건조하게 웃었다.

"아닐걸. 놀랄 정도로 빨리 적응할 거야."

이현은 그런 사람들을 많이 봐 왔다. 꼭 연예인이 아니어도 마찬가지였다. 벼락스타든 졸부든 인간은 상황에 빨리 적응했고, 그에 걸맞은 태도로 변화했다. 여리가 지금 느끼는 어색함과 황송함은 얼마 지나지 않아 사라지고, 가진 자의 여유와 정점을 차지한 자의 불안이 그 자리를 대신할 것이었다.

"그러니까 즐겨."

"한가한 거요?"

"아니, 신인의 자세."

이현이 자리에서 일어나 책상으로 돌아가자 여리는 젓가락 대신 콘티를 펼쳤다.

"이사님, 화장실이 어디예요?"

한참 동안 콘티를 보며, 음식을 먹던 여리는 하이힐을 신고 낑낑거리며 화장실을 찾았다.

"나가서 왼쪽."

"일회용 칫솔 같은 것도 혹시 있어요?"

"나가면 비서들 있을 거야. 아무나 붙잡고 말해."

"네에."

여리가 고개를 끄덕이며 밖으로 나갔다. 다시 조용해진 사무실 안의 적막을 이현은 반겼다.

고요함을 즐기는 것도 잠시. 이현은 짜증이 나기 시작했다. 여리가 나간 지 삼십 분이 넘도록 오지 않았기 때문이었다. 허리와 다리가 불편하니 조금 오래 걸릴 수 있다고 생각하긴 했지만 이현은 만년필을 쥔 손에 힘이 들어갔다.

"어디서 뭘 하길래."

이현은 여리의 절뚝임이, 형과의 만남이, 그로 인해 비밀을 안 여리가 신경 쓰여 도무지 집중할 수가 없었다. 결국 핸드폰을 들어 전화를 걸었다. 동시에 여리가 사무실 안으로 들어왔다.

"왜요?"

여리가 전화하듯 핸드폰을 귀에 댄 채로 물었다. 이현이 어이없는 표정으로 여리를 쳐다보았다.

"혹시 변비야?"

이현이 비아냥거리며 물었다.

"네?"

"화장실만 들어가면 나올 생각을 안 하잖아."

아마 반신욕을 하느라 늦게 나왔던 아침을 말하는 모양이었다. 이번엔 여리가 어이없는 얼굴로 이현을 쳐다보았다. 이현의 두 눈이 쓸데없이 날카로웠다.

"변비 아니거든요."

"그럼."

"뭐가요."

"삼십 분 동안 밖에서 뭐 했어."

그는 통제되지 않는 상황을 지극히 싫어했다. 아직 여리에 대해 아는 것이 별로 없었고 그만큼 여리의 행동반경이나 성향에 대해 짐작할 수 있는 것도 적었다.

이현이 곱게 묶인 넥타이를 반쯤 풀어내며 미간을 구겼다. 여리
는 그런 이현과 눈을 맞추며 약봉지 하나를 꺼냈다.

"약국 다녀왔어요."

이현의 눈이 더욱 매서워졌다.

"그렇게 아파?"

이현이 여리의 허리를 노려보며 물었다.

"그런 건 그냥 나한테 말해. 미련하게 굴지 말고."

이현이 신경질적으로 말하자 여리는 그의 가까이로 다가가 고개
를 저었다.

"허리 때문에 간 거 아닌데."

"그럼 뭐야."

"소독약이랑 연고 사 왔어요."

여리가 입술을 가리키며 말하자 이현은 짜증이 더욱 솟구쳤다.

"시키지도 않은 짓 좀 하지 마."

"비서분한테 말하기는 좀 그렇잖아요. 형이 그런 거니까."

여리는 내내 핏기가 물린 이현의 입술이 신경 쓰였다. 스스로
연고를 사거나, 누군가에게 부탁할 위인이 아니라는 것쯤은 하룻
밤 사이로도 알 수 있었다. 여리가 소독약의 포장지를 뜯어냈다.

이현은 비서가 알게 되어도 상관없었다. 고작해야 비서일 뿐이
었고 그게 누구든 이화그룹의 형제들이 사이가 좋을 것이라고 생
각하는 사람은 없었다. 기대가 없으니 기대를 충족하려는 욕구도
단연 없었다.

"제때 소독 안 하면 흉 져요. 연예인처럼 맨날 신문에 실리면
서…… 이런 거 신경 써야죠."

여리도 가족에게 마음을 다칠 때면 그 누구에게도 말하지 못한

채 숨죽여 울었었다. 누군가에게 말하면 흉볼까 겁이 났고, 말해 봤자 값싼 동정심만 커질 뿐이라는 걸 잘 알았다.

"비서님보다는 제가 낫잖아요."

여리가 말했다.

"주인 무는 개는 없어요."

이현의 눈이 빛났고 여리는 새끼손가락에 연고를 덜어 상처에 조금씩 펴 발랐다. 이현은 따끔거리는 통증에 거북함이 들긴 했지만 아주 잠깐 동안은 얌전히 있기로 했다.

"네가 개야?"

이현이 묻자 여리가 폭 파인 보조개를 만들며 웃었다.

"개는 좀 그렇죠? 강아지는 어때요?"

여리가 투명한 갈색 눈을 반짝였다.

✳

여리는 이현의 말대로 금세 바쁜 사람이 되었다. 소속사로는 유명 작곡가들의 신곡이 도착했고, 드라마 촬영일도 하루 앞으로 다가와 대본 연습에 여념이 없었다. 그중에서도 오늘은 이현이 말했던 핸드폰 광고를 찍는 날이었다.

"안녕하세요, 감독님. 윤여리라고 합니다."

"아, 반가워요. 여리 씨."

꽤 유명한 CF 감독인 남자는 여리를 보며 흡족한 웃음을 터트렸다.

"이사님 말씀이 맞네요. 여리 씨가 워낙 신인이라 좀 걱정했는데."

"네?"

"제가 조금 더 인지도 있는 모델을 쓰는 게 좋지 않겠냐고 제안 드렸거든요. 이사님이 단번에 거절하시더라고요. 여리 씨만큼 이번 콘셉트랑 맞는 모델 없다고."

"아……."

광고의 주제는 '홍조'였다. 이제 막 사랑을 깨달은 소녀가 만들 어 내는 홍조. 여리의 하얀 얼굴과 붉은 뺨에 무척이나 잘 어울리 는 주제였다.

"여리 씨, 눈 감아 보세요."

많은 사람들이 여리에게 달려들어 메이크업과 헤어, 의상 피팅 을 진행했다. 주제가 주제인 만큼 화장은 피부만 투명하게 만들고 과한 눈 화장이나 색조는 생략했다. 헤어도 여리의 긴 머리카락을 자연스럽게 물결치는 정도로만 신경을 썼다. 그 위엔 초록 풀잎과 하얀 들꽃을 엮은 화관을 얹었다. 간단해 보여도 약 세 시간 반 정 도를 소요했다. 의상은 핸드폰 색깔과 맞춘 파스텔 톤의 팔랑이는 시폰 원피스였다.

"와, 여리 씨 요정 같아요."

메이크업 스태프가 말했다. 과장이나 의무적인 칭찬이 아니었 다. 작고 왜소한 체구의 여리가 분홍빛 도는 흰색 원피스를 입고 긴 머리카락을 휘날리니 봄의 요정 같은 싱그러움과 사랑스러움이 듬뿍 넘쳤다. 감독은 기꺼워했고, 매니저는 감동이라도 했다는 듯 눈을 글썽였다.

"정말 괜찮아요?"

계속되는 칭찬에 몸 둘 바를 모르던 여리가 매니저에게 다가가 조용히 속삭였다.

"내가 본 네 모습 중 가장 예뻐. 주제가 너랑 딱인 것 같아."

여리는 그제야 안심하며 콩닥거리는 가슴을 쓸었다. 이현의 힘으로 애써 얻은 기회를 망칠까 봐 밤새 마음을 졸였다.

"자, 시작하겠습니다."

촬영이 시작되고 여리는 인공 벚꽃나무가 만개한 세트장 거리를 천천히 거닐었다.

"좋아요, 카메라 한 번 보고."

촬영장 분위기는 순조롭고 또 부드러웠다. 벚꽃과 여리는 한 몸으로 태어난 듯 잘 어울렸고, 싱그러운 미소를 지어 보이는 여리의 얼굴은 누가 봐도 모델로서 손색이 없었다.

"잠깐 쉬었다 갈게요!"

조연출의 우렁찬 목소리에 바쁘게 움직이던 스태프들의 움직임이 느슨해졌다. 매니저가 여리에게 달려가 엄지손가락을 치켜세웠다.

"윤여리 너 완전 천생 연예인인데?"

"그래요?"

"그렇다니까. 뒤에서 스태프들이 예쁘다고 난리였어."

"다행이에요."

여리가 부끄러운 듯 웃어 보였다. 이화통신의 광고는 언제나 좋은 영상미와 세련된 감각으로 사람들의 이목을 끌었다. 그러한 광고의 주인공인 영광을 차지했으니 열심히 하지 않을 수 없었다. 다 된 밥에 재를 뿌리기보다는 화룡점정, 신의 한 수가 되고 싶은 것이 그녀 마음이었다.

쉬는 시간 중에도 모델인 여리는 쉴 수 없었다. 촬영 중 지워지고 번진 메이크업과 풀린 헤어를 수정하기 위해 다가온 담당자들에게 몸을 내어 주기 바빴다.

"자, 다시 촬영 들어갈게요!"

역시나 조연출의 외침과 함께 카메라에 빨간 불이 들어왔다. 감독은 모니터 테이블에 앉았고 여리도 흐트러진 정신을 가다듬었다. 그러다 일순간 촬영장 분위기가 술렁이기 시작했다. 하나의 무리가 촬영장 안으로 들어섬과 동시에 감독까지 자리에서 일어나는 것이 보였다.

사무적인 얼굴로 무장한 슈트 차림의 이현과 그의 수행원들이었다. 감독이 조금은 긴장한 얼굴로 이현에게 고개를 숙였다.

"이사님이 이렇게 직접……. 미리 연락이라도 주시지 그러셨어요."

"응원차 온 것뿐입니다. 신경 쓰지 마세요."

이현은 감독의 어깨를 가볍게 두드렸다. 여자 스태프들의 시선이 이현에게로 집중되었다. 연예계 사람들과 견주어도 밀릴 외모가 아니었으니 그런 시선은 당연한 것이었다.

"진행은 어때요."

"걱정하실 것 없습니다. 이사님 말씀대로 여리 씨가 워낙 잘하고 있어서요."

감독이 여리에 대한 칭찬을 아끼지 않자 이현이 '그래요.' 하며 낮게 웃었다.

"그럼 계속 진행하세요."

이현은 모니터 테이블 바로 옆 의자에 앉아 콘티와 제품에 대한 마케팅 전략 보고서를 펼쳤다. 누가 보아도 사업차 방문한 광고주의 모습이었다.

감독은 불편하지만 어쩔 수 없다는 듯 고개를 끄덕이며 촬영을 재개했다. 여리는 다시 벚꽃나무 사이를 걸으며 따뜻한 봄 내음에 취한 소녀가 되었다. 분위기 몰입을 위해 틀어 놓은 잔잔한 피아노 소리와 겨울에는 절대로 볼 수 없는 벚꽃의 존재가 몽환적이었다.

"자, 오케이! B 스튜디오로 넘어가서 클로즈업 신 찍읍시다."

스태프들이 크고 작은 장비들을 챙겨 바로 옆 스튜디오로 옮겨 갔다. 여리도 얇은 원피스 자락을 손에 쥐며 메이크업 아티스트들과 함께 자리를 옮겼다. 그 모습을 멀리서 보던 이현이 여리의 매니저를 찾았다.

"윤여리 매니저 누구야."

이현의 목소리에서 날 선 서늘함을 느낀 비서는 미리 익혀 둔 신상 정보를 머릿속으로 펼치며 재빨리 사람들을 살폈다. 통통하니 몸집이 큰 남자가 여리의 뒤를 따르는 것이 보였다.

"아, 저기 여리 씨 뒤에 파란 옷 입고 계신 분이 매니접니다. 모셔 올까요?"

이현은 짧게 고개를 끄덕였고 매니저는 군말 없이 이현의 앞에 서게 되었다.

"여리 매니저, 김준호라고 합니다."

매니저는 자신이 왜 이현과 대면해야 하는지, 이현이 왜 자기를 못마땅한 얼굴로 쳐다보는지 알 수 없었다. 모두들 바쁜 와중에 고고한 자태로 긴 다리를 꼰 이현이 매니저와 눈을 맞췄다.

"지금이 봄인가?"

"네?"

매니저는 지금이 봄이냐는 이현의 난데없는 질문에 당황해했다. 봄은커녕 칼바람이 부는 지금은 겨울이었다. 벚꽃은 여리가 선 세트장에나 존재할 뿐이었다.

"봄이냐고."

이현이 눈에 날을 세우고 다시 물었다.

"아, 아뇨. 겨울이죠. 아직 2월이니까……."

매니저는 저도 모르게 말을 더듬으며 답했다. 소문으로만 들었을 땐 그냥 조금 거만한 사람이겠거니 했는데 마주하니 오금이 저릴 정도의 위협적인 분위기가 있었다. 여리가 대단하다고 느껴질 정도였다. 어떻게 이토록 서늘한 남자와 밥을 먹고 시간을 보내는지 이해할 수 없었다.

"아, 난 내가 착각하는 줄 알았지."

생각이 가득한 매니저의 머릿속으로 이현의 나른한 목소리가 흘렀다.

"윤여리가 쉬는 도중에도 헐벗고 돌아다니더라고. 한겨울 스튜디오에서."

이현이 낮은 목소리로 '한겨울'이라는 말에 이를 갈았다. 그는 여리가 쉬는 시간이나 스튜디오를 옮기는 와중에도 속이 다 비치도록 하늘거리는 원피스만 입고 있는 것이 불만이었다. 매니저는 그제야 이현이 무엇에 화가 난 것인지 알아차렸다.

"촬영이 워낙 타이트해서……. 죄송합니다."

"바쁜 건 윤여리지 당신이 아니잖아."

이현이 당장이라도 잡아먹을 것처럼 말하자, 할 말이 없어진 매니저는 고개만 숙이고 있었다.

"윤여리가 감기라도 걸리면 어쩌려고 이렇게 뻔뻔해."

이현은 어처구니가 없었다. 그의 상식에선 매니저와 소속사 직원들 모두가 여리에게 벌벌 기어도 모자랐다. 여리가 드라마를 찍고, 광고의 모델이 되고, 앨범을 내어도 그 수익의 전부가 여리의 것은 아니었다. 신인 계약의 특성상 대부분은 소속사의 입으로 들어갈 것이 뻔했다. 고로 여리의 노동은 소속사의 자금줄이고, 여리의 바쁨은 회사의 성공이나 다름없었다. 그들은 여리에게 모든 편의를 제공해도 모자랐다.

"촬영장 구석에서 핸드폰 게임이나 할 시간에 외투 들고 수시로 챙겨야지. 매니저가 안 하면 누가 그런 일을 해?"

"……."

"안 그래?"

이현이 싸늘한 눈으로 매니저를 노려보았다. 그의 살벌함에 매니저의 통통한 손끝이 덜덜 떨렸다.

"앞으로 조, 조심하겠습니다."

매니저는 얼굴이 벌게진 채로 이현을 향해 연신 허리를 숙였다. 그가 혀를 차며 자리에서 일어났다.

이현의 어린 시절은 냉정한 아버지의 방관과 생모가 아닌 어머니의 학대, 핏줄이 반만 섞인 형제들의 질투로 정의할 수 있었다. 때문에 평범한 사람들이라면 가졌을 것들을 온전하게 갖지 못했다. 아버지의 믿음도 반쪽 짜리였고, 가정의 보살핌도 반쪽이었으며, 가족의 지원과 기대도 반쪽이었다. 그런 그가 유일하게 온전히 가질 수 있는 것은 돈을 주고 살 수 있는 것들뿐이었다.

그렇게 만들어진 그의 텅 빈 소유는 제 것에 대한 집착과 소유욕을 거대한 크기로 자라게 했다. 그런 의미에서 여리도 마찬가지였다. 여리는 그의 것이 되었고 여리는 그를 위해 존재해야 했다. 동시에 완벽해야 했고, 이현을 제외한 모든 이들 위에서 군림해야 했다. 또한 어렵고 힘든 일은 어떤 것도 경험하지 않아야 했다.

때문에 추위 속에 여리를 방치한 매니저에게 불같이 화가 난 것이다. 주변에 스태프들이 없었으면 매니저는 아마 이현의 무자비한 폭력과 마주해야 했을지도 몰랐다.

치솟는 분노를 간신히 누르고 걸음을 옮겨 도착한 B 스튜디오에
선 이미 촬영이 시작되고 있었다. 여리는 얼굴 바로 아래에 반사판
을 두고 끊임없이 웃고, 웃고 또 웃었다. 이현이 그런 여리를 한동
안 가만히 쳐다보았다. 모두들 두꺼운 일상 옷을 입고 있는 데 반
해 혼자 얇은 원피스 한 장 걸친 모습이 참 다른 세상 사람 같았다.

"자, 여리 씨! 수줍게 웃어 봐요. 사랑하지만 사랑하지 않는 것
처럼!"

감독은 '보라색으로 걸어 봐.'와 같은 말도 안 되는 주문을 여
리에게 던졌다. 주변 스태프들이 재미있다는 듯 웃었고 여리도
'그게 뭐예요.' 하며 웃었다. 해맑게 소리 내어 웃은 여리의 시선
끝에는 이현이 있었다. 낯선 사람들이 가득한 촬영장에서 이현의
존재는 모순적이게도 반가웠다.

"좋아! 그렇게 한 번 더!"

감독은 연신 오케이를 외치며 여리의 미소를 찬양했고 시간은
열정적으로 흘렀다. 조연출이 다시 쉬는 시간을 외쳤다.

"어떠세요?"

감독이 이현에게 물었다.

"좋네요."

이현이 사무적이면서도 근사한 미소를 지으며 말했다.

"저는 이제 안심하고 가도 될 것 같습니다. 마무리도 수고해 주
세요. 아, 쉬는 동안 뭐라도 드셔야죠."

이현이 비서를 쳐다보자 비서는 모든 게 준비되었다는 뜻으로
고개를 끄덕였다.

"식사까지는 못하실 것 같아서 커피와 간식 부스 불렀습니다.

간단히 드시고 광고 잘 찍어 주세요."

이현이 부드럽게 웃으며 감독과 악수를 나눴다. 아마 누군가 이 광경을 본다면 이현이 사람을 개 보듯 하며 폭력적이고 냉정한 사람이라는 것을 전혀 상상하지 못할 것이다. 그에게 있어 대중의 심리는 손바닥 뒤집는 것보다 쉬웠다. 기댈 곳 없는 사람들의 습관 같은 능력이자 훈련된 재능이었다.

여리는 대기실에 들어가 싸구려 소파에 몸을 뉘었다. 하루 종일 웃느라 얼굴에 경련이 일어날 지경이었다. 간식이고 뭐고 쉬는 동안 잠깐이라도 긴장을 풀고 싶었다.

"오빠, 오빠도 나가서 간식 먹어요."

"어? 아, 아니야. 난 네 옆에 있어야지. 하하."

이현에게 한 소리를 들은 매니저가 등줄기에 식은땀을 흘리며 손을 내저었다.

"내가 뭐 일하는 중인 것도 아니고 괜찮아요. 안 가면 미안해서 더 불편해. 나 혼자 조용히 쉴래요."

"그, 그럴래?"

새벽부터 아무것도 먹지 못한 매니저가 반색을 표하며 물었다. 대기실 밖에서 이미 따뜻한 커피와 어묵, 떡볶이와 김밥 같은 분식류의 맛있는 냄새가 솔솔 풍기고 있었다.

"응, 다녀와요."

여리는 힘없는 손을 건성으로 흔들었고, 매니저는 금방 다녀오겠다는 말을 여러 번 남기며 쏜살같이 사라졌다.

소파에 등을 붙이려는 찰나 하얀색 핸드폰에 진동이 울렸다. 촬영하는 중간에도 차마 전원을 끌 수 없는 핸드폰이었다.

"네, 이사님."

— 어디야.

촬영 인파 사이로 보였던 이현이 보이지 않아 인사도 없이 떠났나 싶었는데 목소리를 들으니 긴장이 풀려 노곤해졌다.

"대기실에 있어요. 여자 화장실 옆에 있는."

— 누구랑.

"혼자요."

핸드폰 너머로 이현의 짜증스러운 한숨이 터져 나왔다.

— 네 매니저는 일 안 해?

"제가 나가서 간식 먹으라고 했어요. 혼자 쉬고 싶어서."

— ……끊어.

고작 그렇게 전화가 끊어지자 여리는 다시 통화 버튼을 누를까 한참을 고민했다. 고맙다는 말도 하고 싶었고, 촬영분이 마음에 드는지도 묻고 싶었는데 여리는 전화할 수 없었다.

모르겠다는 심정으로 소파에 몸을 묻고 몸을 웅크리는데 대기실 문이 열렸다.

"추워?"

소리 없이 들어온 이현이 눈살을 찌푸리며 물었다.

"아, 아뇨. 그냥 피곤해서 그래요."

여리가 소파에서 몸을 일으키자 이현이 대기실 문을 걸어 잠갔다.

"왜 문을……."

여리가 질문을 마치기도 전에 다가온 이현의 입술이 여리의 입술을 삼켰다. 갑작스러움에 놀란 여리가 몸을 뒤로 빼자 이현이 하얀 목을 감싸 가까이 끌어당겼다. 이현이 가는 허리를 품 안으로 당겼다. 짙은 머스크 향이 여리의 입 안으로 넘실넘실 흘러들어 갔다.

"하아……."

진한 키스와 피곤함으로 몽롱해진 여리의 다리에 힘이 풀리자 이현이 단단한 팔로 여리를 더 깊게 끌어안았다. 숨 막히는 호흡에 여리가 칭얼거리자 그제야 떨어진 이현이 여리의 아랫입술을 아프지 않게 깨물었다. 아쉬움은 가는 목과 쇄골 사이에 얼굴을 묻는 것으로 대신했다.

"오늘은…… 안 되겠지?"

이현이 하얀 목과 쇄골 전체에 끈적이는 입술을 찍어 내리며 중얼거렸다.

"네 목."

"……."

"너무 하얘서 다 깨물고 싶어."

"뭐예요……."

여리가 얼굴을 붉히며 그를 밀어 내려 하자, 그는 그런 여리를 더욱 끌어안아 품속에 가뒀다.

"허리는 아직도 아파?"

이현이 가는 허리를 어루만지며 물었다. 여리가 고개를 저었다.

"이제 괜찮아요. 신경 안 쓰셔도 돼요."

"그래?"

이현이 능글맞은 미소를 지으며 여리를 단숨에 들어 올려 테이블 위에 앉혔다. 그의 크고 긴 손이 여리의 허벅지를 움켜쥐며 제 허리를 감싸게 했다.

"왜, 왜 이래요. 여기 일턴데……."

"사람들 밥 먹잖아. 조용히 하면 괜찮아. 저번처럼."

이현이 짙은 눈으로 여리와 눈을 맞췄다. 여리의 머릿속에 입을 막고 신음을 참아 내던 지난 모습이 떠올랐다.

"잘 참아 봐."

여리의 손에 깍지를 낀 이현이 열렬한 키스를 퍼부었다. 맞붙은 입술 사이로 뜨거운 열기가 한참이나 오갔다. 미끈거리는 입술이 떨어질 때쯤 나른하게 풀린 눈을 깜빡이던 여리가 물었다.

"정말…… 여기서 해요?"

이현이 여리의 턱 끝을 가볍게 쓸며 짧게 입을 맞췄다.

"아니."

✱

광고는 여리가 출연한 드라마 방송분이 방영되고 난 후에 브라운관과 스크린, 인터넷으로 실린다고 했다. 여리의 얼굴이 조금이나마 대중에게 인식되고, 대중의 호기심이 일어난 후에 광고 효과를 보겠다는 전략이었다.

여리는 드라마 촬영도 시작했다. 청아한 푸른색의 한복을 입고 높다란 가채머리를 한 여리는 8시간의 대기 시간과 9시간의 촬영을 꿋꿋하게 견디며 촬영장에서의 첫날을 보냈다.

"으아아, 진짜 피곤하다."

이현이 제공해 준 밴에 몸을 실은 여리는 기지개와 함께 하품을 했다. 긴장이 풀리자 숨어 있던 졸음이 파도처럼 밀려들었다.

"그래도 내일은 네 촬영분 없어서 다행이다. 밤늦게 녹음 스케줄이 하나 있긴 한데 그사이에 잘 수 있을 거야."

매니저가 담요를 건네주며 말했다.

"녹음 스케줄이요?"

"어, 밤 11시. 그 다음 날 드라마 촬영이 오전부터 있어서 조금 일찍 시작하면 안 되냐고 사정했는데 프로듀서가 절대 안 된대. 자기는 밤늦게 작업해야 잘된다나 뭐라나. 하여튼 잘나가는 것들은 지들이 왕인 줄 알아요. 누가 유명 프로듀서 아니랄까 봐."

생전 처음으로 타이트한 스케줄 조정을 하게 된 매니저는 스트레스가 이만저만이 아니었다. 상대해야 하는 사람들만 수십 명이 넘었고 하루 24시간밖에 없는 시간을 분 단위로 쪼개 계산해야 했다.

"오빠가 고생 많아요."

여리가 달래듯 맞장구를 쳤다.

"에휴, 고생은 네가 제일 많지. 그리고 할 일 없어서 노는 것보단 이게 나아. 이제야 좀 제대로 일하는 것 같기도 하고."

자신이 맡은 연예인이 한가하면 매니저도 한가하기 마련이고, 연예인이 바쁘면 매니저 역시 바쁜 것이 당연했다. 여리를 포함한 나머지 크리스탈 멤버들과 연습생 시절부터 함께한 매니저 준호는 지금의 상황이 힘들긴 해도 싫지는 않았다.

"맞아요."

여리는 그 마음을 누구보다도 잘 알았다.

"아, 그럼 저 밤 11시까지는 스케줄 없는 거죠?"

"그렇지. 그런데 왜?"

핸드폰으로 확인한 현재 시간은 새벽 4시. 다음 스케줄까지는 꽤 많은 시간이 남아 있었다.

"저 숙소 말고 부모님 집으로 데려다주세요. 앞으로 계속 바빠질 텐데 그 전에 부모님께 다녀오려고요. 집 밥도 먹고 싶고."

피곤함에 뻑뻑해진 눈가를 문지른 여리가 말했다. 집에 가지 않은 지 벌써 5개월째였다. 집에 갈 때면 늘 마음 한구석이 불편해져 이리 피하고, 저리 피하기 일쑤였지만 오늘은 꼭 가야겠다는 생각이 들었다.

'내가 드라마에 나오고, 광고에 나온다고 하면 엄마 반응이 어떨까?' 여리는 마음이 들떴다.

여리는 작고 오래된 주택단지 앞에 서서 심호흡을 했다. 남들은 가장 편한 게 집이라던데 왜 자신은 이리도 집이 불편한지. 독종이라고 불릴 만큼 연습실 죽순이였던 여리의 생활 패턴은 집에 들어가는 것을 좋아하지 않는 환경의 영향도 있었다.

여리는 지갑에서 작은 열쇠 하나를 꺼냈다. 번호 키로 바꾸라고 몇 번을 얘기해도 집은 여전히 열쇠를 사용했다.

갈색의 낡은 철문이 쇳소리를 내며 열렸다. 집 안이 조용했다. 이제 겨우 아침 6시 반이었다. 엄마가 일어날 시간까지 한 시간 정도가 남아 있었다.

여리는 까치발을 들고 방문을 열었다. 한때는 여리의 방이었지만 지금은 엄마의 독방으로 쓰고 있는 작은 방 안에는 마지막으로 보았던 모습보다 조금 더 나이 든 모습의 엄마가 자고 있었다.

"아이고, 이게 누구야."

등 뒤로 아빠의 목소리가 들려왔다. 아침잠이 없는 아빠가 새벽 문소리에 깬 모양이었다.

"깜짝이야! 놀랐잖아요."

"놀라긴. 그동안 코빼기도 안 보이더니 새벽부터 웬일이냐."

반가움보다도 비아냥이 더 큰 목소리였다.

"아시잖아요. 그동안 너무 바빴어요."

"바쁘기는. TV에 얼굴 한 번을 못 비추면서."

"……."

여리의 아빠는 자신의 인색한 칭찬과 툭툭 찌르는 말투가 자식을 강하게 키울 것이라고 정당화하는 사람임과 동시에 가족들이 자신에게 인색하거나 무뚝뚝하게 굴면 화를 내는 모순이 있는 사람이었다.

"어머, 여리 왔니?"

다시 등 뒤로 반가운 엄마의 목소리가 들려왔다. 평소와 다른 새벽의 소란에 눈이 떠진 모양이었다.

"응, 엄마 보고 싶어서 왔어."

"아휴, 우리 딸. 살이 또 빠졌네. 밥은 잘 먹고 다니는 거야?"

여자는 오랜만에 보는 딸의 반가운 모습에 소녀처럼 방방거리며 말했다.

"밥 잘 먹어. 근데 엄마가 해 준 것만큼 맛있지가 않아서 살이 안 찌는 거야."

"너도 참. 그렇게 서 있지 말고 편한 옷으로 갈아입고 나와. 아침 먹자."

여리는 고개를 끄덕이며 방 안으로 들어갔다.

딸의 반가운 방문에 여자는 딸이 좋아하는 반찬으로 상을 채웠다. 진한 된장찌개와 오이소박이, 고소한 참기름 냄새가 흐르는 고사리나물이 여리를 반겼다.

"와, 진짜 엄마 표 된장찌개가 최고야. 내가 하면 이런 맛 안 나던데."

여리는 연신 숟가락을 움직이며 말했다.

"많이 먹어."

여리의 엄마는 뿌듯한 얼굴로 웃었고 그녀의 남편은 뉴스에 시선을 고정한 채 말이 없었다.

뉴스에서 이화그룹에 대한 영상이 나왔다. 이화그룹 전 직원이 함께 봉사 활동을 한다는 내용이었는데 화면 안에는 이현과 저번에 보았던 그의 둘째 형 이환, 첫째인 이혁이 모두 있었다. 다들 닮은 구석이 선명해 누가 보아도 피를 나눈 형제였다. 제 모습과 닮은 사람을 미워하고 또 그것을 감내할 수밖에 없는 사람의 심정이 어떨지 마음이 아팠다.

생각의 끝에서 아빠를 미워하는 스스로가 떠올랐다. 이현을 염두에 둔 생각이었는데 제 자신이 떠올라 당황스러워진 여리는 고개를 획획 저었다.

그때 남자가 숟가락을 내려놓으며 툭 말을 던졌다.

"야, 너도 저런 데 취직이나 해라."

그의 화법에는 여러 문제가 있었지만 그중 도드라지는 하나는 남의 노력을 말 한마디로 뭉개 버린다는 점이었다. '저런 데 취직이나' 하라는 말은 여리의 꿈을 무시함과 동시에 '저런 곳에 취직을 성공한' 유능한 인재들의 노력과 시간을 무시하는 거란 걸 남자는 몰랐다.

"제 꿈은 가순데 무슨 회사에 취직을 해요. 그리고 저런 회사는 저 같은 애들이 들어갈 수 있는 회사가 아니에요."

여리는 익숙한 듯 침착히 대답했다. 남자의 혀 차는 소리가 여리의 머리를 울렸다.

"가수는 무슨 놈의 가수."

"……."

"너 온 김에 말 좀 해 보자."

무슨 말이 오갈지 뻔했다. 맛있던 된장찌개의 구수한 냄새가 답답하고 역한 것으로 바뀌기 시작했다.

"그 가망도 없는 짓 언제까지 할 거냐?"

"어휴, 당신은 왜 애 밥 먹는데 그래요. 밥 다 먹고 말해요. 밥 다 먹고."

여자는 늘 그렇듯 배려 없는 남편과 여린 딸 사이에서 눈치를 봤다.

"뭘 밥 먹고 말해. 네가 그렇게 감싸고도니까 애가 지 멋대로 사는 거야. 지 애비 애미는 생각도 안 하고."

화살은 여리에게서 여리의 엄마로, 여리의 엄마에게서 다시 여리로 쏟아졌다. 남자가 공격하지 못할 대상은 가족 안에 없었다. 여리의 아빠는 늘 가족 모두의 위에서 절대적으로 군림하고 싶어 했다. 어릴 적 여리는 그런 아빠를 보며 분노를 조절하지 못하는 병에 걸린 것이 분명하다고 생각했다. 하지만 나이가 들고, 성인이 되고 나니 자연스럽게 깨달았다. 그는 화를 조절하지 못하는 것이 아니고, 화를 조절하지 않는 것이라고.

"이제……."

여리가 체할 것 같은 속을 어루만지며 입을 열었다.

"좋아질 거예요."

이런 식으로 말하고 싶지는 않았는데. 혀끝이 썼다.

"곧 좋아질 거란 말은 이미 수없이 들었어. 네가 그 창창한 때에 5년을 허비해서 얻은 게 뭐냐. 고등학생 때부터 연습하느라 대학 문턱엔 들어가지도 못하고, 그렇다고 취업을 해서 돈을 번 것도 아니고. 네가 대체 한 게 뭐야?"

남자의 보이지 않는 채찍질이 여리의 작은 심장을 두들겨 팼다. 그의 말이 다 틀린 것은 아니었다. 누군가에게는 정말 그렇게 보일 것이었다. 17살 어린 나이부터 시작한 연습생 시절이 3년을 이었고, 20살에 데뷔해 2년을 보냈지만 얻은 것은 차가운 시선과 절망적인 패배감뿐이었으니 할 말은 없었다.

하지만 그럼에도 불구하고 '괜찮아.'라고 말해 줄 수 있는 건 가족이 아니던가. 제 나이 고작 22살이었다. 남들이 다 실패했다고 말해도 가족만큼은 잘하고 있다고 말해 주기를 여리는 기억나지 않을 예전부터 지금까지 늘 바랐다.

"이제 정말 달라질 거예요. 저 드라마 들어갔어요."

여리는 제 아빠의 흥분을 끊어 내며 차분하게 말했다. 엄마의 눈이 동그래지고 아빠의 눈이 가늘어졌다.

"드라마? 드라마에 나온다고?"

엄마가 믿어지지 않는다는 얼굴로 재차 물었다. 여리가 그런 엄마의 안쓰러운 얼굴을 보며 미소와 함께 고개를 끄덕였다.

"응, 오디션을 봤는데 운이 좋았어."

오디션 얘기까지 나오자 아빠의 눈이 살짝 커졌다.

"무슨 드라만데."

묻는 눈치 속에 기대와 의심이 한데 섞여 있었다.

"'논개'라고 벌써 몇 회 시작한 드라마예요."

"어머, 어머. 논개? 논개라고? 그거 요즘 네 아빠랑 엄마가 챙겨 보는 드라만데! 무슨 역할이니? 응? 무슨 역할이야?"

엄마의 호들갑이 여리의 어깨를 흔들었다.

"'청월'이라고 논개랑 가장 친한 친군데……."

"청월? 아, 말 없고 조용한 애? 엄마 잃고 기생집에 밥 구걸한!"

여리가 고개를 끄덕이자 엄마는 어린 소녀처럼 박수를 치며 좋아했다.

"그거 확실한 거냐? 감독이 막 생각 바뀌고 그런 거 아냐?"

아빠가 빈정거렸다. 마치 그러기를 바라는 사람처럼 적나라했다.

"어휴, 당신은 왜 초를 치고 그래요."

"이 사람아, 모르면 가만히 있어. 세상에 확실한 게 어딨어. 특히 연예계는 더하지."

아빠의 나쁜 화법 중 또 하나는 모든 걸 다 안다는 듯 말하는 점이다. 그냥 혼자만 아는 척하고 끝나면 좋으련만 꼭 다른 사람들의 지식이나 의견을 무시했다. 덕분에 엄마는 늘 무식하고 멍청한 사람이 되고는 했다.

"확실해요. 오늘 첫 촬영 마치고 온 거니까. 다음 주 목요일에 첫 등장할 거예요."

하지만 그것에 대한 지적이라도 했다가는 감히 자신을 무시하는 거냐며 소란을 피울 게 분명해 여리는 그저 선선히 대답하는 것을 최선으로 했다. 아빠의 눈이 환해지고 엄마는 눈을 글썽였다. 여리는 말없이 엄마의 손을 잡았다.

"그런 거 돈은 얼마 받냐?"

역시, 혹시나 했는데 역시. 아빠는 돈에 대해 물었다. 그 지긋지긋한 돈으로 아빠는 다시 한 번 여리의 꿈을, 여리가 꿈을 위해 쏟아부은 희생과 노력을 한순간에 하찮은 것으로 만들었다. 여리가 울컥거리는 감정을 추스르느라 잠시 숨을 골랐다. 하지만 아빠도 엄마도 여리가 울컥했다는 사실을 눈치채지 못했다.

"4회 나오고 죽는 역할이에요. 많이 나오지도 않고 제가 무명이기도 해서 출연료는 많지 않을 거예요."

역시나, 실망한 기색을 감추지 않은 아빠가 혀를 찼다.

"그럴 줄 알았다. 고작 4회 나온다고 큰소리친 거냐?"

큰소리가 아니라 다정한 말과 칭찬을 기다리는 자식의 생색이었을 뿐이었다. 그냥 대견하다고, 우리 딸 멋있다고, 그런 말들이 듣고 싶던 것뿐이었다.

"돈도 안 되는 걸로 시간 좀 그만 버려라. 빚에 허덕이는 엄마, 아빠는 보이지도 않냐?"

아빠의 바람은 딸의 성취나 행복과는 거리가 멀었다. 머리로 이해는 했다. 집에는 빚이 있었고 당장의 한 푼이 아쉬운 상황이니까. 하지만 그 빚은 아빠의 무리한 사업 시도로 생긴 빚이었다. 그 덕에 생전 일 한번 안 해 본 엄마는 근 몇 년간 하루도 쉬지 않고 반찬 가게를 열어 생계를 유지해야만 했다.

빚을 없애기 위한 노력 속에 아빠의 노력은 하나도 없었다. 사업 실패로 인한 후유증으로 손에서 일을 놓은 채 유흥에만 매달렸기 때문이었다. 그러니 빚에 허덕이는 사람은 엄마와 수년을 아르바이트로 시간을 보낸 여리뿐이었다.

"후⋯⋯."

여리가 깊게 숨을 들이쉬었다. 맞서 봤자 피해는 여리가 아닌 엄마가 보았다.

"짧게 나와도 드라마로 얼굴 알리게 되면 지금보다 훨씬 좋아질 거예요. 소속사에선 다음 앨범도 준비 중이니까 조금만, 조금만 더 기다려 주세요. 그때가 되면⋯⋯ 빚은 제가 꼭 다 갚을게요."

기다려 달라는 말에 꾹꾹 힘을 눌렀다. 가족에게조차 응원받지 못하고, 칭찬받지 못하는 제 처지가 참 서러웠다.

"어휴, 세상 무서운 줄 모르고."

아빠는 한숨을 푹푹 쉬며 제 방으로 들어갔다. 거실엔 엄마와 여리만이 덜렁 남아 촉촉한 눈으로 서로를 쳐다보았다.

"느이 아빠 원래 말 저렇게 하는 거 알지? 속으론 우리 딸 걱정 많이 해."

여리는 말하지 않는 진심이 무슨 소용이고, 보이지 않는 마음이 무슨 소용인가 싶었다. 원래 그렇다는 말로 스스로를 정당화하고 그런 아빠를 이해하는 엄마 때문에 다치는 것은 언제나 여리였다.

"엄마는…… 아빠 어디가 좋아서 결혼했어?"

만약 그 당시의 엄마를 만날 수 있다면 얼마나 좋을까. 나 같은 건 태어나지 않아도 좋으니 아빠와는 절대 결혼하지 말라고 끝까지 말릴 텐데.

"좋긴 뭐가 좋아. 그냥 콩깍지에 쓰인 거지. 그때는 무뚝뚝한 게 남자다워 보이고, 거친 게 당당해 보이더라고. 미쳤지, 이럴 줄 알았으면 결혼이고 뭐고 안 하는 건데."

"후회해?"

"그럼, 지금이라도 느이 아빠 어디 버릴 수만 있으면 버리고 싶어. 돈을 벌어 오기를 해, 다정하기를 해. 쓸모가 없어, 저 양반은."

엄마는 진절머리가 났다는 듯 눈살을 찌푸리며 고개를 저었다. 여리가 헛웃음을 뱉었다.

"거짓말."

여리의 목소리에는 깊은 원망이 담겨 있었다.

"엄마한테는 기회 있었어."

엄마의 눈에 당황스러움과 난처함이 고루 섞였다.

"여리야."

"아빠 바람피웠을 때도 엄만 아빠랑 이혼 안 했잖아."

"너……."

덤덤한 여리의 목소리가 물기를 잃은 사막처럼 건조했다.

"내가 도와주겠다고 했는데도 엄만 아빠 사랑한다고 했잖아. 내가 이혼하라고, 저런 아빠랑 못 산다고 그렇게 애원했는데 엄만 아빠 못 버린다고 했잖아. 나보고…… 나보고 엄마를 위해 참아 달라고 했잖아."

차라리 이혼녀를 바라보는 사회의 시선이 두렵다고 했다면 여리는 이를 악물고서라도 제 부모를 갈라놓았을 것이다. 하지만 엄마는 여리에게 자신은 아직 아빠를 사랑한다고 말했다. 사랑이라는 말 앞에선 여리도 어쩔 수 없었다.

"그러니까 제발."

여리의 눈에서 굵은 눈물이 한 줄기 흘렀다. 슬픔이 아닌 억울함과 분노가 들어찬 고통의 눈물이었다.

"아빠 밉다는 거짓말 좀 그만해."

엄마는 딸의 응어리진 목소리에 가슴이 미어졌다. 4년 전에 일어난 그 일은 엄마와 딸, 두 여자 모두에게 크나큰 상처로 남아 각인이 되고 문신이 되어 영원히 남게 되었다.

"너는 언제 적 얘기를 아직도 하니."

엄마는 애써 고개를 돌리며 아무렇지 않은 목소리를 흉내 냈다. 여리가 고개를 저었다.

"엄마한테는 언제 적이어도 나는 아직도 아빠가 미워."

여리는 아빠가 무능력해도 괜찮았다. 그 무능력이 빚더미를 만들고 백수 아빠를 만들기는 했지만 그 정도에 아빠를 미워할 만큼 불효녀는 아니었다. 하지만 바람은 아니었다. 무능력과 사업 실패는 아빠의 의도가 아니었지만 바람은 아빠의 의도 없이는 이루어질 수 없는 일이었다.

바람을 들키고 난 이후에도 아빠는 늘 그렇듯 '감히 가장한테 목소리를 높이는' 엄마에게 화를 냈고, '감히 아비한테 분노를 표하는' 딸에게 화를 냈다. 엄마의 용서 이후 아빠는 모든 것이 해결된 것처럼 굴었다. 엄마와 아빠가 모른 척 예전으로 돌아가는 동안 여리는 4년 전 그 충격의 시간 속에 그대로 있었다.

결국 여리는 아침만 먹고 집을 나섰다. 점심도 먹고 가라는 엄마의 만류가 있었지만 아빠와 같은 공간에 있는 것이 숨이 막혀 더 있을 수가 없었다.

여리는 오랜만에 거리를 걸었다. 늘 숙소와 연습실만 오가는 생활을 하다가 길게 뻗은 거리를 걷다 보니 속이 시원해짐을 느꼈다. 거리에는 예쁜 카페와 가게들이 많았다. 자신이 연습실 안에서 세월을 묵히는 동안 세상은 계속해서 바뀌고 예뻐진 모양이었다.

하얀색 핸드폰이 울렸다. 뉴스에서 보던 이현의 이름이 핸드폰 액정 위로 떠올랐다.

"네."

— 목소리가 왜 그래.

대답과 동시에 이현이 물었다. 울적한 기분에 부족한 수면 시간까지 겹쳐 잠긴 목소리가 그의 귓가에도 닿은 듯했다.

"어제 밤새 촬영하느라 잠을 좀 못 자서요. 괜찮아요."

— 언제 끝났는데.

"새벽 4시 좀 넘어서 끝났어요."

— 그럼 지금 자야지.

전화를 누가 했는지 잊은 모양이었다.

"이사님 전화는 자고 있더라도 받아야죠."

여리가 나긋나긋 말을 이었다.

— 또 까불지.

"혼내지 말고 칭찬해 줘요. 전화도 잘 받는데."

여리는 가족에게 받지 못한 칭찬을 애먼 사람에게 구걸했다. 다시 한 번 스스로의 처량함을 느끼는 순간이었다.

— 잘했어.

그래도 칭찬은 언제나 좋았다. 칭찬은 고래도 춤추게 한다는데 여리여리한 여리쯤이야 춤추고도 남지.

— 촬영장은 어때.

"그럭저럭 좋아요."

— 그럭저럭?

여리는 괜히 웃음이 삐져나왔다. 다시 현실로 돌아온 기분이었다. 여리가 있는, 여리가 있어야 할 현실.

"이사님. 저 오늘 이사님 봤어요."

이현이 잠시 말을 멈췄다.

— 어디서.

"뉴스에서요. 봉사 활동 가셨더라고요. 애들 좋아하세요?"

— 아니, 전혀.

이현의 단호한 목소리가 여리의 입꼬리를 말랑말랑하게 만들었다. 숨김없는 이현이 좋았고, 여리 역시 이현 앞에서는 숨길 게 없었다. 첫 시작부터 밑바닥을 보였으니 내숭은 필요 없었다.

"그럴 줄 알았어요."

빵—

통화에 집중하느라 앞을 제대로 못 본 탓에 지나던 자동차가 클랙슨 소리를 냈다.

— 어디야.

이현의 목소리가 단번에 날카로워졌다.

"밖이요. 오랜만에 부모님 집에 들렀다가 이제 지하철 타고 숙소 가려고요."

— 지하철?

못마땅하다는 뉘앙스가 역력했다.

— 네가 지하철을 왜 타.

"앞으로 바빠지고 유명해지면 타고 싶어도 못 탈 텐데 오늘이라도 타려고요. 신인의 자세를 즐기라면서요."

— 지하철 타면서 즐기라고는 안 했어. 차 보내 준 건 어디다 팔아 치우고 사서 고생을 해.

이현의 짜증스러운 한숨이 들려왔다.

"아, 안 그래도 촬영장에서 서울까지 올라오는 동안 이사님이 보내 주신 밴 타고 왔어요. 달리는 차 안에서 다리 쭉 뻗고 자니까 엄청 좋더라고요."

여리가 종알종알 말을 이었다. 말을 하면 할수록 울적했던 마음이 느슨해졌다.

"고마워요, 이사님."

먼저 연락할 수 없어 기회가 없었을 뿐 고맙다는 말을 하고 싶던 여리였다.

— 그래도 지하철은 안 돼. 택시 타고 여기로 와.

이현의 목소리는 단호했다.

"여기가 어딘데요."

— 주소 보내 줄게.

끊는다는 말도 없이 전화가 끊어지고 한남동의 한 주소가 여리의 핸드폰에 찍혔다.

"여기가…… 맞나?"

이현이 일러 준 주소를 내비게이션에 입력한 택시는 한남동의 한 고급 빌라 앞에 멈춰 섰다. 택시에서 내려 한적한 주변을 둘러보았다. 다들 높은 담장과 으리으리한 크기로 여리의 기를 죽이려 했다. 주소에 적힌 빌라를 찾아 3호를 누르고 호출 버튼을 눌렀다. 숫자를 보니 한 층에 가구가 하나밖에 없는 듯했다.

낮고 짧은 전자음이 지나고 철컥, 검은색의 고급스러운 철문이 열렸다. 철문을 지나자 들판을 연상시키는 푸른 잔디밭이 나타났다. 아기자기한 들꽃과 작은 인공 연못까지 모든 것이 그림 같아 시선을 사로잡았다.

거부감이 들 정도로 조용한 정원의 기운에 여리는 괜한 경계심이 들었다. 방송국은 둘째치고서라도 서울은 늘 시끄러운 도시였다. 강북이고 강남이고 모두들 제 삶에 치여 비명을 내지르고, 악을 쓰고, 기합을 외치며 살아갔다. 그런데 이곳은 다른 세상인 것처럼 조용하고 어색할 정도로 평화로웠다.

촬영장에서 쌓인 긴장이, 부모님 집에서 얻은 피로가 이질적인 적막에 압도되어 훨훨 날아갔다. 머릿속엔 오직 감탄과 경계심만이 남았다.

여리는 생각이 많아지는 머리를 절레절레 흔들며 걸음을 빨리했다. 정원을 가로지르자 현관이 보였고 3층으로 향하는 엘리베이터가 여리를 반겼다.

3층에 올라 빨간 우체통처럼 생긴 초인종을 눌렀다.

편한 옷을 입은 이현이 문을 열었다. 이현은 짙은 남색의 니트를 입고 검은 머리카락을 자연스럽게 내리고 있었다. 아직 시간이 일러 편한 차림인 것이 당연했지만 마치 안 맞는 옷을 입은 것처럼 어색해 보였다. 몸에 딱 맞는 셔츠를 입고 목을 조이는 넥타이를 매고 흘러내리는 머리도 말끔하게 정리해야만 이현으로 보일 것 같았다. 출근 준비는 언제 하냐고 묻고 싶었지만 또 쓸데없는 질문을 한다고 짜증을 낼 것 같아 그만두었다.

"들어와."

안으로 들어서지 정원에서 뱉었던 감탄과 비슷한 것이 또 한 번 터져 나왔다.

"와……."

집 안의 어마어마한 크기나 인테리어의 세련됨은 이현의 평소 스타일로 충분히 예상 가능한 것이어서 별로 놀랍지 않았지만 거실 한 면을 가득 채우고 있는 거대한 창은 놀랄 수밖에 없었다. 창밖으로 넓은 한강이 한눈에 보였다. 이현의 집이 3층밖에 되지 않았지만 빌라 자체가 높은 언덕 위에 있어 가능한 전망이었다.

여리는 신고 있던 하얀 플랫슈즈를 아무렇게나 벗고 창 가까이 걸음을 옮겼다.

"전망이 엄청 좋네요. 하루 종일 이것만 보고 있어도 심심하지 않겠어요."

입술을 보기 좋게 벌린 채로 감탄을 뱉어 내는 여리를 보며 이현이 웃었다.

"이것도 계속 보면 질려."

"에이, 질릴 게 따로 있지. 오면서 정원도 봤어요. 꽃도 예쁘고 연못에는 비단잉어도 살더라고요. 뭔가 영화에서나 나올 것 같은 집이었어요. 엄청 돈 많은 부잣집."

중얼거리는 여리를 보며 이현이 어깨를 으쓱였다.

"당연하지. 누구 집인데."

"혼자 사세요?"

"내가 누구랑 같이 살 사람으로 보여?"

이현의 가족을 떠올린 여리는 눈가를 찌푸리며 짧게 대답했다.

"아니요."

이현이 그런 여리의 눈가로 손을 뻗었다. 잠을 못 자 까매진 눈밑이 이현의 손길로 이리저리 매만져졌다.

"넌 말이야."

다가온 이현이 낮게 읊조렸다.

"가끔 모든 걸 다 안다는 듯이 굴 때가 있어."

갑자기 변한 이현의 분위기에 여리는 한 걸음 뒤로 물러나며 몸을 떨었다.

"그런 거 아니……."

"건방지게."

그러고는 턱을 쥐고 살짝 입을 맞췄다. 말에서 느껴지는 서늘함과 달리 입맞춤은 부드럽고 조심스러웠다.

"난 너에 대해 아는 게 없는데 말이야. 아이돌이라는 것만 빼고. 사실 별로 알고 싶은 것도 아니야."

여리는 숨을 죽였다. 자신의 불필요한 수다가 그의 얌전하던 심기를 건드린 것은 아닌가 싶어 후회가 되었다.

"윤여리."

이현이 이름을 부르며 여리의 허리를 감쌌다. 목소리는 날카로움이 역력한데 눈은 다정하니 속을 짐작하기 어려웠다.

"부르잖아."

그사이를 못 견딘 이현이 낮게 으르렁거렸다.

"네."

"별로 알고 싶진 않은데 몰라서 짜증 나는 게 많아. 너만 아는 것 같아서."

이현이 길고 날카로운 눈을 더 가늘게 만들며 여리의 갈색 눈을 들여다보았다. 바라보면 뭐라도 알 수 있을까 싶어 한참이나 마주하던 이현은 이내 고개 숙여 깊게 입을 맞췄다. 이렇게 하는 게 무언가를 알아도 훨씬 많이 알 수 있을 것이라 생각했다.

이현의 키스에 익숙해진 오렌지빛 입술이 적당한 때에 틈을 만들자 이현의 혀가 망설임 없이 침범했다. 그가 여리의 단 입 속을 물고 빨고 끝내 삼켰다. 여리의 입술 사이로 나른한 신음이 터져 나왔다.

"하아……."

이현이 여리를 번쩍 안아 긴 복도를 걸었다. 팔에서 느껴지는 여리의 무게가 한없이 가벼워 이현의 미간이 구겨졌다.

이현이 방 안에 놓인 커다란 침대 위에 앉았고 여리는 이현의 무릎 위에 앉아 달뜬 숨을 뱉었다. 이현의 젖은 혀가 여리의 귓바퀴를 간질이고 커다란 손은 여리의 아담한 가슴을 움켜쥐었다. 여리는 익숙한 듯 생경한 아찔함에 절로 눈이 감겼다.

무겁고 진득한 잠에서 깨어난 여리가 잠기운이 여실한 눈을 깜빡이며 사방을 살폈다. 보이는 낯선 광경이 꿈이 아님을 말해 주었다.

농밀한 시선과 끈질기게 계속됐던 행위들이 떠올라 여리는 눈을 질끈 감았다. 온몸을 떨며 황홀감의 끝을 느꼈던 순간이 떠올랐고, 그의 어깨에 매달려 눈물을 쏟은 것이 떠올랐고, 그런 자신을 짙은 눈으로 좇던 이현의 얼굴도 빈틈없이 떠올랐다. 몸에 남은 전율과 붉은 자국들이 여리의 뺨을 붉게 물들였다.

이 집에 발을 들여놓을 때 창틈으로 햇살이 부서졌던 것 같은데 벌써 어둠이 내려앉아 달이 보였다.

"깼네."

문을 열고 들어온 이현이 일렁이는 물 잔을 들고 말했다. 낮게 깔리는 목소리가 이현의 짙은 손길처럼 느껴져 민망해졌다. 얼굴을 똑바로 볼 수가 없었다. 여리가 눈을 이리저리 옮기며 가라앉은 목소리를 뱉어 냈다.

"저 많이 잤어요?"

"8시간쯤?"

이현이 손목에 채운 검은색 가죽 시계를 보며 말했다. 그의 머리는 촉촉이 젖어서 물기를 머금고 있었고 아침에 보았던 남색의 니트는 베이직한 흰색 셔츠로 바뀌어 있었다.

"어디 다녀오셨어요?"

질문이 이상함은 뱉어 낸 후에야 알았다. 집주인은 이현인데 다녀왔냐고 하다니.

"회사."

이현이 짧게 답하며 침대 모서리에 앉았다.

이현은 출근하기 전 상황을 찬찬히 떠올렸다. 그는 여리와의 끝날 줄 모르던 관계를 끝내고 여리가 잠드는 순간을 지켜보았다. 오래 걸리지는 않았다. 이현이 여리를 놓아줌과 동시에 여리는 거의 바로 새근새근 고른 소리를 뱉어 냈다.

이현은 그런 여리의 하얀 어깨 위로 이불을 덮어 주고는 욕실로 들어가 샤워를 했다. 씻고 난 뒤에는 출근을 했고, 꼭 필요한 회의와 급한 안건들을 처리한 후 퇴근을 했다. 퇴근을 한 뒤에는 다시 방으로 들어와 여리의 자는 모습을 지켜보았다. 남들은 무섭다며 근처에도 얼씬하지 않는 그의 집에서, 그것도 그의 침대 위에서 세상모르게 자고 있는 여리가 어이가 없으면서도 동시에 흥미로워 한참을 그렇게 쳐다만 보았다.

이현은 그게 누구든 자신에 대해 드러내는 것을 극도로 기피하고 불편해했다. 태생적인 약점 때문이 탓도 있었지만 냉철한 아버지의 경영 철학이자 교육 철학이기도 했다. '기쁨은 시기를 부르고, 아픔은 약점이 된다. 아무것도 보이지 마라.' 이현뿐만 아니라 첫째인 이혁, 둘째인 이환에게도 적용된 오랜 법칙이었다.

때문에 이현은 통제 가능하고, 속이 훤히 보이는 속물들을 곁에 두었다. 그들은 쉬웠고 또 충실했다. 원하는 것만 적당히 쥐여 주면 그들은 이현의 개가 되는 것을 마다하지 않았다.

하지만 변수가 생겼다. 이현의 비밀을 알면서도 스스로를 개라 칭하는 최초의 이방인, 여리였다.

"회사도 다녀오셨어요?"

"그럼 네 옆을 지키기라도 했어야 해?"

이현이 재미있다는 듯 웃었다. 물론 진심으로 재미있지는 않았다. 그는 정말로 자는 여리의 곁을 몇 시간이나 가만히 지키고 있었으니까. 이현은 그런 제 자신이 재미있었다.

"그런 게 아니라……."

여리가 살구빛 입술을 둥글게 오므렸다. 여리가 이현의 손에 들린 물 잔을 가만히 쳐다보았다. 아마 갈증을 느끼는 듯했다. 땀을 많이 흘렸으니 당연했다.

"이사님, 저 물 주세요."

역시나 여리가 가는 팔을 뻗어 손끝을 꼼지락거렸다. 이현이 그 작은 인영을 보며 잠깐 생각에 빠졌다. 분명 저를 안았던 팔이고, 제 밑에서 떨던 손인데 여전히 자극적이고 여전히 씹어서 삼키고 싶었다. 갈증이 돌았다.

"이사님……?"

갑자기 말이 없는 이현을 보며 여리가 말끝을 흐렸다. 긴 눈꼬리가 매서워지는 것이 영 좋은 생각을 하는 것 같지는 않았다.

이현이 성큼 몸을 당겨 여리와 눈을 맞췄다. 갑자기 가까워진 거리에 당황한 여리가 몸을 움츠렸다.

"이상해."

이현의 낮은 목소리가 방바닥을 기었다. 그가 여리의 아랫입술을 문질렀다. 손끝에 더운 숨이 묻어 질척거렸다.

"너를 몇 번이고 안았는데. 너를 가진 것 같은 기분이 안 들어."

이현은 이해할 수가 없었다. 분명 품 안으로 가두고, 제 것인 표시를 내고 함께 절정을 맞았는데, 어째서.

"네가 내 비밀을 알아서 그런가."

이현이 나른한 목소리로 말을 길게 늘이며 여리를 쳐다보았다. 한동안 다정했던 이현의 모습은 안개처럼 사라지고 클럽에서의 첫 만남 때처럼 어딘가 불안하고, 어딘가 위협적인 느낌만이 가득했다.

여리가 이현의 짙고 깊은 눈을 바라보며 숨을 삼켰다.

"네 생각은 어때?"

이현이 차분하면서도 낮은 목소리로 물었다. 여리는 다시금 정신이 몽롱해지는 것을 느꼈다. 방 안의 어두운 조명 탓인지, 타는 갈증 때문인지, 이현의 깊은 눈 때문인지, 아니면 이현의 내린 머리 때문인지 이유는 알 수 없었다.

이현의 몸에서 풍기는 얕은 시가 냄새와 짙게 밴 머스크 향이 여리의 숨을 급하게 재촉했다. 방 안의 공기란 공기는 이현이 다 집어삼킨 것처럼 답답했다.

　한참의 시간이 그렇게 흘렀다. 이현은 인내를 가지고 여리의 답을 기다렸다. 마침내 여리가 천천히 그리고 간신히 입술을 열었다.

　"불안······하세요?"

　기껏 뱉은 말에 이현의 눈이 서늘해졌다.

　"제가 이사님 비밀을 알아서 싫어요?"

　여리가 느릿느릿 말을 이었다. 이현이 짙은 눈을 빛내며 피식, 바람 소리를 내었다.

　"거슬려, 화도 나고."

　거슬리고 화난다는 말에 여리는 절로 고개가 숙여졌다. 이현이 그런 여리의 턱 끝을 손가락으로 들어 올렸다.

　"싫지는 않아. 강아지 한 마리 정도는······ 목줄 조금 당기면 그만이니까."

　이현은 마치 어린아이에게 하듯 여리의 긴 머릿결을 부드럽게 쓸었다. 손길이 한참이나 다정했다.

　"데려다줄게. 옷 입고 나와."

　이현이 방을 나섰다. 사라진 그 뒷모습을 보며 여리는 참았던 숨을 몰아 뱉었다.

4
질투와 증오

이현은 여리를 자신의 차에 태워 숙소 앞까지 데려다주었다. 이현이 운전하고, 여리는 조수석에 탔다. 운전기사도, 비서도 없이 둘의 차림은 편안했다.

"저기가 숙소야?"

이현은 곧 무너질 것처럼 불안해 보이는 건물을 가리키며 물었다.

"네, 저기 2층이에요."

"저길 다 쓰는 게 아니야?"

여리는 가끔가다 보이는 이현의 순진한 얼굴을 부러워했다. 세상에 존재하는 가난이나 불안정함 같은 것들을 단 한 번도 겪지 못한 사람처럼 보이는 얼굴이 참 순진했다. 물론 그는 그 누구보다도 어둡고 동시에 불쾌한 일도 하는 사람이긴 했지만 가끔씩은 이렇듯 무언가를 신기한 듯 쳐다볼 때가 있었다.

"저길 어떻게 다 써요. 바깥에 계단 보이죠? 저기로 올라가면 돼요."

"네가 있는 그룹 멤버가 몇 명이라고 했지?"

"저 포함해서 4명이요."

"4명이서 각자 잘 수 있는 방이 있어? 여기서 보기론 절대 불가능해 보이는데."

사람이 다른 사람과 함께 잠들고, 밥 먹고, 생활하는 것을 이현은 절대로 상상할 수 없는 모양이었다. 여리가 나지막한 한숨을 뱉어 내며 웃었다.

"저희 숙소엔 거실 하나, 방 하나, 욕실 하나가 전부예요."

이현이 이해할 수 없다는 듯 눈을 찡그렸다.

"요즘처럼 날이 추울 땐 방에서 넷이 자기도 하고, 여름엔 둘씩 나눠서 거실이랑 방에서 자기도 해요."

"그렇게 살 수가 있어?"

아무것도 모르는 소년의 얼굴을 한 이현이 물었다. 소년의 얼굴이 조금 무섭게 보이기는 했지만 어쨌든 아무것도 모르는 순진한 얼굴이기는 했다.

"더 좋은 건 없다고 생각하면 그렇게 살 수 있어요."

그것은 부족한 게 많았던 삶을 버틸 수 있게 한 여리의 가치관이기도 했다. 하지만 이현은 그 말을 조금도 이해할 수 없었다. 더 좋은 건 언제나 늘 어디에서나 존재했다. 여리가 말한 '좋은 것'은 '가질 수 없는 것'이었다. 굳이 그 말을 입 밖으로 내뱉지는 않았다. 제 것인 여리의 기를 죽일 필요는 없었다. 대신 여리와 크리스탈 멤버들을 곧장 넓고 쾌적한 '좋은 곳'으로 이사시켰다. 더 좋은 것이 있다는 것을 알려 줄 필요는 있었다.

*

여리는 갑작스러운 숙소 이전에 어안이 벙벙했다. 당황스러운 것은 크리스탈 멤버들도 마찬가지였다. 여리의 바쁜 스케줄과 마찬가지로 정신없어진 멤버들의 일정 덕분에 이사는 빠르고 급하게 진행되었다. 새로운 숙소에 가구나 생필품, 식기는 전부 구비되어 있다고 해 각자 개인 용품들만 정리해 박스에 담았다.

"언니, 우리 왜 갑자기 이사하는 거예요? 이사 갈 집은 여기보다 좋아요?"

크리스탈의 막내인 영우가 을씨년스러웠던 숙소를 벗어난다는 생각에 발을 동동거리며 목소리를 높였다.

"글쎄…… 나도 잘 모르겠네."

여리가 고개를 저었다. 이현 외에는 이런 일을 할 수 있는 사람이 없었다. 이현이 숙소를 못마땅해한다는 것을 알고는 있었지만 이렇게 순식간에 이사를 강행할 줄은 꿈에도 몰랐다. 이유를 묻고 싶어도 연락할 수 없어 물을 수가 없었다.

"에이, 언니가 그 이사님인가 뭔가 하는 사람한테 부탁한 거 아니에요?"

영우보다 한 살 많고 여리보다는 한 살 어린 민정이 생글거리며 말했다. 여리의 얼굴이 순식간에 잿빛으로 변함과 동시에 숙소 안의 북적이던 기운이 싸늘하게 가라앉았다.

멤버들의 입에서 직접적으로 이현의 존재가 오른 것은 이번이 처음이었다. 서로를 끌어안은 채 눈물을 쏟던 날 이후로 멤버들은 입을 다무는 것이 여리를 위한 배려라고 생각했는지 줄곧 그렇게 행동해 왔다.

하지만 웬일인지 오늘은 민정이 모른 척 말을 늘어놓기 시작했다.

"여리 언니 이번에 광고도 찍고, 드라마에도 캐스팅됐잖아요. 한참을 보류 상태로만 있던 우리 음반 작업도 다시 재개하고. 여리 언니가 어지간히 마음에 들었으니까 그런 거지 뭐. 안 그래요?"

"야, 너 왜 그래."

"언니…… 그만해요."

거침없는 민정의 말에 여리와 동갑인 혜인은 민정을 노려보며 목소리를 낮췄고, 어린 영우는 여리의 눈치를 살피기 바빴다.

"음, 나 방에 정리할 거 없나 보고 올게."

여리는 차마 그 자리에 가만히 있을 수 없어 몸을 일으켰다. 혜인이와 영우의 눈길이 안쓰럽게 따라붙었지만 여리는 걸음을 빨리했다.

방 안에 들어서자마자 문을 닫고 눈을 감았다. 자꾸만 차오르려는 눈물을 억지로 발아래까지 눌렀다. 울고 싶지 않았다. 스스로의 선택이었고 후회하고 싶지 않았다. 선택으로 인해 얻게 될 절망보다는 선택으로 얻게 될 기쁨만 생각하고 싶었다. 스스로가 위선적이고 부정하다는 것쯤은 잘 알고 있었다. 하지만 그것에 얽매여 선택한 것을 후회하며 평생 스스로를 저주하고 싶지도 않았다.

똑똑—

"여리야, 나 혜인이. 들어가도 돼?"

여리가 깊게 숨을 들이쉬었다가 다시 길게 뻗어 냈다. 문을 열었다. 붉어진 눈가에 미소를 걸고 아무렇지 않은 척 방 안에 쌓인 옷들을 차곡차곡 개켰다. 방 안으로 들어온 혜인이 다시 문을 닫고 여리 옆에 앉았다.

"여리야."

5년을 함께해 온 혜인의 목소리가 다정했다. 여리는 그 다정함에 온몸이 아팠다.

"민정이 말 신경 쓰지 마. 별 뜻 없이 얘기한 거야. 원래 말 가리는 거 잘 못하잖아."

"알아, 괜찮아."

차라리 울기라도 하면 안아 주고 달래 줄 텐데 오히려 덤덤하기만 한 여리의 말투에 혜인은 어쩔 줄을 몰라 했다.

"갑자기 바빠져서 민정이도 조금 예민한가 봐. 우리도 녹음에, 안무에 오늘은 갑자기 이사까지 하니까 정신이 없어서……."

혜인이 이리저리 말을 빙빙 돌렸다. 여리는 더 듣고 있기가 민망해졌다.

"혜인아. 대신 변명해 줄 필요 없어."

혜인이 여리의 건조한 눈을 보며 얼굴을 붉힌 채 고개를 숙였다.

"걱정하지 마. 나 생각보다 뻔뻔해."

여리가 그런 혜인을 보며 말했다.

"민정이가 욕을 한 것도 아닌데 뭐. 너도 괜히 뭐라고 하지 마."

여리가 빠른 속도로 말을 뱉어 냈다. 말을 조금이라도 멈추고 숨을 쉬었다가는 생각들 사이로 비참함과 좌절감이 차오를 것 같았다.

"여리야. 나도 알아. 내가 비겁한……."

정신없이 옷을 정리하는 여리의 손을 혜인이 잡고 토닥토닥 온기를 나눴다. 망설이던 혜인의 목소리가 차분하게 이어져 여리를 위로했다.

"네가 그런 선택을 한다고 했을 때 우리 중 말린 사람 아무도 없었어. 그냥 울기만 했지. 혼자 감당하지 마. 나눠도 돼."

혜인을 포함한 크리스탈 멤버 모두는 여리가 갖는 괴로움 속에서 안전할 수 없었다. 그녀들의 방관과 침묵이 여리를 압박하지 않았다고 자신할 수 없었기 때문이다. 지름길을 걷는 여리를 비겁하다고 욕할 수 있는 자격은 다른 모든 사람들에게는 있어도 크리스탈 멤버들에게는 없었다. 누군가 여리를 손가락질하고 욕한다면 그 비난과 시선 역시 멤버들 모두가 함께 짊어져야 하는 일이었다.

여리는 고개를 끄덕이는 대신 혜인에게 잡힌 손을 풀어내며 다시 옷 정리를 시작했다. 미안해 그리고 괜찮아, 라는 말은 가까운 사이일수록 하기 힘든 말이었다.

"드라마 촬영은 어때?"

혜인이 미안하다는 말을 대신해 물었다.

"좋아. 배우는 것도 많고 선배님들도 잘해 주셔."

"다행이다. 그분은…… 어때?"

혜인이 최대한 아무렇지 않은 척 덤덤하게 물었다. 여리가 저도 모르게 아랫입술을 물었다.

"그분……."

여리가 길게 말을 늘였다.

"불편하면 얘기 안 해도 돼. 그냥 궁금해서."

"불편한 거 아니야. 어색해서 그래."

"……."

"다른 사람한테 얘기할 일이 없으니까."

여리는 정말 그 누구에게도 이현에 대한 이야기를 하지 않았다. 누구도 묻지 않았고, 여리 스스로도 말할 생각이 없었다. 현재 여리의 삶에 가장 큰 영향을 미치고 있음에도 불구하고 어느 누구한테도 말할 수 없다는 사실이 참 모순적이었다.

이현은 어떤 사람일까, 여리도 잘 몰랐다.

"복잡해."

딱 복잡하다는 말 하나로 생각이 정리되었다. 세상 가장 잘난 사람처럼 보이기도 하다가 세상 가장 불행해 보이기도 하는 이현을 여리는 판단하기가 어려웠다. 돈은 많지만 의심도 많고, 똑똑한 사람 같지만 모르는 것도 많았다. 또 완벽해 보이지만 치명적인 약점이 있는 그 사람을 무엇이라 표현해야 할지 막막했다.

"같이 있어도 그 사람이 어떤 기분인지, 어떤 생각인지 전혀 모를 때가 많아. 화를 내다가도 금방 풀려서 웃기도 하고, 분명 화날 것 같은 일인데 아무렇지 않아 하기도 하고."

"어휴, 말만 들어도 복잡하다."

혜인이 어색하게 웃으며 고개를 끄덕였다.

"저번에 뉴스에서 봤었어."

"응?"

"무슨 고아원 봉사 활동 같은 거였는데 좋은 사람처럼 보이더라."

혜인도 여리가 부모님 집에서 보았던 뉴스 장면을 본 모양이었다. 어린아이를 싫어한다고 말하던 이현의 목소리가 떠올랐다.

"저번에 숙소 앞까지 데려다주신 분이 그분 맞지?"

"……봤어?"

"우리 숙소 방음 형편없는 거 알잖아. 동네랑 안 어울리게 우렁찬 엔진 소리가 나서 봤더니 어떤 검은색 차에서 네가 내리더라고."

"아—"

"그분이 원래 어떤 사람이든 너한테 잘해 주시는 것 같아서 다행이야."

혜인의 말에 여리는 생각에 빠졌다. 이현이 자신에게 잘해 주는 것인지 심각한 의심이 들었다. 물론 물질적으로는 그 누구보다도 더할 나위 없는 지지와 배려를 해 주고 있기는 했다.

"너는 어때?"

혜인이 물었고 여리의 생각은 끊겼다.

"뭐가?"

"너는 어떠냐고, 그 사람."

이상한 질문이라고 생각했다.

"그게 무슨 말이야."

"그냥 말 그대로야. 넌 어떤가 싶어서."

여리는 이현을 판단할 어떤 권리도 없었다.

"아무 생각 없어."

그게 답이었다.

"정말?"

"응."

여리의 신경이 날카롭게 다듬어졌다. 스스로도 의식하지 않으려 애쓰던 부분을 혜인이 건드린 것이었다. 혜인이 그 모습을 눈치채지 못하고 계속 말을 이었다.

"나는 네 표정도 좋고, 요즘 기분도 좋아 보여서……."

여리는 혜인이 무슨 의도로 그런 질문을 하는지 알아차렸다. 이현의 빼어난 외모와 다정함을 사실과는 전혀 다른 것으로 해석하는 모양이었다. 그래야 편하다는 것을 여리도 알았다. 하지만 여리는 이현이 나이도 젊고 잘생겼다고 해서, 그가 생각보다 꽤 잘해 준다고 해서 둘의 만남을 소개팅처럼, 지금의 관계를 연인처럼 생각하며 헛된 망상을 품을 생각은 없었다.

여리는 혜인의 손등 위로 제 손을 포갰다.

"혜인아, 나는 그냥…… 생각을 많이 하지 않는 것뿐이야."

여리가 천천히 말을 이었다.

"매일매일 불행한 채로 살 수는 없잖아."

"······."

"이사님을 얼마나 만날지도 모르고, 내 삶이 앞으로 어떻게 될지도 모르는데 매일 내 선택을 후회하고, 경멸하고, 증오할 수는 없잖아."

"여리야."

"그냥 발악하는 거야. 아무렇지 않은 척."

여리는 조용히 타들어 가던 제 속을 드러냈다. 건조한 말에 담긴 독기에 악의 없는 혜인이 당황할 것이라는 것을 잘 알면서도 끓어오르는 말을 멈출 수가 없었다.

더 이상 불행해지고 싶지 않아서 찾았던 불행한 선택이 이현이였다. 불행을 피하기 위한 선택이니 그 이후로는 행복해야 했다. 하지만 여리도 바보는 아니었다. 그 선택이 바르지 않은 선택이라는 걸 알았고 그만큼 행복하기만 한 미래가 따르지 않을 것도 알았다. 아무렇지 않은 척 굴다가도 문득 스스로가 혐오스러울 때가 있었고, 이현과의 시간이 이상할 정도로 평범하게 느껴질 때도 있었다.

선택은 과거가 되었고 현재의 상태는 여리가 결정했다. 이미 엎질러진 물을 보며 눈물을 쏟기보다는 새 물을 얻기 위해 움직이는 편이 나았다. 비련의 여주인공 따위는 조금도 될 마음이 없었다.

"나 불행할 때도 있고, 행복할 때도 있어. 너네랑 똑같아. 달라지지 않았어."

여리는 혜인에게 말하며 스스로에게도 힘주어 말했다.

"그러니까 자꾸 나 행복한지, 불행한지 확인하지 마."

여리가 출연한 드라마 '논개' 회 차가 전파를 타고 전국의 TV로 방영되었다. 푸른 쪽빛의 한복과 화려한 비녀를 꽂은 하얀 얼굴의 여리는 늘 새로운 것을 찾는 대중들의 눈에 쉽게 띄었다.

〈주연보다 돋보이는 조연, 강력한 신예 스타 윤여리〉와 같은 제목의 기사가 폭발적으로 쏟아졌고, 〈청원, 윤여리는 누구인가〉라는 기사도 곳곳에 등장했다.

"네, 쥬얼리 엔터테인먼트입니다. 아, 윤여리 씨요? 네, 맞습니다."

기자들의 무한한 관심 덕분에 소속사의 전화기란 전화기는 모두 불이 났다. 매니저는 기하급수적으로 늘어난 스케줄을 정리하며 진땀을 흘렸고 대표는 연신 싱글벙글한 얼굴로 웃음꽃을 피웠다. 창사 이래 가장 바쁜 날인 것 같았다.

"여리야, 아주 난리다. 난리야. 너도 기사 봤니?"

대표의 물음에 여리는 웃으며 고개를 저었다.

"보긴 봤는데 아직 잘 모르겠어요. 믿어지지도 않고."

정말 믿어지지 않았다. 핸드폰 광고를 찍고, 음반 작업을 하고, 드라마 촬영지에 나가도 체감할 수 없던 변화를 이제야 조금 실감할 수 있기 시작했다.

"이 기세 몰아서 핸드폰 광고 풀리고, 음반도 내면 제대로 자리매김할 수 있을 거야."

대표는 오랜만에 느껴 보는 희망에 눈이 반짝였다. 여리도 고개를 끄덕였다.

"대표님, 여리 이제 출발해야 돼요."

매니저가 계속 울리는 핸드폰을 사무실 직원에게 맡기며 말했다.

"아, 오늘 드라마 마지막 촬영이지?"

"네, 벌써 아쉬워요."

여리가 씁쓸한 혀끝을 적시며 대답했다. 짧은 시간 촬영하면서 정든 선배들과 스태프들이 떠올라 벌써부터 아쉬움이 밀려왔다.

"아쉽긴. 장렬하게 죽고 와!"

대표가 엄지손가락을 들어 목을 지익— 그었다. 여리와 매니저가 키득키득 웃어 보였다.

"응원이 뭐 그래요."

"진심이야. 등장 반응도 이렇게 좋은데 죽으면 어떻겠어. 비극적이고 예쁘게 잘 죽고 와!"

대표가 파이팅 포즈를 취하며 호들갑을 떨자 매니저는 못 말린다는 듯 고개를 흔들었다.

＊

"운전 똑바로 못 해?"

그 시각 이현은 애꿎은 조수석을 발로 차며 으르렁거렸다. 구겨진 이마와 풀어헤쳐진 넥타이가 그의 기분을 대변하고 있었다.

"죄, 죄송합니다. 이사님."

이현의 기분은 근래 그 어떤 날들 중에서도 가장 좋지 않았다. 운전기사와 비서 모두 비상사태 수준의 경계심을 갖고 이현의 눈치를 살폈다.

그는 지금 '가족 모임'이라는 영 어색하기만 한 것을 위해 평창동으로 향하고 있었다.

"뭐 때문인지는 아버지가 말 안 해?"

"네, 다른 말씀은 없으셨습니다. 그저 가족들끼리 점심 식사를 했으면 한다고 하셨습니다."

"하— 가족? 점심? 김 비서는 지금 그게 말이 된다고 생각해?"

이현이 매끄럽게 올린 머리를 쓸어 올리며 비웃었다.

"우리가 뭐 한가한 사람들도 아니고 점심에 모인다는 게 말이 안 되잖아."

이현이 짜증스럽게 목소리를 높였다. 이현의 가족은 다른 평범한 사람들과 달랐다. 아버지, 어머니를 포함해 모두들 재벌가에서 태어난 사람들이었고, 재벌로 살아왔으며 가족보다는 권력을, 사랑보다는 돈을 우선으로 하며 살아왔다. 한가하게 점심 식사나 하며 서로의 안부를 나누는 사람들이 아니란 말이었다.

필시 무슨 이유가 있는 것이었다. 특히나 여느 레스토랑이나 한정식 집도 아닌 본가에서 모인다는 것이 영 꺼림칙했다.

"형님들은."

"권이혁 사장님은 회장님 모시고 삼십 분 전에 본가 도착하셨다고 합니다. 권이환 사장님은 저희랑 비슷한 때에 본가로 출발하셨고요."

이현은 아버지보다도 형들을 만날 생각에 속이 매스꺼워졌다. 또 얼마나 오래도록 경멸 어린 시선과 증오에 찬 눈을 바라봐야 하는지. 벌써부터 머리가 아파 왔다.

이현을 실은 차가 평창동의 거대한 단독주택 앞에 멈췄다. 이현은 한참이나 차에서 내리지 않고 헝클어진 옷매무새를 살폈다.

"김 비서는 안 들어가?"

"회장님께서 가족분들만 모였으면 한다고 하셨습니다."

이현은 구렁이 몇 마리는 구워 잡쉈을 제 아비의 속을 예상하려 애썼다. 최측근 비서들까지 물린 채 본가에 모인다는 것은 분명 비밀스럽고도 중요한 이야기를 하겠다는 뜻이었다.

이현이 크게 심호흡을 한 후 본가로 들어섰다. 본가의 가사를 맡아 일하는 사람들이 우르르 뛰어나와 허리를 숙이고 인사했다.

"어서 오십시오, 이사님."

평소에도 죽어라고 듣는 이사님 소리가 오늘따라 더 듣기 거북해진 이현이 미간을 찌푸리며 거실로 향했다. 거실엔 이미 어머니 아닌 어머니인 '이현희' 여사와 그녀의 맏아들인 이혁이 앉아 있었다.

이현이 등장하자 방금 전까지만 해도 이야기를 나누던 둘의 입이 합죽이가 된 것처럼 조용해졌다. 이런 상황에 익숙해질 대로 익숙한 이현이 비죽 웃으며 맞은편 소파에 앉았다. 이 여사의 시선을 마주하며 짧게 고개를 숙이는 것 역시 잊지 않았다.

"이현이 왔구나."

2층 계단에서 내려오던 권 회장이 이현을 바라보며 말했다. 이현이 자리에서 일어나 고개를 숙였다.

"다 왔으면 안으로 들자."

권 회장이 인사말을 생략하고 말했다. 식당에선 벌써 기다란 식탁 위를 가득 채운 음식들의 냄새가 솔솔 풍기고 있었다.

이현이 이환의 빈자리를 힐끗 보고는 자리에서 일어났다. 이혁이 조용히 입을 열었다.

"아버지, 이환이가 아직 안 왔습니다. 기다렸다가 같이 식사하시는 게……."

"그 녀석 약속 시간 안 지키는 거야 늘 있는 일인데 기다리기는. 됐다. 있는 사람들이나 먼저 식사하자."

권 회장은 콧방귀를 뀌며 식당으로 향했다. 이혁은 어쩔 수 없다는 듯 고개를 숙였고, 이 여사는 제 남편의 냉정함에 치를 떨었다. 하지만 이 집안의 가장이자 이화그룹의 회장인 '권선우'의 말은 절대적이었다. 반감을 그대로 드러내기란 좋은 선택이 아니었다.

모두들 그렇게 각자의 속뜻을 숨긴 채 식탁 앞으로 가 자리에 앉았다. 주방 보조들이 김이 모락모락 나는 밥과 국을 각각의 앞에 내려놓기 시작했다.

"아버지!"

그때 둘째 이환의 목소리가 거실 저 끝에서부터 들려왔다. 권 회장의 주름 많은 이마가 자동적으로 구겨졌다.

"늦어서 죄송합니다, 아버지."

이환이 제자리를 찾아 앉으며 말했다.

"죄송한 거 알면 시간 약속 좀 제대로 지키어라. 호텔 사장씩이나 된다는 녀석이 허구한 날…… 쯧."

권 회장이 혀를 차며 가시 돋친 질책을 하는 동안 주방 보조들은 비어 있는 이환의 자리에도 밥과 국을 내려놓았다. 그러고는 모두가 완전히 식당에서 물러났다. 온전히 가족들만 남았고 살얼음판 같은 식사가 시작되었다.

"이혁아. 이화전자 주식이 올랐더구나."

역시나 수저를 움직이기 시작하자마자 사업 이야기가 시작되었다. 모두들 관심 없는 척 가면을 쓰고 귀를 쫑긋거렸다.

"조금 올랐을 뿐입니다. 아버지."

이혁의 단정한 목소리가 차분히 대답을 이었다.

"조금은 무슨. 네가 바꾼 마케팅 방식이 결국은 옳았던 게지."

권 회장이 신뢰와 뿌듯함이 담긴 목소리로 이혁을 칭찬했다.

"운이 좋았습니다."

이혁이 부드럽게 대답하자 곁에 앉은 이 여사의 얼굴에 화색이 돌았다.

"권이환."

부드럽던 분위기도 잠시 화살은 이환에게로 옮겨졌다. 이혁을 다정하게 부르던 음성과는 달리 성까지 붙여 이환을 부르는 모양새가 나쁜 일임이 분명했다.

"네……."

찔리는 것이 많은 이환이 기어들어 가는 목소리로 대답했다.

"분명히 말했다. 네 멋대로 사는 거야 아무래도 좋지만 회사에 피해는 주지 말라고."

"알고…… 있습니다."

"알고 있는 놈이!"

권 회장의 목소리가 순식간에 높아졌다. 이환이 본능적으로 어깨를 움츠리며 제 아비의 눈치를 살폈다.

"허구한 날 약쟁이 짓 하는 걸 봐줬더니만 이제는 호텔에서 마약 파티를 열어? 네가 뒷골목 깡패야?"

"죄, 죄송……."

"너 하나 살리겠다고 의원들이랑 기자들한테 부은 돈이 얼마인 줄이나 알아?"

권 회장이 화를 참지 못하고 거친 숨을 씩씩 뱉어 냈다. 평소 같으면 첫째인 이혁이 나서서 제 동생을 감싸고도 남았겠지만 오늘은 조용했다. 이혁은 나설 때와 입을 다물 때를 정확히 아는 사람이었다.

이현은 그런 이혁의 냉정함을 속으로 열심히 비웃었다. 친형제라고 해 봐야 별거 없었다.

"앞으로 호텔 경영에서 손 떼어라."

"아버지!"

이환이 눈을 크게 뜨며 절망적으로 외쳤다. 이 여사 역시 붉게 칠한 입술을 덜덜 떨며 물 한 모금을 삼켰다. 주주총회에서나 나올 법한 이야기가 고작 점심 식사 자리에서 나오는 중이었다. 누구 하나 쉽사리 입을 열 수 없었다.

"당분간은 진문 경영인한테 맡기고 적당한 때에 이혁이든 이현이든 둘 중 한 명에게 넘길 게다. 이환이 네 자식에게는 조금도 줄 생각 없으니 일찌감치 포기해라."

"안 돼요! 형이랑 이현이 저 자식도 자기 사업이 있는데 저만 빈손으로 살라는 말씀이세요?"

권 회장과 이환의 실랑이가 이어지는 동안 이현은 빠르게 머리를 굴렸다. 지금 당장 호텔의 주인을 정하지 않는다는 것은 이혁과 이현에게 대놓고 경쟁하라는 소리와 다르지 않았다. 이화그룹에서 가장 큰 부분을 차지하는 전자 사업이 이혁의 것이긴 했지만 이현은 통신 사업과 아트재단을 갖고 있었다. 여기에 호텔까지 더해지면 이혁과 엇비슷한 힘을 발휘할 수 있었다.

"이건 너무하시잖아요, 아버지. 저만 사고 치는 것도 아니라고요!"

이환이 패배감에 사로잡혀 눈이 벌게졌다. 그리고 손가락을 뻗어 이현을 가리켰다.

"저 자식도 매일 지저분하게 논다고요. 허구한 날 여자들 틈바구니에서 돈이나 뿌리면서 놀고 있다고요. 아세요?"

"어허, 이 못난 놈이 지 동생한테!"

"아트재단 돈이 어디로 흘러가는지 확인해 보셨어요? 아버지, 저 자식이 저번에도 회사에 웬 여자 하나를……!"

이환의 목소리가 높아질수록 권 회장의 심기는 절로 날카로워졌다. 이현은 아무런 변명도 하지 않고 조용히 자리를 지켰다. 난장판일수록 한 걸음 뒤로 물러나 흙탕물이 가라앉기를 기다려야 하는 법이었다.

지금은 조용히 물러날 때임을 아는 이혁이 이환의 어깨를 감싸며 자리에서 일어났다. 이 여사 역시 못 참겠다는 듯 자리에서 일어나 제 아들들을 따랐다.

"이놈의 집구석……."

권 회장의 탄식이 흘러나왔다. 이현이 건조해진 목을 축이며 침묵을 지켰다.

"이현아. 이제 그만하거라."

사업과 관련된 이야기가 아니었다. 이현의 눈이 경계심으로 날카로워졌다.

"뭘를 말입니까, 아버지."

"쓸데없는 관계에 힘 그만 쏟으란 말이다."

"그건 제가 알아서 합니다."

믿음 없는 인간관계에 대해 가르친 건 제 아버지가 먼저였다. 거절하는 이현의 목소리가 단호했다.

"하라는 결혼은 안 하고 언제까지 연애 놀음이나 할 거냐. 이번 여자애는 네 집까지 들어갔더구나."

권 회장이 여리를 말하자 이현이 눈빛에 날을 세웠다. 호랑이가 발톱을 세우듯 조용하고 섬뜩했다.

"아버지, 제 뒷조사하십니까."

"아비가 아들 궁금해하는 건 당연한 거다."

"궁금하다고 사람 붙이는 건 당연한 게 아닌데요, 아버지."

"좋은 말로 할 때 그만두어라."

권 회장의 목소리가 낮아졌다. 멍청하고 감정적인 이환을 혼낼 때와는 다른 방식이었다.

이현은 크게 한숨을 뱉어 냈다. 어차피 감상적인 말들로 설득이 가능한 상대가 아니었다.

"제 사생활도 그렇게 잘 아시는데 제 사업 수완은 당연히 아시겠네요. 제 투자가 실패한 흔적이 보이시던가요?"

이현은 당당했다. 이화통신의 주가는 이현이 대표를 맡은 이후 나날이 상승하고 있었고, 아트재단 역시 공격적인 장학 사업을 통해 이화그룹의 이미지를 긍정적으로 만드는 데 큰 역할을 했다. 또한 재단을 통해 투자한 모든 것들로부터 손해를 본 적은 단 한 번도 없었다.

"제가 누구한테 투자하든 그건 아트재단의 대표인 제가 정할 문제입니다. 아버지가 이래라저래라 할 문제가 아니죠."

"권이현."

"그리고 제가 누굴 만나든 아버지는 상관 마세요. 결혼도 기대하지 마시고요."

이현이 눈을 번뜩이며 이를 갈았다. 그는 제 태생이 사생아라는 것을 안 직후부터 결혼이란 제도를 경멸했다.

"제가 결혼에 부정적인 건 아버지 때문이잖아요."

이현이 원망 가득한 눈으로 제 아비를 한참이나 노려본 후 망설임 없이 자리에서 일어났다.

예상했던 그림이긴 했지만 생각보다도 더욱 처참한 식사 시간이었다. 함께 모였던 순간은 짧았고 서로를 미워하고 증오하는 눈길은 길게 뻗어 서로에게 엉켰다.

이현은 지끈거리는 관자놀이를 짚으며 빠르게 본가를 빠져나왔다. 중간에 누구라도 마주할까 걸음을 재촉했다. 이 여사는 끔찍한 것이라도 본 것처럼 눈살을 찌푸릴 것이 분명했고, 이혁은 고고한 자태로 철저한 무시를, 이환은 넘치는 활기로 다시 한 번 주먹을 날릴지 몰랐다.

이현이 본가 앞에 대기하고 있던 제 차에 올라탔다. 비서가 걱정 어린 눈으로 이현의 상태를 살폈다.

"이사님, 괜찮으십니까?"

"괜찮겠어?"

이현이 날카로운 눈을 부라리며 일갈했다. 집이 끔찍했다.

비서는 이현의 상태가 생각보다도 좋지 않자 다급히 태블릿 PC를 꺼내 건넸다. 이현이 관심을 가질 만한, 본가에서 있었던 일을 조금이나마 잊을 수 있는 내용들을 담아 대기하고 있던 차였다.

"뭔데."

"윤여리 씨 기사 올라온 거 추린 겁니다. 어제 드라마 첫 등장이었는데 반응이 좋습니다. 이 정도 관심이면 핸드폰 광고도 꽤 주목받을 것 같습니다."

비서가 여리의 사진이 걸린 기사들을 넘기며 긍정적인 이야기들을 읊었다. 다 사실이었으니 문제 될 것은 없었다.

이현의 거칠었던 숨소리가 조금씩 차분해졌다. 비서는 속으로 천만다행을 외쳤다.

✳

여리는 촬영장으로 향하는 밴에 몸을 싣고 마지막 대본을 펼쳤다. 하, 이제 이것도 마지막이라니. 아쉬움에 더욱 연습에 박차를 가했다. 마지막 장면에 어떤 후회도 남기고 싶지 않았다.

"윤여리!"

"네, 네?"

열심히 대사를 중얼거리던 여리가 제 이름을 부르는 매니저의 목소리에 화들짝 놀라 답했다. 매니저가 거울로 여리와 눈을 맞추며 한숨을 쉬었다.

"네 핸드폰 전화 오잖아."

"아, 미안해요. 오빠."

여리가 고개를 끄덕이자 매니저는 다시 운전에 집중했다.

원래 갖고 다니던 핸드폰은 항상 무음으로 해 두는 편이니 전화는 단연 이현의 것임이 분명했다. 벌써 2통의 부재중이 찍혀 있었다. 아차, 하는 마음에 통화 버튼으로 손가락을 뻗는 도중 다시 전화가 걸려 왔다.

"죄송해요!"

여리는 '여보세요.' 라든가 '네, 이사님.' 과 같은 말 대신 '죄송해요.' 부터 시작했다.

— 죽을래?

물론 그 정도로 이현의 불같은 분노를 잠재울 수 있는 것은 아니었다.

— 전화 제대로 안 받아?

평소보다 더 날이 선 것 같은 이현의 목소리는 다분히 위협적이었다. 여리가 짧게 숨을 삼켰다.

"죄송해요. 대사 연습 하느라 소리가……."

— 핑계 대지 마.

이현이 조금도 누그러지지 않은 목소리로 계속 열을 냈다. 여리는 그의 기분이 특히나 좋지 않음을 직감했다.

"진짠데. 오늘 마지막 촬영 날이라 제가 정신이 좀 없었어요. 다음부터는 안 그럴게요. 죄송해요. 네?"

무엇 때문에 화가 났는지는 모르겠지만 전화를 안 받았다는 사실 하나에 이토록 화가 난 것 같지는 않았다. 불규칙하게 들려오는 숨소리가 거칠었다. 여리는 이현이 할 말이 있어서 전화한 것이 아닌 머리를 식히고자 전화했음을 알아차렸다.

"이사님, 저희 숙소 이사했어요."

그럴 땐 말을 많이 해야 했다. 상대가 복잡한 생각을 조금이라도 멈추기 위해선 그 편이 제일이었다.

— 지금 그 말이 왜 나와.

이현이 차갑게 대꾸해도 여리는 계속해서 말을 이었다.

"이사님 집만큼은 아닌데 예뻐요. 넓어서 뛰어다닐 수도 있고요. 화장실도 2개라서 아침에 안 싸워요."

— 하······.

이현의 낮은 한숨 소리가 들려왔다.

"고마워요. 일찍 말하고 싶었는데 연락을 못 하니까요."

이 말은 진심이었다.

— 야.

아직 목소리에 서늘함이 남아 있었다. 여리는 머릿속에 담긴 이현과 연결된 모든 것들을 끄집어내 종알종알 말을 만들었다.

"저번에 드라마 촬영장에 보내 주신 밥차도 맛있었어요. 닭볶음탕이 맛있어서 밥 두 번 먹었어요. 저 그거 제일 좋아해요."

— 윤여리.

한없이 낮기만 한 이현의 목소리가 여리를 불렀다.

"저 드라마에 나온 거 보셨어요?"

여리는 이현의 말은 들리지 않는다는 듯 자연스럽게 화제를 옮겼다. 제발 이 방법이 통하기를.

— 윤여리, 그만.

안 통하는 모양이었다. 여리가 바쁘던 입술을 멈췄다. 이현의 목소리가 단호했다.

— 화 안 낼 테니까 그만 종알거려. 귀가 아플 지경이야.

여리 입술에 웃음이 피어났다. 안 그래도 기분이 싱숭생숭한데 이현까지 자신에게 화내고 괴롭히면 도저히 견딜 수 없었을 것이다. 다행이었다.

"조용히 할게요, 이사님."

— 이럴 때만 말 듣지.

"전 항상 말 잘 들어요."

— 대체 언제.

"제가 이사님 말 안 들은 게 뭐가 있어요."

— 바…….

"방금 전에 전화 못 받은 거 빼고."

이현이 다시 조용해졌다. 보이진 않지만 아마도 그 반듯한 이마를 잔뜩 구기고 짜증 난 표정을 짓고 있을 것이었다.

"이사님. 저 드라마 나온 거 보셨어요?"

여리가 다시 한 번 물었다.

— 아니.

"기사도 많이 떴는데 좀 보시지."

— 기사는 봤어.

여리는 저도 모르게 숨을 참고 다음 말을 기다렸다. 누구의 평가보다도 이현의 소감이 듣고 싶었다. 소속사 사람들은 많아진 일거리와 늘어날 수익을 기대하며 애먼 것을 기뻐하기 바빴고, 멤버들은 축하해 줘야 할지, 모른 척해 줘야 할지 고민하며 선뜻 아무 말도 건네지 못했다. 부모님이야 늘 그렇듯 칭찬에 인색한 사람들이니 기대도 하지 않았다.

귓가에 이현의 낮은 숨소리가 들려왔다.

— 잘했어.

잘했어, 그 말이 왜 그렇게 좋을까.

여리는 이상스레 울컥거리는 마음을 달래며 심호흡을 했다. 기회를 준 것이 그이니 그것을 평가하는 것도 이현이여야만 했다. 그의 칭찬 앞에선 마음껏 좋아할 수 있었다. 스스로의 부정을 부끄러워하며 민망해하지 않아도 되었고, 혹시 모를 시샘을 걱정하며 겸손 떨지 않아도 되었다.

더 듣고 싶었다.

"한 번 더요."

— 뭐를.

"칭찬 한 번만 더요."

이현이 침묵을 지키자 여리는 조용히 기다렸다.

— 만나서 해 줄게. 촬영장 어디야.

5
나의 것

    청월은 논개의 어릴 적 친구이자 기방의 동료이고 적국의 손아귀로부터 자존심을 지킨 기생이었다. 이름처럼 푸른 옷을 즐겨 입고 백옥 비녀를 좋아하며 첫정을 나눈 정인과의 의리를 목숨처럼 아낀 기생이기도 했다. 여리는 그런 청월의 마지막을 준비하고 있었다.

    "나는 내 나라 조선의 고통에 뼈가 녹을 듯 아픕니다. 하지만 아픔은 참아 내면 그만이고, 참기 어렵다 해도 이겨 내면 그뿐입니다. 나 청월은 그렇게 살아왔고, 내 나라 조선도 그럴 수 있다는 것을 의심하지 않습니다."

    여리는 옅은 분홍빛 한지 위에 연습했던 붓글씨로 조선식 한글을 적으며 대사를 읊었다.

    일본의 침략 아래 모두가 고통받던 시절, 기생이라는 이유로 적국의 장수에게조차 웃음을 팔아야 했던 청월이의 속마음은 강한 듯 여리고, 부드러운 듯 강철 같았다.

"마음속에 텅 빈 바람을 가득 채우고 내 나라가 웃는 날까지 울라면 울고 엎드리라면 엎드릴 수도 있습니다. 기녀가 된 이후로 매일하던 일이니 어려운 것은 아니지요. 감정을 숨기기란 기녀의 삶에서 가장 중요한 것이 아닙니까."

황진이는 스스로를 예인이라 불렀고, 사대부들은 기녀를 해어화라 칭하며 예찬했지만 일본인들의 눈에는 그저 웃음 파는 여인이었고, 술 따르는 계집일 뿐이었다.

여리는 문득 제 뺨 위로 동그란 눈물이 구르는 것을 느꼈다. 아직 울면 안 되는데, 라는 생각이 들었지만 붓글씨를 쓰는 손목을 멈추지는 않았다. 또한 스태프들 중 누구도 여리를 멈추려 하지 않았다.

"그런 기녀에게 유일하게 허락되지 않는 것이 있지요. 정을 품는 일 말입니다."

무엇 때문인지 여리는 눈물이 자꾸만 흘러 목소리가 나오지 않았다. 잠시 허, 숨을 뱉고 호흡을 골랐다. 붓을 쥔 손이 멈추고 그렁거리던 눈이 하늘을 보았다가 다시 떨어졌지만 여전히 스태프들은 아무런 미동 없이 그런 여리를, 청월의 마지막을 지켜보고 있었다.

"내 마음속에는 찬바람이 들어찰 공간이 없습니다. 오직 맑고 연약한 사랑만이 있을 뿐이지요. 그래서 나는 이제 더 이상 웃지 않기로 했습니다. 웃을 때마다 내 사랑이 탁해지고, 엎드릴 때마다 내 사랑이 구겨진다면 나는 그 어떤 것도 하지 않을 것입니다. 설사 그것이 숨을 쉬는 일이라 해도 말입니다."

여리는 자꾸만 가늘어지는 목을 가다듬으며 억지로 낮은 목소리를 꾸역꾸역 뱉어 냈다. '맑고 연약한 사랑'을 첫정으로 간직한 청월이의 필사적인 몸부림을 약하게만 표현하고 싶지 않았다.

마지막 한마디만이 여리의 입술 언저리에서 쏟아지기를 기다렸다. 여리는 바들바들 떨리는 손에 힘을 주고 붉게 칠한 입술 위에 환한 미소를 걸었다.

"그 맑고 연약한 것만이 제가 가진 유일한 것이기 때문입니다."

이윽고 청월은 붓을 내려놓고 분홍빛 한지를 작게 접었다. 유서라고 하기엔 어여쁜 모양이었다.

여리는 마지막 대사를 내뱉자 이상하리만큼 흐르는 눈물을 멈추고 슬픔보다는 절절한 기쁨을 느꼈다.

아, 청월.

여리는 천천히 자리에서 일어나 입고 있던 푸른 저고리를 벗어 천장에 걸었다. 둥근 고리 모양이 섬뜩했지만 또 푸르른 하늘 같기도 해 열망이 샘솟았다. 작은 의자에 올라 고리에 가는 목을 거니 이제 정말 청월이 죽는구나, 실감이 났다. 아— 눈을 감으니 해방의 눈물이 흘렀다.

"아, 내 사랑……."

의자가 쓰러지고 여리의 두 다리가 대롱대롱 허공에 매달렸다. 제작진이 미리 허리에 지지대를 만들어 주어 조금 답답한 것 빼고는 불편함은 없었다. 하지만 처음으로 중력을 거슬러 땅과 떨어진 제 다리를 느끼고 있자니 여리는 끊임없이 눈물이 흘렀다.

"컷!"

감독의 우렁찬 목소리와 함께 스태프들의 참아 온 훌쩍임이 거센 통곡으로 변해 촬영장 전체를 고통으로 물들였다. 여리는 작고 가는 손가락을 들어 푸르른 저고리로 메인 제 목을 감싸며 울었다.

아, 청월.

스태프들은 여리를 감싼 채로 감사의 박수를 전했다. 모두의 작품인 드라마 '논개'에서의 '청월'이라는 존재를 슬프고도 아름답게 보내 준 여리에 대한 감사함이었다.

"여리 씨, 고마워. 청월이를 여리 씨가 해서 정말 다행이야."

오랜만에 촬영장을 찾은 작가가 여리의 손을 잡고 말했다. 여리는 붉게 충혈된 눈으로 마찬가지의 감사 인사를 전했다.

"청월이를 제게 주셔서 정말 감사합니다."

한 걸음 물러나 스태프들을 모두 바라본 채로 다시 한 번 깊게 허리를 숙였다.

"모두들 정말, 정말 감사합니다."

그제야 여리는 웃을 수 있었다. 또한 모두가 웃으며 청월을, 그리고 여리를 보낼 수 있었다.

여리는 이현이 남긴 문자에 적힌 대로 촬영장에서 조금 떨어진 곳까지 걸어갔다. 그곳엔 익숙한 이현의 검은색 차가 기다리고 있었다. 다가가 검게 썬팅된 창을 두드렸다.

잠긴 문이 열리는 소리가 들리고 여리는 조수석 문을 열었다. 운전석에는 피곤함과 지친 기색이 역력한 이현이 나른한 눈을 하고 있었다.

"많이 기다리셨어요?"

"어."

빈말이라도 조금, 혹은 아니라고 말하면 입 안에 가시가 돋는 모양이었다. 하지만 실제로 오래 기다린 것이 사실이라 할 말은 없었다. 게다가 오늘은 이현이 와 준 것이 좋았다. 만약 지금 기분 그대로 숙소를 들어간다면 분명 우울함이 최고조를 이루어 축 처질 것이었다. 청월이에게 빠져 있는 깊은 몰입과 청월이의 죽음으로 얻은 끝없는 우울감을 무엇으로라도 벗어나고 싶은 참이었다.

"죄송해요. 마지막 촬영이라고 다들 안 놔주셔서."

"타기나 해."

"잠시만 뒷좌석 문 좀 열어 주세요."

여리는 들고 있던 커다란 쇼핑백을 조심조심 뒷좌석에 옮겼다. 가뜩이나 먼 거리를 운전하고 와 신경이 예민한 이현이 반듯한 눈썹을 구겼다.

"그런 건 매니저한테 맡기면 되잖아. 그 새끼 또 일 안 하고 놀아?"

"또요? 매니저 오빠 노는 거 본 적 있으세요? 요즘 매니저 오빠 얼마나 바쁜데……."

쇼핑백 정리를 끝낸 여리가 조수석에 앉으며 물었다. 여리는 매니저가 이현에게 무시무시한 경고를 받았다는 사실에 대해 전혀 모르고 있었다. 이현이 작게 한숨을 뱉었다.

"됐어. 벨트나 매."

"네에―"

이현은 입을 다문 채 운전을 시작했고 여리는 어색한 정적이 불편해 죽을 지경이었다. 차라리 매니저가 운전하는 밴이라면 부족한 잠이라도 잘 수 있을 텐데 이현이 운전하는 차에서 감히 잠을 잘 수 있는 배짱은 생기지 않았다.

"저 이사님."

"왜."

"저 오늘 마지막 촬영 했어요."

그래서 괜히 아무 말이나 막 꺼냈다.

"알아. 아까도 말했잖아."

"……."

여리는 빤히 이현의 옆모습을 쳐다보았다. 안다는 간단한 말로 대화를 끊어 버리는 그의 심술이 서운하고 밉기는 했지만 또 그의 입에서 나올 어떤 말을 기다리기도 했다.

"왜."

그 끈질긴 시선을 알아차린 이현이 미간을 찡그렸다. 그는 예전부터 여리의 그런 시선을 귀찮아하고 부담스러워했다. 남들은 이현의 눈을 바로 쳐다보는 일이 별로 없었다. 다들 고개를 숙여 눈길을 감추거나 쳐다보더라도 처량하게 떠는 눈빛을 보이기 일쑤였다. 하지만 여리는 목소리를 떨거나, 뒷걸음질을 치는 한이 있더라도 대화를 할 때면 늘 눈을 맞추고 갈색 눈을 초롱초롱하게 빛냈다.

"약속했잖아요."

여리가 포옥 팬 보조개를 드러내며 말했다. 힐끗 쳐다본 시선에도 살구빛 입술과 보조개가 선명하게 보였다.

"뭘."

이현이 다시 고개를 돌려 운전에 집중했다. 여리가 그 무책임한 회피를 모른 척할 리 없었다.

"칭찬이요. 마지막 촬영도 다 끝냈는데 얼른 칭찬해 주세요."

"네가 애야?"

"22살이면 애죠. 얼른요."

고작 잘했어, 라는 말에 집착하는 여리도 그 말 한마디를 제대로 못 뱉는 이현도 참 답답해지는 순간이었다.

"집 도착해서 해 줄게."

"왜요?"

"지금은 운전에 집중해야 돼."

"지금 운전하면서 저랑 얘기하시잖아요."

여리가 고개를 갸웃거리며 중얼거리자 이현은 오른팔을 뻗어 여리의 머리 위에 손을 얹었다. 장난스럽던 여리가 순식간에 얌전해졌다. 정말 강아지 같은 모습에 웃음이 나오려는 걸 이현은 훌륭한 인내심으로 참아 냈다.

"조용히 해."

이현이 낮은 목소리로 말했다.

"차라리 잠을 자. 방해하지 말고."

"자도 돼요?"

이현이 짧게 한숨을 쉬며 고개를 끄덕였다. 그게 아니면 서울로 향하는 내내 종알거리며 칭찬을 해 달라는 둥 머리를 지끈거리게 할 것 같았다.

"진짜 그래도 괜찮으시겠어요? 지금 시간도 꽤 늦었는데 잠이라도 오시면……."

"윤여리."

"넵, 잘게요. 운전 조심히 하세요."

짜증을 억누르는 이현의 목소리가 자신을 부르자 여리는 바로 눈을 감고 의자를 젖혔다. 이현은 어이가 없어 헛웃음을 지었다. 이내 조용한 숨소리가 규칙적으로 들려왔다.

지나는 차가 없는 한산한 도로를 두 시간 남짓 운전한 이현은 한남동 집 앞에 도착하고 나서야 자고 있는 여리를 깨웠다.

"야."

"……."

여리는 미동 없이 긴 속눈썹을 내리고 잠에 빠져 있었다. 그 모습을 바라보던 이현도 의자에 몸을 기대 잠시 눈을 붙였다. 이현 역시 예정에 없던 운전을 하느라 꽤 피곤한 상태였다.

생각이 거기까지 미치자 이현은 자신이 왜 여리를 찾아 그 먼 곳까지 갔는지 의문이 들었다. 본가에서 받은 스트레스가 심하긴 했다. 그런 와중에 여리의 기사를 봤고 전화를 했고 그나마 생각을 환기할 수 있었다.

그래도 모자란 것 같은 생각이 들자 직접 봐야 한다는 생각이 들었다. 직접 보면 기사보다 전화보다 더 자신을 편하게 해 주지 않을까 하는 생각이 들었다.

물론 그것이 여리 존재 자체의 소중함이라든가 여리가 갖는 특별함이라고 생각하지는 않았다. 그저 끊임없이 재잘거리는 여리의 입술과 자신을 두려워하지 않는 보조개 박힌 미소, 안겨 오면 꽃을 안은 것 같은 착각이 들게 하는 그 허리가 조금 보고팠을 뿐이었다. 아주 조금.

"윤여리."

이현이 다시 한 번 여리를 불렀다. 미동 없던 속눈썹이 찔끔 움직이며 천천히 눈꺼풀을 들어 올렸다.

"어?"

"……."

"벌써 도착한 거예요?"

"지금 시간이 몇 신데 벌써래."

여리가 핸드폰을 꺼내 확인한 시간은 새벽 한 시가 지나 있었다.

"아……."

"아, 하지 말고 얼른 일어나. 너 때문에 못 올라가고 있잖아."

이현이 여리의 헝클어진 머릿결을 조금 정리해 주고는 선글라스

하나를 씌워 주었다. 가뜩이나 어두운 주차장 안에서 그것도 새벽에 선글라스를 끼자 여리는 눈앞이 캄캄해졌다.

"이걸 왜요?"

"왜긴 왜야. 너 이제 연예인이야. 알아서 조심해야지."

이현이 긴 손가락으로 여리의 이마를 톡톡 두드렸다. 여리는 아무리 그래도 선글라스까지 끼는 것은 조금 과하다고 생각했지만 곧 자신을 위한 걱정이라 거절하지는 않았다.

여리가 선글라스를 낀 채 차에서 내려 뒷좌석 문을 열었다. 낑낑거리며 넣어 둔 커다란 쇼핑백을 다시 낑낑거리며 꺼냈다.

"그게 뭐길래 갖고 내려. 내일 숙소 갈 때 갖고 가면 되잖아."

멀찌감치 있던 이현이 다가와 물었다. 여리가 얼굴을 붉혔다.

"스태프들한테 받은 선물이에요."

"선물?"

"네, 청월이 한복."

"그게 뭐."

"아쉬워서……. 오늘 하루는 계속 옆에 두고 싶어요."

여리가 쇼핑백을 품 안으로 가득 끌어안았다. 쇼핑백의 크기가 여리의 몸보다 커 보여 이현이 못마땅한 표정을 지었다.

"안…… 돼요?"

"……."

"오늘은 청월이 보내기 싫은데……."

여리가 최대한 불쌍한 얼굴로 중얼거리자 이현의 얼굴이 더욱 구겨졌다. 여리가 그 모습을 보고는 방법을 바꿨다.

"옆에만 둘게요. 제발요. 네? 칭찬도 안 받아도 돼요. 네?"

이현은 가만히 표정을 굳힌 채 제 눈치를 살피는 여리를 쳐다보았다. 그깟 쇼핑백 하나 가지고 올라가는 거야 문제 될 게 없었지만 안절부절못하는 여리의 모습이 우스워 계속 얼굴을 굳히고 있었다.

칭찬해 달라고 조를 때는 언제고 스태프들이 준 선물을 곁에 두겠다고 포기하는 모습을 보고 있자니 그것이 여리에게 얼마나 소중한지는 애써 묻지 않아도 알 수 있었다.

무엇을 조건으로 걸어야 이 재미있는 광경을 더 재미있게 만들 수 있을까. 이현은 그 좋은 머리로 고민을 시작했다. 이내 그의 얼굴이 부드럽게 펴졌다.

"춤추면 허락해 줄게."

"네?"

"춤 말이야. 저번에 보겠다고 했던 네 춤."

이현은 여리가 하루에 열 시간씩 춤만 췄다며 자부하던 날이 떠올랐다. 언젠가 한번 보겠다는 말이 빈말은 아니었지만 특별히 볼 기회나 상황은 없었다. 때문에 오늘만큼 완벽한 기회도 없었다. 가뜩이나 하얀 여리의 얼굴이 더 하얗게 질려 가는 것이 보였다. 선글라스로 얼굴의 반을 가리고 있었지만 그 뒤에 주홍빛으로 붉어졌을 뺨이 떠올라 왠지 모르게 아찔해졌다.

"여기서…… 추라는 건 아니죠?"

주차장을 두리번거리는 여리의 말에 이현이 소리 내어 웃었다. 울적한 오늘 여리를 만나기로 한 그의 선택은 옳은 것이었다.

"여기서 추라고 하면 추려고?"

여리가 빠르게 고개를 흔들었다. 더 놀리고 싶은 마음이 굴뚝같았지만 얼른 집 안으로 데리고 가고 싶은 마음이 더 컸다.

"집에서 춰. 혼자 보는 게 좋아."

이현이 뒤돌아 엘리베이터를 향해 성큼성큼 걸음을 옮겼다. 여리도 그 뒤를 따랐다.

집에 도착하자마자 여리는 답답했던 선글라스를 벗었다. 맑아진 시야에 보인 탁 트인 전망이 처음 방문했던 그날처럼 여전히 아름다웠다. 홀린 듯 신발을 벗고 창가로 향하려는데 손목을 감은 힘이 여리를 바짝 당겼다. 이현의 단단한 상체가 여리의 몸을 감쌌다.

"어, 왜……."

"쉬이―"

여리가 마주한 눈길 사이로 어색해하자 이현은 쉬이― 달래며 가는 목에 얼굴을 묻었다. 이현의 뜨거운 숨이 여리의 목과 어깨를 촉촉이 적셨다.

"하아……."

아득해지는 정신에 여리가 고개를 젖히자 이현은 이를 세워 목을 물었다. 촬영을 핑계로 깨끗하게 아껴 두었던 하얀 목이 드디어 이현의 이 사이로 삼켜졌다.

"하앗! 아파……요."

마음 같아서는 한참을 더 물어뜯어 붉은 자국을 새기고 싶었지만 이현은 아끼고 나서 가졌을 때의 희열을 알기에 순순히 물러나 여리와 눈을 맞췄다. 이미 뜨거워진 체온으로 일렁이는 여리의 갈색 눈이 이현을 담았다.

"춤춰 봐."

이현의 목소리가 낮게 끈적였다. 춤을 춰도 이렇게 달궈진 분위기에서 출 거라곤 예상 못한 여리의 얼굴이 붉어졌다.

"음악 필요해?"

"아, 아니 그게 아니고……."

"아니면 뭐."

이현이 여리의 가는 허리를 끌어안은 채 물었다. 이현의 입가에 장난스러운 미소가 언뜻언뜻 묻어 있었다.

여리는 머릿속으로 이 난관을 헤쳐 나갈 방법을 떠올리려 애썼다. 이현의 앞에서 아이돌 특유의 유치한 추임새를 보이고 싶지는 않았다. 게다가 자신의 이전 곡들은 유명하지도 않았고 퀄리티가 좋지도 않았다. 지금 준비하고 있는 곡들은 모두 발표되기 전이니 들려 줄 수도 없었다.

이현이 생각이 많아 보이는 여리의 이마를 톡톡 두드렸다.

"무슨 생각 해."

"꼭 지금 춰야 해요?"

"약속했잖아."

"새 곡으로 컴백하면…… 그때 보여 줄게요."

"싫어. 지금 볼 거야."

이현의 얼굴은 단호했고 여리는 포기의 한숨을 뱉었다. 시무룩해진 마음으로 숙여진 눈길에 애써 들고 올라온 한복이 보였다.

"아!"

여리의 높은 탄성에 이현이 날카로운 눈을 찌푸렸다.

"예고 좀 하고 소리 질러."

이현의 나무람에도 여리의 얼굴엔 웃음꽃이 피었다.

"춤이면 되는 거죠?"

"뭐?"

"무슨 춤이라고 정한 건 아니잖아요. 그렇죠?"

이현은 여리가 하는 말이 정확히 무엇을 의미하는지 알 수 없었다. 여리가 가는 팔을 뻗어 커다란 쇼핑백을 가리켰다.

"저게 뭐."

이현이 여전히 모르겠다는 듯 짙은 눈을 빛냈다.

"한국무용 보여 드릴게요."

"한국무용?"

"저 청월이 준비하면서 한국무용 배웠어요."

"하……."

생가지도 못한 여리의 말에 이현은 웃음 섞인 탄식을 뱉었다. 정말 언제나 예상을 빗나갔다.

"스파르타로 엄청 열심히 배웠으니까 조악하지는 않아요."

여리는 자신만만한 얼굴로 고개를 연신 끄덕거렸다. 아이돌 춤은 죽어도 추기 싫었는지 방긋방긋 웃는 모양이 꽤 즐거워 보였다. 이현이 피식, 바람 소리를 내며 웃었다.

"하여튼 잔머리는."

"잔머리라뇨. 한복 입고 제대로 보여 줄게요. 저 선생님들이 소질 있다고 엄청 칭찬해 주셨어요! 진짜예요."

"알았어, 알았으니까 조용히 하고 그 소중한 한복이나 입고 나와."

여리는 진짜죠? 하며 이현의 품을 간단하게 벗어났다. 그러고는 자기 몸만 한 쇼핑백을 끌고 가까운 방 안으로 들어가 문을 잠갔다. 잠긴 문 사이로 '잠깐만요.' 하는 목소리가 흘러나왔다.

이현은 넓은 거실 한쪽에 놓인 검은색 소파에 몸을 파묻고 여리를 기다렸다. 좀 전까지만 해도 안겨 있던 몸이 꿈처럼 아늑해 자꾸만 주먹을 쥐었다 폈다. 춤은 내일 보여 달라고 할걸, 하는 후회가 밀려왔다.

"짠—"

여리가 문을 열고 총총 잔걸음을 옮겼다. 속이 비칠 것처럼 얇고 하얀 저고리에 짙은 푸른빛의 폭 넓은 치마가 하얀 피부의 여리와 무척이나 잘 어울렸다. 길게 넘실거리던 머리는 언제 또 틀어 올렸는지 하얀색의 얇은 비녀가 여리의 머리카락을 동그랗게 틀어 올리고 있었다.

"어때요?"

"……."

이현은 말없이 숨을 삼켰다. 움직이는 목울대가 그의 타는 갈증을 대신 보여 주고 있었다. 어두운 집 안 조명에 그 모습을 보지 못한 여리는 이현의 무심한 반응을 가볍게 모른 척했다. 그저 긴장을 달래기 위해 헛기침을 조금 하고는 익숙한 노랫가락을 떠올렸다.

"잘 봐요."

머릿속에 그려지는 박자를 따라 한 손을 뻗었다. 둥글게 곡선을 만든 팔이 구름 속을 젓듯 부드럽고 우아하게 움직였다. 또 다른 한 손이 푸른 치마폭을 가볍게 움켜쥐고 수줍게 움직이는 버선발이 보이도록 끌어 올렸다. 그러고는 핑그르르 회전을 했다.

이현은 소파에서 일어나 모든 각도에서의 여리를 보기 위해 눈길을 옮겼다. 커다란 창을 통해 들어오는 시린 달빛이 여리의 하얀 저고리를 적시며 몽환적인 분위기를 만들어 냈다.

여리가 회전을 끝내고 두 팔을 벌려 뒷걸음질을 쳤다. 제비가 자신의 둥지를 찾아 돌아간다는 뜻의 동작이었다. 살짝 고개를 숙이고 종종걸음을 하며 참 사랑스러운 동작이다 생각했던 여리였다. 사뿐사뿐, 걸음을 하는 동안 사부작사부작 비단 스치는 소리가 들렸다.

동작이 끝나기도 전에 여리의 등이 이현의 상체에 닿았다. 이현이 여리를 돌려 안으며 입을 맞췄다. 양팔로 어린 등을 바짝 끌어 안은 탓에 여리는 꼼짝도 할 수 없었다.

여리의 입 안으로 뜨거운 혀끝이 해일처럼 밀려들어 왔다. 여리의 여린 살이 도망치면 도망가는 대로 쫓아와 얽히고설켜 모든 단물을 삼켰다.

"하아…… 저, 이사니임…… 숨이……."

이현은 들리지도 않는지 키스를 멈추지 않았고 여리는 벌써부터 다리에 힘이 풀려 몸을 가눌 수 없었다. 그가 한 손으로 여리의 허리를 받치고 한 손으로 백색 저고리의 옷고름을 풀어냈다. 저고리만큼이나 하얀 가슴이 치마 말기에 감싸져 있었다. 이현이 벌어진 저고리 틈으로 얼굴을 묻고 과일을 삼키듯 베어 물었다.

"흐읏."

이현이 여리를 살짝 들어 창가 쪽으로 자리를 옮겼다. 허공에 뜬 두 발이 불안함에 동동거렸다. 이현은 여리를 내려놓음과 동시에 거침없이 몰아붙였다. 덕분에 여리의 등이 차가운 창가에 자꾸만 쿵, 쿵, 부딪혔다.

"하아…… 잠깐만, 불편……해요."

"조금만, 하…… 참아."

이현은 불편하다며 새는 소리를 힘겹게 뱉어 내고 있는 여리의 입술을 입술로 막으며 진득한 손길을 멈추지 않았다. 푸른 치마폭에 쌓인 허벅지가, 동그란 엉덩이가 이현의 정신을 자꾸만 거칠게 만들었다.

여리는 더 이상 이현을 말릴 수 없겠다는 생각과 말리고 싶지 않다는 생각을 하며 이현의 어깨에 매달렸다. 큰 키의 이현이 자꾸만 몸을 쓸어 올리는 탓에 발이 동동 떴다.

"아아—"

앓는 소리와 함께 다리에서 완전히 힘이 빠졌다. 중심을 잃고 쓰러지려는데 당연하게도 이현의 두 팔이 단단히 감아올렸다. 짙은 눈으로 가만히 눈을 맞췄다. 그러곤 흐느적거리는 팔에서 달랑거리는 저고리를 완전히 벗겨 내고는 여리를 안고 침실로 향했다.

이현의 하얀 침대 위에 풀썩 쓰러진 파란 치마의 여리 모습이 지나칠 정도로 고혹적이었다.

"하, 미치겠네."

이현이 입고 있던 셔츠를 벗어 던지고 다시 상체를 숙였다. 푸른 치마폭이 사락사락 움직이는 순간순간에 여리의 살냄새가 풍기는 것 같아 지독한 갈증이 밀려왔다. 톡 튀어나온 복숭아뼈를 사탕 굴리듯 이리저리 핥고는 종아리와 허벅지까지 쭉 밀고 올라갔다.

여리의 입에서 정신없는 신음 소리가 터져 나왔다. 여리는 어디든 손을 뻗어 바들바들 떨리는 몸의 열기를 의지하고 싶었다. 이현은 이미 허벅지 안쪽의 여린 살을 지나 허리에 얼굴을 묻고 있었다. 여리가 그런 이현의 얼굴을 듬뿍 끌어안았다. 푸르디푸른 제 치마폭에 휩싸여 열띤 욕망을 뿜어내고 있는 남자의 가득한 열기를 바짝 끌어안고, 제 속에서 타는 욕망도 함께 타오르기를 간절히 희망했다.

이현이 넓은 치마폭에서 고개를 들고 여리와 눈을 맞췄다. 절정의 순간이 다가올 때면 항상 그렁거리는 눈물이 이번에도 역시나 맺혀 있었다. 살구빛의 반쯤 벌어진 입술을 당장이라도 삼키고 싶었지만 묻고 싶은 것이 있었다. 이현이 붉은 자국이 가득한 여리의 목에 입을 맞추며 낮은 목소리를 냈다.

"윤여리."

"흐응……."

"여리야."

여리의 심장이 쿵, 하고 내려앉았다. 줄곧 야, 너, 윤여리 등으로 부르던 이현이 처음으로 여리야, 하고 부르자 서늘하던 한구석이 말도 안 되게 뜨겁게 차오르는 것이 느껴졌다. 아찔해진 정신으로부터 끌어 올려진 눈물이 후두둑, 쏟아졌다.

이현은 계속해서 움직여 여리의 귓바퀴를 물었다. 나올 듯 말 듯 낮게 뱉어지는 숨소리가 얼른 다음 말을 기다리게 했다.

"왜 울었어."

전혀 예상하지 못한 질문이었다.

"……네?"

여리가 되묻자 이현이 다시 한 번 여리의 목에 얼굴을 묻고 중얼중얼 입술을 움직였다.

"울었잖아. 마지막 장면."

봤구나, 여리는 설마 봤을 거라고는 생각하지 않았다. 여리가 아는 이현은 봤으면 봤다고 말했을 인물이고 굳이 모른 척할 배려심을 가진 사람이 아니었다. 하지만 이현은 마지막 장면에 대해서 알고도 쭉 모른 척하다 솔직할 수밖에 없는 순간에 묻고 있었다. 두 눈이 붉게 번질 정도로 억한 눈물을 펑펑 쏟아 냈다는 사실을 이현은 아는 눈치였다.

여리는 제 목에 붙어 진득한 숨을 뱉어 내는 이현의 얼굴을 가는 팔로 감싸며 아무렇지 않은 척 목소리를 꾸며 냈다.

"울어야…… 하는 장면이니까요. 흐웃……!"

순간 이현이 여리의 목을 물었다. 흡사 먹잇감의 약점을 기다리다 발견하고는 숨통을 끊어 버리는 맹수의 모습과 비슷했다.

"거짓말하지 마."

"하아……."

"누구 앞이라고 거짓말을 해."

날카로운 말을 뱉어 내는 이현의 눈이 썩 부드러웠다.

"네가 울었잖아. 청월이 아니라."

"……."

"왜 울었어."

이현이 다시 고개를 숙였다. 배려 차원에서 눈을 맞추지 않는 것인지, 그저 여리의 목을 탐하고 싶어 고개를 숙이는 것인지는 알 수 없었다.

"이사님……."

"묻잖아. 대답해."

이현이 여리의 목을 가볍게 쥐며 말했다. 하아, 탄식이 흘러나왔다.

모두가 훌륭한 연기였다고 말하던 그 장면을 이현만이 자신의 눈물이라는 걸 알아차렸다는 것이 두려움을 주었다. 이 사람을 속일 수는 없는 걸까. 하지만 알아주는 사람이 있었다는 사실에 마음이 두근두근 뛰었다. 이 사람은 모든 것을 아는 걸까.

"그냥…… 부러워서요."

"뭐가."

그 순간을 다시 떠올리려니 멈췄던 눈물이 다시 차올랐다.

"지키고 싶은 것 때문에 목숨도 버릴 수 있다는 게……."

"……."

"저는…… 겁이 많아서 절대……."

말을 마무리할 수 없었다. 이현이 깊게 입을 맞췄다. 부드럽고 충분히 다정한 입맞춤이었다.

"울지 마."

이현이 치마 말기에 매어진 매듭을 슥, 풀어냈다. 가려져 있던 가는 몸 선이 푸른 치마폭 위로 드러났다.

"괜찮아."

이현은 값잖은 위로 따위는 하지 않았다. 또 무엇 때문에 울었을지도 보는 순간 진작할 수 있었다. 그저 그 속을 토해 내라는 뜻에서 물은 것뿐이었다. 울어도 제 앞에서 울고, 남들 앞에서는 아무렇지 않은 모습이길 원했다. 이현은 제 것의 나약함조차도 혼자만 보고 싶었다.

이현이 여리의 머리를 고정하고 있던 하얀색 비녀를 뽑아냈다. 검은색의 숱 많은 머리카락들이 치렁치렁 침대 위로 흩어졌다.

"너는 청월이 아니잖아."

"알아요."

"나는 네가 겁이 많아서 좋아."

그 말도 안 되는 위로 아닌 위로에 여리는 푸하, 하고 소녀 같은 웃음을 뱉어 냈다. 이현의 입술이 다시 움직이며 아래로, 아래로 향했다. 동그란 가슴을 한 손에 움켜쥐고 다시 밑으로, 밑으로.

청월의 이야기는 그렇게 아래로, 밑으로 사라졌다.

전기처럼 강렬하게 찾아오는 자극에 여리는 양팔을 뻗어 이현을 잡으려 애썼다. 그의 단단한 팔을 붙잡고, 넓은 어깨에 매달리고 싶었다. 그래야만 이 아찔한 기분을 온전히 버텨 낼 수 있을 것 같았다.

이현은 허공에 팔을 휘저으며 애타게 저를 부르는 여리의 모습을 한참이나 눈에 담고는 점점 지쳐 가는 여리를 보고 나서야 여리의 안으로 자신을 밀어 넣었다.

"아앗!"

그토록 타오르던 갈증이 마침내 오아시스를 만난 듯 황홀감을 분수처럼 쏟아 냈다. 이현이 허리를 움직이면 움직일수록 머릿속의 복잡한 생각이 깔끔하게 지워졌다. 여리가 다시 한 번 손을 뻗었다. 이현이 순순히 허리를 숙여 여리에게 안겼다.

"윤여리."

"하앗, 하아. 이, 이사님……."

이현이 속도를 높이며 여리와 눈을 맞췄다. 서로의 몸이 빈틈하나 없이 맞물린 채 뜨거운 숨을 뱉어 냈다.

"내 앞에서만 울어."

"하아…… 핫…….."

"남들이 너 우는 꼴을 보고 있으니까 기분이…….."

"하앗…… 하응…… 핫……!"

"아주 개 같아."

이현이 점점 거칠어졌다. 그는 본가에서 나와 여리와의 통화 후기분이 좀 풀려 있었다. 새처럼 재잘거리는 목소리에 웃음이 피식피식 나왔고, 제 칭찬을 바라며 더 해 달라고 조르는 모습은 어딘가 뿌듯하기까지 했다. 그래서 피곤한 몸을 이끌고 촬영장까지 간 것이었다. 만나면 더 좋을까 싶어서.

여리의 매니저와 함께 숱한 스태프들 사이에서 지켜본 여리는 이현이 아는 여리와 조금 달랐다. 철없는 20대 초반의 해맑음은 온데간데없고, 자신의 영역에서 완전한 프로 의식으로 작업에 임하는 모습이 꽤 멋있었다.

하지만 여리가 울기 시작하면서부터 이현의 기분은 저 나락으로 곤두박질치기 시작했다. 눈치 없는 매니저는 옆에서 '우리 여리 연기 진짜 잘하지 않아요?' 라며 탄성을 쏟아 냈지만 이현의 눈에는 또렷하게 보였다.

여리는 고통으로 일그러진 채 눈물을 쏟고 있었다. 청월이 아니었다. 여리였다. 그리고 그 모습을 모든 이가 보고 있었다. 당장이라도 손목을 끌고 나와 아무도 못 보게 제 차로 집어넣고 싶은 마음이 간절했다. 참는 것이 끔찍했다.

"이사니임……! 하앗……."

"대답해. 당장."

"흐응…… 아, 알았어요. 하앗……! 핫!"

대답과 함께 끈적이는 절정이 둘을 덮쳤다. 온몸이 저릿한 기분으로 가득해졌다. 이현이 여리를 품 안 가득 끌어안은 채 침대 위로 무너졌다.

＊

다음 날 부서지는 햇살에 눈을 뜬 여리는 검은색 셔츠를 입은 채 말끔한 모습으로 커피를 마시고 있는 이현을 보았다.

"으음……."

몸을 조금만 움직여도 앓는 소리가 나왔다. 억지로 상체를 일으켜 눈을 깜빡였다. 몸이 뻐근하기는 했지만 정신은 개운했다. 깊게 잠들어 피로가 풀린 느낌이었다.

여리가 하얀 이불을 솜사탕처럼 말아 제 몸을 감싸고는 침대 아래로 두 다리를 내렸다. 짤랑, 금속의 마찰음이 들려왔다.

"응?"

여리가 고개를 숙여 제 발목을 바라보니 얇은 발찌 하나가 채워져 있었다. 핑크색이 도는 금빛의 심플한 디자인이었다. 발목을 채우는 마감 부분에 작은 자물쇠 모양 장식이 달려 있었다.

여리가 고개를 들어 이현을 바라보았다. 그는 아무렇지 않은 얼굴로 커피를 마시며 신문을 넘겼다.

"이사님."

"……."

한 번에 대답하는 법이 없었다.

"이사님—"

여리가 잠긴 목소리를 조금 더 높여 이현을 불렀다.

"왜."

이현이 고개를 들어 여리와 눈을 맞췄다. 밤새 고생은 같이 했는데 그는 참 멀쩡해 보였다.

"이거 뭐예요?"

"뭐긴 뭐야. 발찌잖아."

"그러니까 발찌가 왜……."

이현이 신문을 던져두고 자리에서 일어나 여리의 곁으로 다가왔다. 성큼성큼 다가온 그의 차가운 손이 여리의 얇은 종아리를 천천히 쓰다듬었다. 여리는 이현의 손길이 닿는 곳마다 움찔움찔 몸을 떨었다.

"칭찬해 달라며."

이현이 날카로운 눈 안에 여리를 담았다.

"칭찬이야. 드라마 끝낸 거 축하해. 잘했어."

이현이 여리의 작은 머리통을 몇 번 어루만지고는 다시 자리로 돌아갔다.

"앞으로 기자들 만날 일도 많고 파파라치 컷도 많이 찍힐 거라 목걸이나 귀걸이, 반지 같은 건 항상 하기 어려울 거야. 일부러 발찌로 산 거니까 빼지 마. 매일 차고 다녀."

이현이 낮은 목소리로 경고하듯 말을 읊었다. 여리가 발목을 이리저리 움직이며 짤랑거리는 발찌를 쳐다보았다.

"직접 고르셨어요?"

여리가 눈을 동그랗게 뜨며 물었다.

"시계 사면서 같이 산 거야."

직접 골랐다는 소리였다. 사실 이현은 당연히 자기가 사야 하는 거 아닌가 싶었다. 여리 발목에 걸 발찌는 그 주인인 자기가 고르는 게 이현의 상식에선 당연했다. 다만 여리가 잔뜩 신기한 눈으로 직접 골랐냐고 묻자 뭔가 곧이곧대로 대답하기가 싫어졌을 뿐이었다.

여리의 두 뺨에 동그란 보조개가 박혔다.

"예뻐요. 고마워요."

이현은 조용히 입꼬리를 말았다. 발찌는 제 욕심 때문에 산 것이었다. 안아도 안은 것 같지 않고, 가져도 가진 것 같지 않은 여리에게 심술이 난 탓이었다. 매일 온몸에 붉은 자국을 낼 수는 없으니 매일 착용할 수 있는 '무언가'를 주고 싶었다.

그러던 중 자물쇠 장식을 한 발찌가 눈에 들어왔다. 직원은 발찌에 담긴 의미를 설명해 주겠다고 했다. 어차피 판매를 위한 마케팅임이 뻔해 시큰둥하게 듣고 있던 이현은 설명이 끝난 후 발찌를 샀다.

발찌의 의미는 '당신은 영원히 나의 것'.

6

이유 아닌 이유

여리는 심장이 두근두근 뛰고 입술이 말랐다. 그것은 다른 크리스탈 멤버들도 마찬가지였다. 모두들 반짝이는 메이크업을 하고, 화려한 의상을 입은 채로 설렘과 두려움을 가득 안고 있었다.

오늘은 크리스탈 멤버들이 약 2년 만에 컴백하는 날이었다.

연예계 소식을 전하는 프로그램에서 리포터가 나와 축하 인터뷰도 진행했다. 동그란 안경을 낀 리포터가 발랄한 목소리로 인사를 전하자 멤버들 역시 제법 신인 같은 몸가짐으로 우렁차게 대답했다.

하지만 긴장한 것이 무색하게도 리포터의 시선과 질문의 방향은 오로지 여리에게만 집중됐다. 드라마 도전기부터 여리폰 광고까지 혜성 같은 신인이라는 표현이 걸맞을 정도로 여리의 기세가 대단하다 보니 당연한 일이었다. 인터뷰다운 인터뷰가 처음이라 기대하고 있던 멤버들의 얼굴엔 서운함과 섭섭함이 자리할 수밖에 없었다.

30분 동안 진행된 인터뷰선 크리스탈에 대한 이야기는 첫 질문과 마지막 질문이 전부였다. 빛나는 자만이 빛을 받을 수 있는 연예계의 섭리가 피부에 닿도록 느껴지는 순간이었다.

"자, 10분 뒤에 크리스탈 리허설 들어갈게요!"

인터뷰가 끝나자마자 돌아온 대기실에서는 리허설 준비로 정신이 없었다. 막내인 영우는 높은 하이힐을 고정하느라 여념이 없었고, 혜인이는 가사를, 민정이는 거울을 보며 메이크업과 헤어스타일의 상태를 살폈다.

여리는 구석에서 무대 동선을 체크하며 머릿속으로 열심히 연습한 안무를 떠올렸다. 선배님들이 가득했던 드라마 현장보다 더 떨리는 순간이었다. 립스틱이 지워질까 걱정이면서도 자꾸만 물기 어린 입술을 앙다물게 되었다.

"여리 언니, 잠깐만요."

민정이 거울에서 눈을 떼고 여리에게 다가왔다.

"응? 왜?"

"여기."

민정이가 손을 뻗어 여리의 목 언저리를 문질렀다. 목에 닿는 손가락의 촉감이 어딘가 낯설고 신경질적이라 여리는 저도 모르게 눈살을 찌푸렸다. 그 모습을 본 민정이 살풋 웃어 보였다.

"좀 가려요."

민정이의 손가락이 닿은 곳은 이현의 입술이 지났던 곳들 중 하나였다. 옷을 입을 때 가린다고 가렸던 자국들 중 하나가 드러난 모양이었다. 메이크업 도구로도 충분히 가려지는 자국이라 급하게 가린 것이 문제였다. 여리의 얼굴이 화르륵 타올랐다.

"아, 어, 그래."

여리가 재빨리 손을 들어 제 목을 감쌌다. 민정은 당황하는 여

146

리의 얼굴을 바라보다 이내 아무 일 없다는 듯 등을 돌려 거울 앞에 섰다. 그 작은 등이 한없이 차가워 여리는 식은땀이 주룩주룩 흘렀다. 수치심이 발끝에서부터 머리끝까지 조금의 빈틈도 없이 차오르는 기분이었다.

하지만 그 기분은 더 강력한 어떤 것으로 인해 지워졌다. 음악 방송 현장에는 지난 2년간 한 번도 볼 수 없었던 많은 팬들이 그녀를 반기고, 기다리고, 함께했다.

여리는 생각했다. '이거였어.' 그리워하고 그리워하던 무대와 바라고 바랐던 사람들의 관심이 그녀 앞에 있었다. 이것들을 위해 자신이 비참해져야 한다면, 무언가를 잃어야만 이것들을 얻을 수 있다면 모든 것을 잃으리라 다짐했다. 어떤 것도 이것보다 중요하지는 않았다. 부모에게도 받지 못했던 무조건적이고 따뜻한 그 눈길을 여리는 조금도 놓치고 싶지 않았다.

3분이 조금 넘는 무대가 끝남과 동시에 여리는 끊임없이 허리를 숙이며 팬들과 스태프들에게 인사를 전했다. 고마움을 표현할 길이 그것뿐인 것이 안타깝고 또 안타까웠다.

"잘했어! 연습할 시간 별로 없었는데 안무 틀린 사람도 없고, 노래 실수한 것도 없고, 좋아. 아주 좋아."

무대가 끝나고 대기실에 들어서자마자 매니저는 호들갑스러운 칭찬을 아끼지 않았다. 곁에 있던 코디들 역시 벅찬 얼굴로 박수를 쳤다. 드디어 그 암흑 같았던 시간에서 벗어나 햇빛 아래로 걸음을 내딛는 순간이었다.

"매니저 오빠도 수고 많았어요."

여리는 매니저 어깨에 살짝 손을 얹으며 미소를 지어 보였고,

147

코디가 건네는 찬물을 들이켜며 뜨겁게 일렁이는 속을 달랬다.

"언니, 관객석 봤어요? 생각보다 되게 많아서 깜짝 놀랐어요. 춤추면서 울 뻔했다니까요!"

영우가 박수를 짝짝 치며 웃어 보였다. 모두들 같은 마음인지 혜인이 역시 고개를 끄덕였고 여리 역시 뿌듯함 마음을 감추지 않았다.

그때 툭, 치고 나오는 목소리 하나가 있었다.

"뭐 다 여리 언니 팬이던데?"

옷을 갈아입던 민정의 목소리였다. 말 속에 가시가 있었고 가시는 여리를 향해 있었다. 매니저와 코디들은 몰라도 몇 년을 함께한 멤버들은 단번에 알 수 있었다.

"민정아."

여리는 답답한 한숨을 뱉으며 차분히 민정이를 불렀다. 민정이도 분명 여리와 함께 몇 년을 동고동락하던 동생이었다. 그런데 왜 이렇게 사이가 서먹해졌는지 이해할 수 없었다. 예전처럼 서로에게 의지하고 서로를 위하던 때로 돌아가고 싶었다.

여리와 민정의 기류가 심상치 않자 혜인과 영우는 바쁜 척 눈길을 돌렸다. 그들도 이 애매한 감정을 정리할 엄두가 나지 않는 것이었다. 어쩌면 민정의 생각과 같을지도 몰랐다. 여리는 또 한없이 외로워졌다. 딱 십 분 전까지만 해도 세상에서 가장 사랑받는 기분이었는데 다시 구렁으로 빠지는 느낌이었다.

민정이 아무 일 없다는 듯 어깨를 들썩였다.

"에이, 부러워서 그래요. 얼굴 풀어요."

더 이상 그 어떤 말도 덧붙이지 말라는 엄연한 선 긋기였다. 더 말해 봤자 여리만 예민한 사람이 될 게 뻔했다. 절로 주먹이 쥐어졌다. 억울했지만 할 수 있는 게 없었다. 시간이 지나면 괜찮아지겠지,

그렇게 위로하며 스스로를 달래는 방법만이 있을 뿐이었다.

지금은 자신이 먼저 대중들에게 얼굴을 알려 관심이 몰려 있지만 신곡이 사랑을 받고 그룹이 관심을 받으면 인기는 분산될 것이었다. 그렇게 되면 민정의 치기 어린 질투와 시샘도 곧 가라앉겠지 싶었다. 그리고 그래 주길 바랐다.

"자, 얼른 타."

멤버들은 차례로 밴에 올라탔다. 저녁에 진행된 음악 방송을 마지막으로 당일 스케줄은 끝이었다. 혜인이와 민정이, 영우가 올라타고 코디들까지 전부 밴에 탑승하자 매니저는 여리의 팔목을 살짝 잡고 끌어냈다.

"왜요?"

여리는 어리둥절한 얼굴로 매니저를 바라보았다.

"오늘…… 어디 안 가?"

더듬거리며 말하는 매니저의 얼굴이 똥 마려운 강아지처럼 불편해 보였다.

"네? 오늘 스케줄 이게 끝이잖아요."

여리의 대답에 매니저가 탄식을 뱉으며 입술을 열었다.

"그…… 권 이사님 말이야."

생각지도 못한 이름이 흘러나오자 여리는 단번에 얼굴이 굳었다.

"내일 생일이시더라고. 네가 가 봐야 되는 건 아닌가 싶어서."

멤버들에 이어서 이제는 매니저도 여리의 앞에서 이현의 이야기를 꺼냈다. 모두들 쉬쉬하며 여리를 위하던 마음은 어디 가고 이제는 아주 당연하게 여리가 이현을 만나고, 이현에게 무엇을 얻는다는 사실에 익숙해져 가고 있었다. 사실이었지만 씁쓸했다.

하지만 또다시 아무렇지 않은 척할 수밖에 없었다. 뻔뻔한 척이라도 하지 않으면 도무지 이 상황들을 겪어 낼 자신이 없었다.

"특별히 다른 연락은 없었는데 제가 알아서 할게요."

여리는 민망해진 얼굴을 숙이며 재빨리 밴에 몸을 실었다. 차에 앉자마자 눈을 감고 잠에 든 척 생각에 빠졌다. 민정과의 일, 매니저와의 어색함 등을 차치하고 생각했다. 그것들은 생각한다고 달라지는 일이 아니었다.

이현의 생일이라고 했다. 축하한다고 문자라도 보내야 하나 싶었지만 연락은 여리가 할 수 있는 게 아니었다. 게다가 그의 생일이라는 이유로 어떤 일이 어디에서 벌어질지 몰랐다. 첫 만남의 그때처럼 퇴폐적이고 문란하던 클럽 안에서 파티를 열 수도 있었다. 그렇다면 차라리 연락하지 않는 편이 더 좋을 것 같다고 생각했다.

여리의 생일은 늘 똑같았다. 엄마가 끓여 준 미역국과 생크림 케이크 하나. 최근 5년간은 크리스탈 멤버들이 돈을 모아 화장품 같은 것들을 선물해 주기도 했던 것이 유일한 변화였다.

이현 같은 재벌은 생일에 어떤 선물을 받을까 궁금해졌다. 값비싼 자동차나 번쩍거리는 건물 같은 것들이 떠올랐다. 일반인이라면 상상도 못 할 선물이기는 했지만 그렇다고 이현이 좋아할 것 같지는 않았다. 그는 돈 주고 살 수 있는 것들이라면 누구도 부럽지 않을 만큼 갖고 있었다.

그럼 무엇을 먹을까. 생각해 보니 여리는 이현과 딱히 무엇을 함께 먹은 기억이 없었다. 탕수육은 이현이 싫어했고 그 외에는 아주 늦은 밤이나 아주 이른 아침에 본 것이 전부라 그럴 기회가 없었다. 게다가 그는 아침을 먹지 않았다.

그래도 생일 아침엔 미역국을 먹어야 되는데. 미역국을 좋아하는 할까. 미역국을 누가 끓여 주기는 할까. 서자라고 생일날 밥도 안 차려 주려나. 가족들에게 선물 하나라도 얻기는 할까.

거기까지 생각이 미치자 여리는 못 이기는 척 핸드폰을 꺼냈다. 화면을 켜니 딱히 전화가 오거나, 문자가 와 있지는 않았다. 문자 함에 들어가 이현의 번호를 클릭하고 어색하게 한글 자판을 꾹꾹 눌렀다. 「이사님, 생일 축하…….」 이건 너무 형식적인데. 「내일 생일이시죠…….」 생일인데 뭐 어쩌라는 거냐고 화낼지도 몰라. 그럼 「내일 미역국 꼭 드세…….」 내가 엄마도 아니고.

"아, 진짜."

여리는 저도 모르게 답답한 속을 뱉어 내며 고개를 푹 숙였다.

"무슨 일 있어?"

혜인이 걱정스럽게 여리의 어깨를 감싸며 물었다. 아마 민정과 의 일 때문이라고 생각하는 모양이었다. 여리가 애써 웃으며 고개 를 저었다.

"아니야. 그냥 한 소리야. 그냥."

혜인은 여전히 걱정스러운 얼굴을 하고 있었지만 더 말을 붙이 지는 못하고 고개를 끄덕였다. 여리는 다시 문자에 집중했다. 애초 에 문자 자체가 모험이었다. 이현은 자기 말이 곧 법인 사람이었 다. 먼저 연락하지 말라고 했으니 연락하지 않는 게 맞는 일일지도 몰랐다. 여리는 결국 핸드폰을 다시 주머니에 넣었다.

"저, 오빠."

"응?"

대신 운전하고 있는 매니저의 뒤로 다가가 조용히 속삭였다.

"저 사거리에 있는 백화점에서 내려 주시면 안 돼요?"

"백화점?"

"엄마 부탁으로 사야 되는 게 있는데 까먹어서요. 오늘처럼 시간 나는 날에 사는 게 좋을 것 같은데."

연락은 못 하더라도 나중에 만났을 때 선물 하나는 건네고 싶었다. 발목에 걸린 발찌가 짤랑짤랑 존재감을 드러낼 때마다 더욱 그랬다.

"그럼 애들 숙소 데려다주고 같이 가자. 너 혼자 어떻게 가."

"에이, 그럴 필요 없어요. 아직은 모자 쓰면 아무도 못 알아봐요."

"그래도."

"무슨 일 있으면 바로 연락할게요. 오빠도 이럴 때 좀 쉬어야지 언제 쉬어요."

그 말에 못 미덥던 매니저의 얼굴이 조금 부드러워졌다. 안 그래도 갑자기 늘어난 스케줄 탓에 잠이 부족한 그였다.

"그래, 그럼. 일 끝나면 백화점 앞에서 택시 타고 바로 숙소로 가. 택시 탈 때도 연락하고."

"그럴게요."

말은 그렇게 했지만 여리 역시 조금 불안해 모자를 눌러쓰고 그 위에 후드까지 뒤집어썼다. 도둑으로 보일지는 몰라도 연예인으로 보일 것 같지는 않았다.

도착한 백화점에서는 곧 영업이 끝날 예정이라는 방송이 흘러나왔다. 발걸음이 급해졌다. 남자 선물을 사 본 적이 없어 우왕좌왕하던 여리는 속 편하게 남성 의류가 있는 층으로 올라갔다. 고급스러워 보이는 슈트와 가방, 향수와 구두들이 즐비했다.

제일 처음 눈이 간 것은 슈트였다. 이현은 큰 키에 체격이 좋아서 어떤 옷을 입어도 잘 어울렸고 자기 스타일대로 훌륭하게 소화했다. 하지만 가격이 문제였다. 웬만한 여자 옷보다도 비싼 가격에 여리는 슈트를 만지던 손을 화들짝 뗄 수밖에 없었다.

"와, 진짜 비싸네."

그렇다고 저렴한 슈트를 사기에는 이현의 취향이 너무 고급이었다. 만약 구박을 무릅쓰고 저렴한 원단의 슈트를 선물한다면 그는 쳐다보지도 않을 것이 뻔했다.

그렇다고 가방이나 구두를 선물하기도 쉽지 않았다. 가방은 이현이 들고 있는 모습을 본 적이 없고, 신발은 발 사이즈를 몰랐다. 향수 매장에서 꽤 오래 고민하기는 했지만 이미 이현이 뿌리고 다니는 향이 좋아 다른 것으로 바뀌는 것을 원하지 않았다.

"하, 오기만 하면 금방 살 줄 알았는데."

여리는 터덜터덜 1층까지 다시 내려왔다. 이대로 가다간 아무것도 사지 못한 채 백화점을 나서야 할 것 같았다.

발목에 감긴 발찌가 짤랑, 움직였다. 소리는 들리지 않더라도 여리 본인은 그 작은 움직임을 선명하게 느낄 수 있었다. 그제야 1층에 가득한 쥬얼리 매장이 눈에 들어왔다. 성큼성큼 걸음을 옮겨 한 매장 앞에 섰다.

"저…… 선물하려고 하는데요."

여리가 투명한 쇼케이스 안을 쳐다보며 말하자 직원이 방긋 웃으며 다가왔다.

"여자분이세요?"

선물 받는 사람이 누구냐는 질문이었다.

"아, 아니요. 남자예요."

"아, 남자 친구 선물인가요?"

"네? 아니요, 아니에요."

여리가 화들짝 놀라며 손사래를 치자 점원은 알겠다는 듯 묘한 미소를 지었다. 뭔가 굉장히 부담스러운 눈길이었다.

"남자분 스타일이 어떠세요?"

"네?"

"남자분 스타일을 알면 액세서리도 고르기 쉬우니까요."

여리가 고개를 끄덕이며 이현을 떠올렸다. 반듯한 이마와 길게 뻗은 눈썹, 쌍꺼풀 없이 긴 눈과 오똑한 콧날, 날렵한 턱 선에 조금 도톰한 입술까지. 바로 앞에 있는 것처럼 생생히 떠올랐다.

"잘생겼어요."

그래서 그런 말도 안 되는 대답이 나왔다. 점원은 네? 하고 되물으며 웃음이 새어 나오려는 걸 억지로 참는 듯 보였다. 여리도 스스로의 대답에 어처구니가 없었다. 부끄러움에 고개가 숙여졌다.

"하하, 그것보다는 조금 더 자세하면 좋겠어요. 평소 어떤 스타일의 옷을 즐겨 입으시는지, 어떤 색깔을 좋아하시는지, 화려한 것과 깔끔한 것 중 어떤 것을 더 좋아하시는지. 이런 식으로요."

직원은 여리가 민망하지 않게 자세히 설명해 주었고 여리는 여전히 붉어진 얼굴을 끄덕이며 다시 이현을 떠올렸다.

"음, 키가 크고 평소엔 슈트를 주로 입어요. 슈트 입을 땐 무채색을 많이 입긴 하는데 어두운색이랑 밝은색 전부 잘 어울려요. 편한 옷 입을 땐 빨간색이나 파란색 같은 화려한 색도 잘 입고요."

여리의 설명이 이어지면 이어질수록 점원의 얼굴은 당황과 호기심으로 가득 찼다. 다 잘 어울린다고 얘기하면 액세서리를 고르는 데 아무 도움이 되지 않았다. 여리가 재빨리 말을 덧붙였다.

"대체적으로는 깔끔한 걸 더 좋아하는 것 같아요."

그제야 점원의 얼굴에 만족스러운 웃음이 피었다.

"남자분이 커프스 셔츠를 즐겨 입으시나요?"

"커프스 셔츠요?"

"소매를 커프스 버튼으로 집어서 고정하는 셔츠요."

그랬던 것 같았다. 옷을 벗을 때면 항상 소매에 달린 작은 액세서리를 빼곤 했으니까. 여리가 고개를 끄덕이자 점원이 방긋 웃으며 커프스 버튼 몇 개를 꺼내 보였다. 작은 귀걸이처럼 보이기도 하는 커프스 버튼은 생각보다 종류가 많았다. 금으로 된 중후한 디자인도 있었고, 보석이 달려 반짝반짝 화려한 종류도 있었다.

"와, 종류가 많네요."

"커프스 버튼은 아무리 화려해도 크기가 작아서 많이 튀지 않거든요. 그래서 남자분들이 많이 좋아하세요."

여리는 가는 손가락으로 쇼케이스 위를 톡톡 두드리며 고민에 빠졌다. 어떤 걸 골라도 이현에게는 비슷한 것이 있을 것 같았다. 자신이 준 것임이 분명한 디자인을 선물하고 싶었다.

여러 개의 커프스를 차례로 보는 중 검은색의 별 모양을 한 커프스 버튼이 여리를 향해 반짝였다. 여리의 눈도 같이 반짝였다.

"저것 좀 보여 주세요."

"별 모양 말씀하시는 거죠?"

점원이 별 모양의 커프스 버튼을 꺼내며 전문가다운 설명을 덧붙였다.

"재질이 세라믹이라 고급스럽고 세련되어 보여요."

정말 그랬다. 별 모양으로 인해 조금 유치하고 특이한 분위기를 갖고 있긴 했지만 재질이 고급스러워 적절한 균형을 유지하고 있었다. 위압적이면서 어려 보이는 얼굴을 갖고 있는 이현과 비슷해 보였다. 또 이현이 갖고 있지 않을 디자인이었다. 별 모양이라니. 벌써부터 미간을 구기는 그의 얼굴이 떠올랐다.

"이걸로 포장해 주세요."

백화점에서 숙소로 돌아온 여리는 씻고 편한 옷으로 갈아입었다. 이제 잠만 자면 되는데 잠이 오지 않았다. 자정까지 20분 정도가 남아 있었다. 하얀색 핸드폰은 여전히 울리지 않고 있었다.

"혹시 오늘이 자기 생일인 거 모르는 거 아니야?"

여리는 무릎을 끌어당겨 얼굴을 파묻었다. 자꾸만 이현을 때리던 그의 형이 떠올랐다. 그런 형을 갖고, 출생의 약점을 가진 그가 생일이라고 가족에게 환영을 받는 일 따위는 일어나지 않을 것 같았다. 여리는 크게 숨을 들이쉬었다.

"그래, 까짓것."

또한 다시 크게 숨을 뱉어 냈다. 핸드폰을 들어 문자를 적었다.

"간단하게 보내면 되지 뭐. 이거 좀 보냈다고 화내면 그게 이상한 거지."

이현은 일반 사람과 다른 상식을 가져서 그것만으로도 화를 낼수 있는 사람이었다. 하지만 마음은 먹었고 그렇다면 실행에 옮기는 것이 이치에 맞았다. 「생일 축하해요.」 딱 그렇게만 적었다. 전송 버튼을 클릭하기까지 무한한 번뇌가 있었지만 결국은 전송했다.

"후—"

긴장으로 얼룩진 숨이 길게 뱉어졌다. 십 분을 기다렸지만 답장은 없었다. 어쩔 수 없이 속이 시리기는 했지만 화를 내는 것보다는 낫다며 스스로를 위로했다. 이내 침대에 몸을 누이고 두꺼운 이불 속에 파묻혔다. 어딘가 모르게 답답해 자꾸만 이불을 뻥뻥 찼다.

문득 이현이 숙소를 옮겨 주어 참 다행이라고 생각했다. 덕분에 독방을 쓰게 되어 이런 괴상한 몸짓을 아무에게도 보이지 않아서 좋았다.

그런 생각도 잠시, 핸드폰 문자 음이 울리자마자 여리는 튀어 오르듯 침대에서 몸을 일으켰다. 이현의 답이었다.

「먼저 들어가 있어.」라는 짧막한 문장과 함께 여덟 자리 숫자가 적혀 있었다. 여리는 그것이 이현의 집 비밀번호라는 것을 쉽게 알 아차렸다.

매니저에게 전화를 걸어 다음 날 스케줄이 몇 시냐고 물었다. 매니저는 오전 11시라고 대답했다. 아침까지 그곳에 발이 묶이더 라도 충분한 시간이었다. 여리는 재빨리 외출복으로 갈아입었다. 백화점에서도 썼던 모자와 이현이 주었던 선글라스도 챙겼다.

방문을 열고 도둑고양이처럼 현관으로 걸음을 옮기던 중, 등 뒤 로 인기척이 느껴졌다.

"언니, 어디 가요?"

민정이였다. 물을 마시려고 나온 건지 한 손엔 물컵을 들고 있 었다. 여리와 민정이 사이로 흐르는 공기가 제법 날카로웠다.

"어, 잠깐 나갈 일이 있어서."

여리는 그런 상황에서 벗어나고 싶었다. 이미 같은 배를 탄 민 정과 애먼 신경전을 벌이며 쓸데없는 감정을 낭비하고 싶지 않았 다. 게다가 이현을 만나러 가는 길이었다. 이현에 대한 동질감과 안쓰러움, 고마움으로 무장한 채 떠나는 걸음을 비참함과 수치심 으로 돌리고 싶지 않았다.

"누구 만나러 가요?"

하지만 민정은 여리와 생각이 다른 듯 보였다. 눈에는 의심이 가득했고 목소리엔 비아냥 아닌 비아냥이 묻어나고 있었다. 여리 는 순간 마음이 너무 지쳤다. 낮처럼 너그러움과 인내로 민정을 대하기 어려웠다. 여리는 민정을 똑바로 응시했다.

"알 거 없어."

집에서 나오자마자 여리는 미리 부른 콜택시에 몸을 실었다. 민정과의 일이 자꾸만 마음에 걸려 기분이 울적했지만 좋은 생각만 하려 노력했다. 자신은 리더였고 민정은 팀을 이루는 멤버였다. 자신이 포용해야 했다. 그러려면 더 뻔뻔해져야 했다. 여기서 뭘 더 얼마나 뻔뻔해져야 하나 막막했지만 그건 또 여리의 장기나 다름없었다.

매 순간이 억지인 아버지 밑에서 평생을, 무너지는 소속사의 눈칫밥을 먹으며 5년을 버티며 자동적으로 얻은 능력이었다. 싫어도 좋은 척, 슬퍼도 기쁜 척, 힘들어도 괜찮은 척 정도는 여리에게 식은 죽 먹기였다.

"어! 잠깐만요, 기사님!"

차창에 기대 생각에 빠져 있던 여리는 불 켜진 베이커리를 보고 다급히 택시를 세웠다.

"기사님, 잠시만요. 저 케이크 하나만 금방 사서 나올게요."

무슨 마음이었는지 베이커리를 보자마자 케이크를 사야겠다는 생각이 들었다. 미역국도 못 먹었을 텐데 케이크라고 먹었을까, 하는 생각이었다.

여리는 베이커리에서 생크림 케이크 하나와 3과 0이라는 숫자초를 하나씩 샀다. 숙소에서 나설 땐 지갑과 커프스 버튼이 든 가방 하나가 전부였는데 이젠 케이크까지 들고 있으니 짐이 많아졌다.

이현의 집 앞에 도착했다. 혹시 먼저 도착했을까 싶어 초인종을 눌렀지만 아무런 기척이 없어 그가 보내 준 숫자 8개를 차례로 눌렀다.

문이 가볍게 열렸다. 늘 이현과 함께 있다가 아무도 없는 집 안을 보니 시릴 정도로 휑했다. 혼자 사는 집이 참 쓸데없이 넓었다.

"공간 낭비도 이런 공간 낭비가 없어."

여리는 케이크를 넣어 두기 위해 냉장고 문을 열었다. 여러 종류의 술과 탄산수, 생수들이 깔끔하게 정리되어 있었다.

"아니, 무슨 매장도 아니고……."

마실 것들 외에는 있는 음식이 없었다. 그 흔한 김치도, 달걀도 이현의 냉장고에선 찾을 수 없었다. 직업 특성상 점심 식사와 저녁 식사 모두 밖에서 먹을 일이 많기야 하겠지만 이건 조금 너무한다는 생각이 들었다.

"평소에 뭘 먹고 사는 거야."

여리는 구시렁구시렁 중얼거리며 냉장고 문을 닫았다. 미역국이 있을 리 없었다. 문자하길 잘했다는 생각이 들었다.

여리는 습관적으로 침실로 걸음을 옮겼다. 이현의 집에서 가장 익숙한 공간이었다. 생각이 생각을 물고 길어지다 이윽고 민망한 장면들까지 뭉게뭉게 피어올랐다.

"무슨 생각을 하는 거야."

여리는 황급히 고개를 저었다.

외투를 벗고 침실 한편에 있는 소파에 앉아 삼십 분을 기다렸다. 그래도 오지 않자 거실로 자리를 옮겨 TV를 켰다. 그렇게 다시 삼십 분이 흘렀다. 여리는 시무룩해진 걸음을 옮겨 다시 침실로 향했다. 시간은 계속 흘러 새벽 두 시를 가리켰다. 지루한 시간을 원망하기도 전에 눈꺼풀이 먼저 무거워졌다.

얼마나 시간이 지났을까. 선잠을 자던 여리는 자신이 잠들었다는 사실에 화들짝 놀라며 잠에서 깨어났다. 침대에 앉아 기다린다는 게 그대로 잠든 모양이었다.

어두운 침실과 달리 드레스룸으로 향하는 복도 쪽에 불이 밝혀져 있었다. 이현이 옷을 갈아입는 모양이었다. 여리는 재빨리 몸을 일으켜 드레스룸으로 달려갔다.

슈트 재킷을 벗고 있는 이현의 모습이 보였다. 여리가 종종걸음으로 다가서자 이현이 느린 눈길로 여리의 얼굴 곳곳을 쳐다보았다. 독한 술 냄새와 짙은 시가 냄새가 나른하게 풍겨 왔다.

"늦으셨네요."

여리가 어색한 목소리로 말을 건네자 이현은 입꼬리를 말며 여리의 뒷목을 당겼다. 찰나의 순간 두 눈이 마주치고 이내 두 입술이 닿았다. 마른 입술 사이로 젖은 혀가 침범해 이리저리 탐욕을 부리며 뜨거운 숨을 옮겼다.

"하……."

혀끝에 남은 독한 양주 향과 알싸한 시가 냄새가 묻어났다. 여리가 숨을 쉬기 위해 입술을 떼려 할 때마다 이현은 여리를 더 가까이 끌어당겼다. 잠결에 하는 키스는 평소보다도 더 몽롱한 기운을 만들어 냈다. 이현 역시 술기운 탓인지 평소보다 느리고 부드럽게 움직였고, 그것은 빠르고 거친 것보다 자극적이었다.

쪽, 입맞춤이 끝나자 이현은 여리의 입술을 습관처럼 문질렀다.

"술자리가 길어져서."

이현이 여리를 놓아주며 차고 있던 검은색의 네모난 커프스 버튼을 풀어냈다. 그 짧은 움직임에도 피곤함이 뚝뚝 묻어났다. 생각 같아서는 지금 당장 침대 위로 쓰러져 자라고 말하고 싶었지만 그것은 아니 될 말이었다. 케이크도 자르고 선물 증정식도 해야 했다.

"생일 축하해요."

아직 키스의 여운에서 벗어나지 못한 여리가 천천히 한 글자 한 글자에 힘을 주며 말했다. 술자리가 있었다는 걸로 보아 벌써 축하란 축하는 다 받은 것 같았지만 직접 말해 주고 싶었다. 그리고 지금 당장 별 모양 커프스 버튼을 이현의 셔츠 소매에 채워 보고 싶었다. 이현이 셔츠를 벗지 않게 해야 했다.

"이사님, 술자리에 케이크도 있었어요?"

독한 양주와 짙은 시가 향이 난무하는 술자리에 어여쁜 케이크가 있을 리 만무했다.

"케이크?"

역시나 그는 이상한 질문이라도 받은 사람처럼 얼굴을 찌푸렸다.

"없었죠? 우리 케이크 먹어요."

이현이 천연덕스러운 여리를 쳐다보며 느리게 목 근육을 풀었다. 술에 취한 탓인지 몸짓이고 눈짓이고 모두 느려져 있었다. 이현의 눈이 여리를 지긋이 쳐다보았다.

"지금 새벽 네 시야."

이현이 벽에 걸린 시계를 가리키며 말했다. 늦어도 많이 늦은 시간이긴 했다.

"조금 많이 늦긴 했는데 그래도 제가 힘들게 사 왔는데 맛은 봐야죠. 초도 불고."

이현이 헛웃음을 지으며 여리를 쳐다보았다.

"초를 불어?"

"그럼 안 불어요?"

"왜 불어?"

"나이 든 거 축하하려고요. 얼른요. 네?"

이현이 혹시라도 거절할까 싶어 여리는 네? 네? 자꾸만 되물었다. 이현이 제일 싫어하는 화법이었다. 하지만 싫어하면서도 시끄럽게 굴 때마다 원하는 것을 이루어 주곤 했다. 탕수육을 먹고 싶다고 할 때도 그랬고, 전화를 안 받아 화가 났을 때도 그랬다.

"알았어, 알았어."

생각대로 이현이 대답하자 여리는 보조개를 드러내며 조용히 웃었다. 또 이현의 팔을 잡아끌며 주방으로 향했다. 이현을 의자에 앉힌 여리는 냉장고를 열어 케이크를 꺼내 식탁 위에 올려놨다.

이현은 그런 여리의 모습을 턱을 괸 채 바라보았다. 마치 제집처럼 움직이는 모양새가 어이가 없긴 했지만 귀엽기도 했다. 여리가 직접 샀다는 하얀 케이크는 빨간 딸기와 파란 블루베리가 듬뿍 올라가 있어 제법 먹음직스러워 보였다. 여리가 알록달록한 색깔의 숫자초를 꺼냈다.

"짠!"

"그게 뭐야?"

"숫자초요. 이사님 나이에 맞춰서 사 왔어요."

여리가 생글생글 웃으며 초를 쏙쏙 꽂았다.

"자, 이제 이사님이 불 붙여요. 저 라이터 무서워서 못 써요."

여리가 이현의 맞은편에 앉으며 말했다.

"할 줄 아는 게 있긴 해?"

이현이 주머니에서 라이터를 꺼내 불을 붙였다. 어두운 집 안을 두 개의 불꽃이 밝혔다.

"생일 축하합니다아—"

"노래까지 부르려고?"

여리의 노랫소리가 시작되자 이현이 얼굴을 구겼다. 설마설마했는데 생일 축하 노래를 부를 줄이야. 언제나 예상을 빗나가는 행동을 하는 여리긴 했지만 이 정도까지 할 줄은 몰랐다. 이현의 생일에 그런 노래를 부르는 사람은 이제껏 없었다. 두 눈을 초롱초롱 빛내며 작은 손으로 박자를 맞추는 것이 난생처음 본 광경처럼 신기했다.

황당함과 어색함이 가득 섞여 휘몰아치다 간지러운 기분이 들기 시작했다.

"당연하죠. 집중해요."

여리가 민망함을 뻔뻔함으로 방어하며 퉁명스럽게 말했다.

"아, 알았어."

보기 드물게 웃던 이현이 억지로 웃음을 참으며 고개를 끄덕였다. 그 모습이 참 소년 같았다. 머리를 올리고 있어도 어려 보였던 적은 사무실에서 이환에게 맞을 때 이후로 처음이었다.

"생일 축하합니다아. 생일 축하합니다아. 사랑하……는 이사님. 생일 축하합니다아. 우와아! 이제 초 불어요. 소원도 빌고."

"그런 게 어딨어."

"있어요. 얼른 소원 생각하면서 초 불어요. 초 녹잖아요."

이현은 굉장히 귀찮다는 몸짓으로 일어나 후, 하고 성의 없이 초를 불었다. 작은 불빛마저 사라진 주방이 적막했다.

"소원 빌었어요?"

"아니."

단호한 목소리의 이현이 답했다. 여리 역시 기대하지는 않았다. 그래도 노래까지 불러 주니 마음 한편 신경 쓰이던 자리가 편안해졌다. 여리는 한껏 가뿐해진 몸으로 자리에서 일어나 주방 조명을 밝혔다.

"저 오늘 음악 방송 했어요. 2년 만이에요."

여리가 케이크를 자르며 종알종알 말을 이었다.

"알아."

이현이 대답했다. 여리가 이화재단의 투자를 받는 한 여리는 이현의 사업 아이템이기도 했다. 여리의 스케줄이나 광고 현황과 같은 정보들은 이현에게 당연히 보고되는 것들 중 하나였다.

"어? 보셨어요?"

여리가 눈을 빛내며 물었다.

"내가 그럴 시간이 어딨어."

"치. 오늘 친구분들이랑 술도 마셨잖아요."

저 깊은 곳에서 도사리고 있던 오만한 서운함이 입 밖으로 튀어나왔다.

"그래서?"

이현의 목소리가 낮아졌다. 살랑살랑 움직이던 여리의 어깨가 순간 차갑게 얼어붙었다.

"아니, 뭐 그럴 시간도 있는데 제 무대 3분 볼 시간은 없나…… 그런 말이었는데 생각해 보니 주제넘었어요. 죄송해요."

여리는 얼른 고개를 숙이고 얼굴을 붉혔다. 이현의 생일을 둘이서 함께 보낸다는 사실에, 이현이 웃었다는 사실에 그가 어떤 사람이고, 그와 자신이 어떤 관계인지를 잠깐 잊은 탓이었다. 한심해지는 순간이었다.

이현이 그런 여리의 턱 끝을 살짝 쥐고 끌어 올렸다. 둘의 눈이 서로를 향했다.

"맞아. 주제넘었어."

이현의 목소리가 확인 사살을 하듯 여리 가슴에 콕 하고 저릿하게 박혔다. 여리가 제 아랫입술을 잘근 깨물었다.

"죄송해요."

"오늘은…… 봐줄게."

이현이 입꼬리를 말며 웃었다.

"노래도 불러 줬는데 그 정도는 봐줘야지."

이현이 턱을 쥐고 있던 손을 놓았다. 여리는 휴, 숨을 뱉어 내며 다행이라고 생각하면서도 생일 축하 노래가 뭐라고 저렇게 웃는지 궁금했다. 여리는 선물은 못 받더라도 노래는 늘 들어 왔다. 엄마에게, 친구들에게, 멤버들에게.

"술자리에서 친구분들이 노래 안 불러 줬어요?"

"내 술자리를 못 봤나?"

첫 만남 때 보았던 퇴폐적이고 문란하던 장면들이 새록새록 떠올랐다.

"축하 노래 부르고 할 인간들이 아니야."

차갑게 뱉어지는 목소리에 짙은 외로움이 배어 있었다.

"그럼 왜 만나요?"

여리는 궁금했다. 생일날 노래 한 가락 못 불러 주는 친구들을 뭐하러 만나는지 이해할 수가 없었다.

"축하해 주고 노래 불러 줄 사람들도 있을 텐데."

조용하던 이현이 상체를 기울여 여리와 눈을 맞췄다. 화가 난 것 같기도 하고, 흥미로워하는 것 같기도 했다. 여리는 그런 이현의 행동을 암묵적인 허락이라고 생각하며 계속 말을 이었다.

"사실 저 같은…… 스폰서도 하실 필요 없잖아요. 이사님 같은 사람이 굳이……."

제일 궁금하던 질문이 기어코 목을 넘어 입 밖으로 쏟아졌다. 이현의 깊은 눈이 날카롭게 빛났다.

"나 같은 사람이 뭔데."

글쎄, 당신 같은 사람이 뭘까. 여리는 쥬얼리 매장에서도 들었던 이현의 '스타일'에 대해서 생각했다.

"이사님은 돈도 많고, 똑똑하고 잘생겼잖아요. 성격은 조금 그렇지만."

다 사실이었다. 여리는 이현이 모자랄 것 없는 사람이라고 생각했다. 성격이 가끔 종잡을 수 없어서 문제긴 했지만 그것 역시 주변 사람들 탓인 것 같았다.

이현이 순순히 고개를 끄덕였다. 분명 낯간지러운 칭찬이었음에도 익숙한 듯 당당한 태도였다.

"하나는 왜 빼."

무심하면서도 낮은 목소리가 흘러나와 여리의 목을 움켜쥐었다.

"네?"

"나 사생아인 건 왜 빼냐고."

이현의 낮은 목소리가 느리게 이어졌다. 여리는 이현이 많이 취했다고 생각했다. 또한 이현이 술을 많이 마신 것이 다행이라고 생각했다. 그는 제 출생의 약점에 대해 쉬이 말하는 사람이 아니었다. 평소라면 용납하지 않았을 수준의 대화가 지금은 어째서인지 이어지고 있었다.

"하……."

이현의 입에서 지친 기색이 역력한 한숨 소리가 이어져 나왔다.

"사람들은 내 옆에 붙어서 뭐라도 떨어지길 바라. 내 눈치도 보고 내 비위도 맞추면서 병신처럼 굴어. 근데 내가 사생아인 걸 알면 그 병신 같은 사람들이 날 어떻게 볼까."

이현은 아무렇지 않은 듯 조용히 읊조리기 시작했다. 여리는 자신이 이현의 비밀을 알았을 때 고통스러운 목소리로 소리치던 모습이 떠올랐다.

"내가 사생아라는 걸 세상이 알게 되더라도 그 버러지 같은 것들은 내가 돈을 갖고 있는 한 못 떠나."

병신, 버러지라고 칭할 만큼 한심한 사람들이라도 제 곁에 두고 싶어 하는 그 마음은 감히 누가 어림잡을 수 없는 외로움이었다.

"그래도…… 여전히 아무도 몰랐으면 좋겠어."

이현이 마저 말했다. 비밀을 들킬까 전전긍긍하면서도 결국은 영원히 비밀로 두고 싶은 그 마음을 어찌 모른다고 할 수 있을까.

"넌 알지만."

이현이 식탁 위로 상체를 구부렸다. 술 때문인지 말하는 내용 탓인지 잔뜩 웅크린 모양새가 딱 상처받은 사람의 모습을 하고 있어 여리는 처참한 심정을 느꼈다.

"아버지는 죄책감 때문에 날 방관하고, 피가 반밖에 안 섞인 형들은 날 사람 취급도 안 해."

이현은 여전히 건조한 목소리로 느리게 말을 이었다. 여리는 제 가족을 떠올렸다. 상처 주는 것을 당연하게 생각하는 제 아버지와 어떠한 방패막도 되어 주지 못하는 제 어머니의 모습이 선명해 마음이 저렸다.

"날 무시할 수 있는 사람은 딱 그 사람들뿐이야."

"이사님……."

"버리고 떠나는 건 내가 해."

이현의 눈이 단호함과 냉정함으로 딱딱해졌다. 그는 누군가 자신에게 등지는 것을 끔찍하게 혐오했다. 유년기부터 성년이 될 때까지 끝없이 가족들의 차가운 등을 봐 온 탓이었다. 이현은 그것을 견딜 수 없었고 그것을 극복할 자신만의 방법을 찾으려 오랜 시간 애써 왔다. 늘 자신이 가진 것을 온전히 활용하고자 했다. 돈과 권력을 무기로 사람들을 곁에 묶어 두고, 완전하게 소유하는 것을 택했다. 사랑이니 진심이니 말랑거리는 것들은 이현이 알고 싶지도 필요하지도 않은 것들이었다.

여리는 왜인지 눈물이 흘렀다. 그리고 식탁 위에 올려진 이현의 손을 꼭 쥐었다. 한창 무명 시절을 보내며 속 타는 나날을 보내던 때가 떠올랐다. 아무리 애를 써도 봐 주지 않는 대중의 시선에 지쳐 갈쯤, 하루는 허무맹랑한 생각을 했다. 내가 세상에서 가장 예쁘면 소속사의 힘이 없어도, 노래가 좋지 않아도 사람들이 봐 주지 않을까, 하는 생각. 그렇다면 평생 무대 위에서 노래하고 춤출 수 있지 않을까, 하는 생각.

하지만 여리는 그런 절대적인 아름다움 따위 갖고 있지 않았고, 이현은 절대적인 돈을 불행인지 다행인지 갖고 있었다. 그 차이였다. 여리는 그때의 자신을 위로하듯 이현의 차가운 손에 온기를 주려 애썼다.

이현이 여전히 울고 있는 여리의 눈가에 손을 뻗어 눈물을 쓸었다. 이현의 눈은 평소처럼 짙고 깊었다.

"벗어날 생각 하지 마."

"……."

"내가 널 버릴 때까지."

여리는 제 뺨을 쓰는 이현의 손길에 고개를 끄덕였다.

내일이 오면 이현이 이 모든 대화 내용을 잊었으면 좋겠다고 생각했다.

7
매달린 별

자신이 버릴 때까지 벗어날 생각이라곤 하지도 말라는 그 무시무시한 선포를 마지막으로 이현은 느린 눈꺼풀을 감았다. 여리는 식탁 위로 무너진 이현의 등을 한참이나 어루만지고 나서야 흐르는 눈물을 멈출 수 있었다.

눈물이 멈추고 나자 놀랍도록 침착해져 한결 가볍고 깔끔해진 마음으로 이현의 굽은 등을 바라볼 수 있었다.

기댈 곳 없는 사람에 대한 동정심, 가족에게 상처받았다는 동질감, 모든 걸 가진 것처럼 보이는 사람 역시 자신과 마찬가지로 아무것도 갖지 못했다는 사실에서 오는 비겁한 안도감까지 모든 것이 뒤엉켰다. 여리는 이현을 이해할 수 있었다. 무엇보다도 그것이 가장 중요했다.

여리는 엎어진 이현의 팔 안쪽으로 머리를 집어넣고 그를 들어올리려 힘썼다. 힘을 쭉 빼고 잠든 탓에 여리는 엄청난 체중의 압박을 견뎌야 했다. 키가 큰 남자를 본인의 의지 없이 옮기기란 정말이지 힘든 일이었다.

"아니, 뭐가 이렇게 무거워!"

달팽이가 제집을 지고 느린 걸음을 이어 나가듯 여리도 이현을 끌고 침실까지 필사적으로 걸어 나갔다. 침대에 도달하자 거의 환호성 비슷한 소리를 지른 여리는 이현을 패대기치듯 눕히고 흐르는 땀을 닦았다. 마치 한라산 등반이라도 한 것 같은 체력의 고갈이 느껴지는 시점이었다.

여리는 이현의 곁에 앉아 지친 숨을 골랐다. 세상모르고 자는 이현의 얼굴을 보니 내일이 걱정되었다. 본인이 한 말들을 기억할지, 만약 기억한다면 그것들을 후회하지는 않을지, 또다시 약점을 잡혔다는 생각에 괴로워하지는 않을지.

그런 상황을 대비해 숙소로 돌아갈 생각도 했지만 아침에 혼자 남을 이현이 걱정되었다. 운이 좋아 그가 기억을 못 할 수도 있었고, 생일 선물도 직접 주고 싶었다. 허락하기 전까지는 벗어날 생각 하지 말라던 그의 말을 따르고 싶었다. 여리는 떠나고자 했던 걸음을 탁탁 털어 내고 몸을 기울여 침대에 누웠다.

잠기운과 술기운이 가득한 이현의 팔이 무의식적으로 여리의 허리를 감아 품 안으로 당겼다.

✳

이현은 깨질 것 같은 두통과 함께 잠에서 깨어났다. 평소라면 참았을 고질적인 고독이 생일만 되면 고삐 풀린 듯 난폭해져 모든 것이 과해진 탓이었다. 술도 많이 마셨고, 감정도 절제하지 못했다. 스치는 기억 속에 술자리에서 한 남자를 몇 번씩이나 걷어찬 장면도 있었다.

스스로를 한심스러워하는 한숨이 입술을 타고 흘렀다. 이제는 익숙해질 법도 한데 어째서 생일만 되면 끝도 없이 괴로워지는 건지 자신도 알 길이 없었다. 어서 오늘이 지나가기를 기도하는 것 외에는 어쩔 도리가 없었다.

"흐음……."

그때 넓은 침대 한구석에서 조용한 숨소리가 들려왔다. 이현이 눈살을 찌푸리며 이불을 걷어 내자 청바지 차림의 여리가 새우등을 하고 잠들어 있었다.

"뭐야."

이현은 이해되지 않는 상황에 열심히 머리를 굴렸다. 왜 여리가 이곳에 있는지 알 수가 없었다. 두꺼운 후드티에 청바지 차림으로 잠든 것을 보면 함께 몸을 섞은 것도 아니었다. 술자리에 여리가 있었는지 아무리 떠올려 봐도 그런 기억은 없었다.

그는 침대 옆 협탁에 놓인 여리의 하얀색 핸드폰을 집어 화면을 켰다. 통화 기록은 깨끗했지만 문자 기록에 자신이 있었다. 받은 문자함에 선명히 찍힌 제 이름 밑으로 '먼저 들어가 있어.'라는 문장이 보였다.

그제야 조금씩 기억의 퍼즐들이 맞춰지기 시작했다. 늦게까지 술을 마신 후 새벽에 집에 돌아왔고, 여리가 반겼고, 여리와 케이크를…… 케이크를, 케이크.

이현이 침대에서 일어나 주방으로 향했다. 주방 안 풍경 모두가 언제나와 같이 깨끗해 어떤 흔적도 품고 있지 않았다. 냉장고 문을 열었을 때 보이는 작은 케이크 상자만이 유일한 새벽의 흔적이었다.

171

"하, 씨발."

그 이후부터는 기억이 조금도 나지 않았다. 여리가 케이크를 사
왔다고 얘기했던 것, 딱 거기까지만 기억이 났다. 평소 술이 센 편
이기는 했지만 정신이 끊어져라 마신 탓에 몸도 견디지 못한 것이
었다.

이현은 아직 세팅한 흔적이 남아 있는 제 머리를 거칠게 헝클이
며 다시 침실로 향했다.

"윤여리."

치밀어 오르는 화를 꾹꾹 누르며 여리의 가는 팔을 흔들었다.

"일어나. 당장."

"흐응······."

잠투정을 하는 어린아이처럼 미간을 찡그리고는 칭얼거리는 모
양새에 마음이 흔들리기는 했지만 확인해야 했다. 이미 알지 말아
야 할 것을 아는 네게 또 무엇을 얘기했을까.

"윤여리."

인내심을 갖고 한 번 더 이름을 부르자 무거운 눈꺼풀이 힘겹게
열리며 투명한 갈색 눈을 드러냈다.

"흐음······."

"일어나."

여리가 깜빡, 깜빡 눈꺼풀을 움직이더니 이내 벌떡 일어나 두리
번거리며 주변을 살폈다.

"지금 몇 시예요?"

여리가 이현의 팔을 움켜쥐며 물었다. 제법 힘이 들어간 아귀힘
과 떨리는 입술에 시선을 내려 채워진 손목시계를 보았다.

"7시 반."

답을 해 주자 여리가 하아— 크게 숨을 뱉어 내며 다시 침대에 등을 붙였다.

"다행이다. 스케줄에 늦은 줄 알았어요."

태평한 목소리에 이현의 심기는 점점 더 불편해졌다. 어젯밤 아무 일도 없었던 건지, 아무 일도 없었던 척을 하는 건지 도무지 짐작할 수가 없었다.

축 몸을 늘여 놓은 여리 위로 이현이 상체를 기울였다. 먹잇감을 아래로 둔 맹수의 모습처럼 보였다.

"어제 일, 기억해?"

돌려 말하는 법을 배우지 못한 이현의 목소리는 낮았다. 여리의 어깨가 순간 흔들리며 갈색 눈동자가 이현을 비쳤다.

"어제요?"

"어제, 아니 오늘 새벽."

이현의 시선이 곧았다. 여리는 자신의 바람이 이루어졌음을 깨달았다. 술도 마시지 않은 자신에게 기억하냐고 묻는다는 것 자체가 이현은 기억하지 못한다는 소리였으니 그것은 잘된 일이었다.

"당연히 기억하죠."

이현의 눈이 바람 앞에 등불처럼 흔들렸다. 기억할 수 없으니 불안한 것은 당연했다.

"이사님은 기억 안 나세요?"

여리의 팔을 쥔 이현의 손에 힘이 들어가기 시작했다.

"새벽 4시에 들어오셔서는 옷만 벗고 바로 뻗으셨어요."

"내가?"

"제가 케이크 먹자고 한참을 졸랐는데 무리하셨나 봐요. 대답도 안 하시고 그냥 주무셨어요."

"……그게 다야?"

"다예요."

여리가 잡힌 팔의 저릿함을 참으며 고개를 끄덕이자 이현은 그제야 안심한 듯 뿜어내던 살기를 거두었다.

"먼저 들어와 있으라고 해 놓고는 그렇게 늦게 오시면 어떡해요. 생일 축하해 드리고 싶었는데."

"축하는 무슨. 됐어."

이현이 고개를 돌리며 퉁명스럽게 답했다. 거만하고 무심하며 날카로운 평소의 이현으로 돌아온 모습이었다. 여리는 그것이 좋았다. 상처받은 채 잔뜩 웅크린 이현보다는 상처 주기 위해 발톱을 세우는 이현이 더 보기 편했다.

"그래도 축하는 해야죠. 아직 생일인데. 케이크도 먹고."

"케이크 싫어해. 기름진 거 싫어한다고 했잖아."

고개를 젓는 동시에 이현은 관자놀이를 짚으며 미간을 좁혔다. 과음이 만든 두통이 꽤 심한 모양이었다. 여리가 걱정스러운 눈으로 이현의 얼굴을 꼼꼼히 살폈다. 날카롭게 선 핏대와 찡그린 미간이 그가 느끼는 두통의 크기를 짐작할 수 있게 했다.

"조금만 더 누워 있어요."

여리가 손을 뻗어 이현의 팔을 잡아끌었다.

"아직 시간 괜찮잖아요."

여리는 자신이 이끄는 대로 몸을 기울이는 이현의 얼굴을 제 허벅지 위에 뉘었다. 찡그린 이마 위에 작은 손을 얹자 뜨거운 열기가 그대로 느껴졌다. 절절한 체온에 움찔, 손끝이 떨리자 손을 떼려는 것으로 착각한 이현이 제 손으로 여리의 손을 다시 눌러 잡았다.

"열나는 것 같아요."

"……."

"집에 비상약 같은 거 없어요?"

"……."

이현은 대답하지 않았다. 그저 여리의 손을 제 손으로 포갠 다음 눈만 감고 있을 뿐이었다. 여리는 이현이 대답하기 싫어한다는 것을 알았다. 먹을 것 하나 제대로 없는 이 집 안에 비상약이 있을 리 만무했다. 이럴 때 이현의 비서 연락처라도 알고 있으면 좋으련만.

"윤여리."

아쉬움에 빠져 말을 멈춘 정적 사이로 이현이 여리를 불렀다. 눈을 가린 손등 아래로 움직이는 그의 입술이 묘하게 야했다. 그래서 또다시 답을 하지 못하고 애꿎은 입술만 잘근 씹었다. 이름을 부를 때 쉬이 대답하지 않는 버릇을 그에게서 옮겨 온 것만 같았다.

이현이 찰나의 지루함을 이기지 못하고 하— 한숨을 쉬었다.

"종알종알."

이현의 입술과는 전혀 어울리지 않는 '종알종알'이라는 단어가 툭 뱉어졌다.

"네?"

"종알종알하라고. 평소에 잘만 하잖아."

"……."

"머릿속이 어지러워 죽겠어. 무슨 말이든 해. 생각 좀 안 하게."

귓가가 시끄러워야 머릿속이 조용해진다는 논리를 이현도 깨달은 모양이었다. 여리는 내심 뿌듯해졌다. 동시에 이현의 목소리가 단호하고 절박해 크흠, 목을 가다듬고 무슨 말을 해야 할지 골똘히 생각에 잠겼다.

"음……."

"……."

"생일 축하해요."

이현이 피식, 입술을 말며 웃었다. 어이가 없는 모양이었다.

"말을 해도 꼭."

핀잔을 주는 이현의 입술은 여전히 호선을 그리고 있었다. 여리는 어젯밤 생일 축하 노래를 듣고 좋아하던 이현이 떠올랐다. 또 불러 주면 또 좋아할까.

"노래 불러 드릴까요?"

"노래?"

"불러 드릴게요."

여리는 이현에게 잡히지 않은 손을 들어 그의 흐트러진 머릿결을 살살 매만지기 시작했다.

"생일 축하합니다아―"

허벅지에 닿은 이현의 머리와 어깨가 순간적으로 멈칫하는 것이 느껴졌다. 어젯밤에도 어색해했으니 맨정신인 지금은 더 어색할 것이었다.

"생일 축하합니다아― 사랑하는 이사님. 생일 축하합니다아―"

여리는 어제보다 더 자연스러운 목소리로 짧은 노래를 끝냈다. '사랑하는' 수식어가 어제는 불편했지만 오늘은 그렇게까지 어색하지 않았다. 사랑받지 못한 사람에게 사랑을 주는 일은 어려운 것이 아니었다. 나 자신도 사랑받지 못한 사람이라면 더욱 기꺼이 할 수 있는 일이었다.

이현이 포개 놓은 손을 들어 가리고 있던 눈을 떴다. 한 손으론 여리의 손목을, 한 손으론 여리의 뒷목을 잡고 아래로 끌었다. 여

리의 허리가 둥글게 말리고 둘의 입술이 닿아 뜨겁고 느린 입맞춤
이 시작됐다.

닫혀 있던 살구빛 입술이 자연스럽게 벌어지는 순간, 이현은 놓
치지 않고 달려들어 입 안 곳곳을 누비며 몰아붙였다. 혀끝이 서로
엉키고, 뜨거운 숨이 나뉘고, 가시지 않는 갈증을 채웠다.

"하아……."

여리의 뒷목을 잡은 이현의 손에 자꾸만 힘이 들어가 여리는 이
현에게서 조금도 떨어질 수 없었다. 긴 머리카락이 이현의 어깨 위
로 떨어져 민감해진 이현을 자극했다. 이현은 이미 끊어진 제 이성
을 저 멀리 던져 버리고는 몸을 일으켜 여리의 위로 올라탔다. 아
래에서 위로 탐하는 것보다 위에서 아래로 정복하는 편이 이현에
게 익숙했다.

여리는 제 뺨과 목에 닿는 이현의 살결이 너무 뜨거워 견딜 수
가 없었다. 몸에 닿는 열기가 이현의 열병 때문인지 타오르는 욕망
때문인지는 분간할 수 없었다.

"흐, 뜨거워요."

"응?"

"이사님이…… 뜨거워요."

이현이 여리의 두꺼운 후드티를 끌어 올리며 닿아 오는 부드러
운 맨살을 어루만졌다.

"하앗!"

날름 삐져나오는 신음과 함께 이현은 돌아 버릴 것 같은 아찔함
에 눈을 번뜩였다. 아직 가시지 않은 술기운 때문인지, 여리의 말간
노랫소리 때문인지 온몸의 세포가 평소보다 더 예민하게 반응했다.

이현이 여리의 청바지 버클을 툭 풀어냄과 동시에 꼬르륵, 눈치

없는 소리가 여리의 납작한 뱃가죽에서 흘러나왔다. 열렬하던 모든 행동이 멈춰지고 여리는 눈을 질끈, 이현은 크큭, 웃음을 터트렸다.

"배고파?"

이현이 꼭 감은 여리의 눈꺼풀 위로 입술을 내리며 물었다.

"아니요······."

부끄러움에 얼굴이 분홍빛으로 물든 여리가 이현의 어깨를 밀어내며 칭얼거렸다. 이현은 그 붉은 핏기에 또다시 몸이 동해 당장이라도 여리의 붉은 것들을 모두 집어삼키고 싶은 욕망에 휩싸였다. 붉은 뺨, 붉은 입술, 붉은 혀.

"일어나. 밥 먹자."

하지만 조금 참아 보자는 마음이 더 강했다. 오동통하게 살을 찌워 씹어 먹는 맛도 궁금했다.

"씻고 나올게. 그때까지 먹고 싶은 메뉴 생각해 놔."

이현이 타오르는 눈을 애써 떨어트리며 침대에서 일어났다.

"배달시키시려고요?"

여리는 새벽에 보았던 이현의 냉장고 안을 떠올렸다. 이런 황량한 집에서 요리를 하는 것은 불가능했다.

"웬만한 건 비서 시키면 돼."

"비서님이 요리도 하세요?"

여리가 깜짝 놀라 묻자 이현이 미간을 구겼다. 대체 어떻게 생각하면 그런 발상이 나오는 건지 신기했다.

"내 비서들이 이 집을 그렇게 쉽게 드나들 것 같아?"

"그럼요?"

"뭐가 그럼요야."

"아직 아침 8시도 안 됐는데 배달 음식이 될 리가 없잖아요."

배달 음식이라는 말에 이현은 기름 냄새를 풍기며 제 사무실 공기를 장악하던 탕수육이 떠올랐다.

"배달 음식 아니고 호텔 음식이야."

"호텔에서 배달도 해 줘요?"

"비서한테 말하면 알아서 가져올 테니까 메뉴 생각이나 해."

"아무거나 다요?"

"웬만한 양식, 한식은 다 돼."

"어, 그러면……."

"탕수육, 자장면, 짬뽕은 안 돼."

이현이 재빨리 덧붙였다. 여리가 아랫입술을 내밀며 눈을 가늘게 떴다.

"누가 보면 제가 매일 중국 음식만 먹는 줄 알겠어요."

"어쨌든 안 돼."

이현이 각인하듯 단호하게 말하자 여리는 풀 죽은 얼굴로 고개를 끄덕였다. 이현이 입꼬리를 말았다. 숨기지 않는 건지, 숨기는 걸 못하는 건지.

여리는 귓가를 만지며 욕실로 향하는 이현을 바라보다 불현듯 스치는 생각에 소리를 질렀다.

"아, 잠시만요!"

느닷없이 높아진 목소리에 이현이 눈썹을 비쭉 올리며 여리를 쳐다보았다.

"소리를 지를 거면 제발 예고를 해."

아무런 대꾸도 하지 않은 여리가 조급한 다리를 동동거리며 침실을 빠져나가자 이현은 그 작은 몸짓을 궁금하다는 듯 눈으로 좇았다. 동, 동, 동 소리를 내며 그의 앞으로 다가온 여리의 손엔 작은 손가방 하나가 들려 있었다.

"뭐야."

"선물이요. 생일 선물."

"그 가방이 선물이야?"

이현이 설마 하는 눈으로 여리의 얇은 손끝을 바라보자 여리는 살랑살랑 고개를 저었다.

"아니요. 선물은 이 안에."

여리가 가방을 열고 그 안에 고이 넣어 둔 작은 상자 하나를 꺼냈다. 짙은 남색의 상자가 은색 리본에 묶인 모습이 이현이 취향과 많이 다르지 않았다.

여리가 한참이나 상자를 이리저리 쪼물거리고는 이내 팔을 뻗어 이현에게 건넸다.

"생일 축하해요."

아침부터 생일 축하한단 소리만 몇 번을 하는지 이현은 어색하고 낯선 마음에 눈살이 찌푸려졌다.

"이게 뭐야?"

"열어 보면 알잖아요. 얼른요."

소박해 보이는 상자를 선물로 받기는 처음이어서 이현은 리본을 푸는 손에 자꾸만 망설임을 두었다. 이현이 부드러운 감촉의 리본을 툭, 툭 풀어내자 여리는 말간 얼굴에 홍조를 띠며 이현의 눈과 손을 번갈아 쳐다보았다.

상자를 열자 새카만 색으로 빛나는 별이 모습을 드러냈다.

"어때요?"

짧은 시간이었지만 무수히 고민해 고른 선물이었다. 여리는 기대와 설렘을 안고 물었다.

"이걸…… 나보고 하라고?"

반듯한 눈썹을 구긴 이현의 얼굴은 황당함과 짜증이 고루 섞여 있었다. 푸흡, 여리의 입술에서 참지 못한 웃음이 쏟아졌다.

"싫어요?"

"별이잖아."

"그래서 샀어요. 별이라서."

이현이 지끈거리는 이마를 짚으며 한숨을 뱉었다. 뭐 얼마나 대단한 선물을 샀기에 이리도 호들갑인지 궁금했는데 자신을 골탕 먹이려는 게 분명했다. 그것이 아니라면 어떻게 자신에게, 어떻게 꼭 저같이 조막만한 별 모양 커프스 버튼을 선물할 생각을 했을까.

여리가 부드러운 손길을 뻗어 이현의 셔츠 소매를 어루만졌다.

"항상 이런 셔츠만 입잖아요. 커프스 셔츠."

몇 번이나 봤다고 항상이야. 마음에도 없는 심술이 이현의 머릿속을 둥둥 헤집었다.

"웬만한 모양은 다 갖고 계실 것 같아서 이걸로 샀어요. 이건 없을 것 같아서."

"없는 이유가 있을 거란 생각은 안 들고?"

"막상 해 보면 괜찮을 거예요. 색깔은 검은색이잖아요."

여리가 상자에서 별 하나를 꺼내 이현의 소매에 걸었다. 빳빳하게 벌어져 있던 하얀 소매가 검은색의 작은 별로 묶여 독특하면서도 클래식한 모습을 만들어 냈다.

"예쁘다."

여리가 천진한 감탄을 내뱉었다. 이현은 여리가 다른 한쪽에도 별을 다는 동안 깊은 울렁거림을 느꼈다. 숨이 막혀 왔다, 이런 상황이.

"다음부터는 이런 거 준비 안 해도 돼."

고민 많은 선물이라곤 받아 본 적 없는 사람의 서툰 말이 여리의 귓가를 간질였다.

"발찌가 너무 예뻐서…… 그냥 넘어가기가 좀 그랬어요."

청바지 아래 가려져 있을 그 발찌의 의미를 알기는 하는지, 이현은 우스워졌다. 동시에 청바지를 끌어 내려 그 하얀 속살을 묶고 있는 발찌가 보고 싶다는 충동이 일었다.

"그냥 좀 받아 주면 안 돼요? 열심히 고른 건데."

여리가 입술을 통통 내밀며 말했다.

이현은 욕심이 눈에 보이는 사람이 좋았다. 그래야 조종하기도 쉽고 곁에 두기도 쉬웠다. 여리도 처음엔 그래 보였다. 성공하고 싶어 했고, 그래서 돈을 필요로 했고, 주목을 받고 싶어 했고, 그래서 힘을 필요로 했다. 이현에겐 돈과 힘이 있었고 그것으로 여리를 곁에 묶었다. 그저 그런 시작이었다.

하지만 곧 무언가가 달라졌다. 비밀을 들키고 나서부터가 문제였는지 그 이후부터 여리는 이현의 '것'이라고 단정하기 어려웠다. 입 안의 혀처럼 굴기는 했지만 늘 예상을 빗나가는 말과 행동을 보였고, 애교보다는 애정을, 복종보다는 존중을 하는 것 같은 아주 건방진 느낌이 들 때가 간혹, 아니 꽤 자주 있었다.

머리가 지끈거렸다. 이런 질척이는 것들에게 마지막으로 속았던 적이 언제였나.

"이거 꼭 제 모습 같네요."

조용한 이현의 곁에서 여리는 반짝이는 검은 별을 만지며 다시 그 종알종알이라는 것을 했다.

"이사님한테 매달려 있는 게 꼭……."

소매를 묶은 것처럼 보이지만 사실 묶여 있는 그 처지가

"저 같지 않아요?"

이현인 듯, 여리인 듯 헷갈렸다.

"너?"

이현도 여리와 비슷한 생각을 했다.

별의 아쉬울 만큼 작은 크기가 닮은 것일까 아니면 검은 주제에 움직이는 족족 반짝이는 모습이 닮은 것일까.

"이사님 마음대로 할 수 있잖아요."

역시나 이번에도 예상을 빗나가는 답이 나왔다.

"매달 수도 있고, 뺄 수도 있고."

기껏 찾았다는 이유가 하필. 이현은 저도 모르게 피식, 바람 소리를 내며 웃었다. 제 것 같은 느낌이 들지 않아 짜증스러워하고 있던 제 속마음을 알아 그리 말했는지는 알 수 없었지만 어쨌든 그 대답이 썩 마음에 들었다. 마음대로. 내 마음대로.

"그래."

이현이 목소리를 낮추며 여리의 허리를 끌어안았다.

"계속 매달려 있어."

낮고 조용한 목소리의 거부할 수 없는 명령이었다. 여리가 작게 고개를 끄덕이자 만족스러운 미소를 지은 이현은 욕실로 향했다. 그제야 여리는 숨기느라 야단이었던 떨리는 마음을 달래며 침대 위로 다시 몸을 누였다.

새벽, 여리는 술에 취해 잠든 이현을 바라보며 자신과 닮은 모습에 생각이 많아졌다. 부끄러운 비밀을 가진 채 그 비밀을 들킬까 두려워하는 모습이 꼭 자신과 같아 보여 연민이 들면서도 동시에 희망과 비슷한 어떤 것을 느끼기도 했다.

여리는 늘 완전한 한 사람을 원했다. 자신의 과분한 꿈과 가난을 비웃지 않고, 부정한 아비를 둔 자신을 제멋대로 판단하지 않을 사람을 언제나 원하고 또 그리워했다. 최근엔 자신이 성공을 위해 하고야 말았던 떳떳하지 않은 선택을 불결하지 않게 보아 줄 어느 누군가를 간절히 갈망했다. 멤버들의 비난 섞인 눈초리와 아무것도 모르는 얼굴의 엄마를 볼 때마다 그 생각은 계속해서 지독해졌다.

여리는 오늘 새벽, 그 완전한 한 사람을 찾았다. 제 밑바닥을 알면서도 그 시궁창을 아무렇지 않아 하는 사람. 그 사람이 꼭 사랑일 필요는 없었다. 우정이어도 충분했고, 의지할 수만 있어도 충분했다. 순수하진 못해도 솔직할 순 있을 테니.

"무슨 생각을 그렇게 해."

어느새 샤워를 마친 이현이 부드러워 보이는 타월로 머리를 털며 말을 걸었다. 새벽의 흐트러진 모습과는 다른, 좀 전의 까칠함과는 다른 조금은 편안해 보이는 모습이 다행이었다.

"그냥요."

"먹고 싶은 거는 생각했어?"

"네."

생각할 것도 없었다.

"미역국이요."

이현의 비서는 고급스러운 그릇에 포장된 미역국과 따뜻한 밥, 정갈한 반찬들을 가져와 식탁 위에 펼치고 갔다. 물론 여리는 그런 비서의 모습을 직접 보지는 못했다. 이현이 아주 엄한 얼굴로 침실 안에 들어가 있으라 말했기 때문이었다. 생각해 보면 이현은 늘 여리와 함께 있을 때 다른 사람이 동행하거나 함께하는 것을 싫어했다. 그것이 이현의 비서든, 여리의 매니저든 예외는 없었다.

여리는 식탁 위에 놓인 미역국 두 그릇이 마음에 들었다. 아침을 안 먹겠다는 걸 한참이나 조르고 졸라 함께 먹기로 한 것이었다.

"케이크 꺼내도 돼요?"

"케이크 싫다니까."

"그럼 버려요?"

여리가 울상을 하며 시무룩하게 묻자 이현은 크게 한숨을 뱉었다.

"마음대로 해."

"진짜죠?"

여리는 케이크를 꺼내 잘 차려진 식탁 한편에 두었다. 미역국에 케이크까지 있으니 영락없는 생일상이었다. 웃음이 자꾸만 새어 나왔다.

"뭐가 그렇게 웃겨."

"맛있는 게 많아서요."

"다 먹지도 못하면서 욕심은."

이현이 숟가락을 뒤적거리며 미역국을 조금 떠먹었다. 아침을 안 먹고 생활한 지가 몇 년이었지만 배 속이 따뜻해지는 게 싫지만은 않았다.

"와아—"

여리는 제 엄마의 손맛과 비슷한 맛이 나는 미역국에 감탄을 금치 못했다.

"진짜 맛있네요. 안에 들어간 소고기도 맛있고."

"너한테 맛없는 음식이 있어?"

이현이 놀리자 여리는 숟가락을 내려놓으며 사뭇 진지한 눈빛을 흉내 냈다.

"저도 싫어하는 음식 있어요."

"그래?"

"족발이랑 닭발은 못 먹어요."

여리가 장조림 하나를 입 안으로 가져가 오물오물 씹으며 말했다.

"너무 발처럼 생겨서 싫어요."

왜인지 떠오르는 이미지에 이현은 속이 울렁거려 미간을 좁혔다.

"비위 상하니까 그만 말해."

하지만 여리는 집게손가락을 들어 까딱까딱 저어 보였다.

"음식은 비위로 먹는 게 아니에요. 맛으로 먹는 거지."

"발처럼 생겨서 음식 못 먹는 사람이 할 말은 아니지 않나."

이현이 비웃자 여리는 상체를 기울여 이현과 눈을 맞췄다.

"에이, 저 곱창이랑 막창 같은 것도 잘 먹어요. 족발이랑 닭발은 맛도 없는 게 못생기기까지 해서 안 먹는 거예요."

"그런 말 진지하게 하지 마. 이상해."

"치."

이현의 타박에 입을 다문 여리가 핸드폰 화면을 켜 시간을 확인했다. 지금 시간은 9시. 그러자 이현이 거슬린다는 듯 반듯한 이마를 구겼다.

"아까부터 시간은 왜 자꾸 봐."

"오전 스케줄 때문에요. 죄송해요. 이제 안 볼게요."

이현은 생일만 되면 그날이 무슨 요일이든 회사에 출근하지 않고 집에만 있었다. 하루 종일 잠만 자면서 어서 빨리 하루가 지나가기를 기다리는 것이 그의 오랜 습관이었다. 그 습관을 깨고 케이크에 미역국까지 먹게 한 장본인이 스케줄로 곧 떠나야 한다고 하니 심술이 몰려왔다.

"무슨 스케줄인데."

"뮤직비디오 제작 회의요. 앨범을 급하게 내느라 뮤직비디오는 못 찍었잖아요. 오늘 출연 배우분이랑 미팅 있어요."

"그런 미팅은 회사에서 알아서 하면 되잖아. 네가 굳이 왜 가."

어차피 뮤직비디오에 여리가 출연하는 것도 아닌데 미팅까지 하며 왜 힘을 빼는지 이해가 되지 않았다. 한편으로는 리더랍시고 곳곳에 손때를 묻히고 싶은 여리의 고집인가 싶기도 했다. 여리라면 그러고도 남았다.

"제가 주인공인데 당연히 가야죠."

"네가 주인공이야?"

"소속사에서 제가 연기하는 거에 재미 들렸나 봐요. 오늘 만나는 분이 제 상대 배우래요."

소속사의 입장을 이해 못 하는 것은 아니었다. 정점에 오른 가수는 아니었으니 계속 얼굴을 내비치는 게 유리하기도 했고, 여리 얼굴을 간판으로 활용해야 관심을 유지하기 쉬우니 어쩌면 훌륭한 선택일 수도 있었다.

"상대 배우가 누군데."

"어, 저번에 들었는데 이름이…….."

여리의 망설임에 이현은 한숨이 나왔다.

"얼마나 형편없는 배우길래 이름도 몰라."

소속사에 이화아트재단이 투자한 돈의 액수는 어마어마했다. 그 돈을 충분히 쓰지는 못할망정 유명하지도 않은 배우를 쓰려 하자 이현은 화가 치밀었다.

8
버려지는 것에 대한 두려움

이현의 우려는 적중했다. 여리의 상대 배우는 이제 막 연예계에 발을 들인 신인 배우였다.

"회사 가지 마."

"어떻게 안 가요."

"소속사 대표랑은 내가 알아서 얘기할 테니까 넌 모르는 척 가만히 있어."

이현은 이참에 소속사 대표와 보다 실질적인 대화를 나누어야겠다고 생각했다. 애초에 매니저만 닦달할 일이 아니었다. 대표를 만나 무엇이 우선이고, 무엇을 신경 써야 하는지 알려 주고 여리에게 대하는 것이 곧 자신을 대하는 것임을 분명하게 일깨워 줘야 했다. 어차피 돈을 위해 푸드덕거리는 버러지 중 한 명이었으니 주제 파악만 시켜 주면 간단히 해결될 일이었다. 문제는,

"에이, 뭐 그렇게까지……."

여리의 생각이 이현과 달랐다.

"윤여리."

이현의 눈빛이 날카롭게 다듬어져 여리를 노려보았다.

"네 노래야."

"알아요."

"네가 주인공이라며. A급으로 도배를 해도 모자랄 판에 신인?"

이현은 여리가 사회생활이라곤 조금도 해 본 적 없는 어린 여자라는 것이 마음에 걸렸다. 신경 쓰지 않으려면 않을 수 있었지만 이현에게 매달려 있는 한 여리는 최고여야 했다. 누구도 여리를 홀대할 수 없고, 누구도 여리를 도구로 사용해서는 안 됐다.

이현의 말에 여리가 숟가락을 내려놓으며 입술을 앙다물었다.

"저 욕심 없는 거 아니에요."

목소리에서 고집이 묻어났다.

"그럼 뭐야."

"이사님은 몰라요. 제가 얼마나 독한지."

"……."

이현도 여리가 무르다고 생각하지는 않았다. 마냥 여리기만 했다면 첫 만남, 그때 자신의 목에 매달려 그런 말과 그런 행동을 할 수 없었겠지.

하지만 여리는 딱 자신에게만 독했다. 다른 이들에게는 관대하면서 본인에게는 질긴 채찍과 서슬 퍼런 칼날로 다그치는 것이 익숙한 사람이었다. 본인은 죽어라 연습하고 노력하면서 멤버들의 실력 부족은 질책하지 않았고, 본인은 일분일초가 아까워 잠 한숨 제대로 못 자면서 매니저의 나태는 눈을 감는 것만 보아도 알 수 있었다.

"신인 배우여서 더 좋아요. 유명한 배우였으면 싫었을 거예요."

"왜."

여리가 가냘픈 어깨를 들썩, 움직였다.

"지금 제가 꽤 주목받는다고 해도 아직 신인이잖아요. 괜히 유명한 배우한테 밀려서 존재감 잃기 싫어요."

"……."

"이번 뮤직비디오도 열심히 할게요. 저 잘힐 수 있어요."

이현은 조곤조곤 파고드는 다짐에 한숨을 뱉으며 하는 수 없이 고개를 한 번 끄덕였다. 하지만 소속사의 일하는 방식에는 여전히 불만이 많았다. 자신이 아무것도 모를 것이라고 생각하는 건지, 아니면 그 정도는 해도 된다고 오만한 생각을 하는 건지 괘씸하기 짝이 없었다.

이현은 차가운 물 잔을 기울이며 일렁이는 짜증을 달랬다. 소속사 대표를 밟을 기회는 많았다. 이현이 살아 있는 한 언제나, 늘. 그 많고 많은 기회를 잠깐 참아 여리의 속을 편하게 한다면야 까짓것 한 번쯤은 모른 척 넘어갈 수 있었다.

✱

뮤직비디오 제작 회의에는 여리뿐만 아니라 크리스탈 멤버 전체가 함께했다. 제대로 된 예산과 훌륭한 제작진들이 모여 자신들의 뮤직비디오를 만든다고 하니 관심을 기울이는 것은 당연한 일이었다.

"자, 일단 콘셉트랑 콘티는 얼추 나왔거든? 나는 마음에 드는데 너희 생각은 어때."

대표는 의기양양한 얼굴로 콘셉트 이미지와 콘티를 펼쳤다. 각

장면마다 사용될 장소와 소품, 감정들이 명료하게 정리되어 있었다.

"어, 대학교 캠퍼스에서 촬영해요?"

"너희 타이틀 곡 제목이 '이상형'이잖아. 신입생 같은 풋풋한 느낌을 살리는 게 좋을 것 같아서. 이제 막 첫 연애를 시작하는 느낌? 뭐 그런 거."

여리는 설정이 마음에 들었다. 드라마에서는 사극을, 광고에서는 요정을 하는 바람에 일상적이고 평범한 느낌의 모습을 팬들에게 보이지 못한 것이 조금 아쉬웠던 참이었다. 게다가 여리는 대학을 다니지 않아 대학 생활에 대한 환상도 있었다.

"뻔해 보일까 봐 걱정이긴 한데 영상은 예쁘게 나올 것 같아요."

"그렇지? 배경을 대학교로 설정하면 혜인이나 민정이, 영우도 카메오로 출연하기 쉬우니까 좋을 거야. 너희들 생각은 어때."

대표는 나머지 멤버들을 바라보며 물었다.

"저는 좋아요!"

"저도요. 안 그래도 첫 연기라 조금 평범한 역할이면 좋겠다 싶었어요."

혜인이와 영우가 설레는 마음을 숨기지 않고 싱글벙글 웃었다. 비딱한 시선은 민정의 몫이었다.

"어차피 여리 언니만 예쁘게 나오면 되는 거 아니에요?"

"뭐?"

"그렇잖아요. 우리는 구석에나 조금 나오고 말 텐데."

적대적인 감정이 분명하게 배어 있었다. 혜인이와 영우의 시선이 민정에게 쏠렸다가 이내 여리에게로 옮겨졌다. 불안한 심리가 오갔다.

여리는 지난밤에 마주한 민정이의 날카로운 시선이 떠올라 등줄기가 저릿해졌다. 불신과 미움이 곪아 가고 있음이 너무도 눈에 보여 지난 5년간의 시간이 무의미해지는 기분이었다.

"저 민정이랑 따로 얘기 좀 하고 와도 돼요? 잠깐이면 되는데."

여리는 애써 미소를 지으며 자리에 있는 모든 사람들에게 양해를 구했다.

민정은 크흠, 헛기침을 하며 다리를 꼬았고 혜인이와 영우는 안절부절 당황스러운 낯빛을 숨기지 못했다.

"너네 싸웠니? 지금 얼마나 중요한 땐데 싸우고 그래."

대표는 어린 여자들의 이유 모를 싸움에 관심이 없었다. 그저 언제 끝날지 모르는 이현의 관심과 지원 속에 회사를 키울 생각만이 가장 중요했다.

"대표님."

하지만 여리는 그 무엇보다도 크리스탈이라는 그룹이 중요했고, 멤버들이 소중했다. 가족의 무조건적인 사랑을 받지 못한 여리에게는 어쩌면 그것이 전부였다. 이런 자신의 마음을 몰라주고 자꾸만 악의를 비치는 민정에게 서운하기는 했지만 그런 이유로 민정을 등질 만큼 여리는 모질지 못했다. 더 늦기 전에 얘기를 나누고 싶었다.

"금방 얘기 끝낼게요."

여리의 단호한 목소리에 대표는 한숨을 쉬며 회의실을 나갔고, 혜인이와 영우 그리고 매니저 역시 조용히 그 뒤를 따랐다.

비좁던 회의실이 여리와 민정만 남아 넓고 스산한 분위기가 만들어졌다.

"말해요."

민정이 먼저 입을 열었다.

"민정아."

예전만큼 다정한 목소리로 이름을 부르자 민정은 흥, 짜증을 드러내며 팔짱을 꼈다.

"뭐가 그렇게 불만이니."

사실 여리도 알고 있었다. 무엇이 불만이고, 무엇이 민정을 그토록 화나게 만드는지. 연예인을 꿈꾸는 사람 중 주목받는 것을 싫어하는 사람은 없었다. 정도의 차이만 있을 뿐 모두들 시선을 즐기고, 사랑을 원하는 사람들이었다. 그런 사람들과 조금도 다르지 않을 민정이 화난 이유야 당연히 여리에게만 집중된 소속사의 지지와 언론의 관심, 대중의 사랑일 것이었다.

"나는요."

민정이 칼 같은 단발머리 사이로 드러난 눈을 빛내며 천천히 입술을 열었다.

"언니가 그 선택을 한다고 했을 때 정말 마음이 아팠어요."

민정의 이야기는 조금 더 지나간 과거로부터 시작되었다.

"얼마나 싫을까, 얼마나 억울할까. 고작 리더라는 이유 하나 때문에 희생하는 언니가 나는 정말…… 불쌍했어요."

여리는 다른 말보다도 '불쌍하다'는 말에 심장이 철렁 주저앉는 것을 느꼈다. 불쌍했구나. 너희도 내가 불쌍했구나. 그래 불쌍했겠지.

"그래서?"

여리가 잘근 씹은 입술을 벌리며 물었다. 좀 더 얘기해 봐. 그래서?

"근데 아니었던 것 같아."

민정이 혼잣말을 하듯 중얼거렸다.

"언니는 그냥 언니를 위한 선택을 했던 것 같아요."

"뭐?"

나를 위한 선택이라니. 남들이 다 그렇게 말해도 너는 그러면 안 되지. 여리는 새어 나오는 헛웃음에 입술이 말랐다.

"언닌 너무 멀쩡했어요. 조금도 괴로워 보이지 않고, 불편해 보이지 않고, 부끄러워 보이지도 않았어요."

괴로워 보이지 않으려고, 불편해 보이지 않으려고, 부끄러워 보이지 않으려고 했던 노력들을 여리는 떠올렸다. 자신이 힘들어 보이면 선택의 과정에서 침묵했던 모든 사람들이 함께 힘들어질까 봐 노력했던 그 과정이 누군가에게는 정말 멀쩡해 보였구나, 싶어 마음이 쓰려 왔다.

"그래요. 하루아침에 드라마도 찍고, 광고도 따고, 숙소도 바뀌고, 앨범도 나오니까 당연히 좋았겠죠. 심지어 그 이사님이라는 분, 변태 같은 늙다리 아저씨도 아니고 오히려 멋있잖아요."

고작 여리와 한 살밖에 차이 나지 않는 민정의 속은 연습생을 시작했던 16살의 그 철없음에서 멈춰 있었다. 민정은 여리의 침묵에 힘을 받아 점점 더 목소리를 높였다. 의기양양해 보였다. 자신의 말이 누군가의 심장을 도려내고 있음을 조금도 깨닫지 못한 채 마음대로 지껄이는 중이었다.

"그 말은 지금."

여리는 너그러웠던 눈의 온기를 남김없이 지우고 목소리를 낮췄다.

"내가 부럽다는 소리야?"

그게 아니면 내가 불행해야 한다는 소리야?

"아니, 지금까지 내가 하는 말을 뭐로 들었어요?"

민정이 발끈해 물었다.

"하루아침에 드라마, 광고, 숙소, 앨범까지 일사천리로 해결할 수 있어서 좋았겠다며. 네 입으로 그렇게 얘기했잖아."

"그 말은 그 뜻이 아니라!"

민정이 거친 호흡을 뱉어 내며 여리를 노려보았다.

"그게 아니면 이사님을 부러워하는 건가? 돈 많고 멋있는?"

민정이 벌게진 얼굴로 비웃음을 쏟아 냈다.

"잘난 척하지 말아요. 그래 봤자 스폰서면서. 언니가 그 사람 애인이라도 되는 줄 알아요?"

"내 말이 그 말이야. 그래 봤자 스폰서인데 넌 뭐가 그렇게 불만이라 사사건건 시비야?"

"그야 언니가 너무 뻔뻔하게 구니까 화가 나서 그러죠."

여리보고 뻔뻔하다고 말하는 뻔뻔한 민정에게 여리는 후, 한숨을 뱉어 내는 것 말고는 할 수 있는 것이 없었다. 그저 마른 등을 의자에 기댄 채 울컥거리는 감정을 정리할 뿐이었다. 고집부리는 어린애를 상대하는 기분에 온 마음이 지치고 피곤해졌다. 여리는 이현이 왜 그토록 사람들을 버려지, 쓰레기로 표현하는지 조금 이해할 수 있었다.

"말리지 그랬어."

여리가 꾸역꾸역 한 글자, 한 글자를 씹어 말했다.

"그렇게 불편하다고 느낄 거였으면 죽어라 말리지 그랬어."

뺨 위로 굵은 눈물이 흐르는 것이 느껴졌지만 아랑곳하지 않았다. 슬픔보다는 원망이었고, 아픔보다는 경멸에 가까운 눈물이었다.

"너."

버러지 같아.

"안 그랬잖아."

여리는 속부터 차오르는 원망을 모으고 모아 아주 짧게 뱉어 냈다. 티 내지 않으려고 애썼던 마음을 속 시원히 풀어내자 여리는 이유 모를 편안함을 느꼈다. 여리와 민정 사이에 숨 막히는 정적과 답답한 한숨이 꽤 오래도록 오갔다.

"그럼."

여리가 먼저 입을 열었다. 어차피 민정은 답 없는 짜증과 심술로 뭉친 어린아이였다. 논리적으로 설득할 필요도, 감정적으로 호소할 이유도 없었다. 그저 원하는 것이 무엇인지 들어주는 편이 차라리 나았다. 더 이상 시간도, 감정도 낭비하고 싶지 않았다.

"네가 원하는 게 뭐야."

"……."

"말해. 지금 아니면 그게 뭐든 무시할 거니까."

여리가 얼굴 위로 구르는 눈물을 쓱, 닦아 내며 목소리를 낮췄다.

"어차피 너도 예전으로 돌아가는 걸 원하지는 않잖아. 혹시 그걸 원해?"

답은 뻔했다.

"아니요. 언니가 받는 그 스포트라이트, 나도 한 번은 받아 봐야죠."

민정의 목소리엔 자신감이 넘쳤다.

"원하는 거 없어요. 그냥 언니가 조금 역겹고, 싫을 뿐이에요."

민정이 어깨에 힘을 주며 말했다. 보란 듯이 상처받으라는 태도였다.

여리는 5년 전 처음 보았던 중학생 시절의 민정을 떠올렸다. 그때부터 민정은 솔직하고, 말을 가리지 않는 아이로 유명했다. 욕심도 많고 무례할 때도 많아 종종 문제가 되기는 했지만 그때는 그 모습조차 어린 동생의 매력이고, 자존심이고, 강단이라고 생각했다.

이제 와 생각해 보면 그렇게 생각할 수 있던 것도 민정이 여리를 좋아했기 때문에, 민정이 여리에게는 늘 웃어 줬기 때문에 가능한 것이었다.

"그래. 계속 역겨워해."

여리는 눈빛에 건조함을 가득 담았다. 늦기 전에 되돌리고 싶었지만 이미 빗나갈 대로 빗나간 화살이고, 지나가도 한참을 지나간 시간이라는 것을 깨달았다. 제발 나를 이해해 달라고, 부디 나를 버리지 말라고 애원하고 싶은 마음이 없지는 않았지만 그럴 힘이 남아 있지도 않았다.

"근데 일할 때는 좀 참아. 그것도 못 참으면 스포트라이트 받겠니."

그래서 더욱 모진 말을 하고, 더욱 독한 마음을 품었다. 충분히 독하고, 충분히 뻔뻔해졌다고 생각했는데 더 독하고, 더 뻔뻔해져야 견딜 수 있는 상황이 벌어진 것이었다. 이대로 가다간 얼굴 두께가 웬만한 철판보다 두꺼워질 것 같다는 생각에 쓴웃음이 나왔다.

민정은 붉으락푸르락한 얼굴을 한숨과 함께 정리하며 여리의 차가운 얼굴을 쳐다보았다.

"언니 정말 많이 변했네요. 예전에 보여 줬던 모습도 다 거짓말 같아."

그런가. 이현의 사무실에서 탕수육을 먹을 때 들었던 말이 떠올랐다. 변화를 얼떨떨해하는 자신에게 이현은 '놀랄 정도로 빨리 적응할 거야.' 라고 말했다. 이미 그렇게 된 모양이었다.

"너도 5년 전과 달라."

변한 건 누굴까. 그런 고민은 이제 와 아무런 의미도 없었다. 늘 곁에 있던 사람을 잃는 것에 대한 공허함과 배신감, 거대한 빈곤을 조용히 견뎌 낼 뿐이었다.

격양된 목소리와 붉은 얼굴로 시작한 여리와 민정의 대화는 차분한 목소리와 아무렇지 않은 얼굴로 끝이 났다. 민정은 사람들 앞에서 여리의 속을 긁지 않기로 했고, 여리는 사람들이 없을 때 쏟아지는 민정의 경멸 어린 시선을 감내하기로 했다. 나머지 혜인이와 영우는 방관자의 역할을 묵묵히 수행하며 여리에게는 반쪽짜리 위로를, 민정에게는 반쪽짜리 이해를 전했다.

✳

제작 회의로부터 이틀이 지난 후 뮤직비디오 촬영이 시작되었다. 캠퍼스가 예쁘기로 소문난 지방의 한 대학교를 촬영지로 섭외했는데 아직 방학이라 나름 한적한 것이 여리의 마음에 들었다. 정신없이 바쁜 나날을 보낸 터라 조용한 것만으로도 피로가 씻기는 기분이 든 탓이었다.

"여리 씨, 민준 씨랑 메이크업 먼저 받을게요."

"네."

여리의 상대 배우인 '최민준'은 데뷔한 지 이제 막 6개월에 접어든 신인 중의 신인이었다. 특별히 도드라질 정도의 미남은 아니었지만 선한 분위기와 부드러운 미소가 인상적이었다.

"여리 씨, 아까 수정된 콘티 봤어요?"

여리의 옆자리에서 메이크업을 받던 민준이 물었다.

"수정된 부분 있어요? 아직 못 봤는데……."

민준이 몸을 기울이며 말을 이었다.

"많이는 아니에요. 두 장면 정도?"

"뭔데요?"

"도서관 신이요."

"아, 그 첫 만남 신 맞죠?"

뮤직비디오는 원래 3분 이내로 기승전결을 이루어야 해서 복잡한 서사를 만들지 않았다. 소위 '클리셰'라고 하는 익숙하고 뻔한 장면들을 독특한 영상과 참신한 음악을 통해 새로워 보이게 하는 것이 보통이었다.

크리스탈의 타이틀 곡인 '이상형'의 뮤직비디오 콘티 역시 가사와 어울리는 유치하고 뻔한 장면들로 가득했다. 학교 도서관에서 첫눈에 반하고, 강의를 들으며 나란히 앉고, 카페에서 데이트를 하고, 뮤직비디오가 끝날 때까지 행복해 죽겠다는 표정으로 계속 웃는 것들 말이다.

"첫 만남은 캠퍼스 잔디 위에서 부딪치는 걸로 바꾼대요."

"부딪쳐요?"

"부딪쳐서 들고 있던 책 떨어트리고 뭐…… 그런 거 알죠?"

아, 설명을 들으니 어디서 본 듯한 장면 여러 개가 동시에 떠올랐다. 여리가 고개를 끄덕이며 웃었다.

"알 것 같아요."

뻔하디뻔한 로맨틱코미디의 한 장면을 잘해 낼 수 있을까 하는 즐거운 설렘이 퐁퐁 솟아났다.

"그럼 도서관 신은 삭제되는 거예요?"

"아, 그건 아니에요."

민준이 책처럼 엮인 콘티를 뒤적거리며 한 페이지를 펼쳤다.

"수정됐어요. 키스신으로."

"네?"

여리는 콘티에 그려진 남녀의 키스 장면을 당황스러운 얼굴로 바라보았다. 청월이 역을 할 때도 상대 배우와 손잡고, 포옹하는 것이 전부여서 키스신과 같은 스킨십은 생각도 못 하고 있었다.

"여리 씨가 그렇게 반응하니까 나 되게 서운해지네요."

민준이 농담과 함께 웃어 보이자 여리는 그제야 고개를 저으며 변명했다.

"아, 좀 당황해서……. 죄송해요."

"농담이에요. 저도 현장 도착해서 알았어요."

민준이 괜찮다며 다시 거울을 향해 고개를 돌렸다.

사실 예민하게 받아들일 문제는 아니었다. 충분히 있을 수 있는 장면이었고, 풋풋한 느낌으로 가볍게 하는 입맞춤 정도라 부담스러운 수위도 아니었다. 어쨌든 민준은 자신의 뮤직비디오에 출연하는 고마운 배우였다. 자신이 어색해할수록 민준 역시 불편해질 거라는 생각에 여리는 표정을 단단히 고쳤다.

"자, 시작할게요!"

뮤직비디오 촬영은 드라마 촬영보다 훨씬 스피드하고 정신없었다. 각 신의 이미지가 중요했기 때문에 대사의 깊이보다는 표정의 디테일, 호흡의 순간보다는 눈빛의 찰나가 더 필요했다.

초보 연기자인 여리는 대사 한마디 없이 감정을 표현해야 한다는 중압감에 긴장을 심하게 했다. 반면에 민준은 신인이어도 배우는 배우인 모양인지 몰입이 빨랐고 표현도 섬세하고 풍부했다.

"도서관으로 넘어갈게요!"

촬영이 밤늦도록 이어지고 야외 촬영이 불가할 정도로 어두워지자 촬영 팀은 도서관으로 자리를 옮겼다. 도서관에서 찍을 키스신은 뮤직비디오 전체 중 가장 중요하고 심혈을 기울여야 할 장면이었다. 밋밋한 전체 스토리 중에서 가장 극적이고, 대중들에게 두고 두고 어필하게 될 장면이기도 했다.

스태프들은 빠릿빠릿하게 움직이며 도서관 안을 따뜻한 색깔의 조명으로 밝혔다. 마치 안락한 다락방에 온 것 같은 느낌이 들었다.

"여리야, 우리 먼저 들어갈게."

대기하고 있던 여리에게 혜인이 다가와 말했다. 여리를 제외한 멤버들은 춤을 추는 단체 신 말고는 등장할 부분이 없어 굳이 밤 늦도록 촬영장에 있을 이유가 없었다.

"아, 그래. 얼른 들어가."

"끝날 때까지 같이 있어 주고 싶은데 내일 인터뷰 일정 때문에 일찍 자야 될 것 같아서. 미안해."

혜인이 여리의 피곤한 안색을 살피며 미안해했지만 여리는 그런 건 아무래도 괜찮았다.

"뭐가 미안해. 컨디션 조절해야지. 지금 서울로 출발해도 한 시간은 족히 걸릴 텐데 너희라도 얼른 올라가."

여리는 웃으며 혜인의 등을 떠밀었다. 서운하거나 외로운 감정은 들지 않았다. 차라리 혼자 촬영장에 남는 것이 집중하기에도 더 좋았다.

"자, 리허설 먼저 해 보겠습니다."

장면 세팅을 끝낸 조연출이 손뼉을 치며 외치자 그새 옷을 갈아 입고 나온 민준과 여리가 조명 아래에 자리를 잡았다. 내용은 이랬다. '늦은 시간까지 함께 시험공부를 하던 민준과 여리가 빽빽하게 쌓인 책들 사이에서 키스한다.' 최대한 싱그럽고 순수하게 표현되어야 한다고 표시되어 있었다.

리허설에서는 키스 각도를 계속해서 수정하는 작업을 했다. 어떻게 고개를 숙이고, 어떻게 눈을 감고, 어떻게 팔을 움직일지 모든 것이 계산되고 조정되었다. 최종적으로 결정된 액션은 민준이 여리의 얼굴을 두 손으로 감싸, 가볍게 입을 맞춘 후 다시 진하게 입을 맞추는 것이었다.

"그럼 본 촬영 들어가겠습니다. 음악 준비하시고요."

오디오 스태프들이 재빨리 타이틀 곡을 틀었다.

♬ 오래도록 기다린 내 사랑, 그대는 내 이상형이 아니지만 그대는 내 첫사랑.

여리가 부른 노래 후렴이 도서관 안을 채웠다.

"오케이, 고!"

감독의 신호와 함께 소란스럽던 도서관은 일순간 조용해지고, 유치하도록 사랑스러운 노래만 잔잔히 흘렀다. 미리 약속한 액션대로 민준과 여리는 희희낙락한 얼굴로 책을 고르고, 장난을 치고, 귓속말을 나누었다. 그러고는 가까워진 서로의 눈을 설레는 감정을 담아 바라보며 천천히 입을 맞췄다.

서로에 대해 잘 알지도 못하는 남녀가 입을 맞추고 있으려니 절로 손발이 저릿했다. 연기가 필요 없을 지경이었다. 계산하지 않아도 알아서 얼굴이 붉어졌고, 눈꺼풀이 떨렸다. 설렘보다는 어색함이 우선하는 감정이었지만 대사가 없어 연인 간의 설렘으로 충분히 포장될 수 있었다.

첫 번째의 짧은 입맞춤이 끝나고 여리의 숙여진 고개 사이로 파고든 민준은 이전보다 조금 더 진하게 입을 맞췄다. 입맞춤이 진해지며 민준이 여리의 뒷목을 제 쪽으로 당겼다. 그 익숙하면서도 낯선 움직임에 여리는 반사적으로 그의 어깨를 팍, 밀어 냈다.

"컷!"

흐르던 노래가 멈추고, 조용하던 스태프들이 소음을 내는 동안 여리는 머릿속을 차지한 이현과의 키스에 적잖이 당황했다. 입을 맞출 때면 뒷목을 당겨 밀착하는 것을 좋아하던 이현의 버릇이 떠오른 탓인지 아니면 이현이 아닌 다른 남자와의 키스가 낯설어서인지 알 수 없었지만 여리는 심장이 쿵쿵 뛰었다.

"죄송합니다. 다시 할게요. 죄송합니다."

여리는 연신 고개를 숙이며 스태프들과 감독에게 사과를 했다.

"내가 뭐 잘못한 거 있어요?"

민준이 그런 여리를 바라보며 의아한 표정으로 눈치를 살폈다.

"아, 아니요. 전혀요. 죄송해요. 제가 잠깐 딴생각을 해서……."

민준이 사람 좋은 미소를 지으며 여리의 어깨를 토닥였다.

"긴장했어요?"

"조금……."

"그래도 키스신인데 딴생각했다고 하니까 좀 자존심 상하네요."

민준의 짓궂은 농담에 여리는 어색하게 웃어 보였다. 지저분한 농담이 아니란 걸 알아 기분이 나쁘지는 않았다. 민준은 촬영 초반부터 여리뿐만 아니라 다른 멤버들에게도 먼저 다가가 인사를 했고, 스태프들과 웃으며 농담을 주고받았다. 태생이 낯을 안 가리고 능글능글한 모양이었다.

"자, 그럼 다시 시작할게요. 음악 준비하시고, 고!"

어색한 입맞춤이 다시 시작됐다. 이번에는 깊은 키스는커녕 입술이 닿는 순간부터 이현이 떠올랐다. 머릿속을 헤집는 그의 얼굴을 쫓아내려 하면 할수록 선명해지고 분명해져 얼굴을 감싼 민준의 낯선 손길이 부담스럽게 느껴졌다.

"컷—"

그때 감독이 촬영을 중단시켰다.

"여리 씨, 그렇게 인상을 쓰면 어떡해."

자신도 모르게 인상을 쓴 모양이었다. 민준이 멋쩍은 얼굴로 어깨를 으쓱였다. 후, 여리는 한숨을 뱉었다.

"죄송합니다."

"자, 표정에 신경 씁시다. 다시 갈게요, 고!"

음악이 다시 흐름과 동시에 민준이 부드러운 눈을 빛내며 다가오자 여리는 저도 모르게 한 걸음 뒤로 물러났다. 속으로 아, 이러면 안 되는데 싶었지만 감독은 그 정도의 재량은 허용해 줄 생각인지 중단하지 않았다.

민준이 여리의 얼굴을 감싸고 다가와 고개를 숙이자 물러났던 발에 감긴 발찌가 스르륵, 차가운 촉감을 만들어 냈다. 이대로는 안 되겠다 싶어 촬영을 중단하려는 찰나 민준의 입술이 먼저 닿았다.

짧게 닿았다 떨어진 입술 사이로 불편한 호흡을 뱉어 내자 이내 다시 다가온 민준의 입술이 더 깊게 맞물렸다. 건조한 숨이 자꾸만 뱉어졌다. 이현과 키스할 때 오갔던 뜨겁고 습한 숨은 조금도 느낄 수 없었다. 불편하고 어색한 감정만이 여리의 머릿속을 채웠다.

"오케이, 컷."

오케이 사인이 들려오자 여리는 깊은 숨을 뱉어 내며 주저앉았다. 평소 아무렇지도 않았던 발찌가 자꾸만 조여 오는 느낌이 들었다.

키스신은 여러 각도에서 여러 번 촬영되었다. 고문과도 같은 느낌에 여리는 오케이 사인을 받기 위해 애썼고, 수십 번 촬영하며 수십 번 NG가 나는 일은 다행히 일어나지 않았다.

"수고하셨습니다."

내일 있을 멤버들과의 단체 안무 신을 남겨 두고 민준과의 촬영은 오늘이 끝이었다. 다행이었다. 선하고 싹싹한 인상의 그가 싫은 것은 아니었지만 키스신 이후로 어색함이 너무 컸다.

"여기 앞에 사케 맛있는 선술집 있다던데 다들 한 잔씩만 하고 갑시다. 민준 씨도 마지막 촬영인데."

처음부터 끝까지 촬영을 지켜본 소속사 대표가 큰 소리로 외쳤다. 싱글벙글한 얼굴로 보아 촬영분이 마음에 든 모양이었다. 민준의 소속사 관계자들 역시 만족스러운 얼굴을 하고 있었다. 여리는 꾸역꾸역 참아 가며 연기한 보람이 있다고 생각했다.

여리는 매니저를 구석으로 불러 회식 자리에 빠질 수 있는지를 물었다. 계속되는 촬영 일정에 피곤하기도 했고 촬영 중 떠오른 이현의 얼굴에 정신이 산만하기도 했다. 가 봤자 사람들과의 대화에 집중도 못 할 것 같았다.

하지만 매니저는 삼십 분만 앉아 있다 일어나자고 설득을 거듭했다. 웬만하면 가지 않으려 한 여리도 주인공이 빠지면 어쩌냐는 말에 더 고집을 부릴 수가 없었다.

회식을 하면서도 여리는 평소와 달리 입을 다물고 조용히 자리를 지켰다. 좋아하지도 않는 사케만 술렁술렁 목구멍으로 넘기며 생각에 잠겨 있을 뿐이었다. 또 이따금 핸드폰을 꺼내 액정을 확인하기도 했다.

"기다리는 연락 있어요?"

언제 왔는지 옆에 앉은 민준이 물었다.

"아, 아니요."

여리는 화들짝 놀라 고개를 저으며 다시 사케 한 잔을 들이켰다. 민준의 시선이 여리의 손에 들린 핸드폰으로 향했다.

"여리폰 맞죠?"

"네? 아, 네."

"저도 여리 씨 광고 보고 핸드폰 바꿨어요. 같은 하얀색이네요."

민준이 주머니에서 여리와 같은 하얀색 핸드폰을 꺼내 보였다.

"남자들은 이런 디자인 안 좋아할 줄 알았는데."

"남자는 예쁘면 다 좋아해요. 핸드폰도 예쁘고, 광고하는 여리
씨도 예쁘고."

여리는 민준의 칭찬에 눈살을 찌푸리다 간신히 웃어 보였다. 순
수한 칭찬 같기도 하면서 작업 멘트 같기도 한 그 화법이 불편해
죽을 것 같았다. 조금 못됐더라도 직설적인 이현의 말투가 더 편했
다. 여리는 다시 사케 한 잔을 비웠다. 생각이 많아지는 밤이었다.

✳

삼십 분만 있다가 일어나자던 매니저의 말은 지켜지지 않았고
여리는 늦은 새벽이 되어서야 숙소에 발을 들일 수 있었다. 불편한
사람들과 어색한 대화를 나누는 대신 술잔을 비운 여리는 가득한
술기운에 정신없이 잠들었다.

하지만 얼마 지나지 않아 끈질긴 핸드폰 진동 소리가 그녀를 방
해했다. 눈도 제대로 뜨지 못한 여리가 침대를 휘저으며 진동의 주
인공을 찾았다. 손에 감겨 오는 촉감이 이현의 전화는 아니었다.

"여보세요……."

핸드폰 너머로 익숙한 대표의 한숨 소리가 들려왔다.

— 여리야, 너 어제 최민준이랑 무슨 일 있었어?

"일이요? 무슨 일?"

— 별일 없었던 거지?

"일이 있긴 뭐가 있어요. 계속 촬영하다가 회식 가고, 숙소까지 대표님이 데려다주셨잖아요."

— 그럼 그냥 오보인가······.

"왜요?"

여리는 찌뿌둥한 몸으로 기지개를 펴며 물었다.

— 너 스캔들 났어.

"네?"

— 네가 요즘 핫하긴 한가 보다. 스캔들도 나고.

"스캔들이 났어요? 민준 씨랑 제가요?"

— 응, 뭐 큰 기사는 아니고 의문성 기사 몇 개가 아침에 떴길래 혹시나 해서 전화한 거야.

"와, 어제 처음 보고 다 같이 회식 간 게 전부인데 스캔들이 나요? 기자님들 요즘 심심하신가."

여리는 말 같지도 않은 스캔들 소식에 싱겁게 웃었다.

— 아무튼 아니라는 거지? 정정 기사 낼 테니까 너는 신경 쓰지 마.

"이미 신경 쓰이게 하셔 놓고는."

— 미안. 미안. 아직 다음 스케줄까지 시간 조금 남았지? 더 자. 끊는다.

한결 편안해진 대표 목소리에 여리는 에휴, 짧게 한숨을 쉬며 다시 눈을 감았다. 피곤한 몸은 쉽게 잠 속으로 다시 빠져들었다.

그리고 나서 고작 삼십 분 정도 지났을 즈음이었다. 이번에도 진동은 하얀색 핸드폰이 아니었다.

"네, 대표님. 또 왜요."

단잠에서 깬 여리는 저도 모르게 짜증을 조금 섞어 대답했다.

— 여리야……

좀 전과 달리 목소리가 조금 심각했다. 여리는 귀를 열고 상체를 세웠다.

— 하, 이게 뭔 일이야.

"왜요. 속 태우지 말고 얼른 얘기해요."

발목 위로 감긴 발찌가 짤랑, 서늘한 소리를 냈다.

— 최민준 쪽에서…… 인정 기사를 냈어.

여리는 당장 사무실로 출발하겠다는 말을 끝으로 전화를 끊었다. 말도 안 되는 상황에 무엇을 어떤 식으로 해결해야 하는지 감이 안 왔다. 오히려 이 문제를 '해결' 해야 하는지도 의문이 들었다. 그저 실수겠지, 누군가의 실수겠지 하는 마음이 여리의 마음속에서 떠나지 않았다.

시간은 고작해야 오전 10시였다. 핸드폰으로 확인한 각 포털 사이트에선 하나둘 스캔들 기사가 늘어나고 있었다. 스케줄에 늦었을 때보다 훨씬 빠른 속도로 샤워를 마친 여리는 손에 집히는 옷들을 대충대충 몸에 걸쳤다. 얼굴의 반을 가리는 선글라스와 깊게 눌러쓸 수 있는 모자를 챙기고, 가방 안에 핸드폰과 또 다른 핸드폰을 챙겼다.

아, 그제야.

대표님과의 전화를 끝으로 내내 등골이 시린 이유가 있었다. 황당한 스캔들 따위 해명하면 그뿐이고, 정정하면 해결될 일이라 생각했지만 이상하게 마음 어딘가가 무거웠다. 하늘에 맹세코 사실이 아니었으니 떳떳했지만 여전히 무거웠다. 무엇 때문인지 자꾸만 등줄기에서 식은땀이 흘렀다. 그 이유가 바로, 바로 하얀색 핸드폰에 있었다.

"하, 이사님."

이현의 번뜩이는 짙은 눈이 머릿속을 가득 채웠다. 첫 만남 이후 나름 부드러운 태도를 보여 왔던 이현에게는 딱 하나의 한계선이 있었다. 소유를 벗어나는 행동. 그것은 어떤 방식으로든 이현을 거칠게 만들었다. 전화를 한 번에 받지 못했던 순간, 청월이의 마지막 신을 연기하며 울었던 순간, 커프스 버튼처럼 매달려 있으라 명했던 순간도 모두 그의 소유에 의해 만들어지고 태어난 것들이었다. 그저 분위기에 따라 뱉어진 말과 행동이 아님을 여리는 진작부터 알고 있었다.

여리는 긴 머리카락을 헝클이며 크게 심호흡을 했다. 아직 핸드폰이 조용한 걸 보면 이현이 모를 수도 있다는 데에 희망을 걸었다. 그가 알기 전 해결하면 되지 않을까, 해결만 하면 그도 이해하지 않을까 하는 안일한 생각들이 속절없이 반복되었다.

혹시나 부재중 전화라도 왔을까 싶어 핸드폰 화면을 보았지만 그의 이름은 없었다. 그저 다른 사람들의 문자만 있을 뿐이었다. 안도의 한숨을…… 잠깐, 다른 사람들?

"뭐야……."

여리는 몇 번이고 핸드폰 전원을 껐다고 켜고, 켰다가 끄는 것을 반복했다. 하얀색 핸드폰은 이현과의 연락만을 위해 존재하는 것이었다. 다른 사람의 번호를 저장하거나 다른 사람과의 연락을 위해 사용된 적은 단 한 번도 없었다. 그 흔한 스팸 전화도 오지 않을 정도이니 다른 사람들의 부재중 전화나 문자가 있다는 것은 여리의 핸드폰이 아니라는 소리였다.

"설마."

'저도 여리 씨 광고 보고 핸드폰 바꿨어요. 같은 하얀색이네요.'
라고 말하던 민준의 선한 미소가 떠올랐다. 술자리에서도 나란히
앉았으니 불가능한 얘기는 아니었다. 그렇다는 것은 이현이 스캔들
소식을 아는지, 모르는지 전혀 알 수 없다는 것과 같은 뜻이었다.

끔찍했다. 금방 해결할 수 있다고 생각하던 자만심은 불안감으
로 뒤바뀌어 증폭되기 시작했다. 여리는 제 것이 아닌 핸드폰을 노
려보며 제 번호를 찍어 통화 버튼을 눌렀다. 애간장을 태우는 신호
음이 몇 번 울렸다.

— 여보세요.

낯설지만 분명했다. 어제보다 가라앉은 목소리의 민준이었다.
역시란 생각과 함께 여리의 미간은 구겨진 종이처럼 형편없는 주
름을 만들었다.

"저 윤여리예요."

— 네, 여리 씨.

"지금 이게 무슨 상황이에요?"

태평하게 여리 씨, 라고 부르는 말에 화가 치밀었지만 인내심을
발휘하려 여리는 참고 또 참았다. 민준도 그저 피해자일 가능성이
높았다.

— 기사 봤어요?

손발을 덜덜 떨며 식은땀이 흐르는 저와 달리 한없이 차분한 목
소리에 여리는 마음이 더 조급해졌다.

"지금 그게 문제가 아니잖아요. 스캔들 인정 기사는 대체 뭐예
요? 예상되는 경로 있어요? 아니면 정말 민준 씨 회사에서 인정한
거예요? 아, 지금 그게 문제가 아니죠. 일단 해결부터 해요, 우리.

어디서부터 착오가 생긴 건지는 모르겠는데…….”

여리는 크리스탈 멤버들에게도 잘 쓰지 않는 높은 목소리로 다다다다 말을 내뱉었다.

— 여리 씨.

민준이 평온한 목소리로 여리를 불렀지만 여리의 귀엔 들어오지 않았다.

“아, 그래요. 차근차근 해결하면 되죠. 정정 기사 내는 거야 어려운 일 아니니까. 근데 핸드폰은 어떻게 된 거예요? 핸드폰에 무슨 연락 안 왔어요?”

여리는 진정하려 해도 자꾸만 말이 빨라졌다. 지금 당장 모든 것을 원래 위치로 돌려 놓고 싶은 마음뿐이었다.

— 지금 제 소속사 대표님이랑 같이 여리 씨 회사로 가고 있어요. 만나서 얘기해요. 핸드폰은…… 저도 어제 술을 너무 많이 마셔서 모르겠네요. 똑같은 거라 착각했나 봐요.

기사를 내도 양측 입장의 입이 맞아야 하니 만나서 조율하는 편이 가장 좋았다. 전화로 불안함을 토로해 봤자 일이 해결되는 것도 아니었다.

“하, 알았어요. 회사에서 봐요.”

여리는 더 이상 물을 수 있는 게 없다는 것을 알았다. 심장이 자꾸만 뛰고 불안감에 애꿎은 손톱만 깨물었다. 만나기만 하면, 만나서 빨리 대책을 강구하면 모든 게 제자리를 찾을 거라고, 꼭 그럴 거라고 끊임없이 되뇌었다.

여리는 재빨리 밴에 몸을 실었다.

“아휴, 이게 뭔 일이냐.”

매니저 역시 이해할 수 없다는 듯 연신 한숨을 쉬었다.

"어제 네 말대로 회식 자리에 가지 말았어야 했는데."

매니저는 스캔들이 제 탓이라도 되는 것처럼 잔뜩 풀이 죽어 있었다. 여리가 손톱을 잘근잘근 씹으며 억지로 웃어 보였다.

"오빠 잘못 아니에요. 그리고 금방 해결될 일이잖아요."

스스로를 진정시키려 하는 말이기도 했다.

"그래, 그래야지."

매니저가 거울을 통해 뒷좌석에 앉은 여리의 눈치를 살폈다.

"근데 여리야."

"네?"

"이사님……한테 연락 없었니?"

심장이 쿵, 모른 척하던 실체가 드러나며 여리는 또다시 형체 없는 두려움에 시달렸다. 작은 손으로 하얀 핸드폰을 꼭 쥐었다.

"……할 상황이 아니었어요."

길게 설명하고 싶지 않았다. 모든 순간이 자신에게 불리하도록 움직이는 것만 같아 두려웠다.

"그래, 다 해결하고 연락해도 되는 거니까."

매니저가 굳은 안면 근육을 끌어 올리며 억지 미소를 지었다.

매니저와 여리를 실은 밴이 회사 앞에 도착하자마자 여리는 빠르게 걸음을 옮겼다. 애초에 작은 회사라 회의실 자체도 코앞에서 보였다. 이미 민준의 일행이 도착한 듯했다.

"대표님."

여리가 회의실 문을 열자 대표는 벌떡 일어나 자리 하나를 내어 주었다. 이미 어느 정도 대화가 진행된 모양인지 테이블 위에 놓인 커피 잔은 바닥을 보이고 있었다.

"어, 여리야. 어서 와."

여리가 비어 있는 대표 옆자리에 앉자 피곤한 안색의 민준과 마주할 수 있었다.

"어떻게 된 일이에요."

여리가 서론 없이 본론으로 직행했다. 태평하게 오늘 날씨와 아침 식사 여부를 물으며 신사적인 태도를 유지할 수 없었다.

"스캔들이야 그럴 수 있다 쳐도 인정 기사는 무슨 소리예요? 제일 먼저 인정 기사 내보낸 기자가 누구예요?"

"여리 씨, 일단 진정해요."

묵묵부답인 민준 대신 그 옆에 앉은 중후한 남자가 악수를 건넸다.

"CK 엔터테인먼트 대표, 박상현입니다."

작은 눈에 작은 입술을 가진, 어딘가 신뢰할 수 없는 느낌을 주는 사람이었다.

"윤여리입니다."

딱딱한 소리로 대답한 여리는 건넨 손을 잡지 않았다. 상현이 그런 건 아무래도 괜찮다는 듯 허허 웃으며 도로 손을 집어넣었다.

"일단은 아침부터 이런 식으로 만나게 되어 미안하게 됐습니다. 저희 쪽의 과실이에요."

"과실이요?"

'일단은'이라는 반쪽짜리 사과에 여리는 눈초리를 가늘게 바꿨다. 상현이 그런 여리를 무시한 채 이 대표에게로 고개를 돌렸다.

"안심하세요. 기사는 금방 내려갈 겁니다. 애초에 증거 하나 없는 스캔들이니까요. 여리 씨나 우리 민준이나 아직 신인이라 관심이 그리 오래갈 것도 아니고……."

차분한 목소리와 단정한 태도였음에도 어투가 묘하게 기분이 나빴다. 당사자의 심정과는 상관없이 현 상황을 지레짐작하는 상현의 태도가 여리는 무척이나 마음에 들지 않았다.

"증거는 없어도 인정 기사는 있잖아요."

여리가 차분한 목소리로 말했다.

"아, 그것도 곧 정정할 겁니다. 확인 과정에서 문제가 있었다는 것 정도로 정리하면 금세 사그라들 문제입니다."

애초에 그런 해명이 필요한 일을 만들었다는 자체가 문제라는 것을 인식하지 못하는 모양이었다. 여리는 아무렇게나 흩날리는 제 긴 머리카락을 쓸어 올리며 눈을 길게 감았다 떴다. 짙은 한숨이 나왔다.

"인정 기사를 일부러 낸 것처럼 말씀하시네요. 박상현 대표님."

여리가 확인하듯 물었다.

"일부러까지는 아니지만 뭐…… 그렇게 됐습니다."

상현은 부끄럽다는 듯 웃어 보였다. 뻔뻔하기 그지없는 반응이었다. 여리는 또다시 이현의 지론이 맞는다는 것을 인정할 수밖에 없었다. 돈과 명예, 권력과 인기를 원하는 사람 중 대부분은 버러지이고, 절반은 쓰레기였다.

"대표님. 하실 말씀 없으세요?"

여리는 제 곁에 앉은 이 대표를 쳐다보며 물었다. 하지만 이런 대중과 기자들의 관심을 받는 경험 자체가 처음인 이 대표는 상황 파악부터가 덜 된 모양인지 아무런 말이 없었다. 돈을 벌 줄만 알았지 소속 연예인을 보호하는 법이란 도통 모르는 사람이었다. 결국 여리는 대표에게로 향했던 고개를 다시 상현에게로 돌렸다.

"뻔뻔하시네요."

여리는 목소리를 낮추고 얼굴을 굳혔다. 또다시 저 혼자 싸워야 할 문제라는 것을 본능적으로 알아차렸다. 인생이란 참으로 다양한 경험을 하게 만드는 재주가 있었다.

여리는 밴을 타고 회사까지 오는 동안 일어날 수 있는 모든 가능성을 생각했다. 특종을 노린 기자의 영혼 없는 오보라는 가능성과 최민준 소속사에서 노이즈를 위해 의도적으로 낸 기사라는 가능성까지 모두. 신인 때 가장 많이 사용하는 방법이고, 가장 효과적인 방법이기도 했다.

하지만 예고도 없이, 이유도 모른 채 당해 보니 농락이라도 당한 듯 불쾌하기 짝이 없었다. 5년을 함께한 민정과도 칼을 품고 싸웠던 회의실이 지금의 회의실이었다. 친동생 같았던 동생에게도 모진 말을 퍼부었는데 생판 모르던 사람에게는 어떤 비수든 꽂을 준비가 되어 있었다. 양심의 가책 없이 마음껏 이기적으로 생각할 수 있어 오히려 마음이 가벼웠다. 여리의 갈색 눈이 번뜩이는 칼을 품었다.

"저도 데뷔한 지 2년 동안 신인 소리 들어 가며 무명 시절 겪어 봐서 알죠."

"허허, 그렇게 여리 씨가 이해해 주시면……."

상현이 여리가 민준의 처지를 이해해 주는 줄 알고 설레발을 치려 하자,

"그래도 저는 이런 치사한 방법까지는…… 쓰고 싶지 않던데. 참 대단하시네요."

여리는 말허리를 잘랐다. 목소리엔 분노와 비아냥거림이 넉넉하게 서려 있었다. 그럼에도 상현은 이제 갓 스무 살을 넘긴 것처럼 보이는 어린 여자 아이돌의 분노를 진지하게 받아들이지 않았다.

결국 결정권은 대표에게 있을 것이라고 생각했기 때문이었다. 물론 그것은 상현의 중대한 실수였다.

"여리 씨, 화나신 건 저희도 충분히 이해합니다. 하지만 지금 스캔들이 여리 씨한테도 그리 나쁜 것만은 아니에요."

상현이 영혼 없는 미소를 지은 채 말을 이었다. 가르치려는 말투에 여리를 무시하고 있음이 여실히 드러났다.

"아, 그래요?"

여리의 입술에 절로 비웃음이 만들어졌다.

"우리 민준이랑 여리 씨가 연인 콘셉트로 뮤직비디오에 출연하는 건 이미 기사로 다 나온 상황이잖아요. 여기에 스캔들까지 터졌으니 원래 예상했던 것보다 훨씬 많은 사람들이 주목할 거예요. 궁금해서라도 보려는 대중들이 많을 테니까요."

"……."

"물론 노이즈가 조금 있긴 하겠지만 그것도 정정 기사 내면 금방 없어질 거예요. 요즘 대중들이 예전처럼 스캔들에 예민한 것도 아니고요. 관심 충분히 받고 난 뒤에 정정 기사 내도 늦지 않아요. 전략적 제휴 관계, 뭐 그런 거라고 생각하면 되겠네요."

상현은 자신만만하게 말을 끝냈다. 미리 말을 맞추지 않고 스캔들을 터트린 자신의 무례함을 모르지는 않았지만 연예인에게 노이즈란 상황에 따라 단점보다 장점이 더 많았다. 게다가 여리와 여리의 회사 모두 이 바닥 초짜이니 마냥 화를 내기 쉽지 않을 거라고 생각했다.

하지만 예상과 달리 여리는 모두에게 들릴 정도로 크게 한숨을 뱉었다. 속상함이나 억울함이 아닌 누가 보아도 분노와 짜증이 가득한 한숨이었다.

"말도 안 되는 소리를 참 정성스럽게 하시네요."

여리가 입술에 조소를 건 채 또박또박 말을 이었다. 상현은 여리가 귀찮아지기 시작했다. 고분고분하게 생겨서는 따박따박 말대꾸를 하는 것이 영 거슬렸다. 여리가 회의실에 도착하기 전까지만해도 계획대로 움직이던 참이었다.

여리의 회사 대표는 무르고 경험도 적었지만 상현은 매니저 경력만 20년을 채워 올라간 대표였다. 친분이 있는 기자도, 막역한사이의 방송국 관계자도 아쉽지 않을 만큼 있었다. 여리와 민준의스캔들 기사도 친분 있는 기자들에게 뒷돈을 쥐여 주며 만든 판이었다. 상현이 매서운 눈초리로 여리를 쳐다보았다.

"이런 식의 관심은 저한테 절대 이득일 수 없어요."

여리는 그런 상현이 무섭지 않았다. 상현보다 몇 배는 더 무서운 눈빛을 가진 이현과 곧 만나야 했다.

"전 이미 충분히 유명해요. 오히려 노이즈는 저한테 손해라고요."

여리는 웃음기를 싹 빼고 상현과 그 옆에 앉은 민준을 차례로노려보았다. 상대방이 뻔뻔하니 자신은 더 뻔뻔하게 나가야 했다.

"이득은 민준 씨만 보겠죠. 한창 잘나가는 저랑 스캔들이 났으니."

상현은 크흠, 헛기침을 하며 여리와 눈을 맞췄다. 쉽게 쉽게 넘어갈 수 있던 비즈니스에 브레이크가 계속해서 걸리고 있었다.

"에이, 여리 씨 그건 우리가 장담할 수 있어요. 정정 기사 금방낸다니까?"

"우리나라 연예계가 무슨 할리우드인가요? 언제부터 우리나라대중들이 여자 연예인 스캔들에 관대했어요? 그것도 20대 초반 아이돌한테?"

"아니, 그러니까 정정 기사를 곧 낸다니까 그러네."

속사포 같은 여리의 말에 상현은 계속해서 정정 기사라는 말만 반복했다. 마치 그것만이 이 일의 해결책이라는 듯 여리를 협박하는 걸로 보였다.

"정정 기사를 내도 이 스캔들은 꼬리표처럼 절 따라다닐 거예요. 제 이름 옆에 늘 최민준이란 이름이 붙을 거라고요."

"⋯⋯."

"아, 물론 그걸 의도하신 거겠지만."

이 대표의 얼굴도 점점 사색이 되어 갔다. 사업을 하기엔 무른 성격을 가진 그는 좋은 게 좋은 거라며 상현의 계획대로 해결하려 했기 때문이었다.

하지만 그것은 자신의 무지였음을 여리의 말을 들으며 깨닫는 중이었다. 스캔들을 통해 여리가 얻을 거라곤 불명예스러운 대중의 낙인밖에 없었다. 회사의 유일한 수입원인 여리가 무너질 거란 생각에 앞이 캄캄해졌다.

여리가 다리를 길게 꼬았다. 발목에 감긴 발찌가 짤랑, 소리를 내며 감겼다.

"해결하셔야 될 거예요."

여리는 가능한 빨리 결론을 내고 싶었다. 말이 안 통하는 사람들의 틈바구니에서 시간을 보내기엔 가장 중요한 문제가 거대한 바위처럼 존재하고 있었다.

"여리 씨가 생긴 거랑 다르게 아주 야무지네."

상현이 아까와는 달리 조금 굳은 얼굴로 말을 이었다. 눈은 굳은 채 입술만 웃는 꼴이 꼭 비열한 뱀 같았다.

"말 돌리지 마세요. 해결이 먼저예요. 만약 마음에 드는 방법이 나오지 않으면 명예훼손죄로 할 수 있는 모든 방법을 동원해 고소할 거예요."

이 자리까지 오기 위해 노력했던 시간과 희생했던 자존심, 부족했던 시간과 잠을 생각해서라도 쉽게 물러날 수 없었다.

민준은 자리가 점점 더 불편해졌다. 여리가 법적인 처벌까지 불사하겠다는 뜻을 밝히자 일이 심각해지고 있음을 느낄 수 있었다.

"여리 씨, 지금 화난 거 이해해요."

줄곧 조용하던 민준이 입을 열었다.

"이해해요?"

여리가 조금 높은 목소리로 받아쳤다.

"이해해요. 그러니까 나랑 둘이 얘기해요."

민준도 처음부터 이 사태에 대해 알았던 것은 아니었다. 자고 일어나니 스캔들이 터졌고, 놀란 마음에 전화한 회사 대표는 자신이 그런 것이라며 이해할 수 없는 말만 지껄일 뿐이었다.

"민준 씨랑 저랑 얘기해서 뭐가 달라져요. 어차피 움직이는 건 이분들인데."

여리가 이 대표와 상현을 번갈아 쳐다보며 말했다. 여리는 민준이 상현의 속셈을 알고 있었든, 몰랐든 상관없었다. 여리에게는 지금 민준이나 상현이나 똑같이 불쾌했다.

"그래도 나랑 잠시만 따로 얘기해요."

민준의 시선이 불안한 듯 이리저리 옮겨 가다 이내 어쩔 수 없다는 듯 여리와 눈을 맞췄다. 여리는 그 간절해 보이는 눈에 하는 수 없이 고개를 끄덕였다.

안 그래도 회의실 안 상황을 갑갑해하던 상현과 이 대표는 선심 쓰듯 자리에서 일어났다.

"하고 싶은 말이 뭐예요."

"이런 일 생기게 된 거 정말 미안해요. 나도 몰랐어요. 우리 대표님이 원래 일이라면 수단을 안 가리는 분이라……."

민준이 떨리는 음성으로 느릿느릿 말을 이었다.

"화난 거 알아요. 저 같아도 아니, 저라면 더 화났을 거예요."

물기 어린 목소리로 풀어내는 민준의 사과는 진심이었다. 여리 역시 그것을 조금은 느낄 수 있었다.

"여리 씨가 짐깐만 침아 주면 인 될까요? 몇 주도 아니고 고작 사흘, 길어 봤자 나흘이 다예요. 딱 그 정도만 조용히 있으면 돼요."

하지만 죄책감과 성숙함은 별개의 문제였다.

"민준 씨."

"여리 씨가 말한 대로 여리 씨한테는 이득 없이 피해만 갈 수도 있지만 그건 제가 대표님께 제대로 말할게요. 여리 씨한테 최대한 피해가 가지 않는 방법 찾을 수 있도록 할게요."

여리는 민준의 붉은 눈을 가만히 쳐다보았다. 피곤해서인지, 이곳에 오기 전 눈물을 쏟았던 것인지 유난히 붉게 충혈된 눈가가 지쳐 보였다. 민준은 그런 제 눈을 깜빡깜빡 축이며 목소리를 낮췄다.

"어차피 엎질러진 물이잖아요."

민준의 붉은 눈 안에는 지독한 욕망이 자리하고 있었다. 수단과 방법을 가리지 않고 좀 더 빠르고 쉬운 길에 편승하고자 하는 욕심과 그런 스스로에 대한 혐오가 함께 뒤엉켜 있었다. 여리는 그 붉은 눈 안에서 자신의 모습을 얼핏 보았다. 더 이상 얘기하고 싶지 않았다.

"엎질러진 물은 닦아야죠. 더 얘기하고 싶지 않네요."

일어나려는 찰나, 해결해야 할 가장 큰 바위가 떠오른 여리는 다시 자리에 앉아 민준을 쳐다보았다.

"제 핸드폰 주세요."

여리가 민준의 핸드폰을 꺼내자 민준 역시 주머니에서 여리의 핸드폰을 꺼냈다. 기종과 색깔이 똑같아 헷갈리기 딱 좋았다. 여리는 핸드폰을 손에 쥐자마자 심장이 쿵쾅쿵쾅 뛰었다.

"연락 온 곳은 없었어요?"

여리가 희망을 품고 물었다. 제발. 제발. 제발.

"있었어요."

아— 그냥 전화했을 가능성도 있다며 스스로를 위로하려 해도 머리는 이현이 스캔들을 알고 있다는 것에 확신이 들었다. 여리는 저도 모르게 손끝을 달달 떨었다.

"여리 씨, 남자 친구 있어요?"

민준이 그런 여리를 불안한 눈으로 좇으며 물었다.

"네?"

"아니, 전화받으니까 대뜸 욕을……."

"저, 전화를 받았어요? 민준 씨가요? 그 사람 전화를 받았어요?"

여리는 사색이 되어 몸을 일으켰다. 제 휴대폰에서 낯선 남자의 목소리가 흘러나왔을 때의 이현의 반응은 굳이 직접 보지 않아도 알 수 있었다. 여리의 난데없는 흥분에 민준은 당황한 듯 손사래를 치며 달래려 애썼다.

"제가 잘 설명했어요. 걱정 말아요."

설명이라니. 전화를 그냥 받은 것도 아니고 대화를 했어?

"무, 무슨 설명을 했는데요?"

"술자리에서 핸드폰이 바뀌어서 그렇다고 그냥 사실대로 말했어요. 아무 말 없이 끊던데."

여리는 구역질이 나올 것 같았다. 처음부터 끝까지 자신의 행동에 후회가 치밀었다. 이현의 말대로 유명한 배우와 촬영을 했다면 이런 일은 일어나지 않았을 거야. 민준과 촬영을 했더라도 회식 자리에 가지 않았다면…….

"여리 씨, 울어요?"

여리의 눈에서 알 수 없는 눈물이 굵게 추락했다. 뻣뻣하기만 하던 여리가 온몸을 떨며 울자 민준은 죄책감으로 고개를 푹 숙였다.

"남자 친구 맞구나."

민준은 여리의 커리어가 위협당하는 것보다 연인 관계에 있어 신뢰를 깰 수 있는 일을 했다는 것에 죄책감을 느꼈다. 하지만 여리는 차라리 남자 친구였다면 설명할 기회라도 있을 텐데, 라는 생각에 더욱 절망으로 빠지고 있었다.

＊

여리는 이후의 상황을 대표에게 맡기고 바로 사무실을 나섰다. 필요한 말과 입장은 충분히 전달했으니 나머지는 회사에 일임해도 될 문제였다. 이것조차 해결하지 못한다면 회사가 문제 있는 것이었다. 오늘 있을 스케줄도 일단은 전부 취소해 달라고 했다. 안 그래도 스캔들이 해결되기 전까지는 언론에 노출되는 것을 피하라는 지침이 있어 어렵지 않았다.

여리는 이현에게로 가고 있었다.

— 전화기가 꺼져 있어…….

여리는 되찾은 제 핸드폰으로 이현에게 전화를 걸었다. 먼저 전화하지 말라는 말은 이미 기억 저편으로 묻어 둔 지 오래였다. 하지만 이현은 전화를 안 받는 것으로도 모자라 핸드폰 전원을 꺼

났다. 얼굴을 가린 선글라스 안으로 축축한 눈물이 눈치 없이 흘렀다. 택시 밖 풍경들이 어쩐지 흐리멍덩했다.

여리는 이화통신의 로비를 한참이나 서성였다. 모자를 쓰고 그위에 후드까지 뒤집어쓴 다음 선글라스는 벗은 채였다. 다행히 점심시간이라 그런지 로비는 한산했다. 다시 한 번 이현의 번호를 누르고 통화 버튼을 눌렀다.

— 전화기가 꺼져 있어…….

여전히 답답한 소리만 흘러나왔다. 사원증 없이 통과할 수 없는 엘리베이터를 바라만 보자니 가뜩이나 불타는 속이 더 끔찍하게 뜨거워졌다.

"여리 씨?"

그때 구원의 목소리가 들려왔다. 뒤를 돌아보니 여리가 처음 이현을 따라 사무실에 왔을 때 함께 엘리베이터를 탔던 수행원이었다.

"아, 안녕하세요."

상황이 상황인지라 밝게 인사를 하지 못한 여리는 간신히 안녕하냐는 말만 건넨 채 다시 고개를 푹 숙였다.

"이사님 보러 오셨어요?"

남자가 부드럽고 정중한 목소리로 물었다.

"이사님 지금 바쁜가요?"

묻는 말에 대답도 하지 못한 채 어색한 얼굴로, 어색한 질문을 던진 여리를 향해 남자는 곤란하다는 듯 눈살을 찌푸렸다.

"오늘은 그냥 돌아가시는 게 좋을 것 같습니다."

"왜……."

남자는 크게 한숨을 내쉬었다.

"이사님 상태가 조금……."

"이사님 어디 아프세요?"

여리가 놀라 눈을 동그랗게 뜨고 묻자 남자는 서둘러 고개를 저었다.

"아, 그건 아닙니다. 그저 조금 많이 예민해지신 상태라 여리 씨가 놀라실 수도 있어서요."

그 정도는 예상하고 있던 일이었다.

"상관없어요."

여리가 망설임 없이 대답하자 남자는 더 깊게 숨을 내쉬었다. 어린 아가씨가 범 무서운 줄 모르고 고집을 부린다고 생각했다. 하지만 남자는 이내 여리를 맨 위층, 이현이 있는 곳으로 데려가기로 마음먹었다. 어차피 여리 때문에 예민해진 이현이니 둘이 붙어 어떤 식으로든 해결을 봐야 이 살벌한 형국을 풀어낼 수 있을 테니 말이었다.

"제가 사무실까지 모셔다드리겠습니다."

"감사합니다."

여리가 고개를 푹 숙였다.

"대신."

앞서 걷던 남자가 걸음을 멈추고 말했다.

"무슨 일 있으면 바로 나와요. 밖에서 대기하고 있을 테니까."

여리는 긴장으로 뭉친 숨을 삼키며 끄덕, 고개를 움직였다.

빠르게 오르는 엘리베이터 안에서 여리는 이현에게 무슨 말을 먼저 해야 할까 고민했다. 모든 것에 결백했지만 모든 정황이 의심스러울 수밖에 없었다. 제 말을 믿어 줄지, 그것부터가 미지수였다.

엘리베이터에서 내려 검은색 문 앞에 섰다. 문만 열면 이현의 개인 집무실이었다. 문 너머로 클래식 음악 소리가 큰 볼륨으로 흘러나오고 있었다.

딸깍—

숨을 죽이고 온몸에 경계 태세를 철저히 한 후 문손잡이를 돌렸다. 굳게 닫혔던 문틈 사이로 피아노 소리는 조금 더 크게 들려오고 눈에는 보기 힘든 광경이 가득 들어왔다.

'놀라실 수도 있습니다.' 그 말을 믿었어야 했나. '무슨 일 있으면 바로 나와요.' 그 말을 지금이라도 따라야 하나.

여리의 눈엔 양팔의 셔츠를 걷어 올린 채 골프채를 휘두르고 있는 이현과 바닥을 나뒹구는 부서지고 깨진 물건들이 보였다. 그중엔 이현의 핸드폰도 있었다. 우아하게 울리는 피아노 소리가 여리의 귓가를 날카롭게 찢었다.

"아……."

앓는 소리가 벌어진 입술 사이로 흘렀다. 여리에게 등을 보인채 거친 숨을 몰아 뱉던 이현이 고개를 돌려 여리와 눈을 맞췄다. 아주 짧은 순간 흔들리던 그 짙은 눈은 이내 평정심을 찾고 차가움을 담아 비열한 미소를 흘리고 있었다.

이현은 아직 시작도 하지 않았는데 여리는 벌써부터 눈물이 쏟아졌다.

"이사님……."

여리가 이현을 부르자 이현은 성큼성큼 긴 다리를 내디뎌 걸음을 옮겼다. 먹잇감에게 도망갈 희망조차 주지 않는, 조금의 망설임도 없는 그 무시무시함이 여리의 다리를 달달 떨리게 했다.

"으흑—"

이현이 한 손으론 여리의 손목을, 한 손으론 여리의 턱을 움켜쥐고 검게 타오르는 눈을 빛냈다.

"아무래도."

이현의 낮은 목소리가 여리의 발목부터 타고 올라 숨을 조였다.

"네가 날 만만하게 봤나 봐."

"무, 무슨…… 아니에요. 아니에요, 이사님…… 흐윽."

꾸역꾸역 흐르는 눈물과 이현이 틀어쥔 턱 때문에 말이 쉬이 나오지 않았다.

"그게 아니면 어떻게 감히 네가 내 뒤통수를 치겠어. 안 그래?"

고개를 젓고 싶어도 단단히 붙잡힌 턱 때문에 움직일 수 없었다.

"마음대로 할 수 있다고, 매달려 있겠다고 있는 대로 사람을 갖고 놀고는 뒤에선!"

이현은 욕지거리가 나오려는 걸 간신히 참아 내며 움켜쥔 작은 턱을 거칠게 놓았다. 여리가 주룩, 자리에 주저앉자 이현이 한쪽 무릎을 굽혀 여리와 눈을 맞췄다. 그의 긴 손가락이 여리의 턱 끝을 쓸며 끌어 올렸다.

"신인 배우를 고집한 이유가 그것 때문이었어? 내 눈 피해서 만나려고?"

이현의 목소리엔 깊은 불신이 가득했다.

"아니에요…… 아니에요, 이사님."

"하―"

이현은 매끄럽게 정리된 제 머리를 쓸었다.

분명 첫 스캔들 기사를 보았을 때까지만 해도 이현은 이성적이었다. 재단의 홍보 팀 사원들을 호출해 진상을 파악하라 지시를 내렸고, 자신이 힘을 쓰기도 전에 정정 기사가 날 것이라고 생각했다. 한데 상황은 이상하게 흘렀다. 금방 사라질 것이라고 생각했던 스캔들은 남자 배우 측의 인정으로 새로운 국면을 맞았고 그때부터 이현의 심기는 서슬 퍼런 날을 세웠다. 정점은 전화 통화였다. 남아 있던 믿음을 긁어모아 여리에게 전화한 순간 이현의 이성은 끊겼다.

세상에 존재하는 나쁜 짓이라면 한 번씩 다 해 보았을 이현이 딱 하나 하지 않는 것이 있었다. 외도, 외도만큼은 뼛속 깊이 증오하고 혐오하며 역겨워했다. 그의 아버지인 권 회장의 외도와 그로 인해 태어난 자신의 존재는 그의 아내와 아들들을 평생 증오와 슬픔 속에 살도록 했다. 그런 집안에서 평생을 산 이현이 외도에 치를 떠는 건 어찌 보면 당연한 이치였다.

때문에 정상적인 사랑을 하고도 남을 만큼 많은 것을 가진 이현은 돈으로 결박한 관계만을 가졌다. 그것이 사랑과 믿음을 배제한 관계라 해도 배신하는 것보단 낫다고 생각한 탓이었다.

"제, 제 말 좀……."

여리가 이현의 셔츠 자락을 쥐고 흐느끼자,

"꺼져."

이현이 굽혔던 무릎을 일으켜 주저앉은 작은 몸을 내려다보았다.

"꼴도 보기 싫어."

망설임 없이 등을 돌려 버리는 이현을 여리는 그냥 두고 볼 수가 없었다. 지푸라기라도 잡는 심정이라는 게 바로 이럴 때 쓰는 말이었던가 싶게 여리는 이현의 팔을 움켜잡았다.

그것은 순식간이었고, 이현이 여리의 얼굴을 끌어당겨 키스를 퍼부은 것도 순간적이었다. 사실 입을 맞추고 있다는 것만 제외하면 폭력이나 다름없었다. 얼굴을 감싼 손은 아무런 절제 없이 힘이 잔뜩 들어가 있었고, 입술을 물어뜯어 안쪽으로 파고드는 행위는 조금의 배려도 찾아볼 수 없었다.

"하아…… 이, 이사님!"

숨 쉴 틈 없이 밀어붙이는 이현이 여리는 두려웠다. 이제까지의 이현은 정신적으로만 위압적이고, 강압적인 사람이었다. 남들에게는 물리적으로도 충분히 폭력적일 수 있는 사람이었지만 여리에게 만큼은 화를 내도 말로만, 싫다고 해도 결국은 여리의 뜻을 존중해주는 편이었다.

물론 그것이 동등한 위치로서의 존중이 아닌 제 것에 대한 특별 대우라는 것쯤은 알고 있었다. 이현은 자신의 소유라 생각하는 것들에게는 특별히 다정하고, 특별히 관대했다. 여리도 그런 대우를 받는 대상 중 하나였다. 하지만 지금의 상황은 아주 분명하게도 여리가 그 특별한 대상에서 제외되었음을 알려 주고 있었다. 더 이상 이현은 여리의 말을 들어 주지 않았고, 눈을 마주하지 않았다.

이현만이 자신의 밑바닥을 드러낼 유일한 사람이라고 생각했던 여리는, 이현만이 자신의 모든 추악함을 이해하고 의지할 수 있는 친구라 생각했던 여리는 이런 상황이 너무도 끔찍했다.

"뭐가 그렇게 필사적이야."

이현이 여리의 붉어진 입술을 슥슥, 무심한 손길로 쓸어 내며 말했다. 아무런 감정이 실리지 않은 그 손길에 여리는 또 한 번 철렁, 눈을 축였다.

"내가 뭘 할 줄 알고."

낮은 목소리에 묻어난 거친 호흡 속에는 온갖 부정적인 감정들이 섞여 있었다.

"겁도 없이."

이현은 말을 마침과 동시에 여리의 가는 손목을 움켜쥐고 질질 끌다시피 걸었다. 넓은 사무실 안을 가로질러 검은색 문 앞에 다다르자 이현은 여리와 눈을 맞추고 으르렁거리듯 목소리를 낮췄다.

"다시는 이 문턱 못 넘을 거야."

여리는 처음 이 문턱을 넘었던 날이 떠올랐다. 그날 '논개' 대본을 보았고, CF 콘티를 보았고, 이현의 비밀도 알았다. 이 문턱을 넘었던 순간이 여리의 인생이 이전과 달라지던 순간이었다.

"그리고 다시는 날 보지 못할 거야."

여리는 이현을 처음 만났던 날을 떠올리려 애썼다. 하지만 이상하게도 잘 떠오르지 않았다. 그저 여전히 화가 난 눈을 번뜩이고 있는 이현이 보일 뿐이었다.

"알아서 잘 감당해 봐."

그 말을 마지막으로 여리는 검은색 문 너머로, 이현과 다른 공간으로, 차가운 회색 건물 밖으로 내쫓겼다.

여리는 떠밀리듯 나와 길 한복판에 섰다. 무너지는 햇살 사이로, 깊게 눌러쓴 모자 아래로 모든 것이 허무했다. 그저 지하 연습실을 벗어나고 싶어서, 꿈꾸다 끝날 자신의 청춘이 가여워서, 오래도록 무대 위에 서고 싶어서, 누구보다 사랑받고 싶어서 택했던 찰나의 삶이 이토록 쉽게 무너질 줄 알았다면 조금 더 버텼을 텐데.

높다란 아파트에 살아도 따사로운 햇볕 한 번 보지 못할 수 있고, 꿈을 이루어도 그 꿈이 추해질 수 있고, 무대 위에 서도 더 이상 간절하지 않을 수 있고, 대중에게 사랑받는 만큼 철저히 외로워질 수 있다는 걸 미리 알았다면 그땐 무슨 선택을 했을까.

이번 일을 계기로 무대 위에 다시는 설 수 없게 된다면 어떨까, 여리는 생각했다. 짧은 순간이지만 찬란했던 순간들을 추억으로 간직한 채 영원히 회상만 하며 살게 될까. 무엇을 후회할까. 높은 곳에서 추락하게 된 고통을 괴로워하며 이현을 만난 것을 후회할까, 그게 아니면 이현과의 만남이 이런 식으로 끝나게 된 것을 후회할까.

"저…… 윤여리 씨 맞죠? '논개' 청월이."

툭 치면 쓰러질 것 같은 걸음으로 거닐던 여리의 앞을 막은 건 앳된 얼굴의 한 여학생이었다. 짧은 앞머리에 수수한 민낯을 하고 교복을 입은 그녀는 영락없는 소녀였다. 한껏 상기된 얼굴에 수줍은 눈을 한 소녀는 그림자 진 여리의 얼굴을 뚫어져라 쳐다보고 있었다.

"어…… 네, 맞아요."

인기를 얻은 이후 처음으로 자신의 팬을 가까이서 마주한 여리는 어색한 미소를 지어 보였다.

"와, 대박."

소녀는 티 없이 맑은 미소를 지어 보이며 손뼉을 짝짝 쳤다.

"저 진짜 팬이에요. 청월이 죽을 때 얼마나 울었는지 몰라요. 아, 크리스탈도 좋아해요. 이번에 나온 신곡도 들었어요!"

본인의 마음이 진심이라는 걸 어떻게든 증명하고 싶은 모양인지 소녀는 제 핸드폰 화면을 켜서 보여 주었다. 그 작고 네모난 화면 속에 푸른 한복을 입은 여리의 모습이 있었다.

여리는 사진 속 푸른 한복을 입고 쌓았던 시간들을 떠올렸다. 존경스러운 선배님들 사이에서 대본을 외우고, 카메라들 사이에 둘러싸여 눈물을 흘렸었다. 그 눈물을 보고 같이 울어 주던 스태프들이 있었고, 다시는 남들 앞에서 울지 말라던 이현이 있었다. 여리는 괜히 울컥, 눈물이 차올랐다. 동시에 소녀는 어쩔 줄을 몰라하며 발을 동동 굴렀다.

"언니, 왜 울어요……."

힝, 귀여운 흐느낌이 여리의 귓가를 간질였다. 여리가 급히 손을 들어 눈물을 닦아 냈다.

"아, 죄송해요. 이렇게 밖에서 팬을 만난 게 처음이라 너무 좋아서."

반은 진심이었고, 반은…… 반은.

"언니가 처음 만난 팬이 저인 거예요?"

소녀는 눈을 동그랗게 뜨고 여리와 눈을 맞췄다. 어느 것 하나 숨기지 않는 눈이 어찌나 맑은지 여리는 그 눈에 자신이 담겨도 되는지 마음이 쓰렸다.

"맞아요. 처음이에요."

여리는 흐느낌이 새어 나올 것 같은 입술을 끌어 올리며 고개를 끄덕였다.

"정말요? 와 저 계 탄 것 같아요!"

천진한 목소리에 쓴웃음이 나왔다.

"저희 반에도 언니 팬 엄청 많아요. 친구들이 언니 만났다고 하면 안 믿을 거예요. 아, 혹시 사인해 주실 수 있어요? 사인 받아 가면 친구들이 믿을 텐데……."

"아, 그럼요. 근데 제가 지금 펜이 없는데 혹시……."

"잠시만요! 제가 드릴게요!"

소녀는 거북이 등딱지처럼 두터운 가방을 내려 분홍색 필통을 꺼냈다. 알록달록한 색깔의 펜 사이로 검은색 유성 매직을 꺼낸 소녀는 자신의 핸드폰을 여리에게 건넸다.

"핸드폰은 왜요?"

"핸드폰 뒤에 사인해 주세요. 뒤에는 사인, 앞에는 언니 사진 있으면 공부하다가 짜증 나도 다시 기분 좋을 것 같아요."

소녀의 작은 입술에서 쏟아지는 말들은 참으로 과분한 사랑이었다. 때문에 오히려 위축된 여리는 떨리는 손으로 사인을 했다. 아무렇게나 휘갈긴 이름이 이렇게나 형편없을 수 없었다.

"좋아해 주셔서 감사해요. 고마워요."

여리는 핸드폰과 매직을 돌려주며 말했다. 완전한 진심이었다.

"저도 언니처럼 되고 싶어요."

소녀는 해사한 미소를 지으며 떠났다. 여리는 또다시 우두커니 남겨져 소녀의 미지막 말을 되뇌었다. 누군가의 꿈이 되고 싶었던 오랜 소망이 이루어짐과 동시에 다시는 같은 꿈을 꿀 수 없다는 절망에 빠지는 순간이었다.

여리는 얼른 어느 곳으로 가든 몸을 숨기고 싶었다. 어디든 가고 싶었고, 어디든 편히 쉬고 싶었다. 하지만 어느 한구석도 여리의 몸과 마음을 쉴 수 있게 하는 곳은 없었다. 숙소는 이미 불편한 감옥이 된 지 오래였고, 부모님이 계신 집은 말할 것도 없었다.

생각 저편 어딘가에 조용하고 따뜻하던 이현의 집이 떠오르긴 했지만 그곳은 다시는 돌아갈 수 없는 곳이 되어 버렸다. 그럼에도 불구하고 걸으면 걷는 대로 발목에 감긴 발찌는 쓰라린 촉감을 만들며 존재감을 드러냈다.

똑똑―

이현의 비서는 전운이 흐르는 것만 같은 검은색 문을 조심히 두드렸다. 몇 시간 전, 여리가 모든 것을 잃은 사람처럼 죽어 가는 얼굴로 나온 이후 어느 누구도 감히 사무실 안을 들어갈 엄두를 내지 못했다.

"이사……님."

비서는 문을 여는 동시에 눈앞에 펼쳐진 기괴한 이미지를 받아들이느라 잠시 숨을 멈춰야만 했다. 사무실 바닥은 온갖 깨지고 부서진 물건들로 가득해 발 디딜 틈 하나 보이지 않았다. 유리 파편이 이리저리 퍼져 번쩍거리는 것이 심히 끔찍해 보여 절로 발가락이 오므라졌다. 하지만 그 무엇보다도 가장 두려운 것은 난장판이 된 사무실 한가운데서 차분히 앉아 업무를 보고 있는 이현이였다.

이현이 벌어진 입술을 달달 떨며 눈동자를 굴리고 있는 비서를 향해 시선을 옮겼다.

"왜."

서슬 퍼런 목소리가 흘러나왔다. 낮은 목소리는 평소와 다를 것이 없었지만 눈빛은 지금 당장이라도 누군가를 죽일 것처럼 날카로워져 있었다.

"말씀하신 자료입니다."

비서는 손에 쥐고 있던 자료를 들어 보이며 말했다.

"윤여리 씨 스캔들 관련 내용인데……."

비서도 사실 제 행동에 대한 확신이 서지 않았다. 눈에 보이는 상황으로 보아 이미 이현과 여리의 관계는 끝난 것처럼 보였다. 이현의 말 한마디면 여리를 향한 아트재단의 투자 계획을 철회하고 윤여리라는 이름은 애초에 존재하지도 않았던 것처럼 만들 수 있었다. 그런 상황에서 비서는 제 손에 들린 자료를 테이블 위에 두어야 하는지, 도로 가지고 나가야 하는지 도통 감이 잡히지 않았다.

이현이 쿠션감이 좋은 검은색 의자에 몸을 깊게 기대며 비서의 손을, 정확히는 비서의 손에 들린 파일을 끈질기게 노려보았다. 그러고는 답답한 듯 넥타이를 느슨하게 풀었다.

"거기 두고 나가."

이현이 시가를 물고 불을 붙였다. 독한 향기가 답답한 호흡을 통해 폐 깊숙이 들어찼다. 부글부글 끓는 분노가 연기와 같이 뭉게 뭉게 몸집을 불렸다.

이현은 고작해야 자신의 지원을 받는 여리가 다른 생각을 품고 있었단 사실이 너무 맹랑해 자꾸만 헛웃음이 나왔다. 차라리 대놓고 여우같았다면 노는 대로 놀아 주었을 텐데. 매 순간 뼛속까지 제 사람인 양 굴던 그 모습이 자꾸만 떠올라 화가 가라앉지 않았다.

"속은 내가 병신이지."

업무를 보는 와중에도 문득문득 치솟는 화 때문에 일이 늦어진 이현은 퇴근 시간을 한참 넘기고 나서야 자리에서 일어났다. 구두 밑창에 닿는 유리 조각들의 사그락거리는 소리가 요란스러워 스스로가 한심해졌다.

꼭 화가 날 때면 정신을 못 차리고 절제하지 못하는 경향이 있었다. 편해야 할 가족으로부터 안식을 얻지 못하는 이현은 술을 마시거나, 시가를 피우며 미약하고 허름한 안식만을 취할 뿐이었다. 때문에 한순간 고삐가 풀리면 본인도 감당하지 못할 만큼 기복이 심했다.

엉망이 된 바닥을 따라 산산조각이 난 핸드폰이 보이고 그 옆에 내팽개쳐진 검은 커프스 버튼이 보였다. 시선을 옮겨 바라본 소매 끝에는 있어야 할 별 모양 커프스 대신 거칠게 해진 작은 홈만 있었다. 골프채를 휘두르며 사무실 살림을 내려치는 동안 떨어져 나간 듯했다.

한쪽 무릎을 꿇고 빛을 잃은 별을 손에 쥐었다. 작고 보잘것없는 주제에 소매 끝에 달려 신경을 거슬리게 하는 것이 참 누구와 닮았다고 생각했다. 또 그걸 선물 받았다고 달고 출근한 제 자신도 지독히 저주하고 싶었다. 그깟 생일 선물이라는 말에 혹해, 질척이는 감정에 혹해.

"씨발, 진짜."

몇 시간에 걸쳐 가라앉혔던 화가 다시 치솟았다. 제 뜻대로 매달려 있겠다고 작은 입술로 종알거리던 여리의 모습이 선명하게 떠올랐다. 품에 안길 때마다 팔 안쪽으로 깊이 들어오던 가는 허리도, 이환에게 맞아 피가 난 입술 위로 연고를 발라 주던 작은 손가락도, 생일 축하한다며 불러 주던 노랫소리도, 셔츠 소매에 직접 채워 주던 커프스 버튼도 모두 떠올라 이현을 짜증스럽게 만들었다.

똑똑—

이현을 따라 퇴근이 늦어진 비서의 재촉임이 분명한 노크 소리가 생각의 꼬리를 끊고 들려왔다.

"들어와."

비서는 퇴근 준비를 하고 있는 이현을 보며 안도의 한숨을 내쉬었다. 끝 모를 분노에 사로잡혀 아직까지도 살기를 뿜어내고 있으면 어쩌나 했는데 아무래도 더 이상 부술 물건은 없어 보였다.

"이제 퇴근하십니까?"

"어."

이현이 짧게 대답하며 지저분한 사무실 바닥을 쓱 훑어보았다. 쳐다보는 눈길에 불쾌함이 역력했다.

"사무실은 내일 출근하시기 전까지 치워 두겠습니다."

비서는 이현이 예민할 정도로 깔끔을 떠는 사람이라는 것을 모르지 않았다.

이현은 그런 비서를 향해 성의 없이 고개를 끄덕였다.

"책상 위에 있는 자료들만 빼고 다 치워."

"알겠습니다, 이사님."

이현이 재킷을 입고 넥타이를 고쳐 맨 후 걸음을 옮기는 순간, 비서의 눈에는 치워야 할 물건과 치우지 말아야 할 물건 가운데 놓인 어떤 것 하나가 들어왔다.

"저, 이사님. 소파 테이블 위에 놓인 자료는 어떻게 할까요."

여리의 스캔들에 관한 자료라며 놓아둔 파일이었다. 이현의 눈이 다시 한 번 짙어졌다.

"그냥 치울까요."

비서는 모른 척 재촉했고,

"갖고 와."

이현은 얼굴을 찌푸린 채 대답했다. 대답과 함께 손에 들어온 여리에 대한 자료는 꽤나 얇았다. 그 안에 무엇이 있을지 뻔히 예상되는 일이었지만 그럼에도 불구하고 이현은 쉽사리 손을 움직이지 않았다. 아직 진정되지 않은 기분으로 여리와 다른 남자의 밀회를 확인하기란 미친 짓이었다. 스스로도 무슨 짓을 할지 예상할 수 없었다. 어쩌면 그 잘난 남자 배우의 얼굴을 다시는 연기할 수 없는 지경으로 만들어 버릴지도 모르는 일이었다.

파일을 저 멀리 치우려는 순간 '아니에요…… 아니에요, 이사님.' 애원하던 여리의 목소리가 머릿속을 울렸다. 속지 말아야지, 날 이용만 하려는 그 거지 같은 족속들에게 더는 속지 말아야지 하면서도 '제, 제 말 좀…….' 울먹거리며 필사적으로 고개를 젓던 여리가 떠올랐다.

"하—"

결국,

"잠깐 나가 있어."

"네?"

이제 퇴근인 줄 알았던 비서는 울상을 지었고 그런 것에 아랑곳 않는 이현은 반듯한 눈썹을 구겼다.

"나가라고."

칼날이 박힌 듯 날카로운 목소리에 비서는 재빨리 고개를 숙이고 문밖으로 물러났다.

이현은 검은색 소파에 몸을 묻고 파일을 움켜쥐었다. 다시는 이 문턱을 넘지 못할 거라며 협박이란 협박은 다 했으니 끝이나 다름없었다. 돌이킬 것은 없었다.

하지만 이현의 마음속 어딘가에선 아주 작은 목소리가 살랑살랑 꼬리를 치고 있었다. 파일 속에 나와 있을 여리와 민준의 밀회가 시작된 지 얼마 되지 않은 거라면, 바쁘고 외로운 연예계 생활에 지쳐 아주 잠시 실수를 한 것이라면 이번 한 번은 모른 척 넘어가도 괜찮지 않을까. 남자 배우 따위 다시는 회생할 수 없게 짓밟으면 그만이지 않을까, 하는 그런 속삼임들.

어쩌면 필사적인 건 여리가 아니라 여리를 갖지 못해 화가 난 이현일지도 몰랐다.

"최민준……. CK 엔터테인먼트 박상현?"

이현은 파일을 열어 몇 장이 채 되지 않는 자료를 읽기 시작했다. 민준의 간단한 프로필부터 여리와 민준이 촬영했던 날의 상황과 촬영 내용 등이 구구절절 적혀 있었다. 키스신이 있었다는 부근에서는 욕지거리가 나오려는 걸 간신히 참아야 했다. 진작에 알았더라면 뮤직비디오 스토리부터 갈아 치웠을 것을.

"이건 또 뭐야."

하지만 진짜 욕을 해야 하는 부분은 따로 있었다.

"하—"

읽으면 읽을수록, 자료를 남김없이 이해하면 이해할수록 파일을 잡은 이현의 손엔 핏줄이 돋으며 힘이 들어갔다.

이현은 자신이 읽고 있는 것이 진짜인지, 진짜라면 왜 일이 이 지경이 되도록 소속사는 아무 일도 하지 않은 것인지 이해할 수가 없었다.

"일을 이따위로 하니 윤여리가 어태……."

아니, 일을 할 만한 힘이 없으면 그만한 힘이 있는 자신에게라도 연락을 했어야 하는 게 아닌가 싶었다. 매니저도 없이 혈혈단신으로 자신을 찾아왔던 여리가 떠올라 머리가 지끈거렸다. 누구 하나 책임지려 나서지 않은 채 모든 것을 여리에게만 떠넘겼을 소속사 직원들의 무책임함이 자연스럽게 그려져 바득 이가 갈렸다. 꼭지가 도는 기분이 이런 거구나, 싶었다.

"김 비서!"

이현이 목소리를 높이자 대기하고 있던 김 비서가 부리나케 달려왔다.

"네, 이사님."

"윤여리 소속사 연결해."

이현이 저 깊은 곳에서부터 끓어오르는 호흡을 뱉어 내며 말했다. 마음 같아서는 사무실 내부를 부수던 골프채를 그대로 들고 가 그 회사 전부를 산산조각 내고 싶었다.

"지, 지금요?"

비서는 제 상사의 심기가 심상치 않음을 느꼈다. 여리의 스캔들이 터진 직후보다도, 여리가 사무실을 빠져나간 순간보다도 이현은 더 활활 타오르고 있었다. 정확히 무엇이 타오르고 있는지는 알 수 없었지만 분명 무언가가 아주 뜨거운 열기를 뿜어내며 미친 듯이 타오르고 있었다.

"아니, 지금 내가 간다고 해. 간다고만 전해."

이현은 소속사 대표의 등을 밟을 기회가 아주 적절한 순간에 찾아왔음을 직감했다.

"최민준 소속사 대표도 그쪽으로 불러. 한 번에 처리하게."

"처리라면 무슨……."

"김 비서."

자꾸만 멍청한 얼굴로 쓸데없는 물음을 반복하고 있는 제 비서를 향해 이현은 차분하게 목소리를 깔았다. 날카롭게 뻗은 이현의 눈이 지금 당장 고문이라도 할 것처럼 잔인해져 있었다.

"내가 지금 기분이 되게 좋아 보여?"

비서는 이현이 골프채로 부술 다음 타깃이 자신의 머리통이 될 수도 있겠다는 생각에 턱을 덜덜 떨었다.

"……네?"

"기분이 좋아 보이냐고."

"아, 아니요."

이현은 만족스러운 듯 고개를 끄덕이며 웃었다. 눈은 살벌한 빛을 그대로 둔 채 입술만 끌어 올려 웃는 꼴이 평소보다 몇 배는 더 섬뜩했다.

"재단 측 법무 팀 준비시켜."

2
공백

이현은 소속사로 향하는 내내 전화를 걸었다.

— 전원이 꺼져 있어…….

꺼질 수도, 받지 않을 수도 없던 여리의 핸드폰이 오늘만큼은 완전히 꺼져 원하는 목소리가 들려오지 않았다.

이현은 두 명의 변호사와 세 명의 비서를 대동한 채 여리네 소속사로 들었다. 좁고 허름한 건물에 척 봐도 고급스러운 슈트를 걸친 이현의 등장은 낯설고 어울리지 않았다. 걷는 걸음마다 울리는 딱딱한 구두 소리가 조용한 밤의 시간을 차갑게 얼렸다.

"아, 이사님!"

복도 끝에서 기다리고 있던 여리 매니저가 이현을 발견하고는 뛰어와 고개를 숙였다. 이현의 연락에 소속사 전 직원이 비상 대기를 한 모양이었다. 이현이 시선을 천천히 움직여 매니저를 훑었다.

"당신 윤여리 매니저 맞지?"

"네? 아, 네."

그냥 지나갈 줄 알았던 이현이 말을 걸자 매니저는 당황하여 얼굴을 붉혔다. 광고 현장에서도 여리를 챙기지 않는다며 살벌한 타박을 했던 이현이라 절로 긴장이 되었다.

"윤여리 지금 어디 있어."

이현이 매니저에게 궁금한 것은 딱 하나였다.

"여리요?"

숙소든, 어디든 찾아갈 수 있는 곳에만 있기를 이현은 바랐다. 하지만 마음과 달리 매니저는 모르겠다는 듯 고개를 갸웃거렸다. 그런 걸 왜 자기한테 묻냐는 표정이었다.

"같이 계신 거 아니었어요?"

매니저는 당연히 이현과 여리가 함께 있을 것이라 생각했다. 스캔들 문제로 최민준 측과 이야기를 나눈 이후 급하게 나가 쭉 연락이 없었으니 당연히 그렇게 생각했다. 게다가 스캔들 문제로 소속사 전체가 마비되어 종일 제자리걸음 같은 회의를 반복하느라 정작 여리에게 신경 쓸 여력이 되지 않았다.

이현은 눈을 번뜩이며 억지로 입꼬리를 끌어 올렸다. 정말 화가 나는데 화낼 가치조차 없을 때 종종 그런 표정을 지었다.

"매니저란 사람이 자기 연예인이 어디 있는지도 몰라?"

이현의 말 한 마디, 한 마디에 분노가 서렸다. 매니저가 광고 촬영 현장에서와 마찬가지로 잔뜩 눈치를 보았다.

"오늘 스캔들 때문에 너무 정신이 없어서…… 죄송합니다."

이현은 더 들을 것도 없다는 듯 미간을 찌푸리며 곧장 회의실로 향했다.

문을 열고 들어선 회의실에는 식은땀을 삐질삐질 흘리고 있는 이현태 대표와 아직 상황 파악이 덜 된 것처럼 보이는 박상현 대표가 침묵을 지키고 있었다. 이현을 발견한 이 대표가 자리에서 벌떡 일어나 허리를 숙였다.

"오셨습니까, 이사님."

그런 이 대표의 몸짓을 따라 박 대표 역시 느릿느릿 고개를 숙였다.

이현은 두 사람의 인사를 가볍게 무시한 후 맞은편 소파에 다리를 길게 꼬고 앉았다.

"앉으세요."

짧은 말 한마디에도 위압감을 실었다. 이 대표와 박 대표가 맞은편에 나란히 앉았다.

"이 대표님이야 당연히 알고."

이현은 바로 박 대표와 눈을 맞추며 말을 이었다.

"이화아트재단 대표, 권이현입니다."

"아, 저는 박……."

"압니다. CK 엔터테인먼트, 박상현 대표. 맞죠?"

이현의 시선은 날카로웠고, 목소리엔 여유로움이 분명했다. 박 대표는 경계심이 잔뜩 담긴 눈으로 이현을 쳐다보았다. 이현 같은 거물의 입에서 자신의 이름이 나온다는 사실을 좋게 해석해야 할지, 나쁘게 봐야 할지 감이 오지 않았다.

"이사님 같은 분이 절 알아봐 주시고 영광입니다. 하하. 근데 어쩐 일로……."

때문에 박 대표는 최대한 이현의 눈에 잘 들고 싶었다. 무슨 일 때문인지는 몰라도 이번 일을 통해 이현과 안면을 터 나쁠 것이 없었다.

하지만 이현은 박 대표와 달리 기분이 좋아 보이지 않았다. 고작 이런 사람 때문에 좋은 것만 주고, 고운 것만 보여 완벽하게 빛나도록 하고 싶었던 여리에게 흠집을 냈으니 화가 나는 것은 당연했다. 이현이 박 대표와 이 대표를 차례로 노려보았다.

"어쩐 일은요. 광고주로서 확인차 왔습니다. 윤여리 씨가 저희 통신과 재단의 얼굴이라는 걸 잊으신 건 아니죠, 이 대표님?"

이현의 목소리는 낮고 느려서 충분히 위협적이었다. 이현은 제 뒤에 선 비서를 향해 손을 뻗었다. 비서가 재빨리 시가 하나를 건네며 불을 붙였고 동시에 독한 향기가 회의실 안을 가득 채웠다.

"아……."

박 대표는 뒤늦게 탄식을 뱉어 내며 이현의 눈치를 살폈다. 여리가 이화통신의 광고 모델이라는 거야 당연히 알고 있었지만 이현이 직접 나설 만큼 중요한 모델인지는 생각지 못한 변수였다. 일반적인 소속사 대표라면 스캔들이 터지자마자 투자자들을 상대로 해명을 펼쳐야겠지만 이런 상황이 처음인 이 대표는 그러지 못했다.

"저, 이사님 그거는……."

이 대표는 벌겋게 익은 얼굴로 손을 흔들고, 고개를 저었다. 다 늦은 변명이었다.

"아, 알아요. 사실 아니라며."

이현은 그런 이 대표를 비웃으며 말을 잘랐다. 박 대표와 이 대표의 입술이 꿰맨 듯 꽉 다물어졌다.

"사실이 아닌데 왜 이런 기사가 난 건지 설명 좀 해 줘요. 두 분 중 아무나."

존댓말인 듯, 반말인 듯 묘하게 하대를 하고 있는 이현의 어투는 이현과 나머지 둘이 엄연히 다른 위치에 있다는 것을 분명하게 말하고 있었다.

"대충 보고는 받았으니까 수작 같은 건 부릴 생각 말고."

이현의 직설적인 화법에 당황한 박 대표는 머리를 긁적이며 영업용 미소를 지었다.

"저, 이사님. 여기서 이렇게 말씀드릴 게 아니라……."

"여기가 왜요."

"아니 좀 불편하기도 하고 편한 장소 가셔서……."

박 대표는 거하게 접대라도 할 생각이었다.

"일이 불편한데 장소를 옮긴다고 편해지겠습니까? 각 회사 대표들 있고, 유능한 변호사까지 있는데 못 할 게 뭐 있어요."

이현이 제 뒤에 선 남자들을 향해 시선을 돌리며 말했다.

"변호사요?"

박 대표는 일이 심각하게 흐르고 있음을 직감했다.

"왜, 문제 있어요?"

이현의 짙은 눈썹에 길게 뻗은 눈꼬리가 베일 듯 날카로웠다.

"에이, 우리 이사님. 몇몇 기자들이 실수한 거 가지고 일을 너무 크게 만드시네. 스캔들이 광고 모델한테 안 좋기는 하지만……."

박 대표는 이현을 이 대표 다루듯 하려 했다. 되지도 않는 친한 척에 가르치려는 말투까지 모두 이현이 싫어하는 것들이었다. 게다가 일을 크게 만든다며 나무라는 듯한 말은 이현의 인내심을 툭, 하고 끊어 내 버렸다.

"크게?"

이현의 목소리가 낮게 바닥을 타고 흘렀다. 회의실 내부는 팽팽

한 긴장감으로 가득해졌다.

"아니, 이사님. 제 말은 그게 아니고……."

"죽어라 5년간 연습해서 이제 겨우 2년간의 무명을 벗어난 여자애가 연애에나 정신 팔린 무책임자로 낙인이 찍혔는데, 일하면서 남자나 꾀어 다니는 여우란 소리를 듣고 있는데 그게 큰일이 아니야?"

이현은 재단 홍보 팀을 통해 전달받은 여론의 내용을 신경질적으로 읊었다. 대중들에게 긍정적 이미지를 전달하기란 모래성을 쌓는 것처럼 까다로운 일이었다. 밀려오는 파도와 바람을 피해 기껏 성을 쌓아 봤자 무너지는 것은 순식간이기 때문이었다. 때문에 모든 연예인들이 가식을 떨고, 신비주의를 고수하는 것이었다.

"당신은 윤여리한테만 흠집을 낸 게 아니야."

이현의 목소리는 낮고 조용했다.

"이화통신, 이화재단, 그리고 나까지. 당신은 이 셋을 건드린 거야. 알아?"

박 대표는 두려움에 찬 얼굴로 고개를 숙였다. 그 셋을 상대로 이길 수 있는 방법은 없었다.

이현은 더 이상 아무런 변명도 하지 않는 박 대표를 하찮은 시선으로 쳐다보며 변호사를 향해 눈짓했다.

조용히 서 있던 변호사가 갈색 서류 봉투 하나를 박 대표에게 건넸다.

"선택해."

이현이 테이블에 시가를 지지며 말했다.

"여기 적힌 대로 해명 기사 내고, 최민준 처리하면 그냥 넘어가 줄게. 자비롭게."

"미, 민준이까지요?"

박 대표가 몇 장의 서류들을 빠르게 읽어 내려가며 물었다.

"싫으면 다른 방법도 있어."

이현이 긴 손가락으로 제 이마를 짚었다.

"나랑 싸워도 돼."

뱉어 내는 말은 살벌했다.

"당신이 건드린 나, 이화통신, 이화재단 전부랑 싸울 자신 있으면 싸워. 아프지 않게 빨리 끝내 줄게."

조금의 망설임도, 아쉬움도 없는 이현의 말에 박 대표는 결국 백기를 들 수밖에 없었다.

이현이 제시한 내용은 간단했다. 첫째, 회의실을 나서는 순간 정정 기사를 내고, 왜 인정 기사를 내게 되었는지에 대한 해명 기사 역시 명백하게 낸다. 둘째, 해명 기사는 꼭 진실되지 않아도 되지만 여리나 여리의 소속사가 연관되지 않음을 반드시 밝힌다. 셋째, 여리에게 분명한 사과 메시지를 전달한다. 넷째, 민준의 뮤직비디오 촬영분은 전체 삭제된다. 다섯째, 민준은 그 어떤 방식으로도 재기할 수 없다.

민준 역시 피해자라고 해도 이현은 관심 없었다. 이현에게 박 대표나 이 대표나 최민준은 짜증 나는 족속인 건 마찬가지였다. 약자니까 봐주는 건 어린애들 학교에서나 있는 일이었다.

"……알겠습니다."

순순히 고개를 끄덕이는 박 대표를 향해 이현은 자신이 제시한 조건 중 어느 것 하나라도 소홀히 하는 날엔 철저히 후회하게 해 주겠다며 으름장을 놓는 것도 잊지 않았다.

망연자실한 얼굴로 서류에 서명을 한 박 대표가 회의실을 떠나자 이제 이 대표와 이현만이 서로를 바라보고 있었다. 정확히는 이현만이 이 대표를 쳐다보고, 이 대표는 벌받을 준비를 하는 죄인처럼 식은땀이 흐르는 손으로 주먹을 꽉 쥐고 있었다.

"이 대표님."

"네, 이사님."

본격적인 대화는 아직 시작도 안 했는데 이현은 벌써 피곤해졌다.

"길게 말씀드리지 않겠습니다. 이번 일, 이 대표님만 제대로 처신하셨으면 일어나지 않았을 일입니다."

"……죄송합니다."

이 대표는 할 말이 없었다.

"윤여리 계약 남은 거 압니다. 마음 같아서는 당장이라도 해지시키고 싶은데 그건 윤여리가 원하지 않을 것 같으니 한 번은 참겠습니다. 두 번은 없어요."

최악의 상황까지 각오하고 있던 이 대표의 눈에는 감격이 가득 찼다.

"대신 윤여리 전속 스태프들 전부 교체하세요. 이 대표님은 신경 쓰실 것 없습니다. 제가 고른 사람들로 재단 측에서 준비할 테니까."

"전부라면……."

"스케줄 담당자부터 로드매니저, 코디까지 전부 바꿀 겁니다."

이현은 왜 진작 이렇게 하지 않았나 싶어 스스로에게 짜증이 났다. 군이 질 낮은 사람들과 섞여 질 낮은 보호를 받고, 질 낮은 생활을 하게 할 수는 없었다.

"앞으로 윤여리는 아트재단에서 꾸린 전담 팀이 관리할 겁니다.

이 대표님은 그냥 가만히 앉아서 윤여리가 벌어들이는 돈이나 잘 받아먹으세요."

이현이 경멸 어린 시선을 던졌다.

"아무것도 하지 마시고."

아무것도 하지 말라는 말은 심히 굴욕적이었지만 이 대표는 아무런 불만도 표할 수 없었다. 이번 일의 가장 큰 실책은 자신의 망설임이었음을 모르지 않았다. 또한 이현이 자신에게 충분히 너그럽게 대해 주고 있음을 모르지 않았다. 이 대표는 아랫입술을 야무지게 다물며 고개를 끄덕였다.

이현은 짧게 한숨을 뱉었다. 말 몇 마디면 간단히 정리될 일을 이토록 돌고 돌아 해결했다는 것이 짜증스러웠다. 이현은 이 대표의 꾸벅 숙이는 배꼽 인사를 받는 둥 마는 둥 하며 자리에서 일어났다. 일의 마무리는 변호사와 비서들의 몫이었다. 이현의 일은 명령만으로도 충분했다.

"김 비서."

"네, 이사님."

하지만 꼭 직접 해야 하는 일이 하나 있었다.

"내 핸드폰."

김 비서는 이현이 부순 것과 똑같은 핸드폰을 이현에게 건넸다. 이미 예전 것에 저장된 자료들을 모두 옮기고 세팅까지 똑같이 완료한 것이었다.

"윤여리는 연락됐어?"

"원래 쓰시던 핸드폰도 꺼져 있고, 다른 핸드폰도 연락이 안 됩니다."

넓은 보폭으로 걸음을 옮기던 이현은 제자리에 멈춰 미간을 구졌다. 두 대표와 이야기를 나눈 것만으로도 꽤 시간이 흘렀는데 아직까지 못 찾았다는 것이 어이가 없었다.

"내가 두 늙은이랑 온갖 지랄을 하는 동안 애 하나를 못 찾았단 말이야?"

"죄송합니다."

이현이 거칠게 넥타이를 풀어 뒤따라 붙은 비서에게 휙, 던졌다. 뒤따른 비서가 재빨리 넥타이를 챙겨 고개를 숙였다. 모두들 긴장 상태였다. 겉으로는 모든 일이 끝난 것처럼 보였지만 이제 겨우 가장 쉬운 일을 끝냈을 뿐이었다.

"윤여리 부모님 집이랑 숙소도 확인했어?"

"네. 윤여리 씨 부모님이 계신 집에는 임 비서가 직접 확인했고, 숙소는 매니저분이 확인해 주셨습니다."

이현은 외면하려고 했던 자신의 실수를 떠올릴 수밖에 없었다. 욱하는 성질머리에 순간을 못 참아서 아니라고 하는 여리의 말을 들어 주지 않았다. 눈앞이 캄캄해져 얼굴을 쓸었다.

애초에 이현도 관계에 있어서 영원한 종속 같은 건 불가능하다는 것을 모르지 않았다. 종속의 수단이 돈이든 사랑이든 모든 것은 끝나기 마련이었다. 죽을 듯이 사랑했던 연인들도 헤어져 남이 되고, 결혼해 자식을 낳은 부부들도 이혼을 했다.

알면서도 그 당연한 이치를 이현은 받아들이지 못했다. 세상에 태어나도록 해 놓고 얼굴 한 번 보인 적 없는 어미와 아비란 이름 아래 철저한 방관으로 양육한 권 회장의 탓이 컸다. 가장 가까워야 할 부모에게 버림받았다는 생각 때문에 끝나 버린 관계에 혼자 남아 허전해하는 시간들을 끔찍하게 생각했다. 영원한 소유를 원하는 듯 굴었지만 사실 영원한 관계에 목말라했다. 문제는 영원한 관계에서 중요한 것이 '영원' 보다 '관계' 에 있음을 모르는 것이었다.

"내가 운전할 테니까 키 줘."

결국 조급함이 이현을 덮쳤다.

"시간이 늦었습니다. 제가 계속 운전하겠습니다."

"시간이 늦었으니까 하겠다는 거야. 뒷좌석에 얌전히 앉아만 있는 게 엿 같아서 그러니까 키 내놔."

으르렁거리듯 목소리를 낮추는 이현의 살기에 비서는 한발 물러나 고개를 숙일 수밖에 없었다.

이현은 시동을 걸고 한참이나 늦은 밤거리를 달렸다. 달도 떨어진 밤하늘은 어찌나 어두운지 사람 하나 제대로 보이지 않았다. 어두워 사람들의 얼굴을 볼 수 없는 것보다도 화가 나는 것은 여리가 어디로 갔을지 조금도 예상할 수 없다는 사실이었다.

부모님 집, 숙소를 제외하면 아는 곳이 하나도 없었다. 여리는 나이도 어리고 눈에 띄게 예쁜 데다 돈도 없는 연예인이었다. 이곳저곳 마음 가는 대로 돌아다닐 수 있는 처지가 아니란 소리였다.

생각할수록 마음은 급해지는데 머릿속은 점점 텅 비어 갔고 버림받아 울먹이던 여리의 얼굴만이, 자신과 비슷한 눈을 한 여리의 얼굴만이 잔상에 남아 괴로워졌다.

지난밤, 이현은 여리를 어느 곳에서도 찾지 못했다. 아침이 밝아도 마찬가지였다. 죄책감을 동반했던 미안함은 고약한 걱정이 되어 다시 타오르는 분노가 되었다.

이현은 인력을 총동원해 여리를 찾으라 지시했다. 스스로 몸을 숨긴 것이라면 차라리 다행이었지만 나쁜 일이 일어나 모습을 드러낼 수 없는 상황일까 두려웠다.

"김 비서."

"네, 이사님."

비서는 크흠, 목을 가다듬고 조용히 입을 열었다.

"윤여리는."

몇 번이고 반복된 질문에 김 비서는 고개를 숙였다. 침묵 속에 이현의 불안이 담겼다.

"아직이야?"

"죄송합니다."

"제대로 찾고 있는 거 맞아?"

결국 이현은 화를 참지 못하고 목소리를 높였다. 믿어 주지 않은 대가로 애를 태우는 것이라면 이제는 나와도 될 법한 때였다. 밤새 솟는 걱정과 나쁜 상상에 이현은 죽을 맛이었다.

이현은 지끈거리는 머리를 짚으며 책상 위에 고이 모셔 둔 커프스를 바라보았다. 작지만 검게 빛나던 별은 두 동강이 난 채로 허무하게 쓰러져 있었다. 이현은 여리도 이 꼴이 났을까 숨이 막혔다. 한참이나 잘 빛나던 별을 제 손으로 부러트린 게 아닌가 싶어 무엇 하나 손에 잡히지 않았다.

"스캔들은."

"이사님이 말씀하신 대로 정정 기사, 해명 기사 다 나왔습니다. 각 포털에 연락해 메인에 오르도록 지시했으니 여론도 잠잠해질 겁니다."

"이 대표는 별말 없어?"

"그쪽에서도 걱정이 많은지 이곳저곳 찾아보겠다고 했습니다."

"걱정은 무슨. 멍청한 늙은이."

이현은 이대로 여리를 찾지 못하거나 여리에게 무슨 문제가 생기면 박 대표고 이 대표고 모두 갈아 마실 준비가 되어 있었다.

"알아보라는 건."

"아, 네. 자세히는 아니지만 대강은 파악했습니다."

김 비서는 자신이 오래도록 보좌한 이현이 타인에게 이토록 관심을 기울이는 것에 조금 놀랐다. 물론 여리가 스캔들이 터지고, 또 그것이 사실이 아닌 것으로 드러난 데다가 심지어 사라지기까지 했으니 모든 것을 손아귀에 두고 싶어 하는 이현에게 흔치 않은 일이긴 했다.

"여리 씨가 원래 자기 부모님과 친밀하지는 않은 모양입니다. 연습생 시절에도 명절을 제외하고는 딱히 방문하지 않았다고 합니다."

이현은 여리가 왜 최악의 순간 부모님에게 의지하지 않았는지, 왜 안전한 숙소로 돌아가지 않았는지 알고 싶었다.

"왜?"

생긴 건 부모님 사랑 잔뜩 받고 자란 것처럼 생겨서는.

"여리 씨 아버지 때문인 것 같습니다. 여리 씨가 연예인 활동하는 것에 반대하셨다는 얘기도 있고, 성격이 괄괄해 주변 평판도 안 좋다고 합니다. 알코올 중독이라는 말도 있고요."

"알코올 중독?"

이현은 눈살을 잔뜩 찌푸렸다. 한평생 아버지를 원망하며 사는 일이 얼마나 괴롭고 외로운 일인지는 이현이 가장 잘 알았다.

"더 자세히 알아 와."

"알겠습니다."

"숙소는."

그토록 애지중지하는 크리스탈 멤버들에게는 왜 의지할 수 없었을까. 그들을 걱정시키는 것이 싫었을까.

"매니저 말로는 요즘 다른 멤버들과 사이가 서먹했다고 합니다."

"그쪽은 또 왜."

처참했다. 여리에게 기댈 곳이라곤 단 한 군데도 없는 모양이었다.

"그게……."

비서가 말을 망설이자 이현은 숨이 막혀 양손으로 머리를 감쌌다. 말하기도 어려울 만큼 외로운 이유일까 봐, 밝다고만 생각했던 여리가 사실은 어둡기만 한 검은 별이었음을 깨닫게 될까 봐 머리가 아팠다. 여리에 대해 아는 것이 하나도 없었다.

"여리 씨가 인기를 얻으면서 조금 문제가 생겼나 봅니다."

"무슨 문제."

다음 말은 안 들어도 뻔했다.

"멤버들 사이의 질투나 시기…… 뭐 그런 이유였던 것 같습니다."

"하, 말 같지도 않은……."

이현은 손을 들어 눈을 가렸다. 언젠가 여리도 이현의 눈을 이렇게 가려 준 적이 있었다.

"김 비서."

"네, 이사님."

하얗게 빛나지 않는 검은 별이라도

"이 대표한테 말해서 윤여리 개인 숙소로 옮긴다고 해."

손목에 걸린 그 별을 이현은 빼낼 생각이 없었다.

여리가 홀연히 사라진 지 딱 3일째 되는 날이었다. 이현은 점점 더 사나워졌고, 비서들은 덕분에 죽을 맛이었다. 비서들도 최선을 다해 여리를 찾아봤지만 그녀는 서울 시내 어디에도 없었다. 신용 카드를 쓴 흔적도, 핸드폰을 켠 흔적도 없어 행방은 묘연하기만 했다.

낮에는 회사 일로, 밤에는 여리를 찾느라 바쁜 이현의 눈은 3일째 붉었다. 잠깐이라도 눈을 붙이려 잠에 들면 의지할 곳 없는 그 여린 몸이 나락에 빠져 울고 있는 모습으로 꿈에 나타났다. 결국 이현은 잠드는 것을 포기할 수밖에 없었다.

하루에도 불쑥 화가 치밀어 사무실 집기를 부순 것도 몇 번이었다. 이현은 이러다 미치는 것은 아닌지 스스로가 걱정이었다. 그런 이현이 진심으로 걱정된 김 비서는 꼭 여리일 필요는 없지 않느냐며 포기하는 것이 어떠냐고 묻기도 했지만 그것은 이현의 화를 더욱 돋울 뿐이었다.

"이사님, 오늘은 일찍 들어가서 쉬십시오. 무슨 일 있으면 바로 연락드리겠습니다."

"됐어."

"내일 권이혁 사장님과 미팅 있으십니다. 분위기 어떨지 아시지 않습니까. 조금이라도 쉬셔야 됩니다."

비서는 붉어질 대로 붉어진 눈을 한 이현에게 절대 운전대를 맡길 수 없었다. 단호한 비서진들의 태도에 이현은 하는 수 없이 뒷좌석에 몸을 실었다. 핸드폰을 들어 습관적으로 여리에게 전화를 걸었다.

— 전원이 꺼져 있어…….

"기분 참."

개같이 만드네.

이현은 다시 눈을 감았다.

집으로 들어서며 정원을 지나던 이현은 잠시 멈춰 밤하늘의 달을 보았다. 빛나는 모양이 유독 푸르렀다.

청월이라 했던가. 달 아래서 추던 한국무용이 꽤 예뻤는데. 까마득한 기억은 매일 곱씹는 탓에 점점 선명하고 뚜렷해졌다.

도어록을 풀고 익숙한 몸짓으로 구두를 벗으려던 순간, 가지런히 놓여 있는 작은 운동화가 보였다. 그것의 주인이 누구인지는 본능적으로 알 수 있었다. 끔찍하게도 쉬어지지 않던 숨이 비로소 쉬어지는 것을 보면 답은 하나였다.

"……."

3일 밤낮을 찾고, 3일 밤낮을 떠올리던 얼굴이 보였다.

"네가……."

여리의 모습은 사실이 아니라고, 자기 말 좀 들어 달라고 빌던 딱 그때 그 차림 그대로였다.

"네가 왜 여기 있어."

처참했던 그때 그대로.

10
관계의 심리학

　낭만적인 사랑을 꿈꾸지 않는 소녀가 있을까. 아름다운 숲속에서 백마 탄 왕자님을 만나 수줍은 키스를 나누고, 영원한 사랑을 맹세하는 꿈 같은 일을 꿈꾸지 않는 소녀가 있을까.

　여리도 그런 적이 있었다. 세상 걱정이라곤 저녁 반찬이 무엇일까 정도였던 어릴 적을 지나 가슴이 봉긋하게 오르고 두 뺨에 홍조가 물들 즈음 꿈은 시작되었다.

　자신이 원하는 일이라면 무엇이든 해 주고, 보고 싶다 말하면 어디든 달려와 안아 주는 누군가의 존재를 열망했다. 얼굴도 이름도 모르는 그 어떤 누군가를, 머릿속으로 가장 좋은 것만 덧대어 만든 신과 같은 그 누군가를 매일같이 그리워하던 나날이 있었다.

　하지만 꿈이란 건 늘 그렇듯 깨기 마련이다. 여리는 누가 자신을 깨우기도 전에 스스로 꿈에서 깨어나 사랑이란 건 동화나 영화 속에서만 존재한다고 결론을 내렸다. 그래야 속이 편했고, 다시는 그 얼토당토않은 꿈에 매달려 하염없는 기다림에 지치지 않을 수 있었다.

태어나 이웃집 소년 한번 좋아해 본 적 없는 여리의 이상형은 그렇게 꿈처럼 안개처럼 흐릿했다.

✳

네가 왜 여기 있어. 삼 일 내내 찾아도 없던 네가 왜 여기 있어. 어제도, 그저께도 없었으면서 오늘은 왜 여기 있어. 이현은 묻고 싶은 말이 너무 많아 쉽사리 어느 것 하나 뱉어 내지 못했다.

이현은 천천히 숨을 들이쉬었다. 허파로부터 느껴지는 옅은 향기에 취하는 기분이 들었다. 창문이란 창문은 다 잠긴 이 집 안에 바람이란 게 존재할 리도 없을 텐데 여리의 향기는 무언가를 타고 흘러 이현의 귓가에, 입가에, 눈가에 닿았다.

"윤여리."

서 있는 꼴이 당장이라도 바스라질 것 같아 이현은 여리의 이름을 불렀다. 걸음을 내디뎌 거리를 좁히려는데 여리가 다시 한 걸음 뒤로 물러났다.

"너……."

미간은 찌푸려지고 목소리엔 낮은 분노가 실렸다.

너 나한테 화난 거 알아. 그래도 그러면 안 돼. 물러나지 마. 멀어지지 마.

"이사님……."

삼 일 내내 간절했던 목소리가 흘러나왔다. 이사님— 이현을 그렇게 부르는 이가 지천에 널렸는데도 이현은 여리가 부르는 이사

257

님 소리가 좋았고 또 싫었다.

"제 얘기 좀 들어 주세요."

여리는 제 말을 들어 달라고 말했다.

"잠깐이면 돼요. 다 말하면 그때 나갈게요."

말을 끝내고 나가겠다 말했다.

"그러니까 화내지 말고 조금만, 조금만 저한테 시간을 주세요."

어리의 모습은 당장이라도 몸을 누이고 쉬어야 할 것 같았다. 가뜩이나 가냘픈 몸매가 고작 삼 일 만에 야위어 부서질 듯 위태로워 보였다. 그런데도 여리는 고집스러운 눈으로, 단호한 입술로 이현에게 시간을 달라고 말했다. 창문을 타고 든 푸른 달빛에 비친 여리의 가는 손가락이 달달 떨리는 것이 보여 씹어 삼키고 싶은 마음이 간절했다.

이현은 아무 말도 않은 채 가만히 여리와 눈을 맞췄다.

얘기는 들어 줄게. 나가는 건 안 돼.

"스캔들……."

여리의 입에서 나온 첫 번째 단어는 징글징글한 스캔들이었다. 그렇게까지 하고 싶은 말의 처음이 이미 다 끝난 스캔들인 이유가 뭘까.

"민준 씨랑 저랑 아무 사이 아니에요. 촬영 때 처음 만났어요. 저랑 아무 일 없었어요."

원망의 말이라도 쏟아 낼 줄 알았는데 여리의 시간은 삼 일 전 그때에 멈춰 있는 모양이었다. 삼 일간 이현이 상상했던 여리는 이제 모든 걸 포기하고 싶다고, 다 그만두고 싶다고 말하는 모습이었다. 스캔들이 진짜든 가짜든 제 말을 들으려고도 안 한 이현에게 화가 나 힘들다고, 모든 상황에 지칠 대로 지쳐 아무것도 원하지 않는다고 모진 말을 뱉을 것 같았다.

하지만 그런 말은 나오지 않았다. 여리는 여전히 삼 일 전 사무실에서처럼 필사적이었고, 두 눈은 분명하게 이현을 바라보고 있었다.

"인정 기사는 민준 씨 소속사에서 낸 건데…… 어떻게 해결해야 할지 잘 모르겠어요."

억울한 모양이었다. 말끝에 물기가 올라 촉촉했다. 삼 일 전 사무실에서도 이와 똑같은 이야기를 하고 싶었을 텐데.

이현은 잘 넘겨진 머리를 쓸어 올리며 후, 마른 한숨을 뱉었다. 여리가 삼 일간 어디서, 무엇을 했는지 더 궁금해졌다. 어디에서 어떻게 웅크리고 있었길래 TV, 인터넷을 포함한 매체란 매체에 잔뜩 퍼진 스캔들 정정에 대해 아무것도 모르는지, 그렇게까지 여리를 숨길 수 있던 지독한 장소는 대체 어디인지 알고 싶었다.

그리고 동시에 아주 조금 감동이라는 것을 했다. 스캔들이 정정된 것도 모른 채 모든 위험을 감수하고 자신에게 왔다는 것이, 자신이 어떤 패악을 부릴지 예상을 못 하는 것도 아니면서 해명하기 위해 끈질기게 찾아와 준 것이.

"그래서."

그렇게까지 하는 이유가 뭐야. 이렇게까지 필사적인 이유가 뭐야. 내가 너한테 뭐야.

이현은 묻고 싶은 말들을 목구멍 아래로 누른 채 딱딱한 말을 뱉어 냈다. 여리가 다시 한 번 입술을 꾹 깨물었다.

"그냥……."

속이 씁쓸한 듯 알 수 없는 목소리로 중얼거렸다. 가련한 고개가 푹 숙여진 것이 당장이라도 들어 올려 눈을 맞추고 싶게 했다.

"이게 다예요."

여리는 물러났던 걸음을 앞으로 내디뎠다. 둘의 거리가 다시 좁혀졌고 이현은 그 사실이 못내 좋았지만 여리는 이현 너머에 존재하는 문을 바라보며 아픈 눈을 했다. 그렁그렁한 눈망울이 지금 당장이라도 흘러내릴 것처럼 위태로웠다.

"궁금한 거 없어요?"

힘없는 걸음이 계속되다 둘의 거리가 충분히 좁혀졌을 즈음 여리는 걸음을 멈추고 물었다. 궁금한 거 없어요?

"이제 진짜 마지막인데 정말 하나도 없……."

있는 힘을 다해 끌어 올린 마지막 투정이 끝나기도 전에 이현은 여리를 품 안 가득 끌어안았다. 아슬아슬 위태로운 제 까만 별을 공허한 품 안으로 가득 채웠다.

"흐윽……."

그와 동시에 여리는 무너졌다. 또다시 경멸하는 눈으로 자신을 쳐다볼까 봐 무서웠지만 악감정만 남은 채 관계를 끝내는 것이 싫어 이를 악물었던 여리였다. 그런 강인함조차도 한순간의 애정 어린 체온 앞에선 유약한 본체를 드러냈다.

여리는 몸을 감춘 첫날, 많이 억울했다. 아무런 죄 없는 자신을 믿어 주지 않는 이현이 미웠고, 아무런 죄 없는 자신을 이용하려는 사람들에게 화가 났다. 그래서 하루 종일 울고, 입술을 깨물고, 머리를 쥐어뜯으며 가슴을 쳤다.

몸을 감춘 둘째 날은 많이 두려웠다. 남들에게 피해는 주지 않으며 살아왔다고 생각했는데 주변에 남은 사람이라곤 아무도 없었다. 그래서 하루 종일 멍하니 허탈감과 공허함을 온몸으로 받아들이며 뜬눈으로 날을 지새웠다.

셋째 날은 그냥 슬펐다. 온 마음을 비워 내니 다시 슬픔이 차올랐다. 그제야 이때까지 자신이 무엇에 기대고 의지했는지 깨달았다. 깨달음과 동시에 여리는 이현의 집을 찾았다. 진심까지는 무리여도 오해만큼은 풀고 사실을 전하고 싶었다. 그렇게나 이현과의 관계에 애착이 있었다. 비겁하고 추악한 욕심으로 시작한 관계였음에도, 애초에 진심이라곤 조금도 허용할 수 없는 관계라 할지라도 여리는 단 하나의 티끌도 만들 수 없다는 일념으로 텅 빈 집을 찾았다.

그리고 이현은 그런 여리를 안았다. 사과하는 법이라곤 태어나 한 번도 배워 본 적 없는 이현이 할 수 있는 최선이었다.

"흡, 흐윽……."

그 말도 안 되는 사과를, 여리는 꽤 오랜 시간 흐느끼며 받아들였다.

"그만 울어."

"저…… 흐읍, 흑…… 억울해요."

여리는 피를 토하듯 말하며 이현의 어깨를 쿵쿵 쳤다. 힘이라고는 조금도 들어 있지 않은 몸짓이었음에도 이현은 가슴이 뻐근했다. 내가 그 사람들 다 혼내 줬어, 그렇게 말하면 기분이 조금 나아지려나.

"알아. 다 알아."

유치한 말 대신 이현은 긴 손가락을 들어 흠뻑 젖은 뺨을 연신 쓸었다. 하고 싶은 말이 많았다.

"듣고 싶은 말이 많아."

이현이 여리의 이마에 꾹, 입을 맞췄다.

"내일 다 물어볼게. 오늘은…… 그냥 자자."

훌쩍이는 여리를 가볍게 안아 든 이현은 침실로 향했다. 너 나
할 것 없이 붉어진 눈을 한 두 사람에게 필요한 것은 따뜻한 침대
와 따뜻한 품, 까만 밤과 까만 방이었다.

여리를 품에 가둔 채 잠이 든 이현은 또 꿈을 꾸었다. 여리를
잃고부터 꾸었던 악몽이었다. 어두운 구석에서 무릎에 얼굴을 묻
은 채 엉엉 울고 있는 여리의 모습을 무력하게 바라만 보는 꿈이
었다. 큰 눈과 작은 코, 도톰한 입술 모두가 여리임을 알려 주고
있는데도 이현은 그것이 꼭 자신과 비슷하다고 느꼈다. 속이 터질
듯 답답하고, 몸이 타는 듯 끔찍한 꿈이었다.

'……님.'

'…….'

'이사님!'

꿈속을 비집고 들어온 것은 새처럼 종알거리기를 좋아하는 한
여자의 목소리였다. 이현이 숱 많은 속눈썹을 끌어 올려 눈을 떴
다. 꿈속에서 보았던 여리가 눈앞에 있었다. 꿈속에서처럼 울지 않
고 있는 모습을 보니 자신도 괜찮은 것 같았다.

이현은 그대로 여리의 뒷목을 끌어당겨 입을 맞췄다. 확인하고
싶었다. 정말 여리를 되찾은 것인지, 잃어버린 제 것을 다시 곁으
로 데려온 것이 맞는지 구석구석 확인하고 싶었다.

서툰 탓에 숨을 헐떡이는 모양새와 끊임없이 엉겨 오는 여린
살, 입 안 가득 풍겨 오는 단 향이 여리가 분명했다. 이현이 여리
를 품 안으로 당겼다. 삼 일 만에 가늘어진 몸이 신경 쓰였지만 어
쨌든 좋았다.

"한 번만 더 마음대로 없어져 봐."

이현이 채 잠기운이 가시지 않은 목소리로 말했다.

"이사님이 가라고 했으면서……."

여리는 여전히 억울하다는 듯 말꼬리를 늘였다. 평소 같으면 말대꾸하지 말라며 핀잔 아닌 핀잔을 주었을 이현이지만 이번만큼은 그도 할 말이 없었다.

✻

이현과 여리는 해가 떨어지는 오후가 되어서야 느릿느릿 몸을 일으켰다. 서로에게서 완전히 단절된 삼 일간 두 사람 모두 잠이 부족했던 탓인지 깨어났다가도 다시 잠들고, 잠들었다가도 다시 일어나기를 반복했다.

"배고프지."

이현이 여리의 납작한 배 위에 손을 얹으며 물었다. 여리는 고개를 끄덕였다.

"뭐 먹을래."

"아무거나요."

"그게 뭐야."

"정말 아무거나 다 좋아요. 삼 일간 먹은 게 별로 없어서 뭘 먹어도 맛있을 것 같아요."

부드러운 눈을 하고 있던 이현은 눈살을 찌푸렸다. 유독 예민한 부분이기도 했다.

"안 먹었어?"

딱딱하게 군은 이현의 얼굴을 보며 여리는 다시 눈치를 살폈다. 어젯밤의 말랑말랑한 분위기는 꿈이었는지 이현은 여전히 기복이

심하고, 위협적인 분위기를 갖고 있었다.

"안 먹은 건 아니고…… 못 먹은 거죠."

"왜 못 먹어."

이현의 목소리가 날카로웠다.

"너 어디 있었어."

여리는 올 것이 왔다는 생각에 눈을 질끈 감았다. 기다리고 기나리던 삼 일간의 공백을 묻는 심문의 시간이 온 것이었다. 이현은 여리의 어깨를 그대로 눌러 침대에 앉혔고 자신은 테이블 의자를 끌어 맞은편에 앉았다.

"말해. 어디 있었어."

"뭐 그냥……."

"그냥 어디."

검고 깊은 눈이 빛나며 어서 말하라는 듯 재촉했다. 그냥 넘어가 줄 분위기가 아니었다. 여리는 아, 앓는 소리를 내며 발을 동동 굴렀다. 움직이는 대로 흔들리는 금색의 발찌가 짤랑거리는 소리를 냈다.

"별로 멀지 않아요."

여리는 포기한 듯 고개를 들고 입술을 열었다.

"지하철 타고 30분이면 가는 곳인데……."

"서울에 있었어?"

"네."

이현은 오늘이라도 당장 제 수행원들을 모조리 해고시켜야겠다고 마음먹었다. 지방으로 간 것도 아니고, 해외로 도망친 것도 아닌데 그걸 못 찾아서 사람을 이렇게 피 말려?

"찜질방…… 알아요?"

여리가 이현의 끓는 눈을 애써 피하며 말했다.

"찜질, 뭐?"

"찜질방이요."

"그게 뭐야."

여리는 난감한 표정을 지으며 이걸 어떻게 설명해야 하나 싶었다.

"사우나, 그러니까 스파 같은 곳인데……."

"스파? 호텔에 있었어?"

이현은 마음이 급했다. 여리가 궁지에 몰렸을 때 찾는 곳이 어디인지 정도는 알고 싶었다. 여리를 찾으며 어떤 곳도 예상할 수 없었던 자신이 얼마나 비참했는지 이현은 잊지 않고 있었다.

"아, 아니 그건 아니고……."

"빙빙 돌리지 말고 제대로 말해."

다그치는 말투에 여리는 아랫입술을 잔뜩 내밀었다. 그 고생을 누구 때문에 한 건데, 싶었다.

"이사님은 말해도 잘 모르실 거예요. 목욕탕 비슷한 건데 목욕도 하고 사우나도 하고 밥도 먹고 잠도 잘 수 있는 곳이에요. 가격도 싸고 또……."

이현의 얼굴이 다시 일그러졌다.

"또?"

"찜질방에서는 다 똑같은 옷 입고 있거든요. 남자는 하늘색, 여자는 분홍색. 그래서 들키지도 않을 것 같고……."

"잠깐."

"네?"

"남자도 있어?"

"어……."

여리는 제 입을 꿰매 버리고 싶었다. 굳이 말하지 않아도 되는 정보까지 말해 이현의 기분을 나쁘게 만들었다.

"남탕, 여탕 따로 있으니까 신경 안 쓰셔도 돼요."

찜질은 같이 하지만 이건 생략.

"일본 온천 같은 거야?"

"어, 네! 근데 혼탕 아니에요!"

제 발 저린 여리는 미리 선수를 쳤다. 그래도 이현의 굳은 얼굴은 풀리지 않았다.

"밥은."

"어……."

"거기서 밥도 먹을 수 있다면서 왜 안 먹었어."

"먹을 기분도 아니고."

말하면 이해할 수 있을까.

"돈도 없고."

평생 돈 걱정이라곤 한 번도 안 해 봤을 사람이.

"돈이 없다니 무슨 말이야. 그게 말이 돼?"

역시나 이현의 얼굴은 사상 최악으로 일그러졌다. 짙은 눈썹은 휘어지고 긴 눈은 날카롭게 가늘어졌다.

"돈이 왜 없어?"

"없으니까 없죠."

"지금 말장난할 기분 아니야."

"저도 말장난하는 거 아니에요."

이현은 이해가 되지 않았다. 이제 막 시작하는 단계이기는 했지만 광고도 찍었고, 드라마에도 출연했고, 앨범도 나온 인기 연예인이 돈이 없어서 밥을 못 먹는다는 걸 어느 누가 이해할 수 있을까.

여리도 자신의 주머니 사정이 기형적으로 얄팍하다는 것을 알았다.

"정산도 아직 덜 됐고, 먼저 들어온 돈은……."

최대한 납득할 수 있도록 설명하고 싶었다.

"부모님 다 드렸어요."

이현은 분명 여리가 부모님과 사이가 좋지 않다는 보고를 받았었다. 집에도 잘 찾아가지 않는다고 들었는데, 이번 같은 일이 일어나도 찾아갈 수 없을 만큼 먼 사이면서 대체 왜 뼈 빠지게 일해 번 돈이 그쪽으로 흐르는 건지 알 수 없는 일이었다.

"빚이 많거든요."

여리가 건조한 이유를 내놓았다.

"사채업자들이 문 두드릴 정도는 아니니까 걱정 마세요. 전화 올 정도는 되지만."

"너는 정말."

이현은 속이 답답해지고 화가 치밀었다. 여리 스스로 자신이 누굴 만나고 있는지 잊은 건 아닌가 싶었다.

"괜찮아요."

여리는 정말 괜찮다는 듯 웃어 보였다. 조금 지쳐 보이기는 했지만 그 웃음이 눈속임 같지는 않았다.

"이제 시작이잖아요. 괜찮아요, 정말."

한평생 무엇 하나 빼앗기지 않으려고 소유하는 것에 집착하는 이현에게 여리는 도무지 이해할 수 없는 어려운 사람이었다.

"핸드폰은 왜 꺼 놨어."

그나마 이해할 수 있기를 바라며 삼 일 내내 지독하게도 죽어 있던 핸드폰에 대해 물었다. 그러자 여리가 고개를 숙인 채 잠시 말을 멈췄다. 작은 손으로 주먹을 쥐었다가 펴는 것이 보였다.

"아무도 전화 안 할 것 같아서요."

이번에도 이현은 여리를 이해할 수 없었다. 예상과는 너무 다른 대답이었다. 누구의 전화도 받기 싫어서가 아니라 누구도 전화를 하지 않을 것 같았다는 추측이 시리도록 외롭게 느껴졌다.

"완전히 꺼 두면 기대도 안 하니까, 그래서 껐어요."

"윤여리."

여리 눈에 눈물이 고였다. 어젯밤 그리 울었으면서 또 울 것이 남은 모양이었다.

"오늘 아침에 전원 켰어요."

"……."

"이사님이 전화할 줄 알았으면 안 꺼 두는 건데."

내내 화나 있던 마음이 투정 부리듯 흘러나온 칭얼거림에 툭 풀어졌다.

"핸드폰 켰으면 이제 알겠네."

"뭘를요?"

"스캔들."

여리가 고개를 끄덕끄덕 움직이며 이현과 눈을 맞췄다.

"이사님이 한 거예요?"

"내가 하지 누가 해."

"진작 해 주지."

"알아."

미안해.

"그거 말고도 한 게 많아."

"어떤 거요?"

여리는 엄청 궁금하다는 얼굴로 상체를 기울였다. 그 모습에 이현은 마음이 편해졌다. 일상적이고 조용한 대화를 나누고 있자니 삼 일 전 폭풍은 마치 없었던 일처럼 느껴졌다. 모든 것은 그대로였다. 아니, 조금 더 괜찮아진 것 같았다.

"앞으로 네 담당 스태프들 전부 바뀔 거야. 로드매니저, 스케줄 관리 팀, 코디네이터까지 전부."

여리는 아— 하고 짧은 탄성을 쏟아 냈다. 그게 다였다. 오히려 이현이 그런 여리의 눈치를 살폈다.

"뭐라 안 하네?"

"왜요?"

"매니저 바꾸지 마라, 코디 바꾸기 싫다 그렇게 얘기할 줄 알았는데."

이현은 넓은 어깨를 으쓱, 움직였다. 사실 여리가 무슨 말을 해도 스태프들은 바꿀 예정이었다. 더 이상 무능력한 인사들을 여리 곁에 두고 싶지 않았다. 게다가 여리 전속 스태프가 재단 소속 직원들로 구성되면 이현이 여리의 상황을 파악하는 데 훨씬 효과적이었다. 여리가 별말이 없는 게 오히려 신기했다.

"더 전문적인 사람들로 바뀌는 거 아니에요?"

여리가 고개를 갸웃거리고 이현이 웃었다.

"맞아."

"그럼 좋은 거잖아요."

"그래, 맞아."

순진한 건지 영악한 건지 그 경계선에 선 여리는 매력적이었다.

"아, 너 숙소도 옮겨야 돼."

"숙소는 또 왜요? 숙소는 지금도 좋은데."

"혼자 살아."

"왜요?"

이번에는 여리도 목소리를 조금 높였다. 매니저나 코디와 달리 멤버들과 떨어지는 것은 조금 부담스러운 문제였다. 하지만 이현은 이미 모든 준비를 끝낸 상황이었다.

"연기도 계속할 거고, 솔로 앨범도 낼 거잖아. 스케줄이 다른데 같은 곳 살면 들락날락하기 불편하지 않아?"

이현이 아무리 직설적이어도 여리에게 멤버들과의 불화를 들먹일 만큼 잔인하지는 않았다. 멤버들에 대해 말할 때면 언제나 애정이 묻어나던 여리였다. 관계가 어긋난 것에 마음이 아플 것이 뻔한데 후벼 파고 싶지는 않았다. 그렇다고 그곳에 계속 둘 생각도 없었다.

"그래도……."

여리는 조금 망설여졌다. 여리에게 크리스탈은 싫어도 좋아도 함께할 가족이자 전쟁 같은 연예계에서 그나마 의지할 수 있는 전우였다. 그런 멤버들과의 사이가 어색한 것이 안 그래도 신경 쓰이는 차에 몸까지 떨어져 생활하는 것은 조금 부담스러울 수밖에 없었다. 몸이 멀어지는 것만큼 마음도 멀어질까 두려웠다.

"생각할 시간을 주시면 안 돼요?"

이현은 단호하게 고개를 저었다.

"내 말 들어."

분수를 모르고 설치는 것들에게 여리를 내어 줄 의향은 조금도 없었다.

"앞으로 더 바빠질 거고, 신경 쓸 일도 더 많아질 거야. 걔네들도 자기 먹고살 길 찾아야지. 네가 엄마는 아니잖아."

여리는 설득 같은 협박에 고개를 끄덕일 수밖에 없었다. 앞으로 더 바빠진다면 미움은 더 받겠지, 신경 쓸 일이 많아지면 멤버들에게는 더 무심해지겠지. 그렇게 악감정과 서운함만 남은 채로 멀어질 바에야 지금 떨어지는 것이 나을지도 몰랐다.

"알았어요."

이현은 그제야 입꼬리를 말며 여리의 머리를 어루만졌다.

"착해. 나머지는 밥 먹으면서 얘기하자."

이현은 돈이 없어서 끼니를 챙기지 못했다는 여리의 말을 들은 이후로 내내 무엇을 먹일까, 그 생각뿐이었다. 좋아하는 탕수육이나 실컷 사 줄까 싶다가도 빈속에 탈이 날까 걱정이 되었다. 결국 비서에게 전화해 소화하기 쉬운 따뜻한 걸로 2인분을 가져오라 지시했다. 전화기 너머의 비서는 2인분이라는 말에 뛸 듯이 기뻐했다. 이현의 집 안에서 밥을 먹을 수 있는 유일한 한 명이 돌아왔다는 뜻이니 자신들의 밤샘 고생도 끝이라는 소리였다.

비서가 가져온 음식은 따뜻한 전복죽 두 그릇이었다. 이화호텔에서 만든 전복죽은 입맛 까다로운 이현도 꽤 좋아해 종종 찾아 먹는 메뉴였다.

"아, 냄새 좋다."

"천천히 먹어. 빈속에 체하면 고생해."

이현이 숟가락을 친히 쥐어 주며 말했다.

"잘 먹겠습니다."

여리가 전복죽을 크게 한술 떠 입 안으로 가져갔다. 향긋한 내음과 부드러운 식감이 차게 식었던 속을 살살 달래는 기분이 들었다.

"맛있어요."

"더 먹고 싶으면 말해."

"이사님 죽 줄 거예요?"

"아니, 김 비서한테 전화할 거야."

이현이 미지근한 물이 담긴 컵을 여리 쪽으로 밀었다.

"다른 것도 필요하면 말해."

"다른 거요?"

"필요한 거 있으면 말하라고. 김 비서 시키면 되니까."

"그러니까 뭐를……."

이현이 답지 않게 눈길을 피하며 숟가락을 이리저리 움직였다.

"뭐 여자들 좋아하는 거 있잖아. 옷이라든지, 가방이라든지……."

여리는 이현이 무슨 말을 하고 있는지 이해하려 애썼다. 갑자기 옷은 뭐고, 가방은 뭐야.

"그거 말고도 갖고 싶은 거 있으면 말해."

여리가 가만히 이현과 눈을 맞췄다. 말 속에서 찾을 수 없던 속 마음이 눈에는 있었다. 여리가 살풋 웃었다.

"이사님."

"왜."

"저한테 미안해서 그러시는 거예요?"

이렇게 유치하고 시건방진 사과가 있을까. 고작 안아 주는 것으로 사과를 대신하고, 선물을 안겨 주는 것으로 미안하다는 말을 생략하는 것이 사과일까 싶지만 여리는 괜찮았다. 그래서 허무하게도 그냥 웃어 버리고 말았다.

"이사님 바보 같아."

이현은 재미있다는 듯 피식 웃어 보였다.

"그러는 넌."

여리는 아무것도 모른다는 얼굴로 눈을 동그랗게 떴다.

"나한테 다시 왔잖아."

이현이 숟가락을 내려놓으며 말했다.

"내가 다시는 보지 말자고 험한 말까지 했는데."

무서웠을 텐데.

"왔잖아, 너."

이현의 목소리는 진지했고, 여리의 얼굴은 조금 딱딱하게 굳었다. 이현은 어제부터 지금까지 내내 궁금했던 것을 묻고 싶었다. 억울하고 치욕스러워서 모든 걸 내려놓고 싶었을 텐데 어째서 자신을 다시 찾아왔는지.

돈 때문이었다면 진즉에 알았을 것이었다. 그저 그런 이유 때문에 이현을 놓지 못하는 것이라면 핸드폰 전원을 끄지도 않았을 것이고, 삼 일 동안이나 철저히 숨지도 않았을 것이고, 기껏 해명해 놓고 다시 가겠다는 김빠지는 소리를 하지도 않았을 것이다.

길지도 짧지도 않은 정적이 지났다. 여리도 이현이 무엇을 궁금해하는지 아주 잘 알았다. 덜덜 떨리는 손으로 물 한 모금을 마셨다. 바짝 마른 입술을 축이는 물방울이 턱 밑으로 주룩, 흘렀다.

"그러게요. 바보같이."

셋째 날 깨달은 그 어떤 것을 말해야 하는 순간이었다.

"좋아하나 봐요."

어떻게 말할까 오래 고민했는데 실상은 간단했다.

"제가 이사님을."

차분하고 다분히 부드러운 음성이었다. 이현은 잠시 숨을 멈췄다.

"요즘 찜질방에는 책이 많더라고요."

여리는 천천히 제 생각의 실타래를 풀어냈다.

"그중 어떤 책을 읽었는데 되게 재미있었어요. 심리학 책이었는데……."

"……."

"딸이 성장할 때 아빠가 부재하거나 제 노릇을 못 하면 딸은 커서도 무의식적으로 아빠 같은 사람을 찾는대요."

여리의 성장 과정 속 아빠의 존재는 없는 것이나 마찬가지였다. 다른 이들에게는 든든한 기둥이고 믿음직한 가장이었을 그 존재가 여리에게는 태어났을 때부터 지금까지 단 한 번도 없었다. 그래서인지 어릴 적 여리가 가장 신기해했던 것은 드라마 속 다정한 부녀지간이었다.

"든든하고, 뭐든 다 할 수 있고, 어쩌면 신과 같은 존재."

여리가 책을 읽으며 떠올린 것은 온통 이현이었다. 태어나 처음으로 가진 단단한 방패막이의 존재는 여리의 마음을 송두리째 쥐고 흔들기에 부족하지 않았다. 비록 시작이 숭고하진 않았지만 여리에게 이현은 신과 같았다. 뱉어 낸 말은 다 지켜 주어 든든했고, 조금이라도 나쁘고 불편한 건 가까이도 하지 못하게 하는 그 과한 보호와 아낌이 여리는 좋았다.

"그래서 그런가 봐요."

여리의 결론은 명확했다.

"그래서 제가 이사님 좋아하나 봐요."

여리는 삼 일이라는 시간을 보내는 동안 왜 머릿속에 부모님도, 멤버들도 아닌 이현이 떠오르는지 책을 보며 스스로를 이해했다. 그리고 인정했다. 왜 자신이 자신보다 많은 걸 가진 이현을 안쓰러워하는지, 왜 애정 없이 시작한 관계에 미련을 갖는지.

이현은 여리와 눈을 맞추고 한참 동안 입술을 달싹였다. 여리의 말은 고백보다 고해성사에 가까웠다. 무슨 말이라도 하고 싶은데 어떤 말도 나오지 않았다. 그런 이현의 마음까지도 여리는 예상하고 있었다.

"아무 말 안 하셔도 돼요. 달라질 거 없……."

"그만."

이현이 여리의 말을 끊었다. 애초에 예전과 같아질 수 없는 말이었고, 이미 주워 담을 수 없는 말이었다. 이현이라고 여리에 대한 자신의 감정을 고민하지 않은 것은 아니었다. 여리에 대한 의문은 관계의 시작부터 존재했다.

여리는 이현의 비밀을 안 첫 이방인이었고, 비밀을 알면서도 이현의 편에 선 유일한 존재였다. 동시에 가져도 가진 것 같지 않은 여자였고, 다른 이와 정을 나눴다는 얘기를 듣자마자 분노로 정신을 놓게 한 장본인이기도 했다. 이현을 무서워하는 것처럼 보이다가도 모든 것을 무릅쓰고 찾아올 만큼 당당하기도 했다. 알 수 없는 존재고, 어려운 사람이었다. 그렇지만,

"나는."

그런 말 못 해.

"네가 필요해졌어."

자신을 좋아한다는 여리의 말처럼 자신도 여리를 좋아한다고 생각하지는 않았다. 단순한 호감을 말하는 것이라면 물론 자신도 여리를 좋아했지만 사랑에서 오는 감정은 아니었다. 이제껏 만나 온 사람들 중 가장 특별하다 생각하기는 했지만, 사라진 삼 일간 표현할 수 없는 공허함에 시달리기는 했지만 그래도 아닌 건 아닌 것

이었다.

다만 필요했다. 타고난 결핍에 화가 날 때면 종알거리는 입술로 자신을 달래 줄 여리가 필요했고, 누구에게도 말할 수 없는 출생의 아픔을 보듬어 줄 여리가 필요했다. 긴 머리에 보조개 박힌 미소가 필요했고, 웃을 때면 붉게 물드는 두 뺨이 필요했다. 여리가 필요했다. 필요하다는 말을 내뱉기만 한 것뿐인데도 심장이 두근거렸지만 그래도 좋아하는 건 아니라고 되뇌었다.

"내가 할 수 있는 말은 이게 다야."

이현이 좋아하는 것마다 그것들은 하나같이 이현의 곁을 떠나거나 이현을 싫어했다. 어린 시절의 아버지와 어머니 그리고 형들이 그랬다. 때문에 좋아하지 않는다고 단정 짓는 이현의 속마음은 간절히 좋아한다는 고백과도 같았고, 더 이상 아무것도 잃고 싶지 않아 하는 마지막 지푸라기와도 같았다. 필요하다는 말은 이현의 완연한 최선이었다.

여리는 찜질방에서 읽었던 책의 뒷부분 내용을 떠올렸다.

〈반대로 어머니의 부재를 겪은 아들은 무조건적인 사랑과 관용을 베풀어 줄 여성을 상대로 찾는다. 부족했던 모성애를 채우고 유년기의 불안을 안식으로 바꾸기 위함이다.〉

애초에 이현이 자신을 좋아한다는 말 따위를 할 것이라 생각하지 않았다. 그저 밀어 내지 않았으면 좋겠다 생각했는데 필요하다 말하니 마음이 벅찼다. 충분했다.

11
수천 개의 시선

여리는 고작 한 달을 채 머물지 않은 숙소를 떠나 새 숙소로 이사했다. 이현은 이미 새 숙소와 그곳에 놓을 가구까지 전부 마련한 상태였고, 지체할 이유는 조금도 없었다. 이미 한 번의 이사를 겪은 탓에 정리할 짐도 별로 없었다.

여리만 개인 숙소로 이사한다는 소식에 멤버들의 반응은 제각각이었다. 혜인은 가만히 여리의 손을 쥐며 한숨을 내쉬었고, 영우는 서운한 마음을 숨기지 못하고 엉엉 눈물을 쏟았다. 물론 민정은 짐을 정리하는 여리에게 다가와 '그럼 이제부터 이 방 제가 써도 돼요?' 라고 묻는 것이 전부였다.

솔직하지 못한 채로, 미안함을 가득 담은 채로, 서운함이 뚝뚝 떨어지는 채로 깊은 대화 한마디 나누지 못하고 여리는 멤버들이 있는 숙소를 나와야 했다.

"짐은 제가 실으면 되니까 먼저 타요."

여리의 새 로드매니저인 남자가 친절하게 웃으며 짐 가방을 옮겼다. 바뀐 스태프들 모두 친절했고 성실했다. 오랜 시간 함께했던 예전 매니저만큼 편하거나 익숙한 것은 아니었지만 이전보다는 확실히 체계적이고 프로 같은 느낌을 주었다.

전화벨이 울렸다.

"네, 이사님."

여리의 고백 이후 이현은 보다 많이, 자주, 오래 여리와 통화했다. 필요하다고 대답한 것이 전부인 이현이었지만 여리를 대하는 태도는 완전히 달라졌다. 무심한 어투에 배려를 넣으려 애썼고, 차가운 시선에 다정함을 넣으려 노력했다. 여전히 제멋대로인 데다가 위협적으로 굴 때가 있긴 했지만 그 정도로도 훌륭했다.

— 어디야.

낮게 깔린 목소리가 아침에 통화한 것보다 좋지 않았다.

"방금 숙소에서 나왔어요. 이제 새 숙소로 가려고요."

— 밥은.

통화할 때마다 늘 묻는 질문이었다. 이현은 여리의 끼니 문제에 강박적으로 집착했다. 아마도 돈이 없어 밥을 못 먹었다는 말에 적지 않은 충격을 받은 모양이었다. 덕분에 이현이 새로 고용한 여리의 스태프들은 매 끼니마다 여리의 입에 작은 간식이라도 집어넣기 위해 수단과 방법을 가리지 않았다. 이대로 가다가는 뒤룩뒤룩 살이 찔 것 같았다.

"아까 도시락 먹었어요. 이사님은요?"

— 아직. 곧 먹을 거야.

오후 세 시가 넘는 시간이었는데도 밥을 못 먹었다는 걸 보면 어지간히 바쁜 모양이었다. 여리의 입술이 걱정으로 오므라졌다.

"지금 시간이 몇 신데 아직도 밥을 못 먹었어요."

여리가 대놓고 애정을 드러낼 때면 이현은 매 순간 당황하며 숨을 멈추곤 했다.

"많이 바빠요?"

— ……조금.

여리는 그런 이현의 반응을 조금은 기꺼워했다.

"저는 오늘 한가해요. 다섯 시에 잡지 인터뷰 말고는 아무것도 없어요."

— …….

"이사님, 듣고 있어요?"

— 듣고 있어.

여리는 이현이 말을 멈추고 제 말을 곱씹을 때면 그가 제 마음을 가볍게 생각하지 않는다는 걸 느낄 수 있었다. 이현은 모든 순간을 진지하게 받아들였고, 여리는 그런 이현에게 최대한 많은 걸 이야기하려 했다. 그날의 고백 이후로 여리는 보다 자유로워졌다.

"보고 싶어요."

숨길 필요가 없어진 여리가 애정을 표현하는 데 망설임이 사라졌기 때문이었다. 어릴 적 부모에게 부렸어야 할 모든 어리광을 이현에게 쏟으며 모든 것을 이야기하고 공유하고 싶어 했다. 보고 싶다는 말은 거의 밥 먹듯이 했고, 좋아한다는 말 역시 아끼지 않았다.

— 윤여리.

"네, 이사님."

— 그렇게 부르지 말라니까.

또 달라진 것이 하나 있다면 이현은 여리가 자신을 '이사님'이라고 부르는 것을 싫어하게 되었다.

"그럼 뭐라고 불러요."

— 이름 있잖아, 이름.

"불편한데……."

— 불편하긴 뭐가 불편해. 나 회의 들어가. 스케줄 끝나면 문자 남겨.

연락 역시 여리가 원한다면 언제든 할 수 있는 것으로 바뀌었다. 덕분에 여리는 매시간 시시콜콜한 문자들을 보냈다.

＊

이현은 여리와 짧은 통화를 끝낸 후 말랑해진 머릿속을 다시 차갑게 굳혔다. 곧 회의에 들어가야 했다.

"이사님."

김 비서가 급한 걸음으로 들어와 허리를 숙였다.

"왜."

"회장님께서……."

이현의 미간이 찌푸려졌다. 요즘 들어 권 회장의 업무 지시가 과했다. 평소 잘 하지도 않던 전화를 수시로 하면서 이것저것 지시하는 게 영 못마땅했다.

"또 왜."

"이번 기념행사 때 이사님께서 축하 연설을 했으면 좋겠다고 하십니다."

"뭐?"

이번 해에 이화그룹 창사 30주년 기념행사가 있었다. 모든 계열사가 참여해야 하는 큰 행사였고, 이는 이혁과 이환, 이현 모두가 긴장해야 하는 행사였다. 이화그룹 자체가 워낙 크고 넓게 성장한 탓에 계열사는 많았고, 본사와 지사를 모두 합치면 그 수를 헤아리기가 쉽지 않았다. 때문에 이런 커다란 행사가 아니면 모두 한자리에 모이기란 불가능에 가까웠다.

게다가 모든 주주들과 임원들이 모인 틈에 후계자에 대한 이야기가 오갈 것은 분명한 수순이었다. 아직 권 회장의 위세가 단단해 그룹 회장직에 대한 이야기는 나오지 않겠지만 적어도 호텔의 경영권 정도는 그 자리에서 결정될 확률이 높았다. 그런 자리에서 연설을 하라는 건 능력을 증명해 보이라는 소리와 같았다. 권 회장은 또다시 제 아들을 벼랑 끝으로 모는 중이었다.

복잡해진 마음에 이현이 깊은 한숨을 내쉬자 김 비서는 짐짓 표정을 고치고 다시 입을 열었다.

"좋은 쪽으로 생각하세요. 권이혁 사장님께서 하시는 것보다는 나은 것 아닙니까. 그렇게 큰 자리에서 이사님이 연설을 맡는다면 주주들에게 어필할 수 있는 좋은 기회가 될 수도 있습니다. 회장님께서 이사님에게 힘을 실어 주고 있다는 인상을 주기도 좋고요."

이현은 조용히 눈을 감고 생각에 잠겼다.

"어필을 할지, 미움을 살지는 아무도 모르는 거야."

이현에게 있어서 호텔 경영권은 무척이나 중요했다. 권 회장이 갑자기 뒷목을 잡고 쓰러지기라도 한다면 그의 두 형은 이현을 못 잡아먹어 안달일 것이었다. 피바람이 불기 전 최대한 많은 수의 권력을 쥐고 있어야 했다. 그래야만 둘을 상대하며 가진 것들을 지킬 수 있었다.

"김 비서."

"네, 이사님."

"이화호텔 최근 10년간 경영 자료 가져와. 경쟁사 호텔 자료도 전부."

"전부요?"

"전부. 아버지가 기껏 판까지 깔아 주셨는데 제대로 해야지."

이현은 자신이 가진 것 중 어느 하나도 내어 줄 생각이 없었다.

✳

"안녕하세요, 윤여리 씨. 에디터 김소연이라고 합니다."

"안녕하세요, 윤여리입니다."

예정대로 여리는 다섯 시에 잡지 인터뷰를 시작했다. 매니저를 동반한 채 집 근처 카페에서 이루어진 단독 인터뷰는 영상 인터뷰와 달리 사진만 몇 장 찍은 뒤 이야기를 나누어 분위기가 편안했다.

여느 인터뷰와 마찬가지로 지금까지 활동해 온 것들에 대한 질문이 대부분이었다. 비슷한 인터뷰를 반복적으로 한 덕분에 대답하기 어려운 질문은 없었다. 마지막 질문은 팬들이 가장 궁금해하는 질문이라 했다.

"여리 씨는 남자 친구 있으세요?"

"에이, 있을 리가 없잖아요."

여리는 손을 흔들며 소리 내어 웃었다. 보조개가 깊게 팬 순간 카메라의 셔터 소리도 팡팡 터졌다.

"왜 있을 리가 없어요. 이렇게 예쁜데. 배우나 가수들한테 대시 받아 본 적 없어요?"

여리는 짐짓 고민하는 척 잠시 뜸을 들였다.

"사실 그런 일들이 존재할 만한 여유가 없었어요. 일정도 **빡빡**하고 시간도 부족해서 밥도 잘 못 먹는걸요."

대답하며 이현이 이 인터뷰를 보면 또 잔소리를 하겠다 싶었다. 왜 밥을 못 먹느냐, 매니저가 일을 안 하냐, 시간이 그렇게 부족하면 다 그만두고 쉬어라. 반듯한 눈썹을 구긴 그의 얼굴이 선명히 그려졌다.

"그래도 연애는 하고 싶으시죠?"

에디터가 물었다.

"하고는 싶죠. 그래도 지금은 일을 더 열심히 하고 싶어요."

"잘 피해 가시네요. 타이틀 곡 제목이 '이상형'이었어요. 여리 씨 이상형은 어때요?"

시원시원하게 말을 잇던 여리는 잠시 **뺨**을 붉히며 발을 동동거렸다.

"음, 글쎄요. 말이 없는 사람이면 좋겠어요."

"아, 무뚝뚝한 스타일 좋아하시는구나."

몇 번을 불러야 간신히 대답하는 이현이 떠올라 웃음이 나왔다.

"그런가 봐요."

전화를 하면서도 대부분은 여리 혼자 종알거리기 일쑤인 이현의 스타일이 여리에겐 애정 어린 이상형이 되었다.

"외모적으로는 어때요?"

"키가 컸으면 좋겠어요. 제가 작아서 그런지 키가 크신 분들이 좋더라고요."

"아, 키 큰 분 좋죠. 그리고요?"

"쌍꺼풀은 없는 게 좋아요. 진한 눈보다는 날카로운 눈이 더 매력적이니까요."

"여리 씨 스타일을 알겠네요. 차가운 도시 남자, 나쁜 남자 뭐 이런 것 같은데요?"

에디터가 음흉한 미소를 지으며 말했다.

✳

창사 30주년 기념 연설 준비로 정신이 없던 이현은 권 회장의 갑작스러운 호출로 평창동으로 향했다.

권 회장과 그의 아내인 이 여사만이 주인 노릇을 하는 평창동의 저택은 사는 사람보다 일하는 사람이 많은 기괴한 곳이었다. 말소리는 많고, 덕분에 소란스러웠지만 어딘가 소름 돋는 적막함이 느껴지는 역설적이고 불편한 분위기 때문에 이현은 갈 때마다 짜증스러웠다.

이현의 방문에 대해 미리 언질이라도 들었는지 이 여사의 모습은 보이지 않았고 익숙한 가사도우미들만이 허리를 숙인 채 이현을 반겼다.

"오셨어요, 이사님."

"아버지는요."

"서재에 계십니다."

이현은 벌써부터 답답해지는 호흡을 가다듬으며 성큼성큼 계단을 올랐다.

"아버지."

커다란 원목 소재의 책상과 벽면을 채운 책장이 나란히 선 서재에는 날카롭고 냉철한 인상의 권 회장이 앉아 있었다.

"앉아라."

특별한 일이 아니면 집 안에서 만나는 것보다 공개적인 장소에서 기자들을 대동한 채 마주하는 것이 보통이었다. 이번엔 또 무슨 이야기를 해서 사람 속을 뒤집어 놓을지 이현은 머릿속으로 여러 추측을 늘어놓았다.

"연설 준비는 잘하고 있는 게냐."

일상적인 안부조차 묻지 않는 부자의 대화는 아직까지 평범했다.

"아버지께 누 끼치지 않도록 열심히 준비하고 있습니다."

"그래, 그래야지."

권 회장이 차가운 입가에 흐뭇한 미소를 걸었다.

"곧 호텔 경영에 대한 답을 내릴 게다."

시답잖은 이야기를 하듯, 권 회장은 툭 호텔에 대한 이야기를 꺼냈다.

"그 전에 내가 네들 능력 좀 봐야겠다."

"능력이요?"

이현은 미간을 찌푸리며 되물었다. 능력이라니. 누구의 무엇을.

"저번에 말했던 것처럼 이환이는 선택지에 없다. 이혁이와 너, 둘을 시험해 보고 싶은 거야."

"아버지."

"어떤 사업이든 쉬운 건 없어. 이혁이가 전자 사업을 잘 이끌었다 해도, 네가 통신 사업을 잘 이끌었다 해도 호텔 사업은 또 다른 거야."

"……"

"그러니 신중해야 하지 않겠니."

이현은 모두가 두려워하는 권 회장 앞에서도 반항적인 눈매를 숨기지 않았다. 오히려 보란 듯이 한숨을 쉬며 맹렬한 눈빛을 드러냈다. 자로 잰 듯 단정한 이혁과 두려움에 눈도 못 마주치는 이환과는 전혀 다른 태도였다.

"아버지는 아들들이 서로 물고 뜯기를 바라시나 봐요."

한이 서린 목소리였다. 유년시절부터 늘 경쟁하며 보내 온 이현이었다. 사소한 장난감 하나도, 돈 한 푼 들지 않는 칭찬 한마디도 경쟁을 통해 얻도록 배웠다. 다른 평범한 부모였다면 형제간의 우애를 최고로 치며 서로를 사랑하도록 가르쳤을 텐데 권 회장은 그런 사람이 아니었다.

"물 수 있는 이빨을 타고났으면 물어야지."

형제에게 상처 내는 것을 묵인하고,

"뜯길 만큼 나약하다면 또 뜯겨야 하고."

형제에게 상처받는 것 또한 묵인했다.

"형제끼리 말이죠."

이현의 일갈에 권 회장은 나지막이 미소를 지었다.

"네 입에서 그런 말이 나오니 우습구나."

권 회장도 제 자식들의 사이가 남보다도 못하다는 걸 모르지 않았다. 만나기만 하면 으르렁거리는 걸 알았고, 욱하는 성질의 이환이 틈만 나면 이현에게 손찌검을 한다는 것 역시 모두 보고받아 알고 있었다. 때문에 더욱 아들들을 몰아붙였다.

자신이 살아 있는 동안 싸울 만큼 싸워서 이길 사람은 이기고, 쓰러질 사람은 쓰러지길 바랐다. 그래야 늦지 않게 자신의 쓰러진 아들을 일으켜 세울 수 있을 거라 생각했기 때문이었다.

"형제니 뭐니 해도 결국 호텔을 갖고 싶은 건 네 녀석도 마찬가지 아니냐."

"……."

"특별한 걸 요구하겠다는 게 아니야."

권 회장의 목소리가 달래듯 부드러워졌다.

"호텔 추진 사업에 대한 기획서면 된다."

"……."

"내부적으로 조용히 평가할 테니 혹 안 되더라도 타격은 없을 거야."

선심 쓰듯 말하는 권 회장을 이현이 조용히 노려보았다.

"준비 많이 하셨네요. 마치 이런 날을 기다리신 것처럼."

"준비는 많이 할수록 좋은 거지."

권 회장은 제 아들의 치기를 재롱처럼 웃어넘겼다.

"형님은 뭐랍니까."

"이미 준비 시작했을 게다. 이혁이에게는 어제 말했으니까."

"알겠습니다."

이현은 못마땅한 얼굴을 한 채로 고개를 끄덕였다. 어차피 답은 정해져 있었다.

권 회장의 만족스러운 미소를 보며 일어난 이현은 빠른 걸음으로 집 안을 빠져나왔다.

당장 준비해야 하는 것들과 살펴야 하는 자료들이 머릿속에 그려지는 것만으로도 한가득했다. 앞으로 많이 바빠질 것 같았다. 그래서 전화를 걸고 싶었다.

— 네에.

기다렸다는 듯 들려오는 목소리에 잔뜩 굳어 있던 입가가 길게 말렸다.

"뭐 해."

— 음악 방송 끝나고 집에 가는 중이에요.

이현은 여리가 새 숙소를 '숙소'가 아닌 '집'이라고 표현하는 것이 좋았다. 그랬으면 좋겠다고 생각하며 준비한 곳이었다. 혼자 사는 집이라 해서 삭막한 느낌이 나지 않도록 조금이라도 차가운 색깔의 가구나 소품은 일체 들이지 않았다. 그런 노력이 깃든 걸 아는지 모르는지 여리는 그가 마련해 준 집을 좋아했다.

"밥은."

— 초밥 먹었어요. 디저트도 먹었는데 완전 맛있었어요. 무가당 요거트.

"잘 먹었네."

이현은 그 무엇보다도 여리의 끼니를 신경 썼다. 바쁜 일정 속에서 제때 밥을 먹는 게 얼마나 어려운 일인지는 짐작할 수 있었지만 이렇게라도 확인을 하지 않으면 굶기 일쑤라 어쩔 수 없었다.

그런데 오늘은 웬일인지 제법 제대로 챙겨 먹은 티가 났다.

— 초밥은 코디 언니가 사다 주셨고, 요거트는 팬분들이 선물로 보내 주셨어요. 이사님은 밥 먹었어요?

이사님이라고 부르지 말라고 몇 번을 얘기해도 고치기가 영 어려운 모양이었다.

"먹었어."

— 어떤 거 먹었는데요?

여리는 이현의 사소한 모든 것들을 궁금해했다. 이현이 여리의 일거수일투족을 보고받는 것과는 조금 다른 느낌이었다. 그의 궁금증이 소유욕과 그에 따른 불안에서 발현된 것이라면 여리의 궁금증은 애정과 그에 따른 관심에서 비롯된 것이었다.

"샐러드."

— 또요? 토끼도 아니면서 왜 맨날 풀만 먹어요?

이현은 보기와 달리 비위가 약하고 입맛이 까다로워서 가리는 음식이 많았다. 기름진 음식과 육류, 매운 음식들은 입에 대는 일이 거의 없었다. 때문에 특별한 식사 약속이 있는 날이 아니면 과일이나 연어가 들어간 샐러드나 심심하게 간을 한 한식을 주로 먹었다.

아무리 그래도 토끼라니. 헛웃음이 나왔다.

— 이사님.

"왜."

— 보고 싶어요.

집 앞에 주차된 차로 향하던 이현의 걸음이 멈칫, 속도를 늦췄다. 앞으로 계속 바빠질 것 같은데, 만나기는커녕 전화하기도 어려울 것 같은데, 자신만큼 여리도 바빠 둘의 시간이 맞는 날이 별로 없는데.

"지금 스케줄 끝났다고 했지?"

고민을 마친 이현이 물었다.

— 네, 오늘은 끝이에요. 내일 아침 화보 촬영 있어서 일찍 자야 해요.

"지금 갈 거니까 기다려."

보고 싶다는데 보여 줘야지. 이현은 스멀스멀 피어오르는 간지러운 감정을 모른 척하며 미소를 지었다. 오늘 실컷 보고 눈에 담아야 앞으로의 시간 동안 겪게 될 부재를 그나마 견딜 수 있을 것 같았다.

— 지금요? 지금 올 거예요?

방방거리는 몸짓이 눈에 선했다.

✻

음악 방송을 마친 여리는 매니저와 함께 집 안으로 들었다.

이현이 마련해 준 새 숙소는 포근한 곳이었다. 작고 아담한 크기에 부드럽고 따뜻한 색깔의 가구가 주를 이루어 가만히 있어도 잠이 쏟아졌다.

'네가 힘들 때 도망칠 만한 곳이면 좋겠어.'

이현이 처음 주소를 알려 주며 했던 말과 무척이나 어울리는 곳이었다.

어제 오늘 빡빡했던 일정 탓에 몸은 피곤했지만 기분은 날아갈 듯 좋았다. 퇴근길에 걸려 온 이현의 전화는 가뭄에 내리는 단비처럼 달아 전화가 끊긴 후에도 핸드폰을 꼭 쥐고 있게 했다. 밥은 먹었는지, 무엇을 하고 있는지 시시콜콜 묻는 것도 좋았지만 보고 싶다는 말을 아무런 핀잔 없이 들어 주는 것이 가장 좋았다. 속마음을 깨닫지 못한 채 의지하고 싶은 마음, 보고 싶은 마음 모두를 부정하며 억누르던 예전이 기억나지 않았다. 뒤늦게 배우는 표현의 재미가 쏠쏠했다.

"여리 씨, 큰 선물들은 적당히 골라서 기부 단체로 보냈고, 나머지는 전부 가져왔어요. 여기 둘까요?"

매니저가 작은 거실 한편에 선물 보따리를 내려 두며 말했다.

"아, 네. 고마워요."

팬들이 보낸 선물을 정리하는 일은 여리의 매니저가 하는 일 중 꽤 큰 비중을 차지하는 일이었다. 우선 하루에도 수십 개에 달하는 선물들을 일일이 확인해 부담스러운 가격의 선물과 받아도 탈이 나지 않을 것들을 분류했다. 그중 고가의 선물들은 기부하거나 다시 돌려보내는 방식을 택해 혹시 모를 구설수를 예방했다.

작은 선물들 중에서도 화장품이나 보양식 같은 것들은 여리의 뜻에 따라 전부 여리의 부모님 집으로 전달되었고, 여리가 직접 받는 선물은 인형이나 간단한 간식거리, 편지 정도가 전부였다.

"인터뷰 파일은 여기 두고 갈게요."

매니저가 하얀색 파일을 흔들며 말했다.

"인터뷰 파일이요?"

"앞으로 여리 씨 인터뷰는 나오는 대로 파일로 정리해서 보여줄 거예요. 저번에 카페에서 했던 인터뷰 기억나죠? 그것도 있어요. 나온 지는 좀 됐는데 시간이 없어서 이제 가져왔어요."

여리는 카페에서 했던 인터뷰라는 말에 반색하며 눈을 빛냈다. 짧은 시간에 꽤 즐거운 대화를 나눈 느낌이라 기억하고 있던 인터뷰였다.

"오빠는 인터뷰 읽어 봤어요?"

가는 손으로 파일을 펼치면서도 마음이 급한 여리가 물었다.

"네, 재미있던데요?"

"그래요?"

"조금 낡인 것 같긴 하지만."

매니저가 이마 언저리를 긁적이며 웃어 보였다.

"낡여요?"

여리가 궁금하다는 듯 눈을 동그랗게 뜨며 열심히 페이지를 넘겼다. 적당히 넘겨진 페이지 한 면에는 화사하게 웃고 있는 여리의 사진과 〈여리여리한 소녀의 이상형은 나쁜 남자!〉라는 유치하고도 선정적인 제목이 커다랗게 박혀 있었다.

"아, 이게 뭐야."

여리는 금세 억울하다는 듯 울상이 되었다.

"아니, 앨범 얘기를 그렇게 많이 했는데 끝나기 직전에 잠깐 말한 이상형 얘기가 헤드라인이라니."

머리를 부여잡고 으아— 소리를 지르는 여리를 보며 매니저는 큭큭 소리 내어 웃었다.

"인터뷰가 늘 그렇죠. 사람들도 앨범 얘기보다는 이상형 얘기, 연애 얘기를 더 좋아하니까요. 너무 걱정 말아요. 내용은 평범해요."

"아, 그래도 이건 너무 웃기잖아요. 여리여리한 소녀는 뭐고 나쁜 남자는 또 뭐야."

여리는 온몸에 소름이 돋는 것 같았다. 광고했던 핸드폰이 '여리폰'이라는 말로 불린다는 사실을 처음 알았을 때보다 더 민망해지는 순간이었다. 어떻게 이런 단어를 쓸 수 있지? 이렇게 오글거리는 걸?

"인터뷰도 스킬이니까 곧 요령이 생길 거예요."

"휴, 쌓아야 할 스킬이 너무 많네요."

여리는 소파에 놓인 쿠션을 끌어안으며 중얼거렸다. 가수는 노래만 잘하고 춤만 잘 추면 그만일 줄 알았는데 이놈의 연예계는 갖춰야 하는 덕목이 산더미처럼 많았다. 얼굴도 예뻐야 하고, 몸매도 좋아야 하고, 성격도 착해야 하고, 언행도 조심해야 했다. 만능 엔터테인먼트라더니, 정말 만능을 원하는 것 같았다.

"아무튼 고마워요. 오빠."

"고맙긴요. 필요한 거 있으면 바로 연락해요."

"그럴게요. 얼른 들어가서 쉬어요."

매니저를 보낸 여리는 편안한 옷으로 갈아입은 뒤 소파에 앉아 쌓인 편지들을 끌어모았다. 팬들이 보낸 귀엽고 사랑스러운 편지들을 읽으며 쌓인 피로를 풀 작정이었다.

팬의 마음이란 원래 다 같은 건지 내용은 비슷했다. 조건 없는 사랑과 따뜻함이 가득했다. 태어나 주어 고맙다는 과분한 말도 흔치 않게 찾아볼 수 있었고, 사랑한다는 직설적인 고백도 대부분의 편지에서 확인할 수 있었다. 누군가는 팬들에 대한 고마움이 인기를 얻은 직후 2주간만 유지된다고 했다. 그 이후부터는 귀찮아지고 피곤해진다고.

하지만 여리는 그렇지 않았다. 그들의 사랑을 더, 계속 받고 싶다는 욕심만이 꿈틀거릴 뿐이었다. 난생처음 받아 보는 무조건적인 애정과 관심에 콤플렉스나 마찬가지였던 어린 시절의 애정을 되찾은 것만 같은 느낌이었다.

"아, 좋다."

그래서 가끔은 그 마음들을 조금도 놓치고 싶지 않아 편지들을 한가득 끌어안고 눈물을 흘릴 때도 있었다.

"이건 뭐지?"

뺨 위로 떨어지는 눈물을 톡톡 닦아 내던 여리는 보내는 사람의 이름이 적혀 있지 않은 빨간 봉투를 집어 들었다. 정갈한 글씨체로 '윤여리'라고 적힌 모양새가 어딘가 독특했다. 봉투 안에는 여리의 이상형 인터뷰 기사가 인쇄 되어 곱게 접혀 있었다.

"어? 이거 방금 읽은 인터뷰……."

그러고는 단 한 문장만이 또박또박 적혀 있었다.

「키 큰 남자가 좋아요?」

"뭐야……."

무슨 이유에서인지 전신에 소름이 돋아 뒷목이 서늘해지는 순간, 띵동— 초인종이 울렸다.

"아, 깜짝이야."

긴장한 탓인지 놀란 여리가 제 가슴을 토닥이며 인터폰 화면을 쳐다보았다.

— 나야.

익숙한 목소리에 안도의 숨을 내쉬며 문을 열자 보고 싶던 얼굴
이 있었다. 여리가 그 품으로 폴짝 뛰어들었다.

"왔어요?"

이현은 언뜻 당황스러워하는 듯했지만 밀어 내지 않았다. 오히
려 몇 분간 움직이지 않고 조용히 숨을 골랐다.

"무슨 일 있어?"

이현이 물었다. 고백 이후로 여리의 애정 표현은 날로 늘었으니
먼저 와 안겼다는 것에 대한 물음은 아니었다. 이현은 눈치가 좋은
편이었다. 눈치를 보게 만들면 만들었지 평생 눈치라곤 한 번도 보
지 않고 자란 것 같지만 밖에서 낳아 온 자식이라는 태생답게 이
현은 어릴 적부터 눈치가 빨랐다.

그런 그의 눈에 비친 여리는 평소와 달랐다. 분명 전화할 때까
지만 해도 발랄하던 기운이 바들바들 겁먹은 강아지처럼 떠는 것
으로 바뀌어 걱정이 되었다.

"아니요. 아무 일 없어요."

여리는 가볍게 고개를 저었다. 이현이 알면 그 성질에 당장 무
슨 일을 벌일지 몰랐다.

"이사님이야말로 무슨 일 있어요?"

"왜?"

"안 본 사이에 잘생긴 얼굴 다 망가졌네."

여리는 장난스럽게 웃으며 까칠해진 이현의 뺨을 감쌌다. 안 그래
도 날카로운 인상이 닿으면 찔릴 듯 날 선 기운을 뿜어내고 있었다.

"넌 안 본 사이에 더 까부네."

이현이 피식, 웃음을 흘리며 재킷을 벗고 털썩 소파 위로 무너

졌다.

"이리 와."

한마디에 여리가 풀썩 이현의 품으로 뛰어들었다. 이현의 무릎
위에 앉아 단단한 가슴에 얼굴을 묻은 여리는 풍겨 오는 향을 잔
잔히 음미했다. 진한 머스크 향 아래로 섞인 시가 냄새가 이제는
완전히 적응이 되었는지 마음을 편하게 했다.

"저 저번 주에 음악 방송 1위 했는데 봤어요?"

제 긴 머리카락을 쓸어 내는 손길을 느끼며 여리가 물었다. 만날
수 없는 날이 많아도 여리는 이현에 대해 많은 걸 알고 있었다. 틈
만 나면 인터넷에 이현의 이름을 검색해 보기도 했고, 답장 없는 이
현에게 시시콜콜한 문자를 보내기도 했고, 함께했던 시간을 떠올리
며 바보 같은 웃음을 터트리기도 했다. 이현도 그러는지 궁금했다.

"아니, 못 봤어."

물론 기대하지는 않았다.

"그럴 줄 알았어요."

이현은 너무 바쁘고 일이 많다는 걸 모르지 않았다. 이현은 늘
연예인인 자신보다 시간이 부족해 보였다. 이현이 여리의 흘러내
린 머리카락을 귀 뒤로 넘겨 주었다.

"1위 축하해."

이현이 말했다.

그의 무심함 속에서 간혹 가다 나오는 좋은 말은 모든 서운함을
녹일 만큼 달았다.

"다음에는 꼭 봐요. 인터넷에 많이 올라오니까 마음만 먹으면
볼 수 있어요."

"알았어. 시간 나면 꼭 볼게."

뒤에 붙은 '시간 나면'이라는 전제가 그의 바쁨이 어느 정도인지 짐작할 수 있게 했다. 고작 3분짜리 영상도 보지 못할 정도면 밥 먹을 시간이 있다는 것이 기적이었다.

"그렇게 바빠요?"

"응, 죽겠어."

이현이 답지 않게 엄살을 부리며 하얀 목에 얼굴을 묻었다. 목에 닿아 오는 뜨거운 열기에 여리는 어깨를 살짝 떨었다.

"앞으로 한동안 못 볼 거야."

목 구석구석에 영역 표시라도 하는 것처럼 입을 맞춘 이현이 말했다.

"지금도 자주 못 보는데……."

"전화는 자주 할게. 최대한."

숨기지 못하고 단박에 아쉬운 얼굴을 하는 여리를 보며 이현은 뿌듯하면서도 괜한 미안함에 마음이 불편했다.

"곧 회사 30주년 기념행사가 있어."

그래서 굳이 말하지 않아도 될 이야기까지 구구절절 쏟아 냈다. 영문도 모른 채 기다리는 것보다는 이유는 알고 기다려야 덜 답답할 것 같다는 생각에서였다. 무슨 이유를 들어도 서운하겠지만 어떤 이유인지, 어떤 상황인지 알면 조금은 참아 주겠지.

"꽤 중요한 행사야. 정계 전부가 관심을 가질 거고, 난 거기서 연설을 해야 해."

"연설이요?"

호기심이 이는 눈을 한 여리를 보며 이현은 짧게 고개를 끄덕였다.

"신고식 같은 거야."

"뭘 신고하는데요?"

"이것저것."

이것저것이라는 말로 두루뭉술하게 피해 가려는 이현을 여리는 지긋이 눈을 맞추며 기다렸다. 그 단호한 얼굴에 이현은 하는 수 없이 입술을 열어 하던 말을 이었다.

"내가 행사의 주인공이라는 거, 비어 있는 호텔 주인의 주인공이 될 거라는 거, 이화의 주인이 될 수도 있다는 거. 그 정도."

짙은 눈이 깊게 반짝였다. 눈앞에 보이는 선명한 욕망이 번들거리는 듯했다.

"호텔이면…… 이화호텔이요?"

"응."

이현은 하얀 목에 입술을 박으며 낮게 웃었다.

"이사님은 통신이랑 재단 대표잖아요."

여리는 이현이 하는 말의 대부분을 이해하지 못했다.

"그거로는 모자라."

단호한 대답에 갈색 눈이 흔들리며 푹, 생기를 잃었다.

"싫어?"

모든 이가 이현의 욕심을 위험하다고 말했다. 태생의 약점에도 불구하고 통신과 재단을 가졌으니 만족하라는 의미를 내포하고 있었다.

하지만 여리는 마음 놓고 응원해도 되는 사람이었다. 자신이 이기기를, 가지기를, 모든 것을 누르고 올라서기를. 그런 마음을 기대하고 있던 이현은 괜히 심술이 났다. 너는 내가 더 많은 걸 갖길 바라야지. 너는 내가 욕심내는 모든 걸 갖길 바라야지.

"지금도 이렇게 바쁜데 호텔까지 맡으면 일 년에 한 번씩 정해 놓고 얼굴 봐야 하는 거 아니에요?"

여리는 도톰한 입술을 쭈욱 내밀며 웅얼거렸다.

"그래서 그렇게 시무룩한 거야?"

그럼 그렇지.

이현은 여리의 대답이 마음에 들었다. 이현이 가진 것보다 이현 그 자체의 존재를 바라는 모습이 어여뻤다. 계속 이렇게 순진했으면.

"호텔까지 내 몫이 되면 일은 많아져도 내가 부릴 수 있는 여유는 많아질 거야."

"그래도……."

"그땐 지겹도록 얼굴 보여 줄게."

"약속할 수 있어요?"

생기를 찾은 두 눈에 이현은 대답 대신 입을 맞추며 다짐을 새로이 했다. 반드시 가져야지. 반드시 가져서 아무도 제 것을 못 건드리게 해야지.

"그러니까 조금만."

그렇게 다 가져야지.

"조금만 참아. 너까지 보채면 나 힘들어."

그날 이후로 이현은 정말 정신없이 바빴고 하루 세 번 꼭 하던 전화도 간신히 한 번 하는 정도로 줄었다. 그나마 다행이었던 것은 여리도 똑같이 바빠 그리움에 허덕일 시간이 부족했다는 것이다.

"여리 씨, 오늘은 잠 못 잘 거예요. 다음 달에 들어갈 영화 촬영 때문에 뮤직비디오는 오늘 안으로 다 찍어야 되거든요. 미안해요."

매니저는 안쓰럽다는 듯이 여리를 쳐다보았다.

"오빠가 뭐가 미안해요. 괜찮아요."

여리가 오늘 찍어야 할 뮤직비디오는 민준과의 최악의 스캔들을 만들어 냈던 타이틀 곡 '이상형'의 뮤직비디오였다. 여리를 제외한 멤버들은 민준과 함께 찍은 분량이 없어 그대로 쓸 수 있었지만 여리는 아니었다. 여주인공이었던지라 거의 모든 장면을 새로 찍어야 했다. 스토리는 민준과 찍었던 내용과 비슷했고, 장소도 같았다. 바뀐 것은 상대 배우의 존재일 뿐이었다.

"안녕하세요, 선배님. 윤여리입니다."

"선배님이라고 부를 필요 없어요. 김지원이에요."

상대 배우는 한류스타로 몇 년째 최고의 자리를 고수하고 있는 김지원이었다. 남성적인 눈썹에 여성적인 눈매가 만나 중성적이고 묘한 분위기를 가진 매력남이자 곧 결혼을 앞둔 품절남이었다.

남자 주인공으로 지원을 선택한 건 스캔들 이후로 여리의 곁에 있는 남자란 남자는 모두 불쾌해하는 이현의 생각임이 틀림없었다. A급 스타이면서 동시에 결혼할 여자가 있는 지원은 여리의 상대역으로 완벽한 조건이었다.

촬영은 순조로웠다. 민준과는 비교도 할 수 없을 만큼 수많은 경력을 가진 지원은 자연스럽게 분위기를 유도하며 좋은 그림을 만들어 냈다.

"선배님 덕분에 정말 빨리 끝났어요. 오늘 하루 종일 찍을 줄 알았는데."

지원의 무서운 집중력과 기막힌 이해력 덕분에 쉬는 시간도 없이 달려 촬영 시간은 예상보다 딱 절반만 소요되었다. 그는 단 한 순간의 흐트러짐도 없이 완벽하게 촬영에 임했다. 정말이지 존경하지 않을 수 없는 프로였다.

"여리 씨도 수고 많았어요."

까칠하다는 소문과 달리 지원은 예의도 발랐고, 거만하지도 않았다. 잘 웃지 않는다는 점이 조금 불편하기는 했지만 촬영만 들어가면 사랑이 가득 담긴 눈으로 웃어 보여 오히려 경외심이 들었다.

"아, 선배님. 곧 유현주 작가님이랑 결혼하시죠?"

지원의 피앙세는 이제 막 주목받기 시작한 신인 방송 작가였다. 웃는 게 예쁜 상냥한 사람이라 신인인 여리에게도 꼬박꼬박 디정한 인사말을 건네는 좋은 사람이었다.

"현주를 알아요?"

무표정하던 지원의 얼굴에 화색이 돌았다.

"방송국에서 종종 인사만 몇 번 나눴어요. 결혼 정말 축하드려요. 진짜 잘 어울리시는 것 같아요."

여리가 양손으로 엄지를 치켜세우자 지원은 연기하던 모습보다도 더 밝게 웃으며 그렇죠? 하고 얼굴을 붉혔다.

"청첩장 보낼 테니까 여리 씨도 와요."

"제가 가도 돼요?"

"나랑 같이 일하고, 현주랑도 아는 사인데 당연하죠. 와서 축하해 줘요."

웃는 얼굴의 지원은 누가 보아도 행복해 보였다. 그 모습에 문득 여리는 궁금해졌다. 이현에게 자신도 그만큼 미소를 주는 사람인지, 떠올리면 기쁨을 주는 사람인지. 여리에게 이현은 이미 그런 사람이었다. 떠올리면 미소가 지어졌고, 웃고 있으면 절로 떠올랐다. 여리는 이현에게도 자신이 꼭 그런 사람이면 좋겠다고 생각했다.

촬영이 끝나자 여리는 지친 기색이 역력했다.

"생각보다 일찍 끝나서 눈 붙일 수 있는 시간은 좀 돼요. 집에서 다음 스케줄 장소까지 멀지 않으니까 잠깐이라도 좀 자고 내려와요."

매니저가 여리를 차에 태우며 말했다.

"오빠는요?"

피곤한 건 매니저 역시 마찬가지라 여리는 자신보다도 그가 더 걱정이었다.

"저도 집이 근처예요. 걱정 말아요."

"아, 다행이다."

여리는 밴 안에 가득 쌓인 쇼핑백과 상자들을 보았다.

"오늘 받은 선물이에요?"

"네, 촬영장에 팬분들이 많이 왔었어요. 아직 정리 못 한 거니까 편지만 챙겨요."

여리는 고개를 끄덕이며 색색의 편지 봉투를 사랑스러운 눈으로 훑었다. 정신을 잃듯 잠들었다가 아쉽게 깰 바에는 뜬눈으로 버티다 집에 가서 쓰러지는 편이 더 나았다.

"집까지 가는 동안 편지나 읽어야겠다."

생각만 해도 기분이 좋아지려는데,

"……."

심장 한구석이 서늘해지고 머릿속이 뻣뻣해졌다. 피곤한 눈에 들어온 것의 정체는 잊으려야 잊을 수 없는 빨간색 봉투였다. 별것도 아닌 문장과 내용으로 등줄기에 식은땀이 흐르게 했던 며칠 전의 편지가 선명하게 떠올랐다. 여전히 발신인의 이름은 적혀 있지 않고 오로지 정갈한 선으로 '윤여리'만이 적힌 봉투는 보는 것만으로도 여리의 손을 땀으로 적셨다.

인간이란 본래 겁이 많아서 두려운 것을 앞에 두면 눈을 감기 마련이지만 눈을 다 가리고서라도 공포 영화를 보고, 비명을 내지르면서도 아찔한 놀이기구를 타는 것이 인간의 어리석은 본능이었다. 호기심만큼 강력하고 치명적인 유혹이 여리에게 통하지 않으리란 법은 없었다.

여리는 두근두근 뛰어 대는 심장을 모른 척하며 조심스럽게 봉투를 열었다. 저번처럼 혼자 있는 것도 아닌지라 손끝에는 망설임이 없었다.

심호흡을 하며 감았던 눈을 뜨자 별거 아닌 문장이 여전히 별거 아닌 내용으로 적혀 있었다.

「키 큰 남자랑 연기하니까 좋아요?」

얼음 바가지를 머리 위로 부은 듯 싸늘해지는 기분에 여리는 당장에 쥐고 있던 편지를 구겨 구석으로 치웠다.

"저, 오빠."

"네, 여리 씨."

이 편지를 보낸 사람은 누구일까.

"오늘 오셨던 팬분들 중에…… 좀 특이하거나 이상한 사람 없었어요?"

"그게 무슨 말이에요?"

매니저가 걱정스러운 목소리로 되물었다.

"그게……."

여리는 발밑을 구르는 빨간 편지 봉투를 보며 입술을 달싹였다. 말을 할까, 말까. 말을 하는 즉시 이현의 귀에 들어갈 것이었다. '조금만 참아. 너까지 보채면 나 힘들어.' 나른한 얼굴로 느리게 뱉어 내던 낮은 목소리가 귓가를 울렸다.

"그냥…… 아니에요."

여리는 애써 밝은 미소를 지으며 고개를 저었다. 그래, 사실 별 거 아니잖아. 협박을 한 것도 아니고, 찾아와 괴롭힌 것도 아닌데. 그렇게 여리는 두려움을 애써 감췄다.

✳

이현의 사무실엔 이현의 비서진들과 실무 팀이 모두 모여 머리를 한데 모으고 있었다.

"형님 쪽 정보는 파악했어요?"

이현이 너덜거리는 보고서를 휘휙 넘기며 물었다. 이혁을 이길 기획서를 쓰려면 이혁의 기획서를 알아야 했다.

"아직 명확한 건 없지만 예상할 수는 있습니다."

"예상?"

"권이혁 사장님은 무너지지 않는 탑을 쌓는 것을 중요하게 생각하십니다. 큰 개혁을 추구하는 것보다는 내실을 쌓는 쪽을 지향하실 가능성이 크다는 소리죠."

무너지지 않는 탑, 그것은 이혁을 설명하는 가장 완전한 문장이었다. 이현은 제 형의 고집스러울 만큼 철저한 완벽주의 성향을 모르지 않았다. 재벌가의 장남으로 태어나 무엇 하나 흐트러지는 법 없이 자라 온 그는 아무리 이현일지라도 쉽지 않은 상대였다. 즉흥적이고 멍청한 이환과는 태생적으로 다른 사람이었다.

가장 높은 성공률과 가장 낮은 실패율을 따라 모든 것을 선택할 이혁을 상대하려면 그와 같은 방법으로 이길 수 없었다. 가장 낮은 성공률과 가장 높은 실패율을 가진 선택지에 모든 것을 걸고 죽을 때는 처참하게, 이길 때는 찬란하게 이겨야 했다.

"우리는 반대로 갑시다."

이현이 긴 손가락으로 반듯한 이마를 톡톡 두드리며 말했다.

"형님이 안정이라면 우리는 위험을 택해야 합니다."

"위험이라면……."

머리가 반쯤 벗겨진 늙은 상무가 말꼬리를 늘이며 물었다.

"형님은 호텔을 통해 면세점 수익을 내는 쪽으로 가닥을 잡을 겁니다. 호텔 자체로 수익을 내기는 어려우니까요."

"아, 아무래도 그렇지요."

"그러니 우리는 호텔 자체로 수익을 내야 합니다."

무너지지 않는 탑이란 존재하지 않는다는 게 이현의 생각이었다.

"아무리 고급스러운 인테리어라 해도 더 고급스러운 건 존재합니다. 맛있는 음식도 마찬가지죠. 취향의 문제로는 이길 수 없다는 소립니다. 유일한 걸 찾으세요. 이화호텔만이 할 수 있고, 이화호텔에서만 즐길 수 있는 것."

이화그룹의 장남이라도 무너질 수 있고, 사생아로 태어난 막내라도 먹이사슬의 정점을 찍을 수 있는 것처럼.

여리는 두 번째 빨간 봉투를 받은 이후로 팬레터들을 읽지 않았다. 사정을 모르는 매니저가 부지런히 정리해 전달해 주기는 했지만 받기만 할 뿐 쳐다보지도 않았다. 연예인 활동을 하면서 가장 큰 낙과 같았던 팬레터 읽기를 멈춰야 하는 것이 아쉽기는 했지만 스스로의 정신 건강을 위해서는 어쩔 도리가 없었다.

가끔가다 비슷한 빨간 봉투를 발견할 때면 흠칫 놀라면서도 궁금할 때가 있긴 했지만 애써 무시하며 모른 척했다. 그리고 그것이 무척이나 어려운 일은 아니었다. 스케줄은 차고 넘쳐 자는 시간이나 먹는 시간도 모자란 판이었으니 편지 조금 안 읽는다고 하루가 지루해지지는 않았다.

"아, 오늘 마지막이네."

오늘은 타이틀 곡 '이상형'의 마지막 무대가 있는 날이었다. 예상했던 것보다 많은 사랑을 받았고, 처음으로 음악 방송 1위도 하게 해 준 소중한 곡이었다. 마음 같아서는 조금 더 활동을 하고 싶었지만 여리를 포함한 다른 멤버들도 모두 바빠진 탓에 음악 활동을 넉넉하게 할 수 있는 여건이 되지 않았다.

여리는 영화 촬영을 앞두고 있었고, 혜인이도 일일 드라마의 작은 배역으로 캐스팅되어 정신이 없었다. 톡톡 튀는 성격의 민정이와 귀여운 매력의 영우 역시 예능 프로그램에서 확실하게 자리 잡아 인지도를 높이고 있었다. 모두들 어울리는 자리를 찾은 느낌이었다.

일주일 만에 모두 모인 크리스탈 멤버들은 이제는 익숙한 듯 대기실에 앉아 옷매무새를 점검했다.

"벌써 끝이라니. 실감이 안 난다."

혜인이 아쉬운 얼굴을 드러내며 중얼거리자 나머지 멤버들도 같은 심정인지 고개를 끄덕였다.

"음악 방송이라도 하니까 얼굴 보고 그랬는데 이제 여리 얼굴 보기도 힘들겠다."

혜인은 영영 헤어지는 사람을 앞에 둔 사람처럼 서운한 표정을 했다. 서로의 일정이 다르고 바쁘다 보니 숙소를 옮기고 나서는 음악 방송을 제외하고 만날 일이 없었다. 그 마음을 모를 리 없는 여리는 혜인과 달리 밝은 미소로 그녀를 쳐다보았다.

"누가 보면 우리 해체하는 줄 알겠다. 됐어. 우리 자주 볼 거야. 전화도 매일 할 거고."

여리가 혜인의 손을 가만히 쥐었다. 모두 한곳을 향해 가고 있으니, 더 높은 곳을 향해 계속 나아가고 있으니, 가장 높은 곳에서 두리번거리면 서로를 볼 수 있을 것이었다.

"근데……."

고개를 끄덕이던 혜인이 여리의 얼굴을 쓸며 미간을 찌푸렸다.

"요즘 많이 힘들어?"

"응? 아니, 괜찮은데."

"괜찮긴. 얼굴이 하얗게 질려서는. 어제 잠 못 잤어?"

그도 그럴 것이 여리는 최근 심각한 불면증에 시달리고 있었다. 스케줄이 많아 몸이 녹초가 되어도 침대에만 누우면 잠이 오지 않아 뜬눈으로 밤을 지새웠다. 급한 대로 약국에서 수면유도제를 처방받기는 했지만 특별한 도움이 되지는 않았다.

"요즘 잠이 잘 안 와서 그래. 괜찮아."

그러고는 벽에 기대 눈을 감아 버리는 여리였다. 오랜 친구의 걱정에 마음이 녹아 너덜거리는 속마음을 뱉어 내기라도 할까 봐 그래서 완전히 무너질까 두려운 마음 때문이었다. 스스로가 생각해도 지치는 일상이었다. 바쁜 하루하루, 쏟아지는 관심과 애정, 그에 따른 비판과 비난 모두가 너무 많았고 너무 무거웠다.

여리가 입는 옷, 먹는 음식, 타는 차 모두가 기사화되었고 소소한 목격담도 부풀려지고 커져 가끔은 말도 안 되는 소설이 되기도 했다. 악의적인 내용이 있지는 않아 별다른 대응을 하지는 않았지만 그것만으로도 여리는 어깨가 움츠려졌다. 이런 옷을 입어도 될까, 이런 걸 먹어도 될까, 이런 차를 타도 될까. 혹시라도 누군가의 기대를 저버리거나, 누군가의 표적이 되지는 않을까 매사 불안했다.

하루에 마주치는 사람의 수는 스태프들을 포함해 수백에 달하는데 이름을 기억하거나 따뜻한 눈길을 주고받는 경우는 거의 없었다. 모두들 제 할 일로 지쳐 있었고, 그것은 여리도 마찬가지였다. 그러다 보니 최근에는 꼭 필요한 순간이 아니면 말을 하지 않았고, 의도된 상황이 아닌 이상 어떠한 표정도 짓지 않았다.

멤버들에게조차 속내를 드러내지 않고 가만히 눈을 감고 있던 여리는 손에 쥔 핸드폰에서 울려 오는 진동에 눈을 떴다.

"네, 저예요."

여리는 대기실 안에 있는 작은 탈의실로 들어가 목소리를 낮췄다.

— 어디 아파?

물어 오는 이현의 목소리는 짜증스러웠지만 다정했다. 급하고 거친 성격에 비해 세심한 구석이 많아 가끔 이렇게 놀라움을 선사할 때가 있었다. 고작 '네, 저예요.' 라는 대답에도 이현은 아프냐고 물을 줄 아는 사람이었다.

"아니요. 좀 피곤해서 그래요."

여리는 가라앉은 목소리를 높게 끌어 올리며 고개를 저었다. 무대에 올라가기까지 고작 몇 분의 여유만 있을 뿐이었다. 짧은 시간 동안 걱정만 나누고 싶지 않았다.

— 매니저한테 스케줄 좀 줄이라고 해.

"그게 제 마음대로 되나요."

— 네가 내 여잔데 못 할 게 뭐 있어.

여리는 픽, 바람 같은 웃음을 터트렸다. 좋아한다는 말을 하기 전에도 그는 종종 '내 여자' 라는 말을 사용했다. 자신이 가진 것에 영역 표시 하는 걸 즐기는 사람이라 말 자체에 큰 뜻이 없다는 건 알았지만 듣기는 좋았다.

"이사님은 오늘 어때요? 많이 바빠요?"

— 응, 바빠. 오늘이 행사 날이야.

"그게 벌써 오늘이에요?"

호텔을 가지면 여유를 가질 수 있다는 말에 희망을 품은 게 어제 같은데 벌써 첫걸음을 내디딜 날이라는 게 신기했다.

— 오늘이야. 잘하고 갈게.

잘하고 가겠다는 말이 꼭 그래야만 한다는 강박으로 느껴져 여리는 자신도 모르게 미간을 찌푸렸다. 누가 시키는 것도 아닌 것 같은데 이현은 매사 완벽해야 한다는 압박이 강한 것처럼 보였다.

이현은 더할 게 없는 사람이었다. 물론 성격적 결함이 분명하기는 했지만 일에 매달리는 시간과 열정은 나무랄 데가 없었다. 회사에서는 물론 집에서도 일을 멈추지 않았고 매 순간 핸드폰을 손에서 놓지 않으며 전달 사항이나 메일을 보는 것이 이현이었다. 더 이상 잘할 필요도, 잘할 이유도 없어 보였다.

"못해도 돼요."

그래서 괜히 못해도 된다는 별로 좋아하지 않을 소리를 내뱉었다. 이현은 한참이나 대답이 없었다.

— 밥은.

늘 그렇듯 받아들이기 힘든 소리를 할 때면 이현은 주제를 다른 것으로 바꿨다. 좋아한다고 할 때나, 보고 싶다고 할 때나, 기껏 마음먹고 애교를 부릴 때면 언제나 그는 모른 척했다.

"저는 잘 먹고 있어요."

그가 모르는 척을 하면 여리는 잘도 속아 넘어가 주었다. 부족하면 부족하다고 어리광을 부렸을 테지만 지금 주어진 것들에도 충분히 만족하고 있었다.

"이사님은요?"

— 아직. 오늘은 못 먹을 것 같아.

"왜요?"

— ……

주어지는 정적에 여리는 입술을 달싹이는 이현을 떠올렸다.

"긴장돼요?"

늘 잘해야만 한다는 강박에 시달리는 사람은 실패를 두려워하기 마련이었다.

— 조금.

정적을 뚫고 들려온 말은 들키는 것을 싫어하는 사람의 인정이었다. 누구에게도 보이지 않았을 마음이기에 여리는 그 마음이 소중했다. 여리 역시 누구 하나 마음 놓고 의지할 수 없는 이 시기에 오직 이현에게만 의지했다. 제 허물의 모든 걸 알고 있는 사람, 그 허물을 아무렇지도 않게 덮어 줄 사람, 동시에 똑같이 허물이 큰 사람.

문득 이현의 짙은 머스크 향과 중독되는 시가 냄새가 먼 옛날의 것처럼 느껴졌다.

"이사님."

— 응.

"오늘 일 끝나면 조금 한가해지는 거죠?"

바쁜 것도, 불안한 것도, 그리운 것도.

"밤에 같이 맛있는 거 먹어요."

밖은 봄 날씨라던데, 쉴 틈 없이 짜인 스케줄 속에서 여리는 봄을 느낄 수 없었다.

— 나 오늘 많이 늦어.

푹 내쉬는 한숨에 섞인 아쉬움을 듣고 나서야 그제서 아, 봄이
구나 여리는 느낄 수 있었다.

"저도 스케줄 늦게 끝나요."

— 고집은.

"고집 정도 피워야 이사님이 만나 주니까 그렇죠. 저 이제 무대
올라가야 해요. 이따 만나요."

아직 올라가기까지 시간이 조금 남았지만 여리는 그렇게 말했
다. 조금 더 말하다가는 다 그만두고 이현이 있는 곳으로 달려가고
싶다고 말할 것 같았다. 그럼 이현은 그러라 하겠지. 쏟아 내는 애
정을 밀어 낼 위인이 아니니. 여리는 오늘이 그에게 중요한 날이라
는 걸 알았고, 그것을 방해하고 싶지 않았다. 짧은 한숨과 낮은 웃
음소리가 함께 흘렀다.

— 그래.

그래, 이렇게 또 기다릴 수 있는 힘을 얻는 거지. 여리는 그렇게
조금은 가뿐한 마음으로 무대에 설 수 있었다.

무대를 끝내고 내려온 여리는 멤버들과 인사를 나눌 새도 없이
매니저에게 몸을 맡겼다.

"여리 씨, 차까지 가는 길에 팬분들 많아요. 저랑 경호원들이
붙기는 해도 조금 불편할 거예요."

"알아요. 음악 방송 때는 항상 그렇잖아요."

음악 방송은 공개 방송으로 진행하는 터라 팬들이 많이 몰렸고,
그것은 주차장 역시 마찬가지였다. 연예인에게 팬이 소중하듯, 팬
에게는 제 연예인이 보석처럼 혹은 아이처럼 소중했다. 팬과 연예

인의 관계가 부모 자식 간의 관계와 비슷하다는 연구 결과도 있을 정도니 그 크기는 짐작할 수 없는 것이었다. 때문에 맹목적이었고 그만큼 위험할 때도 있었다.

"밀지 마세요! 다칩니다!"

경비가 삼엄한 방송국을 빠져나오자마자 팬들의 환호성이 들리고 동시에 매니저도 목이 터져라 소리를 질렀다. 매주 겪는 일이긴 했지만 언제나 적응이 안 되는 일이었다. 팬들은 여리의 모습이 보이자마자 너도나도 소리를 질렀고, 선물을 던졌고, 울음을 터트렸다. 그 마음이 너무 거칠고 커 두렵기는 했지만 또 고맙고 미안해서 여리는 조금이라도 더 많은 팬들과 눈을 맞추기 위해 애썼다.

"감사합니다. 감사합니다."

경호원의 몸을 뚫고 내미는 팬들의 손을 살갑게 잡아 주던 여리는 쑥, 들어오는 낯선 손이 쥐여 준 빨간 봉투를 보고 모든 말과 행동을 멈췄다.

지금 여기 있는 거야?

"여리 씨, 왜 그래요?"

차까지 몇 걸음 남겨 두고 걸음을 멈춘 여리를 의아하게 바라본 매니저가 물었다.

"오빠……."

"어디 아파요? 다쳤어요?"

팬들이 몰리면 언제나 크고 작은 일이 일어나기 일쑤였다. 특히나 선물과 편지, 거친 손짓들이 난무하는 순간에는 작은 생채기쯤 당연한 일이었다.

매니저는 혹시나 많은 팬들의 압박 속에서 자신도 모르게 여리가 다친 것은 아닌지 사색이 되었다. 매니저는 여리의 매니저이자 동시에 이화재단 소속의 직원이었고, 이현을 고용주로 두고 있는 직장인이었다. 이현이 그를 여리의 매니저로 고용하면서 원했던 것은 단 하나, 여리의 안전이었다. 어떤 일이 있어도 여리의 몸을 최우선으로 생각하라던 그의 단호한 방침이 떠올라 매니저는 아찔해졌다.

"그게 아니라……."

반면에 여리는 움직이지 않는 다리를 땅에 박아 두고 연신 고개를 두리번거리며 주변을 살폈다. 자신에게 봉투를 건네고 사라진 의문의 팔이 선명하게 떠올랐다. 하지만 고작 그것으로 그 주인을 찾는 것은 불가능했다.

"여리 씨?"

매니저는 팬들이 계속 몰리는 것을 보며 억지로 여리를 끌어 차에 태웠다.

"여리 씨, 갑자기 왜 그래요. 정말 어디 아파서 그래요? 병원으로 갈까요?"

다그치는 듯한 소리에도 여리는 가만히 손에 쥔 빨간 봉투를 바득바득 구겼다.

"놀라서……."

지금은 안 돼. 지금은.

"갑자기 사람들이 몰려서…… 잠깐 패닉이었어요. 이제 괜찮아요."

"정말이에요?"

여리는 억지로 입꼬리를 올리며 웃었다.

"네, 괜찮아요."

"하, 저 완전 심장 떨어지는 줄 알았잖아요."

매니저는 그제야 마른 숨을 몰아쉬었다.

"미안해요. 많이 놀랐어요?"

"아까는 막 이사님 호통 소리가 귀에 울리는 정도였다니까요. 여리 씨 어디 하나라도 잘못되면 저 죽어요."

"죽긴 누가 죽어요. 오빠가 일을 얼마나 잘하는데."

"일을 아무리 잘해도 여리 씨 다치면 저는 해고예요. 그러니까 아까처럼 갑자기 놀라게 하고 그러지 말아요."

여리는 뻣뻣해진 고개를 억지로 끄덕이며 의자에 몸을 묻고 눈을 감았다. 매니저가 운전석으로 자리를 옮기고 차를 출발시킬 때까지도 그대로 눈을 감고 있었다.

차분해지지 않는 마음을 억지로 달래 가며 여리는 전의 상황을 되짚었다. 사람이 많았고 모두가 편지나 선물 따위를 들고 있었다. 팬들 중에 빨간색 편지 봉투를 사용하는 사람은 많았다. 그럼에도 유령처럼 다가온 팔로부터 전해진 빨간 편지에 소름이 돋았던 이유는 그저 정갈한 글씨체와 발신인이 비어 있는 그 한적함 때문이었다.

여리는 제 손에서 쓰레기처럼 구겨지고 있는 편지를 조심조심 원래의 모습대로 펼쳤다. 윤여리, 라고 적힌 글씨를 외면하며 개봉하자 하얀색의 두꺼운 카드가 나왔다. 아, 제발.

「피할 수 있을 것 같아요?」

음습한 기운이 온 피부 결로 느껴졌다. 달달 떨리는 몸으로 어두운 차창 밖을 쳐다보았다. 쫓아오는 차는 없는지, 걷고 있는 사람 중 수상한 사람은 없는지 잔뜩 젖은 눈으로 사방을 살폈다. 하지만 모두가 자신을 쫓아오는 것 같았고, 모두가 수상해 보였다. 머리가 핑핑 돌았다.

"아……."

여리는 제 머리를 쥐어뜯으며 새어 나오는 신음을 꾸역꾸역 삼켰다.

"오빠."

"네, 여리 씨."

"다음 스케줄이 뭐예요?"

"저번에 인터뷰했던 광고사 기억하죠? 거기서 추가 인터뷰 있어요."

"취소해 줄 수 있어요?"

"네?"

"아까 놀랐던 게 아무래도……."

지옥 같은 스케줄 속에서도 불평 한 번 하지 않던 여리의 말에 매니저는 다시 한 번 눈초리를 가늘게 떴다.

"많이 심해요?"

"그런 건 아니고 좀 쉬어야 될 것 같아요. 그럴 수 있어요?"

여리는 스케줄을 소화할 정신이 되지 않았다. 지금 당장 집 안으로 들어가 모든 시선을 차단하고 이불 속에서 짙은 숨을 몰아쉬며 눈을 감고 있어야 할 것 같았다.

앞선 두 장의 편지에서도 의문의 발신인은 여리를 지켜보고 있다는 느낌을 주었다. 키 큰 남자가 좋으냐는 질문도, 키 큰 남자와 연기해서 좋으냐는 뮤직비디오 촬영 현장에서의 질문도 마찬가지였다. 그리고 이번엔 조금 더 가까운 곳에서, 늘 지켜보고 있다는 느낌을 당당하게 풍겨 왔다.

당장 어딘가로 숨고 싶은 마음이었다. 어떤 스케줄을 어디에서 진행해도 그 의문의 발신인이 지켜보고 있을 것 같은 느낌에 두려움이 커졌다.

"그럼 일단 병원부터 가요. 아까부터 얼굴이……."

"싫어요."

여리는 떨리는 손끝을 의자에 박아 넣으며 고개를 저었다. 병원으로 간다고 해서 그 끔찍한 시선이 끊길지는 확신이 없었다. 또 병원으로 가면 매니저는 이현에게 보고할 것이 분명했다. 말하지 말라고 부탁해도 그의 상사는 엄연히 이현이였다. 결국은 여리의 말을 외면하고 이현에게 고할 것이 뻔했다.

이현은 이번 연설을 신고식이라고 했다. 알아들을 수 없는 말로 설명했지만 그가 연설을 얼마나 중요하게 생각하는지는 모를 수 없었다.

결국 그가 모든 것을 알아 걱정과 보호를 해 준다 해도, 그렇게 안정을 취한다 해도 그의 연설을 망쳤다는 자책을 얻고 싶지는 않았다. 집으로만 가면, 그가 자신을 위해 마련해 준 그 집으로 가면 아직은 버틸 수 있을 것 같았다.

"병원까지는 필요 없어요. 그냥 좀 어지럽고 속이 불편한 거니까 집으로 가요. 집으로."

"그래도……."

"집에서 쉬고 싶어요."

매니저는 하는 수 없이 병원이 아닌 집으로 핸들을 돌렸다. 여리는 어서 집에 도착해 커다란 침대 위에서 이불을 뒤집어쓰고 내일이 오기를 바라고 싶었다. 어서 내일이 와서 그에게 전화할 수 있기를. 그에게 이 모든 두려움을 토해 내고 그의 품에 몸을 숨길 수 있기를.

"혹시 모르니까 근처에 있을게요. 갑자기 아프고 그러면 바로 연락해야 돼요. 알았죠?"

"알았어요."

여리는 서둘러 매니저를 보냈다. 누구 하나라도 곁에 있는 것이 싫고 두려웠다.

"괜찮아, 괜찮아……."

집까지 오르는 엘리베이터 안에서도 호흡은 안정을 찾지 못했다. 빠르게 비밀번호를 누르고 아무렇게나 신발을 벗어 던진 여리는 집 안의 커튼이란 커튼을 모두 내려 세상과의 연결을 단절시켰다.

"괜찮아…… 이제 괜찮아……."

— Rrr.

문자임을 알리는 짧은 진동음 소리에 여리는 왼쪽 주머니에서 핸드폰을 꺼냈다. 이현은 문자를 즐기지 않는 사람이라 답 한 번 하지 않던 사람이었다. 게다가 지금은 한창 연설 준비로 바쁠…….

[내 편지 잘 받았어요?]

발신인이 표시되어 있지 않아도 누구의 문자인지 알 수 있었다.

[집이에요?]

[혼자 있어요?]

윙윙, 소름 돋는 소리를 내며 연달아 도착한 문자에는 빨간 편지에서 느껴지던 섬뜩한 기운이 또렷하게 서려 있었다.

후두둑, 눈물이 떨어지는 것도 모른 채 여리는 커튼을 열고 창 밖을 쳐다보았다. 이미 어둠이 내린 광경 사이로 작은 불빛들이 보였다. 지나가는 자동차의 것도 있었고, 맞은편 건물의 것도 있었다. 그 모든 것이 독사의 눈처럼 자신을 향하고 있는 것 같아 숨이 막혔다.

— Rrrrr.

손발을 덜덜 떨며 헛구역질을 하고 있을 즈음 전화가 왔다. 저장되어 있지 않은 번호였다. 그리고 그것이 누구의 전화인지는 여리도 충분히 알았다.

"아……."

앓는 소리와 함께 주방 안쪽에서 달그락, 그릇이 흩어지는 소리가 났다. 그제야 꾸역꾸역 눌러 놓은 날카로운 비명이 입 밖으로 튀어나와 집 안을 울렸다.

"꺄아악!"

여리는 핸드폰을 집어 던지며 그대로 집 안을 빠져나왔다. 단순한 잡음에도 이성은 끊어지기 충분했다. 더 이상 집 안도 안전하지 않다는 생각이 머릿속을 가득 채웠다.

신발도 제대로 신지 못한 채 헐레벌떡 뛰쳐나온 여리는 무작정 택시를 잡아 올라탔다. 거친 호흡과 함께 머릿속은 계속해서 혼란스러워졌다.

"아가씨?"

"으아악!"

택시 아저씨의 물음에도 여리는 놀라 비명을 내질렀다. 등골이 시리고 손발이 바들바들 떨렸다.

"아이고, 놀라라. 아가씨, 괜찮아요?"

중후한 나이의 택시 기사는 한눈에 보아도 험한 일을 당한 것 같은 여리가 눈물을 멈추고 안정을 찾을 때까지 조금 기다려 주었다.

그렇게 약 십 분 정도를 울먹이고, 손톱을 뜯고, 입술을 깨물고 나서야 여리는 어디로 가야 할지 간신히 답할 수 있는 정신을 챙겼다.

"하, 한남동……."

"네?"

"한남동으로…… 가 주세요."

여리는 이현의 집이 있는 곳을 말했다. 구체적인 계획이 있어서 그곳을 말한 것은 아니었다. 그냥 본능적으로 몸이 원하는 장소를 토해 내듯 말한 것뿐이었다. 가는 동안에도 창밖을 볼 수 없어 고개를 숙였다. 교복을 입은 여고생들의 웃음소리조차 날카로운 비웃음으로 들려 창문을 열 수 없었다.

불규칙한 호흡을 내뱉는 여리를 보며 친절한 택시 기사는 도움 청할 사람이 없냐고 물었다. 무슨 일인지는 모르겠지만 부모님이나 친구에게 얼른 전화하라며 혼자서는 안 된다고 단정 지었다.

주머니 속에는 단 하나의 핸드폰만이 있었다. 두려움에 내던진 핸드폰이 아닌 하얀색 핸드폰이었다. 저장된 번호 역시 하나였고 여리가 전화하고 싶은 상대도 단 한 명이었다.

"아, 안 돼……."

여리는 강박적으로 손톱을 물어뜯으며 중얼거렸다. 애가 타서 죽을 지경이었지만 통화 버튼은 쉽사리 눌러지지 않았다.

그때, 한 남자가 여리가 타고 있던 택시의 문을 열었다.

"으아악!"

택시 기사가 백미러로 뒷좌석을 살폈다. 아가씨가 고개와 허리를 숙이고 있던 탓에 빈 택시라 생각한 손님이 문을 연 모양이었다. 아가씨는 손이 하얗게 질리도록 뒷문을 부여잡고 있었다.

"아저씨, 얼른…… 얼른 가 주세요. 제발……."

여리는 이제 택시 안도 안전하지 않다고 느꼈다. 제 핸드폰으로 문자를 하고 전화를 했던 누군가가, 빨간 봉투에 정갈한 글씨로 소름 돋는 편지를 보내던 누군가가 언제든 택시 안으로 달려들 것 같은 공포가 커져만 갔다.

통화 버튼을 눌렀다. 신호음이 길었다. 그가 연설 중이든, 그것보다 더 중요한 일을 하든 그것은 이제는 중요하지 않았다. 몇 번의 전화가 응답 없이 끊어지기를 반복했다. 그럼에도 택시 안에서 할 수 있는 일은 그뿐이라 여리는 계속해서 같은 행동을 반복하며 정처 없는 기다림을 반복했다.

"받아요, 받아 줘요……."

딸깍—

아, 드디어.

— 나 지금…….

"흐읍…… 흡…… 흐앙."

떠올리려 애쓰던 목소리가 귓가에 닿자 여리는 꾹 눌러 온 눈물을 애처럼 쏟았다.

— 뭐야. 너 왜 울어.

단정하던 목소리가 날을 세웠다.

"흡…… 누가, 흐…… 편지, 흑……."

두서없는 말이 서러움에 펑펑 쏟아졌다.

— 윤여리, 천천히. 천천히 말해.

"흐엉…… 문자가…… 흐읍…… 전화로……."

핸드폰 너머로 답답한 한숨이 낮게 깔렸다.

— 매니저 옆에 없어?

"흐읍…… 없, 없어요."

— 어디야. 어딘지만 말해.

"집에……."

— 집?

"이사님…… 이사님 집으로……."

— 알았어. 기다려.

"끊, 끊지 마요! 무서워요……."

여리는 연신 제 손톱을 물어뜯고 있었다. 인자한 인상의 택시 기사도 믿을 수 없었다. 아무도 믿을 수 없고, 모두가 의심스러웠다.

— 안 끊어.

"무서워요…… 너무."

무섭다, 얼른 와라, 편지가 왔다, 누가 보고 있다 등의 말들을 반복적으로 뱉어 내던 여리는 이현의 집이 보이자마자 쥐고 있던 돈을 던지듯 지불하고는 택시에서 내렸다.

그러고는 달렸다. 달려서 중앙 문을 열고, 푸른 잔디와 인공 연못을 지나 계단을 올랐다. 엘리베이터를 기다리는 시간조차 초조해 3층까지 헉헉 거친 숨을 뱉으며 올랐다. 핸드폰이 닿은 귓가로 어떤 소리가 들리는 것도 같았지만 여리의 신경은 오로지 단 하나, 그의 집으로 들어가야 한다는 생각밖에 없었다.

단번에 누른 8자리 비밀번호를 끝으로 문을 열자 익숙한 향기와 조용한 거실이 여리를 반겼다.

"하아……."

방송국 앞에서 편지를 받은 직후부터 계속된 불안과 공포가 탁, 끊어지듯 풀려 자취를 감췄다. 짙은 안개처럼 끝을 알 수 없는 안정감이 급격히 몰려왔다.

떨어진 핸드폰 위로 이현의 다급한 목소리가 쉴 없이 들려왔지만 여리는 대답할 수 없었다. 텅 빈 집 안에서도 느껴지는 이현의 존재감에 여리는 마음 놓고 정신을 놓아 버렸기 때문이었다.

12
자신보다 중요한

　대한민국에서 재벌은 귀족과 같은 삶을 누리는 집단이었다. 소위 고급 교육이라는 걸 받으며 자란 그들은 자로 잰 듯한 예의와 매너를 갖추고, 예술과 미학에 조예를 쌓으며 빛나는 이성으로 만든 학식으로 스스로를 조각하듯 만들어 냈다. 하지만 그들은 배운 것과 반대로 살았다. 약자를 배려해야 한다고 배웠지만 오히려 짓밟았고, 보이지 않는 가치를 소중히 해야 한다고 배웠지만 돈의 힘을 믿었다.

　이현도 마찬가지였다. 예의와 매너를 알기에 가식을 떨었지만 돈의 힘도 알아 제 밑의 사람들을 무시하고 경멸했다.

　하지만 이 순간 이현은 태어나 처음으로 자신이 아닌 다른 사람의 안위를 걱정했다.

　― 흐엉…… 문자가…… 전화로…….

　여리의 눈물 섞인 전화 때문이었다.

그 전화를 받기 몇 분 전 이현은 제 차례를 기다리며 옅은 미소를 짓고 있었다. 권 회장은 기획안을 보고 호텔의 주인을 정하겠다 했지만 연설은 여전히 힘을 과시하기에 좋은 기회였다. 모든 것이 중요한 그때, 안쪽 주머니에 넣어 놓은 핸드폰이 짜증스러울 정도로 울렸다. 혹여나 책이라도 잡힐까 참았지만 끈질기게 계속되는 진동에 이현은 결국 행사장을 나와 핸드폰을 확인했다.

부재중 전화 모두가 여리였고, 오고 있는 전화도 여리였다. 행사 시작 전에 통화도 했고, 오늘이 무슨 날인지도 알고 있는 여리가 무슨 일로 이러는지 알 수가 없었다.

"나 지금⋯⋯."

연설을 앞두고 있으니 곧 다시 전화하겠다는 말을 하려던 것이

─ 흐읍⋯⋯ 흡⋯⋯ 흐앙.

펑펑 터트리는 울음소리에 막혀 버렸다.

"뭐야. 너 왜 울어."

걱정보다 앞서는 날 선 목소리에도 대답하지 못하는 여리의 울음에 이성이 끊기고 온갖 더럽고 위험한 상상이 머릿속을 지배했다.

이현이 연예계 종사자는 아니었지만 아트재단을 운영하면서 들은 소문과 술자리에서 알게 된 사실들을 떠올려 보면 여리가 사는 세상이 얼마나 위험한지 모를 수 없었다.

연예인에게 무서운 것은 이유 없이 자신을 싫어하는 안티팬의 존재만이 아니었다. 인간적인 마음이라곤 시청률에 팔아넘기고 오로지 흥행과 이슈에만 목을 매는 방송국 관계자들도 위험했고 맹목적인 사랑으로 광적인 집착을 하는 팬들의 존재도 조심해야 했다. 여리와 자신의 관계도 도덕적인 것은 아니었지만 여리에게 일어날 수 있는 모든 관계는 윤리적이거나 건강하기 어려운 것이었다.

무엇이 여리를 공포에 덜덜 떨게 만들었는지는 몰라도 그것이 완벽하게 여리를 위협하고 있다는 것만큼은 확실했다.

"저, 이사님."

따라 나온 비서진이 어서 자리로 돌아가야 한다는 눈짓을 보냈다. 이현이 입술을 꾹 깨물었다. 태어나 이렇게 고민되는 순간은 없었다. 또한 이토록 비합리적인 선택지도 없었다. 답은 너무나 뻔했고 쉬웠지만 그 쉬운 길을 갈 수가 없어 고민이 되었다.

오래도록 준비하고 오래도록 기다려 온 기회였다. 사람들 앞에서 어떠한 장애물도 없이 차기 회장의 면모를 과시할 수 있는 자리임에도 불구하고 다리가 땅에 박힌 듯 움직이지 않았다. 아직 가지지 못한 것을 갖기 위해 자리를 지킬 것인가, 이미 갖고 있는 것을 잃지 않기 위해 떠날 것인가. 이현은 입술을 깨물며 고개를 돌렸다.

"어디야. 어딘지만 말해."

말하는 순간 얽히고 얽혔던 걱정과 고민을 끝냈다. 많은 것을 포기해야 할지도 모르는 선택이지만 딱 하나 포기할 수 없는 것을 위한 것이었다.

― 집에…….

"집?"

― 이사님…… 이사님 집으로…….

여리는 자신의 집이 아닌 한남동으로 가고 있다는 말을 횡설수설 쏟아 냈다.

"알았어. 기다려."

한번 가진 것은 끝까지 제 것으로 두고 싶은 마음이 그를 움직인 것이었다. 머릿속에 선명히 그려지는 하얀 얼굴이 그를 움직인 것이었다. 그 얼굴 위로 구르는 눈물을 혀끝으로 받아 삼키고 싶은 마음이 그를 움직인 것이었다. 잔뜩 공포에 질려 엉엉 눈물을 쏟아 내는 그 얼굴을 당장이라도 끌어안아 무슨 일 때문인지 묻고 싶었다.

— 끊, 끊지 마요! 무서워요…….

"안 끊어."

단호하게 힘을 실어 대답한 이현은 귀에 밀착시킨 핸드폰을 살짝 떼고 김 비서를 향해 가까이 오라 지시했다.

"차 대기시켜."

그 말도 안 되는 명령에 김 비서는 사색이 되어 식은땀을 주룩 흘렸다.

"이사님, 곧 연설 시작합니다. 지금 어딜 가시겠다는……."

"차 대기시키란 말 못 들었어?"

저번처럼 실수하고 싶지 않았다. 여리가 삼 일간 자취를 감췄던 그 시간이 자신에게 얼마나 큰 상실감을 가져다주었는지 잊지 않고 있었다. 잃을 수 없었다. 태어나 처음 가져 본 자신을 있는 그대로 좋아해 주는 사람이었다.

"이사님, 오늘은 안 됩니다. 지금까지 준비하신 걸 생각하세요."

이현은 바득 이를 갈며 김 비서의 멱살을 움켜잡았다.

"연설 못 한 걸로 잘못되면 그 뒷감당은 내가 해."

길게 뻗은 눈이 살벌한 기운을 뿜어냈다.

"근데 지금 내가 집으로 못 가서 일이 잘못되면 그 뒷감당은 누가 하려고. 김 비서가 할 거야?"

김 비서가 할 말을 정해져 있었다.

"하아— 알겠습니다."

김 비서도 어쩔 도리가 없었다. 이현의 말은 절대적인 것이었다. 거역할 수도, 모른 척할 수도 없는 그 명령을 겁 없이 밀어 냈다 무슨 일을 당할지는 아무도 장담할 수 없었다.

"윤여리 매니저도 연결해."

"알겠습니다, 이사님."

이현은 차에 올라탄 후에도 끊임없이 여리에게 말을 걸었다. 그럼에도 여리는 그 노력이 무색하게 말도 안 되는 단어들을 나열하며 정신없는 속을 내비쳤다. 그 수많은 말 중 무섭다는 말이 이현의 가슴을 조였다. 넥타이를 풀고 단추도 몇 개 풀었지만 꽉 막힌 숨은 트이지 않았다.

감히 누가, 감히 자신의 것에, 감히 공포를 줄 수 있을까.

"어떤 미친 새끼가……."

죽고 싶은 게 아니라면 대체 무슨 배짱으로. 이를 바득바득 갈며 치밀어 오르는 분노와 걱정을 묶어 두던 이현은 문득 귓가에 더 이상 여리의 목소리가 들리지 않는다는 사실을 깨달았다. 의미를 알 수 없는 말이라도 계속해서 중얼거리던 그 힘없는 목소리가 더 이상 들리지 않았다.

"윤여리."

조용했고,

"대답해, 윤여리."

들리지 않았다.

"아……."

아무것도 알 수 없고 볼 수 없는 사람의 고통스러운 신음이 이 사이로 쏟아졌다.

이러지 마, 대답해. 대답해.

"이사님, 도착……."

김 비서의 말이 끝나기도 전에 이현은 달렸다. 중앙 문이고, 잔디고, 연못이고 그런 것이 있었던가 싶게 이현은 달렸다. 두세 계단을 성큼성큼 밟아 문을 열었을 땐 여리의 쓰러진 모습을 볼 수 있었다.

"윤여리!"

눈앞이 캄캄했다. 아무 생각도 들지 않았다. 평소라면 바로 대답이 돌아왔을 커다란 목소리에도 여리는 꼼짝없이 쓰러져 있었다. 걸음을 내딛기도 어려웠는지 신발장을 벗어나지 못한 얇은 몸이 너무 가여웠다. 가는 두 다리를 따라 시선을 내리니 신발도 신지 못한 작은 두 발이 보였다. 한쪽 다리에 걸린 발찌가 어울리지도 않게 반짝였다.

"이사님! 아, 아니 이게 무슨……."

무슨 일 때문인지 알 턱이 없어 따라 올라온 김 비서는 펼쳐진 광경에 놀라 아연실색했다.

"앰뷸런스 불러."

차가운 바닥에 여리가 얼어붙기라도 할까 품 안으로 가득 끌어안은 이현이 말했다.

"앰뷸런스 부르라고, 당장!"

앰뷸런스가 도착했을 땐 김 비서가 여리의 보호자가 되었다. 얼굴이 알려지다 못해 유명한 이현과 여리가 함께 병원에 들어가는 모습은 누가 보아도 씹을 거리가 될 것이 분명하다는 김 비서의 판단 때문이었다. 덕분에 이현은 여리가 1인 병동에 무사히 입원 수속을 마칠 때까지 돌부처가 되어 기다릴 수밖에 없었다.

첫 만남 이후 여리는 이현에게 많은 도움을 받았지만 그것들 모두는 이현이 알아서 도운 것이었다. 여리는 한 번도 무엇을 먼저 요구한 적이 없었다.

크리스탈 멤버들이 살던 숙소를 아파트로 옮긴 것도 이현이였고, 여리에게 개인 숙소를 제공한 것도 이현의 독단적인 결정이었다. 이동할 때 편하라고 제공한 밴도, 드라마도, 유명한 프로듀서들도 모두 이현이 알아서 지시하고 제공한 것들이었다. 살뜰한 애정보다는 오만한 욕심이 앞서서 이루어진 것들이었지만 어쨌든 이현과 여리의 관계는 늘 그런 식이었다.

하지만 오늘은 여리가 먼저 이현에게 도움을 청했다. 이현이 오래도록 준비한 창사 30주년 기념행사가 있는 날이라는 것을 알고 있던 여리가 손을 내밀었다. 소리 내어 울었고 무섭다고 흐느꼈다.

어떤 상황인지, 무슨 일을 당한 것인지 아무것도 모르는 상황에서 기다린다는 것은 끔찍한 일이었다. 지독한 시간을 어서 죽여야 했다. 이현은 자신이 무슨 일을 해야 하는지 아주 잘 알고 있었다.

"정 매니저."

바람처럼 달려와 죄인처럼 고개를 숙인 매니저에게 그동안 무슨 일이 있었는지, 자신이 윤여리에 대해 모르는 것이 무엇인지를 묻는 일이었다.

"윤여리가 저 지경이 되도록 당신은 뭐 했어."

착 가라앉은 목소리가 차가운 대리석 바닥을 타고 흘러 매니저의 발목을 움켜잡았다.

"오늘, 아니 며칠 전 일부터 하나도 빠짐없이 전부 말해."

매니저는 아, 앓는 소리를 냈다. 이현이 그렇듯 매니저 역시 착잡한 심경이었다. 오늘따라 창백한 안색이던 여리를 진작에 병원으로 끌고 갔어야 했는데, 라는 후회가 밀려왔다.

"죄송합니다, 이사님."

이현의 기대와 달리 매니저는 아는 것이 별로 없었다. 여리와 함께 일한 지 얼마 되지 않아 허물없이 지내는 사이도 아니었고, 여리 자체가 말이 많은 편도 아니었다.

"내가 그딴 말을 듣자고 당신을 부른 게 아니잖아."

하지만 이현은 그런 사정을 다 헤아려 줄 만큼 여유롭지 않았다.

"어디서부터 문제였는지 생각해."

이현은 이미 수행원들을 시켜 여리의 집을 수색하라고 명했다. 신변의 두려움을 느꼈으면서도 집을 떠나야 했던 이유, 신발도 신지 못한 채 자신의 집으로 와야 했던 사연이 무엇인지 알아야 했다. 하지만 그들이 알아 오기까지 기다리기엔 인내심이 바닥을 치고 있었다. 이현은 시가를 물고 불을 붙여 독한 연기를 몸 깊숙이 삼켰다.

"오늘 음악 방송 있었다며."

마지막 무대를 앞두고 있다던 여리의 목소리가 떠올랐다.

"거기까진 애가 멀쩡했단 말이지."

연설이 끝나면, 마지막 무대가 끝나면 밤에 만나 맛있는 걸 먹자고 웃으며 통화를 나눴었다.

"아―"

매니저는 무언가 생각이라도 난 듯 짧은 탄식을 뱉었다.

"음악 방송 끝나고 나가는 길에 조금 이상하긴 했습니다."

"뭐가."

"팬들이 많이 몰렸었거든요. 공개 방송 특성상 항상 있는 일이긴 했는데 오늘은 평소랑 다르게 많이 놀란 것 같았습니다."

"그래서."

매니저가 계속해서 말을 이었다.

"패닉이 왔는지 한참을 제자리에 서 있었습니다. 제 말에 대답도 하지 않고요."

이현은 지끈거리는 이마를 짚으며 미간을 구겼다. 아, 그런 일이 있었는데 나한테 아무런 보고도 없었다 이 말이지?

"차에 타고 나서도 뒤에 스케줄을 취소해 달라고 하길래 제가 병원으로 가자고 했는데…… 여리 씨가 싫다고, 집에서 쉬겠다고 하는 바람에……."

김 비서 말로는 일을 잘하는 사람이라고 했는데 이거 안 되겠네.

"정 매니저."

이렇게 뒤통수를 치나?

"윤여리 고집대로 하게 둘 거면 당신이 있는 이유가 없지 않아?"

이현의 목소리가 낮은 곳에서 높은 곳으로, 차가운 것에서 뜨거운 것으로 바뀌었다.

"아파 보이면 병원에 데려가고, 힘들어 보이면 스케줄 조정하고, 불편해 보이면 신경 쓰라고 당신이 있는 거 아니야?"

"죄, 죄송합니다……."

— Rrrrr.

벼락이라도 떨어트릴 기세로 매니저를 몰아붙이던 이현은 수행원으로부터 온 전화에 잠시 말을 멈췄다. 여리의 집으로 보낸 수행원이었다.

— 이사님, 접니다.

"핵심만 말해."

— 아무래도…… 스토킹을 당하신 것 같습니다.

"뭐?"

하, 돌겠네. 진짜.

― 편지 몇 장이랑 핸드폰에 남은 문자 확보했습니다.

이현은 뻐근해지는 눈을 무겁게 한 번 감았다. 무섭다고 웅얼거리는 소리를 들었을 때 많은 생각을 했지만 설마 스토커의 짓일까 했다. 아이돌들의 사생팬이나 스토커들의 행태가 꽤 광적이라는 것을 알고 있기는 했지만 그런 것들은 오랜 시간 이어지는 것들이기 때문에 자신이 모를 수 없다고 생각했다.

도대체 왜 말을 하지 않은 걸까. 믿을 수 없었던 걸까, 알리고 싶지 않았던 걸까.

"가져와. 전부."

수행원과의 통화를 끝내고 이현은 또 다른 곳에 전화를 걸었다. 명색이 통신회사의 대표였다. 핸드폰에 남은 기록 추적하는 것쯤은 아무 일도 아니었다.

"정 매니저."

"네, 이사님."

"윤여리가 스토킹을 당한 것 같다는데?"

물음을 가장했지만 물음은 아니었다.

"알고 있었어?"

피할 길 없는 가혹하고 단호한 질책이었다.

김 비서의 빠르고 정확한 일 처리 덕분에 여리는 별 소란 없이 VIP 1인 병실에 입원할 수 있었다. 여리는 앰뷸런스에 실려 병원으로 옮겨지는 동안 내내 깨어나지 않고 잠만 잤다. 그런 모습에 이현은 온갖 걱정으로 펄쩍 뛰었지만 의사는 극심한 스트레스 상황에 충격까지 받아 심신이 미약해진 거라 간단히 진단했다.

"그래서 어떻게 하면 됩니까."

이현이 말했다. 여리의 병실이 확보되었다는 소식을 전달받자마자 달려온 것이었다.

"안정을 취하고, 충분히 쉬면 괜찮아질 겁니다. 혈액 검사나 CT 촬영에서 아무 이상 없었으니 너무 걱정 안 하셔도 됩니다."

나이가 지긋한 의사가 병실을 나가고 이현은 홀로 남아 여리의 야윈 얼굴을 가만히 지켜보았다. 예전에도 이런 비슷한 날이 있었다. 여리의 자는 모습을 가만히 지켜보기만 했던 날. 그때는 이렇게 위태로운 분위기도 아니었고, 이리 야윈 모습도 아니었다.

"눈만 떠."

이현은 조용히 잠든 여리의 귓가에 낮은 목소리를 속삭였다.

"쉬고 싶은 만큼, 놀고 싶은 만큼 다 하게 해 줄게."

너 이렇게 만든 사람도 네 앞에 무릎 꿇게 해 줄게.

"그러니까 눈만 떠."

황량한 제 마음을 달래려 깨어 있을 때 하지 못한 단맛의 말들을 뱉어 내는데 등 뒤로 딸깍, 문이 열렸다.

"이사님."

김 비서였다.

"방해하지 마."

이현이 날을 세웠다.

"스토커…… 찾았습니다."

김 비서의 고개가 공손히 숙여지고 이현의 눈은 번뜩였다. 억지로 참고 있던 분노를 알맞은 곳에 쏟아 낼 순간이 온 것이었다.

"이사님께서 경찰에 넘기지 말라고 하셔서 일단 사무실에 억류해 놨습니다."

"알았어. 곧 나갈 테니까 밖에서 대기해."

김 비서가 나가자 이현은 자리에서 일어나 여리의 머리를 다정하게 쓸었다.

"다녀올게."

하얗고 둥근 이마 위로 이현의 입술이 내려앉았다.

"네가 받은 거에 몇 배로 더 괴롭혀 줄게."

✳

병실에서 나와 곧바로 사무실로 향한 이현은 무척이나 대면하고 싶었던 스토커를 만날 수 있었다. 단 세 장의 편지로 여리를 무너지게 하고, 핸드폰 번호까지 알아내어 괴롭혔던 악질 스토커는 평범한 남자 대학생이었다.

남자는 순진해 빠진 얼굴을 하고 있었고 덜덜 떠는 와중에도 자신은 아니라며 몇 번이고 부정을 했다. 그것을 참지 못한 이현이 거센 발길질을 하며 이를 갈았다.

"피할 수 있을 것 같아요?"

이현은 자신에게 맞아 고꾸라진 남자를 일으켜 무릎 꿇게 하고는 빨간 봉투의 편지들을 어이가 없다는 듯 읽어 보였다.

"내 편지 잘 받았어요? 집이에요? 혼자 있어요?"

고작 이따위 문장들을 써 내려가며 여리의 고통을 상상하고 즐겼을 남자가 역겨웠다.

"왜, 왜 이러세요……. 저 아, 아니에요."

"아니야?"

"저, 저는……."

"뭐가 아닌데?"

이현은 남자와 눈을 맞추기 위해 한쪽 무릎을 굽히며 서늘하게 웃었다.

"계속 발뺌하면 너만 손해야."

남자는 무슨 변명이라도 하려는 듯했지만 이현은 고개를 흔들며 무시했다. 그러고는 척 봐도 비싸 보이는 시계를 풀고, 소매를 걷어 올렸다.

"자, 잠깐만!"

"왜, 뭐."

"이, 이래도 되는 거예요? 다, 당신 신고할 거야!"

남자는 제법 억울해 보이는 얼굴로 웅얼거렸다.

"재벌이면 이렇게 막 사람 패고 그래도 되는 거야? 이 일 퍼지면 당신한테도 불리한 거 아니야? 당신은 우리 여리랑 무슨 관계길래⋯⋯!"

고래고래 소리를 지르던 남자는 배를 부여잡고 바닥을 굴렀다. 전의 것보다 더 센 타격이었는지 남자는 비명조차 지르지 못했다.

"내가 이 방에서 너 하나 병신 만든다고 뭐가 달라질 것 같아?"

이현은 남자가 여리에게 보냈던 편지를 떠올리며 미간을 좁혔다. 고작 이 벌레 같은 인간의 행동으로 여리의 목이 졸렸을 것을 생각하니 화가 치솟았다.

"소, 소문낼 거예요!"

"소문?"

"당신도 여리 때문에 나한테 이러는 거잖아요. 다, 당신이랑 여리랑 그렇고 그런 사이라고 말할 거야. 그러니까 나 그냥 보내는 게⋯⋯."

이현은 큭큭, 실성한 사람처럼 웃었다. 허망한 발악이 안타까웠다. 남자는 그런 협박이 이현에게 통할 것이라고 생각한 모양이었지만 그렇지 않았다. 여리는 물론 이현도 가벼운 인물이 아니라 소문을 두려워하는 것은 당연한 것이었다. 하지만 소문은 언론이 만들었고, 언론은 돈에 의해 굴러가는 법이었다. 이현이 돈을 무서워할 리 없었다.

"내가 널 병신 만들겠다는 소리 못 들었어?"

이현이 웃는 얼굴을 굳히고 목소리를 낮췄다.

"아, 아니……."

"네가 여기서 병신이 되어 나가도 난 널 스토커로 고소할 거야. 윤여리는 물론이고 대한민국 사람이라면 다 널 기억하도록 아주 악랄하고 극악무도한 스토커로 만들어 줄게."

말 한 마디, 한 마디에 진실된 각오가 실렸다. 소문을 막는 것도, 소문을 내는 것도 이현에게는 어렵지 않았다.

"그때가 되면 사람들은 네가 하는 말 중 그 어떤 것도 믿지 않을 거야."

남자는 사색이 되어 이현을 쳐다보았다.

"아, 그래도 소문내고 싶으면 내. 괜찮아."

이현은 인심 쓴다는 듯 부드러운 미소를 지어 보였다.

"재벌 2세랑 아이돌은 연애하지 말라는 법이 있는 것도 아니잖아?"

그 말을 끝으로 이현은 남자에게 다시는 입도 벙긋 못 할 만큼의 폭력을 행사했다. 지켜보던 수행원들이 이제 그만하라 말려도 듣지 않던 이현은 여리가 깨어났다는 소식을 전해 받고서야 거친 숨을 몰아쉬며 모든 행동을 멈췄다.

＊

"김 비서, 이게 깨어 있는 거야?"

깨어 있는 여리를 볼 수 있을 거란 기대를 안았던 이현은 실망할 수밖에 없었다. 여리는 단 한 번도 깨어난 적 없는 사람처럼 마지막으로 보았던 모습 그대로 잠에 취해 있었다. 망연자실한 이현의 뒷모습에 민망해진 김 비서가 허둥지둥 변명을 늘어놓았다.

"분명 아까 일어나셨는데……."

"밥은."

"네?"

"윤여리 밥은 먹었어?"

김 비서는 난처하다는 듯 눈알을 굴렸다. 아니라는 말 한마디가 어려워 입술을 달싹였다. 이현이 답답하다는 듯 한숨을 쏟았다.

"됐어. 나가 봐."

"저, 이사님은……."

"알아서 할 테니까 나가."

이현은 당연한 걸 묻는다는 듯 귀찮은 얼굴을 했다. 마지막으로 들은 목소리는 정신이 반쯤 나가서 울고 있었다. 예전처럼 나긋하던 목소리를 듣기 전까지는 마음 편히 잠들기 어려웠다. 여리가 괜찮다는 것을 알기 전까지는 어려웠다.

"불편하실 겁니다. 집에 가서 주무시는 게……."

이현의 말이 이곳에서 자겠다는 뜻이라는 걸 아는 김 비서가 말했다.

"김 비서."

이현이 말했다. 목소리에는 상당한 무게의 피로가 쌓여 있었다.

여리에게만큼이나 이현의 하루도 길었다.

"김 비서까지 나 괴롭히지 마. 피곤해."

그제야 병실 안은 조용해졌다. 이현은 재킷을 벗으며 침대 옆 소파에 풀썩 주저앉았다. 손이 저릿했다. 차오르는 화를 달래지 못하고 남자에게 몇 번이나 손을 댔다.

생각해 보면 이토록 폭력을 휘두른 일이 오랜만이었다. 예전 같았으면 술자리에서 이틀에 한 번 꼴로 일어났을 일이었다. 바쁘고 중요한 시기라 꼬투리 잡힐 행동을 모두 절제한 덕도 있었지만 여리의 존재감도 무시할 수 없었다.

매일 너를 생각하고 있노라, 너의 모든 것을 좋아하노라 숨김없이 보여 주는 여리의 작은 관심과 애정이 이현의 롤러코스터 같은 기복을 차분하게 만들었다. 함께 있지 않아도 함께 있는 것 같은 기분에 망나니처럼 굴고 싶다가도 한 번, 또 한 번 망설이게 되는 탓이었다.

"이사님……."

여리를 보면서도 여리를 생각하던 이현의 귓가로 꿈결 같은 목소리가 들려왔다.

"윤여리?"

화들짝 놀라 바라본 얼굴은 분명 맑은 갈색 눈을 드러내고 있었다. 반가움에 미소가 번지려는 것도 잠시, 여리는 서러운 듯 눈물을 흘렸다. 깨어나 현실을 마주하는 것만으로도 감당하기가 버거운 모양이었다.

"흐읍……."

바쁘다는 말로 곁을 비운 동안 벌레 같은 스토커에게 시달리며 이같이 눈물을 계속해서 흘렸을 생각을 하니 잠잠했던 피가 다시

거꾸로 솟는 것만 같았다.

"괜찮아."

이현이 침대에 걸터앉아 여리를 품에 안았다. 괜찮다는 그의 목소리에 흐느낌이 더 요동치는 것 같았다.

"너무…… 너무 무서웠어요."

"이제 괜찮아."

"이사님이 보고 싶었어요."

비 맞은 생쥐처럼 처량한 꼴을 한 주제에 여리는 사랑스러운 말을 내뱉었다.

"알아. 이제 괜찮아."

이현이 낮게 중얼거렸다.

"무서웠지."

대답 없이 얌전히 끄덕이는 머리를 이현은 부드럽게 쓸며 괜찮아, 괜찮아 같은 말을 속삭였다. 들썩이던 어깨가 얌전해지기까지는 그리 오래 걸리지 않았다. 여리는 불규칙한 숨을 밀어 내며 천천히 제 호흡을 찾았다. 텅 빈 이현의 집에서 이현의 흔적을 느끼며 찾았던 안정이 진짜 이현의 품에서는 보다 빠르게 다가왔다.

"왜 말 안 했어."

품 안에 안긴 여리를 떼어 낸 이현이 물었다. 이현은 여리가 왜 자신한테 말하지 않았는지, 왜 진작 기대지 않고 벼랑 끝에 매달려서야 자신을 떠올렸는지 궁금했다. 늘 그렇게 필사적인 이유가 뭘까.

"그냥……."

"……."

"방해될까 봐 그랬어요."

건조함에 쩍 갈라진 목소리에서 나온 대답은 생각보다 더 한심한 것이었다. 여리는 항상 필사적이었다. 스캔들이 났을 때도 필사적이었고, 스토커에 시달릴 때도 필사적이었다. 궁금해하는 쪽은 이현이었는데 여리는 늘 이현 때문이라 했다. 이현이 좋아 필사적이고, 이현을 걱정해 필사적이라 했다. 이현은 마음 어딘가가 울컥, 차올랐다.

"이사님 연설 끝나면 얘기하려고 했는데…… 아."

그 마음을 아는지 모르는지 여리는 작은 손에 얼굴을 묻고 하— 깊은 한숨을 뱉어 냈다.

"연설…… 어떻게 됐어요?"

이현은 짙은 눈썹을 꿈틀거렸다. 끝까지 그놈의 연설이 중요한 모양이었다. 아, 물론 그렇게 생각하게 만든 것은 자신이었다.

"못 했구나."

여리는 절망적인 얼굴로 또다시 눈물을 글썽였다.

"어떡해요…… 미안해요, 정말."

여리는 할 말이 없었다. 매니저에게도 말하지 않은 채 버렸던 모든 수고와 노력이 물거품이 되어 최악의 결과를 낳았다는 것이 짜증스러웠다. 자신이 멍청했다.

"윤여리."

그는 여리의 이름을 부르며 기울어진 작은 턱을 끌어 올렸다.

"네 눈엔 내가 그렇게 무능력해 보여?"

묻는 얼굴이 진지했다.

"이사님……."

"연설 하나 못 했다고 나 안 죽어."

"……."

"죽을 죄 지은 사람처럼 굴지 마."

여리는 이현이 자신을 달래려고 하는 말이라는 걸 모르지 않았다.

"중요한 일이라고 했잖아요. 그거 준비하려고 맨날 바빴으면서."

여리는 건조함에 핏기가 비치는 입술을 꾹 깨물었다.

"아직 안 끝났어. 기획서도 남았고."

이현은 다정하게 여리의 뺨을 쓸었다. 이럴 줄 알았으면 중요하다고 얘기하지 않았을 텐데. 중요하다는 제 말 한마디 때문에 괴로워도 숨기려 애썼을 속을 생각하니 후회가 밀려왔다.

"그거 잘하면 연설 못 한 것도 괜찮아지는 거예요?"

"자세히는 안 알려 줘. 이제 너한테 일 얘기 안 할 거야."

이현은 단호하게 고개를 저으며 말했다.

"이제부터는 내가 알아서 할 테니까 너는 신경 꺼."

"……."

"너한테만 집중해. 내 생각하다가 사고 치지 말고."

그 말이 무슨 뜻인지 너무 잘 알아서 여리는 별다른 말 없이 고개를 끄덕였다.

"너만 생각해. 뭐 하고 놀고 싶은지, 어떻게 쉬고 싶은지 열심히 생각해. 그것만으로도 시간 없을 거야."

이현이 만족스럽다는 듯 웃어 보이며 말했다.

"그게 무슨 소리예요?"

놀다니 무슨, 이라는 표정으로 눈을 깜빡이는 여리에게 이현은 믿을 수 없는 말을 속삭였다.

"너 휴가야."

13
휴가

"휴가요?"

여리는 생각지도 못한 휴가라는 소리에 미간을 찌푸리며 물었다. 분명 좋은 의미에서의 표정은 아니었다.

"왜?"

이현은 생각과 다른 반응에 순간 당황한 얼굴을 숨기며 고개를 기울였다.

"왜는 무슨 왜예요. 저 지금 쉬면 큰일 나요."

여리는 당연한 걸 묻는다는 듯 눈을 동그랗게 떴다.

"큰일이 왜 나."

태평한 대답에 여리는 낮게 한숨을 뱉었다. 신경안정제의 무거운 기운이 남은 몸이 영 불편했다.

"저 당장 다음 주부터 영화 촬영 있어요. 참석해야 되는 행사도 엄청 쌓여 있고요."

"취소하면 되잖아."

이현의 간단한 대답에 여리는 참 속 편해서 좋겠다고 생각했다. 똑같이 밥 먹고, 자고, 화내고, 좋아하는 거 보면 다 같은 사람이구나 싶다가도 이런 얼굴을 보면 다른 세상에서 사는 사람 같았다.

"그거 다 일이고, 약속한 거예요. 어떻게 그냥 취소를 해요."

여리는 이현의 약속이자 일이었던 연설이 엎어진 것도 신경 쓰여 죽을 지경이었다.

"너 한 달 쉰다고 달라지는 거 없어. 영화사 쪽은 재단 측에서 정리해 줄 거야."

여리에게 한 달은 생각만 해도 긴 시간이었다.

"한 달이나 쉬어요? 싫어요. 안 쉴 거예요."

여리는 기겁하며 손을 절레절레 흔들었다.

"싫어?"

이현은 그게 어이가 없었다.

"네가 지금 밤새면서 영화 촬영 할 수 있는 몸이라고 생각해?"

이현은 절대 불가능이라고 생각했지만 여리는 달랐다.

"입원했으니까 퇴원할 때까지만 쉴게요. 저 신인이잖아요. 잊으셨어요?"

"그게 뭐."

"제 마음대로 스케줄 조정하는 거 다른 사람들 보기 안 좋아요."

여리는 어렵게 시작한 일을 아프고 힘들다는 이유로 쉬고 싶지 않았다. 쉬어 버리면 다 놓고 포기해 버릴까 두렵기도 했고, 떴다고 거만해졌다는 오해를 받고 싶지도 않았다. 가뜩이나 사소한 행동 하나하나에도 신경이 곤두서는 요즘이었다.

"윤여리."

이현은 낮은 한숨을 뱉어 내며 얼굴을 굳혔다. 그의 귀에는 여리의 항변이 그저 그런 고집으로만 느껴졌다. 스케줄 과도로 인한 과로에 스토커 일로 충격까지 받아 실신한 주제에 일은 계속하겠다니 앞뒤가 맞지 않았다.

물론 그 마음을 조금도 헤아릴 수 없는 것은 아니었다. 주목을 받고 있긴 했지만 신인이었고 말 한마디, 행동 하나에도 조심에 조심을 더해야 하는 연예계에서 종사하고 있으니 급작스러운 휴가가 부담스러울 수 있었다.

하지만 이현은 반드시 쉬게 하고 싶었다. 계속해서 말라 가는 몸은 고사하고 퀭해지는 눈가와 갈라지는 목소리가 곧 못 버티고 부서질 것 같아 신경이 쓰였다.

"한 달은 쉬어도 돼."

이현은 여리가 휴가를 좋아할 줄 알았다. 전화를 할 때면 밥 먹듯이 피곤하다고 하던 여리였으니 억지로라도 쥐어 주는 한 달간의 휴가를 기뻐할 거라 생각했다.

특별히 생색낼 생각이 있던 것은 아니었지만 깜짝 선물을 준비하듯 뿌듯한 마음으로 휴가를 마련한 이현이었다. 손뼉을 짝짝 치며 붉어지는 얼굴을 아주 기대하지 않은 것은 아니었는데 싫다는 말만 반복하며 뾰로통한 얼굴을 내비치니 조금 서운하기까지 했다.

"내 말 들어."

결국 더 말하기 싫은 티를 내며 짧게 고개를 돌렸다.

여리 역시 이현의 속을 모르는 것은 아니었다. 이현의 속이 그렇게 된 데에는 제 탓이 9할 이상 차지한다는 것 또한 알고 있었다.

"그럼 2주."

여리는 손가락 두 개를 고이 펴서 말간 미소를 지어 보였다. 의도적인 미소였고, 한 번만 양보해 달라는 적나라한 애교였다.

"싫어. 한 달."

이현은 쉽게 물러나지 않았다.

"에이, 물 들어올 때 노 저으라고 했던 거 이사님이잖아요. 저 지금 노 저을 때예요."

이현은 대체 왜 이런 실랑이를 계속하고 있어야 하는지 납득이 되지 않았다. 다만 초롱초롱한 눈을 하고 부탁하는 여리를 모른 척 할 수도 없었다. 무엇보다도 스토커의 잔재가 남아 벌벌 떨던 모습이 일 얘기 하나에 사라지는 걸 보고 있자니 더 이상 말릴 이유를 찾기도 어려웠다.

"3주."

이현은 불편한 마음을 꾹 누르며 말했다.

"조금만, 조금만 더요. 2주. 2주면 말끔하게 나을 수 있어요. 네?"

여리는 여전히 손가락 두 개를 치켜세우고 다른 손으론 이현의 소매를 꼭 잡았다. 사실 백 프로의 확률로 통할 거라 생각하며 시도한 애교는 아니었다. 이현은 기본적으로 독단적이고 이기적인 사람이라 상대가 누구든, 주체가 무엇이든 제멋대로 하기를 좋아했다. 좋아한다고 고백한 이후 다정하게 대해 주기는 했지만 그렇다고 해서 그의 성향이 바뀌거나 수평적인 관계가 될 것이라는 기대 따위는 조금도 갖고 있지 않았다.

그럼에도 이리 고집을 부리는 이유는 자신에게 일이 어떤 의미인지 이현이 조금이나마 알아주기를 기대하는 마음 때문이었다.

이현은 다시 한숨을 뱉었다.

"너 다시 쓰러지면 1년 쉬는 거야."

이현의 항복 선언이었다. 여리는 그제야 보조개를 드러내며 웃어 보였다.

"약물 투혼을 해서라도 쓰러지지 않을게요."

"그런 말 아닌 거 알잖아."

이현은 반듯한 미간을 좁히며 여리의 뺨을 살짝 꼬집었다.

"알죠. 알아요. 고나워요."

그제야 여리는 휴가라는 달콤한 말을 오롯이 느끼며 즐거운 마음으로 계획을 세웠다. 누릴 수 있는 시간은 2주뿐이었다. 때문에 모든 휴가 계획의 장소는 병실 안으로 결정되었다.

병실 안에서 TV 보기, 병실 안에서 영화 보기, 병실 안에서 책 읽기, 병실 안에서 숙면하기와 같은 것들이었다. 이 모든 것들을 이현은 매우 못마땅해했고, 여리는 무척이나 마음에 들어 했다.

"저 2주 동안 여기서 한 발자국도 안 나갈 거예요."

"그게 그렇게 좋아?"

작은 병실 안에 갇힌다는 말과 다르지 않은 말을 하면서도 해맑게 웃는 여리를 보며 이현은 이해할 수 없다는 듯 고개를 절레절레 흔들었다.

"병실이 워낙 넓고 좋아서 괜찮아요. 안에 욕실도 있고, 밥도 간호사 언니가 가져다주고 사람도 안 만나고."

이현은 여리에게 스토커의 후유증이 남아 있음을 깨달았다.

후유증은 입원한 지 일주일이 넘어가도록 사라지지 않았다. 여리

344

는 복도에 나가는 법이 없었다. 환자 보호와 비밀 유지를 최우선 원칙으로 삼는 VIP 병동에 입원한 터라 사람이 많지 않음에도 여리는 오직 병실 안에서 TV를 보거나 책을 읽고 하루 종일 잠을 잤다.

이현과 함께 있을 때도 병실 문이 열릴 때면 눈에 띄게 긴장하는 모습을 보였다. 때문에 이현은 여리와 병실 앞에 경호원 두 명을 배치하고 의사를 제외한 그 누구도 들이지 말라 명했다. 덕분에 김 비서 역시 이현을 찾을 때면 문 하나를 사이에 두고 전화를 해야만 했다.

"안 심심해?"

"전혀요."

"친구들 불러도 돼."

"싫어요. 그냥 조용히 있는 게 좋아요."

여리는 간만에 진정한 휴가를 얻은 기분이었다. 아무도 신경 쓰지 않고, 어떤 걱정도 하지 않은 채 조용히 자신만의 시간을 갖는 지금이 너무 좋았다.

"아."

딱 한 명 궁금한 사람은 있었다.

"매니저 오빠는요?"

병실에서 처음 눈을 떴을 때 보았던 사람은 의사와 김 비서였다. 김 비서를 통해 과로로 인한 실신으로 기사를 냈고, 스토커를 잡았다는 소식을 전해 듣기는 했지만 매니저의 모습은 조금도 보지 못했다.

"왜 한 번도 안 오지? 스케줄 조정 때문에 바쁜가?"

여리는 미련한 자신 때문에 괜한 매니저만 고생하는 게 아닌가 싶어 걱정이 되었다.

"한 번도 안 오는 게 아니고 못 오는 거야."

이현은 병실 한편에 놓인 소파에 몸을 기댄 채 다리를 꼬았다.

"왜요?"

"몰라서 묻는 거야?"

"모르겠는데…… 설마."

여리는 아― 탄식을 뱉어 내며 이현을 쳐다보았다. 민준과의 스캔들이 났을 때 일어났던 후폭풍을 떠올리면 어렵지 않게 추측할 수 있었다. 그날 이후 편하기만 했던 예전 매니저는 여리와 마주칠 때마다 불편한 미소를 지었고, 소속사 대표는 눈도 제대로 맞추지 못했다. 여리의 개인 스태프들이 전부 교체된 것도 그때의 일 이후였다.

"매니저 오빠 해고한 거 아니죠?"

"맞는데?"

혹시나 했는데 역시나. 여리는 이번에야말로 자신이 나서야 할 때라는 걸 직감했다. 예전 매니저는 여리의 일에서 손을 떼고도 크리스탈의 매니저로 일할 수 있었지만 정 매니저는 자신이 구제해야 했다. 더 이상 제 잘못으로 인해 피해 보는 사람이 있어서는 안 됐다.

"이사님."

이현은 자신을 부르는 여리의 뒷말이 무슨 내용을 담고 있을지 듣지 않아도 알 수 있었다.

"되지도 않는 소리 할 거면 하지 마. 휴가 반토막 낸 것도 많이 봐준 거야."

그리고 그것을 들어줄 마음은 조금도 없었다. 스토커라고 잡아 온 형편없는 대학생에게 온갖 분풀이를 했지만 여전히 풀리지 않는 화가 남아 있었다.

"매니저 오빠 잘못 없는 거 알잖아요."

여리는 제 잘못을 애꿎은 매니저가 뒤집어쓴 것이 싫었다.

"왜 잘못이 없어. 네가 스토커한테 시달리는 걸 몰랐는데."

이현은 무심한 어투로 조금도 흔들리지 않은 채 대답했다.

"제가 말 안 했으니까 모르죠."

"네가 말 안 해도 그 사람은 알아야 했어."

"제가 마음먹고 속이는데 그걸 어떻게 알아요."

여리는 진심으로 매니저에게 미안해졌다. 자신의 어설픈 배려와 어리석은 판단이 너무 많은 피해자를 양산하는 것 같았다. 연설의 기회를 잃은 이현과 직장을 잃은 매니저, 그리고 또 누가 나타날까 무서웠다.

"오빠는 할 만큼 했어요. 제가 이상한 것도 알았고, 그래서 병원 가자고도 했고, 집으로 간다고 할 땐 가까운 곳에서 기다리고 있겠다고도 했어요. 그 정도면……."

"윤여리."

이현이 서늘한 눈으로 여리를 노려보았다. 휴가가 싫다는 말보다 지금 여리의 입에서 나오는 말들이 더 싫었다.

"지금 누구 앞에서 다른 사람 편을 드는 거야."

목소리가 한참이나 낮아져 있었다.

"다……."

여리가 입술을 달싹이며 이현을 쳐다보았다. 이현이 화내는 것이 무서웠지만 제 마음을 알아주지 않아 밉기도 했다.

"다 저 때문이란 말이에요."

여리는 자책으로 가득한 말을 뱉어 내며 입술을 깨물었다.

"다…… 이사님 때문이에요."

그러고는 원망하듯 이현을 바라보았다.

"저도 말하고 싶었어요."

정말 간절히 그러고 싶었다. 최선을 위해 참았지만 결국 최악이 되어 돌아온 결과에 목소리가 떨렸다.

"매니저 오빠한테 말했으면 편지도 안 받았을 거고, 경호원도 늘렸을 거고, 핸드폰 번호도 바꿨을 거예요. 근데 그러면…… 이사님도 일있을 거잖아요."

여리는 기다렸다는 듯 속사포처럼 말을 쏟았다. 연설을 못 한 것에 대해 이현은 괜찮다고 했지만 매일 밤늦게 퇴근하는 이현이 괜찮지 않음을 모르지 않았다. 간절했음에도 말하지 않은 이유는 딱 하나였다. 지금과 같은 상황이 될까 봐 두려웠던 것이었다.

"어떻게 말해요. 무섭고 지치고 힘들다고 어떻게 말해요. 이사님이 보채지 말라고 했으면서."

여리는 무서웠고 지쳤고 힘들었다. 그리고 그것을 이겨 내지 못해 벌어진 일들에 대한 죄책감과 자책, 미안함과 원망이 어느 것 하나 적은 것 없이 가득했다.

"윤여리."

그럼에도 이현의 목소리는 여전히 차가웠다. 여리는 그때의 일이 생각나는지 무릎을 끌어당겨 안았다.

"이사님이 안 바빴으면 말했을 거예요."

여리가 높았던 목소리를 꿀꺽, 삼키며 낮췄다. 자신이 빨간 편지를 받았을 무렵부터 이현은 정신없이 바빴다. 매일 한 번 전화하기도 어려웠고, 전화를 해도 5분이 안 되는 시간 동안 시답잖은 안부만 간신히 나누곤 했다.

"이사님이 중요한 연설이라고 안 했으면 말했을 거예요."

연설만 잘 끝나면, 그래서 호텔을 갖기만 하면 여유로워질 수 있다는 그 꿈 같은 말에 사로잡혀 버틸 수 있는 만큼 버틴다는 것이 이런 사달을 낸 것이었다. 중요하다고 했고, 보채지 말라고 했고, 힘들게 하지 말라고 했던 이현의 말이 여리의 발목을 잡은 것이었다.

그리고 가장 중요한,

"이사님을 좋아하지 않았으면 말했을 거예요."

이현의 눈이 가늘어졌다.

"그랬으면…… 아무런 망설임 없이 말했을 거예요."

여리는 여전히 아무 말이 없는 이현을 바라보며 물기 가득한 목소리를 뱉었다.

"그러니까 이사님 때문이에요."

원망하듯 칭얼거렸다.

"그런 억지가 어딨어."

나무라는 듯했지만 이현의 목소리는 아까와 달리 조금 풀어져 있었다.

"여기 있어요. 그러니까 다른 사람들한테는 벌주지 말아요. 네?"

네? 라고 묻는 그렁그렁한 눈빛이 이현의 마음을 어지럽게 했다. 이현은 답답한 듯 목깃 단추를 풀어냈다. 짜증스러우면서도 어딘가 기분이 간지러운 게 복잡했다. 재킷 주머니에 있는 시가에까지 손이 뻗치다 병원임을 깨닫고 포기했다. 하— 어쩔 수 없는 한숨이 쏟아졌다.

"알았어."

천근처럼 느린 끄덕임에 여리는 마음이 놓인 듯 딸꾹, 눈물 섞인 딸꾹질을 했다.

*

여리에게는 자신이 무능력해 보이냐며 큰소리를 친 이현이였지만 꽤 곤란한 상황인 건 틀림없었다. 다른 일도 아니고 창사 30주년이라는 평생 단 한 번 있을 행사에서 주인 노릇을 할 기회였는데 보기 좋게 날려 버렸으니 이현의 측근들은 한바탕 난리가 났다.

"연설은 권이혁 사장님께서 하셨다고 합니다."

이현은 제 형의 빈틈없는 자세에 진심 어린 감탄을 했다. 자신은 며칠을 꼬박 새우며 준비한 연설을 그 자리에서 아무런 문제없이 해냈다는 것이 놀라웠다.

똑똑하지 않아 아버지의 멸시를 받았던 이환이나 출생이 온전치 않아 무시를 받았던 이현과 달리 온전한 기대와 온전한 투자, 온전한 애정을 받고 자란 이혁이였다. 이현이 유일하게 두려워하는 사람이자 이기고 싶어 하는 사람이고, 닮고 싶은 사람이었다.

그런 사람과 싸우면서 한순간에 이성을 놓아 버린 자신이 한심하면서도 동시에 어쩔 수 없었다는 걸 인정해야 했다. 아마 시간을 되돌린다 해도 이현은 연설을 포기했을 것이었다. 여리를 죽도록 사랑해서라기보다는 처음으로 자신에게 온전한 애정을 쏟는 존재에 대한 애착이란 말이 더 옳은 표현이었다.

"아버지 쪽은 어때."

어지러운 생각을 애써 지워 낸 이현이 물었다.

"안 그래도 평창동으로 오시라는 호출이 있었습니다."

"하— 왜 자꾸 집구석으로 부르는 거야."

이현은 깔끔하게 올린 머리를 손으로 쓸어 낸 후 지끈거리는 이마를 짚었다.

"기획서는."

"자료 조사 마무리 단계입니다."

"대충 읊어 봐."

읊어 보라는 말에 한 상무는 목을 가다듬고 기획서를 펼쳐 읽었다. 느릿느릿한 목소리가 이어질수록 이현의 미간이 구겨졌다.

"다음."

이현은 더 들을 필요도 없다는 듯 손가락을 까딱, 움직였다. 실무진들의 오랜 고민이 1초 만에 사라지는 순간이었다.

"아, 다음은 호텔 내부에 클럽을 만들어서 젊은 고객들을 유치하자는 의견입니다. 이탈리아의 남부나 발리 같은 관광 도시에서 성공한 사례가 많고……."

이현은 한숨을 쉬었고 한 상무의 목소리는 이어질 수 없었다.

"다들 일을 왜 이렇게 하지?"

낮은 목소리에 깊은 짜증이 섞였다.

"연봉이 너무 많아서 필사적이지 않은가?"

"어떤 부분이 마음에 안 드시는지 말씀해 주시면……."

이현보다 한참이나 나이가 많은 상무는 머리를 조아리며 의견을 구했다. 원래 아이디어라는 것이 초반 골격 잡기가 가장 어려웠다. 특히나 무에서 유를 창조해야 하는 순간이라면 더욱 그랬다. 이혁처럼 안정을 추구한다면 더 쉬웠겠지만 이현이 지향하는 방향은 완전한 위험과 다이내믹한 변화였다.

"고급화 전략이면 소수의 고객만 받자는 소리 아냐?"

이현은 본격적으로 상체를 기울여 한 손에는 만년필을, 한 손에는 보고서를 들고 큼직한 글씨를 아무렇게나 끄적이기 시작했다.

"이미지에는 좋지. 근데 이미지에만 좋아."

이화그룹의 이미지는 이화재단의 장학 사업만으로도 충분했고, 권 회장이 낸 과제의 핵심은 수익 창출이었다.

"비용은? 소수 고객 유치하려면, 그것도 VVIP 수준으로 서비스하려면 비용을 억대로 쏟아야 하는데 그럼 흑자를 어떻게 내. 내가 호텔 자체로 수익 낼 아이디어 내라고 하지 않았나? 내가 말할 때 다들 조셨나?"

"죄송합니다, 이사님."

이현은 보고서를 획, 소리가 나도록 넘기며 짜증을 부렸다.

"호텔 내부 클럽은 더 심해. 우리나라가 땅이 넓은 것도 아니고, 밤거리가 위험한 것도 아닌데 누가 굳이 클럽을 호텔로 가. 어린 애들 잡겠다는 소린데 걔네가 격식 차리자고 호텔을 오겠어? 홍대나 이태원을 놔두고?"

상무는 너무도 정확한 지적을 해 대는 이현을 향해 무어라 반박할 말을 찾지 못했다.

이현은 실무진 모두를 호출해 다시 회의를 시작했지만 이미 모든 아이디어를 박살 낸 이현 앞에서 누구 하나 쉽사리 입을 열지는 못했다. 애꿎은 시간만 계속 흘렀다.

"상무님."

줄곧 말을 놓은 채로 날 선 회의를 진행하던 이현이 다시 말을 높였다. 늙은 상무는 허리를 곧추세우고 마른 침을 삼켰다.

"네, 이사님."

"내일 다시 합시다. 다들 넋 나가신 거 같은데."

이현은 지칠 대로 지쳐 보이는 실무진들의 얼굴을 쭉 훑어보며 미간을 좁혔다.

이현은 회의 자료들을 잔뜩 들고 여리의 병실로 향했다. 이 무력하고 짜증 나는 기분을 해소하지 못한 채 집으로 갔다가는 술이나 마실 것 같아 일부러 병원으로 차를 돌렸다.

"어?"

시간이 늦어 그가 오늘은 오지 않는구나 생각했던 여리는 이현이 오자 반색하며 기뻐했다. 이현이 그런 여리의 이마에 입을 맞추며 건조한 말을 뱉었다.

"오늘은 너랑 놀려고 온 거 아니야."

이현은 손에 든 회의 자료를 테이블 위에 쏟으며 넥타이를 풀었다.

"그게 다 뭐예요?"

며칠 새 꽤 안정을 취했는지 제법 탱탱한 볼과 말랑한 미소를 짓게 된 여리가 물었다.

"일."

"일인 거 누가 몰라서 그러나."

여리는 소파에 기대앉은 이현에게 다가가 작은 손으로 넓은 어깨를 토닥토닥 두드렸다.

"뭐 하는 거야?"

"안마요."

이현은 여리의 뻔뻔한 대답에 웃음이 나오려는 걸 억지로 참았다. 여리가 주무르고 있는 아귀힘은 너무 보잘것없어서 안마보다는 만지작거리는 것 같았다.

"그런 힘으로 참 안마가 되겠다."

"치, 싫으면 말아요."

비웃음 섞인 핀잔에 샐쭉 토라진 얼굴을 한 여리는 날름 작은 손을 거두었다. 그럼에도 이현의 곁에서 물러나지는 않았다. 그 모습이 예뻐 이현은 자신도 모르게 그 작은 무릎에 머리를 뉘었다. 아래에서 올려다본 여리는 위에서 내려다보는 것과 마찬가지로 작고 사랑스러웠다.

"있잖아."

그래서 괜히 주저리주저리 말을 늘어놓았다. 아래에서 올려다본 여리의 종알거리는 입술은 어떤가 싶어서.

"네가 돈이 되게 많으면."

여리가 씨익 웃었다.

"듣기만 해도 좋네요."

"나 말 안 끝났어."

"알았어요. 계속해요."

여리는 푸스스 웃으며 고개를 끄덕였다. 이현이 여리의 손을 꼭 쥔 채로 다시 입을 열었다.

"네가 돈이 많아서 좋은 호텔 하나를 지어야 된다면 말이야……."

"호텔이요?"

"응, 어떤 거 짓고 싶어?"

이현은 호텔 일에 관련된 것이라고 말하고 싶지 않았다. 여리 성격에 괜히 불필요한 부담에 사로잡혀 팔을 걷어붙일 것이 뻔했기 때문이었다. 물론 여리는 바로 알아차렸다.

"음…… 글쎄요."

하지만 아닌 척하는 이현의 마음이 기꺼워 모른 척 고민을 시작했다.

"돈이 엄청 많다는 가정인 거죠?"

"응."

"서울 한복판에 짓는 거예요?"

"맞아."

호텔이나 경영에 대해 아는 것이 있을 리 없었다. 다만 대한민국 사람으로서, 서울에 거주하는 사람으로서, 옛것에 대한 애정이 있는 사람으로서 갖는 작은 바람 정도는 있었다.

"저라면 한옥으로 지을래요. 엄청 고급스러운 한옥."

"한옥?"

"아까 저 나왔던 '논개' 재방송으로 봤거든요. 촬영할 때 생각났어요. 기와로 만든 집, 나무로 만든 마루, 피어나는 대로 둔 들꽃, 밤을 밝히는 호롱. 세트장 갈 때마다 감탄했던 기억이 나요. 진짜 다 예뻤거든요."

꿈을 꾸는 것 같은 여리의 표정에 이현이 미소를 지었다.

"그래?"

"가 본 적은 없지만 유럽은 몇백 년이나 된 건물들이 도시에 있고 그렇다면서요. 일본이나 중국도 마찬가지고."

여리는 고등학생 때부터 옛날이야기나 역사 이야기를 좋아했다. 역사 그 자체보다는 분위기를 좋아하는 경향이 더 강했지만 그 탓에 남들보다는 더 특별한 시선으로 옛 정취를 즐겼다.

이현은 그런 여리를 신기한 눈으로 올려다보았다. 긴 속눈썹을 깜빡이며 진지하게 말하는 여리의 모습이 어딘가 낯설면서도 흥미로웠다.

"우리나라는 전쟁 때 다 잃어서 경복궁도 남은 게 별로 없잖아요. 한옥도 한옥 마을이나 지방에 내려가야 간신히 볼 수 있고."

"그런가."

"외국인들도 우리나라 오면 그런 것들이 제일 궁금하지 않겠어요? 높고 반짝이는 건물이야 그 나라에도 있을 텐데 뭐가 신기하겠어요."

여리는 혼잣말을 하듯 중얼거렸다.

"돈 많이 들여서 엄청 고급스러운 한옥 호텔 지으면 빌딩밖에 없는 서울에서 가장 특별해 보일 거예요. 외국인들은 당연히 좋아할 거고, 우리나라 사람들도 좋아할 거예요."

"그래?"

"경복궁 야간 개장 한다고 하면 사람들이 얼마나 몰리는데요. 저도 항상 가고 싶은데 못 갔어요."

이현은 나긋나긋한 목소리를 자장가 삼아 피곤한 눈을 감았다. 기와니 한옥이니 옛것들을 떠올리자 한복을 입고 춤추던 여리가 떠올랐다. 하얀 저고리, 푸른 치마 그리고 그 속에…… 아, 열이 올랐다. 감은 눈 위로 부드러운 여리의 손길이 느껴져 대뜸 약속을 하나 했다.

"너 다 나으면 가자."

경복궁도 좋고, 한복이랑 잘 어울리는 너도 좋고, 그리고 그런 너랑 잘 어울리는 호텔도 좋아.

✳

해고되었다던 매니저는 돌아왔고, 공포심에 집어 던졌던 핸드폰은 멀쩡히 복구되어 돌아왔다.

"번호는 바꿨고 기종은 똑같아요. 저장된 것들도 다 살렸어요."

아무 일도 없었던 듯 웃는 낯으로 병실을 찾은 매니저가 말했다.

"저 때문에 많이 놀랐죠."

민망함에 먼저 던진 말에도 매니저는 오히려 자신이 미안하다는 듯 고개를 저었다.

"여리 씨 잘못 없어요. 잘못이면 그 망할 스토커가 잘못이지."

"그래도……."

"여리 씨는 아무 걱정 말고 몸이나 잘 추슬러요. 사람들 걱정 많아요."

핸드폰이라곤 이현과 연락할 때 쓰던 것뿐이라 외부 소식에 대해선 아무것도 몰랐다. TV를 보아도 뉴스는 피했고 인터넷은 쳐다보지도 않았다. 이현도 굳이 바깥세상에 대한 이야기를 꺼내지 않는 터라 귀머거리가 되는 일은 어렵지 않았다.

민준과의 스캔들이 터진 직후 3일간 잠적했을 때 핸드폰을 꺼놓았던 것처럼 이번에도 여리는 일방적으로 모든 연락을 차단하고 스스로를 고립시켰다. 방법은 같았지만 이유는 그때와 달랐다. 그때는 아무런 연락이 오지 않을까 두려워서였지만 이번에는 너무 많은 관심을 받을까 무서워서였다. 관심이 예전처럼 달갑지 않았다. 사람이란 게 늘 이렇듯 모순적이었다.

"크리스탈 멤버들한테도 따로 연락 많이 왔었어요. 특히 혜인 씨가 걱정 많았으니까 문자라도 한 통 남겨요."

"그럴게요."

"그리고 어머님도……."

어머니, 누군가에겐 한없이 따뜻한 단어가 여리에게는 놀랍도록 불편했다.

"여리 씨 어머님도 놀라셨는지 계속 전화해 오셨어요."

"아, 제가 정신이 너무 없어서 엄마한테 연락하는 것까지 깜빡했네요."

생각하지 않으려 노력했다는 편이 맞았다. 여리는 제 어미의 순하고 건조한 미소만 떠올려도 숨이 조였다. 좋은 모습만, 화려한 모습만, 멋있는 모습만 보여 주어도 걱정할 당신이 딸이 쓰러졌다는 소식을 듣고 어찌나 놀랐을지 안 봐도 훤했다.

"너무 불안해하셔서 병원 주소 알려 드렸어요."

"여기를요?"

"되원하면 바로 활동 시작할 텐데 이럴 때라도 편하게 얼굴 보고 밀린 이야기도 나누면 좋잖아요."

"아……."

틀림없이 맞는 말인데 어쩜 마음은 이리도 답답할까.

이현은 그리도 싫어하는 평창동 본가에서 권 회장과 마주했다. 기획안 때문에 바쁘다는 핑계로 호출을 무시해 왔지만 한옥 호텔이라는 주제로 기획안을 마무리하고 나니 더 이상 피할 길이 없었다.

"권이현."

권 회장의 목소리는 속을 알 수 없게 단정하고 차분했다.

"네가 요즘 무슨 생각을 하고 사는지 모르겠구나."

언제부터 아들 생각이 궁금했냐고 묻고 싶었지만 이현은 입을 꾹 다물고 침묵을 지켰다.

"내가 아는 내 아들이 맞는지 모르겠어."

정확한 말 없이 빙빙 돌리고는 있지만 분명 창사 30주년 행사에서 자리를 박차고 나간 행동을 지적하는 것이었다. 말을 늘이는 모양새가 이현을 긴장하게 했다.

"기껏 준 기회가 우습더냐."

권 회장의 눈살이 날카롭게 다듬어졌다.

"그런 거 아닙니다."

"그럼 네 행동은 뭐야."

평소의 권 회장은 제 아들의 치기 어린 반항을 꽤 너그럽게 이해해 주는 편이었다. 출생에 대한 미안함이나 죄책감 따위 때문은 아니었다. 단지 이현의 반항이 회사와 사업에 영향을 주는 종류가 아니라는 이유 때문이었다.

욕심은 사람을 용감하게 만들기도 했지만 망설이게도 하는 법이었다. 권 회장은 그런 의미에서 욕심 있는 사람을 좋아했다. 다루기도 쉽고, 이해하기도 쉽고, 이용하기도 쉬우니까. 제 아들이라고 예외는 아니었다. 장자로서 가업을 잇고 싶어 하는 이혁과 재력을 손에 쥐고 과시하고 싶어 하는 이환, 출생의 한계를 뛰어넘고 싶어 하는 이현까지 모두들 아비의 눈으로는 쉬운 자식들이었다.

하지만 창사 30주년 행사에서 보인 이현의 행동은 아비로서, 기업인으로서 이해하기 어려운 것이었다.

"죄송합니다."

"죄송하다는 말로 넘어갈 일이면 전화로 했겠지."

권 회장은 더 깊은 이야기를 나누겠다는 의사를 분명히 했다.

반면에 이현은 기획안에 대한 이야기나 하고 싶었다. 연설에 대한 이야기는 제 아비와 조금도 나누고 싶지 않았다. 사실 그 누구와도 하고 싶지 않았다. 설명하기 어려운 일이고, 설명해도 이해하기 어려운 일이었다. 또 이해한다 해도 그것을 좋게 봐 줄 리 만무했다.

"윤여리라고 했던가."

권 회장의 입에서 여리의 이름이 나오자 이현의 눈살이 재빠르게 구겨졌다. 이런 상황을 피하기 위해 그날의 일에 대해선 조금도 말하고 싶지 않았던 이현이었다. 하지만 큰 기회를 눈앞에 두고 그것을 보기 좋게 차 버린 아들의 행적을 권 회장이 모른다는 것은 말이 되지 않았다.

"아버지가 신경 쓰실 일은 아닙니다."

"아, 걱정 말 거라."

권 회장은 부드러운 미소를 지으며 손을 저었다.

"아직 신경 쓰지 않았으니까."

그 말은 곧 신경 쓰겠다는 소리와 같았다.

"그 아이가 대체 뭐라고 연설을 포기했는지, 그 아이와 무슨 관계인지, 앞으로의 계획이 있는 관계인지는 묻지 않겠다."

권 회장은 차분한 목소리로 제 아들과 눈을 맞추며 거부할 수 없는 위엄을 뿜어냈다.

"그 말은."

"……."

"그 아이가 네 녀석에게 무엇이든, 그 아이가 네 녀석과 무슨 관계이든, 앞으로 어떤 계획을 갖고 있든 아무 소용이 없다는 말이야."

그것이 권 회장이 하고 싶은 가장 본질적인 말이었다. 이현은 제 아비의 앞서 나가도 한참을 앞서 나간 말에 한쪽 입꼬리를 날카롭게 말았다. 가만히 듣고 있자니 웃음을 참을 수가 없었다.

"불필요한 충고시네요."

충고의 자격도 없으신 분이.

"무슨 뜻이냐."

"말 그대롭니다. 아버지의 모든 생각이 불필요하다는."

이현은 단어 하나하나를 씹어 먹듯 잘근잘근 뱉어 냈다. 평소처럼 사업 실적에 대한 잔소리나 했다면 기분이 이렇게까지 나쁘지는 않았을 것이다.

이현에게 있어서 아버지란 일과 업무 성적, 돈에 대한 이야기를 나누는 존재였다. 일적인 부분 외에 여자관계나 사생활과 같은 개인적인 부분은 간섭할 자격이 없었다. 그것은 어렸을 때부터 지금까지 아들의 감정이나 기분에 대한 이해를 하려 하지 않은 권 회장이 스스로 만든 굴레였다.

"저번에도 말씀드렸다시피 저 결혼 안 합니다."

"권이현."

"제가 누굴 만나든 신경 쓰지 마세요."

결혼 이야기만 나오면 대놓고 적대감을 드러내는 아들의 얼굴을 보며 권 회장은 달래듯 목소리를 낮췄다.

"결혼은 너에게 도움이 될 게다."

이현은 의자에 깊게 기대어 헛웃음을 터트렸다. 안 그래도 어려 보이는 외모가 모든 것이 탐탁지 않다는 듯 사춘기에 접어든 어린 얼굴로 변했다.

"결혼하면."

그 좋지도 않은 결혼이란 걸 하면,

"제가 사생아라는 게 달라지기라도 해요?"

"너……."

"아버지."

이현은 아무런 감정도 담지 않은 목소리로 제 아비를 불렀다.

"저한테 언제까지 가짜만 주시려고 그래요."

"뭐?"

"남들이 제 어머니로 아는 이현희 여사님도 제 어머니가 아니고, 큰형님이나 둘째 형님도 제 진짜 형은 아니잖아요."

이현의 말투는 건조했다.

"그렇다고 아버지가 진짜 아버지 노릇을 하신 것도 아니고."

아버지고 어머니고 형제고 모두 거짓밖에 없다는 말을 하면서도 아무렇지 않을 수 있을 만큼 이현은 공허함에 무뎌져 있었다.

"그런데 결혼까지 정략으로 하면……."

이현은 상상만 해도 역한지 미간을 찌푸리며 넥타이를 느슨하게 풀었다.

"저한테 가족이란 건 다 가짜밖에 없는 건데 그걸 바라세요?"

태생이 태생인지라 이현의 주변에는 정략결혼을 한 부부들의 모습을 어렵지 않게 찾아볼 수 있었다. 멀리서 볼 필요도 없이 권 회장과 이 여사도 그랬고, 이혁이나 이환도 마찬가지였다. 모두들 불행해했고, 그것을 숙명처럼 감내했고, 그럼에도 여전히 불행해 보였다.

어릴 적 이현에게는 멋진 아빠가 되는 것이 꿈일 때가 있었다. 사랑하는 아내와 자신을 닮은 아이를 낳아 제 아비한테서는 받아 본 적 없는 사랑을 듬뿍 주며 누가 보아도 예쁜 가정을 꾸리는 것이 목표일 때가 있었다. 하지만 나이가 들면서 스스로의 위치가 사랑하고, 사랑받는 행위를 할 수 있는 자리가 아님을 깨달았다.

"그러니까 아버지."

이현이 목소리를 낮췄다. 호랑이 새끼도 성년의 나이가 되면 제 부모를 무는 법이었다. 이현은 제 아비를 위협하는 데 있어 망설임이 없었다.

"제 주변 사람들에 관해서는 아무것도, 어떤 것도 건들지 마세요."

이현은 숨겨 둔 발톱을 거리낌 없이 드러내며 경고했다.

"아버지와 제가 할 수 있는 이야기를 해요. 이런 답지 않은 얘기 말고."

권 회장이 이현을 쳐다보며 한숨을 쉬었다.

"미련한 놈."

이현은 개의치 않았다. 사랑하지도 않는 여자와 결혼해 영혼 없이 살아가는 삶이 똑똑한 삶이라면 미련한 놈으로 사는 편이 나았다.

✱

여리는 병실 침대 옆에 나란히 앉은 제 부모의 모습을 보며 어딘가 불편하고 어색해 몸을 편히 가누지 못했다.

"어휴, 얼마나 고생을 하면 쓰러지니."

여리의 엄마는 다소곳이 사과를 깎으며 걱정을 늘어놓았다. 쓰러진 것만으로도 이토록 유난인데 스토킹을 당했다고 하면 또 얼마나 걱정을 태산처럼 쌓을까. 그녀는 아마 제 딸 걱정에 본인이 직접 쓰러졌을 것이다.

여리는 매니저의 처신이 옳은 것이었다고 생각했다. 매니저의 말로는 노이즈를 최소화하기 위해 스토커 관련 내용은 빼고 실신했다는 기사만 내보냈다고 했다.

"사실 별거 아니야. 그냥 쉬고 싶어서 더 쉬는 거야."

여리는 애써 더 환하게 웃으며 새콤한 사과를 받아먹었다. 사각사각 씹힐 때마다 퍼지는 단물이 병원 밥으로 까끌해진 혀끝을 적셨다.

"언제부터 일 시작하냐."

여리의 아빠가 물었다.

"3, 4일 후면 퇴원할 거예요. 퇴원하면 바로 복귀할 거고요."

"그래, 아무리 힘들어도 지금 쉬는 건 아니야."

여리의 아빠는 안심한 듯 고개를 끄덕이며 뒷짐을 지었다. 말은 안 했지만 그는 여리의 성공을 누구보다도 좋아했다. 다 무너질 것 같은 집안에 빚만 가득해서 앞날이 어둡기만 했던 인생이었다. 하나 뿐인 자식인 여리한테 기대고자 하는 마음은 차고 넘쳤지만 뜬구름 같은 꿈에 매달려 시간을 죽이는 것만 같아 한숨만 느는 참이었다.

그런데 어느 날 늘 하던 말이 거짓은 아니었는지 여리가 보란 듯이 돈을 벌어 오기 시작했다. TV 드라마에 잠깐 얼굴 비춘 것을 시작으로 광고도 찍고 음악 방송에서 1위도 하는 등 누가 제 딸의 직업을 물으면 당당히 연예인이라 대답할 수 있을 정도였다.

"요즘 광고는 들어온 거 없냐?"

월급쟁이들과 달리 광고 한 편에 꽤 많은 돈을 받는 모양이었다. 저번에는 이자부터 갚으라며 꽤 큰돈을 건네기도 했다. 눈에 보이는 큰돈을 오랜만에 만져 본 그가 그날 얼마나 커다란 꿈을 꾸었는지는 그의 아내도, 그의 딸도 몰랐다.

"퇴원하면 바로 영화 촬영 들어가야 해서 광고는 다 미뤘어요. 미루는 바람에 취소된 것도 몇 개 있고."

"아니, 그걸 취소하면 어떡해? 영화보다 광고가 우선이지."

그는 자신의 속내가 추하다는 걸 알지 못했고, 그렇기 때문에 드러내는 것 역시 부끄러워하는 법이 없었다.

"아니, 아픈 애 앞에서 왜 자꾸 일 얘기를 해요. 어련히 알아서 잘할까."

"당신은 방금 애가 하는 소리 못 들었어? 영화 촬영한다고 광고를 취소했다잖아."

여리는 달기만 하던 사과가 쓰게 느껴졌다. 당장에 뱉어 내고 싶을 만큼 속이 쓰렸다.

"인마, 네가 어려서 그래. 광고로 돈 벌고 인지도 높이면 영화 같은 건 알아서 따라 들어오는 거야."

남자는 답답하다는 듯 혀를 찼다.

"빚부터 갚아야 할 거 아니야. 너 좋자고 네 엄마 아빠 고생하게 둘 거야?"

"……."

여리는 환자복 소매를 힘껏 움켜쥐었다. 결국 돈이 문제였구나 하는 마음이 들었다. 어쩐지 성가신 것이라곤 질색하는 제 아빠가 어쩐 일로 엄마를 따라 병원까지 왔는지 의아하던 차였다. 그는 불안했던 것이다. 긴 터널을 지나 드디어 빛을 보던 와중에 제 딸이 쓰러져 다시 수렁으로 떨어질까 두려웠던 것이다.

"제가 안 하겠다는 소리가 아니잖아요."

그게 또 서운해서, 아직도 서운한 게 남았다는 것이 더 신기하지만 그럼에도 서운해서 평소라면 하지 않았을 퉁명스러운 소리가 여리의 입 밖으로 튀어나왔다.

"너……!"

보통 이런 식의 반발을 '기어오른다'고 표현하는 여리의 아빠는 평소처럼 상스러운 소리를 뱉어 내려 했지만 뒤이어 들려오는 소리에 차마 그러지 못했다.

"안녕하세요, 여리 씨 부모님이신가 봅니다."

짙은 남색의 슈트를 입은 이현이었다.

"이사님!"

놀라 뱉어 낸 여리의 이사님이라는 소리에 여리의 부모는 고개를 갸웃거리며 이현을 살폈다.

"윤여리 씨가 광고했던 이화통신 대표 권이현입니다."

당황하지 않은 사람이라곤 이현 하나인 듯했다. 어쩔 줄 모르는 표정이 역력한 여리와 경계심을 품고 있는 여리의 부모와 달리 이현은 아주 편안하고 익숙한 듯 손을 내밀고 명함까지 건넸다.

"여리 씨와 광고 관련해서 상의할 것이 있어 병문안 겸 들렀는데 부모님도 뵙고 좋네요."

정중한 말투와 깍듯한 행동이 누가 보아도 사업차 들른 사람의 모습이었다. 물론 아무리 일이라도 기업의 대표가 일개 광고 모델을 만나러 병실까지 행차하는 경우는 없었지만 여리의 부모님은 그 뻔뻔하고 멀끔한 행동에 속을 수밖에 없었다.

"아…… 안녕하세요."

여리의 아빠는 이현이 건넨 명함을 살피며 계산을 거듭했다. 이현은 뉴스에 나오는 대한민국 재벌의 일원이었다. 권력이니 재력이니 힘이란 힘은 다 갖고 있는 사람이라 짧은 생각으로도 여리에게 이현이 중요한 사람이란 걸 알 수 있었다.

"제가 방해한 거라면 다음에 와도 괜찮습니다."

그러니 이런 말은 이현의 입에서 나와서는 안 되는 것이었다.

"아, 아닙니다. 곧 나가려던 차였는데요, 뭐."

손을 절레절레 흔들던 여리의 아비는 제 아내의 손을 잡아끌며 병실을 떠났다. 딸과의 시간을 더 갖고 싶었던 여자의 얼굴을 외면하며 병실 문을 닫을 때까지 꾸벅 숙인 고개는 좀처럼 세워지지 않았다.

"아……."

여리는 병실 안에 남은 자신과 이현이 다시 낯설어졌다. 이제 좀 편안해진다 싶었던 관계가 또다시 아주 멀고 불편한 것처럼 느껴졌다.

"윤여리."

텅 빈 것처럼 조용해진 병실엔 이현이 여리를 부르는 소리만이 둥둥 떠다녔다. 여리는 수치심에 고개만 푹 숙이고 있었다. 이현에게만큼은 모든 바닥을 보였다고 생각했는데 아닌 모양이었다. 화목하지 않은 가정과 아비답지 않은 아비, 빚만 남아 가난에 허덕이는 상황 모두가 적나라해 창피하고 부끄러웠다.

이현은 그런 여리의 턱을 들어 올렸다.

"왜 사람이 말하는데 눈을 안 봐."

날 선 눈이 이런 상황에도 예외는 없는 듯했다.

"무슨 생각 해."

"그냥……."

축 처진 대답을 하려는데 이현이 대뜸 입을 맞췄다.

"나랑 있을 땐 나한테 집중해."

명령 아닌 명령을 내린 이현은 벌어진 입술을 다시 물어 삼켰다.

권 회장과의 짧고도 숨 막히는 독대를 끝내고 병실을 찾은 이현은 문 앞에서 들려오는 낯선 남자의 목소리에 눈살을 찌푸렸다. 언짢은 기분에 '누구야?'라고 물었더니 앞에 서 있던 경호원이 여리의 부모님이라며 짧게 답을 뱉어 냈다.

가족 간의 상봉이라니 잠시 기다릴까도 생각했지만 불편한 대화 내용이 거듭되자 이현은 망설임 없이 문을 열었다. 여리의 친부라도 제 것인 여리에게 함부로 할 수 있는 권한은 없었다.

결과적으로 여리와 둘만 남았지만 여리는 고개를 숙인 채 아무 말이 없었다. 자신도 여리에게 치부를 들켜 본 기억이 있어 이해 못 하는 것은 아니었지만 그렇다고 기다려 줄 생각도 없었다.

물기 어린 입술을 물어 저 작은 머리통을 어지럽게 하는 생각들을 다 치워 내야겠다는 생각이 앞섰다. 그 머릿속에 나만 가득 채워야지, 하는 생각만이 가득했다.

"여, 여기 병원이에요."

이현의 어깨를 밀어 내며 얼굴을 붉힌 여리는 민망한 듯 여전히 고개를 숙이고 눈길을 피했다. 기죽은 모습의 아까와는 달리 수줍은 듯 구는 모양새가 마음에 들었다.

"오늘은 뭐 했어."

자신이 없는 동안 보냈을 하루가 궁금했다.

"뭐, 똑같았어요."

"똑같이 뭐 했는데."

종알거리는 목소리가 듣고 싶어 더 묻는 것이기도 했지만 여리가 편안히 하루를 보냈다고 하면 그 나름대로의 안정감이 자신에게도 전해지는 것 같아 좋았다. 돈이고 권력이고 가끔은 다 지친다 싶다가도 이렇듯 원하는 곳에 원하는 걸 묶어 둘 때면 견뎌야지 싶었다.

"사실 별거 못 했어요. 늦게 일어나서 낮에 매니저 오빠랑 잠깐 얘기하고 바로 부모님 오셨거든요."

여리는 뜨거워진 뺨을 손으로 꾹꾹 누르며 대답했다.

"부모님 안 오셨으면 뭐 하고 싶었는데."

작은 병실 안에서도 여리는 다양한 것들을 했다. 단순히 쉬는 것에 그치는 법이 없었다. 퇴원하면 촬영할 영화 대본을 외우기도 했고, 쉬면서 늘어진 몸매를 관리한다며 줄넘기를 하다 넘어져 이현에게 제대로 한 소리를 들은 적도 있었다.

"영화 보려고 했어요. 오페라의 유령."

"뮤지컬?"

여리는 침대 옆 협탁에 놓인 노트북을 품으로 끌어당기며 고개를 끄덕였다.

"영화 버전도 있어요. 제가 제일 좋아하는 영화예요."

여리는 오페라의 유령을 처음 보았을 때의 충격을 잊지 못했다. 화려한 배경에 눈길을 뺏기고, 믿어지지 않을 만큼 아름다운 목소리에 생각을 뺏기고, 치명적인 내용에 마음을 뺏겼다. 그 이후부터는 주기적으로 다시 찾아보는 영화였다. 장면마다 대사를 대신 읊을 수 있을 정도였다.

"그래?"

이현은 잠시 무슨 생각을 하는 듯하더니 재킷을 곱게 벗어 의자에 걸어 두고 여리가 있는 침대 위로 올라앉았다.

"뭐, 뭐 하는 거예요?"

여리가 기겁을 했다. 1인 병실의 침대가 꽤 큰 편이긴 했지만 병원 침대의 한계라는 것이 있었다. 큰 키에 다부진 몸을 가진 이현과 여리가 나란히 앉으려면 빈틈없이 딱 붙어야만 가능했다.

"뭘 뭐 해. 영화 보고 싶다며."

이현은 그런 여리의 표정을 모른 척 넘기며 침대 헤드에 등을 기대 자세를 편히 고쳐 앉았다.

"나랑 보는 건 싫어?"

어울리지 않는 얼굴로 되묻는 이현을 여리는 어린애 대하듯 지긋이 쳐다보았다. 이현이 귓가를 간질이듯 조용히 속삭였다.

"나랑 부모님 얘기 하고 싶으면 하고."

이현은 여리가 피하고자 하는 것에 대해 도와주는 것이었다.

"아, 봐요. 봐."

여리는 이현의 팔을 얄밉다는 듯 툭 쳐 냈다. 영화가 시작되자 이현은 여리의 허리를 끌어안으며 더 밀착된 자세를 만들었다.

"이러면 불편해서 어떻게 봐요."

노골적인 자세에 여리가 칭얼거렸지만

"불편해도 참아."

이현은 아랑곳하지 않았다. 자신이 좋으면 그만이었다.

영화는 뮤지컬의 내용과 같았다. 오페라 가수를 꿈꾸는 크리스틴이 저주받은 천재이자 유령이라 불리는 팬텀을 만나 주목받는 주역이 되고, 사랑하는 남자와 팬텀 사이에서 갈등을 거듭하며 혼란을 겪는 것이 주된 내용이었다. 그리스틴을 진심으로 사랑한 팬텀이 그녀를 놓아줌으로서 끝나게 되는데 그 부분에서 이현은 팬텀을 이해하지 못했다.

"저건 말이 안 돼."

그런 이현을 보며 여리는 이전과는 다른 시선으로 영화에 몰입했다. 예전에는 황홀한 음악과 극적인 스토리에 감명을 받았다면 이번에는 오직 팬텀과 크리스틴의 관계에만 집중했다.

"크리스틴은 팬텀을 사랑했을까요?"

별 볼 일 없는 조연이던 크리스틴이 팬텀의 혹독하고 애정 어린 가르침을 통해 프리마돈나가 되는 과정은 이현을 만나 떠오르는 샛별이 된 자신의 경우와 흡사하게 느껴졌다.

"글쎄."

이현은 또다시 생각이 많아 보이는 여리를 쳐다보았다. 말간 갈색 눈이 이리저리 움직였다. 어딘가 슬퍼 보이기도 하고 아파 보이기도 한 그 눈빛에 심술이 난 이현이 여리의 목선에 얼굴을 묻었다.

"아…… 간지러워요."

민감해진 감각에 몸을 꼰 여리가 달뜬 숨을 뱉었다.

"크리스틴이 팬텀을 사랑했는지는 모르겠지만 한 가지는 알겠어."

이현의 입술이 여리의 목에서 귀로 옮겨 갔다.

"후으······."

"팬텀은 실수한 거야."

이현은 하얗고 가는 목을 베어 물며 느리고 뜨거운 숨으로 붉은
자국을 만들어 냈다.

"사랑하면."

"흐응······."

"보내지 말았어야지."

✽

퇴원하기 하루 전, 이현은 손에 커다란 쇼핑백을 들고 조금 이
른 퇴근을 했다. 병실로 들어서자마자 습관처럼 여리 이마에 입을
맞춘 이현의 얼굴은 어딘가 들떠 보였다.

"우리 밖으로 나갈 거야."

이현이 웃음을 참으며 말했다.

"어디를 나가요?"

나간다는 말에 조금 긴장한 듯한 여리가 어깨를 가늘게 떨었다.

"창경궁."

이현은 여리가 가고 싶었다고 말했던 것을 놓치지 않았다. 여리
는 창경궁이 아닌 경복궁을 얘기했지만 중요한 것은 따로 있었다.

"창경궁이요? 지금? 저녁 6시가 넘었는데······."

"밤 10시까지 야간 개장이야. 야간 개장 가 보고 싶었다며."

"야간 개장 가는 거예요, 우리?"

여리의 얼굴이 어린아이처럼 해맑아졌다. 2주라는 짧은 휴가 기
간 동안 병실 밖으로 움직이지 않던 여리가 못내 마음에 걸린 이

현이였다. 아이돌 특성상 대낮에 데이트를 할 수는 없었고 해외를 떠나기에는 시간이 부족했다.

김 비서에게 물어보니 고궁에서는 조명이 많지 않아 알아보는 이가 많지 않을 거라 했다. 사람들의 시선을 신경 쓰지 않을 수 없는 이현과 여리에게는 최적의 장소였고 여리가 가고 싶어 하던 고궁이었다. 첫 야외 데이트 장소로 손색이 없었다.

"뭐 해, 옷 안 갈아입고."

이현의 말에 여리는 쏜살같이 사복을 끌어안고 욕실로 들어갔다. 이현에게는 바깥에 나가고 싶지 않다고 했지만 언제 다시 갖게 될지 모르는 휴가를 병실에서만 보내게 된 것이 아쉬운 참이었다.

야외 데이트라니. 설레지 않을 수 없었다. 이현과 여러 번 밥을 먹고, 이야기를 나누었지만 야외에서 시간을 보내는 것은 처음이었다.

"어때요?"

노란 원피스로 갈아입은 여리가 한 바퀴 핑그르르 돌며 물었다. 종아리가 반쯤 보이는 길이의 노란 치마가 무척이나 잘 어울렸다.

"예뻐."

여리는 인사치레라고 생각했지만 이현은 진심으로 예쁘다고 생각했다. 창경궁에 가자고 한 말을 취소하고 싶을 지경이었다. 당장에 끌어안고 입을 맞추고 곳곳의 살결을 삼키고 싶은 걸 억지로 참아 내다 말이 짧아진 것뿐이었다.

"머리는 묶는 게 좋겠죠?"

여리는 길고 풍성한 제 머리를 익숙한 손길로 매만졌다. 몇 초 걸리지도 않는 시간 동안 길던 머리가 높게 틀어 올려졌다.

"준비 끝! 이제 가요, 이사님."

"마음의 준비 됐어?"

"음, 된 것 같아요."

"된 것 같은 건 뭐야."

"우리…… 안 들키겠죠?"

여리는 잔뜩 신나 했던 마음을 조금 가라앉히며 물었다.

"궁에 들어가기 전까지는 사복 입은 경호원들이랑 같이 다닐 거야."

이현은 여리를 안심시키기 위해 차근차근 계획을 설명했다.

"나랑 떨어지더라도 김 비서는 너한테 붙어 있을 거니까 걱정 안 해도 돼."

"궁에서는 이사님이랑 저만 같이 다니는 거예요?"

이현이 고개를 끄덕였다. 제대로 된 첫 데이트를 경호원들에게 둘러싸인 채 하고 싶지 않은 것은 이현이나 여리나 같은 마음이었다.

"나랑 있을 땐 위험한 일 없어. 걱정하지 마."

든든한 말에 여리는 까치발을 들어 이현의 입술에 쪽, 하고 입을 맞췄다.

"당연하죠. 이사님 믿어요."

믿어요, 라는 동화 속 대사 같은 말에 이현이 바람 소리를 내며 웃었다.

둘은 병원을 빠져나오는 데에도 007 작전을 방불케 했다. 이현은 사복으로 갈아입은 뒤 경호원과 함께 차에 먼저 탑승했고, 여리는 뒤를 이어 김 비서와 함께 병원을 빠져나왔다.

이현과 여리는 저녁 7시가 조금 넘어서 창경궁에 도착했다. 벌써 어둑한 것이 안심이었다. 여리는 이현의 손을 꼭 잡고 걸음걸음을 내디뎠다.

"와아—"

창경궁의 정문인 홍화문을 넘자마자 여리는 감탄을 쏟았다.

"너무 예뻐요."

돌로 만든 길을 따라 보이는 전각들과 사이사이를 비추는 과하지 않은 조명들이 이현의 눈에도 예뻤다. 한옥 호텔을 짓기로 결정된 순간 실무진들과 다시 와서 봐야겠다는 생각을 할 정도였다.

"이사님, 저 사진 찍어 주세요."

여리는 예쁜 고궁의 자태에 신이 났는지 발을 동동 굴렀다.

"이렇게 어두운데 무슨 사진이야."

"그래도 추억이잖아요. 나중에 남는 건 사진밖에 없어요. 얼른요."

이현은 하는 수 없이 핸드폰을 들어 사진을 찍었다. 자기 자신도 사진 찍는 것을 좋아하지 않고, 누군가를 찍어 준 적은 더욱이 없는 이현은 마냥 어색한 자세로 사진을 찍었다.

"에이, 이게 뭐예요."

여리가 이현이 찍은 사진을 보며 타박을 했다.

"완전 귀신처럼 나왔잖아요."

"이렇게 생긴 귀신이 어디 있어."

이현의 눈에는 예쁘기만 했다. 너무 예뻐서 탈이었다. 노란 치마가 나풀거리는 것이 꼭 개나리 같아 치마폭에 물씬 휘말리고 싶은 마음이 간절했다.

"이렇게 생긴 게 어떻게 생긴 건데요?"

여리가 주홍빛 입술을 둥글게 내밀며 물었다. 뻔히 답을 알면서도 묻는 것이었다.

"어떻게 생기긴. 너처럼 생긴 거지."

튀어나오려는 진심을 삼킨 이현이 표정을 숨기며 말했다.

"치, 이리 줘 봐요. 이번엔 이사님 찍어 줄게요."

"됐어."

이현은 기겁을 하며 뒤로 물러났지만 여리가 팔을 붙잡고 늘어졌다.

"아아— 여기까지 왔는데 그러지 말고 찍어요. 한 장만요, 네?"

"나 사진 찍는 거 싫어해."

"제가 찍으면 좋을 거예요."

"그게 무슨……."

말은 그렇게 해도 이현은 여리가 이끄는 대로 움직였다. 간만에 활기찬 여리의 흥을 깨고 싶지 않은 탓이었다.

"하나, 둘, 셋!"

찰칵, 소리를 내며 플래시가 터졌다. 이현이 찍었던 여리 사진보다 구도나, 조명 면에서 훌륭한 사진이었다.

"제가 이사님보다 잘 찍죠?"

"모델이 좋아서 그래."

"와, 어떻게 그런 말을 스스로 해요?"

"사실이잖아. 아니야?"

평소 잘 하지 않는 농담을 할 정도로 이현은 기분이 좋았다. 회의실에선 끝내 나오지 않던 한옥 호텔에 대한 아이디어가 솟아났다.

개나리를 많이 심어야겠다고 생각했다. 봄이면 벚꽃보다 개나리를 많이 피워 화려함보다 따뜻함이 보였으면 좋겠다고 생각했다. 그리고 그 한가운데에 노란 치마를 입은 여리가 있으면 예쁠 것 같았다. 여름엔 연못을 만들어 푸른 치마를 입은 여리가 발을 담그고 놀았으면 좋겠고, 가을엔 단풍 아래서 붉은 치마를 입은 여리를 보면 좋을 것 같았다. 겨울엔 매화나무가 가득한 정원을 같이 바라봐야지.

"우리 이제 같이 찍어요."

"또?"

"같이 찍은 사진 하나 정도는 있어야죠."

종알거리던 여리가 이현의 팔을 끌어 어깨를 감싸게 했다. 이현이 여리를 감싸 안은 것 같은 포즈 그대로 둘은 사진을 찍었다. 어두운 밤하늘 밑이라 선명하지는 않았지만 여리기 훤하게 웃고 있었다는 것과 이현이 그런 여리를 쳐다보고 있었다는 것은 그대로 사진에 남았다.

그 이후로는 사진을 찍지 않았다. 선선한 밤바람에 몸을 맡기고 걷는 것만으로도 창경궁을 즐길 수 있었다. 연인처럼 손을 맞잡은 것도 좋았다.

"아, 좋다—"

여리가 혼잣말을 했다. 주변엔 연신 까르르 웃는 커플들이 많았다. 사랑이 넘치는 공간이었다.

"이사님."

여리는 이현과 자신이 그런 공간에 있다는 것이 좋았다. 여느 연인처럼 손을 잡고 있다는 것도 좋았다.

"남들 눈에는 우리도 커플 같겠죠?"

지금 이 순간만큼은 평범한 커플이 된 것 같았다. 아이돌 윤여리가 아닌, 재벌 2세 권이현이 아닌 사랑하는 남녀가 된 것 같은 느낌이었다.

"남들 눈이 무슨 상관이야."

이현이 퉁명스럽게 얘기했다.

"남들 눈도 중요하긴…… 으앗!"

여리가 별안간 짧은 비명을 질렀다. 단체로 견학을 온 것 같은 남학생 무리들이 뛰다가 여리를 밀친 탓이었다.

"괜찮아?"

이현이 깜짝 놀라 여리를 살폈다. 탄탄한 체격으로 보이던 남학생의 몸에 부딪쳐 순간적으로 중심을 잃은 여리를 반사적으로 받아 낸 이현이었다.

"괜찮아요, 괜찮아."

여리는 거의 품 안에 안기다시피 한 자세에서 벗어나 과장되게 웃었다. 이현과 만난 지 시간이 꽤 되었음에도 불구하고 스킨십을 할 때면 여리는 늘 가슴이 떨렸다. 조금 더 안겨 있다가는 금세 얼굴이 붉어질 것 같았다.

"조심해야지."

그런 마음을 아는지 모르는지 이현은 여리의 손을 더 꽉 쥐었다. 그 이후로도 이현과 여리는 창경궁 전각의 구석진 길을 따라 꽤 오래도록 걸었다. 굳이 무언가를 하지 않아도, 무슨 말을 하지 않아도 좋았다.

"이사님."

창경궁의 연못인 춘당지에 도착해서야 입을 연 여리가 이현을 쳐다보았다.

"우리 여기서 잠깐 쉬어요."

둘은 커다란 소나무 아래에 앉아 연못에 비친 달을 감상했다. 모든 것이 고요하고 고즈넉했다. 도심에서는 느끼기 어려운 밤의 어둠과 그러기에 볼 수 있는 물 위에 뜬 달이 아름답고 또 아름다웠다.

"고마워요, 이사님."

여리가 이현의 어깨에 머리를 기댔다. 이현이 팔을 뒤로 빼 여리의 등을 받쳐 주었다.

"뭐가."

"여기 데려와 줘서요."

이현이 뿌듯한 얼굴을 숨기며 웃었다.

"네가 가고 싶었던 곳은 경복궁이잖아."

이번에는 여리가 웃었다.

"그래도 여기는 이시님이 있잖아요."

이현이 또 한 번 울컥 움직이는 마음을 달랬다. 이토록 자신을 사랑해 줬던 존재가 있었던가. 이토록 사랑스러운 마음이 영원할 수 있던가. 영원할 수 없다면 영원하게 만드는 방법은 무엇인가. 이현의 마음이 뜨겁게 타올랐다.

"키스해도 돼?"

자신이 말하고도 이현은 당황해 얼굴이 붉어졌다. 어쩌자고 물어봤을까 후회할 즈음 여리가 도톰한 입술을 열며 웃었다.

"언제는 그런 거 물어보고 했어요?"

그대로 입술이 닿았다. 창경궁을 비추는 달빛이 두 사람을 찾지 못하게 소나무의 그늘이 둘의 머리 위로 내려앉았다.

14
거울 앞에 선 순간

여리는 퇴원하자마자 촬영장으로 향하고 싶었지만 본의 아니게 클럽으로 걸음을 옮겼다. 매니저가 아는 스케줄도 아니었고, 이현과 함께하는 일정도 아니었다.

― 우리 좀 만났으면 하는데.

업무용 핸드폰으로 걸려 온 낯설지만 익숙한 존재의 전화로 이루어진 만남이었다.

― 이현이 일로 나눌 말이 있어서요.

"누구……."

― 권이환입니다.

어딘가 무례한 말투도 마음에 들지 않았고, 이현의 사무실에서 만났던 첫인상이 워낙 좋지 않아 만나고 싶지 않았지만 이현과 관련한 일이라는 게, 그가 이현의 형이라는 게, 그런 사람이 자신을 찾는다는 게 쉽게 거절할 수 있는 일로 느껴지지 않았다.

— 아, 이현이한테는 비밀로 해요.

"비밀로 해야 할 만큼 떳떳한 일이 아니라면 저는 만나지 않겠습니다."

그럼에도 저항 아닌 저항을 해 보려 하기는 했다.

— 이현이랑 스폰 관계인 건 떳떳해요?

뒤이어 물어 온 이환의 말까지 무시할 수는 없었다.

여리는 자신을 보호하기 위해 사력을 다하는 경호원과 매니저의 눈을 피해 어렵게 시간을 만들었다.

클럽은 이현과 처음 만났던 곳이었다. 시끄럽고 혼란스러우며 다분히 퇴폐적인 그곳은 처음 그때와 조금도 달라지지 않은 모습이었다.

"아, 드디어 왔네."

문을 열자 보인 것은 커다란 룸 안에 혼자 앉아 있는 이환의 모습이었다. 테이블 위에 늘어진 양주들의 수가 한 사람이 감당하기엔 많아 보였지만 이환 외에 다른 사람이 있었던 흔적은 없었다. 여리는 이환과 멀찍이 떨어져 앉아 가만히 눈을 맞췄다.

"하실 말씀 있다고 들었습니다."

여리는 최대한 사무적이고 이성적인 상태로 대화를 나누고 싶었다. 전화를 하며 들려왔던 목소리에 깃든 비열함이 너무도 또렷해 좋은 내용의 이야기가 오갈 것이 아님은 알았지만 목표는 단 하나, 최대한 빨리 대화를 끝내는 것이었다.

"급하게 굴 필요 없어요. 내가 할 얘기는 꽤 기니까."

하지만 이환은 여리와 생각이 다른 것 같았다. 잔뜩 여유를 부리는 모양새가 잡아 둔 먹이에게 겁을 주는 것처럼 의도적이었다.

"우리 구면인 거는 알죠?"

이환이 물었다. 사무실에서의 일을 이환도 여리처럼 분명하게 기억하는 듯했다.

"그때부터 시작이었던 건가? 아니면 그 전부터?"

"무슨……."

"권이현이 네 스폰서가 된 게 언제부터야?"

여리는 이현의 사무실에서 처음 보았던 이환의 모습을 떠올렸다. 이현과 비교했을 때는 도드라지지 않았지만 홀로 마주한 그는 꽤 날카롭고 위협적인 분위기를 갖고 있었다.

"하고 싶은 말이 뭐예요."

여리는 고운 미간을 구겼다. 이현과의 관계는 예전보다 나아졌지만 드러내서 칭찬받을 것도 아니었다. 할 수 있는 최선은 대화의 흐름을 끊어 내며 이환이 진정 하고 싶은 말이 무엇인지, 얻고 싶은 것이 무엇인지 알아내는 것뿐이었다. 사실 이환이 자신에게 하고 싶은 말이나 얻고 싶은 것이 있기는 한지 의문이었다.

"말 잘 듣는 타입은 아닌가 보네."

이환은 간신히 존대하던 말을 완전히 놓았다.

"내가 권이현 그 자식이랑 사이가 안 좋은 건 알 거야."

이환은 생각만 해도 싫은지 인상을 구겼다. 제 형제들을 말할 때면 이현 역시 같은 표정이었다.

"우리 같은 사람들 중 계집질 한번 안 해 본 사람 없지만……."

이환이 여리를 쳐다보며 말을 늘였다.

"그게 세상 밖으로 알려지는 건 다른 얘기거든."

마치 그 다른 얘기를 곧 실행에 옮기기라도 할 것처럼 이환은 킥킥 기분 나쁜 웃음을 지었다. 여리는 떨리는 손으로 주먹을 꼭 쥐었다.

"권이환 씨."

여리는 이현에게는 한 번도 부르지 못한 이름을 부르며 이환의 말허리를 잘랐다. 예상대로 다급해지는 목소리에 이환은 씨익 입꼬리를 말아 올렸다.

"아, 뭐 당장 그러겠다는 소리는 아니니까 그렇게 벌벌 떨 거 없이."

이환이 느리게 시선을 훑으며 여리의 곁으로 가 앉았다. 닿는 눈길마다 소름이 돋는 것이 꼭 뱀이 움직이는 것 같은 착각이 들었다.

"대신 그만 만나."

아무리 이복동생이라도 스폰서나 받는 여자와 만나는 게 싫은 것인지, 기업의 이미지를 위한 행동인지는 알 수 없었지만 이환은 단호한 어투로 이현과 그만 만나라 말했다. 여리는 떨리는 입술을 진정시키려 애썼다. 이제 겨우 마음을 인정하고 이현의 마음을 열려 노력하는 중이었다. 이제야 겨우 서로에게 진실하려 노력하는 중인데…….

"그리고 나랑 만나."

장난스러운 이환의 목소리가 여리의 귓가에 달라붙었다. 동생을 위하는 것인지, 기업의 이미지를 생각하는 것인지 고민했던 자신이 한없이 한심하게 느껴질 정도의 수준이었다. 더 끔찍하고 지독한 사람이었다.

"농담이 지나치시네요."

여리는 너무 꼭 쥐고 있어 하얗게 질린 손을 펴며 말을 뱉었다.

"왜? 이현이가 주는 돈은 깨끗하고 내가 주는 돈은 더러워?"

이환은 재미있다는 듯 비아냥거렸다.

"고작해야 스폰인 주제에 뭔 자존심을 부리고 그래."

이환은 막힘없는 말로 여리의 속을 후벼 팠다. 그저 그런 스폰 관계가 아니라고, 당신이 생각하는 더러운 관계가 아니라고 말할 수 있다면 참 좋으련만 틀린 말이 없었다. 지금은 아니라 해도 시작은 돈 때문이었고, 마음이 생긴 지금도 이현의 지원을 받고 있는 것은 부정할 수 없는 사실이었다.

"네가 권이현 약혼자라도 된 것 같아?"

이환이 여리의 뺨을 끈적이는 손길로 쓸며 물었다. 소름 끼치는 촉감에 단번에 쳐 내기는 했지만 뺨 위로 벌레가 기는 듯한 역한 기분이 느껴졌다.

"그래, 그 자식이 착각하게 만들었을 수도 있어."

이환이 과장된 몸짓으로 고개를 끄덕이며 말을 이었다.

"이현이가 애정 결핍이 좀 있거든."

"권이환 씨."

여리는 더 듣고 싶지 않았다.

"너도 그 자리에 있었으니까 알 거 아니야. 권이현 그 새끼 사생아인 거."

이환의 잔인하고 유치한 일갈에 진절머리가 났다.

"네가 어떤 여우 짓을 했는지는 모르겠지만 이현이 그 새끼도 곧 깨달을 거야."

이환이 여리의 이마를 톡톡 치며 웃었다.

"너도 결국 돈 때문에 곁에 있던 쓰레기라는 걸."

쓰레기, 이현이 제 곁에서 비위나 맞추는 사람들을 말할 때 쓰는 단어였다. 그들은 이현이 어떤 사람이고, 어떤 생각을 가지고 있는지는 신경 쓰지 않았다. 그저 돈과 힘을 얻으려 자세를 낮추고 기다리는 게 일이었다. 이현이 그들을 입에 올릴 때면 언제나 상한 음식이라도 먹은 것처럼 얼굴을 잔뜩 일그러뜨렸다.

여리는 붉어진 눈으로 이환을 노려보았다. 그 대상이 자신도 될 수 있다는 사실은 왜 몰랐을까. 두려워졌다.

"지금은 네가 특별해 보여도 권이현은 결국 한계를 극복하지 못할 거야."

당당한 이환의 목소리는 여리의 목과 심장을 바득 조였다.

"시작이 더러웠다는 걸 떠올리고, 깨끗해질 수 없다는 걸 인정하겠지. 네가 진심을 말해도 의심스러울 거고, 네가 마음을 전해도 결국 역겨워할 거야."

정말일까. 그는 의심하게 될까. 아니, 나는 의심하지 않을 수 있을까. 고작해야 필요해졌다고 말했을 뿐인 이현을 계속해서 신뢰하고 믿을 수 있을까. 끝까지 함께할 수 있을까. 악마의 목소리가 귓가를 간질였다.

"그러니 나한테 와."

그리고 그 악마는 이환의 모습으로 다시 눈앞을 채웠다.

"하―"

숨이 막혔다.

"너 같은 애들 한두 번 본 게 아니야."

특별하다고 믿었던 믿음이 '너 같은 애들'이라는 그룹에 묶이며 안개처럼 흩어졌다.

"다들 더럽게 끝나. 매달리는 쪽이 누구든 한쪽은 만신창이가 돼. 그걸 원해?"

여리는 애써 외면하던 진실을 원치 않는 순간에 마주한 기분이 들었다.

"이렇게까지 하는 이유가 뭐예요."

여리는 궁금한 듯 물었지만 어렴풋이 알 것 같았다.

"그냥."

이환은 어깨를 으쓱이며 풀린 눈으로 양주를 찾았다.

"그 새끼가 가진 것 중 하나는 뺏어야 기분이 좀 나아질 것 같아서."

여리는 짧게 탄식을 뱉었다. 역시, 이환의 눈을 보면 알 수 있었다. 그의 눈에는 자신에 대한 욕심이나 여자에 대한 욕망이 보이지 않았다. 그저 심술, 분노, 질투 같은 것들이 한데 섞여 추하게 꿈틀거리고 있을 뿐이었다.

"한심하네요."

여리는 급격하게 휘몰아치는 마음속을 모른 척 외면하며 차분하게 말을 이었다. 불안해서 죽을 듯이 괴롭고 울고 싶었지만 여기 이환의 앞에서 무너지고 싶지는 않았다.

"뭐?"

이환이 단번에 여리의 옷깃을 움켜쥐었다. 이후로는 당연한 수순처럼 가는 목이 커다란 손아귀에 가득 담겼다. 숨이 막힐 정도는 아니었지만 목이 아팠다.

"……."

여리는 보란 듯이 웃어 보였다. 신음 한 자락 내었다가는 비웃음을 살 것이 분명해 답답한 숨을 삼켰다.

"조사를 할 거면 좀 제대로 해야죠."

"무슨……."

"이사님한테 저는 아무것도 아니에요."

자신에게 이현은 중요한 사람이 된 지 오래였지만 이현은 특별히 달라진 것은 없었다. 전보다 훨씬 부드러워지기는 했지만 이현은 첫 만남 때를 제외하고는 웬만큼 다정한 편이었다. 그렇다고 해서 그 마음이 가볍고 하찮다고 생각하지는 않았다.

"권이현한테 아무것도 아닌 건 없어."

이환은 이죽거리며 목소리를 낮췄다. 목소리가 낮아짐에 따라 목을 누르는 그의 손아귀 힘도 강해져 숨 쉬기는 더욱 곤란해졌다.

"그 새끼는 태어나서 뭘 제대로 가져 본 적이 없거. 고작 스토커 따위에 겁먹고 쓰러진 너 하나 때문에 연설이고 뭐고 뛰쳐나간 걸 보면 모르겠어?"

이환은 눈을 번뜩이며 여리를 노려보았다. 아, 확신하는 이유가 그 일 때문이었구나.

"어렸을 때부터 제 것이라면 신발 한 켤레에도 같잖은 집착을 해 댔단 말이야."

이환이 말하는 이현의 어린 시절은 처절했다. 나의 아버지, 나의 어머니, 나의 형제라 부를 사람이 없는 채로 살았던 어린 마음에는 아마 지독한 외로움이 가득했을 것이다. 제 것이라 부를 것도 없었겠지만 가질 만하면 서늘한 시선 속에서 모든 것을 뺏기는 것이 익숙했을 것이다. 다 큰 성인이 돼서도 동생의 것을 뺏으려는 이환만 보아도 알 수 있었다.

뺏기고 뺏기다 결국 가지고 싶다는 마음이 생겼을 것이고 그것은 소유에 대한 열망으로, 다시 애착이 되어 집착으로 자라났겠지.

"근데 내가 널 뺏으면 어떻게 될까?"

이환은 신이 난 듯 지껄이는데 여리의 눈에는 눈물이 그렁그렁 매달렸다. 조여 오는 목이 아파서가 아니라 아직까지도 제 것에 대한 집착을 버리지 못하고 불안해하는 이현을 떠올린 탓이었다.

"네가 아무리 하찮은 계집이라고 해도 그 새끼는 눈이 돌아 날뛸 거야. 분하고 억울해서 한동안 잠도 제대로 못 잘걸?"

여리는 제 목을 누르는 이환의 손을 필사적으로 뜯어내며 캑캑, 힘겹게 숨을 들이마셨다. 할 말은 다 했다는 듯 이환의 힘이 느슨해지자 여리는 바닥을 기어 이환에게서 멀찍이 떨어졌다.

"다, 당신……."

가쁘게 몰아쉬는 호흡을 채 정리하지도 못한 여리가 입을 열었다. 이현을 안쓰러워하기 전에, 이환의 제안을 완전히 거절하기 전에 확인할 것이 있었다.

"이사님이 저 때문에 연설을 포기했다는 거…… 당신이 어떻게 알아요? 스토커 때문이라는 걸 대체 어떻게 알아요?"

기사는 스케줄 과다로 인한 과로로 나갔다고 했다. 스토커에 대한 이야기는 일절 알려지지 않았는데.

"이사님이 당신한테 알려 줬을 리가 없잖아."

"아, 그거."

이환은 들고 있던 술병을 그대로 바닥에 내던졌다.

"어떻게 알았을 것 같은데?"

이환의 눈에는 과시하고 싶은 욕구와 들켰다는 데에서 오는 불안이 뒤섞여 있었다.

"설마 당신……."

"맞아. 나야."

여리는 드디어 맞춰지는 퍼즐에 눈앞이 하얗게 질렸다. 그토록 천천히 공포감을 조성하던 스토킹이 이현의 연설 시간에 맞춰 증폭되었다는 게 우연의 일치라고 하기엔 찜찜했다.

"네가 돈 때문에 이현이 그 자식을 만났던 것처럼 스토커 노릇

해 줄 대학생 하나 찾는 건 일도 아니야."

"왜…… 왜 굳이……."

"연설 막자고 한 짓이었는데 사실 정말 통할 줄은 몰랐어. 안 되면 말고, 라고 생각했거든."

이환은 말꼬리를 길게 늘이며 온몸을 떨고 있는 여리의 앞으로 다가갔다.

"그 대학생이 이현이한테 얼마나 맞았는지 원래 약속한 돈보다 더 줘야 했다니까?"

여리는 이환의 목소리가 들리지 않았다. 이환은 여리의 그런 꼴이 우습다는 듯 끈질기게 시선을 맞췄다. 검은 눈동자가 거울처럼 여리의 검게 탄 속을 비췄다.

"이현이 그 자식이 평소엔 꽤 똑똑한데 말이야 너에 대한 환상이 어마어마한가 봐. 열 일 제치고 달려간 걸 보면."

"당신…… 미쳤어."

"맞아. 아버지란 사람이 본 적도 없는 애새끼를 데리고 와 '네 동생이다.' 라고 하면 미칠 수밖에 없어."

뱉어진 말이 서늘했다.

"생각 필요하면 시간 줄게."

"생각할 필요 없어요."

"생각해."

이환은 한껏 비웃었다.

"네가 그토록 애지중지하는 권이현이 스폰이나 하는 한심한 인간이라고 알려지면 뒷감당은 어떻게 하려고 그래?"

여리는 질끈 눈을 감았다. 눈을 감아도 눈앞이 하얗기만 했다.

"너한텐 그 새끼가 중요하다며. 증명해 봐."

"떠나더라도 당신한테는 안 가."

"그럴 수 있으면 그래 보든가."

이환은 부들거리는 여리를 지나쳐 문을 향해 걸음을 옮겼다. 필요한 말은 다 한 듯 가뿐한 뒷모습이었다.

"아, 스토커 얘기는 비밀로 하는 게 좋을 거야."

걸음을 멈춘 이환이 말했다.

"그 새끼가 꼭지라도 돌면 무슨 일을 망칠지 나도 겁나거든."

그 말을 끝으로 이환은 사라졌고 여리는 양손에 얼굴을 묻었다. 그러자 기다렸다는 듯이 전화가 울렸다. 액정 위로 떠오른 이현의 이름에 여리는 모른 척하고 싶은 충동과 받고 싶은 욕망이 팽팽하게 갈등했다. 고민하는 동안에도 전화는 끊어질 줄 몰랐다.

"네."

여리는 몇 번이나 목소리를 가다듬고 나서야 간신히 네, 한 마디를 뱉어 낼 수 있었다.

— 어디야.

귀에 닿은 건 목소리뿐이었는데도 날카로운 인상의 얼굴과 짙은 머스크 향이 뚜렷하게 떠올랐다. 눈앞에 이현이 있는 것만 같았다. 스토커를 피해 그의 집으로 갔을 때 느꼈던 존재감처럼 이현은 언제나 곁에 있는 것 같았다. 매일 생각하고 그리워하니 당연한 것이었다.

"밖이에요."

— 매니저 말로는 촬영 끝났다는데 왜 밖이야.

이현의 날 선 목소리로 말했다. 퇴원 이후 이현은 여리의 움직임 전부에 신경을 곤두세웠다. 경호원의 수를 늘리는 것은 물론이고 여자 경호원을 고용해 화장실까지도 함께 가도록 했다.

"촬영은 끝났는데 답답해서요."

— 혼자 다니다가 또 쓰러지면 어쩌려고 그래.

"잠깐 나온 거예요. 병실에 오래 있었잖아요."

정말 거짓말에 익숙해지고 있었다. 연예계 생활 자체가 포장된 모습을 파는 일이라 매일이 거짓의 연속이었다. 그러니 익숙해지는 것은 당연했다.

"이사님."

그를 부르는 말은 그와 가까이 있고 싶은 진심이었고,

"보고 싶어요."

그리움을 전하는 말은 그 품 안에서 위로받고 싶은 진심이었다.

— 무슨 일 있어?

"아니요."

하지만 부정하는 이 말은 허물을 들키고 싶지 않은 거짓이었다.

결국 허물마저 보이고 싶었던 마음은 언제 그랬냐는 듯 숨은 모양이었다. 핸드폰 너머로 잔잔한 한숨 소리가 들려왔다. 아직 다 전하지도 못한 마음이 심장 아래에 가득 찬 기분이 들었다.

숨소리조차 듣기 좋아 마음이 떨리는데 멀어질 수 있을까.

— 안 그래도 집으로 가려고 했어. 할 말도 있고.

"할 말이요?"

— 곧 도착하니까 얼른 집에 들어가. 괜히 신경 쓰이게 하지 말고.

이환과의 만남이 없었더라면 이현에게 신경 쓰이는 존재가 되었다며 속없는 마음이 뛸 듯이 기뻤을 텐데.

"그럴게요."

모순적인 마음은 단 몇 시간 만에 이 모든 관심을 무겁게만 느껴지게 했다.

여리는 서둘러 택시를 타고 집으로 향했다. 오는 길에 핸드폰에 남은 이환의 기록은 모두 지웠다. 전화번호는 이환이 아닌 다른 이름으로 저장했다. 이환과 다시 연락할 날이 오지 않기를 간절히 바랐지만 앞날은 모르는 것이니 신중하고 싶었다.

얼마 지나지 않아 초인종이 울리고 현관문이 열렸다. 이현은 초인종을 누르기는 했지만 비밀번호를 직접 누르고 들어왔다. 여리가 쓰러진 이후로 생긴 이현의 버릇이었다.

"이사님."

건네는 목소리에 보이는 것은 그 어느 때보다도 기분 좋아 보이는 이현의 얼굴이었다.

"무슨 좋은 일 있어요?"

"맞춰 봐."

정말 좋은 일이라도 있는지 이현은 평소와는 다르게 뜸을 들이며 애를 태웠다.

"그냥 알려 주면 안 돼요? 궁금한데."

"이름 불러 봐. 그럼 알려 줄게."

평소라면 그저 얼굴을 붉히고 말았을 말인데도 여리는 가슴 한편이 뻐근해졌다. 권이현, 윤여리가 아닌 이사님, 물건으로 시작했던 처음이 사슬처럼 몸을 조였다. 이름을 부르지 못하는 이유가 선명했다.

"다음에요. 어색하단 말이에요."

"다음에 언제."

"다음에."

이현은 눈살을 찌푸리며 언짢아했지만 이내 여리의 허리를 끌어안았다.

"오늘만 봐주는 거야. 내일부터는 이름 불러."

이현은 고개 숙인 둥근 이마 위로 입술을 꾹꾹 누르며 말을 이었다.

"고마우니까 봐주는 거야."

"뭐가요?"

"아이디어."

"아이디어?"

여리는 고개를 갸웃거리며 기억의 조각을 되짚었다. 그리고 비어 있는 기억의 조각에 새로운 사실을 새겼다. 이현이 처음으로 고맙다는 말을 전한 날.

"한옥 호텔 만들 거야."

이현이 낮은 목소리 속에 설렘을 숨기고 말했다.

"한옥…… 아! 정말요?"

이현은 고개를 끄덕였다. 여리가 퇴원하는 날 임시 주주총회가 있었다. 비공개로 진행되는 소규모 총회답게 많은 주식을 보유하고 있는 주주들만 모여 극비리로 투표를 진행했다. 투표 대상자는 이혁과 이현이었고 그 자리에는 호텔의 원주인인 이환도 함께 있었다.

결론적으로는 가장 많은 주식을 보유하고 있는 권 회장이 이현의 손을 들어 줌으로서 호텔은 이현의 것이 되었다. 이현은 이화통신과 아트재단, 호텔의 대표를 역임하게 된 것이었다. 이현은 이 모든 걸 다른 누구도 아닌 여리와 축하를 나누고 싶었다. 가장 진실하게 축하해 줄 사람이 여리뿐이었다.

"정말 제가 낸 아이디어로 된 거예요?"

여리는 궁금한 듯 이현의 팔에 매달렸다. 일 얘기는 도통 꺼내지 않는 그였기에 돌아가는 사정을 하나도 몰랐다.

"자세히 알려 줘요."

이현은 그 모양새가 좋아 가만히 여리를 바라봤다.

"네가 말한 한옥 호텔로 기획안 진행했어. 결과는 좋았고."

여리는 조용한 감탄을 뱉어 냈다.

"그럼 이제 이사님이 호텔 대표예요?"

이현이 고개를 끄덕이며 웃었다.

"예전에 내 사무실에서 봤던 권이환 기억하지? 내 둘째 형."

여리는 등줄기가 서늘해졌다. 이현의 입에서 나오는 이환의 이름이 무서웠다.

"원래 호텔이 그 사람 거였거든."

"아……."

"이제부터 시작이야."

이현은 누구도 함부로 못 할 힘을 갖고 싶었다. 그래야 출생의 약점과 상관없이 제 것들을 충분히 지켜 낼 수 있었다. 이환처럼 넋 놓고 있다가 제 것을 뺏기는 바보 같은 일은 죽어도 하지 않을 작정이었다.

"다 가질 거야."

읊조리는 이현의 말에 여리는 이환이 왜 자신을 찾아왔는지, 이환이 왜 이현의 것 중 하나는 뺏어야겠다고 생각했는지 모든 순서를 파악할 수 있었다. 누가 고래이고 누가 새우인지 알 수 없었다. 모두 등이 터져라 싸우고 있는데 정작 자신의 등에서 흐르는 피는 아무도 모르고 있었다.

"윤여리."

이현이 여리의 손목을 쥐고 잡아당겼다. 들뜬 목소리와 웃던 얼굴이 순식간에 굳어져 있었다.

"왜, 왜요……."

거친 행동에 당황한 여리가 묻자 이현은 화를 누르듯 목소리를 낮췄다.

"너 목 왜 그래."

목으로 향한 눈빛엔 번뜩이는 날이 서 있었다.

"네?"

"이거 뭐냐고."

이현이 여리의 목을 쓸며 인상을 구겼다. 여리가 재빨리 거울 앞으로 가 제 목을 살폈다. 이환이 짓누른 모양대로 시퍼런 멍이 들어 있었다.

"아, 이거……."

마땅히 변명할 말이 떠오르지 않았다.

"말해."

바득 이를 간 이현은 화가 치솟는지 금세 호흡이 거칠어져 있었다. 여리는 도무지 할 말이 없었다.

"……."

"입 다물고 있지 마."

이현은 꾹 다물고 있는 입술을 보며 이를 갈았다.

"네가 말 안 한다고 해서 내가 영원히 모르는 거 아니야. 네 입으로 말해. 무슨 일인지."

자신도 아까워 탐하다가도 입맛만 다시고 말아 버리는 하얀 목에 어떤 미친놈이 시퍼런 멍을 들였는지 생각만 해도 화가 치밀었다. 이럴 때면 매니저고 경호원이고 다 소용없는 것 같았다. 그냥 어디 가둬 두면 마음이 편할 텐데. 병실에 얌전히 입원한 채 그 작은 공간에서만 숨 쉬고 있을 때가 차라리 좋았다.

여리는 이현의 뜨거운 시선을 오롯이 받으면서도 쉬이 말을 뱉지 못하고 입술을 달싹였다. 이환이 했던 모든 더럽고 비겁하고 끔찍했던 말들이 머릿속을 둥둥 떠다녔다.

"윤여리."

한숨을 섞어 부르는 목소리에 여리는 마음먹은 듯 여전히 뻐근한 느낌이 가득한 목을 주물렀다. 마주한 이현의 곧은 눈빛이 이환의 눈을 바라보았을 때처럼 거울을 보는 것 같은 착각을 주었다. 거짓말 실력이 아무리 늘어도 지금 이 순간만큼은 통하지 않을 것 같았다.

"그게……."

여리는 뒤이어 나올 이현의 반응을 애써 모른 척하며 입술을 열었다.

"저 오늘 권이환 씨 만났어요."

"뭐?"

"예전에 사무실에 봤던……."

말을 다 마치기도 전에 이현은 여리를 끌어당겨 목에 남은 멍자국들을 더 자세히 들여다보았다. 어디를 얼마나 어떻게 다쳤는지 눈에 새겨 넣으려는 것 같았다. 그런 그를 보고 있자니 눈이 뒤집힌다는 표현은 이럴 때 쓰는구나 싶었다.

"그 새끼가 이랬어?"

이현은 거친 숨을 몰아쉬며 당장이라도 이환을 죽이러 갈 것처럼 살기를 뿜어냈다.

"대답해. 답답해서 죽는 꼴 보고 싶지 않으면."

날카로운 목소리가 툭툭 바닥으로 떨어졌다.

"그 새끼가 이따위로 만들었어?"

말들은 거칠었지만 목을 어루만지는 손길은 조심스럽기 그지없었다. 혹시라도 자신의 손이 아프게 할까 걱정인 듯 보였다.

여리는 제 목을 더듬는 이현의 긴 손가락들을 어설프게 쥐었다. 스캔들이 났던 그때처럼 앞뒤 없이 화를 낼 줄 알았던 이현이 뚜렷하게 보이는 인내심으로 모든 걸 눌러 대는 모양이 감격스러웠다. 울음이 터질 것 같았다. 이환의 앞에서는 어렵사리 참아 냈던 눈물이 이현의 앞에선 알아 달라 보채며 어리광을 부리고 싶은 모양이었다.

"말을 해. 말을 해야 알 거 아니야. 하, 씨발 진짜."

이현은 하얀 얼굴 위로 구르는 눈물을 보며 괴로운 듯 눈살을 찌푸렸다. 할 줄 아는 것이라곤 마약이나 빨면서 인생을 낭비하는 것밖에 없는 제 형이 여리를 만났다는 것에서 이미 분노는 손끝, 발끝까지 뻗친 상태였다.

화풀이였을 것이다. 호텔을 뺏기고 늘 무시하던 자신에게 서열이 밀리니 애꿎은 분풀이 대상을 찾아 나선 것이 분명했다. 어떤 더러운 짓을 했을지, 어떤 지독한 소리를 했을지 상상이 되어 열이 올랐다.

"다, 다 말할 테니까……."

여리는 이현의 품에 무너지듯 안겼다.

"화내지 말아요."

여리는 이현의 품에서 이환이 했던 모든 말들을 슥슥 지워 내려 했다. 이현과 자신의 관계를 세상의 이름으로 단죄하던 그 이름, 스폰서라는 그 말을 지워 내려 애쓰고 있었다.

시작은 나빴지만 결국 우린 이렇게 서로가 소중하다고 되지도 않는 위로를 했다. 그렇게라도 하지 않으면 스스로가 너무 더럽게 느껴질 것 같았다. 또 결국엔 그 모습이 너무 추하다는 걸 인정하게 될 거고 그렇게 되면 이환의 뜻대로 이현의 곁에서 물러나야 한다는 걸, 이현과의 만남이 처음부터 끝까지 잘못되어 있었다는 걸 부정할 수 없을 것 같았다.

처음 스폰서를 만나겠다고 다짐했던 그 순간처럼 다시 한 번 뻔뻔해지려 너덜거리는 심장을 붙잡았다.

"그 사람이 이사님 일로 할 말이 있다고 불렀어요. 이사님이 저랑 어떤…… 관계인지 다 안다고 해서 거절할 수가 없었어요."

여리는 '스폰서'라는 단어가 나와야 할 순간에 숨을 멈추고 그저 '어떤'이라는 말로 대신했다. 말하고 싶지 않았다. 말하면 엎질러져도 한참 전에 엎질러진 물을 쓸어 담기 위해 더러워진 바닥을 기어야 할 것 같은 기분이 들었다.

"이사님이 가진 걸 뺏겠다고 했어요."

여리는 물기가 가득한 목소리로 중얼중얼 말을 이었다. 말을 하면 할수록 이환과 나눈 대화는 뚜렷해졌다. 말하면서도 바스라지는 웃음이 나왔다. 이현이 가진 것 중에 자신이 있다는 것도 우스웠고 그것을 또 돈을 지불해 뺏겠다 말하는 이환도 우스웠다. 무엇보다도 그런 존재가 되어 버린 자신이 가장 우스웠다.

이현이 품에 안긴 여리를 밀어 내며 눈살을 찌푸렸다. 어깨를 쥔 손에 힘이 바짝 들어갔다.

"그 새끼가 뺏겠다는 게 너야?"

한없이 낮아진 목소리로 물어 오는 이현을 향해 여리는 고개를 끄덕였다.

"미친 새끼."

이현은 이를 바득 갈았다. 어느 것 하나도 뺏길 생각은 없었다.

통신이고 재단이고 호텔이고 제 것이 된 것은 영원토록 제 것으로
둘 생각이었다. 어린 시절 모든 것을 빼앗기고 살았던 이현이었다.
이토록 제 것에 집착하며 살게 만든 장본인 중에 이환의 이름도
있었다. 그런 사람이 감히 제 것에 눈독을 들이다니 어이가 없어도
한참 없었다.

그중 여리는 제 것 중에서도 가장 제 것이었다. 누군가가 자신
에게 준 것도 아니었고, 누구의 것이었던 것을 뺏어 온 것도 아니
었다. 스스로 제 품에 날아든 것이었다. 가질 수 있던 처음부터 제
것이었다.

자신이 어떤 흠을 갖고 있고 어떤 불안이 있는지도 알면서 조금
도 흔들리지 않고 곁에 있어 준 여리였다. 동시에 여리가 가장 불
안하고 두려울 때 찾는 이 역시 자신이었다. 서로가 서로에게 유일
했다. 누구에게도 뺏길 수 없었다.

"어디 탐낼 게 없어서."

생각할수록 열이 뻗쳐 그대로 집을 나서려는 이현의 등을 여리
는 그대로 안아 붙잡았다.

"놔."

이현은 지금 당장 이환을 만날 생각이었다. 지구상에 있는 가장
끔찍한 방법을 사용해 극한의 고통을 맛보게 한 후 다시는 제 것
에 대한 욕심을 품지도, 드러내지도 말라 소리칠 작정이었다.

"가지 마요."

그런데도 여리는 허리를 끌어안고 놔주지를 않았다. 뭐가 두려
운지 아까부터 계속 흔들리는 눈을 하고 있는 여리였다.

"그 새끼 족치는 거 일도 아니니까 놔."

"이사님."

여리는 살벌한 말을 쏟아 내는 이현의 앞으로 섰다. 이환에 의해 이현이 움직이는 것이 싫었다.

"그러지 말아요."

여리는 바들바들 떨리는 손으로 이현의 얼굴을 감쌌다. 시뻘건 눈으로 현관을 노려보던 시선이 여리의 말간 갈색 눈으로 옮겨졌다.

"그 사람이 원하는 게 이런 거예요. 알잖아요."

상황과 어울리지 않게 다정한 목소리가 이현의 귓가를 간질였다.

"상관없어."

"상관있어요."

잔뜩 상처 입은 눈을 한 주제에 여리는 단호했다.

"이사님이 화내면 그 사람은 웃을 거고, 이사님이 괜찮으면 그 사람은 화날 거예요."

자신을 통해 이현의 연설을 막으려 했던 이환의 작전이 보기 좋게 성공한 것처럼 자신이 이현의 발목을 또 잡을까 불안했다.

"이사님이 화낼 이유 없어요."

여리는 짙고 검은 눈을 바라보며 다짐했다.

"제가 그 사람한테 갈 일은 없으니까."

자신이 이현의 곁을 떠나는 것이 최선이라 해도 이환에게 가는 일은 죽어도 없을 거라 다짐했다.

"이사님이랑 제 관계……에 대해서 말하겠다고 한 게 조금 걱정이긴 하지만……."

단 하나 걱정되는 게 있다면 그것뿐이었다.

"신경 쓰지 마."

이현이 단호하게 말했다.

"어차피 터트릴 위인도 못 되니까."

불안한 눈으로 혹시나 하는 의심을 품은 여리를 이현은 냉정한 눈으로 쳐다보았다.

"그 인간이 감당할 수 있는 일이 아니야. 회사 전체 이미지가 망가지는 일인데 그 인간이 무슨 배짱으로. 할 수 있으면 벌써 했겠지."

이현은 무시하는 것이 분명한 어투로 말을 이었다. 여리는 이현과 자신의 관계가 '회사 전체 이미지를 망칠 수도 있는 일'이라는 사실에 다시 한 번 심장을 두들겨 맞은 것처럼 아팠다. 그런 말을 아무렇지도 않게 하는 이현이 신기할 따름이었다.

"당분간은…… 조심해요, 우리."

즐겁기만 했던 창경궁 데이트도 불안함에 후회스러울 지경이었다.

"우리가 왜. 싫어."

"이사님한테 제가 약점인 게 싫어요."

여리는 자신이 조금 더 몸을 사려야 한다는 걸 스토커의 배후를 알고 나서야 깨달을 수 있었다.

"이사님한테 제가…… 중요하지 않은 사람인 것처럼 보였으면 좋겠어요."

사실은 더 중요하게 생각해 달라고, 중요한 사람이라고 말해 달라고 하고 싶었지만 세상은 원하는 대로 살아갈 수 없는 곳이었다. 잔인하게도 가끔은 정반대로 살기를 강요할 때도 있었다. 지금이 그런 순간이었다.

이환을 만난 그 순간부터 생각했던 것이었다. 이현은 예전부터 제 태생의 약점을 들키지 않으려 감정 없는 관계만 맺는다고 했다. 그것은 이현에게 유익하지 않았지만 유약하게 만들지도 않았다. 오히려 이현은 그런 관계들 속에서 홀로 강했고, 더 강해졌다.

제 앞에서 처음으로 무너지던 생일날의 이현이 떠올랐다. 그때도 같은 생각을 했다. '아, 이런 말을 했다는 걸 스스로는 깨닫지 않기를.' 그러니 이번에도 같은 생각을 할 수밖에 없었다. 부디 약해지지 않기를, 약해지는 이유가 자신 때문이라면 자신을 밀어 내기를, 아니 밀어 내지는 말기를, 밀어 내는 척으로 버텨 주기를.

생각으로만 할 때보다 입 밖으로 내뱉었을 때 드는 고통은 더 컸다. 구겨진 미간 위로 이현의 손가락이 얹어졌다.

"쓸데없는 생각 하지 마."

이현이 조용히 읊조리며 고개를 숙였다. 피멍이 번진 목선을 따라 그의 입술이 닿았다. 뻐근했던 목이 간지러움으로 가득 찼다.

"아파?"

농밀한 행동을 하면서도 목소리엔 걱정이 가득했다.

"괜찮아요."

이깟 것들은 아픈 축에도 끼지 못하지.

이환이 놓은 폭풍은 눈을 감고 지나가기를 기다리면 언젠가 지나갈 바람이었다. 중요한 것은 마음속에 자리해 버린 커다란 거울이었다. 그것은 여리의 마음을 고통으로 만들기 충분했다.

"다른 생각 하지 마."

목 곳곳에 입을 맞춘 입술은 귀를 탔고 눈, 코, 입술로 향했다. 맞닿은 입술이 어느 때보다도 간절하게 서로를 찾았다.

둘은 처음 스캔들이 터졌을 때와는 분명하게 달라져 있었다. 스스로도 정의할 수 없는 감정들이 넘쳐흐르는 것은 여전했지만 우선은 서로를 찾았다. 서로를 찾아 서로에게 말하고 서로에게 화를 냈다. 실수는 언제나 더 나은 길을 제시하는 법이었다. 스캔들 사건에서 제대로 배운 이현은 화를 참았고, 여리는 사실을 말했다.

＊

　그날 이후 이현은 여리에게 조금 더 자주 연락했고, 조금 더 다정해졌다. 이렇게 보면 모든 것이 좋은 성장을 보인 듯하지만 세상엔 너무도 많은 일이 일어났고 배워야 할 것은 끝이 없었다.

　영화 출연 개런티를 받은 여리가 제 엄마에게 전화를 건 것이 시발점이었다.

　"엄마, 나야."

　— 요즘 바쁘지? 밥은 잘 챙겨 먹고 있고? 아픈 데는 없니?

　여리의 엄마는 좀처럼 들을 수 없는 개운한 목소리로 제 딸의 안부를 물었다.

　"나 괜찮아. 엄마는 기분 좋아 보이네?"

　— 우리 딸 일이 잘 풀리니까 좋지. 늘 요즘만 같으면 좋겠어.

　여리는 싱거운 미소를 지었다. 매일 축 처진 모습만 보다가 밝은 목소리를 듣고 있자니 기분이 좋았다. 더 열심히 일해야겠다는 생각이 가득했다. 부지런히 일해서 부지런히 돈 벌고, 지겨운 빚다 갚아서 버는 돈 족족 마음 편히 쓸 수 있는 시간을 만들고 싶었다. 일평생 경험한 적 없는 시간이라 환상이 많았다.

　"엄마가 기분 좋으니까 나도 좋다."

　— 우리 딸, 요즘 영화 촬영한다고 했지?

　"응. 안 그래도 이번에 1차 개런티 나와서 송금하려고. 그것 때문에 전화한 거야."

　기획사와의 계약 때문에 많은 돈을 받지는 못했지만 조금이나마 만질 만한 돈을 가질 수 있었다. 여리는 그럴 때마다 욕심 부리지 않고 엄마에게 모든 돈을 보냈다. 힘들게 일한 만큼 스스로를 위한 사치를 부리고 싶은 마음이 들기도 했지만 시작하면 봇물 터지듯 허영이 생길 것 같아 엄두도 못 내고 있었다.

— 이번에는 그냥 우리 딸 먹고 싶은 거 사 먹고 그래. 버는 대로 집으로 보내면 너는 뭐 먹고 살아.

"응?"

여리는 어딘가 이상한 기분에 눈살을 찌푸렸다. 전혀 예상하지 못한 반응이었다. 여리의 엄마는 타고나기를 소박하고 알뜰한 사람이었지만 그의 남편이 벌여 놓은 빚은 적지 않았다. 그 빚은 계속해서 크기를 불려 나가고 있는 중이었다. 그러니 여리가 돈을 준다고 하면 잔뜩 미안한 소리를 하더라도 말없이 받는 것이 당연한 것이었다.

"난 바빠서 돈 쓸 시간도 없어. 그리고 하고 싶은 거 다 하고 살면 빚은 언제 갚아."

여리는 제 엄마의 뜬구름 잡는 소리를 통통 쳐 내며 말을 이었다. 전화기 너머로 짧은 침묵이 이어졌다.

— ……빚?

빚이란 단어가 어쩜 이리 어색하게 들리는지.

— 빚 다 갚았잖아.

원래는 이렇게까지 잘 어울려도 되는 건가 싶은 단어였는데.

"그게 얼만데 다 갚아. 무슨 소리 하는 거야."

여리는 농담인 줄 알면서도 핸드폰을 꼭 쥐었다.

— 느이 아빠가 다 갚았다고…….

아빠란 소리만 나와도 노이로제에 걸릴 것 같았다. 좋은 일일 리 없었다.

"아빠? 아빠가 갚았어?"

목소리가 불안함으로 카랑카랑해졌다.

— 아니, 저번에…….

"저번에?"

— 자세한 건 엄마도 잘…….

언제나 그렇듯 엄마는 아는 게 없었다. 아빠의 바람도, 아빠의 빚도 엄마는 모든 것을 알려고 하지 않았다.

"내가 아빠한테 전화할게."

여리는 답답한 속을 이기지 못하고 전화를 끊었다. 그러고는 아빠에게 바로 전화를 걸었다.

— 웬일이냐. 먼저 전화를 다 하고.

들려오는 목소리가 목을 조이는 것 같았다. 제발, 제발 아니기를.

"엄마가 우리 빚 다 갚았다는데 엄마가 착각한 거죠? 그게 얼만데 벌써 갚아. 그렇죠?"

아니야, 아닐 거야.

— 아, 그거 말이냐?

이러지 마, 제발.

— 저번에 병실에서 봤던 분이.

아, 안 돼.

— 도와주셨어.

뒤로 들려오는 설명은 더 가관이었다. 재단 측에서 사채 빚을 지고 있는 광고 모델은 도의적으로 부적합하다며 복지 차원으로 도움을 주겠다며 먼저 제안을 했다는 것이었다. 이현의 명령으로 만들어졌을 허술한 변명에 헛웃음이 나왔다.

허술할 수밖에. 굳이 감출 생각도 안 했을 테니.

"그걸 받으면 어떡해요!"

여리는 눈물 섞인 목소리를 높이며 화를 냈다.

— 인마, 네가 찔끔찔끔 벌어 오는 돈으로 이자나 감당할 수 있는 줄 알아? 세상 각박하게 살면 안 되는 거야. 도움이 필요하면 받기도 하면서 살아야지.

"누가 도움으로 10억이나 되는 돈을 받아요. 그게 가당키나 해요?"

— 아이고, 누가 보면 그냥 주는 돈인 줄 알겠네. 그 이산가 뭔가 하는 사람도 갚을 여력 되면 갚으라고 했어. 이자만 안 붙게 도와준 건데 뭘 그래.

말도 안 되는 소리였다. 천천히 갚으란 소리도 아니고 갚을 여력 되면 갚으라니. 받지 않겠다는 소리와 같은 것이었다.

"하, 됐어요. 끊을게요."

여리는 무릎을 끌어안고 엉엉 울음을 터트렸다. 이런 식이면 이현의 곁에서 콩고물을 바라며 붙어 있는 작자들과 다를 것이 없었다.

꿈을 향한 열정을 핑계로 CF를 찍고, 드라마에 캐스팅이 되고, 호화 프로듀서들을 고용해 앨범까지 발매했지만 성공을 위해 달려왔던 노력의 시간들을 떠올리며 자신은 누릴 자격이 된다고 위로했다. 이현이 만들어 준 사다리를 타고, 그가 내려 준 동아줄을 잡았지만 사다리를 딛는 다리는 제 것이고, 동아줄을 잡는 손도 제 것이라 다독이며 더러운 속내를 모른 척했다.

하지만 이번은 달랐다. 핑계 댈 노력도, 열정도 없이 빚이 사라졌다. 제 아비의 끝 모를 욕심으로 만들어진 빚이었다. 그 빚을, 10억이라는 입에 담기도 힘든 어마어마한 빚을 이현은 한순간에 없는 것으로 만들었다. 동정도, 조롱도 아니라는 걸 모르지 않았다. 이현은 그저 도와주고자 하는 마음이었을 것이다.

그리고 그것은 크리스탈 멤버들의 불편한 시선보다도, 이환의 모욕적인 언사보다도 끔찍한 수치심을 주었다.

여리는 주저앉은 무릎을 세워 집 안 곳곳을 돌아다녔다. 침실에 놓인 침대와 커튼의 부드러운 결을 만졌고, 드레스룸에 가득 찬 옷과 구두를 쳐다보았다. 주방에서는 빼곡히 들어찬 식료품들을 일일이 손끝으로 어루만졌고, 히루의 피로를 씻어 주던 욕실도 눈에 담았다.

일주일에 한 번씩 오는 가사도우미 덕분에 집 안은 깨끗하고 정갈했다. 스토커 사건 이후로 잘 보지 않게 된 팬들의 편지도 크기별로 깔끔하게 묶여 자리하고 있었다. 거실에 놓인 아이보리색 소파에 쓰러지듯 몸을 뉘었다.

"없네……."

쓴웃음이 나왔다.

"아무것도 없어."

빛나는 별이 되었다고 생각하며 이룬 것이 많다고 생각했는데 제 것은 아무것도 없었다. 전부 이현의 힘으로 얻은 것들뿐이었다. 아, 이런 꼴에 노력이 빛을 봤다고 희희낙락했다니.

자괴감과 무력감이 동시에 몰려왔다. 계속 이런 식일 게 불 보듯 훤했다. 제 힘으로 얻은 것은 하나도 없이 이현이 가져다주는 질 좋은 양식으로 배를 채우며 새장에 갇혀 노래나 하는 꼴로 살 것이었다. 그러다 버려지면 아무것도 할 줄 아는 것이 없어 굶어 죽어 버리겠지. 이현은 그런 새장의 주인이었고, 자신은 스스로 새장에 발을 들인 멍청하고 오만한 새였다.

좋아한다고 말하고, 필요하다는 말을 들었지만 그것은 면죄부가 되지 않았다.

여리는 이현에게 전화를 걸어 만나고 싶다는 말을 했다. 보고 싶다는 애교 섞인 말과 사뭇 다른 느낌이었지만 이현은 기꺼워했고, 여리의 집으로 조금 이른 퇴근을 했다.

"무슨 일 있어?"

전화하던 중에 물었던 것처럼 이현이 물었지만 여리는 대답보다 하고 싶은 말이 우선이었다.

"빚…… 갚아 주셨다고 들었어요."

이현의 얼굴이 순간 굳어졌다가 이내 별거 아니라는 듯 어깨를 으쓱였다.

"신경 안 써도 돼. 내가 불편해서 한 거니까."

이현은 긴 대화가 될 것임을 직감하며 소파에 앉았다.

"뭐가 불편한데요?"

"……."

그는 잠시 입을 다물고 침묵을 유지했다. 차분하게 물어 오는 여리의 눈이 일렁이는 것이 보였다. 그 속에 작고 여린 자존심이 꺾였다는 것과 고개를 들 수 없는 수치심이 섞였다는 것을 어렵지 않게 확인할 수 있었다.

"불편한 거 많지."

돌려 말할 방법도 없었고, 돌려 말할 생각도 없었다. 이현은 돈이 없어 밥을 못 먹었다고 말했던 지난날의 여리와 아픈 몸을 하고서도 돈 때문에 잔소리를 들어야 했던 병실에서의 여리를 잊지 못했다.

"너 그렇게 휴가 한 번을 겁내 하며 일하는 이유가 빚 때문이잖아."

407

"그게 왜요."

여리가 촉촉하게 젖은 눈에 억울함을 비추며 말했다.

"빚이 있으면 그렇게 사는 게 당연한 거예요."

"그렇게 일하면서도 먹을 거 하나 욕심 못 부리면서 사는 게 당연해?"

이현이 차가운 시선으로 말을 이었다. 여리는 이현이 하는 모든 밀이 고통스러웠다. 여리에게는 삶이었던 순간들이 이현에게는 그저 궁상이고 안타깝고 불편한 것들이라는 게 수치스러웠다.

"이사님."

"카드를 주겠다고 했더니 그것도 안 받겠다며. 빚이라도 그만 갚으라는 차원에서 도와준 것뿐이야."

"10억이에요."

여리는 10억이라는 단어를 씹어뱉듯 말했다.

"그게 뭐."

이현은 미간을 찌푸렸고 여리는 차오른 눈물과 함께 얼굴을 붉혔다.

"갚고 있었어요. 제가 갚을 수 있는 돈이에요."

"은행 빚도 아니고 사채 빚이야. 원금에 이자까지 네가 무슨 수로 갚아."

"이사님."

"괜한 데에 자존심 부리지 마."

이현은 차분했다. 여리가 왜 얼굴을 붉혀 가며 자신에게 원망을 쏟는지 이해할 수 없었다.

"너 아니어도 피곤한 일 많아. 너까지 신경 쓰이게 하지 마."

이현은 소파에 등을 기대며 넥타이를 풀었다. 호텔만 차지하면 여유로워질 줄 알았던 일상은 오히려 더 빠듯하기만 했다. 여리를 뺏겠다던 이환의 속내를 알아 버린 이후로 힘을 키워 제 것을 지킬 단단한 울타리를 만드는 데에만 온 신경을 몰두하고 있었다.

피곤함에 찌들어 가던 중 여리와 저녁을 먹을 생각에 기분이 좋았는데 기대와 달리 여리는 자신을 몰아붙이고 있었다.

"그렇게…… 그렇게 말하지 말아요."

여리의 하얀 얼굴이 이내 부서질 듯 떨렸다.

"비참하단 말이에요."

여리는 왈칵 쏟아지는 눈물을 팔로 닦아 내며 고개를 들었다. 평소라면 여리의 눈물에 미간을 찌푸리고 안아 주었을 이현이지만 이번에는 오히려 기분이 상한 듯 얼굴을 굳히고 있었다.

"뭐가 비참한데."

이현은 자신을 향한 비참함의 근원지가 무엇인지 궁금했다.

"이사님한테 돈 받는 거 싫어요."

"윤여리."

"그만 받고 싶어요. 돈도 받기 싫고, 도움도 받기 싫어요."

고집스럽게 터져 나오는 말이 척 듣기에도 농담은 아니었다. 이현은 훅 오르는 열을 이기지 못하고 재킷 주머니 속에 있던 시가를 찾았다. 펄럭이는 불을 붙이자마자 독한 향이 멀쩡한 속을 태우는 것이 느껴졌다.

"네가 지금 무슨 소리를 하고 있는 줄 알아?"

뿌연 연기와 함께 흐르는 목소리는 낮았다.

"지금까지 괜찮다가 갑자기 왜 그래."

이현에게 있어서 돈은 자신이 가진 가장 강력한 무기였고 가장 믿을 만한 보호막이었다. 원하는 것은 모두 돈으로 취했다. 여리와의 시작도 마찬가지였다. 여리가 자신을 좋아한다고 해도, 자신이 여리를 특별하게 생각한다 해도 그것이 달라지는 것은 아니었다.

"윤여리."

이현이 화를 누르며 눈물로 젖은 여리의 뺨을 쓸었다.

"내가 널 옆에 두는 대신 너는 내가 주는 것들을 누릴 자격이 있어."

부드러운 목소리로 전하는 나름의 설득이었지만,

"자격이 뭔데요."

그것은 최악의 결과를 낳았다.

"제가 이사님한테…… 몸 팔아서 얻은 자격이잖아요."

울컥, 외면하던 진실을 스스로 뱉어 내는 여리의 얼굴은 끔찍한 몰골이 되어 일그러져 있었다.

"너."

이현이 자리를 박차고 일어났다. 눈에는 칼날이 번뜩였다.

"말 그따위로 할래?"

이현은 여리의 턱을 거칠게 쥐고 눈을 맞췄다. 클럽에서 처음 만났던 그때처럼 강압적이고 폭력적인 시선으로, 두렵고 불편한 시선으로 서로를 마주했다.

"후회해?"

이현이 물었고,

"후회해요."

여리가 대답했다.

"이사님이랑 그렇게 시작하지 않았으면…… 우린 못 만났을 거예요."

저 자신밖에 모르는 재벌 2세와 무명의 아이돌이 만날 수 있는 확률은 얼마나 될까. 만나서 서로를 마음에 담고 사랑에 빠질 확률은 얼마나 될까. 아마 확률이라고 부르기도 민망한 숫자가 나오겠지.

"그게 무슨 상관이야."

이현은 더 이상 화를 참기 힘든지 이를 바득 갈았다.

"이사님을 그렇게 만난 거 후회해요. 그렇게 만나서 누구한테도 떳떳할 수 없는 거 후회해요."

차라리 좋아하지 않았다면 마음으로나마 떳떳할 수 있었을까.

"이사님도 말했잖아요. 우리 관계는 들키기만 해도 회사 전체 이미지를 망칠 수 있다고."

"윤여리, 그건."

"이사님이랑 제가 그런 관계인 게 싫어요."

언젠가 직시해야 할 문제라고 생각했지만 이렇듯 빨리 올 줄 몰랐다. 또 이렇듯 추한 모습일 거라 생각하지도 않았다. 그래서 더 충격적이고, 더 아팠다. 여리는 이현을 쳐다보았다.

"저도 이사님 이름 부르고 싶어요. 부르고 싶은데……."

이현은 이름을 불러 달라 했지만 여리는 끝까지 부를 수 없었다. 스스로도 그 이유를 몰랐지만 지금 생각해 보면 자신과 이현이 상하가 분명한 관계라는 것을 내면의 깊은 곳에선 이미 알고 있었던 것 같았다.

"이사님이 그냥 평범한 사람이면 좋겠어요. 그게 아니면 저라도 평범한 사람이면 좋겠어요. 이렇게…… 이런 모습 말고."

여리는 제 자신이 혐오스러워 온몸을 부들부들 떨었다. 이현이 그런 여리의 어깨를 꽉 힘주어 잡았다.

"편하게 생각해. 너한테 뭐라고 하는 사람 아무도 없어."

이현은 흔들리지 않는 음성으로 대답했다.

"돌이킬 수가 없어요."

하지만 여리의 목소리는 한없이 흔들리고 있었다.

"저는 이미 이사님한테 받은 게 너무 많고, 너무 많이 받아서 어떻게 놓아야 하는지도 모르겠어요."

여리는 텅 빈 목소리로 중얼거렸다. 이현은 여리가 하는 모든 말이 마음에 들지 않았다.

"그냥 하던 대로 해."

이현이 길게 뻗은 눈에 차가움을 실어 말했다.

"이제 와서 네가 그런다고 뭐가 달라져."

이현의 말이 맞았다. 달라질 수도 없고 돌이킬 수도 없었다. 여리는 그래서 더 마음이 아팠다.

"이렇게 좋아질 줄 알았으면 그렇게 시작하지 않았을 거예요."

여리의 퀭한 눈가가 붉어져 있었다. 이현은 그 눈가를 문지르고 싶은 충동이 일었지만 건드리면 부서질까 싶어 참았다.

"시작은 나한테 상관없어."

"……."

"너랑 평범해질 마음도 없고."

이현은 한숨을 크게 내쉰 뒤 그대로 등을 돌려 현관으로 향했다. 함께 저녁을 먹기에는 너무 불편한 이야기를 나눈 뒤였다.

"저는…… 아직도 말 잘 듣는 개예요?"

이현이 걸음을 멈췄다. 등 뒤로 울먹이는 여리의 물음이 꽂혔다. 목줄에 걸린 강아지라 스스로를 칭하던 때가 있었는데 이제는 싫은 모양이었다. 이현은 그것이 불안했고 화가 났다. 자신을 벗어나려는 몸짓으로밖에는 보이지 않았다. 자신이 주는 돈과 힘으로 예쁘고 좋은 것만 누리는 것이 뭐가 어려운 일인지 이해할 수 없었다. 아니, 사실 이해하려 노력하지도 않았다.

빚을 갚아 주려고 한 데에는 여러 이유가 있었지만 그중 하나는 무언가가 여리를 쥐고 있다는 사실이 싫어서였다. 그게 돈이든 부모든 싫었다. 여리를 쥘 수 있는 건, 여리에게 목줄을 채울 수 있는 건, 여리에게 발찌를 걸어 제 것임을 드러낼 수 있는 건 오직 자신뿐이었다.

"그럼 아니야?"

끓는 화에 목소리가 높아졌다. 여리가 바들거리는 손으로 주먹을 꼭 쥐었다.

"원래도 내 것이다 싶었는데 10억이나 되는 빚까지 갚아 주니 제가 쉽죠? 쉬울 수밖에 없겠지만……."

맥없는 목소리엔 원망도 없었다.

"제가 이사님을 아무리 좋아한다고 해도, 이사님 돈 없이도 이사님을 좋아할 수 있다고 해도, 그 마음이 처음부터 끝까지 진심이라 해도 이사님은 안 믿으실 거잖아요. 그렇죠."

이현은 등을 돌려 여리와 눈을 마주했다.

"내가 널 왜 믿어야 해."

그는 자신의 불안과 욕심을 믿지 않는다는 말로 포장했고 스스로도 그렇게 믿었다. 누군가를 믿어 본 적도, 누군가에게 믿음을 받아 본 적도 없는 미성숙한 인간의 비겁한 말로였다.

믿음으로 시작한 관계는 신뢰가 깨지면 끝나는 법이지만 돈과 힘으로 시작한 관계는 믿음이 싹틀 때 그 관계도 위기를 맞았다.

15
관계의 완성

이현과 여리는 일주일이 넘도록 서로를 만나지 않았다. 이현은 여전히 여리의 일과를 보고받았고, 여리는 하얀색 핸드폰을 손에 쥐고 있었지만 누구 하나 먼저 연락을 하려고 하지는 않았다. 무슨 말이라도 하고 싶었지만 무슨 말도 할 수 없었다.

"봉사 활동이요?"

여리는 스케줄을 읊어 주는 매니저를 향해 되물었다.

"네, 여리 씨가 이화재단 홍보 모델이잖아요."

매니저의 입에서 나온 '이화'라는 말은 이현을 떠올리게 했다.

"원래 주기적으로 하는 활동이에요. 여리 씨도 앞으로 계속할 거고."

"어디로 가는데요?"

"아마 보육원으로 갈 거예요. 최근에 후원 결정한 곳이거든요."

여리는 사원들과 봉사 활동을 하던 뉴스 속 이현의 모습이 떠올랐다. 사람 좋은 미소를 지은 채 어린아이들과 놀아 주던 모습이 참 어울리지 않았었다.

"참석하는 사람들은…… 많아요?"

돌려 물었지만 이현이 참석하는지 묻는 말이었다. 재단 대표인 이현이 빠질 리가 없음을 알면서도 혹시나 하는 확률에 희망을 걸었다. 목소리도 듣지 못한 시간 동안 사무치게 그리웠지만 동시에 이대로 영원히 보지 않았으면 좋겠다고도 생각했다. 다시 만나면 영락없이 무너져 품에 안길 자신이 두려웠다.

"아마 그럴 거예요. 회장님도 같이 가실 것 같더라고요."

"회장님이요?"

"네, 보통은 권이혁 사장님이랑 권이현 이사님만 참석하시는데 이번엔 창사 30주년이라고 크게 진행하나 봐요."

이화그룹의 회장이라면 대한민국에서 가장 많은 돈과 힘을 가졌다고 해도 과하지 않았다. 대통령조차 권 회장 돈방석 위에서 춤을 춘다고 하니 과장된 것도 아니었다.

"퇴임 앞두고 이래저래 말이 많아서 그럴 거예요."

"무슨……."

"뭐 뻔하죠. 건강에 심각한 이상이 있다는 소리도 있고, 이미 후계자는 정해졌다는 소리도 있고."

연예계만큼 말이 많은 곳이 재벌계였다. 돈이 흐르는 곳에는 언제나 소문이 흐르는 모양인지 매일이 시끄럽고 떠들썩했다.

이화그룹은 권 회장의 퇴임을 앞두고도 후계 구도를 명확히 하지 않았다. 이화전자를 맡은 이혁이 실권자인 것은 누구도 부정하지 않는 사실이지만 아무도 생각하지 않았던 이현이 통신에서부터 재단, 호텔까지 맡게 되자 혹시나 하는 세간의 관심은 증폭되었다.

어느 신문에서는 이화의 세 번째 꽃인 이현이 이화의 주인이 될 거라며 설레발을 치기도 했다.

"아직 건재하다는 것도 보이고, 가족 간 불화설도 잠재우려고 참석하실 거예요."

"그럼……."

아직 이름이 나오지 않은 한 사람이 있었다.

"권이환 씨도 올까요?"

어떤 방법을 써서라도 이환과는 마주하고 싶지 않았다. 아직 이현과도 정리가 되지 않았는데 폭풍을 만들고자 애쓰는 사람을 만나 좋을 것이 없었다.

"음, 아마 못 오지 않을까요? 무혐의로 처리되기는 했지만 저번 마약 사건 여파가 아직 있어서 언론 앞에 나서기 부담스러울 거예요."

여리는 고개를 끄덕이며 두근거리는 심장을 달랬다. 이현을 피하기는 어려워도 이환만은 피할 수 있어 다행이었다.

봉사 활동을 하는 곳은 매니저의 추측대로 보육원이었다. 보육원은 성당 부속으로 운영되어 생각한 것보다 훨씬 큰 규모였다. 아이들과 수녀님의 수가 적지 않았고 그에 따른 잡일은 산더미처럼 많았다.

또한 이번 행사로 인해 참석한 외부인들도 많아 그중에서 이현을 찾는 것은 불가능했다. 봉사 활동을 하겠다고 온 이화그룹 사원들의 수도 많았지만 취재차 따라온 기자들과 여리의 팬들도 어마어마하게 많았기 때문이었다.

익숙한 인영이 보일 때마다 움찔거리며 놀라기는 했지만 여리는 이현의 머리카락 한 올 찾을 수 없었다. 다행이라 생각하면서도 못내 아쉬운 마음이 들었다.

"여리 씨, 1층에 있는 야외 세면장으로 가면 돼요."

기자들 앞에서 미소를 짓고 사진 몇 번 찍자 나이가 지긋하신 수녀님들이 다가와 할 일을 일러 주었다. 야외 세면장에서 이불 빨래를 하는 일이라 했다.

세면장으로 향하는 도중 한 여자 아이가 여리의 뒤꽁무니를 졸졸 따랐다.

"여리다! 여리다!"

고작해야 다섯 살 정도 되었을까 싶게 작고 어린 소녀였다. 경쾌한 무늬가 그려진 옷이 개구진 얼굴과 닮아 여리는 절로 웃음이 쏟아졌다.

"언니라고 해야지. 여리 언니, 해 봐."

여리가 허리를 숙이자 어린아이의 맑은 눈동자가 여리를 비췄다.

"여리 언니아―"

"아이, 잘하네."

여리는 아이의 머리를 쓱쓱 쓸어 주며 미소를 지었다. 보육원이라는 말에 조금은 우울한 분위기일 거라 생각한 것이 어찌나 편협한 편견이었는지 여실히 실감할 수 있었다. 자신을 따라 뛰고 쫓는 아이들의 미소는 해맑고 컸다. 어디 하나 어두운 그늘을 발견하기 어려웠다.

"이름이 뭐야?"

"지유니."

"지윤이?"

"응."

자신을 지윤이라 소개한 아이는 고사리 같은 손을 꼬물거리며 고개를 끄덕였다.

"이름도 예쁘네. 언니랑 같이 빨래할까?"

"응!"

여리는 빨랫감이 담긴 대야를 향해 걸음을 옮겼다. 깨끗한 물에 풀이진 하얀 거품이 빨래보다는 목욕을 하고 싶게 했다. 영화 속에서나 볼 법한 장면이었다. 맑게 갠 하늘 아래 어린아이와 함께 맨발로 이불을 빠는 여자라니. 재단 측에서 준비한 그림이라는 것이 뻔했고, 기자들이 좋아할 그림이라는 게 뻔했다. 괜히 힘이 빠졌다.

"언니, 이거 이렇게 이렇게 하는 거야아."

아이는 움직이지 않는 여리가 빨래하는 법을 모른다고 생각했는지 손수 시범을 보이려 했다. 조막만 한 손으로 제 바지를 걷는 모양새가 퍽 익숙해 보였다.

"아, 바지 걷고 하는 거야?"

여리는 그제야 얼른 얼굴에 미소를 띠었다. 세상의 햇살이라곤 혼자 받은 것처럼 해맑은 아이 앞에서 세상에 찌든 어른이라는 이유로 울상을 짓고 있을 순 없으니.

"언니도 지윤이처럼 할게. 잠시마안."

입고 있던 편한 재질의 청바지를 걷어 올리려는 순간 짤랑, 발찌가 소리를 냈다. 이제는 하고 다닌 지도 오래라 한 몸같이 되어 버린 발찌였다. 작은 자물쇠 모양의 장식이 예전만큼 예뻐 보이지 않았다.

"여리 씨, 아주 좋아요."

"아이랑 손잡아 보는 거 어때요?"

재단 측 사람들의 안내에 따라 세면장까지 따라온 기자들은 여리와 어린아이의 다정한 모습을 보며 엄지를 치켜세웠다. 찰칵이는 셔터 소리가 살인적으로 쏟아졌다.

"이잉, 언니이."

많은 사람들의 시선과 카메라의 반짝임이 갑작스러워 놀란 아이가 여리의 품으로 와락 뛰어들어 칭얼거렸다. 여리는 곁에 서 있던 매니저를 향해 살며시 눈짓했다.

"기자님들 계속 계셔야 해요?"

"아마도요? 불편해요?"

"저는 괜찮은데 아이도 있잖아요."

여리는 제 품에 안긴 아이의 등을 토닥이며 말했다. 매니저가 무슨 뜻인지 알겠다는 듯 고개를 끄덕이며 기자들이 모인 무리로 향했다.

"기자님들 오늘 햇빛도 강한데 안에서 잠깐 쉬시죠!"

목청 좋은 매니저를 따라 기자들은 하나둘 자리를 떴다. 주위가 천천히 조용해졌고 곧 평화로운 평일의 오후가 되었다. 여리는 품에 안긴 아이의 등을 쓸어 주며 눈을 맞췄다.

"하암—"

금세 지루해진 모양인지 하품을 하는 아이의 포동포동한 볼을 꼬집었다.

"저기 가서 조금 쉴래?"

"언니느은?"

"언니는 이거 다 해야 쉴 수 있어. 친구들이랑 조금 놀고 있어. 언니가 금방 하고 놀아 줄게."

"응!"

아이는 기다렸다는 듯이 대야에서 발을 빼고 젖은 다리를 수건으로 착착 닦았다. 어린아이치고는 모든 것을 능숙히 해내는 모양새가 기특하면서도 앞으로도 많은 시간을 혼자 해내야 할 것들뿐인 미래가 안타까웠다.

훅, 이불을 밟은 발 아래로 차가운 물의 피부가 고스란히 느껴졌다. 까르르 웃어 주던 이이 하나 시리진 것에도 이렇게 시린데 내가 네 주인이야, 라고 말하던 사람이 없는 지금은 어떤가.

"허전하네."

공허하고. 눈을 감고 바람을 느꼈다. 허전한 것에 익숙해질 수 있을까. 이현과 모든 연락을 끊고부터 시작된 이 끝없는 고민은 여전히 답을 주지 않고 있었다.

그때 중년의 한 남자가 여리의 곁으로 다가왔다. 여리는 그를 한 번에 알아볼 수 있었다. 인터넷에 이현을 검색하면 자연스레 보이는 그의 아버지였다.

여리는 잔뜩 긴장한 숨을 삼키고 너무도 정정해 보이는 키 큰 중년 남자를 바라보았다. 봉사 활동 현장이었지만 새하얀 셔츠에 부드러운 모양의 금테 안경을 쓴 남자는 날카로운 눈매가 도드라지는 사람이었다. 이환과 이현의 날 선 눈이 다 이 사람으로부터 시작된 것이라 생각하니 조금 두려워졌다. 여리가 물기 가득한 다리를 수건으로 대충 닦고 신발을 신었다.

"……."

한 번도 마주한 적 없는 권 회장과 여리 사이에 정적이 흘렀다. 마주한 적 없음에도 둘 사이에는 이현이라는 연결 고리가 있었고 그 연결 고리는 어느 한쪽에만 중요한 것이 아니었다.

"이름이 윤, 여리…… 라고 하던데."

먼저 말문을 연 것은 권 회장이었다.

"맞습니다. 회장님."

절로 숙여지는 허리 위로 권 회장의 느린 웃음소리가 들려왔다.

"만나서 반가워요. 재단 홍보 모델까지 하는 사람을 이제서야 보는구만."

권 회장은 익숙하게 손을 건네며 악수를 청했다. 다가서는 걸음이며 쳐다보는 눈에 이환과 같은 경멸이나 멸시는 느껴지지 않았다.

"봉사 활동은 처음인가."

"아, 네."

"어떤가, 기분이."

당연히 이현의 이야기가 나올 줄 알았던 권 회장의 입에서는 생각지도 못한 물음이 쏟아졌다. 여리는 질문에 대한 알맞은 태도를 계산할 수 없었다. 다만 그의 물음이 무엇이든 거부할 수 없다는 것만은 명확하게 인지했다.

"아이들이 예쁘고 환해서 놀랐어요. 같이 있다 보니 제가 좋은 사람이 된 것 같은 기분도 들고요."

"하하, 원래 봉사 활동이 자기만족을 위해 하는 행동이란 말도 있지 않은가."

권 회장은 인자한 얼굴로 옆집 할아버지 같은 미소를 지어 보였다.

"아마 이현이 그놈도 비슷한 마음이겠지."

목소리는 여전히 다정했다.

"처음에는 여리 양이 불쌍하고 안타까워 도와주고 싶었을 거고,

도움을 받고 밝아지는 여리 양을 보면서 기분이 좋았을 게지."

부드러운 목소리가 칼이 되어 여린 살결 위로 꽂혔다. 이현이 여리에게 쏟는 애정과 집착 모두가 그저 적선에 불과하다는 소리였다. 비뚤어진 외로움과 비겁했던 욕심으로 이루어진 시작은 물론이고 질투와 오해로 어긋났던 순간도, 어긋남 끝에서 어렵게 뱉어 낸 인정까지도 전부 찰나에 불과하다는 소리였다.

여리는 말문이 막혀 잡히지도 않는 청바지를 꾹 눌러 손에 밴 땀을 닦았다.

"이현이 그놈은 애비인 나도 감당하기가 어려운 놈인데……."

권 회장은 입술을 떨며 붉은 눈을 한 여리를 향해 웃어 보였다.

"수고가 많아요."

그러고는 단정한 걸음으로 사라졌다.

여리의 머릿속엔 '수고가 많아요.'라는 말이 윙윙 떠돌았다. 수고가 많다니, 뭐가. 차라리 드라마에서처럼 물을 뿌리고 돈을 던지며 '내 아들한테서 떨어져라.' 했으면 이렇게 비참하지는 않았을 것이다. 권 회장의 눈에는, 그리고 사람들의 눈에는 자신과 이현의 관계가 그저 돈으로 얽힌 것 외로는 설명되지 않는 다는 것이 또한 번 적나라해지는 순간이었다.

그저 일을 하는 사람이고, 봉사하는 사람으로 보일 뿐이었다. '수고가 많아요.'라는 말 한마디로 일의 수고스러움을 치하할 수 있는 딱 그 정도의 존재인 것이었다.

여리는 몇 시간의 봉사 활동인지 봉사하는 행사인지 구분할 수 없는 스케줄을 마치고 집에 도착했다. 더러운 것이라도 잔뜩 묻은 것처럼 여리는 신발을 벗자마자 욕실로 향했다. 따뜻한 물을 채운 욕조에서 한참이나 몸을 문지르며 벅벅 피부 결을 닦아 낸 여리는 편한 옷으로 갈아입은 뒤 침대 위로 풀썩 쓰러졌다.

"아, 이러다 죽겠다."

중얼거리는 혼잣말 뒤로 진동음이 울렸다. 보기만 해도 마음이 불편한 '아빠'란 글자가 화면에 떠 있었다.

"여보세요."

— 아, 바쁘냐?

조금의 배려도 없는 말에 힘이 쭉 빠졌다. 바빠서 전화 안 받는 걸 이해하는 위인이었다면 이렇듯 뼈가 녹는 피로 속에서 전화를 받는 일 따위 없었을 것이다.

"방금 스케줄 끝났어요. 무슨 일 있으세요?"

— 아, 다른 건 아니고 내가 치킨 장사를 하나 하려고 하는데 말이야.

"네?"

여리가 단번에 말을 끊었다. 장사라니.

— 아, 크게 하는 건 아니니까 유난 떨지 마. 동네에서 작게 시작할 거야. 네가 홍보 좀 해. 연예인들이 말해 주고 그러면 팬들이 와서 매출 올려 주고 그런다며.

"아니, 그게 무슨…… 그것보다 아빠가 무슨 돈이 있어서 장사를 해요? 왜 자꾸 사업에 손을……."

여리는 짜증과 답답함으로 얼룩진 속을 뱉어 냈다.

— 너 인마!

핸드폰 너머에서 버럭, 내지르는 소리가 들렸다. 욱하는 성질머리에서 나온 씩씩대는 음성이 어릴 적부터 익숙한 것이라는 게 끔찍했다.

— 네 인생, 네 꿈은 중요하면서 네 애비 인생은 중요하지 않다는 거냐? 뒷방 늙은이나 하라는 거야? 집구석에 앉아 네가 가져다주는 푼돈이나 만져라 이거야?

여리의 아빠는 늘 작은 말을 확대 해석 하고 비약하며 화를 냈다.

"아빠……."

여리는 큰소리에 얼얼해진 귓가를 문지르며 두 눈을 질끈 감았다.

— 네가 항상 싸가지 없이 구니까 내가 너한테 손 한번 못 벌리는 거야. 남들은 출세하면 제일 먼저 지 애비 체면부터 차려 준다는데. 너는…….

"제가 얼마나! 하…… 빚 갚느라 바쁜 거였잖아요. 제가 조금만 기다리시라고 몇 번이나……."

울컥, 눈물이 흘렀다. 요즘 어린애처럼 눈물이 많아졌다. 많이 울면 몸이 축난다던데 축나고 축나서 가루가 될 것 같았다.

"돈 어디서 나셨어요."

여리는 돈의 출처를 확인했다. 빌린 적 없이 갚는 것에만 매진했던 지난 몇 년간의 경험이 일러 준 순서였다.

— 내가 너한테 그런 것까지 일일이 보고해야 하나?

"아빠 신용에 은행에서 대출을 해 줬을 리도 없고 주변에 돈 빌릴 만한 곳도 없잖아요. 사채면 제가 대출받아서 갚을게요. 이자 붙으면 저번처럼 억 소리 나는 거 순간이에요."

— 사채 아니니까 신경 쓰지 마라.

"사채가 아니면 어디서……."

잔소리를 피하려고 하는 소리라 생각했던 것이 점점 자신을 잃었다. 신용도 인맥도 없으면서 뻔뻔하기로는 세상 비할 바 없는 제 아비가 돈을 빌릴 만한 곳은 이전의 빚을 갚아 주었던 그, 딱 한 사람뿐이었다.

"아빠!"

한 번도 질러 본 적 없는 날카로운 외침이 악에 받쳐 터져 나왔다.

— 장사 잘되면 금방 갚을 수 있어. 그리고 그쪽에서도…….

"이미 받으신 거예요?"

여리는 다급하게 물었다. 제 아비의 말을 끝까지 들어 줄 만큼 인내심이 남아 있지 않았다. 10억 빚을 대신 갚아 준 것도 모자라 제 아비의 욕심까지 채워 달라고 할 수는 없었다.

"받으셨든 안 받으셨든 상관없어요. 한 푼도 손대지 말고 돌려 주세요."

— 너…….

"저 죽는 꼴 보고 싶지 않으면 당장 돌려주세요. 당장!"

여리는 그렇게나 무서워하던 아비의 모든 말을 끊고 소리를 질렀다. 눈에서 피눈물이 주룩주룩 흐르는 것 같았다.

"당장, 당장 돌려주세요. 저 분명히 말했어요. 당장이요, 당장."

여리는 어지러웠던 생각에 확신이 들어찼다. 망설였던 고민이었으나 답은 애초에 정해진 것이었다. 무척이나 간단한 것이었는데 용기가 없어 결론을 내리지 못했을 뿐이었다.

여리는 바로 겉옷을 챙겨 집을 나섰다. 택시를 잡아 '이화통신'을 말했다. 고민은 길고 고통스러웠지만 결론은 빠르고 뻔하게 이루어졌다. 지금이 아니면 또 무수한 고민들에 발목이 잡혀 일을 그르칠 것 같았다. 택시의 부드러운 주행이 못내 답답했다.

"김 비서님. 저예요."

여리는 이화통신의 커다란 로비에서 어쩔 줄을 몰라 하던 예전과 달리 익숙한 모습으로 김 비서에게 연락을 했다. 김 비서는 곧 1층으로 내려왔고 임원용 엘리베이터까지 함께 탔다.

엘리베이터에서 내려 검은색 문까지 향하는 데도 많은 걸음이 필요하지 않았다. 이현이 그 안에 있었다.

"이사님."

기다렸다는 듯이 이현이 자리에서 일어났다. 며칠 만에 보는 이현은 살이 조금 빠진 듯 평소보다 더 날카로운 눈을 하고 있었다.

여리는 자리에서 일어나는 이현을 하나하나 눈에 담았다. 작게 찡그린 미간과 길게 뻗은 눈, 짙은 눈동자와 날카로운 콧날, 깔끔하게 넘긴 머리와 딱 떨어지는 슈트 차림까지. 포기하고 싶어도 포기할 수 없어 모든 것을 모른 척하게 만들었던 그를 눈 안에 가득 담았다.

"윤여리."

이현이 말했다. 여리는 그 목소리를 귀에 담았다. 위협적이지만 부드럽고, 낮지만 강해서 이름을 부를 때면 절로 몸을 떨게 하던 그 모든 속삭임을 귓속 깊은 곳에 꾸역꾸역 눌러 담았다.

"이사님."

다시는 부를 수 없을지도 모르는 그 이름을 여리는 불렀다. 두려움으로 시작해 애정을 담는 이름이 되었던 그 이름이 이제는 정말 낯선 것이 될 차례였다.

"우리 이제……."

이현의 눈이 가늘어지는 것이 보였다가 이내 뿌연 배경에 묻혀 버렸다. 눈물 때문인지 앞이 제대로 보이지 않았다.

"우리 이제 그만 만나요."

"너 지금 무슨⋯⋯."

"그만, 그만 만나요."

여리는 무너지고 싶다 외치는 두 다리에 죽을힘을 불어넣고 버텼다. 이까짓 다리의 떨림은 이현과 헤어짐으로서 얻게 될 무수한 대가들 중 가장 가벼운 것이었다.

민정이 자신을 향해 역겹다고 일갈했을 때조차도 크리스탈의 운명과 제 꿈을 위해 최선의 선택을 했다고 자부했다. 의도된 스캔들 사건에 휘말렸을 때도 남에게 피해를 주며 성공하려 했던 최민준보다는 자신이 낫다 생각했다. 그러다 스토킹을 당해 이현에게 모든 걸 의지했을 때는 서로가 서로에게 위로가 되는 사이라 여겼다.

그렇게 이환을 만났고 그가 하는 모든 더러운 말에 아니라 대답할 수 없는 자신을 발견했다.

이현이 10억 빚을 대신 갚아 주었다는 소리를 들었을 때는 혼란스러웠다. 이제까지 자신이 이현에게 받아 왔던 모든 것들이 빚을 갚아 주는 것과 그리 다르지 않음을 깨달았다.

그 와중에 권 회장을 만났고 권 회장은 자신을 경계하지도, 받아들이지도 않았다. 그저 외부인처럼 대할 뿐이었다. 그리고 제 아비가 또 돈을 빌리려 했다. 꿈에 대한 열정도, 오랜 빚으로 인한 고통도 아닌 그저 욕망으로 뻗은 손이었다. 이제는 인정해야 했다.

"제가 너무 힘들어요."

"⋯⋯."

"이제 이사님이랑은⋯⋯ 어떤 방식으로든 얽히고 싶지 않아요."

입술을 깨물었다. 핏물이 들었는지 비릿한 냄새가 입 안을 돌았다. 후두둑 떨어진 눈물 너머로 이현을 보려 애썼다. 이현은 차분해 보였다. 스캔들이 났던 그때처럼 골프채라도 휘두르면 어쩌나 걱정했던 것이 민망할 정도였다.

"나는 네가……."

이현이 의자에서 일어나 걸음을 옮겼다.

"조금 더 괜찮은 소리를 할 줄 알았는데."

낮은 목소리에는 아주 미세한 분노 외에 어떠한 감정도 읽을 수 없었다.

"네가 나 없이 뭘 할 수 있어."

이현은 차가운 눈을 빛내며 낮게 읊조렸다. 대리석 바닥에 부딪히는 구두 소리가 딱딱한 채로 이현은 여리의 코앞까지 다가왔다.

"후회하지 않을 자신 있어?"

절대 안 된다는 강요도, 그럴 자격 없다는 의무도 말하지 않은 채 의중을 묻는 물음은 여리와 이현 모두에게 아픈 것이었다. 분노를 눌러 담은 이현의 눈이 시퍼레 있었다. 여리는 고개를 끄덕이며 택시에서 풀었던 발찌를 건넸다.

"이거…… 돌려 드릴게요."

여리의 손에 들린 초라해 보이는 발찌를 보자 이현이 깊게 숨을 들이쉬며 넥타이를 느슨하게 풀었다.

"풀지 말라고 했잖아."

활활 타오르는 눈 밑으로 으르렁거리는 소리가 역력했다.

"저는 이제 이사님의 것이 아니니까요."

"뭐?"

"목줄, 필요 없어요."

자진해서 무릎을 꿇고 자진해서 제 주인이 되어 달라 애원하던 밤을 지나 목줄 대신 발찌를 걸고 이현의 사람이 된 것도 오래된 날의 기억처럼 느껴졌다. 오래오래 간직해야 하는데 벌써부터 추억이 되어 버린 기분이 들었다.

"하—"

이현이 열이 오른 숨을 뱉어 내며 여리를 노려보았다. 시끄러운 분노와 강요, 축축한 슬픔과 애원이 가득할 줄 알았지만 더 이상의 질문은 나오지 않았다.

"그래."

긴 시간이 흐른 후 이현이 답했다.

"네가 원하는 대로 해."

여리는 냉정한 목소리를 들으면서도 마지막까지 이현을 향한 시선을 떼지 않았다. 원하는 것이 아님에도 원하는 거라 말할 수밖에 없는 현실이 아팠다.

"후회할 땐 이미 늦었을 거야."

후회는 이미 시작했는데 후회하지 않는다 말해야 했다.

"나가."

이현은 여리를 잡지 않았고, 여리는 속으로 비명을 지르며 등을 돌렸다.

서로의 결핍으로 생긴 상처가 제아무리 퍼즐처럼 맞물린다 해도 완전하지 않은 결합은 작은 틈으로도 붕괴의 길을 걸었다. 건강한 관계는 혼자서도 완전히 충만할 때만 비로소 가능한 것이었다.

16
여리, 청월이 되다

기껏 같은 장소에서 봉사 활동을 하면서도 만나지 못해 답답했던 이현은 여리가 회사에 왔다는 김 비서의 말을 전해 들으며 내심 흐뭇함을 감추지 못했다. 그래, 자존심에 화가 났더라도 너는 내게 이렇게 돌아와야지.

"뭐가 이렇게 오래 걸려."

기약을 모를 때는 견딜 만하던 시간이 막상 코앞으로 닥치자 진 득하게 느렸다. 딸깍, 문이 열리는 소리와 함께 '아, 드디어.' 하는 마음이 물씬 풍겨 왔다. 그리고 여리가 보였다.

"이사님."

검은 모자를 깊게 눌러쓰고 편한 차림을 한 여리는 수척한 몰골이었다. 미웠던 생각도 잠시 걱정이 앞섰다.

"윤여리."

평소처럼 다가와 안기겠지 하는 마음에 이름을 불렀다. 이름도

꼭 저 생긴 것처럼 동그랗고 부드러워 혀끝이 간지러움에 안달을
했다.

"이사님."

이름을 부르지 못하는 자신이 싫다며 울부짖어 놓고는 결국 또
이사님이라 부르는 입술이 야속했지만 어쨌든 그것 또한 저를 부
르는 거라 예쁘다 생각했다. 속절없었지만 제 눈에만 예쁘면 됐다
싶었다.

그래, 온종일 그 입술에서는 자신만이 불리기를. 그것이 이름이
든 직급이든 늘 한 명의 것만 불리기를. 그것이 언제나 권이현이기
를.

"우리 이제……."

여리는 두 눈 가득 물기를 머금고 불안한 소리를 뱉었다. 꼭 고
슴도치라도 물은 양 얼굴을 구긴 모습이 괴로워 보여 절로 미간이
구겨졌다.

"우리 이제 그만 만나요."

잘못 들었나.

"너 지금 무슨……."

말도 안 되는 소리야.

"그만, 만나요."

내가 이렇게 긴 인내심을 갖고 너를 기다려 줬는데 그런 소리를
하면 안 되지.

드라마는 물론이고 광고, 숙소에 어마어마한 인력까지 얌전하게
잘 받아먹을 때는 언제고 고작 10억에 눈물을 그렁거리며 바들거
리는 게 이해되지 않았다. 대체 무엇 때문에 칭얼거리는 것이냐 묻
고 싶었지만 여리는 꾸역꾸역 그만 만나자며 듣기 싫은 말을 반복

했다.

"이제 이사님이랑은…… 어떤 방식으로든 얽히고 싶지 않아요."

들리는 소리가 거슬려 한쪽 눈썹이 비쭉 솟았다. 화부터 내는 버릇을 고쳐 보려고 해도 주변은 도와줄 생각이 없는 모양이었다. 부들부들 떠는 몸을 한 주제에 제법 이를 간 목소리가 심기를 뒤틀게 했다.

자존심이고, 못난 부모고 전부 핑계일 뿐이라 생각했다. 결론은 돈이 문제였다. 돈으로 시작했음에도 돈 때문에 제 곁을 떠나겠다는 여리가 우습고 또 괘씸했다.

일개 서민일 뿐인 여리의 아비가 어째서 10억이란 빚을 쌓고 사는지는 궁금하지도 않았다. 빚을 갚아 주겠다는 말 한마디에 모든 경계심을 풀고 자신의 사업 실패 경험담을 주저리주저리 읊던 남자의 허망한 욕심은 관심 밖의 일이었다. 그저 그 욕심이 여리의 목을 쥐고 흔들지 않도록 손가락 하나 움직일 힘을 썼을 뿐이었다.

고맙다는 말도, 미안하다는 말도 바라지 않은 일이었지만 화를 낸다는 것 역시 생각과는 영 다른 것이었다. 스폰서라느니, 몸을 팔았다느니 스스로를 갉아먹는 소리를 해 대던 어느 날 밤처럼 오늘도 속을 긁었다.

"제가 너무 힘들어요."

네가 뭐가 힘들어. 힘든 일, 궂은 일, 어려운 일은 전부 피해 가도록 꽃길만 깔아 주는데.

입 밖으로 내뱉고 싶은 거친 말들이 혀끝을 맴돌았지만 힘들다 말하는 하얀 얼굴이 정말로 무너질 듯 힘들어 보여 애써 참고 또 참아 냈다.

"나는 네가 조금 더 괜찮은 소리를 할 줄 알았는데."

서운함을 감추는 차가운 말을 뱉으면서도 속은 허전함에 공허해졌다. 자신은 여리가 왔다는 소식만으로도 애가 타 빈 종이에 낙서를 하며 기다렸는데. 너는 고작 한다는 소리가.

"네가 나 없이 뭘 할 수 있어."

내가 너의 모든 걸 만들었는데.

기대가 있어야 실망도 한다고 했다. 이현은 제 아비의 부정과 스스로의 출생을 안 이후로 단 한 번도 사람에게 실망한 적이 없었다. 화가 나거나, 어이가 없거나, 짜증이 난 적은 많았지만 실망이나, 배신감 따위는 없었다.

그런 황량한 삶을 살았음에도 여리에게는 하찮은 기대라는 걸한 모양이었다. 치밀어 오르는 분노가 서글픔과 함께 호흡을 가쁘게 하는 걸 보면 분명했다. 스스로가 사생아라는 것을 알았을 때 느꼈던 그 모든 감정과 아주 약간 닮은 것을 보면 부정할 수 없었다.

"후회하지 않을 자신 있어?"

아니라고 말해. 지금이라도 모든 걸 없었던 셈 치고 용서해 줄 테니. 아직까지는 모르는 척 넘어가 줄 수 있어. 저주 같은 주문을 걸었다.

"이거…… 돌려 드릴게요."

저주와 상관없이 고개를 끄덕인 여리가 유달리 처량해 보이는 발찌를 도로 가져가라는 듯 건넸다. 훅, 오르는 분노에 깊게 숨을 들이쉬며 넥타이를 고쳐 맸다.

"풀지 말라고 했잖아."

이가 갈렸다. 안아도 내 것 같지 않아 유치한 줄 알면서도 족쇄처럼 걸었던 발찌를 스스로 풀고 자유의 몸이 되겠다 외치는 여리를 감당할 수 없이 끓는 눈으로 쳐다보았다.

"저는 이제…… 이사님의 것이 아니니까요."

하는 말이라곤 끊임없는 부정과 부정, 그리고 부정만이 가득했다.

"목줄, 필요 없어요."

네가 몰라서 그래. 그 정도는 목줄도 아니었어.

너무 잘해 주어 그렇다고 생각했다. 자신답지 않게 너무 많은 정을 주고, 너무 많은 다정함을 보여 저 어여쁜 것이 오만해졌구나 생각했다. 좋아한다는 퍽 순수해 보이는 고백을 하기에 그것에 마음이 흘려 필요하다 답했던 것이 화근이었나. 기껏 높은 곳으로 올려 주었더니 제 힘만으로도 그 높은 곳에 영원히 있을 줄 아는구나 싶었다.

그렇다면 끌어내려야지. 정상을 향하던 사다리를 부수고, 올라오라 내려 주던 동아줄을 끊어 바닥을 기게 하면 그때서야 아차하고 다시 애원하겠지. 다시 순종하겠노라 말하는 순간이 오겠지. 너라고 다를 것 없겠지. 결국 늘 하던 대로 돈을 보이고, 힘을 보이면 너는 다시 고개를 숙이고 복종하겠지.

"네가 원하는 대로 해."

그렇게 즐기고 싶은 자유 마음껏 즐기다 다시 돌아오는 날 눈물로 호소해.

"후회할 땐 이미 늦었을 거야."

그때는 조금의 자유도 주지 않을 테니.

"나가."

그러니 지금은 마음대로 해.

✲

　여리는 억장이 무너진 채로 숙소로 향했다. 혼자 살던 집이 아닌 크리스탈 멤버들이 있는 곳이었다. 아무런 말도, 약속도 없이 방문한 숙소는 비밀번호가 그대로인 채 텅 비어 있었다. 오랜 시간 함께한 사람들이 지내는 곳이라 그런지 편안하고 익숙해 몸이 노곤해졌다. 멤버들로 인해 외로워지기도 했지만 따뜻했던 적도 많아서 그 공간에 있는 것만으로도 위로를 받는 것 같았다.

　"아······."

　거실 한쪽에는 크리스탈의 앨범 재킷 사진이 커다랗게 걸려 있었다. 웃을 때 반달눈이 되는 막내 영우와 눈 밑의 점이 매력적인 민정이, 앙 다문 입술에 성숙함이 느껴지는 혜인이 있었다. 그리고.

　"예쁘다."

　해사하게 웃고 있는 자신이 있었다. 작은 얼굴에 깊게 팬 보조개를 하고는 세상 걱정 없는 듯 웃고 있는 자신이 낯설고 예뻤다. 그리고 그 아래 세워진 작은 액자들 속에 연습생 시절 자신과 멤버들의 사진이 있었다.

　데뷔하지 못하고 실패할까 두려움에 떨던 그 시절, 배고프고 돈도 없어 서러웠던 그 시절, 무모했던 10대를 지나 스무 살을 맞이하며 너무 늦은 것은 아닌가, 고민하던 그 시절이 담겨 있었다.

　"내가······."

　이렇게 예뻤었나. 값비싼 옷을 입고, 화려한 화장을 하고, 미래에 대한 두려움보다는 기대가 가득한 지금의 모습보다도 밝고 아름다웠다. 왜 그때는 몰랐을까. 이토록 예쁜 줄 알았으면 더 많이

435

웃고, 더 즐거워하면서, 더 행복해했을 텐데.

여리는 아쉬움에 한참 동안이나 작은 액자들을 어루만졌다. 돌이킬 수 없는 시간이고 과거였다.

"돌아가고 싶다."

여리는 그렇게 조금 더 숙소에 머물렀다. 마음 같아서는 하루만이라도 더 묵고 싶기도 했지만 해야 할 일이 남아 몸을 일으켰다.

여리는 소속사로 향했다. 매니저도 없이 홀로 사무실에 들어서자 이 대표는 당황스러운 낯빛으로 반겼다.

"회사에는 연락도 없이 웬일이야. 무슨 일 있어?"

스캔들과 스토커라는 두 사건을 겪은 이후로 이 대표에게는 여리가 조심스러운 존재일 수밖에 없었다. 이현의 힘과 돈이 어떤 위력을 만들어 내는지 너무도 적나라하게 경험한 탓이었다. 앞선 사건에서는 운이 좋아 소속사 자체에는 별 타격이 없었지만 혹여나 여리가 또 어떤 나쁜 일에 노출되면 그땐 정말 무슨 일이 생길지 장담할 수 없었다.

"요즘 회사는 어때요?"

여리는 그런 이 대표의 눈치를 모른 척 넘기며 편안한 미소를 지어 보였다.

"응?"

"예전처럼 힘들거나 어렵고 그렇지는 않죠?"

"아, 그럼 그럼. 여리 네가 있는데 당연하지."

이 대표는 여리가 어울리지 않게 생색이라도 내고 싶은 모양이라고 생각했다.

"대표님, 저 은퇴하고 싶어요."

그 말을 하기 전까지는.

✳

여리의 은퇴 소식은 여리가 이 대표와 긴 대화를 나누고 일주일
이 흐른 뒤 모든 언론을 통해 알려졌다. 건강 악화와 학업에 대한
열망 때문이라는 시시한 변명은 그 자체로도 자극적이어서 모든
사람들의 입과 입으로 옮겨지며 확대되고 확산되었다.

현재 촬영 중인 영화가 커리어의 마지막 줄을 장식할 거라 말했
다. 마치 유작이라도 되는 것처럼 사람들의 기대가 거대해졌다. 팬
들은 갑작스러운 소식에 믿을 수 없다는 듯 충격에 당황스러워했
지만 건강이 안 좋다는 이야기를 빌미로 한 탓에 원망의 말은 생
각보다 많지 않았다. 언제라도 꼭 다시 돌아와 좋은 모습을 보여
달라는 제법 순수한 응원들이 많았다.

광고주들은 생각과 달리 은퇴 소식을 반겼다. 젊고 인기 있는
연예인에게서 일어나기 어려운 일이라 광고 효과가 커졌기 때문이
었다. 위약금에 대한 말은 당연히 없었다.

물론 여리의 측근들은 예상치 못한 상황에 모두들 여리를 찾느
라 바빴다. 여리의 아빠는 물론이고 핸드폰과 친하지 않은 엄마까
지도 끊임없이 전화와 문자를 남겼다. 사실이 아니기를 바라는 내
용이 대부분이었다. 당연히 여리는 답하지 않았다.

"윤여리!"

기사가 나자마자 집으로 쳐들어오다시피 한 것은 세 명의 여자
들이었다. 앞장선 혜인이 버럭버럭 소리를 지르며 여리의 이름을
불렀고 영우는 엉엉 울면서 와락 안겨 들었다. 시뻘건 눈을 한 민

정은 가장 뒤에서 가장 날카로운 눈으로 여리를 노려보았다.

"무슨 일이야? 다 지난 만우절 이벤트라도 하는 거야? 갑자기 은퇴라니 무슨 소리야."

"미안."

혜인의 다그침에 대한 여리의 대답이었다. 멤버들에게는 정말 미안했다. 이제 막 주목받기 시작했는데 자신으로 인해 또 위기를 맞을까 걱정이었다. 하지만 이미 각 멤버별로 솔로 활동을 시작한 뒤라 크게 심려하지는 않았다. 각자의 자리에서 각자가 잘하는 것으로 인정을 받고 사랑을 받으며 제 위치를 찾아 가고 있는 중이었다.

사실 소속사와 멤버들의 입장에선 네 명이 꼭 함께해야만 하는 크리스탈 활동은 부담이 된 지 오래였다.

"그렇게 됐어."

너무도 덤덤한 여리의 반응에 혜인을 포함한 민정과 영우는 쉬이 입을 열지 못했다. 당연히 여리에게 큰일이 생겨 은퇴를 결심한 거라고 생각한 멤버들이었다. 이토록 편안한 얼굴로 인정할 만한 일이라고는 조금도 생각하지 못했다.

"언니."

민정이 바짝 마른 입술을 깨물며 말했다.

"언니한테 우리는 아무것도 아니에요?"

목소리는 원망으로 가득해 뜨거웠다.

"아무리 그래도 언니랑 5년 넘게 같이 연습하고, 먹고, 자고, 데 뷔했는데…… 어떻게 한마디 상의도 없이."

"민정아."

"그 이산가 뭔가 하는 사람 때문이에요?"

비난하던 때처럼 민정은 말을 가리지 못했다. 스폰서가 있어 정상에 오른 만큼 스폰서가 있음에도 은퇴를 한다는 건 말이 되지 않는 일이었다. 그러니 은퇴라는 이 어이없는 상황에서 이현을 떠올리는 것은 무리가 아니었다. 사람이 눈치를 보지 않으면 생각은 단순해지고 답은 빨리 나오는 법이었다.

"그 사람이 언니 버렸어요?"

그랬나. 여리는 쓸쓸한 미소를 지었다.

"좋다고 이것저것 지원해 줄 때는 언제고 이제는 그만하래요? 언니한테 연예계 떠나래요? 그래요?"

끝날 때조차도 스폰서라는 관계는 끈질기게 엉겨 붙는구나, 여리는 생각했다. 은퇴의 이유로 이현의 의중을 먼저 묻는 민정의 질문은 주사기의 바늘처럼 따끔했다.

"그런 거 아니야, 민정아."

"그런 게 아니면 이유가 없잖아요. 언니처럼 독한 사람이 건강 조금 나빠졌다고, 못 했던 공부 좀 하겠다고 은퇴라니. 그게 말이 돼요? 팬들은 믿어도 우린 못 믿어요."

여리는 자신이 독한 사람이었던 적이 있나 싶었다. 아, 까마득한 어느 날에는 독했던 것도 같았다. 꿈을 이루겠다는 일념 하나로 살아가던 어린 날의 그때는 누가 보아도 미련하도록 독했다. 지금처럼 울고, 쓰러지고, 아플 만큼의 여유도, 마음도, 시간도 없었다. 누군가를 좋아하면 약해지는 모양이었다.

"언니 부모님이 빚더미에 허덕일 때도 언니는 계속 연습실 나왔잖아요. 우리 첫 데뷔 앨범 망하고 회사 휘청거릴 때도 언니 계속 연습했어요. 결국 그 스폰서니 뭐니 해야 한다고 할 때도 우리 끌어안고 괜찮다고 말했잖아요. 내가 언니 더럽다고 할 때도 일할 때는 티 내지 말라고 그런 거에 조금도 안 흔들리는 척, 강한 척은 혼자 다 했잖아요. 그런데 왜 이제 와서 은퇴를 해요? 왜? 대체 왜?"

민정은 울분을 이기지 못하고 소리를 질렀다. 날카로운 말 사이 사이에 애먼 죄책감이 서려 있는 듯해 여리는 미세하게 미소를 지었다. 그러고는 솔직해서 손해인 민정을 품 안 가득 끌어안았다.

"그런 거 아니야, 민정아."

"그럼 뭐 때문인데요. 대체 뭐 때문에……."

여리가 민정과의 얽힌 감정을 시간이 해결해 줄 거라 생각한 것처럼 민정 역시 마찬가지였다. 민정이 품었던 목적 없는 분노는 리더라는 이유로 스폰이라는 관계에 몸을 던진 여리에 대한 죄책감이었다. 그 이후로 거짓말처럼 잘 풀리는 연예계 생활들이 부담스럽고 역겨워 엇나갔던 마음이었다. 너무도 쉽게 얻어진 성공을 위해 오랜 시간 함께했던 동료를 지키지 못한 자신에 대한 실망이었다.

언젠가는 미안하다 말할 수 있는 날이 올 거라 생각했다. 늘 함께였고 앞으로도 함께일 거라 생각한 안일한 마음 탓이었다.

"내가 너무 힘들어. 그래서 그래."

하지만 여리의 깔끔한 포기로 모든 것은 물거품이 되었다. 사과할 수 있는 기회도, 화낼 수 있는 시간도 없다는 게 느껴지는 순간이었다.

"정말 이대로 영영…… 그만할 거예요?"

영영. 글쎄. 여리는 대답할 수 없었다. 감히 답할 수 없는 질문에 감히 생각할 수 없는 미래였다.

"언니."

민정은 다시 한 번 여리를 불렀고 여리는 그 부름에 담긴 너무도 많은 감정을 어렵지 않게 읽을 수 있었다.

"괜찮아."

궁금한 것은 많았지만 많은 질문은 필요하지 않았고, 하고 싶은 말이 많았지만 많은 약속은 필요하지 않았다. 그저 서로를 끌어안고 울었던 어느 날처럼 여리와 혜인과 민정과 영우는 서로를 끌어안고 먼 날의 좋은 날을 위해 오늘을 참아 내자는 다짐을 목구멍 아래로 삭혔다.

✻

김 비서는 이현을 기다리고 있는 중이었다. 정확히 말하면 이현과 실무진들의 회의가 끝나기를 기다리고 있었다. 회의는 언제나 비공식이었고 소수의 인원으로만 진행되어 김 비서는 회의실 밖에서 대기하고 있는 경우가 많았다. 늘 있는 일이라 지루하거나 피곤한 것은 아니었지만 애매한 일이 생겨 버려 머리가 아팠다.

애매한 일이란 제 상사의 연인이자 연인 아닌 여리의 은퇴 소식이었다. 재단 측도 예상 못 한 일이었고 소속사 측에서도 일절 언질이 없던 일이었다. 회의 도중이라도 급한 일이 생기면 들어가 이현에게 알리는 것이 의무이기는 했지만 이번 일은 어떻게 해야 할지 감이 오지 않았다.

최근 제 상사와 여리는 만나는 일이 없는 것 같았고, 마지막으로 여리가 울며 사무실을 나간 이후로는 더욱이 아무런 만남이 없는 것 같았다.

이현이 여리의 은퇴 소식을 알게 된 건 회의가 끝난 밤늦은 시각이었다.

"일 이따위로 할래?"

이현은 보고서처럼 올라온 여리의 은퇴 기사들을 허공에 던지며 소리를 질렀다. 루머인 게 뻔했고, 거짓인 게 뻔해서 이번에도 여리가 쓸데없는 가십에 휘말렸다고 생각했다.

"저, 이사님."

"잔말 말고 재난 홍보 팀 연락해서 기사 내려. 어떤 찌라시에서 기사 냈는지부터 알아 오고."

"저……."

김 비서는 한숨을 푹 내쉬며 눈을 질끈 감았다.

"은퇴 기사 여리 씨 소속사에서 낸 겁니다."

이현은 누군가 둔기로 제 머리를 내려친 것 같은 충격을 받았다.

"은퇴…… 맞는다고 합니다. 확인했습니다."

이현의 얼굴에 핏기가 가셨다. 등골이 서늘해지는 기분이었다. 처음 드라마 촬영을 하며 설레어하던 여리의 얼굴을 떠올렸다. 광고를 찍으며 생기가 돌던 모습도, 음악 방송에서 첫 1위를 하던 그날의 밝은 목소리도 생생하게 떠올렸다. 아니었다. 그럴 리가 없었다. 그런 여리가 은퇴라는 결정을 했을 리 없었다.

이제 시작인 애가 은퇴를 왜 해. 나한테 말도 없이. 아무런 예고도 없이. 이렇게 갑자기.

"윤여리가 무슨 수로 은퇴를 해. 소속사 계약도 남아 있고, 계약한 광고도 한두 개가 아닌데 그 위약금은 다 어쩌려고. 걔 번 돈도 거의 없어."

이현은 애써 웃음기를 드러내며 김 비서의 말에 반박했다. 제

442

말이 타당하다면 속은 안심이 되어야 하는데 오히려 불안해지기만 했다.

"소속사 계약은 연말 정산을 하지 않는다는 조건으로 합의했답니다."

"뭐?"

"지금까지 찍은 광고, 영화, 드라마 수익 중 여리 씨 몫 전부를 소속사에 넘기겠다고 했답니다."

이현의 얼굴이 딱딱하게 굳어졌다. 광고고 영화고 드라마고 돈이고 모두 필요 없다는 걸 선포하는 여리의 행동에 이현은 정신이 아찔해졌다. 눈치를 보던 김 비서는 마저 조사한 내용을 읊었다.

"광고주 쪽도 별문제 없이 정리한 것 같습니다."

"……."

"안 좋은 일 때문도 아니고 가장 좋을 때 은퇴하는 거라 광고 효과에는 오히려 긍정적이라고 판단한 것 같습니다. 계약 연장에 대한 제안도 몇 군데 있었답니다."

이현은 허탈한 듯 웃었다. 이토록 아무 미련 없이 모든 것을 등질 줄은 꿈에도 몰랐다. 속이 뒤틀렸다.

"지금 촬영하고 있는 영화만 마무리하고 기자회견이나 다른 거 없이 활동 중단한다고 합니다."

"우리 쪽에서 제지할 방법은."

머릿속이 차가워졌다 뜨거워지는 것을 반복했다.

"재단 측에서 관리하고 있긴 했지만 사실상 계약은 쥬얼리 엔터테인먼트와 여리 씨의 독점 계약이라 법적으로는 문제없습니다. 저희 쪽 권리도 없고요."

그만 만나자던 여리의 발을 묶기 위한 이현의 계획은 여리의 수익 대부분을 책임지고 있는 광고를 끊는 것이었다. 그게 통하지 않으면 영화와 드라마를 끊고, 그것도 아니면 노래를 못 하게 무대마저 뺏으려 했다. 다 뺏고 빈털터리가 되면 다시 돌아와 모든 것을 달라 애원하겠지 싶었다.

안일하게 생각했고 깊게 생각하고 싶지도 않았다. 그만 만나자던 여리의 말을 진심으로 받아들이고 싶지 않았다. 스타의 오만함이든, 돈에 구겨진 자존심이든 상관없었다. 어느 쪽이든 그저 속물만 같아라, 빌며 제가 가진 것으로 다시 쥘 수 있기만을 바랐을 뿐이었다.

하지만 바람과 달리 여리는 모든 것들로부터 벗어나는 것에 반쯤 성공한 것 같았다. 이토록 쉽게 모든 것을 포기할 거라고는 생각하지 못했다.

"윤여리 지금 어디야."

"개인 숙소에 있다고 보고받았습니다."

다행이라는 소리가 절로 나왔다. 아직은 자신의 힘이 닿는 곳에 머물고 있다는 사실이 가뭄의 비처럼 달았다. 희망도 잠시,

"숙소도 다음 주 내로 비우겠다고 연락 왔습니다."

여리가 3일간 사라졌던 암흑 같은 시간이 떠올랐다. 어디로 가기 위함일까. 어디로 사라지기 위함일까. 내가 무엇을 그렇게 잘못해서 네가 이러는 걸까.

"하, 씨발."

욕지거리가 쏟아졌다. 권 회장은 이현에게 바라는 것이 많은 이를 곁에 두라고 가르쳤다. 그래야만 상대가 바라는 것을 틀어쥔 채로 관계에서 우위를 독점할 수 있다고 했다. 이현은 그 배움을 여리와의 관계에서도 이용했다. 처음 만났던 그때와 지금의 여리가

바라는 것이 다르다는 것을 조금도 이해하려 하지 않은 것이 실책이었다.

내가, 내가 뭘 그렇게 잘못했어.

"차 대기시켜."

내가 아무리 잘못했어도 넌 못 가. 아무 데도 못 가.

✳

많은 말을 침묵으로 대신하던 멤버들이 떠나자 작은 집에 홀로 남겨진 여리는 황량한 외로움을 느꼈다. 배고픈 삶을 살다가 배부른 삶을 살 수는 있어도 배부른 삶을 살다가 배고픈 삶을 살기란 어려운 법이었다. 모두의 시선을 받다 온전히 혼자가 되자 두렵도록 슬펐지만 익숙해져야 할 기분이라 스스로를 다독이며 아무렇지 않은 척, 입꼬리를 끌어 올렸다.

여리는 습관처럼 핸드폰을 꺼내 당장에라도 이사 갈 수 있는 작은 원룸을 알아보았다. 다음 주 이내로 집을 비우겠다 했으니 서둘러야 했다.

대표님이 함께 알아봐 주기로 했지만 지금부터는 누구의 도움도 받고 싶지 않았다. 부모님 집으로 돌아갈 생각도 없었다. 아무런 방해도 없이 짧지만 시끄러웠던 자신의 삶을 혼자서, 반드시 혼자서 정리하고 싶었다.

"짐 정리나 할까."

집 안 가전들이야 전부 이현이 해 준 것들이라 가져갈 것은 없었다. 옷이나 구두, 액세서리들도 온전히 제 것이라 부르기에는 부끄러운 것들이었다. 연습생 시절 입었던 옷 몇 가지와 팬들이 선물해 준 물건 몇 개만이 챙길 수 있는 것의 전부였다.

띠리릭—

갑자기 현관문이 열리는 소리가 들렸다. 순간 손끝이 저려 왔다. 집 비밀번호야 매니저도, 크리스탈 멤버들도 아는 것이었지만 초인종도 누르지 않고 비밀번호를 누를 수 있는 사람은 이 집의 진짜 주인인 이현뿐이었다.

문이 열림과 동시에 이현이 보였다. 다시는 볼 수 없을 것 같던 그가 가라앉은 시선과 거친 호흡을 한 채로 서 있었다.

이현은 구두를 벗는 것조차 잊었는지 그대로 현관을 넘어 거실 바닥을 딛고 걸었다. 망설임 없는 그의 태도에 정리되지 않은 불안함이 가득했다.

"이사……!"

맹렬하게 맞춰 오는 눈을 바라보며 무어라 말을 건네기도 전에 배려 없는 입맞춤이 시작되었다. 무한한 갈증과 탐욕이 느껴지는 거칠고 다급한 키스였다. 밀어 내려 애써도 밀려나지 않았다. 계속해서 입술을 물고, 깨물고, 삼킬 뿐이었다.

"그, 그만……!"

피하려고 하면 할수록 뜨거운 혀가 끈질기게 따라붙어 여린 살을 옭아맸다. 차가운 손이 목과 허리를 감고 도망가지 못하도록 속박했다.

"잠깐…… 이사님!"

여리의 목소리가 높아지자 이현은 잔뜩 흔들리는 눈을 숨기며 입술을 뗐다.

"은퇴?"

검은 눈이 격동하는 분노의 바람을 담았다.

"누구 마음대로 은퇴를 해."

"이것 좀 놓고……!"

아프도록 쥐고 있는 팔을 풀어내려 애쓰는 순간 뜨거운 입술이 다시 닿았다. 물어뜯는 것처럼 거칠고 폭력적이었다.

"으읏, 싫어……."

입 안의 단물을 다 삼킬 것처럼 달려들던 입술이 입술에서 목으로, 목에서 쇄골로 내려갈 즈음 이현의 움직임이 멈췄다. 이현은 자신이 좋아하던 하얀 목 언저리에서 숨을 골랐다. 제 품에 안긴 존재를 확인이라도 하는 것처럼 그 행위는 꽤 길고 느리게 이어졌다.

여리는 살결에 닿는 숨소리가 달아서, 풍겨 오는 머스크 향이 좋아서 눈물을 글썽이며 애원했다.

"싫어요."

호흡마저 멈춰 버린 것처럼 그는 미동도 하지 않았다.

"이런 거…… 싫어요."

다시 한 번 말했다.

"하—"

짜증스러운 신음을 뱉은 이현이 깔끔하게 정리된 제 머리를 쓸어 올리며 눈살을 찌푸렸다.

"내가 너한테 못해 준 게 뭐야."

이현은 화가 났다. 여리가 처음 자신과의 관계를 부정했을 때도, 사무실까지 찾아와 그만 만나자는 말을 했을 때도 이현은 여리의 마음 깊은 곳에 어두운 갈망이 있을 거라 생각했다.

제아무리 여리가 순진해 보이는 고백을 했다 해도 그 마음의 전부를 받아들일 만큼 이현은 순진하지 않았다. '좋아하더라도 내게 바라는 것이 있겠지. 좋아하더라도 내가 망가지면 날 떠나겠지. 좋아하더라도 그게 전부는 아니겠지.' 하는 생각들이 이현의 마음을 갉아먹었다.

이현은 자신이 여리에게 해 주지 못한 것이 무엇일까 생각했다. 그게 무엇이든 당장에라도 충족시켜 줄 준비가 되어 있었다. 하지만 동시에 불안했다. 여리가 원하는 것이 자신이 해 줄 수 없는 것일까 봐.

"부족한 게 있으면 말을 해. 이딴 식으로 사람 엿 먹이지 말고."

"이사님."

여리는 떨리는 목소리에 힘을 주며 말했다. 이현이 내어 준 것들만 해도 감당하기 어려운데 감히 더 바라는 것이 있을까. 여리는 목구멍을 타고 올라오는 독한 말들을 조심스럽게 곱씹었다.

"이사님한테 원하는 거 없어요."

뱉어 내는 말과 함께 이현의 눈이 깊이를 가늠할 수 없는 절망으로 어두워졌다.

"아무것도 없어요. 지금까지 도와주신 거 감사했지만 이제 더는 필요 없어요."

여리가 고개를 저으며 말하자 이현은 화가 뻗쳐 이 사이로 비속어를 읊조렸다.

"감사해?"

감사하다는 말이, 고맙다는 말도 아닌 그 감사하다는 말이 이현의 심기를 거슬리게 했다. 아랫사람이 윗사람에게 하듯, 별로 친하지 않은 사이에서 예의처럼 건네듯 아무런 감정도 느껴지지 않는 인사가 그녀가 자신에게로부터 거리를 두고 있다는 의미인 거 같아 화가 났다.

"감사한데 왜 그만둬."

이현이 여리의 어깨를 쥐며 물었다.

"계속 감사할 수 있게 해 준다잖아."

"……."

"내가 너한테 많은 거 바라? 그냥 가만히 서서 내가 주는 것들 받아먹으라는데 그게 그렇게 어려워?"

분노를 숨기지 못한 목소리가 비아냥을 품었다.

"이사님."

"네 꿈이라며."

이현은 형체 없이 달기만 한 단어가 처음 만났던 그때처럼 여리의 발목을 잡을 수 있기를 바랐다.

"제 꿈……."

그래, 네 꿈.

"이제 없어요."

이현은 눈앞이 캄캄해졌다. 외면하려 했던 사실이 진실이 되어 자꾸만 인정하라 외치고 있었다. 여리에게 필요한 것이 없다. 필요한 것이 없는 사람은 잡아 둘 수 없다. 여리를 잡아 둘 수 없다. 이유도 모를 불안감이 파도처럼 밀려와 이현을 덮쳤다.

"그러니 이사님도."

아직 아니야. 지금은 아니야. 너는 아니야.

"이제 필요 없어요."

아, 아닌 게 아닌 것이 되었다. 이현은 자신이 사생아라는 사실을 처음 알았던 때처럼 굳건히 믿었던 무언가를 잃은 기분이 들었다.

여리는 혓바닥에 피가 나는 심정으로 말을 이었다. 이상하게 눈물이 나지는 않았다. 정신은 멀쩡했고, 또렷했고 잔인하도록 깨끗했다. 이현의 흔들리는 눈, 주춤하는 손, 작게 물러나는 다리 하나하나 명확하게 인식되었다. 아주 먼 어느 날에 떠올려도 모든 것이 생생하게 기억날 것만 같은 불길한 예감이 들었다.

"내가 뭘 잘못했어."

이현이 축축하게 젖은 목소리로 물었다.

"내기 너한테 뭘 잘못했긴래 이래."

"이사님, 제발……."

"네 빚 갚아 준 게 그렇게 잘못이야?"

이현은 목소리를 높였다. 아무리 생각해도 그것뿐이 없었다.

"그게 그렇게 자존심 상했던 거면……."

"이사님."

"난 그냥 네가 돈 버는 기계 취급 받는 게 싫었을 뿐이야. 병원에 입원한 딸을 두고 돈 얘기나 꺼내는 네 아버지나 말도 안 되는 소리를 들으면서 아무 말 못 하는 네가 싫었다고. 그것뿐이야. 돈 많다고 자랑한 것도 아니고 동정한 것도 아니야."

이현은 여리가 막지 못하도록 빠르고 급하게 말을 이었다. 그렇다고 자신이 세상에서 가장 불편한 게 가족이듯 여리도 그런 것 같이 느꼈던 동질감, 자신은 구원받지 못했지만 여리는 자신이 구원해 주고 싶었던 속마음을 솔직하게 이야기하지는 않았다.

"알아요. 알아요, 이사님."

여리는 갈라지는 입술을 혀로 적시며 고개를 끄덕였다.

"그것 때문이 아니에요."

그것 때문만이 아니에요.

"아니야?"

"아니에요."

마주 본 이현의 눈이 심하게 흔들렸다.

"그게 아니면 뭐야. 빚 말고는⋯⋯."

"⋯⋯."

"권이환, 그 자식 때문이야?"

바람 앞의 등불 같던 눈이 어느새 차디찬 칼날로 변해 있었다.

"그 새끼가 너한테 또 뭐라고 했어? 협박이라도 했어? 돈 봉투라도 던졌어?"

이현은 격분했고 여리는 떠올리기도 싫은 이환을 상기하며 눈을 질끈 감았다.

"말해. 그 새끼가 뭐라고 했어."

이현이 여리의 어깨를 쥐고 흔들었다.

"그런 거 아니에요."

"거짓말 하지 마."

"거짓말 아니에요!"

여리는 악을 쓰듯 목소리를 높였다.

"이사님한테 말한 이후로 만난 적 없어요."

어깨를 쥔 이현의 손이 조금 느슨해졌지만 눈은 보다 차가워졌다.

"그럼 뭐야. 빚 때문도 아니고, 권이환 때문도 아니면 네가 나한테 이러는 이유가 뭐야."

"⋯⋯."

"계속 그렇게 입 닫고 있을 거야?"

이현은 뚜렷한 이유가 듣고 싶었다. 이유를 듣는다고 해서 이해할 생각은 없었다. 이해하면 여리의 선택을 존중해야 했고, 존중하면 여리의 부탁을 들어줘야 했다. 그 부탁이 자신으로부터 멀어지는 것이라면 어떤 식으로든 들어줄 생각이 없었다. 오직 협박, 매수, 회유를 통해 그 거지 같은 이유에 구멍을 내고, 힘을 뺄 생각만 하고 있었다.

"이사님이요."

굳게 닫혀 있던 여리의 입술이 슬며시 움직였다.

"뭐?"

"이사님이라고요. 제가 이러는 이유."

"……."

"이사님 곁에 있는 게 싫어요. 은퇴하는 이유도, 이사님이랑 그만 만나려고 하는 이유도 다 이사님 때문이에요. 다른 이유 없이 이사님, 이사님 때문이에요."

망부석이 된 듯 굳어 버린 이현을 향해 여리는 붉어진 눈을 치켜떴다.

"이사님 옆에만 서면 저는 제가 부끄럽고 싫어요."

수치심과 죄책감에 대한 이야기였다. 동시에 비뚤어진 관계에 대한 이야기였다. 자신은 떳떳했다. 어떤 강요도 없었고, 서로가 서로를 원해 시작한 관계였다. 또한 시작은 중요하지 않았다. 시작과 다른 끝은 언제나 있어 왔고, 시작이 더러워 끝도 더럽다면 사생아로 태어난 제 인생도 끝까지 구질구질해야 맞았다.

"팬들 보기도 부끄럽고, 선배님들 보기도 부끄러워요."

하지만 여리는 아니었다.

"이사님 옆에 있으면 그게 더 심해요. 이사님이 아무렇지도 않게 주는 기회, 도움, 돈 전부가 저를 부끄럽게 해요. 그래서 싫어요."

이현이 아니었다면 이루지 못했을 성공이었다. 그 자리에 다른 사람이 섰더라도 결과는 다르지 않았을 것이다.

"이사님이 대신 갚아 주신 빚은 제가 늦더라도 꼭 갚을 거예요. 원래 제가 갚아야 했던 빚이니까."

이현은 독한 술이라도 삼킨 것처럼 속이 쓰렸다. 예쁘다 아끼며 주었던 모든 것들을 조금도 받아들이지 않는 여리를 보자 가진 전부를 빼앗긴 것처럼 허무해졌다.

"좋아한다고 했잖아."

모든 것을 잃어 텅 빈 자리에 남은 단 하나의 말은 그뿐이었다. 작은 입술로 종알거리며 말했던 고백, 붉게 물든 뺨 아래로 뱉어 내던 고백, 그 순간만이 남은 유일한 것이었다. 분명 화가 나 뱉어 낸 말인데 원망 속에 깃든 애정이 숨김없이 드러났다.

"내가 좋다며."

낮은 목소리로 어린애 같은 책망을 하는 이현의 모습에 여리는 잘도 놀리던 입술을 멈췄다.

"좋아하는 사람이 주는 선물이라 생각하는 게 그렇게 힘들어?"

서럽게 올라오는 감정에 울컥, 격해진 이현이 목소리를 높였다.

"그게 그렇게 힘들어서 꿈이고 뭐고 다 포기해? 나한테 매달려 있겠다고 한 약속이 얼마나 지났다고 이래. 네가 내 생일날 했던 약속은 다 거짓말이고 쇼야?"

"이사님."

"네가 부끄러워 죽겠다고 징징거리는 우리 관계는 너만 아니면 아무렇지 않을 수 있어."

"……."

"내가 좋으면 내가 주는 것들도 좋게 받을 수 있잖아. 그걸 꼭

이리 재고, 저리 재면서 계산해야 해? 네가 주는 거에 비해 내가
주는 것이 비싸면 안 되는 거야?"

여리는 이현이 하는 말들에 담긴 애정에 몸서리를 쳤다. 마음껏
흔들리고 싶었지만 흔들릴 수 없어 우뚝 선 다리가 아팠다.

"그게 무슨 상관이에요."

마음과 다른 차가운 말이 아무렇지도 않게 입 밖으로 흘렀다.

"제가 이사님을 좋아하는 게 지금 이 상황이랑 무슨 상관이냐고
요."

이현이 검은 눈동자를 떨었다.

"윤여리."

"저 좋아해요?"

여리는 물기가 가득한 목소리로 물었다.

"제가 이사님을 좋아한다고 했을 때 이사님은 제가 필요하다고
했어요. 제가 그만 만나자고 했을 때도 이사님은 저한테 후회하지
않을 자신 있냐고 했고, 제가 목줄 필요 없다고 했을 때 이사님은
제가 원하는 대로 하라고 했어요. 나가라고 했어요!"

여리에게 이현은 단 한 번도 속을 내비친 적이 없었다. 닿는 손
길, 마주하는 눈짓에서 다정함이 담겨 있다는 것쯤이야 알았지만
그것만으로는 부족했다. 여리는 세상의 시선과 사회적 격차라는
폭풍과 싸우고 있었다.

"저보고 대체 어쩌라고요."

이현은 혼란스러움에 깊은 한숨을 뱉었다. 그리고 말하고 싶었
다. 제 속의 감정을 명확히 알고 싶었고, 그것을 말할 수 있기를
바랐다. 하지만 누군가를 좋아한다는 게 어떤 것인지 몰라 자신이
여리를 좋아하는지도 알 수 없었다. 갖고 싶고, 곁에 두고 싶고,

자신만 보면 좋겠다고 생각하는 것이 소유욕인지, 애정인지 자신도 혼란스러웠다.

"네가……."

이현은 아무 말이라도 해서 여리를 붙잡고 싶었다.

"나는 네가……."

반듯한 미간을 구기며 보다 적합한 단어와 표현을 찾으려 애썼다. 아무것도 확신할 수는 없지만 나는 너를, 나는 네가.

"이사님."

여리는 낮은 목소리로 이현의 생각을 가르고, 찢었다.

"애쓰실 필요 없어요."

그 말에 이현은 너덜거리는 제 머릿속 어딘가에 깊게 자리한 기억을 끄집어냈다. 처음 자신이 사생아라는 사실을 알았을 때의 기억이었다. 자신을 천하다며 경멸하던 이 여사의 얼굴과 그 눈빛을 따라 하던 제 형들의 시선이 떠올랐다.

어린 날의 소년이 무슨 수로 세상과, 가족과, 따뜻함과 척을 지려 했을까. 어린 날의 이현은 제 출생과 상관없이 막내아들 노릇과 막냇동생 노릇에 심혈을 기울였다. 그렇게라도 세상에, 가족에, 따뜻함에 편입하고 싶어 했다. 그리고 그때 그런 말을 들었다.

'애쓸 필요 없어.'

그리고 그 말은 이현이 평생 동안 단 한 번도 누군가를 사랑하지 않으려고 노력하게 만들었다.

"똑같아."

이현이 읊조리듯 말했다.

"너도 똑같아."

말 속에 수많은 포기가 가득했다. 이현은 끈질기게 도전할 의욕을 잃었다. 애쓸 필요 없다는 말 한마디에 다시 예전으로 돌아갈 준비를 시작했다. 아무도 사랑하지 않고, 모두를 경멸하며, 돈으로 매수하고, 그것을 역겨워하며 자신을 역겨워하며 모두를 역겨워하며 살던 예전으로.

과거라고 부르기도 민망할 정도로 얼마 되지 않는 시간이었지만 여리가, 아니 자신이 여리에게 품었던 희망이 자신을 얼마나 나약하게 만들었는지 깨달았다.

이현은 긴 손가락을 뻗어 여리의 입술을 쓸었다. 얼마나 세게 물었는지 붉게 올라온 핏기가 또렷했다.

"이름 불러 봐."

눈물이 밴 목소리도 아니고, 분노가 깃든 목소리도 아니었다. 차분하고 낮은 평소 이현의 목소리가 흘러나왔다.

"내 이름, 불러 보라고."

여리의 젖은 눈을 바라보며 이현은 흔들림 없이 말했다.

"나는 이제 네 주인이 아니고, 너도 내 개가 아니잖아. 불러 봐."

"이사님……."

"뭘 망설여."

"……."

"어서."

제 이름을 부르는 여리의 목소리가 듣고 싶었다. 쉽사리 입술을 떼지 못하는 여리를 이현은 가만히 기다려 줬다.

"권……."

성 하나를 뱉어 내고도 한참의 시간이 흘렀다.

"이현."

이현의 이름이 불렸다. 이현의 귓가에도 닿았다.

"한 번 더."

"······이현, 권이현."

이현은 인정했다.

"그래."

자신은 여리를 잡을 수 없고, 여리는 제 곁에 남을 수 없음을. 귀에 박힌 제 이름 석 자로 각인하고 인정하고 이해했다.

"이제 정말 보지 말자."

이현은 냉정하게 등을 돌렸다. 그러고는 한참을 그렇게 서 있었다. 등을 돌려놓고 나가지 못하는 이현이나 그런 그를 바라보며 한마디 말도 꺼내지 못하는 여리나 전부 괴로웠다.

시간은 느리게 흘렀다. 아무리 기다려도 달라지는 것이 없다는 것을 깨닫기에는 충분한 시간이었다. 이현은 그제야 무거운 걸음으로 집을 떠났다.

여리는 그제야 참아 온 울음을 터트렸다. 통곡을 하듯 짐승 같은 울음소리가 속 깊은 곳에서부터 입 밖으로 터져 나왔다.

모든 것이 끝났다. 어린 시절을 바쳐 이루려 했던 가수의 꿈도 끝났고, 평생 가져 본 적 없는 보호를 받으며 애정을 느꼈던 이현과도 끝이 났다.

억울함에 피눈물이 흘렀다. 스스로가 원해서 가수의 꿈을 놓은 것도, 애정이 식어 이현을 놓은 것도 아니었다. 떳떳하지 못한 과거의 선택 때문이었고, 그런 자신의 뻔뻔한 아비 때문이었다. 그것이 제 꿈과 이현 모두를 더럽힐 거라는 두려움이 너무 컸다.

"아······."

여리는 자신을 향한 이현의 마음이 점점 커져 가고 있음을, 점점 부드러워지고 있음을 모르지 않았다. 자신은 기다리기만 하면 된다는 것 역시 모르지 않았다. 곁에서 얌전히 자리만 지켜도 그가 어느 좋은 날, 좋아한다 말해 줄 것을 알고 있었다.

그럼에도 불구하고 비겁할 수밖에 없었던 이유는 그에게 힘이 될 수 없는 자신의 존재를 너무나도 잘 알았기 때문이었다. 가진 것 없이 이현의 돈을 노리는 제 아비와 밑 빠진 독이 될 자신의 처지가 끔찍이도 싫었다.

그런 자신의 존재가, 관계의 불손함이, 얄팍한 거래가 그의 단단한 성벽을 허물까 두려웠다. 그의 알맹이가 얼마나 여리고 어린지 알면서도 그가 무너지지 않기를 간절히 희망했다.

어느 누구에게도 나약한 속을 들키지 않기를, 모든 이의 머리 위에서 당당히 군림하기를, 지금껏 그래 왔던 것처럼 앞으로도 영원히 오만하기를, 상처받기보다는 상처 주기를, 사랑하기 보다는 사랑받고 살기를 기도했다.

"권이현."

여리는 바닥에 엎드려 몸을 웅크렸다. 아직까지 남아 있는 그의 체취가 코끝을 간질였다 이내 바람에 실려 사라졌다. 아무것도 없는 발목이 시렸다. 여전히 발찌를 차고 있는 것만 같았다. 존재한다 하기엔 형태가 없었지만, 사라졌다 하기엔 흔적을 남겼다.

"벌써…… 보고 싶다."

여리는 차디찬 바닥에 몸을 늘어트린 채 이현과 함께했던 시간들을 떠올렸다. 품에 안겼던, 아픔을 나누던, 믿음을 가지려 애쓰던 지난날을 머릿속에 새기듯 곱씹었다. 이별하면 좋은 것만 떠오른다더니 예쁘지 않던 시작은 생각도 나지 않은 채 오직 웃음꽃을 피웠던 나날만 선명했다.

푸른 치마와 하얀 저고리를 입고 청월이가 되어 그의 앞에서 춤을 추었던 순간이 아른거렸다. 아직까지도 모든 장면과 대사가 어긋남 없이 기억났다.

"내 마음속에는……."

여리는 자신의 대사를, 청월이가 했던 마지막 말을 되뇌었다.

"찬바람이 들어찰 공간이 없습니다. 오직 맑고 연약한 사랑만이 있을 뿐이지요. 나는 이제 더 이상 웃지 않기로 했습니다. 웃을 때마다 내 사랑이 탁해지고, 엎드릴 때마다 내 사랑이 구겨진다면 나는 그 어떤 것도 하지 않을 것입니다. 설사 그것이 숨을 쉬는 일이라 해도 말입니다."

마지막 촬영이 끝나고 여리는 이현에게 청월이 부럽다고 했다. 지키고 싶은 것 때문에 목숨도 버릴 수 있는 청월이 부럽다고 했고, 자신은 겁이 많아 그럴 수 없다 했다.

"그 맑고 연약한 것만이 제가 가진 유일한 것이기 때문입니다."

하지만 여리는 제 생각과 달리 이현을 지키고, 스스로를 지키고자 제 꿈을 버렸다. 꿈은 여리의 어린 시절 그 자체였고, 존재의 이유였고, 미래의 전부였다. 그럼에도 불구하고 여리는 목숨을 버리듯 꿈을 버렸다.

"아, 내 사랑……."

그것이 청월의 마지막 대사였고,

'나는 네가 겁이 많아서 좋아.'

그것은 이현이 했던 그날의 말이었다.

17
세상 앞에 선 순간

일주일이 지나고 여리는 이사를 했다. 이사는 꽤 많은 것들을 정리할 수 있게 했다. 이현에게 받은 거의 모든 것들로부터 해방될 수 있었다. 집, 핸드폰, 호화로운 사치품, 연예인으로서의 삶 등이 썰물 빠지듯 순식간에 사라졌다.

대신에 여리는 새로운 환경에서 새롭게 시작할 기회를 얻었다. 원룸을 포기하고 서울 변두리 동네에 있는 작은 고시원을 잡았다. 월 35만 원에 손바닥만 한 창문과 딱딱한 침대가 있는 방이었지만 마음만은 편했다.

대중들의 관심이 멀어지기를 조금 기다렸다가 아르바이트도 시작할 생각이었다. 아직 무엇을 하며 살고 싶은지는 모르겠지만 막연하게 평범해지고 싶다는 마음도 있었다. 돈도 모으고, 소소한 여행도 다니고, 한 번도 생각해 보지 않았던 대학 생활의 꿈도 하루 종일 상상하고 계획해 보았다.

또 잠이 많아졌다. 하루 대부분을 거의 잠으로 보냈다. 사실 그것 말고는 할 수 있는 일이 아무것도 없었다. 아직 밖에 나가기에는 사람들의 시선이 신경 쓰였고, 문화생활이나 여타 취미 생활을 하기에는 한 푼이 아쉬웠다. 수입 없이 버티는 생활이 얼마나 지속될지 모르니 돈을 최대한으로 아껴야 했다.

"아, 또 꿈이네."

잠이 많아진 만큼 꿈도 많이 꾸었다. 내용도 기억나지 않는 꿈이 대부분이었지만 꿈을 꾸었다는 어렴풋한 느낌만은 선명했다.

꿈의 한복판, 언제나 한 남자가 서 있었다. 그것 역시 희미해지고, 선명해지고를 반복했다. 걷잡을 수 없는 그리움이었다. 꿈속의 남자 얼굴을 확인할 수 없어도 그 남자가 누구인지는 알 것 같았다. 꿈속에서도 후각이라는 것은 멀쩡한지 진한 머스크 향이 코끝을 간질였기 때문이었다. 후각이 가장 긴 기억력을 지닌다 했는데 사실인 모양이었다.

— Rrrrr.

이제는 전화 통화도 크리스탈 멤버들과만 했다. 오늘은 민정이었다. 같이 활동할 때는 서로 한 공간에 있는 것도 못 참아 했는데 이제는 사소한 내용의 문자나 연락도 자주 했다.

"응, 민정아."

— 언니.

그 모순의 기저에는 죄책감이나 책임감 같은 것이 있었고 그것을 모르지 않는 여리는 언제나 선선한 목소리로 민정을 받아 주었다.

— 무슨 일 있는 거 아니죠?

민정이 아무런 설명도 없이 움츠러든 목소리로 물었다.

"응? 없는데. 왜?"

― 아니, 그게…….

평소와 달리 말끝을 흐리는 민정의 목소리에 여리는 귀를 쫑긋, 세웠다.

― 권이환이란 사람이 찾아왔었어요.

등골이 절로 시려지는 기분이었다. 모든 사슬을 끊어 냈다고 생각한 순간, 돌이킬 수 없게 얽혀 버린 실타래는 어김없이 나타나 숨을 조였다.

"그 사람이 널 찾아갔다고? 왜? 나 때문에? 괜찮은 거야?"

멤버들에 대한 걱정이 앞섰다. 이현의 지원이 끊긴 것도 모자라 이환의 방해까지 그녀들을 괴롭히면 연예계 생활이 쉽지 않을 것이었다.

― 진정해요, 언니. 우리는 괜찮으니까.

"정말이야?"

― 제가 거짓말하는 사람은 아니잖아요.

여리는 대답 없이 고개만 살짝 끄덕였다.

― 회사로 찾아온 건 아니에요. 저한테만 따로 연락 왔었어요.

"너한테만?"

― 네. 언니 일로 할 말이 있다고 하면서.

"너 정말 괜찮은 거지?"

― 그럼요. 짧게 얘기하고 아무 일 없이 헤어졌어요. 저보다는 언니가 걱정이에요.

민정의 목소리가 가늘게 떨렸다.

― 언니랑 그분…… 얘기를 했어요.

이현을 얘기하는 것이었다.

― 언니랑 그분 관계에 대해서 얘기해 달라고 했어요. 이미 다

알고 있다고.

여리는 답답함에 긴 머리카락을 쓸어 올렸다. 자신과의 관계를 약점으로 잡아 이현을 괴롭히려는 생각은 여전히 포기하지 않은 듯했다.

— 아무 말 안 했어요.

"……."

— 걱정 말아요, 언니.

제법 믿음직한 목소리였다.

민정이와의 통화를 끝내고 여리는 핸드폰을 꼭 쥔 채 몸을 떨었다. 이환에 대한 분노보다 이현에 대한 걱정이 더 컸다. 손톱을 잘근잘근 물어 씹었다.

습관처럼 인터넷에 '권이현' 세 글자를 검색했다. 사나운 빛을 한껏 숨긴 이현의 사진들이 주르륵 뜨고, 평범한 내용의 경제 기사들이 뒤를 따랐다. 세상 무너질 것 같았던 이별에도 이현의 삶은 여전히 바쁘게 움직이는 것 같았다.

— Rrrrr.

이번엔 모르는 번호가 핸드폰 액정 위로 떠올랐다. 이사를 하며 핸드폰 번호도 바꾸고, 전부 정리한 터라 저장된 번호는 몇 개 없었다.

"여보세요."

멤버들이 아니고서야 전화를 받지 않음에도 좀 전의 민정이의 말이 찝찝해 무시할 수 없었다.

— 오랜만이야.

들려오는 목소리가 소름 끼쳤다.

"권이환 씨?"

여리는 침착하게 물었다.

— 와, 목소리 기억도 해 주고 좋네.

비아냥거리는 소리가 명랑했다.

"길게 통화할 것 없이, 만날까요?"

이환이 포기하지 않는 한 한 번은 만나야 했다. 여리는 꼭 그에게 해야 할 말이 있었다.

이번에는 여리가 장소를 정했다. 어둡고 폐쇄적인 분위기의 클럽 룸 말고, 환하고 개방된 브런치 카페였다.

"은퇴하고 나니 더 예뻐 보이네."

마주한 이환이 얼굴에 비웃음을 잔뜩 걸고 말했다.

"그러게 내가 스폰 해 준다 할 때 말 들었으면 이런 일 없잖아."

"그런 말이나 듣자고 나온 거 아니에요."

여리는 이환과 마음에도 없는 안부를 물으며 서론을 나누고 싶지 않았다.

"이현이 그 자식이 원래 뭐든 오래 못 해. 누구 하나 오래 만나는 꼴을 못 봤어."

이환은 한껏 도취된 얼굴로 말을 이었다. 아마도 여리의 은퇴가 이현의 결정이라 생각하는 모양이었다.

"복수할 기회를 줄게."

예상에서 조금도 빗나가지 않은 말이었다.

"복수요?"

"그 새끼 변덕에 놀아나서 억울하잖아. 내가 도와줄게."

퍽 인심 쓴다는 듯 웃으며 고개를 끄덕이는 이환이었다.

"어떻게 도와줄 건데요?"

464

여리가 물었다.

"네 한마디면 돼."

"……."

"이현이랑 어떤 관계였는지 기자들 앞에서 말해."

여리는 고운 눈가를 찡그리며 생각했다. 처음 만났던 때보다 구체적으로 변한 계획에 불안감이 엄습했다.

"제가 그 일을 할 거라고 생각해요?"

여리가 물었다.

"아, 걱정하지 마. 네 살길은 열어 줄게."

이환은 여리가 제 이미지 타격을 걱정하는 것이라 생각하는 듯했다.

"넌 철저한 피해자가 될 거야. 대중들은 냄비처럼 끓어오를 거고, 갑작스럽게 은퇴까지 한 너에 대한 동정론이 생기겠지. 너는 그걸 딛고 다시 연예계로 복귀하면 돼. 초반엔 조금 시끄럽겠지만, 알잖아? 우리나라 사람들 금방 까먹는 거."

"이봐요, 권이환 씨."

"이봐요?"

"권이환 씨 말대로 나 은퇴했어요."

여리는 이환의 차가운 눈을 똑바로 마주 보았다. 이런 순간에도 내 자신 스스로가 당당해질 수 있기 위해 모든 것을 내려놓은 것이었다. 부끄러움과 죄의식에 쌓여 누구의 눈도 제대로 마주하지 못하고, 누구의 칭찬도 곧이곧대로 듣지 못하던 때를 벗어나려 선택한 것이 지금의 삶이었다.

"내가 이젠 연예인이 아니란 소리고, 권이현 씨의 스폰을 받는 여자도 아니라는 소리예요."

혀끝에서 구르는 이현의 이름이 달고 썼다.

"당신이 하는 말에 겁먹을 위치가 아니란 말이기도 하고."

이환은 붉으락푸르락 뜨거워진 얼굴로 그녀를 노려보았다.

"너 머리가 나빠? 권이현한테 버림받고 나사 하나 빠진 모양인데 판단 잘해. 지금 내가 내민 손 잡으면 다시 원래대로 돌아갈 수 있어. 모르겠어?"

이환은 생각과 다른 여리의 반응에 흥분한 기색을 숨기지 못했다. 반면에 여리는 머릿속이 차갑게 식는 것을 느꼈다.

"다시 돌아갈 생각이 없다면요?"

다시 돌아간다는 말이 얼마나 유혹적인지는 여리도 알고 있었다. 매일 밤 이현의 품으로 돌아가는 상상을 하고, 이현을 만나는 꿈을 꾸고, 이현과 함께 맞던 아침을 그리워했으니 돌아간다는 말의 희망이 갖는 잔인함을 모를 수 없었다.

"뭐?"

"다시 돌아갈 생각, 없다고요."

하지만 여리는 다시 돌아가고 싶지 않았다. 스스로는 물론이고 이현에게까지 상처를 내며 끝낸 관계였다. 다시 돌아간다면 더 큰 상처를 내고 피를 뚝뚝 흘리며 망신창이가 될 것이었다. 여리는 더 이상의 고통을 감내할 힘도, 이현에게 더 큰 고통을 줄 마음도 없었다.

"많이 급하신가 봐요."

"너……."

"이현 씨가 싫으면 이현 씨랑 직접 싸워요. 이런 식으로 뒤에서 수작 부리지 말고."

그토록 부르고 싶던 이름은 주인 없는 공간에서만 불리었다.

"뭐, 수작?"

이환의 눈에 불길이 가득했다. 반듯한 이목구비에 서린 날카로움이 꼭 이현을 떠올리게 했다.

"저는 이제 은퇴했고 대중들도 무섭지 않아요. 버림받기 전에 다 내려놓고 떠났으니까."

떳떳하지 못한 선택을 들키면 어쩌나, 팬들이 실망하면 어쩌나 하는 마음에 언제나 두려웠지만 지금은 모든 것을 놓은 뒤였다. 가진 모든 것들을 놓는 것이 쉽지는 않았지만 이런 편안함을 위한 것이었으니 누릴 생각이었다.

이환이 그런 여리의 여유로운 얼굴을 바라보다 이내 묘한 표정을 지었다.

"권이현은."

이환이 말을 길게 늘이자 쿵, 여리의 심장이 요동쳤다.

"권이현도 그렇게 생각해?"

여리는 테이블 아래로 놓인 무릎 위의 손을 꼭 쥐었다. 비겁하게 뒤에서 계략이나 꾸미는 인간을 앞에 두고 흔들리는 모습을 내비치고 싶지는 않았다.

"글쎄요."

목소리가 떨리지는 않는지 신경 쓰며 차분하게 말을 이었다.

"이현 씨와도 이미 끝난 지 오래라. 그분이 어떤 생각을 하는지 모르겠네요."

여리는 딱딱해지려는 입술을 억지로 끌어 올리며 미소를 지어 보였다.

"이현 씨한테 어떤 짓을 하든 저와는 상관없으니까 마음대로 해요."

혼신의 힘을 다한 연기였다. 부디 뱀 같은 이환의 눈에도 진실로 보이기를 희망했다. 그래서 자신을 이용해 이현의 발목을 잡으려는 시도를 포기했으면 좋겠다고 생각했다.

"대신 저는 좀 빼요."

모든 것들로부터 빠지고 싶었다. 이현을 향한 그리움에서도, 이환의 끈질긴 수작에서도, 삶의 끊이지 않는 불안에서도 모두.

"이 말 하려고 왔어요."

＊

이현은 겉보기에 아무런 변화가 없었다. 멀쩡히 출근을 했고 끼니도 거르지 않았다. 늘 그렇듯 자로 잰 듯한 슈트 차림에는 변화가 없었고 말끔하게 올린 머리 역시 머리카락 한 올 흐트러지는 것을 허용하는 법이 없었다.

"김 비서, 건설 쪽 주주들은 어떻게 됐어."

오히려 더 공격적이고 적극적인 자세로 일에 매진하는 느낌이었다. 덕분에 그룹 내에서의 입지는 점점 더 상승했고 탄탄해졌으며 이환은 물론이고 이혁까지도 이현의 기세를 경계할 정도였다.

"내일 1시에 미팅 잡아 두었습니다. 건설 쪽은 그룹 내에서 힘을 잃은 지 오래라 설득하기 쉬우실 겁니다."

"설득할 생각 없어. 그 인간들 묶어 둘 미끼나 제대로 준비해."

조금 더 차가워지고,

"아버지 쪽 움직임은?"

"아직 지켜보겠다는 입장이신 것 같습니다."

"확실해?"

조금 더 의심하고,

"한 번 더 확인하겠습니다. 이사님은 들어가서 쉬시죠. 이번 주 내내 무리하시는 것 같……."

"김 비서."

"네, 이사님."

"이래라저래라 하지 마."

조금 더 경계할 뿐이었다.

"……알겠습니다, 이사님."

그렇다고 집에서의 모습까지 멀쩡한 것은 아니었다. 예전처럼 사람들을 불러 모아 파티를 열거나 아무나 잡고 폭력을 휘두르지는 않았지만 스스로를 고립시키고, 스스로에게 무자비한 폭력을 가했다.

그는 일중독에 걸린 사람처럼 하루 종일 일하다가 아주 늦은 시간이 되어서야 집으로 향했다. 캄캄한 하늘 아래 반기는 이 없는 집으로 퇴근하는 길은 아주 외로웠다. 언제나 똑같은 집이었음에도 유독 텅 비어 보였고, 허전하며 쓸쓸해 보였다. 꼭 자신 같았다.

이현은 새벽에도 잠들지 못하고 다양한 일들을 하며 시간을 보냈다. 여리와 헤어진 이후로 극복한 줄 알았던 불면증이 다시 재발한 탓이었다.

헤어진 첫날부터 이현은 주변을 어지르기 시작했다. 제 황량한 마음속에 누군가가 들었다가 나갔다는 사실을 인정할 수 없다는 듯 텅 빈 흔적을 가리려 애썼다. 잠을 자는 시간을 제외하고는 제 몸을 가만히 두지도 못했다.

서재에 꽂힌 책들을 꺼내 읽었다가 이내 덮기를 반복했다. 사랑이나 이별, 마음이나 믿음과 같은 단어만 봐도 속이 뒤집히는 탓이었다.

책 읽기를 포기한 이현은 겉으로 분출하지 못한 원망과 배신감, 슬픔을 모두 담아 눈에 보이는 모든 것을 망가트렸다. 여리의 CF가 나오는 TV를 부수고, 여리의 발찌를 놓아둔 침대 옆 협탁을 뒤엎고, 여리가 사 온 케이크가 있던 냉장고도 골프채로 몇 번을 내리쳤는지 원래의 형태를 잃고 말았다.

"내 옆에 있는 건……."

왜 전부 망가지는 걸까.

붉어진 두 눈으로 쏟아지는 달빛만 가만히 바라보다 아침을 맞이하는 게 버릇이 되어 버렸다.

이현은 이른 아침부터 집 앞에 대기하고 있던 김 비서와 함께 회사로 향했다. 이화건설의 주요 주주들을 만나는 날이었다. 이화그룹 내에서 건설이 차지하는 부분은 미약했지만 이혁과 이현이 가진 힘의 크기가 비등할 때 미약한 차이는 큰 차이를 만들어 낼 수 있었다.

"이사님, 30분 뒤 출발하시면 됩니다."

"미끼는."

주주들에게 먹일 미끼에 대해 이야기를 나누려던 차에 또 다른 비서가 헐레벌떡 뛰어 들어왔다.

"이사님!"

✳

여리는 믿을 수 없다는 듯 계속해서 핸드폰 액정을 바라보았다. 꿈이기를 바라며 뺨을 때리고 심호흡을 반복했지만 기사 타이틀은 바뀌지 않았다.

"아……."

탄식의 소리가 절로 쏟아졌다. 〈이화통신의 권이현 대표는 사생아?〉라는 적나라한 제목부터 시작해서 〈권이현은 이화그룹의 세 번째 꽃인가, 잡초인가〉라는 자극적인 제목도 보란 듯이 메인에 걸렸다.

"이사님……."

여리는 자리에 주저앉아 제 머리를 쥐어뜯었다. 이현이 제 출생의 비밀을 얼마나 혐오하고 두려워하는지 너무도 잘 아는 탓이었다.

가까운 주변 사람에게도 들킬까 전전긍긍하며 마음 한구석 내어주지 않고 살던 이현이었다. 그런 이현이, 어울리다 들킬 바에는 외롭게 살겠다 자학하는 이현이 세상 앞에 벌거벗겨진 것이었다. 생일만 되어도 울음 가득한 목소리로 제 인생을 비관하는 그가 지금은 얼마나 깊은 수렁에 빠져 허우적거릴지 보지 않아도 느낄 수 있었다.

수많은 고민이 스쳤다. 지금 당장 달려가 이현을 끌어안고 괜찮다 토닥일까, 달려간 자신을 이현이 받아 줄까, 제 등장이 이현에게 위로가 될까. 가슴을 부여잡고 어떻게 해야 할지 고민하는 중에 갑자기 전화가 빗발쳤다.

"여보세요."

혜인의 전화가 처음이었고 소속사의 이 대표가 뒤를 이어 전화를 걸어 왔다. 둘은 다른 말 없이 지금 당장 인터넷을 확인하라고만 했다. 은퇴 이후 향후 거취와 관련해 희한한 추측 기사들이 쏟아진 적이 많아 이번에도 그런 것일 거라 생각했다. 사실 자신보다는 이현의 상황이 더 중요했기 때문에 자신은 어찌되어도 상관없었다.

하지만 인터넷을 달군 이름은 윤여리이면서 동시에 권이현이었다.

여리는 기사 내용을 토씨 하나 빼먹지 않고 읽어 낸 후 무너진 다리에 힘을 주어 일어났다. 갈 곳은 명확했다. 오래도록 묵혀 온 상처이자 언제고 치료하겠다 마음도 먹지 못했던 곪은 문제를 향해 여리는 분노를 품었다.

"어머, 여리야! 너 전화도 안 받고 엄마가 얼마나 걱정했는지 알아?"

거칠게 열고 들어선 집 안에선 여리인 것을 확인한 여리의 부모가 나란히 모습을 드러냈다.

"너 잘 왔다."

여리의 아빠는 늘어진 러닝셔츠 차림으로 나와 욕심 가득한 눈을 번뜩였다.

"너 속 시원하게 얘기 좀 해 봐라. 은퇴 번복 못 하는 거야?"

문자와 전화로 끊임없이 이야기하던 은퇴 번복 이야기였다.

"네가 어려서 그래. 분명 후회한다니까?"

여리의 아빠란 사람은 언제나 말 잘 듣는 딸이었던 여리를 설득하고자 했다. 초라한 제 삶과 달리 반짝이는 조명 아래서 살아가는 제 딸을 훈장처럼 여기고 호화롭게 살고자 하는 욕망의 불씨가 아직까지도 꺼지지 않은 탓이었다.

"아빠."

여리의 두 눈엔 예전과 같은 실망이나 절망, 두려움 따위 없었다.

"아빠가 저랑 이사님 얘기 하셨어요?"

혜인과 소속사 대표가 어서 확인하라 했던 기사의 내용은 이현과 여리의 부적절한 관계에 대한 기사였다. 그 흔한 이니셜로도 보호되지 않은 이현과 여리의 이름은 스폰서라는 말만 쓰지 않았을 뿐 척 봐도 낯 뜨거운 관계임을 암시하는 내용 앞에 붙어 있었다.

　최측근의 입에서 나온 얘기라며 당당하게 쓰인 기사에는 이현이 병원에 입원한 여리를 손수 간호할 만큼 애지중지하며 그만큼 물질적인 후원을 아끼지 않았다는 내용이 있었다. 병원에 입원했을 당시엔 소속사가 아닌 아트재단 측 사람들의 관리를 받았으니 그런 정보를 발설할 사람은 여리의 부모뿐이었다.

　"크흠, 기사…… 때문에 그러냐?"

　여리의 아빠는 멋쩍은 듯 헛기침을 했다.

　"왜 그러셨어요?"

　여리의 눈에 곧은 분노가 실렸다.

　"그런 눈으로 볼 거 없어."

　굳이 숨겨야 하는 이유도 없다 생각한 모양인지 남자는 줄줄 말을 이었다.

　"너 위해서 그런 거야. 그 사람이 말만 하면 너 다시 활동할 수 있게 해 준다고 그래서. 아무리 그래도 그 이사가 자기 동생인데 나쁜 짓이야 하겠나 싶어서 말한 거야. 그 사람도 별거 아니라고 했고……."

　여리는 더 듣고 싶지도 않았다.

　"그게 다예요?"

　"뭐?"

　"아빠 딸이 재벌이랑 그렇고 그런 사이라는데, 그렇고 그런 사이여서 활동할 수 있었다는데 고작 한다는 말이 그거뿐이에요?"

　제 딸을 소중히 여긴다면, 제 딸의 진정한 사랑과 믿음을 바란다면 화를 내야 정상 아닌가. 아, 자신이 제 아비에게 '정상'의 범위를 바랐던 적이 언제였나.

"아빠한테 저는……. 대체 뭐예요?"

여리는 착한 딸이자 효녀로 살고자 노력했던 초라한 과거를 떠올리며 입술을 깨물었다.

"돈만 벌어 오면 그게 무슨 일이든 상관없어요?"

"너 지금 그걸 말이라고……."

"아빠는 그 잘난 사업 실패해 놓고도 일 가려 했잖아요. 어려운 일도 안 해, 피곤한 일도 안 해. 고르고 고르다 백수로 집 안에 눌어붙은 지 오래면서 저는 어떤 일이든 돈만 벌면 되는 거예요?"

엄마를 두고 바람피운 아빠라도 엄마가 좋다니 참았다. 가장임에도 백수로 사는 무능력함 역시 참을 수 있었다. 사업 실패로 억대의 빚을 안긴 아빠였지만 괜찮았다. 매일 제 꿈을 무시했지만 증명해 보이면 인정해 주겠지 생각했다.

"너……!"

여리의 솔직한 발언에 그는 충격을 받은 모양이었다.

"왜, 제가 틀린 말 했어요?"

예전의 여리라면, 꿈 많던 여리라면, 모든 게 나아질 거란 희망을 가졌던 여리라면 하지 않았을 말이지만 이제는 참을 이유도, 참을 힘도 남아 있지 않았다.

"아빠한테 할 만큼 했어요. 이제 아무것도 안 할 거예요."

소리 지르며 욕하고 싶지도 않았다. 그저 이 비정상적인 관계를 끊어 내고 불필요한 감정과 기대, 욕심을 끝내고 싶을 뿐이었다.

"앞으로 없는 자식이라 생각하세요. 저는 아주 오래전부터 아빠는 없다고 생각했으니까."

부모가 자식을 고를 수 없듯, 자식도 부모를 고를 수는 없었다. 하지만 천륜이더라도 끊어 내고 싶을 만큼 고통스러운 것이라면 이별을 선택할 수 있지 않을까.

"저에 대한 얘기는 좋은 거든, 나쁜 거든 일절 꺼내지 마세요."

여리의 호흡이 가빠지며 목소리가 높아졌다.

"제가 앞으로 어떤 삶을 살든 신경 쓰지 마세요. 제가 어떤 일로 돈을 벌게 되도 탐내지 마세요. 제가 다쳐도 관심 보이지 말고, 제가 죽어도 모른 척하세요. 그렇게 사세요."

여리는 작은 입을 벌리고 곧 쓰러질 것 같은 제 엄마를 향해 남은 말을 뱉었다.

"엄마처럼 살고 싶지 않아."

투명한 갈색 눈에 눈물이 차올랐지만 목소리엔 차가움이 가득했다.

"엄마가 지옥이라고 해서 나까지 지옥에서 살라고 하지 마."

여리는 그대로 집을 나섰다. 집 안에서 물건 깨지는 소리가 벼락처럼 들려왔지만 아랑곳하지 않았다. 공포에 얽매여 얼마나 많은 것들을 포기하고, 숨죽이며 살았나. 이제는 지킬 것이 없으니 그럴 필요도 없었다. 지킬 것이, 지킬 것이 더 이상 없었다. 엄마도, 꿈도, 이현도 지키고자 그 많은 것들을 포기했는데 결국 그 어떤 것도 지키지 못했다.

— Rrrrr.

저장되지 않은 번호였다. 아까부터 너무 많은 전화가 쏟아졌다. 번호가 바뀌면 뭐하나, 개인 정보라는 게 이리도 쉽게 허물어지는 것을.

— Rrrrr.

받지 않으려 했지만 계속해서 진동이 길게 이어졌다.

"여보세요."

고민하다 받은 전화 너머에는 고요함만이 흘렀다.

"여보세요."

— ……

적막 속에 조용한 숨소리가 이어졌다. 끊을 수 없었다. 상대는 아무 말도 없었지만 누구인지 알 것 같았다. 지금 이 순간 자기 못지않게 가장 외로울 사람. 가장 괴롭고 고통스러울 사람. 가장 깊은 지옥에서 가장 큰 비명을 지르고 있을 사람.

"끊지 마세요."

숨소리만 들어도 알 수 있었다.

"지금…… 갈게요."

숨소리에 깃든 고통과 외로움을 읽을 수 있었다.

"기다려요. 내 말 들으면서."

그 숨소리에 여리는 다짐을 새겼다. 숨기려 했던 것은 다 밝혀졌고, 지키고자 했던 것은 모두 잃었다. 숨기지 않아도 되니 눈치 볼 필요 없었고, 지키지 않아도 되니 애쓸 필요 없었다. 모든 것은 있는 그대로 있어야 할 자리를 찾는 중이었다.

여리는 이제야 제대로 된 욕심을 부릴 차례가 되었다.

18
단 한 마디

"이사님!"

어린 비서가 헐레벌떡 뛰어 들어와 외쳤다. 호들갑 떠는 모양새를 좋아할 리 없는 이현의 눈치를 본 김 비서가 눈살을 찌푸렸다.

"지, 지금 기사에, 기사에 이사님이⋯⋯."

꽤나 눈치가 빠른 직원이었음에도 불구하고 어린 비서의 목소리는 빠르다 못해 달달 떨렸다. 비서는 차마 제 입으로 말하기는 어려웠는지 핸드폰을 꺼내 불쑥 이현에게 건넸다. 그러자 기사를 확인한 이현의 얼굴이 험악하게 굳어졌다.

그제야 김 비서 역시 상황이 매우 심각함을 예감했다.

"이 기사 처음 내보낸 언론사, 기자 찾아서 제보자 알아내고 무슨 수를 써서라도 기사 내려."

이현은 조금도 당황하지 않은 사람처럼 막힘없이 지시를 내리며 핸드폰을 김 비서에게 넘겼다.

기사를 확인한 김 비서의 얼굴이 하얗게 질렸다. 이현의 비밀은 그의 가족과 여리를 제외하고는 아무도 모르는 것이었다. 최측근이라 불리는 사람들조차도 그저 형제간의 우애가 각별하지 않은 정도라고만 생각할 뿐이었다. 그러니 김 비서 역시 놀랄 수밖에 없었다.

"김 비서, 계속 그렇게 서 있을 거야?"

"아, 아닙니다! 바로 처리하겠습니다."

김 비서와 어린 비서가 후다닥 사무실을 뛰어나가자 이현은 책상 아래 휴지통을 부여잡고 우욱, 토악질을 했다. 기사 타이틀을 보자마자 속 깊은 곳에서 올라온 구토였다. 먹은 것도 없는 속이 모든 것을 거부하듯 울렁거렸다.

이현은 머릿속 전선이 다 끊어지는 것 같은 어지러움을 느끼며 몸을 일으켰다. 평생을 숨기고자 애썼던 비밀이었다. 이혁의 무시와 이환의 괴롭힘을 아무렇지 않게 받아들였던 이유는 그렇게라도 해서 비밀의 공범자가 되어 주기를 바랐던 마음 때문이었다.

그런데, 그렇게까지 하며 지켜 온 비밀이 모두의 입에서 오르락내리락하게 되니 이보다 더 끔찍할 수는 없었다.

'괜찮으세요?'

제 비밀을 알고도 아무렇지 않게 괜찮으냐고 물었던 여리의 목소리가 메아리처럼 귓가에 울렸다. 여리가 제 곁에 있다면, 여전히 제 것이라면 지금 이 순간 무어라 위로를 했을까. 생각의 시작을 여니 맑은 갈색 눈이 떠오르고 하얀 손가락이, 가는 허리가, 긴 머리카락이 연달아 떠올랐다.

위로를 받고 싶었다. 스스로의 나약함에 어이가 없었지만 어색했던 한 번의 위로는 그 어떤 것보다도 중독성이 강했다. 전화를 하고 싶었다. 목소리를 듣고 싶었다. 숨소리만으로도 위로를 얻을 수 있을 것 같았다. 아무리 내가 미워도 지금만큼은 날 가여워하지 않을까. 괜찮으냐고 그때처럼 물어 주지 않을까.

— Rrrrr.

대한민국을 들었다 놓고도 남을 기사였으니 핸드폰에 불이 나는 것은 당연했다. 웬만한 전화들은 영양가 없이 속만 긁을 것들이라 무시했지만 '권이환' 이란 비열한 세 글자는 무시할 수 없었다.

"형님."

짤막하고 덤덤한, 아무런 타격도 없다는 듯 멀쩡한 목소리를 내기 위해 이현은 끓어오르는 화와 솟구치는 역함을 필사적으로 눌러야 했다.

— 내 선물 어때?

"아, 형님이 준비한 거였어요?"

능글거리는 이환의 말에 이현도 말을 곱게 다듬었다.

— 반응이 심심한 걸 보니 마음에 안 들었나 봐?

이현이 아무리 아무렇지 않은 척해도 이환은 그 속의 뒤틀림을 모르지 않았다.

— 아쉽지만 괜찮아. 곧 터트릴 건은 꽤 공들였거든. 마음에 들 거야.

사생아 관련한 기사 말고도 다른 것을 준비했는지 킥킥거리는 웃음이 짜증스러웠다.

"형님이 저한테 이래도 되나 싶네요. 아무것도 가진 것 없는 형님이 너무 뒤 없이 구는 거 아닌가 싶어서."

이현이 이를 갈며 낮게 으르렁거리자 핸드폰 너머로 호탕한 웃음소리가 들려왔다.

— 잘 모르나 본데 이현아. 사람들이 널 무서워하는 이유는 네

가 뭘 가졌기 때문이 아니고 네가 이화그룹 셋째 아들이기 때문이야. 근데 네가 사생아라는 걸 사람들이 알잖아?

굳이 말해 주지 않아도 이현은 알고 있었다. 자신이 사생아라는 사실이 세간에 퍼졌을 때 일어날 무수한 일들을.

태생부터 귀족인 양 꼿꼿하게 굴었던 모든 시간이 우스워지고, 우습지 않으려 노력했던 일들이 모두 형편없는 것들로 취급될 것이었다. 제 아비는 또다시 방관할 것이고, 형들은 비웃을 것이며, 사람들은 잔인하게도 흥미로워할 것이었다. 돈으로 묶었던 관계들은 언제 그랬냐는 듯 사라질 것이고, 재계의 인사들은 약점이라도 잡은 것처럼 싸늘한 미소를 지을 것이었다. 또다시 속이 역했다.

— 넌 아무것도 아닌 게 될 거야. 아무것도 못 가진 나보다 사생아인 네가 더 보잘것없어질 거라고.

"제가 가만히 있을 거라고 생각하시나 봐요."

— 내가 방금 말했잖아. 선물 하나 더 준비했다고. 아버지도 널 도울 수는 없을 거야.

이환의 목소리는 기분이 좋다 못해 산뜻하게 들렸다.

"미친 새끼."

이현은 끊어진 핸드폰을 노려보며 욕을 씹었다.

"저, 이사님!"

급한 걸음으로 김 비서가 뛰어 들어왔다.

"배후가 누군지는 알았으니까 보고할 필요 없어."

이현이 말했다.

"그, 그게 아니고……."

"뭐야."

"유, 윤여리 씨 기사가……."

이현은 순간 미간을 구기며 주먹을 쥐었다. 방금 전 이환이 말한 또 다른 선물이 여리와 관련된 것일까 봐 눈앞이 아찔해졌다. 그리고 좋지 않은 예감은 언제나 빗나가는 법이 없었다.

"김 비서."

이현은 뜨거워지는 머리를 짚으며 간신히 입을 열었다. 지금 당장 누구 하나 죽여도 이상할 것 없는 기분이었다.

"일단 기사부터 내려. 내 기사 말고 이것부터 내려."

이현은 최대한 침착하게 업무 지시를 내렸다. 자신보다 더 당황해서 주춤거리는 비서진들의 움직임이 못내 못마땅했다.

"내 말 안 들려?"

"아, 알겠습니다!"

이현은 텅 빈 사무실 의자에 앉아 머리를 숙이고 거친 숨을 후— 뱉어 냈다. 이환을 찢어 죽여도 속이 안 풀릴 것 같았다. 어떻게 죽일까, 어떻게 죽여야 이 타는 속을 달랠 수 있을까.

이현은 핸드폰을 들어 자신과 여리의 기사를 확인했다. 자신이 사생아라는 기사보다 자신과 여리의 스캔들이 훨씬 뜨겁고 시끄러웠다. 댓글들은 더 가관이었다. 온갖 더러운 내용의 악플이 여리를 향해 쏟아지고 있었다.

제 사생아 논란보다도 여리의 기사를 먼저 정리해야 했다. 이렇게 될까 두려워 그토록 울고 매달리며 애원했던 여리였다. 자신의 협박 아닌 협박에도 모든 것을 놓고 떠나겠노라 말하던 여리의 삶을 자신이 또 한 번 들쑤신 것 같아 자괴감이 들었다. 제 자신이 부끄럽다며, 스스로가 싫다며 엉엉 울던 그 작은 몸이 자꾸만 떠올라 속이 쓰렸다.

지금쯤 여리도 이 기사를 확인했을까. 마지막 날처럼 원망의 말을 뱉고 있을까. 원망할 새도 없이 눈물을 흘리고 있을까.

걱정이 걱정을 물고 늘어지자 그제야 이현은 망설이던 전화를 걸었다. 신호음이 애가 타도록 길었다.

— 여보세요.

들려오는 목소리에 답답하던 숨이 탁, 풀렸다. 목소리는 나지 않는데 갈증은 가득해졌다. 더 듣고 싶었다. 여리의 목소리는 지친 기색이 역력했다. 슬픈 것보다는 화가 난 듯했다. 어떤 말부터 꺼내야 할지 머릿속이 어지러웠다.

— 여보세요.

또 한 번의 재촉이 들렸다. 얼른 무슨 말이라도 꺼내야 한다고 생각하면서도 입은 떨어지지가 않았다. 십 년 만에 듣는 것처럼 아득한 목소리가 너무 달아서, 목소리 하나에 선명해지는 그 작은 몸이 너무 그리워서, 미안해서, 걱정스러워서……. 온 생각이 이현의 입을 틀어막았다.

— 끊지 마세요.

아무 말도 하지 않았는데 여리는 다 안다는 듯이 말했다.

— 지금…… 갈게요.

목소리에 확신이 넘쳤다.

— 기다려요. 내 말 들으면서.

이현은 자리에서 일어나 홀린 듯 사무실을 나섰다. 따라붙는 수행원들을 모두 물리고 직접 차를 운전해 집으로 향했다. 여리가 사무실로 올 것 같지는 않았다.

핸들을 쥔 이현의 손이 하얗게 질렸다. 핸드폰과 연결한 이어폰에서 끝없이 이어지는 여리의 목소리가 흘러나왔다. 역시나 '한남동으로 가 주세요.'라는 여리의 목소리가 들렸다.

속이 울렁거렸다. 기사를 처음 보았을 때 느낀 구역질 나는 울렁거림이 아니라 세상이 다 뒤집힌 것 같은, 기대에 찬 울렁거림이 이현을 끊임없이 집어삼켰다.

이현은 아무렇게나 주차를 하고 집 안으로 뛰어들었다. 잔뜩 흐트러진 머리를 하고선 자신을 애타게 찾는 여리의 뒷모습이 보였다.

"윤여리."

꿈에서도 사라질까 두려워 부르지 못한 이름이었다.

여리가 고개를 획, 돌리며 눈을 맞췄다. 이현은 바닥에 이리저리 널브러진 파편들을 익숙한 듯 지나 여리에게 다가갔다. 당장에라도 끌어안을 것처럼 성큼성큼 걸어 놓고 코앞에서 생긴 망설임에 움직임을 멈췄다. 만지면 쥐고 싶을 테고, 쥐면 날아가고 싶어 할 테니 할 수 있는 것이 없었다.

이곳에 온 이유가 뭘까. 원망일까. 그래도 좋지만 화를 내러 온 걸까. 아무래도 좋지만…….

"괜찮아요?"

메아리처럼 울리던 여리의 위로가 생생하게 귓가에 닿았다.

"괜찮은 거죠? 사람들 금방 까먹어요. 알죠?"

여리가 망설임 없이 손을 뻗었다. 오랜만이라면 오랜만인 그 온기에 이현은 순간 움찔했다.

"말하는 거 힘들어요? 안 해도 돼요. 밥은 먹었어요?"

헤어진 적이라곤 한 번도 없었던 것처럼 너무도 아무렇지 않게 물어 오는 걱정들이 이현의 마음을 뜨겁게 녹였다. 원망도 아니고, 슬픔도 아니고, 오직 걱정만을 전하며 여전히 따뜻한 눈길로, 다정한 손길로 자신을 대하는 여리를 향해 이현은 그대로 고개를 숙여 하얀 목에 얼굴을 묻었다. 이번에는 여리가 움찔, 몸을 떨었다.

"이사님……."

여리는 걱정스러운 듯 말했다. 목에 닿는 이현의 이마가 뜨거웠다.

"이사님 지금 열나는 것 같은데……."

"잠깐만."

이현은 가는 허리를 꽉 끌어안았다.

"잠깐만 이렇게 있자."

그러고는 눈을 감고 풍겨 오는 익숙한 향을 느꼈다. 애초에 한 몸이었던 것처럼 편안했다.

"네가 꿈인 것 같아서 그래."

이현이 낮고 느리게 말을 이었다. 뻣뻣하게 안겨 있던 여리도 결국 고개를 끄덕이며 손을 들어 넓은 등을 천천히 쓸었다.

"꿈…… 아니에요."

여리가 속삭였다. 꿈만 같던 연예계 생활과 꿈꾸던 평범한 삶에서 깨어나 비참하고 비극적인 현실로 돌아갈 준비가 되어 있었다.

"저 여기 있어요."

그곳이 이현이 있는 곳이라면 상관없었다.

이현은 고개를 들어 여리의 얼굴을 가만히 눈에 담았다. 살이 조금 빠진 것 같았지만 여전히 하얗고 사랑스러웠다. 긴장으로 숨 쉬기가 힘든지 살짝 벌어진 입술로 색색 소리를 내는 것이 당장에라도 삼키고 싶을 만큼 유혹적이었다.

조심스러워야 한다는 걸 알면서도 한번 뜨거워진 욕심은 식을 줄을 몰랐다. 숨을 참고 천천히 고개를 기울이는 동시에 여리의 얼굴이 살짝 멀어졌다. 그 움직임에 안달이 난 이현이 미간을 찌푸리고 후— 숨을 뱉어 냈다.

"조금만."

이현이 조심스럽게 입을 맞추고 떨어졌다. 입술이 닿는 순간 퍼지는 무한한 안정감에 이현은 더 욕심을 내고 싶었다. 그러고는 조금 더 깊게 입을 맞췄다. 부드럽고 뜨거운 속을 조금의 남김도 없이 탐했다. 촉촉하게 젖은 입술을 핥아 올릴 때마다 자연스럽게 흐르는 여리의 신음에 이현은 정신이 나갈 것 같았다.

아쉬운 티를 역력히 내며 떨어진 이현이 짙어진 눈으로 여리를 바라보았다.

"기사, 걱정 안 해도 돼."

이현이 말하며 다시 입을 맞췄다.

"내 옆에 있어."

낮은 목소리가 버릇을 고치지 못하고 명령하듯 떨어졌다. 떠날 수 있는 기회는 한 번으로 충분했다. 제 발로 다시 돌아온 이상 다시 돌아가는 것은 절대 허락할 수 없었다.

"아무도 너한테 손가락질 못 하게 해 줄게. 너는 그냥…… 가만히 내 옆에 있어."

이현은 여리의 턱을 쥐고 조금 더 거칠게 입술을 삼켰다. 꿈속에서 입을 맞출 때는 나지 않던 향과 맛이 혀끝을 타고 온 전신으로 퍼졌다. 달다고 느낄 즈음이면 다시 갈증이 솟았고, 채웠다 싶으면 다시 느끼고 싶어 피가 끓었다.

모든 움직임이 농밀해지고 진해질 무렵 여리는 이현의 어깨를 조심스럽게 밀어 냈다. 다시없을 순간처럼 몰아붙이던 이현도 행동을 멈췄다.

"왜."

이현은 불안한 눈으로 물었다. 그 와중에도 허리를 감은 팔에는 힘을 풀지 않았다.

"싫어?"

"그게 아니고……."

"나 걱정돼서 왔잖아. 아니야?"

"이사…… 아니, 이현 씨."

여리가 또박또박 이현의 이름을 불렀다. 이현은 숨을 죽이고 날카로운 눈을 빛냈다. 그의 이름은 둘의 헤어짐을 상징하는 말이나 다름없었다.

"그만."

이현이 고개를 저으며 말을 막았다. 그러고는 아이처럼 여리를 꼭 끌어안았다.

"다시 또 떠날 것처럼 말하지 마."

이현은 제 이기심을 숨길 수 없었다.

"네가 날 왜 떠나고 싶은지 이해해."

진심이면서 동시에 거짓이었다. 오늘 같은 일이 일어나고 나서야 어렴풋이 여리의 걱정이 무엇이었는지를 이해한 이현이었다. 겨우 걱정을 이해한 것뿐이었다. 떠나는 것까지는 여전히 이해할 생각이 없었다.

"무서울 거라는 거 알아."

완전한 진심이었다. 자신을 노리는 적들이 자신과 동시에 여리도 노린다는 것을 이토록 실감한 적이 없었다.

"근데도 나는…… 널 놓고 싶지가 않아."

사방이 적인데도 여리를 떼어 놓고 싶지 않았다. 스스로의 처지도 좋을 게 없으면서 무작정 달려온 여리였다. 그런 존재를 포기하기에는 이현의 마음이 너무 공허했다.

"네가 나랑 동등한 위치에 있고 싶어 하는 거 알아. 그래도 안 돼. 네가 너무 좋아도 그건 못 하겠어. 나는 이기적이고 못돼서 사람 못 믿어. 너도 날 한 번 떠났는데 어떻게 믿어. 내가 널 쥐고 있을 수 있게 해 줘."

제 말이 여리를 질리게 할 수도 있다는 걸 알았지만 어쩔 도리가 없었다. 곁에 두고 싶다고 자유롭게 해 주겠다 거짓말을 할 수도 없었다. 저 몰래 빚을 갚아 줬다는 이유로 은퇴까지 감행한 여리였다. 또다시 떠나겠다는 소리를 듣는 한이 있더라도 사실을 말해야 했다.

이현은 여리를 온전히 믿고 무한한 자유를 줄 만큼 성숙하지 않았다. 곁에 두기로 한 순간부터 쥐려고 할 것이고, 쥐는 순간부터 힘이 들어갈 것이었다. 그게 자신이 할 수 있는 애정의 전부였고 변하겠다 쉬이 다짐할 수 없는 부분이었다.

"내가 네 주인이 될 수 있게 해 줘. 지켜 줄게. 원하는 건 다 해 줄게. 내가 안심할 수 있게 해 줘. 다시는 안 떠난다고 해."

이현은 여리의 어깨를 쥐며 애원했다.

"이현 씨."

여리는 여전히 어색한 이현의 이름을 부르며 그와 눈을 맞췄다. 언제나 곧게 뻗었던 눈길이 한없이 흔들려 안쓰러웠다. 손을 뻗어 이현의 창백한 뺨을 감쌌다.

"저는 이현 씨랑 동등해지고 싶은 게 아니에요."

이현을 진심으로 좋아한 이후 가끔 갑과 을이 아닌 동등한 위치로 만났으면 어땠을까 생각한 적이 있었지만 그것만을 간절히 바라고 열망한 것은 아니었다.

"어차피 사랑은 공평할 수 없는 거니까."

여리는 자신의 존재와 사랑이 이현을 망치고 흔들 거라 생각해 이별을 택한 것이었다. 둘 중 하나가 망가져야 한다면 자신이고 싶었다. 그래서 모든 것을 포기했고 슬퍼했던 것이었다.

하지만 상황이 변했다. 자신과 이현을 위협했던 모든 것이 수면 위로 떠올라 숨길 수도, 모른 척할 수도 없는 상황이 되었다. 이제 여리는 단 한 가지만 생각했다.

"한마디면 돼요."

여리는 주문을 외듯 이현에게 말했다. 가망 없는 희망은 아니었다. 이 모든 사태 속에서 자신에게 전화를 건 이현에게 가능성을 품었고, 다시 마주한 그의 떨리는 눈을 보며 기대를 가졌다. 또 제 품에 안겨 안식을 취하는 그를 보며 확신을 가졌다.

그래도 이현의 입을 통해 듣고 싶었다. 확신이 있었지만 확인을 받고 싶었다. 한마디면 되었다. 한마디면.

"저는 다시 매달릴 준비가 되어 있어요."

다짐하듯 뱉어 내는 말에 이현의 눈이 반짝이며 흔들렸다.

"이사님. 아니, 이현 씨. 나 봐요."

여리는 이현의 목을 끌어당기며 눈을 맞췄다. 부디 제 눈 속에 담긴 절절한 진심이 전해지기를 바랐다.

"한마디면 묶을 수 있어요. 돈이 아니라 다른 방법으로 완전히."

서로 알고 있지만 뱉어 내지 못하는 진심.

"평생 불안하지 않을 거예요. 원하는 만큼 안심할 수 있어요. 한마디면 돼요. 그 한마디면 어떤 일이 닥쳐도 저는 떠나지 않을 거예요."

여리는 다정하고 부드러운 눈길로 위태로워 보이는 이현을 쳐다보았다. 보채지도 않고 언제고 기다려 줄 것처럼 가만히 바라보았다.

"어려우면…… 나 먼저 할까요?"

여리는 보조개를 드러내며 따뜻한 미소를 지었다. 관계에 있어서 어린애인 이현이 겁먹지 않도록 먼저 용기를 내는 것 정도는 얼마든지 할 수 있었다. 누가 먼저인지는 중요하지 않았다.

"사랑해."

결국 말했다.

"사랑해, 윤여리."

여리는 믿을 수 없다는 듯 그렁그렁한 눈으로 이현을 올려다보았다. 이현의 귀가 새빨간 색으로 물들어 있는 것을 보고 있으면서도 제 귀로 들어온 그 말이 진정 이현의 입에서 쏟아진 말이 맞는지 의심스러웠다. 말이 너무 달고 부드러워서 귓가에 닿는 순간 녹는 듯했다.

"한 번만……. 한 번만 더요."

이렇게도 벅찬 말이라 가는 목을 넘어 입 밖으로 뱉어지는 것이 어려운 모양인가 싶었다.

이현은 들뜬 얼굴로 보채는 여리를 그대로 끌어안았다. 좋아한다는 고백도 여리가 먼저 했고, 집으로 달려와 준 것도 여리가 먼저였다. 이번에는 자신이 먼저이고 싶었다.

"사랑해."

이현이 다시 말했다. 말하는 음성 하나하나에 심장이 쿵쿵 울렸다.

"사랑이 뭔지는 모르겠는데 이 말 말고는 떠오르는 말이 없어."

다른 것 다 잃어도 잃고 싶지 않은 유일한 사람, 힘들 때 먼저 생각나고 기쁠 때 함께하고 싶은 사람. 그것들이 전부 사랑하는 사람을 말하는 거라면 여리는 이현이 사랑하는 사람이 맞았다.

"내가 널 아무리 사랑해도……."

그럼에도 이현은 조금 겁이 났다.

"나는 가끔 의심할 거고, 집착할 거야."

처음 해 보는 사랑이 서툴러 또 상처를 줄지도 모르지만 그래도 놓칠 수 없었다.

"내가 줄 수 있는 모든 걸 줄게."

이현은 여리를 품에서 떼어 내고 촉촉한 눈과 눈을 맞췄다.

"너도 날 사랑해 줘."

여리는 이현의 품으로 와락 뛰어들었다. 자신이 사랑한다 말하면 겨우 입술을 떼고 못 이기는 척 비슷한 말이라도 뱉을 줄 알았던 이현이 이리도 애절하게 고백해 올 줄은 꿈에도 몰랐다. 세상을 다 가졌을 땐 모든 걸 잃은 듯하더니 모든 걸 다 잃고 나선 세상을 다 가진 것만 같았다. 이현의 품이 세상의 전부가 되어도 좋았다.

"사랑해요."

여리가 말했다.

"그 말 이현 씨한테 엄청 듣고 싶었어요."

"나도 듣고 싶은 말 있어."

이현의 말에 여리는 고개를 끄덕이며 조용히 속삭였다.

"저 묶였어요, 이현 씨한테 완전히."

다음 날 이현은 제 품에 안겨 잠든 여리의 머리를 한참 동안이나 만지작거리다가 나갈 준비를 했다.

"으음……."

커튼 사이로 비치는 태양에 잠투정을 부린 여리가 이현의 빈자리를 더듬으며 눈꺼풀을 올렸다.

"깼어?"

언제나처럼 완벽한 차림의 이현이 웃으며 물었다.

"어디 나가요?"

여리는 뻐근한 몸을 일으켜 물었다. 어젯밤은 너무 길었다. 묵혀 두었던 감정이 폭발하고 감당할 수 없는 마음을 서로가 서로에게 전하느라 정신이 없었다. 너는 내 것이고, 나 역시 네 것이라는 말, 그 말의 연장이고 연속이었다.

이현이 아직 졸려 보이는 여리의 눈꺼풀 위로 입을 맞추며 대답했다.

"나가는 게 죽기보다 싫은데 나가야 해."

"어디 가는데요?"

"너 지키러."

"저요?"

"나도 지키고."

이현은 어깨를 으쓱이며 웃었다.

"두 시간 뒤에 사람들 올 테니까 옷 입고 있어."

"어떤 사람들이요?"

여리는 이현의 어깨에 머리를 기대며 물었다.

"청소할 사람도 오고 너 밥해 줄 사람도 올 거야."

"배 안 고픈데."

"너무 말랐어. 보기 싫으니까 먹어."

"차— 근데 갑자기 청소하시는 분은 왜요?"

여리가 이현의 넥타이 끝을 만지작거리며 물었다.

"망가트린 게 너무 많아서."

"아, 좀 너무 부수긴 했더라."

여리는 못 말린다는 듯 고개를 절레절레 흔들며 다시 베개 위로 머리를 기댔다.

"몇 시에 와요?"

"많이는 안 늦을 거야."

이현이 손목시계를 힐끗 바라보며 말했다.

"나 올 때까지 어디 가지 말고 여기 있어. 가면 혼나."

"안 가요. 여기서 평생 빌붙어 실 거야."

이현은 만족스러운 듯 웃으며 방을 나섰다.

이현이 아침부터 만난 사람은 다름 아닌 이혁이었다. 이화그룹의 장자이자 유력한 차기 회장이었고, 이현이 유일하게 두려워하는 동시에 존경하는 사람이었다.

"형님."

이현은 넓은 사무실 중앙에 앉아 고고한 분위기를 뿜어내는 이혁을 향해 살짝 고개를 숙였다.

"네가 나를 찾아오는 일도 있구나."

이혁은 책상 위 서류에만 관심을 두며 말했다.

"제가 지금 많이 위험해서요."

"그게 나랑 무슨 상관이야."

이혁이 무심하게 말했다. 이현은 그럴 줄 알았다는 듯 책상과 가장 가까운 소파에 다리를 꼬고 앉았다.

"형님 뒤에 숨어 보려고요. 처음으로 우애 좋게."

19
연극과 진심

"내 뒤에 숨겠다고?"

"싫으세요?"

이현은 자신과 닮은 눈매를 가진 이혁을 바라보며 선선히 웃어 보였다.

"형님도 아시잖아요. 제가 사생아라는 사실, 결국 덮어질 거라는 거."

권 회장의 이야기였다. 이현이 사생아라는 사실은 단순히 이현만의 이야기가 아닌 권 회장과 이 여사, 이름 모를 어느 여자의 이야기였다. 또한 이혁과 이환의 이야기이기도 했다. 그런 이야기를 세상의 가십이 되도록 권 회장이 내버려 둘 리 없었다.

"그럼 더더욱 내 뒤에 숨을 필요가 없을 텐데."

이혁이 말을 길게 늘였다. 어차피 덮어질 사실이라면 굳이 찾아와 부탁할 이유가 없었다.

"결과는 같아도 과정은 다를 수 있으니까요."

"과정?"

"어차피 같은 결과면 아버지보다 형님이 나서는 게 더 보기 좋지 않겠어요?"

이현은 이혁이 이환과 달리 이성적이고 계산적인 사업가라는 것을 모르지 않았다.

"아버지가 나서면 여론은 조용해져도 의심하는 사람들은 여전할 거예요."

사람들의 의심은 이현뿐만 아니라 이혁은 물론 회사에도 막대한 손해였다. 일반적인 후계 구도로 볼 수 있는 상황도 적자와 서자의 싸움이라며 위기설을 만들고 분열을 야기할 것이 뻔했다.

"하지만 형님이 나서면."

서로를 위한 것이었다.

"아무도 의심하지 않을 거예요."

제아무리 사람들의 이목을 신경 쓰는 재벌가라 해도 서자의 명예를 위해 친히 나서는 적자의 이야기는 없는 법이었다. 조용히 듣고만 있던 이혁의 입가에 미소가 걸렸다.

"네가 의심의 여지없이 내 동생이라는 걸 밝히는 대신."

내 동생, 이현은 쓰디쓴 약을 먹은 것처럼 인상을 구겼다.

"내가 얻는 것은 뭐지."

이혁이 말했다.

"고작 소문 하나가 무서워서 내가 움직일 거라 생각한 건 아닐 테고."

이혁의 목소리는 차분했다. 이현은 그가 무슨 생각을 하는지 조금도 예측할 수 없었다. 이현의 오래된 기억에서부터 이혁은 알 수 없

494

는 사람이었다. 이 여사나 이환처럼 대놓고 경멸을 표하지는 않았지만 방관하고 무시하며 단 한 번의 따뜻함도 보이지 않은 사람이었다.

하지만 그 차가움이 모두에게 공평했고 덕분에 특별히 서럽지는 않았다. 이혁은 이환에게도 차가웠고 스스로에게도 차가운 사람이었다. 권 회장의 욱하는 성미를 닮은 이환과 이현에 비해 차분하고 신중한 이혁은 가까운 사람들조차 어려워했다.

"형님."

어린 시절 이현에게 그런 이혁은 두려움의 대상이자 선망하는 어른이었고 언제나 따라 하고 싶은 목표였다.

"제 기사 누가 냈는지 아시잖아요."

그런 이혁에게 압박을 가하는 것이 쉽지는 않았다.

"아―"

이혁이 짧은 탄식을 뱉었다. 놀란 듯 꾸며 낸 목소리였지만 조금의 긴장도 보이지 않는 단정한 태도가 여전했다.

"이환이가 인질이구나."

재미있다는 듯 읊조리는 말에 이현은 마른 침을 삼켰다.

숨 막히는 정적이 둘 사이를 묶었다. 시계 초침 소리만 울리는 고요함이 지속되는 동안 서로는 서로를 응시했다. 동생이 형에게 도움을 요청하는 일이, 형이 동생의 어려움을 해결해 주는 일이 뭐가 이리 어려운지 누구 하나 쉽사리 입을 열지 않았다. 마침내,

"그래."

흔들림 없이 단단한 목소리가 흘러나왔다. 이혁이 길게 꼰 다리를 풀며 상체를 기울였다.

"어떻게 숨겨 주면 될까."

추진력 강한 성격 그대로 막힘이 없었다.

"정말…… 도와주실 거예요?"

기대하지 않은 선물을 받은 어린아이처럼 이현은 말랑해진 마음으로 물었다. 이성적인 사람이니 도와줄 확률이 높다고 생각하기는 했지만 이리도 쉽게, 이토록 간단히 고개를 끄덕여 줄 것이라고는 생각하지 않았다.

"대신."

이혁이 말했다.

"이환이는 건들지 마."

어디 하나 모난 곳 없이 단정하기만 한 이목구비에서 거절할 수 없는 기운이 뿜어져 나왔다. 늘 냉정하면서도 꼭 필요한 순간에는 이환에게 형 노릇을 하려는 이혁을 보며 이현은 씁쓸하게 웃었다.

어릴 적 저 든든한 등이 얼마나 멋있어 보였는지, 그 등 뒤로 얼마나 숨어 보고 싶었는지 그는 알까.

이현은 알겠다는 듯 고개를 끄덕이며 덧붙였다.

"한 가지 더 있어요."

제 출생 관련 기사보다도 우선이어야 하는 것이었다.

"바라는 게 많네."

"간단한 거예요. 형님한테도 이로운 거고."

가장 중요한 문제였다.

"제 혼삿길 좀 막아 주세요."

권 회장의 괴롭힘으로부터 여리를 보호하기 위한 계책이었다. 끊임없이 다짐해 왔듯 자신은 정략결혼 따위 절대 하지 않을 것임을 권 회장이 무시할 수 없는 방법으로 드러낼 생각이었다.

"수고스러운 일은 제가 해요."

각본은 이미 정해져 있었다.

"형님은 제가 무사히 모든 판을 벌일 때까지 아버지가 움직일 수 없도록 해 주세요."

대한민국의 모든 정보를 수집하고 사는 권 회장의 눈과 귀를 막는 것은 쉽지 않은 일이었지만 이혁이라면 그리 불가능한 것도 아니었다. 아버지는 아들에 의해 물러나는 숙명을 가진 법이었다. 권 회장이 손수 이혁에게 물려준 언론과의 끈끈한 연대는 새로운 지배자가 될 이혁의 편에 설 확률이 높았다. 아주 잠깐, 잠깐이면 되었다.

이혁은 굳이 애를 태우지 않고 고개를 끄덕였다.

"평생 연애고, 결혼이고 안 할 것처럼 굴더니……."

조금 낯설어하기는 했다.

"한 번 하는 거 요란하게도 한다."

형제간의 대화는 그렇게 끝이 났다. 그리고 이내 같은 목표를 가진 전우로서의 대화를 시작했다. 수십 가지의 상황을 대비한 시나리오가 완성되었고 몇 번의 확인을 거친 후에야 이현은 이혁의 사무실을 나설 수 있었다.

바로 다음 날 이현은 이혁과 함께 예고하지 않은 봉사 활동에 나섰다. 이혁의 추진력과 이현의 급한 성격이 만든 합작품이었다. 물론 단순한 봉사 활동은 아니었다. 이현이 벌인 판에 북을 치고 춤사위를 펼칠 기자들이 여럿 함께했다.

"기사를 처음 봤을 때 굉장히 놀라셨겠어요."

잘 짜인 각본대로 이현과 이혁은 나란히 앉아 인터뷰에 응했다. 주기적인 봉사 활동을 해 온 노블레스 오블리주의 대명사, 이화그룹의 권이혁과 권이현을 취재한다는 것이 기사의 주제였다.

"너무 말도 안 되는 기사라 사람들도 그냥 듣고 흘릴 줄 알았어요. 근데 생각보다 많은 분들이 믿으시더라고요. 저한테 따로 물어보시는 분들도 많고."

평소의 냉정한 눈빛을 듬뿍 덜어 내고 소탈한 미소를 지은 이혁이 곁에 앉은 이현의 등을 가볍게 두드렸다.

"소문의 당사자인 권이현 이사님은 어떠셨어요?"

편안한 인상으로 인터뷰를 주도하는 에디터의 눈이 이현에게 향했다.

"사실이 아니라 크게 신경 쓰지는 않았어요."

이현은 낮은 목소리에 부드러운 인상을 담아 답했다.

"저보다는 형들이 걱정을 많이 했죠. 저는 아무렇지 않았는데 형들은 신경 쓰인 모양이더라고요."

스스로의 태생을 부정하는 일이 썩 즐거운 일은 아니었지만 연기를 한다 생각하며 방긋방긋 웃어 보이는 이현이었다.

"평소 사이가 좋으신가 봐요. 이화그룹 형제들의 불화설은 다 근거 없는 소문이었나 보죠?"

기자의 말에 이혁은 입꼬리를 말아 올렸다.

"사이 안 좋을 때도 많아요. 동생들도 이제 머리가 커서 말을 잘 안 듣거든요."

이현과 이혁의 전략은 간단했다. 의혹 기사가 났으니 부정 기사를 내고, 불화설이 났으니 친한 척을 하고, 사생아라 하니 친형제인 척 연기를 하자.

"에이, 저처럼 말 잘 듣는 동생이 어디 있다고."

덕분에 생전 해 본 적 없는 어색한 말들이 이혁과 이현의 입에서 마구 쏟아졌다. 아침에 먹은 것이 다 올라올 것 같은 울렁거림이 계속되었다. 30분에 걸친 질문과 답변들 속에서 이혁은 종종 이현의 등을 두드리거나 어깨를 미는 것과 같은 스킨십을 했고, 이현은 이혁을 형이라 부르며 막냇동생의 역할을 충실히 했다. 누가 보아도 우애 넘치는 형제의 모습이었다.

편안한 분위기에 줄곧 웃고 있던 에디터가 질문이 적혀 있는 종이를 내려다보며 얼굴을 굳혔다.

"이건 드리기 어려운 질문인데……."

"괜찮아요, 말씀하세요."

이현이 기다린 질문이었다.

"얼마 전 은퇴한 윤여리 씨와 좋지 않은 스캔들이 났었어요."

미리 합의한 질문이었지만 지극히 개인적인 부분을 건드리는 이야기라 에디터는 물론이고 주변 관계자들까지 조용해졌다. 그러자 이현이 가볍게 헛기침을 하며 싱긋 웃었다.

"맞아요. 제가 올해에 삼재라도 걸린 모양이에요."

팽팽하던 주변 분위기가 시시한 농담 하나에 느슨하게 풀렸다.

"스캔들 내용을 제보한 사람이 윤여리 씨의 가족이라는 말이 있었는데요. 그 말 때문에 기사의 내용이 진실이라는 쪽에 무게가 실리기도 했죠. 이사님은 어떻게 생각하시나요."

"음—"

이현은 이미 정해진 답이 있음에도 마치 신중에 신중을 기한다는 것처럼 천천히 말을 이었다.

"제가 연예인도 아닌데 이런 이야기를 하는 게 맞는 건지 잘 모르겠어요."

"오해라면 해명을 해야죠."

에디터의 말에 이현이 피식 웃어 보였다.

"여리와는······ 아, 이렇게 말해도 되나요?"

"그럼요."

칼 같은 끄덕임에 이현은 입술에 미소를 머금었다.

"여리와는 저희 회사의 광고를 통해서 처음 만났어요."

"여리폰 말씀하시는 거죠?"

"네, 맞아요. 촬영할 때 응원차 간식 배달 갔었거든요. 그때 여리는 신인이었지만 프로 같았어요. 날이 꽤 추웠는데 엄청 얇은 옷을 입고 맨발로 몇 시간을 촬영했거든요. 그런데도 한마디 불평도 없었어요."

이현은 인공으로 만든 벚꽃나무 아래서 사랑스럽게 웃어 보이던 여리를 떠올렸다. 굳이 애쓰지 않아도 부드러운 미소가 지어졌다.

"멋있었어요. 저보다 한참 어린 친구였는데도 존경스러웠어요. 아마 그때 반했던 것 같아요."

"에이, 예뻐서 반한 거죠."

이혁이 장난스럽게 거들었다.

"그것도 맞아요."

이현이 인정한다는 듯 웃었다.

"그 이후로 식사 몇 번 같이 했고, 제가 열심히 들이댔고 결국 만나게 됐어요. 그 친구가 많이 어리고 이제 막 시작하는 신인이라 드러내 놓고 만날 수는 없었지만요."

"아, 데이트하기 어려웠겠어요."

"드라마 촬영이 끝날 때까지 기다렸다가 드라이브를 하기도 했고 틈틈이 전화도 많이 했어요. 사실 저는 그렇게 힘들지 않았어요. 여리가 워낙 유명해서 TV만 틀면 나왔거든요."

카메라를 들고 있던 사진기자와 에디터가 함께 웃었다.

"그랬겠어요. 그런데 그렇게 잘나가던 여리 씨가 돌연 은퇴를 선언했잖아요. 사람들은 그게 스폰이 끊기면서 벌어진 일이라고 추측했고요."

"음……."

이현은 다시 한 번 뜸을 들였다.

"은퇴는 그 친구의 주체적인 뜻이라 제가 함부로 말할 수 있는 부분이 아니에요."

사실이었다. 여리의 은퇴를 원했던 사람은 여리 주변에 단 한 사람도 없었다. 오직 여리만이 원했던 것이었다. 여리 스스로 생각하고 결정한 주체적인 것이었다.

"제가 말할 수 있는 부분은 그 친구가 아직 많이 어리고 하고 싶은 것도 많다는 거예요. 고등학생 시절부터 무대만 바라보고 연습한 친구거든요. 갑작스럽게 대중들의 많은 사랑을 받으면서 힘 들어하고 부담스러워했어요. 스케줄이 많아지다 보니 건강도 안 좋아졌고요."

"맞아요. 실신한 적도 있었죠."

에디터의 맞장구에 이현이 고개를 끄덕였다.

"여리가 다시 무대로 돌아가길 원하면 언제든 지지해 주고 싶어 요. 저도 여리가 무대 위에 있는 모습을 좋아하거든요. 반대로 쉬 고 싶다고 하면 그것 역시 들어주고 싶어요. 아픈 건 싫으니까."

"어우, 애정이 가득하네요."

"얘가 원래 한번 빠지면 푹 빠지는 스타일이에요."

이혁이 또 한 번 거들었다.

"여리 씨는 이번 스캔들에 대한 반응이 어땠어요?"

이현은 여리와 헤어지던 순간을 떠올리며 미간을 찌푸렸다.

"당연히 속상해했어요. 멤버들이나 팬분들 걱정도 많이 했고요."

"이렇게 두 분 사이가 밝혀지는 것에 대해서는 여리 씨도 동의했나요."

"물론이죠. 여리한테 허락받지 않은 일은 안 해요."

이현은 열이 오르는 얼굴에 부채질을 하며 웃었다.

"여리나 저나 오해를 풀고 싶은 마음이 컸어요. 저희 만남이 진지하다는 것도 말하고 싶었고요."

"조만간 결혼 소식 들려오는 거 아니에요?"

이현이 잠시 말을 멈췄다. 이혁이 재미있다는 듯 이현의 등을 툭 쳤다.

"안 그래도 요즘 결혼 얘기를 많이 해요."

"어머, 정말요?"

에디터의 반응에 이현이 다시 입을 열었다.

"꼭 오래 만나 봐야 제짝인 줄 아는 건 아니니까요."

이현은 누가 보아도 사랑에 빠진 사람처럼 웃어 보였다.

그 이후로도 한 시간 가량의 질문이 더 쏟아지고 나서야 인터뷰는 끝이 났다. 평소와 다르게 자꾸 웃어 댄 탓에 이현과 이혁은 턱이 얼얼했다. 두 사람은 근처 카페에서 차를 마시며 지끈거리는 머리를 식혔다.

"고마워요, 형. 아니, 형님."

이현은 저도 모르게 튀어나온 소리를 재빨리 교정했다. 인터뷰 탓에 형님 대신 형이란 소리가 입에 붙어 버린 모양이었다. 반면에 이혁은 아무렇지 않은 듯 어깨를 으쓱였다. 민망해진 이현이 얼른 사업 이야기를 꺼냈다.

"형님과 약속한 대로 후계 문제에서 손 뗄게요. 정략결혼도 하지 않을 거고요."

후계 문제에서 완전히 벗어나려면 재벌계에선 당연하게 일어나는 정략결혼도 하지 않아야 했다. 이현이 아무리 욕심을 내지 않으려 해도 결혼할 상대가 정재계에서 이름난 여자라면 이야기는 달라지기 때문이었다. 물론 이현은 어떤 이유에서라도 정략결혼은 싫었다. 이는 여리의 존재가 없다 해도 변하지 않는 사실이었다.

이혁이 찻잔을 내려놓았다. 인터뷰에서의 소탈한 미소는 사라지고 원래의 반듯하고 냉철한 눈이 반짝였다.

"그럴 필요 없어."

이혁이 말했다.

"후계가 욕심나면 욕심내. 네가 무슨 욕심을 부리든 나는 너 안무서워."

그 말에 미간을 찌푸리는 이현을 바라보며 이혁은 다시 찻잔을 기울였다.

"정면승부라면 언제든 괜찮으니 해. 정략결혼도 하고 싶으면 하고. 난 상관없으니까."

"무슨 뜻이에요."

"네가 뭘 하든 자신 있다는 뜻이야."

이혁은 당연한 것을 묻는다는 듯 퉁명스럽게 답했다.

"그럼 왜 도와줬어요."

이현은 제 형의 의도를 알 수 없어 목소리를 낮췄다. 가족으로부터 무조건적인 선심은 받아 본 적이 없어 무수한 의심이 솟았다. 안심하게 한 뒤 뒤통수를 치려는 건가, 싶다가도 이내 고개를 저었다. 그렇게까지 치사한 수를 쓰기에 이혁은 고결했다.

이혁은 의심과 안심 그 사이에서 사정없이 흔들리는 눈을 바라보았다.

"별거 없어."

그의 눈은 조금도 흔들리지 않았다.

"너한테서 이환이를 지켰던 것처럼 세상 시선으로부터 너를 지긴 깃뿐이야."

"그 말을 믿으라는 거예요?"

이현이 농락이라도 당한 사람처럼 미간을 찌푸리고 목소리를 높였다. 이혁이 웃었다.

"그렇다고 내가 널 좋아한다고 착각하지는 마."

"……."

"네가 내 동생이 아니라는 생각도 하지 말고."

그 말은 동생이라는 말이나 다름없었다.

"형님."

"형이라고 부르고 싶으면 그렇게 불러. 형이나 형님이나 듣기엔 같으니까."

이현은 후, 깊은 숨을 뱉어 냈다. 가슴 한쪽이 뻐근했다. 무어라 형용할 수 없는 기분이 가슴을 가득 채워 무게가 느껴졌다. 형이라는 소리를 했다가 이환에게 맞은 어린 날의 기억 이후 줄곧 이혁과 이환을 형님이라 칭했다. 고작 '님'이란 글자 하나에 거리감이 느껴져 좌절했던 시절이 있었다.

"형 죽을 때 됐어요?"

이현은 삐딱한 소리를 하면서도 그를 형이라 불렀다. 이혁이 웃음기 하나 없는 얼굴로 답했다.

"내가 이환이한테는 좋은 형인 것 같아?"

이현이 미간을 찌푸렸다. 그건 아니었지만 분명 이환과 자신을 대하는 태도에는 차이가 있었다.

"어머니가 가여워서라도 널 좋아한 적은 없지만, 널 싫어한 적도 없어."

이혁에게 이현은 동생 그 이상도, 이하도 아니었다. 이복동생이라는 사실은 중요하지 않았다. 이환의 부족함을 한심해하면서도 팔자려니 생각하며 보듬는 것처럼 이현의 출생도 마찬가지였다. 달가운 존재는 아니었어도 역겨운 존재도 아니었다.

물론 이현이 가족 내에서 외로워하는 것을 모르지는 않았다. 하지만 그것은 특별한 것이 아니었다. 권 회장을 가장으로 둔 집안의 모든 사람들은 하나같이 다 외로웠다. 권 회장도, 이 여사도, 이환도, 이현도, 이혁 본인도 마찬가지였다.

"제수씨 될 사람한테 안부나 전해 줘. 네 형수가 시집살이 나눌 사람 필요하다고 난리야."

이혁 역시 정략결혼으로 맺어진 제 아내와의 인연을 통해 간신히 따뜻함이라는 걸 알아 가는 중이었다. 이현에게도 그런 사람이 생겼다는 것에 안심이었다.

✳

"네가 지금 제정신이야?"

권 회장은 온 집 안이 쩌렁쩌렁 울리도록 소리를 질렀다.

"아, 아버지……."

"아무리 동생 놈이 못마땅하다고 해도 그렇지 네가 집안을 말아

먹고자 하는 마음이 아니었으면 이런 일이 가당키나 해?"

권 회장은 제 아들들의 서로를 향한 증오심이 이 정도일 줄은 꿈에도 몰랐다. 어린 시절의 못된 장난처럼 헐뜯는 수준일 거라 생각한 것이 오만이었다. 반쪽짜리더라도 이현은 이환의 동생이었다. 이혁이나 이현에 비해 가진 능력이 없고 우둔하다는 것을 알고 있었기 때문에 오냐, 하고 넘어가 준 것이 화근이었다.

"그, 그런 기 이닙니다, 아버지."

이환은 바닥에 꿇어앉아 손이 발이 되도록 빌었다.

"평소라면 이화그룹의 '이' 자도 꺼내지 못했을 인간들마저 우리 가족을 씹어 대는 걸 보면 모르겠어!"

이환은 감당할 수 없는 죄의 무게에 짓눌려 머리를 숙였다. 불타는 복수심과 증오로 이현을 수렁으로 몰았지만 그것의 뒷감당까지 생각할 만큼 이환의 머리는 치밀하거나 영악하지 못했다. 그저 이현이 회생할 수 없을 만큼 망가져 그 자리에 자신이 앉기를 바랐을 뿐이었다.

"아버지……."

"하루 종일 이현이 얘기로 세상이 시끄럽다. 집안 전체가 더럽고 불쌍하다 손가락질받고 있어!"

쨍그랑—

둔탁하고 날카로운 마찰음이 집 안을 울렸다.

"이환아!"

곁에서 말리지도 못하고 쳐다보기만 하던 이 여사가 이환을 품에 안았다. 중년의 나이에도 아름다움을 잃지 않은 이 여사의 품에 안긴 이환의 이마에는 시뻘건 피가 흐르고 있었다. 권 회장이 던진 재떨이에 빗맞았기 때문이었다.

"괜찮니, 이환아?"

마치 어린아이를 달래는 듯한 이 여사의 살가운 목소리에 권 회장은 낮게 한숨을 뱉었다.

"호주로 가거라."

권 회장은 잘못을 저지른 이에게는 벌을 내리도록 배워 왔고 제 아들들에게도 똑같이 가르쳤다.

"아버지!"

"여보!"

이 여사는 자리에서 일어나 평생을 애증으로 함께했던 제 남편을 노려보았다.

"꼭 이렇게까지 해야겠어요?"

원망이 가득한 목소리는 높고 날카로웠다.

"애가 아무리 도를 지나쳤다고 해도 부모로서 조금 품어 주면 안 되는 거예요?"

"당신 눈에는 저 자식이 벌인 일의 심각성이 보이지 않아?"

"이현이 그 아이가 다쳤다는 거 알아요."

이 여사의 눈에는 붉은 눈물이 그렁그렁 맺혔다.

힘 있고 능력 있는 남편과의 사이에서 얻은 귀여운 두 아들은 그녀의 삶이 행복하다는 것을 조금도 의심하지 않게 했다. 모두에게 자랑해도 모자랐고 모두의 시샘을 받아도 할 말이 없었다.

하지만 이현의 존재를 안 이후부터 상황은 달라졌다. 그녀에게 이현은 평온한 삶에 찾아온 어두운 불청객이었다. 작고 연약했던 이현은 자신이 사생아라는 것조차 인식하지 못할 만큼 무지하고 어렸지만 그 순수함이 끔찍할 정도로 싫었다.

세상의 따가운 시선과 아들들에게 향할 비웃음을 거두기 위해 이현을 호적에 올리기는 했지만 단 한 번도 자신의 아들이라, 혹은 제 아들들의 형제라 여겨 본 적 없었다.

"당신 눈에는 이현이 그 아이의 상처만 보여요? 우리 아이는요. 우리 이환이는요!"

하지만 이 여사는 대놓고 이현을 구박하거나 괴롭히지는 않았다. 그녀의 미움은 그녀의 아들들이 대신했다. 이혁은 철저히 무시했고, 이환은 철저히 괴롭혔다. 그리고 그것들을 방관하고 모른 척하는 것이 그녀의 삶에 허락된 유일한 복수였다. 그녀는 제 아들의 화를 이해했다.

"애가 얼마나 억울하면 그랬겠어요. 호텔도 그래요. 이현이 그 아이가 우리 이환이 것을 뺏었잖아요."

이 여사의 뺨 위로 굵은 눈물이 나락을 모르고 굴렀다.

"당신이 그러도록 그냥 뒀잖아요!"

"그만해, 그만!"

권 회장은 더 이상 못 들어 주겠다는 듯 미간을 찌푸렸다. 그도 제 아내의 까만 응어리를 모르는 것이 아니었다. 그것을 알기에 자신을 향한 아내의 불신과 아들들의 원망, 이현의 불행을 모른 척 넘어가 주었던 것이었다.

"당신은 정말!"

이 여사는 울분을 참지 못하고 몸을 떨었다. 긴 세월 동안 원망과 분노를 차곡차곡 축적한 가녀린 몸은 이내 힘을 잃고 쓰러졌다.

"어머니!"

어느 순간에 다가온 이혁이 그녀의 몸을 감쌌다. 그의 뒤로는 끔찍한 전쟁이라도 마주한 소년처럼 얼굴이 하얗게 질린 이현이 서 있었다.

508

"방에 들어가 계세요. 제가 곧 갈게요."

듬직한 아들의 말에 바들바들 떨리는 어깨를 감춘 이 여사는 가사도우미의 부축을 받으며 1층 거실을 떠나 2층 자신의 방으로 몸을 옮겼다.

남은 것은 집안의 남자들이었다.

"잘 왔다."

권 회장은 머리가 아픈 듯 관자놀이를 짚으며 고개를 끄덕였다. 사건의 핵심 인물과 사건을 풀어야 하는 인물 모두가 모였으니 할 일은 해결뿐이었다.

"권이환."

권 회장이 다시 이환을 불렀다. 이 여사로 인해 멈췄던 형 집행을 다시 이으려는 순간이었다.

"아버지."

이혁이 덜덜 떨고 있는 이환의 굽은 등을 바라보며 말했다.

"이환이는 제가 알아서 하겠습니다."

"뭐?"

이혁은 이환의 친형이었지만 옳고 그름이 명확하고 공과 사를 칼처럼 구분하는 자식이었다. 그런 이혁이 회사와 가족 모두에게 해를 입힌 이환의 편을 드는 것은 의외의 일이었다.

"이환이는 제가 곁에 두고 가르치겠습니다. 아버지께서 넓은 아량으로 용서해 주십시오."

"그리 쉬운 얘기가 아니다."

권 회장은 아무 말이 없는 이현을 바라보며 말했다. 평소의 성격이라면 길길이 날뛰며 이환과 주먹다짐이라도 해야 할 제 막내아들이 너무도 조용했다.

그에게 있어서 이현은 아픈 손가락 중에서도 가장 아픈 손가락이었다. 자신의 부정으로 태어나 세상의 축복을 받지 못하고 가족의 품에서 따뜻함도 느껴 보지 못한 채 자랐을 제 아들을, 그 모든 것을 알고도 보호해 주지 못한 제 무심함을 권 회장은 스스로의 업인 것처럼 숨기며 살아왔다.

"저는."

이현이 입을 열었다.

"괜찮습니다. 큰형님의 뜻대로…… 해 주세요, 아버지."

이현은 아무런 슬픔도, 고통도 없는 눈으로 말을 이었다. 권 회장과 이환의 눈이 믿을 수 없다는 듯 흔들렸다.

"권이현 너 이 새끼, 무슨 꿍꿍이야? 무슨 꿍꿍이냐고!"

이환이 이내 눈을 번뜩이며 목소리를 높였다. 이현이 불행하면 좋겠다고 생각하며 벌인 일이었다. 평온해 보이는 이현의 얼굴을 보니 멀쩡한 속이 뒤틀렸다.

"권이환. 넌 가만히 있어."

이혁이 목소리를 낮췄다. 단정한 목소리에서 뿜어져 나오는 힘이 이환의 발악을 눌렀다. 이환의 떨리는 입술이 다물어지는 것을 본 이혁이 다시 권 회장을 향해 입을 열었다.

"이환이가 벌인 일은 저와 이현이가 해결할 수 있습니다. 이미 해결했고요."

"그게 무슨 말이냐."

"곧 기사가 풀리면 알게 되실 겁니다. 그러니 이환이는 제게 맡기세요. 충분히 반성하고 배울 수 있도록 돕겠습니다."

이혁은 모두가 불행하고 외로운 집안에서 유일하게 중심을 잡고 상황을 정리했다. 상처받은 막냇동생의 체면을 지켜 주고, 어리석은 동생의 과오를 감싸며 어머니의 걱정을 돌보고 아비의 선택을 보다 따뜻한 쪽으로 이끌고 있었다.

권 회장이 바닥에 엎어진 이환을 가만히 노려보았다.

"또다시 이런 일이 발생하면 어떡할 셈이냐."

"그땐 제가 책임지겠습니다."

이혁의 망설임 없는 대답에 권 회장은 하는 수 없이 고개를 끄덕였다. 이환은 돌아가는 상황을 제대로 파악하지 못해 눈을 이리저리 굴렸고 이혁은 그런 이환에게 나가라 눈짓했다.

이혁과 이현, 그리고 권 회장만 남은 공간은 차갑다 못해 시린 공기를 품었다. 결국 권 회장의 말문이 먼저 열렸다.

"그래. 해결을 했다고?"

권 회장의 물음에 이혁은 손목에 찬 시계를 쳐다보았다.

"이제 확인하실 수 있을 겁니다."

이혁은 태블릿 PC를 꺼내 기사를 띄운 다음 권 회장에게 넘겼다. 침묵은 다시 이어졌다. 곧이어 권 회장의 눈이 반짝였다가 번뜩였다.

"권이현."

목소리만으로도 권 회장의 화가 충분히 느껴졌다. 이혁과 이현의 다정한 기사에 이어 이현의 공개 프로포즈나 다름없는 인터뷰 기사를 읽은 것이었다.

"네놈이 내게 하는 복수가 이런 거냐."

권 회장의 목소리는 씁쓸했다. 이현은 언제나 제 출생을 들먹이며 결혼이나 연애 따위는 하지 않겠다 선언했던 아들이었다. 가족의 필요성이라곤 조금도 느껴지지 않으니 결혼은 하지 않을 것이라고, 영원한 사랑 따위는 있을 리 없으니 연애도 하지 않을 것이라고 외쳤던 아들이었다.

"보잘것없는 아이와 짝이 되어 네 아비의 속을 뒤집어 놓겠다 이거야!"

그런데 그런 아들이 재미 삼아 후원하던 연예인 계집아이를 제 연인이라 세상에 선포한 것이었다.

"복수가 아닙니다."

이현이 굳게 닫았던 입술을 열었다.

"그게 아니면 무엇이야. 네가 그 아이를 진심으로 사랑하기라도 한다는 거냐."

권 회장은 비웃기라도 하는 것처럼 눈을 가늘게 떴다.

"네. 제가 사랑하는 여자예요."

이현은 짧지만 단호하게 대답했다.

"너……!"

"제가 어떤 사람인지 아버지는 아시잖아요. 저한테 불가능한 일이라고 생각했던 걸 가능하다고 여기게 해 준 여자예요."

"권이현."

"소중한 사람이고, 잃어선 안 되는 사람이에요. 앞으로도 소중할 거고, 잃을 일은 없어요."

스스로에게 하는 다짐이나 다름없었다.

"아버지가 원하시는 결혼 같은 거 할 생각 없어요. 예전부터 말씀드려 왔고 지금도 변함없어요."

"그깟 게 그리도 소중해서 네가 가질 수 있는 것들을 포기하겠다는 거냐."

권 회장은 태생에 약점이 있는 이현에게 탄탄한 처가를 선물하고 싶었다. 먼저 결혼한 이혁과 이환보다 더 공들여 고르고 고른 강력한 힘을 이현에게 주고 싶었다.

"갖고 싶은 건 무슨 짓을 해서라도 가지라고 가르치셨잖아요."

이현의 목소리는 차분했다. 한평생 무엇 하나 제대로 가져 본 적 없는 이현이었다. 겨우 진심이라는 걸 느끼고 표현이라는 방법을 배워 가진 사랑을 포기하기엔 그가 지켜야 할 것들은 너무 보잘것없었다.

"그 아이는 네게 약점이 될 거야."

이현은 모두가 듣도록 크게 한숨을 쉬었다. 이미 돌이킬 수 없다는 걸 알면서도 미련을 버리지 못하는 제 아비의 욕심이 징그러웠다. 이현은 제 아비의 눈을 똑바로 응시했다.

"제 약점은 사랑 한번 제대로 받아 본 적 없다는 사실이에요."

덤덤하게 내려앉는 말에 이혁의 눈이 움찔, 권 회장의 마음이 철렁 무너졌다. 이현은 아무렇지 않은 듯 어깨를 으쓱였다.

"그러니 괜한 걱정 마시고 제 사랑에 관여 마세요. 아버지는 그럴 자격 없으니까."

이현은 더 할 말이 없다는 듯 자리에서 일어났다. 이미 끝난 마당에 속 터지는 이야기를 계속하고 싶지 않았다.

"형, 연락할게요."

이현이 이혁을 지나치며 말하자 이혁은 작게 고개를 끄덕였다. 권 회장의 얼굴이 미묘하게 굳어졌다. 이화의 미래가 더 이상 권 회장에게 있지 않았다.

20
삶의 재구성

　요즘 이현과 여리의 일상은 미션과 미션의 연속이었다. 이현과 이혁이 벌인 연극으로 인해 세상이 달라졌기 때문이다. 예전엔 미처 알지 못했던 재미있는 것들이 세상천지에 널린 느낌이었다. 오늘의 미션은 쇼핑이었다.

　물론 세상은 여전히 시끄러웠다. 이현과 여리가 공개 연애를 하게 된 탓이었다. 한 명은 보수적이기로 소문난 대한민국 재벌계의 일원이었고, 한 명은 비록 은퇴했지만 아이돌이라는 화려한 과거의 소유자였다. 재계는 물론 연예계 전체가 발칵 뒤집어졌고 대중들에게는 연일 화제가 되어 오르내렸다.

　여리는 자신과 상의도 하지 않고 일을 벌인 이현의 등을 짝 소리 나게 때렸지만 이내 그것이 옳은 방법이었음을 인정할 수밖에 없었다. 팬들은 스폰서보다 연애 스캔들이 차라리 낫다며 반색을 표했고, 이현의 사생아 관련 소문도 열애설에 묻혀 연기처럼 사라졌다.

더 이상 숨지 않아도 되었다. 재벌가의 사생아로 태어나 모든 것을 숨기고 연기하며 살아왔던 이현과 연습생, 무명 연예인, 인기 연예인의 길을 걸으며 늘 가면을 쓰고 살아야만 했던 여리는 얼떨결에 얻은 자유를 만끽할 생각에 설렘으로 가득 찼다.

영화관에서 팝콘 먹기, 남산 타워에서 자물쇠 걸기, 주말에 브런치 먹기와 같은 것들이 가능해졌고 둘은 그것들을 매일 실행하느라 바빴다.

"이사님, 우리 명동으로 가면 안 돼요?"

"안 돼."

세상의 시선은 변했지만 이현의 까다로운 성격은 많은 일을 겪고 난 뒤에도 여전했다. 이왕 쇼핑하는 거 조금 더 시끄럽고 사람 많은 곳에 가고 싶었던 여리는 도톰한 아랫입술을 쭉 내밀었다.

"오늘 월요일이라 사람 많지 않을 거예요. 명동에 맛있는 집도 얼마나 많은데요."

"월요일이어도 명동은 사람 많아. 강남에도 맛있는 집은 많고."

여리는 여느 평범한 대학생 커플처럼 명동 거리를 걷고, 길거리 음식을 먹으며 데이트를 해 보고 싶었지만 이현의 고집은 하루아침에 꺾일 것이 아니었다. 여리가 외출 준비를 끝낸 이현의 팔을 감싸며 생글생글 웃었다.

"그럼 우리 쇼핑하고 영화 보러 가요."

그 뻔한 공작에 이현이 눈을 가늘게 떴다. 부쩍 여리의 애교가 늘었다. 뭘 해 주면 잔뜩 긴장하던 예전과는 완전히 다른 모습이었다. 해 달라는 것도 많고, 요구하는 것도 많았다. 폭 팬 보조개가 자신의 무기라는 걸 아는 모양인지 무언가를 부탁할 때면 언제나 해사하게 웃었다.

"영화는 어제도 봤잖아."

어제는 남자 친구와 심야 영화를 보는 게 꿈이었다며 굳이 밤늦은 시간이 되는 걸 기다려 영화관에 갔다. 심야여도 일요일이라 그런지 영화관에는 사람이 많았고 여리를 알아보는 사람 또한 많았다.

여리를 알아보던 인파 중 '누나, 너무 예뻐요.', '누나, 복귀 안 해요?', '누나, 기다릴게요.' 라는 소리를 지껄이며 시끄럽게 굴던 남학생이 있었다. 남학생이라고 해 봤자 그는 20대 초·중반 정도의 알 것 다 아는 청년이었으므로 짜증스러웠다.

결국 질투심이 폭발한 이현은 제 팔 안에 안긴 여리를 더욱 바짝 끌어안으며 영화관 안을 활보했고 영화를 보는 중에도 내내 손을 잡고, 입을 맞췄다. 유치한 과시욕인지, 빈틈없는 소유욕인지 알 수 없는 행보였다.

"쇼핑 끝나고 갈 곳 있어."

이현이 거절의 뜻을 명확히 했다. 영화관이 싫어진 탓도 있었지만 선약이 있었다.

"어디요?"

"가 보면 알아."

이현은 어깨를 한번 으쓱이고는 입을 다물었다. 공들인 선물이었다. 예고편은 없었다.

둘은 강남의 한 백화점으로 향했다. 명동은 포기하더라도 단둘이 구경하는 것은 포기할 수 없다는 말에 이현은 처음으로 퍼스널 쇼퍼 없이 쇼핑을 했다.

"발 안 아파?"

이현은 여리의 발을 감싼 빨간색의 높은 하이힐을 쳐다보며 말했다. 예전에는 운동화보다 하이힐 신은 여자가 좋았지만 요즘은 운동화가 더 좋았다. 여리의 마른 발목에 걸린 하이힐을 보는 것이 위태로운 것도 있었고 그 모습이 너무 예쁜 탓도 있었다.

여리가 싱긋 웃었다.

"당연하죠. 저 하이힐 신고 춤추던 여자예요."

모르는 사람이 들으면 천박하게 볼 수도 있는 말이었지만 여리 에겐 영광과 추억이 깃든 과거였다. 여리는 이현과 함께하는 시간 속에서도 가끔씩 무대 위에서의 시간을 그리워했다. 음악 방송 프 로그램을 일부러 찾아보기도 했다가 의도적으로 피하기도 했고, 무의식적으로 크리스탈의 타이틀 곡을 흥얼거리기도 했다.

"아프면 말해."

"업어 줄 거예요?"

"아니. 새 신발 사 줄게. 낮고 편한 걸로."

필요하다면 백 번이고 업어 줄 마음이 있음에도 이현은 퉁명스 럽게 굴었다. 공개 연애까지 하는 마당에 숨길 것도, 감출 것도 없 었지만 여전히 말로 표현하는 것은 어려웠다. 민망하거나 부끄러 워서가 아니라 벅찬 어떤 것이 입 밖으로 토해졌을 때 다가올 여 파가 두렵기 때문이었다. 얼굴이 토마토처럼 붉어진다거나, 숨 쉬 기가 어려워지는 것들이 요즘 들어 너무 잦았다.

"애인한테 신발 사 주면 도망간다던데."

여리가 짓궂은 얼굴로 말했다. 이현이 퉁명스럽게 굴 때면 여리 가 주는 일종의 벌이었다. 태생적인 소유욕과 불안감이 넘치는 이 현에게 이 같은 도발을 하면 그는 어김없이 솔직해지곤 했다. 농담 인 걸 알면서도 얼굴을 굳히고 목소리를 낮추며 몇 번이고 사랑을 확인하려 하는 것은 기본이었다. 그럴 때면 여리는 사춘기 소녀처럼 웃었다.

"도망갈 수 있을 것 같아?"

이현이 여리의 허리를 감은 팔에 힘을 주며 말했다. 여리는 그 유치한 힘을 오롯이 느끼며 고개를 살랑살랑 흔들었다.

"그럴 리가요."

"꿈도 꾸지 마."

이현이 귓가를 긴질이듯 속삭였다. 사랑한다는 고백으로 묶인 자신과 여리의 관계가 좋았지만 가끔씩 불안하면 발찌가 그리워졌다. 고작해야 액세서리일 뿐인 발찌보다 세상 사람들에게 선포한 공개 연애가 더 큰 구속이라는 것을 알면서도 이현의 머릿속은 가끔씩 멍청해졌다.

"우리 여기 들어가요."

이현의 어깨에 반쯤 기대다시피 하며 걷던 여리가 이현을 끌고 한 매장에 들어섰다. 착실하게 교육받은 직원들조차 이현과 여리의 등장에 놀란 듯 호들갑을 떨었다.

"어머, 실물이 너무 예쁘세요."

"감사합니다."

여리는 상냥하게 고개를 숙이며 인사했다. 어릴 적부터 식당 종업원이나 가게 점원들에게 오만한 태도를 보이던 아버지를 보고 자란 탓에 유별나게 인사성이 좋았다. 어린 눈에도 아버지의 그런 모습이 좋아 보이지 않았다.

이현은 여리의 그런 점을 좋아했다. 제 비서나 경호원들은 물론이고 동네 주민들에게까지 일일이 인사하는 모습이 귀여웠다. 처음에는 뭘 저리 열심히 인사를 하나 싶었지만 상대방보다는 스스로가 좋아서 하는 것 같아 싫지 않았다. 인사할 때는 언제나 웃는 얼굴이니 예쁘지 않을 수 없었다.

"어울릴 것 같은 원피스 몇 벌 보여 줘요. 어두운 색은 안 좋아하니까 빼고."

이현이 나서서 주문했다.

"키가 작으니까 너무 긴 것도 치워요. 목은 조금 드러난 걸로."

이현의 꼼꼼한 지시에 여리는 배시시 웃었다.

"원래 이렇게 쇼핑해요? 막 이렇게 저렇게 지시하면서? 묻지도 따지지도 않고 살 것 같았는데 아니네요?"

이현은 가끔 여리 머릿속의 자신은 어떤 모습인지 궁금했다. 이럴 줄 알았다거나, 이런 걸 좋아할 것 같았다 등의 말들을 하는 걸 들어 보면 썩 좋지 않은 것들이 많았다. 문제는 틀린 말도 별로 없었다는 것이었다.

"내 옷은 이렇게 쇼핑 안 해."

"그럼요?"

"유능한 비서와 퍼스널쇼퍼가 알아서 다 해 줘."

"에이, 재미없게."

재미없지만 그게 이현의 평소 쇼핑 스타일이었다. 이현의 취향을 정확히 알고 있는 비서와 퍼스널쇼퍼가 재질, 디자인, 브랜드 등을 꼼꼼하게 따진 후 구입하면 이현은 특별히 토를 달지 않았다. 그의 스타일은 그만큼 명확했고 변수가 없었다.

하지만 여리의 것은 달랐다. 여리와 쇼핑을 하는 것은 일종의 환상 채우기였다. 입혀 보고 싶었던 스타일, 선물하고 싶었던 옷들은 전부 줄 수 있었다. 몸에 닿는 촉감은 어떤지, 마음에는 드는지, 불편한 곳은 없는지 하나하나 물어보고 들어주고 싶었다.

"꽃무늬 패턴이 다시 유행하면서 옷들이 화려해졌어요. 이런 스타일은 어떠세요?"

직원은 이현의 지시에 고개를 끄덕이며 작은 태블릿 PC의 화면을 켰다. 매장에 진열되어 있지 않아도 이번 시즌에 나온 옷들을 볼 수 있는 방법이었다. 직원이 넘겨 주는 여러 장의 사진을 여리가 발그레한 얼굴로 바라보았다.

"다 예뻐서 못 고르겠어요."

여리는 반짝이는 눈을 깜빡이며 말했다. 진심이었다. 히늘히늘한 소재의 붉은 원피스도, 짧은 길이의 노란 원피스도 전부 예뻤다.

"이사님은 어때요?"

"입어 봐야 알지. 입고 나와 봐."

이현은 직원을 향해 고개를 끄덕였다. 직원들은 분주하게 움직였고 이현은 소파에 앉아 기다렸다. 붉은 원피스를 입은 너는 어떨까, 노란 치마를 입은 너는 또 얼마나 귀여울까. 뭔들 어울리지 않을까.

"짠!"

여리의 애교 섞인 목소리와 함께 탈의실 문이 열렸다. 가는 몸선을 따라 흐르는 붉은 천이 뒷모습도 보라며 도는 모양새와 함께 핑그르르 살랑거렸다.

"예뻐요?"

여리가 물었다.

"응, 예쁘네."

이현은 마음에 든다는 듯 미소를 지었다. 직원에게 구입하겠다는 의사의 끄덕임도 잊지 않았다. 다음 옷을 입고 나왔을 때도, 그다음 옷을 입고 나왔을 때도 반응은 마찬가지였다.

"아, 정말 그렇게 성의 없이 대답할 거예요?"

보다 못한 여리가 이현의 옆구리를 쿡 찔렀다.

"뭐가?"

이현은 도통 뭐가 문젠지 모르겠다는 듯 물었다.

"아까부터 계속 예쁘다는 말만 하잖아요. 영혼이 없어, 영혼이."

"계속 예쁜 걸 어떡해?"

"와, 진짜."

뜻밖의 말에 여리는 뜨악했다. 이현의 입에서 나올 말이 아니었다. 곁에 서 있던 직원들이 볼을 씰룩이며 필사적으로 웃음을 참는 것이 보였다.

"난 사실을 말했을 뿐이야."

이현은 덤덤한 얼굴로 여리가 입었던 모든 옷을 구입했다. 하나같이 안 예쁜 구석이 없어서 사지 않을 수가 없었다. 돈은 쓰는 재미로 버는 것이었다.

결국 쇼핑은 계속 그런 식이었다. 구두를 신는 족족, 옷을 입는 족족 이현은 만족스러워했다. 백화점을 나설 즈음엔 이현의 손에는 커다란 쇼핑백이 한가득 들려 있었다. 손에 그토록 많은 걸 들어 본 것도 꽤 오랜만이었다.

"우리 너무 과소비하는 거 아니에요?"

여리는 어딘가 민망하다는 듯 물었다. 이현이 결제를 하기 위해 카드를 내밀 때마다 가격을 듣지 않으려 애썼지만 몇 개는 실패했다. 들은 것만 해도 어마어마한 금액이었다.

"과소비?"

이현은 인생에 없는 단어나 마찬가지인 '과소비'라는 말에 미간을 찌푸렸다.

"내가 오늘 카지노를 턴 것도 아닌데 단어가 과하네."

"카지노를 털어야 과소비예요?"

순진한 물음에 이현이 피식 웃었다.

"내가 돈이 많다는 소리를 안 했던가?"

한없이 진지하면서도 귀여운 뻔뻔함에 여리는 입을 가리며 웃었다. 예전에는 그의 부유함이 무섭고 부담스럽기만 했다. 그 부유함에 기생하며 살았으면서도 단 한 번도 그것이 좋거나 편안한 적은 없었다. 하지만 지금은 있는 그대로 받아들일 수 있었다. 그의 부유함과 부유함이 낳는 편안함을 있는 그대로.

— Rrrrr.

"아, 잠시만요."

화면을 확인한 여리의 심장이 쿵, 내려앉았다. 두려움이라고 하기엔 화가 나고, 슬픔이라 하기엔 단호한 마음을 무엇이라 딱 정의하기는 어려웠지만 좋은 감정은 확실히 아니었다.

"무슨 전화데."

이현이 물었다. 여리의 눈짓 하나, 목소리 하나에도 예민하게 반응하는 그가 하얗게 굳은 얼굴을 모른 척할 리 없었다.

"아니에요, 아무것도."

재빨리 얼굴색을 바꾼 여리가 고개를 저었지만 이현은 이미 날카로워져 있었다.

"줘."

"그냥 장난 전화예요."

"달라니까."

"진짠데……."

성의 없는 변명을 무시하며 이현은 여리의 손에서 핸드폰을 가져갔다. 화면 위에 끈질기게 붙어 있던 발신자는 차마 끊어 내기 어려운 '아빠'였다.

"윤여리."

이현이 고개를 푹 숙인 여리를 불렀다. 목소리가 낮았다. TV에서 가족극만 나와도 몸을 굳히는 주제에 아무렇지 않은 척하는 것이 미련했다.

"연락 오면 나한테 말하라고 했잖아."

늘 웃음만 고여도 모자랄 판에 아주 가끔씩 여리의 얼굴은 구름이 낄 때가 있었다. 어딘가 슬퍼 보이면서도 누군가에게 쫓기는 것처럼 불안해 보이기도 하는 그 얼굴을 할 때면 이현은 숨이 막혔다. 여리에게 모든 것을 다 해 주고 싶었던 이현은 그녀에 대해 하나도 빠짐없이 알고 싶어 했다.

"처음 아니지."

이현은 단번에 알 수 있었다. 가끔씩 보이던 구름과 지금의 어색한 얼굴이 너무도 닮아 있다는 것을.

"제가……."

뜸 들이던 여리가 입을 열었다.

"제가 알아서 할게요."

여리는 고집스러운 눈과 함께 억지 미소를 지었다. 전지전능한 누군가가 나타나 처음부터 없었던 인연처럼 아비와의 인연을 끊을 수 있게 해 준다면 얼마나 좋을까.

"네가 뭘 알아서 해."

이현이 화가 깃든 얼굴로 말했다. 삶의 전부를 부모의 이기심에 이용당했던 여리가 이제 와서 냉정해지는 건 쉽지 않은 일이었다.

"제 가족이니까 제가 알아서 해요."

여리가 마른 숨을 삼켰다. 해결할 수 있는 방법을 찾은 것은 아니었지만 이 문제만큼은 이현에게 부탁하고 싶지 않았다. 부탁한다고 해서 해결 가능한 문제인 것도 아니었다.

"곧 만날 거예요. 그러니까……."

"만나?"

이현의 얼굴이 험악해졌다. 빚을 갚아 주겠다는 말에 날름 돈을 받아먹던 여리의 아버지였다. 또한 그 와중에도 장사를 해 보겠다며 돈을 빌려 갔었다. 이현과 여리의 스폰서 스캔들도 여리의 아버지 입에서 나온 것이었다.

여리를 진정 사랑하는 아버지라면 할 수 없었던 일들을 너무도 쉽게 해 버린 사람이었다. 그런 사람과 여리를 만나게 할 생각은 추호도 없었다.

여리도 그런 이현의 속을 모르지 않았다. 오히려 너무 이해해서 탈이었다. 그녀 역시 제 아버지를 만나고 싶지 않았다. 만나서 싫은 말만 들으면 차라리 다행이었다. 그는 분명 원망과 저주를 담아 욕을 퍼부을 것이 뻔했다.

"만나지 않으면 해결되는 것도 없어요."

"내가 만날게."

"아빠가 이사님까지 괴롭히는 거 싫어요."

여리는 그게 너무 싫었다. 자신의 아비가 자신을 괴롭혔던 것처럼 사랑하는 이현까지 괴롭힐까 봐 무서웠다.

이현은 가득 들고 있던 쇼핑백을 바닥에 내려놓고 여리를 품에 안았다. 남들의 시선은 아랑곳하지 않았다. 그저 여리를 위로하고 싶었다. 들키지 않으려고 애썼지만 눈에 보이게 떨고 있는 것이 꼭 비 맞은 강아지 같았다. 부재중 전화 한 통에도 이렇게 무너지는 얼굴을 하면서 어떻게 만나겠다는 건지 도통 이해되지 않았다.

"좀 기대는 게 어때서."

이현이 서운함을 담아 말했다.

"능력 좋은 남자 친구 뒀다 언제 쓰려고."

이현의 가슴에 기대 쉬던 여리가 결국 웃어 버렸다. 부모의 품에 단 한 번도 어린아이처럼 안겨 본 적 없는 여리가 이현의 품에서는 온몸에 힘을 빼고 눈을 감은 채 웃어 버렸다. 긴장하지 않고 있어도 위험하지 않다는 걸 아는 유일한 품이었다.

"저한테 시간을 좀 줘요. 아빠는 저한테도 어려운 문제예요."

"그럴게. 대신."

"……."

"오늘처럼 아닌 척하지 마. 어차피 다 티 나."

"알았어요."

이후로도 이현은 몇 번이나 약속하고 확인했다. 절대 어떤 사소한 문제라도 자신과 상의하기를.

두 사람은 굳어진 분위기를 훌훌 풀며 주차장으로 향했다. 쇼핑백들을 뒷좌석에 정리해 놓고 나니 여리는 궁금해졌다.

"우리 갈 곳 있다고 했죠?"

"어, 오늘 가기로 하길 잘한 것 같아."

"왜요?"

"가면 네 기분이 좋아질 테니까."

이현은 여리의 긴 머리카락을 손가락 사이사이로 쓸며 말했다.

"기분은 지금도 좋은데."

여리가 예쁘게 웃으며 말했다.

"더 좋아질 거야."

그렇게 차를 몰고 도착한 곳은 어느 조용한 레스토랑이었다.

"기분 좋아질 곳이란 게 여기예요?"

"어, 여기야."

"음식이 그렇게 맛있어요?"

특별할 것 없어 보인다는 말을 빙 둘러서 얘기하는 여리를 향해 이현은 재미있다는 듯 웃어 보였다.

"들어가자."

손님들로 북적거려야 할 저녁 시간의 레스토랑은 조용했다. 어두운 조명에 고급스러운 인테리어가 돋보였지만 직원도 많지 않아 보였다.

"으악!"

별안간 여리가 소리를 질렀다.

"언니!"

"윤여리!"

손님 하나 없는 레스토랑의 중앙에는 크리스탈 멤버들이 잔뜩 들뜬 얼굴로 손을 흔들고 있었다.

"이사님!"

여리는 감격스러운 듯 목소리를 높였다.

"마음에 들어?"

"어떻게 한 거예요?"

"뭘 어떻게 해. 부탁했지, 정중히."

이현은 길게 뻗은 눈썹을 꿈틀거리며 작게 고개를 끄덕였다.

여리는 며칠 전 지나가는 말로 멤버들이 보고 싶다고 했다. 이 대로 각자의 삶에 집중하느라 함께하는 시간이 줄면 언젠가 인연의 끈도 끊기지 않겠냐고 서러운 소리를 했다. 이현이 그것을 기억한 모양이었다.

"고마워요, 정말."

"고마우면 뽀뽀."

이현이 고개를 기울여 뺨을 들이댔다. 사랑 고백 이후로 스킨십을 하는 것보다 받는 것을 좋아하게 된 이현은 요구가 날로 늘었다.

"여기서요? 열 발자국 앞에 친구들 있는데?"

"원래 애인 자랑은 친구들 앞에서 하는 거야."

"별로 설득되지 않는데."

짓궂은 어투로 고개를 젓자 이현은 어깨를 한번 으쓱이며 하는 수 없다는 듯 입을 열었다.

"레스토랑까지 빌린 보람이 없네. 집에 가자."

물론 레스토랑 예약에서부터 멤버들과 약속을 잡은 것은 이현이 아닌 김 비서의 몫이었지만 생색은 있는 대로 내고 싶은 것이 이현이었다. 여리가 꺄르르 웃음을 터트리며 고개를 저었다.

"아, 농담이에요. 농담."

동시에 까치발을 들고 이현의 뺨에 쪽쪽, 입을 맞췄다. 멤버들의 비명과 부러움 섞인 질타가 쏟아졌다.

오랜만에 만난 반가운 사람들과의 식사 시간은 즐겁고 편안했다. 이현이 레스토랑을 통째로 빌린 탓에 직원들도 적었고 손님들도 없었다. 그 말은 아이돌 이미지를 생각하느라 웃음소리를 낮추고 먹는 양을 숨길 필요가 없다는 뜻이었다.

"둘이 이렇게 될 줄은 진짜 몰랐는데 같이 있는 거 보니까 정말 잘 어울려요."

와인 한 잔으로 취기가 오른 혜인이 입을 열었다.

"그러니까요. 요즘 저희보다 언니 데이트 사진이 인터넷에 더 많은 거 알죠?"

"언니한테 전화 안 해도 어떻게 사는지 다 알 수 있을 지경이야."

민정이와 영우도 말을 보탰다.

"저…… 형부!"

설상가상 술에 약한 막내 영우가 이현을 형부라 불렀다. 이현의 눈이 당황으로 굳어지고 여리를 포함한 다른 멤버들이 이현의 눈치를 살폈다.

"네, 영우 씨."

단정한 목소리로 겨우 답을 한 이현에게 영우는 또 한 번의 낯 간지러운 소리를 뱉었다. 이름하여,

"아이, 저는 형부라고 하는데 영우 씨가 뭐예요. 처제라고 부르세요, 처제."

오, 처제.

"저, 영우야……."

당황한 이현의 얼굴을 확인한 여리가 영우의 손을 살짝 쥐었다. 안 그래도 모르는 사람들과 식사하는 걸 좋아하지 않는 이현이 두 번 다시 이런 자리를 만들지 않을까 봐 걱정이었다. 여리는 지금의 시간과 자리를 앞으로도 자주 갖고 싶었다. 인생의 가장 힘든 시기를 함께한 멤버들과 인생에서 만난 사랑하는 사람과의 식사가 좋지 않을 리 없었다.

이현이 그런 여리의 어깨를 살짝 쥐었다.

"괜찮아."

그러고는 딱딱했던 입가를 억지로 끌어 올리며 웃었다.

"앞으로는 처제라고 부를게요."

혜인과 민정이 입을 딱 벌리고 서로를 쳐다보았다. 영우에게 이현이 형부면 민정과 혜인에게도 형부라는 것이었고, 영우가 처제

면 민정과 혜인 역시 이현의 처제라는 말이었다. 식사를 하는 와중에도 별다른 말 없이 침묵을 지키던 이현이 쉽지만은 않았는데 갑자기 가까워진 것만 같은 느낌이 들었다.

"형부는 우리 언니 어디가 좋아요?"

언니들이 그런 생각을 하거나 말거나 취할 대로 취한 영우는 이현에게 간지러운 질문을 던졌다. 혜인이 영우의 등을 때리고 여리가 이현을 향해 어색한 미소를 지었지만 정작 영우와 이현은 진지했다.

"음."

이현의 뜸이 길었다. 여리는 살짝 서운해지려는 것을 참았다. 자신의 어디가 좋으냐는 질문이 그렇게 어려운 것인가 싶었다.

같은 질문을 받는다면 그녀는 그 자리에서 열 가지도 넘는 답을 늘어놓을 수 있었다. 짙은 눈썹과 길게 뻗은 눈, 높은 콧날과 날카로운 턱 선, 낮은 목소리와 큰 키, 넓은 어깨와 긴 다리까지 어디 하나 마음에 들지 않는 구석이 없어 탈이었다.

이현이 다문 입술에 와인 한 모금을 머금었다.

"여리는 저랑 많이 닮았어요."

오랜 생각 후 나온 답이었다.

"언니랑 형부가요? 하나도 안 닮았는데."

영우가 하얀 손가락으로 이현과 여리를 번갈아 가리키며 고개를 갸우뚱했다. 이현이 어울리지 않게 부끄러운 듯 고개를 숙이고 살풋 웃었다.

"그런 거 말고 많은 게 닮았어요."

어느새 여리와 멤버들 모두가 이현의 입만 바라보며 집중했다.

"외로운 것도 닮았고, 아무도 안 믿는 것도 닮았어요."

가족 안에서 한없이 외로웠던 것도, 의지할 사람 하나 없이 맨

몸으로 세상과 싸우던 것도 닮았다고 생각했다.

"드러나는 모습이 독한 것도 닮았고, 보이지 않는 부분이 약한 것도 닮았고요."

남들에게는 강하고 지독한 것처럼 보이기도 하지만 속은 한없이 문드러지고 있던 삶도 닮았다고 생각했다.

"사랑하는 사람들끼리는 닮았다던데. 그래서 여리를 좋아하는 서예요?"

혜인이 한결 편해진 어투로 물었다.

"아니요. 저랑 많이 닮았는데 명확하게 다른 점이 있어요."

"뭔데요?"

혜인 대신 여리가 물었다. 이현이 웃으며 여리의 뺨을 쓸었다.

"희망."

여리가 맥이 빠진다는 듯 웃었다. 희망이란 단어처럼 희소하고도 흔한 단어가 있을까.

하지만 이현은 그것 말고 설명할 단어가 없다고 생각했다. 누구나 입에 올리지만 정작 누구에게도 쉬이 찾아볼 수 없고, 모두의 교훈처럼 말하지만 쉽게 가질 수는 없는 그것이 이현이 여리를 좋아하고 사랑하는 이유였다.

"저는 다 포기하고 살았거든요. 외로운 것도, 믿을 수 없는 마음도 그냥 다 받아들이면서."

하지만 여리는 달랐다.

"언제든 외롭지 않을 준비가 되어 있는 사람 같았어요. 당장에라도 완전한 믿음을 가질 것처럼 아무것도 망설이지 않더라고요."

다시 생각해도 신기했다. 만난 지 하루 지난 남자의 거대한 비밀을 지키겠노라 말하던 입술이, 제 말을 들어 달라며 3일간의 잠적

끝에 다시 나타났던 얼굴이, 비겁했던 자신의 소리 없는 전화에도 내가 그곳으로 가겠노라 말하던 진심이 고맙고 대단하게 느껴졌다.

"와, 윤여리."

혜인이 감탄을 하고,

"형부가 언니한테 완전 푹 빠졌네."

영우처럼 형부 소리를 뱉은 민정이 너스레를 떨었다.

"제 인생의 행운이죠."

이현이 자신한다는 듯 진지한 목소리로 답했다.

텅 빈 레스토랑에서의 식사는 자정이 될 때까지 이어졌다. 이현을 포함한 다섯 명의 이야기는 꼬리에 꼬리를 물고 이어지느라 끝날 줄 몰랐다. 다음 날 지방 스케줄 때문에 준비해야 한다는 매니저의 조심스러운 말이 나오고 나서야 자리는 끝이 났다.

여리와 멤버들은 체온이 느껴지도록 서로를 끌어안으며 다음을 기약했다. 모두들 오늘의 시간이 만족스러운 듯 보였다. 이현과 멤버들의 사이도 생각보다 잘 맞아서 헤어질 때는 형부, 처제 소리가 어색하지 않았다.

여리는 집으로 돌아가는 차 안에서 유독 사랑스러운 이현의 옆모습을 가만히 쳐다보았다.

"왜 자꾸 쳐다봐?"

민망해진 이현이 퉁명스럽게 굴어도 굴하지 않고 계속 쳐다보았다.

"왜."

되묻는 말에 여리는 레스토랑에서부터 생각하던 말을 꺼냈다.

"아까 이사님이 했던 말 있잖아요."

"어떤 거?"

"우리 많이 닮았다는 말이요."

여리는 보조개를 만들며 웃었다.

"그리고 제가 이사님과 다른 점이 있다는 말이요."

말의 방점은 뒤에 있었다.

"아까부터 생각해 봤는데 이사님이 틀렸어요."

이현이 운전을 하다 말고 고개를 들어 여리를 쳐다보았다.

"앞에 봐요."

"아, 어. 계속 말해."

여리는 고개를 끄덕이며 창밖을 보았다.

"희망은 없었어요. 저도 이사님처럼 다 포기하고 살았거든요. 그냥……."

"그냥?"

되묻는 이현을 쳐다보지도 않은 채 여리는 여전히 창밖의 밤하늘을 보고 있었다. 짙은 남색으로 물든 어둠에 부끄러운 속을 감추고 싶었다.

"처음부터 이사님이 좋았던 것 같아요."

"……."

"이사님이 저한테 해 준 것도 많고, 도와준 것도 많아서 헷갈리기는 했지만 지금 생각해 보면 처음부터 좋아했던 게 맞는 것 같아요."

처음 좋아한다고 고백할 때 여리는 심리학을 말했다. 충족하지 못했던 부성을 이현에게서 찾고, 그것에 의해 의지하고, 그래서 좋아하게 되었다고 말했다.

"처음 만난 날의 이사님이 아직도 생생해요."

"뭐 좋은 만남이라고 생생하게 기억해."

이현은 미간을 찌푸렸다. 자신의 첫인상이 어땠을지는 묻지 않아도 알 수 있었다. 독한 술을 마시고 독한 시가를 피우며 쓰레기 같은 인간들과 지옥을 굴렀으니 자신의 첫인상도 지옥 같았겠지 싶었다.

"그날도 이사님이 저 구해 줬는데."

"구해 줘?"

"어떤 남자가 제 손목 붙잡고 막 넌 뭘 잘하냐고 희롱했거든요."

"그딴 새끼가 있었어?"

이현이 재빨리 얼굴을 굳히며 물었다. 그는 기억도 나지 않는 듯했지만 그때와 마찬가지로 화가 난 듯했다. 여리가 밤하늘에서 시선을 떼고 이현을 바라보았다.

"이사님이 혼내 줬어요."

"내가?"

"술병으로 머리를 쳤거든요."

여리는 덤덤하게 말을 이었다.

"엄청 무서웠는데 또 고맙기도 했어요."

여리는 생생한 그날의 기억을 떠올렸다. 상황은 폭력적이었고 이현은 안하무인에 즉흥적이기까지 해서 온몸이 덜덜 떨렸었는데 그럼에도 불구하고 그런 그를 따랐던 이유가 뭐였을까.

"그렇게라도 지켜 준 사람이 이제껏 없어서 그랬나 봐."

여리가 씁쓸하게 말을 이었다.

"그래서 시작한 것 같아요. 못 하겠다고 도망쳐도 됐을 텐데."

차는 어느새 집 주차장에 도착해 있었다. 여리가 안전벨트를 풀고 이현의 품에 폭 안겼다.

"저는 우리 시작 후회 안 해요."

이현이 여리의 작은 등을 토닥였다.

"더 멋지고 좋은 시작으로 만났으면 좋았겠지만 이렇게라도 만난 게 나는 좋아요."

여리는 이현을 만나지 못하고 여전히 스스로를 학대하며 가족에 치이고, 회사에 치이고, 세상에 치이며 살아가는 모습을 상상하면 끔찍했다.

그날 이현이 술에 취한 남자로부터 여리를 구한 것은 이전의 삶으로부터 구원을 뜻하는 신호탄이나 마찬가지였다. 당시에는 알 수 없었지만 지나고 나서는 뚜렷하게 보이는 모든 것의 시작점이었다. 여리는 그렇게라도 지켜 주던 이현과 그렇게라도 보호받고 싶던 자신은 서로 사랑할 수밖에 없는 운명이라 이해했다.

"사랑해요."

풍겨 오는 향과 함께 머리 위로 나긋한 웃음소리가 들렸다.

"나도."

완벽한 하루였다.

✳

스캔들로부터 한 달이 지났다. 사건과 사건 해결 과정이 실로 유난스러웠지만 시간은 흘렀고 소란도 줄었으며 사람들은 익숙해졌다. 여리도 생애 처음 부여받은 한량 같은 삶에 익숙해지고 있었다.

이현이 출근을 하면 여리는 햇살이 비치는 거실 소파에 엎드려 책을 읽었다. 철학을 논하는 진지한 책도 읽었고, 두근두근 가슴이 설레는 로맨스 소설도 읽었다. 화려한 모델들의 사진으로 가득한 잡지도 보았고, 여행 책자와 잔인한 추리 소설도 읽었다.

꿈을 좇던 예전과 달리 한가한 요즘에는 벽을 쳐다보는 순간마저 헤아릴 만큼 여유로웠다. 관심 없던 요리도 했고, 하루 종일 드라마를 보기도 했고, 잠만 자면서 나무늘보 흉내를 내기도 했다.

여리는 핸드폰 화면을 들여다보았다. 이현은 정확하게 오후 2시와 5시에 전화를 걸어 왔기 때문에 혹여나 놓쳤을 그의 연락을 확인하려는 행위는 아니었다.

— Rrrrr.

지금의 전화를 무시한 게 정확히 열여덟 번이었다. 스캔들로 시끌벅적했던 순간이 지나고 약 한 달의 시간이 흐르는 동안 모든 것이 해결되고 행복한 결말을 맞은 여주인공처럼 굴었지만 딱 하나, 도무지 풀 엄두가 나지 않는 것이 있었다.

"응, 엄마."

열여덟 번의 무시 끝에 드디어 오늘, 여리는 전화를 받았다. 그녀의 엄마는 여리의 목소리가 들리자마자 울음을 터트렸고 덩달아 여리도 눈물을 훌쩍였다. 두 여자는 서로에게 울지 말라 이야기하며 당장에 만날 수 있는 장소를 이야기했다.

사실 여리는 아직은 가족을 만나고 싶지 않았다. 모질 수 있다면 한없이 모질고 싶었지만 가족이라는 게 그리 쉽지만은 않아서 자신도 자신을 믿을 수 없었다.

"그쪽 카페 조용한 곳 많으니까 거기서 만나, 엄마."

마주 보면 무너질까 두려웠지만 여리는 만나겠다고 결심했다.

여리의 말대로 조용하고 구석진 곳에 위치한 카페에서 모녀는 한동안 가만히 서로의 눈을 응시했다. 안타깝고 미안한 어미의 눈과 마찬가지로 안타깝고 미안한 딸의 눈이었다.

"여리야."

여리의 엄마는 여리의 작고 하얀 손을 꼬옥 쥐고 주물렀다. 따뜻함과 뜨거움 사이에 선 체온이 느껴졌다.

"엄마가 미안해."

미안하다는 말조차 미안해서 그녀는 고개를 숙였다.

"엄마가…… 하필이면 그런 사람이랑 결혼해서 미안해."

그 사람이 아니라면, 그런 사람을 사랑하지 않았더라면, 그 사람이 너의 아빠가 아니었다면 너는 더 예쁘고 밝게, 곱게 자랄 수 있었을 텐데. 여리의 엄마는 마음이 아팠다. 스스로의 후회스러운 선택도, 그것을 돌이킬 용기 없는 마음도 전부 제 탓이라 마음이 아팠다.

여리는 그런 엄마를 안쓰러운 눈으로 바라보았다. 22년을 살며 이 같은 사과를 수없이 들었다. 미안하다, 미안하다. 그것은 그녀의 엄마가 버릇처럼 중얼거리는 말이었다. 그렇지만 늘 진심이고 늘 뼈저리는 사과였다. 여리는 그것이 마음에 걸렸다. 자식에게조차 떳떳할 수 없는, 불행한 삶을 벗어나지 못하는 제 엄마의 인생이 척 보기에도 무거워 마음이 아팠다.

"엄마."

여리는 언제 불러도 따뜻하고 뜨거운, 초라하고 아름다운 그녀를 불렀다.

"엄마는 아직도 아빠를 사랑하지?"

그녀는 대답이 없었다.

제 아빠가 외도를 했다는 사실을 처음 알았던 날, 여리는 엄마에게 이혼을 요구하며 눈물 바람으로 빌었다. 아빠와의 신뢰와 사랑이 깊었더라면 실망은 할지라도 헤어짐을 요구하지는 않았을 텐데, 여리는 아니었다.

꾹 참고 있던 분노를 때에 맞춰 터트리듯 여리는 눈을 사납게 번뜩였다. 그러곤 제 어미의 상처를 밟고 어서 빨리 일어서라고 소리쳤다. 갈라서라고, 지금이 기회라고. 그때 그녀의 엄마는 말했다. 사랑한다고, 아직 너의 아빠를 사랑한다고.

"응?"

여리가 대답을 재촉했다.

"여리야……."

"아빠를 아직 사랑해?"

여리의 엄마는 한참을 망설이다 입을 열었다.

"그 사람이 나쁜 아빠고, 나한테도 나쁜 남편인 거 알아."

"……."

"그래도 엄마는 아직 그 사람이 좋아. 그 사람의 삶이 불쌍해서 일어나는 동정심인지, 익숙한 착각인지도 모르지만 엄마는 아직 아빠를 사랑해."

여리는 고개를 푹 숙였다. 맺혀 있던 눈물이 허벅지 위로 톡톡 떨어졌다. 예전이라면 엄마의 말이, 사랑한다는 말이 변명으로만 느껴졌을 텐데 이제는 그렇지 않았다. 사랑이 얼마나 비논리적이고 강력한지 깨달았기 때문이었다. 상식이라곤 통하지 않고 이성이라곤 작동하지 않으며 가치관이란 건 또 얼마나 쉽게 무너지는지 알기 때문이었다.

거만하고 폭력적인 이현을, 믿음 없이 복종만을 강요하는 이현을 사랑했던 것처럼. 어린 시절부터 지켜 온 꿈의 포기도, 온 세상의 비난 섞인 시선도, 타고난 환경의 차이도 이겨 내려 했던 마음처럼.

"엄마."

그래서 여리는 무책임하고, 무능력하고, 무뚝뚝한 제 아비를 여전히 사랑한다는 엄마의 마음을 무시할 수 없었다.

"나는 엄마가 행복했으면 좋겠어."

"여리야……."

"엄마의 행복은 아빠와 내가 함께 있는 거라는 거 알아."

다만 쉽지 않은 것이었다.

"근데…… 지금 당장은 힘들어."

영원히 연을 끊을 수 있다면, 그것이 제 엄마의 삶에 영향을 미치지 않는다면, 그 어떤 뒷일도 생기지 않는다면 여리는 제 아비와의 천륜을 끊었을 것이다.

"내가 늙어 할머니가 돼도 엄마한테는 어린 딸이라는 거 알지만, 나 이제 성인이야. 예전처럼 아빠 눈치 보면서 아빠가 원하는 대로 살 수는 없어."

이제야 겨우 삶의 선택지 위에서 자유로워진 여리였다. 예전처럼 무수한 간섭과 강요 속에서 살고 싶지 않았다.

"내가 천천히 돌아갈 수 있게 해 줘. 내 상처가 조금이나마 아물고 나면, 내가 아빠를 보는 게 죽을 만큼 고통스럽지 않는 순간이 오면 그때 가끔씩…… 갈게."

"……."

"엄마는 아내이기도 하지만 내 엄마잖아. 나 좀 지켜 줘. 응?"

여리의 엄마는 딸의 호소에 짙은 한숨 외에는 뱉을 것이 없었다. 상처받은 딸이 지켜 달라며 애원하는데 모른 척할 수 없었다. 그것은 남편의 분노를 감당하는 것보다 어려운 것이었다.

"그래."

여리의 엄마는 초연하게 대답했다.

"연락만…… 가끔이어도 괜찮으니까 엄마한테 연락은 해 줘. 엄마가 우리 딸 충분히 기다려 줄 테니까."

여리는 왈칵 흐르는 눈물을 무시하며 고개를 연신 끄덕였다. 다정한 목소리에 찢겨 있던 심장이 아무는 것 같았다.

"밥은 잘 먹고 있지?"

어려운 고비를 넘기고 나니 모녀는 둘도 없는 친구처럼 이야기를 나눴다. 붉어진 눈을 하고 손을 꼭 잡고 있는 것이 서로를 얼마나 사랑하는지 느껴졌다.

"요즘 어디서 지내니?"

여리는 사근사근 움직이던 입을 다물었다. 연애 사실은 뉴스와 신문이 대신 전했다 하더라도 동거에 대해선 제 입으로 말해야 한다는 게 민망했다.

"이사님이랑 만나는 건 알지?"

여리가 조심스러운 목소리로 물었다. 여리의 엄마가 부드러운 미소와 함께 고개를 끄덕였다.

"이사님이랑 같이 지내고 있어."

여리의 엄마는 예상이라도 한 듯 별로 놀라워하지 않았다.

"좋은 사람이니?"

"응?"

"너한테 잘해 줘?"

여느 엄마가 딸에게 묻는 것처럼 물었다. 제 딸의 첫 연애 상대가 평범함과는 거리가 멀어 걱정이었다. 연애 소식을 처음 뉴스로 접했을 때 얼마나 놀랐는지 그녀는 몇 번이고 TV 속 화면을 쳐다보았다. 병원에서 만났던 그 위압적인 사내가 제 딸의 연인이라는 것이 놀라웠다.

여리는 붉게 물든 뺨을 흔들며 고개를 끄덕였다.

"잘해 줘. 아주 많이."

"병원에서 봤을 땐 무뚝뚝해 보이던데."

여리는 엄마가 잠깐 만났던 이현의 인상을 기억하고 있다는 것이 신기했다.

"표현만 잘 못하지 다정해. 날 얼마나 좋아하는데."

"어이구."

"내가 한 끼라도 거르면 졸졸 따라다니면서 간식 챙겨 주고, 아파 보이면 자기가 더 예민해져서 하루 종일 신경 써. 예쁘고 좋은 것만 보면 나한테 못 줘서 안달이고, 내가 하고 싶은 건 그게 뭐든 할 수 있게 해 줘."

여리는 과장처럼 들리는 사실을 이야기했다. 그러자 엄마가 안심이라는 듯 미소 지었다. 이현에 대해 이야기하는 여리의 표정이 모든 것을 말해 주고 있었다. 지금 얼마나 행복한지, 얼마나 편안한지, 얼마나 사랑받는지 다 말해 주고 있었다.

"그래서 이번에 학원도 다니기로 했어."

여리가 진지한 표정을 지으며 말했다.

"학원?"

여리가 하고 싶은 거라면 뭐든 다 해 주겠다던 이현의 배려 중 하나였다.

"연기 학원에서 제대로 배워 보려고."

"가수 말고 배우로 복귀하고 싶은 거야?"

여리는 고개를 저었다.

"아니, 그건 나한테 아주 먼일이고 어려운 일이야."

"그럼?"

"대학에 가고 싶어졌어."

"대학?"

"응, 많이 배우고 경험하고 싶어. 10대 때는 연습만 하느라 내가 무엇을 좋아하는지, 언제 행복한지 생각할 겨를이 없었거든. 지금부터 해 보려고, 그 생각을."

은퇴를 하고 난 뒤 여리는 새로운 꿈을 찾는 데 모든 노력을 기울였다. 남들의 시선에 맞춰 연습했던 과거를 지나 앞으로는 자신이 좋아하는 자신의 모습을 찾을 계획이었다. 그 첫걸음이 대학 입학이었다. 많은 사람들을 만나 새로운 경험을 하고 싶었다.

"그분……이랑은 얘기한 거야?"

"이사님? 당연히 얘기했지."

여리는 대학 입학에 대한 이야기를 처음 했을 때 이현의 표정을 떠올렸다. 누가 뒤통수를 치기라도 한 것처럼 잔뜩 얼이 빠져서는 한동안 입도 열지 않았었다. 한참이 지난 후 이현이 뱉은 첫마디는 '새 꿈이야?' 였다.

여리는 그가 자신의 은퇴에 죄책감을 갖고 있음을 모르지 않았다. 여리가 '새 꿈이에요.' 라고 대답하자 이현은 아무 말도 하지 않았다.

"근데 알아보는 사람들도 많을 텐데 이사님이라고 부르는 거야?"

여리의 엄마는 '이사님' 이라는 칭호가 불편했다.

"아, 버릇이 들어서 그런지 안 고쳐지네."

"그래도 너무 직장 상사 같잖아."

여리는 자신이 얼마나 이현의 이름을 부르고 싶어 했는지 떠올렸다. 부르고 싶어도 부를 수 없던 과거와 부를 수 있지만 부르지 않는 현재는 달랐다.

"괜찮아. 직장 상사 아닌 거 세상 사람들이 다 아는데 뭐."

여리가 호탕하게 웃어 보였다.

*

　여리와 여리의 엄마가 도란도란한 대화를 나누고 있을 무렵 이
현은 여리의 아버지를 만나고 있었다.

　"크흠."

　여리의 아버지는 타고난 뻔뻔함이 묻어나는 헛기침을 뱉었다.

　이현과 여리가 서로 사랑하는 사이라는 것은 너도 알고, 나도
알고, 세상이 아는 것이었다. 이현이 대한민국을 좌지우지하는 이
화그룹의 임원이라는 것 역시 모두가 아는 것이었다.

　연락이 되지 않는 여리 때문에 속이 타기는 했지만 어깨에 힘을
주고 다니던 차였다. 이현이 직접 사무실로 부르기까지 하니 왕의
장인이 되기라도 한 듯 의기양양했다.

　"윤, 지철 씨?"

　이현은 아버님이라는 호칭 대신 이름을 불렀다.

　"저와 여리가 어떤 사이인지는 아실 겁니다."

　이현은 여리가 늘 핸드폰을 손에 쥐고 있는 것이 마음에 걸렸
다. 부모에게 전화라도 오는 날이면 하루 종일 우울해하면서도 번
호 하나 모질게 바꾸지 못하는 것이 신경 쓰였다. 여리는 자신이
알아서 하겠다 했지만 이현의 생각은 달랐다.

　"그래서 말인데 조심 좀 해 주셔야겠습니다."

　이현은 긴 다리를 꼰 채로 목소리를 낮췄다.

　"윤지철 씨가 전화할 때마다 여리가 불편해서요."

　단단하게 뱉어지는 말에 지철은 얼굴을 붉혔다. 연인의 아버님
이니 극진한 대접을 해도 모자랄 판에 그의 태도는 누가 보아도
아랫사람을 대하는 모습이었다.

"나 여리 애비 되는 사람이야."

"……."

"당신이 뭔데 나한테 이래라저래라야? 애비가 딸한테 전화 한 통 못 하는 게 말이 돼!"

이현은 후, 하고 한숨을 뱉으며 이마를 짚었다. 성가신 부류의 인간을 상대하려니 괜한 현기증이 몰려왔다.

"내가 당신 빚 갚아 준 거 잊었어?"

이현은 바로 말을 낮췄다. 그는 지철과 같은 사람을 잘 알았다. 돈과 힘을 좋아하는 사람들은 돈과 힘 앞에서 무릎 꿇기를 주저하지 않는 법이었다.

"이…… 이!"

지철은 이현을 향해 마구 삿대질을 했다.

"그, 그건 당신이 준 거잖아! 갚을 능력 되면 갚으라고……."

"세상에 공짜가 어디 있어?"

이현은 여유로운 얼굴로 낮게 읊조렸다.

"윤여리가 아니었으면 당신 같은 사람한테 내가 왜 10억이라는 돈을 줬겠어?"

"이…… 사기꾼! 당신 내가 사기죄로 고소할 거야."

고소할 용기도, 마음도 없었지만 일단 지르고 보는 게 지철의 성격이었다. 이 성격 탓에 불필요한 시비에도 많이 휘말리며 살았다.

"고소하고 싶으면 해. 나도 당신 불법 도박꾼으로 신고할 테니."

"뭐?"

화들짝 놀란 지철을 한심하다는 듯 쳐다본 이현이 검은 눈을 빛냈다.

"사업을 벌여도 당신 같은 사람이 벌일 수 있는 한계가 있을 텐데 10억은 너무하잖아. 조사 좀 해 봤더니 바로 나오더라고."

"아, 아니……."

지철은 그제야 기세가 꺾여 괄괄하던 눈을 바닥으로 깔았다. 덜덜 떠는 손발이 영 안쓰러웠지만 이현은 마저 할 말을 계속했다.

"그렇게 떠실 필요 없어요."

다시 말을 높였다. 길게 늘이는 말투가 꼭 놀리는 것 같은데도 날카로운 위협이 느껴졌다.

"그냥 당신 인생 살면 돼. 조용히."

"……."

"앞길 창창한 딸한테는 관심 끄고."

이현은 제 뒤에 서 있던 김 비서를 향해 눈짓했다. 김 비서가 팔랑이는 간단한 서류를 가져왔다.

"여기에 서명하세요."

"이, 이게 뭐……."

"무슨 일이 있어도 여리 인생에 끼어들지 않는다는 약속입니다. 아무리 그래도 아버지니까 여리가 만난다고 하면 말리지는 않을 거예요. 다만 당신이 먼저 여리에게 전화하거나, 만나자는 말을 해서는 안 됩니다. 아, 도박도 안 돼요. 당신 때문에 여리가 질타받는 상황이 오면 안 되니까."

이현은 여리가 연극영화과에 진학하겠다는 뜻을 밝혔던 날을 떠올렸다. 대학 입학 후 어떤 미래를 꿈꾸게 될지는 알 수 없었지만 적어도 누군가에 의해 꿈을 포기하거나 좌절되는 것은 막고 싶었다.

"제 고용인들이 언제나 지켜보고 있을 테니 괜한 수작은 부리지 않는 게 좋을 겁니다."

그는 차마 순순히 서명하기는 싫은지 서류를 노려보고만 있었다.

"아, 그렇게 나쁜 것만 있는 건 아니에요."

이현이 웃었다.

"여기 명시된 약속들만 잘 지키면 기본적인 생활비를 지급할 생각이니까요."

"생활비?"

돈 얘기에 눈이 동그래진 지철을 보며 이현은 혀를 찼다.

"당신이나 여리 어머님이나 고된 일 하지 않아도 생활할 수 있게 보조할 생각입니다. 그렇다고 어마어마한 액수를 준다는 건 아니니까 기대하지 말고."

이현은 지철을 기쁘게도, 고통스럽게도 할 생각이 없었다.

"당신이 서명하지 않아도 나는 당신과 여리를 만나게 할 생각이 없어. 애초에 불가능한 일에 힘 빼지 말고 서명해."

그저 멀리, 여리로부터 멀리 보낼 생각이었다.

지철은 빠르게 머리를 굴렸다. 이현이 제시하는 조항이 어느 것 하나 썩 마음에 들지는 않았지만 평생을 걱정 없이 살 수 있다는 것에 마음이 끌렸다. 지금 당장은 아니더라도 언젠가 여리와 연락이 닿으면 또 다른 콩고물을 받아먹을 수 있지 않을까 싶었다. 결국 지철은 떨리는 손으로 펜을 손에 쥐었다.

이현은 작게 미소 지었다. 지철은 명시한 사항 중 어느 것 하나 어길 수 없을 것이다. 여리의 삶이 새로운 시작점 앞에 서는 순간이었다.

21
새로운 시작

"오늘 약속 안 잊었지?"

출근 준비에 여념이 없던 이현이 고개를 돌리고 물었다.

"그럼요! 얼마 만에 하는 데이트인데 잊어요."

여리의 말대로 둘의 데이트는 실로 오랜만이었다. 이화그룹의 이사인 이현보다 바쁜 여리 때문이었다. 여리는 하루의 거의 대부분을 연기 학원에서 보냈다. 대부분 9월부터 실기 시험을 보는 연극영화과의 특성 때문이기도 했지만 진짜 이유는 따로 있었다.

여리는 몰입할 수 있는 일이 다시 생겼다는 사실에 무척이나 기뻐했다. 하루 종일 생각하고, 몸이 부서져라 연습하던 어린 날의 열정이 또 한 번 타오르는 것이 느껴졌다. 카페에서의 대화 이후 전화 빈도가 낮아진 엄마와 일절 연락 없는 아빠 덕분도 있었다. 정신적으로나 육체적으로나 모든 에너지를 한곳에 쓸 수 있게 된 것이었다.

"학원 연습 끝나는 시간에 맞춰서 차 보낼게. 차 타고 와."

이현은 자신의 넥타이를 고르고 있는 여리에게 말했다. 고작 넥타이 하나를 고르는 일인데도 여리는 매일 아침 세상에서 가장 진지한 사람처럼 고민하고 또 고민했다.

"오늘은 이게 어울릴 것 같아요."

여리는 짙은 남색의 넥타이를 건네며 말했다. 무슨 넥타이를 맬지는 여리가 정했지만 매는 것은 이현의 몫이었다. 여리는 넥타이를 매는 이현의 긴 손가락이 섹시했고 그것을 감상하는 즐거움을 포기하고 싶지 않았다.

"그리고 차는 보내지 말아요."

여리는 별거 아닌 일을 얘기하듯 말했다. 이현의 눈이 날카로워질 거라는 것을 예상하지 못한 것은 아니었다.

"안 그래도 저 어려워하는 사람들 많은데 기사 딸린 차까지 타는 모습 보여 주면 어떻겠어요."

"그게 어때서. 그게 너잖아."

"이사님 애인이고, 이사님이 보내 준 차 타도 되는 게 저라는 사람인 거 알지만 그래도 싫어요. 불편하단 말이에요."

이현은 반듯한 미간을 찌푸렸다.

얼마 전 학원에서 연습을 하다 지하철을 타고 집에 오던 여리는 수많은 인파에 둘러싸여 동물원 원숭이가 된 것 같은 경험을 한 적이 있었다. 덕분에 여리는 예상 귀가 시간을 훨씬 넘긴 밤이 되어서야 집에 도착했고 이현은 그날로 경호원을 붙였다. 그것마저도 너무 가까이 있는 건 싫다는 여리 때문에 멀찍이 선 채로 경호하도록 지시할 수밖에 없었다.

"너 편하라고 차 타라는 거 아니잖아."

"지하철이나 버스 안 타고 택시 탈게요. 택시는 괜찮잖아요, 네?"

곧 죽어도 자신이 보낸 차에는 타지 않겠다는 고집이었다.

"알았어. 대신 학원 끝나면 바로 연락하고, 택시 타서도 연락해. 안 그러면 죄 없는 경호원들만 고생하게 될 거야."

협박하는 이현의 목소리가 꽤 낮았다. 나쁜 짓이라면 일가견이 있는 그였으니 자신이 고용한 사람들 괴롭히는 것쯤이야 식은 죽 먹기였다.

"어떻게 고생시킬 건데요?"

여리는 그런 이현이 그저 귀여웠다. 사랑을 고백했더라도 그는 여전히 이현이라 위협적이고 강압적인 부분들이 있었다. 그렇게 성장했고, 그런 방법밖에는 모르는 사람이라 손바닥 뒤집듯 성격을 바꾸지는 못했다.

하지만 그것들이 예전처럼 무섭거나 어렵지는 않았다. 위협의 배경에는 두려움이 있고, 강압의 뒤에는 불안함이 있다는 걸 알기 때문이었다. 지금 이현이 하는 겁박도 결국 자신이 다칠까 봐, 곤란에 처할까 봐 걱정하는 것에서부터 시작된 것이었다.

이현은 한숨을 푹 쉬었다.

"내 직원들 고생시키기 싫으니까 약속 지켜. 연락……."

"연습 끝나면 연락하고, 학원에서 나오면 연락하고, 택시 타면 연락할게요. 걱정 말아요!"

여리가 방긋 웃으며 말하자 이현은 하는 수 없다는 듯 미소를 지었다.

"그런데 우리 오늘 가는 레스토랑 유명한 곳이에요?"

"왜?"

"이사님이 미리 예약하고 가는 게 신기해서요. 먹는 데에 욕심 없잖아요."

이현은 거울 앞에서 맵시를 확인하며 씨익 웃었다.

"맛은 모르겠고 분위기는 좋대."

"분위기요?"

이현은 말없이 여리의 뺨에 입을 맞췄다.

"직접 확인해."

그러고는 이내 입술에 입을 맞췄다. 매일 부족함 없이 한다고 하는데 늘 아쉬운 게 입맞춤이었다. 여리의 몸은 성격을 닮아 곳곳 이 따뜻했는데 유독 입술이 부드럽고 따뜻했다. 그 입술에 자신의 입술이 맞닿는 순간에는 자신도 따뜻한 사람이라 착각이 들 정도 로 포근했다.

여리가 발그레해진 뺨 위에 보조개를 만들며 웃었다.

"김 비서님 기다리겠어요."

"가기 싫어."

이현은 여리와 같이 살게 되었음에도 떨어지는 것이 힘들었다. 따로 살던 때가 생각나지 않을 정도였다. 바쁜 와중에도 점심시간 에 한 번, 오후에 한 번, 퇴근 전에 한 번은 꼭 전화를 해야 직성 이 풀렸다.

분리 불안에 시달리는 어린아이가 된 기분이었다. 처음에는 낯 선 기분에 당황스러웠지만 자신이 여리의 애정에 목말라한다는 것 을 인정하기까지 오랜 시간이 걸리지 않았다. 그러고 나서 회사 책 상 위에는 여리의 사진이 들어간 액자가 세워졌고, 핸드폰 화면 역 시 여리의 얼굴로 채우게 되었다.

"에이, 그러다 회사 잘려요."

"회사 잘리면 나 안 만나 줄 거야?"

"당연하죠. 저 속물인 거 잊었어요?"

여리는 짓궂은 미소를 지으며 말했다. 이현도 덩달아 입술을 말아 올렸다.

"계속 속물로 살아. 영원히 나 못 떠나게 해 줄게."

이현이 여리를 꼭 끌어안았다.

"아, 진짜 내가 미쳐!"

여리는 택시에 올라타며 제 머리를 꽝꽝 쥐어박았다.

"아니, 어떻게 그걸 잊지? 나 진짜 바본가?"

이현이 그렇게나 상기시켰던 데이트를 잊은 것이었다. 사실 잊었다기보다는 시간 가는 줄 몰랐다는 것이 맞았다. 근래 계속 늦은 시간까지 연습을 하던 탓에 오늘도 습관처럼 학원에 늦게까지 남아 있었다.

학원에는 입시를 준비하는 열정적인 학생들로 넘쳤고 모두들 시간에 대한 인지가 없었다. 연기할 때마다 핸드폰을 쥐고 있을 수는 없으니 몇 번의 부재중을 남긴 이현의 전화도 받지 못했다.

뒤늦게 그와의 약속을 떠올린 여리가 학원을 나왔을 때는 이미 약속 시간보다 세 시간이나 지난 뒤였다.

"엄청 화났을 텐데."

여리는 이현에게 전화를 걸었다. 어떤 변명도 안 통할 일이라는 것을 알기에 어서 빨리 사과를 하고 싶었다. 핸드폰 너머로 속을 짐작하기 어려운 이현의 목소리가 들려왔다.

"이사님, 많이 기다렸죠? 미안해요. 진짜, 진짜 미안해요. 연습하다가 시간 가는 줄 모르고…… 걱정 많이 했어요? 지금 어디예요? 저 지금 택시 탔으니까 그쪽으로 갈게요."

— 집이야.

구구절절 늘어놓는 말에 비해 돌아오는 답은 짧았다. 아무래도 예상한 것보다 더 화가 많이 난 것 같았다.

"금방 갈게요!"

백 번의 말보다 한 번의 온기가 더 강하다는 걸 아는 여리는 더 말을 덧붙이지 않고 전화를 끊었다. 어떻게 사과를 하고, 어떻게 애교를 부려야 그 기복 심한 사람의 화를 풀 수 있을까 고민하며.

늦은 시간이라 다행히 차가 막히지 않았다. 현관문을 열기 전 짧게 심호흡을 한 여리는 두근두근 뛰는 심장을 달랬다.

"이사님—"

여리가 부드러운 목소리를 길게 늘였다. 신발을 벗고 어두운 거실을 지나려는데, 등 뒤로 낮은 목소리가 흘렀다.

"여기야."

목소리를 따라 뒤를 돌아보자 커다란 소파 구석에 다리를 꼰 채 앉아 있는 이현이 보였다. 언제 집으로 들어온 것인지 모르게 옷도 갈아입지 않은 상태였다.

"미안해요."

여리는 뛰는 듯한 걸음으로 이현의 곁으로 가 앉았다.

"기다리게 해서 정말 미안해요. 전화도 안 받아서 미안해요. 걱정 많이 했죠? 저 진짜 바본가 봐요. 어떻게 그걸 잊지? 저 진짜 데이트하고 싶었는데……."

종알종알 말을 잇는 동안 이현은 표정이 없었다. 처음 보는 눈이었다. 화난 눈이라면 몇 번이고 본 적이 있었는데도 분명 처음 보는 눈이었다.

"연습은."

"네?"

"연습 잘 했어?"

이현은 화를 내는 대신 질문을 했다.

"어…… 잘 했어요."

여리는 눈치를 보며 고개를 끄덕였다. 이현이 정확히 어떤 상태인지 알 수 없어 대답을 고르기 쉽지 않았다.

"입시 준비는 잘되고 있어?"

"뭐, 그냥…… 갑자기 그런 건 왜 물어요?"

"갑자기 아니야. 항상 궁금했는데 이제 묻는 거지."

이현은 긴 손가락으로 여리가 아침에 골라 준 넥타이를 풀었다.

"궁금했으면 물어보지 왜 안 물어봤어요?"

"나도 잘 모르겠어."

모호한 답에 여리는 고운 미간을 구겼다. 그러자 이현이 눈살을 찌푸렸다.

"네가 하루하루 웃고 좋아하며 사는 게 좋은데 오늘은 왜 이렇게 짜증이 나지?"

이현은 학원을 다닌 이후로 눈에 띄게 밝아진 여리의 모습을 좋아했다. 언제나 활기차 보이고 그 나이 또래의 싱그러움을 마음껏 뽐내는 것이 흐뭇함을 자아냈다.

하지만 어느 순간부터 그것들 모두가 언짢기 시작했다. 여리의 우선순위 목록에 새겨진 제 이름이 밀려나는 것 같은 기분이 들던 때부터였다.

"나만 너한테 안달인 거야?"

이현이 잘 올린 머리를 헝클며 목소리를 낮췄다.

"그게 무슨 소리예요. 화 많이 난 거 알아요. 그래도 그런 말은⋯⋯."

"몇 시간이 지나도 오지 않는 너를 기다리는 내 기분이 어땠을지 생각은 해?"

"이사님, 저도⋯⋯."

"나보다 연습이 중요해?"

여리가 한숨을 푹 쉬었다. 오랜만에 하는 데이트라 여리도 오늘을 기대하고 있었다. 맛있는 음식을 먹으며 도란도란 이야기를 나누고 싶기도 했고, 분위기 좋은 곳이라 해서 다정한 사진도 찍을 생각이었다. 이현만큼이나 이번 데이트를 놓친 것이 아쉬웠다.

하지만 이 일을 이런 식으로 확대하는 건 싫었다. 무엇이 중요하고 무엇이 덜 중요한지에 대한 이야기는 너무 유치한 것이었다.

"저한테 이사님보다 중요한 건 없어요. 이사님이 제일 잘 알잖아요."

"전화는."

"네?"

"전화는 왜 안 받아."

예전이나 지금이나 이현이 가장 싫어하는 것은 연락이 되지 않는 것이었다. 여리는 그런 이현을 생각해서라도 최대한 신경을 쓰려고 노력했지만 입시가 다가오면서 모든 것은 물거품이 되었다. 방해되는 것이 싫어 연습 시간만큼은 핸드폰을 꺼 두었는데 그것이 오늘의 사달을 만들어 낸 것이었다.

"연습할 때는 전화 꺼 두는 거 알잖아요."

"너한테 내 전화는 그 어떤 것보다 우선이어야 되는 거 아니야?"

여리의 하얀 얼굴이 딱딱하게 굳었다. 논리적이지 않은 투정에도 잘못한 죄가 있어 다정한 미소를 유지했는데 더 이상 그럴 수 없었다.

"저한테 중요한 건 이사님이지 이사님 전화가 아니에요."

그의 전화를 목숨처럼 생각하며 못 받으면 어쩌나 걱정하던 때는 과거였다. 이현이 여리를 노리개로 보고, 여리가 이현을 힘으로 보던 아주 어두운 과거였다.

"제가 이사님을 사랑한다고 이사님이 제 인생의 전부가 될 수는 없어요."

"뭐?"

이현의 얼굴이 험악하게 일그러졌다.

"저한테 중요한 게 많다는 뜻이에요. 이사님한테도 있잖아요. 이사님이 회사 일에 열중하듯 저도 제가 열중할 다른 게 있어요. 그거 이해해 줄 수 없어요?"

"회사랑 그게 어떻게 같아."

이현은 이해할 수 없다는 얼굴이었다.

"대체 뭐가 달라요?"

여리는 오히려 그런 그를 이해할 수 없었다. 그리고 그런 그에게 상처를 받았다.

"이사님이 아무리 절 사랑해도 제가 이사님의 소유물인 건 변하지 않는 사실인가 봐요."

"윤여리."

"그렇지 않고서야 제 꿈과 노력을 이런 식으로 취급할 리 없죠."

여리는 서러움에 눈물이 나려는 걸 입술을 아프게 물며 참았다.

554

"이사님한테 실망했어요."

이현의 눈이 거대한 파도로 요동을 쳤다. 예전에도 이런 비슷한 대화를 나누다 헤어진 적이 있었다. '이사님한테 저는 아직도 말 잘 듣는 개예요?'라고 묻던 그날의 여리와 지금의 여리가 순간 겹쳐 보여 아찔했다.

"연기 학원을 다니고 싶다는 말이 장난 같았어요? 대학에 가고 싶다고 했을 때 이사님은 무슨 생각이었어요?"

"윤여리, 내 말은……."

이현은 점점 불안해졌다. 자신보다 여리의 얼굴이 더 차가웠다.

"이사님은 제가 웃는 게 좋았던 것뿐이에요. 제가 무슨 생각을 하는지, 무슨 미래를 그렸는지는 관심도 없었던 거예요."

여리는 더 들을 말도 없다는 듯 소파에서 일어났다. 기겁한 이현이 재빨리 여리의 손목을 잡았다.

"어디 가."

"집 밖으로 안 나가니까 손 놔요."

안 나간다는데도 이현은 불안해 손을 놓을 수가 없었다. 그저 조금 힘을 빼는 것밖에는 할 수 있는 것이 없었다.

"손님방에서 잘 거예요. 오늘은 이사님이랑 같이 자기 싫어요."

여리는 망설임 없이 등을 돌려 서재 옆 손님방으로 들어갔다.

이현은 차가운 등이 사라진 문을 바라보며 짙은 한숨을 뱉었다. 분명 잘못한 것은 여리인데 상처받은 쪽도 여리인 것 같았다.

다음 날 이현과 여리는 서로가 없는 아침을 경험했다. 함께 산

이후로 처음 겪는 상황이었다. 이현은 혼자 넥타이를 골랐고, 여리
는 손님방에서 나오지 않았다.

떨어지지 않는 걸음을 옮겨 회사에 출근한 이현은 도무지 일이
손에 잡히지 않았다. 임직원들과 회의를 하는 와중에도 고질적인
집착이 발동해 여리가 떠날 것 같은 불안함에 시달렸다.

혼자 두고 나오는 게 아니었는데, 로 시작한 후회는 어제 그렇
게 화를 내는 게 아니있는데, 로 모아졌다. 한숨이 연달아 나왔다.

여리의 말처럼 여리의 꿈이나 미래를 무시한 적은 단 한 번도
없었다. 이해하는 척 여리를 우롱한 것도 아니었다. 오히려 존경스
럽게 생각했다. 편하게 살자면 편하게 살 수 있음에도 여리는 새로
운 목표를 위해 노력했다. 하루도 허투루 쓰지 않았다.

다만 조금 서운한 것이었다. 오래도록 공들여 준비한 데이트가
매일 하는 연습으로 엎어졌다는 게 화가 났던 것이었다. 그리고 그
것을 여리가 알아줬으면 하는 마음에, 유치하고 비루한 마음에 투
정을 부렸을 뿐이었다.

여리가 없는 침대는 너무 넓었다. 이현은 새벽 내내 손님방으로
들어가 사과하고 싶었다. 그리고 해명하고 싶었다. '나는 널 소유
하고 싶지만 소유물로 생각하지는 않는다.', '나는 네가 연습 때문
에 바쁜 것이 싫지만 너의 꿈까지 싫은 것은 아니다.', '나는 네가
좋아하는 모든 것들을 질투하지만 너의 모든 선택을 응원한다.'
그리고 '미안하다.' 하지만 생각만 무성해 현실로 옮기지는 못했
다.

문자라면 쉬울지도 몰랐다. 퇴근 이후에도 굳게 닫힌 손님방의
문을 보고 싶지 않았다.

어렵게 어렵게 문자를 적었다. [미안해], [내가 실수했어.]와 같

은 말들을 수십 번 적었다 지우는 것을 반복한 이현은 [지금 어디야.]라는 다섯 글자만 겨우 적었다. 전송 버튼을 누르자 시간은 한없이 느려졌다. 핸드폰을 보지 않는 것일까 아니면 문자를 보고도 답을 하지 않는 것일까, 생각의 생각이 서로 얽혔다.

— Rrr.

답장이 왔다.

[집이에요.]

이현은 집으로 가는 길에 꽃집에 들렀다. 꽃집에 들르자는 제 말에 경악한 김 비서와 경호원들의 표정이 거슬리기는 했지만 신경 쓰지 않기로 했다.

"선물하시는 거예요?"

부드러운 인상의 직원이 아무것도 모르겠다는 표정을 하고 있는 이현에게 물었다.

"선물 받는 분의 나이가 어떻게 되세요?"

"22살이요."

"아, 그럼 이런 건 어때요? 젊은 분들은 화려한 색감의 꽃들을 좋아하시거든요."

직원이 붉고 짙은 색들로 화려함을 뽐내는 꽃들을 가리켰다. 이현은 고개를 저었다. 여리는 화려한 것보다는 청초한 것이 더 잘 어울렸다. 직원이 재빨리 고개를 끄덕이며 다른 쪽의 꽃들을 가리켰다.

"그럼 녹색 잎에 하얀 꽃은 어떠세요? 요즘 날이 더워서 이런 조합을 좋아하는 분들이 많아요."

청초하고 맑은 것이 여리와 잘 어울릴 것 같았다.

"그렇게 주세요."

이현은 꽃을 들고 가는 집까지의 길이 어울리지 않게 너무 떨렸다. 사과를 하는 것도, 꽃다발을 선물하는 것도 전부 낯선 것이었다.

현관문 앞에서 이현은 여리가 어제 그랬던 것처럼 짧게 심호흡을 했다. 당분간 말하고 싶지 않다고 하면 어쩌나 하는 생각과 함께 문을 여는데 급한 발소리가 들렸다.

여리가 쭈뼛거리는 몸짓으로 다가와 입을 열었다.

"왔어요?"

평소 같은 부드러움은 안 느껴졌지만 그렇다고 화가 난 목소리도 아니었다.

"그거 저 주려고 사 온 거예요?"

무엇을 해야 할지 몰라 아무 말도 하지 않는 이현을 대신해 여리가 물었다.

"어? 어."

그제야 이현은 손에 쥔 꽃다발을 건넸다.

"오다가…… 예뻐서 샀어."

여리가 조금 붉어진 얼굴로 꽃을 받았다. 입가에 옅은 미소가 번졌다. 이현이 속으로 쾌재를 불렀다.

"고마워요."

고맙다는 말에 이현은 더욱 부끄러워졌다. 준비한 말들이 많았는데 머릿속이 하얘지는 것 같았다.

"이사님."

여리가 입을 열었다. 이현은 고개를 저었다. 자신을 사랑하는 여자의 관대함에 기대 잘못을 숨기고 싶지 않았다.

"내가 먼저 말할게."

"……."

"미안해."

작은 목소리였지만 성의가 묻어나는 사과였다.

"불안해서 그랬어. 나는 너를 조금이라도 더 보고 싶은데 너는 아닌 것 같아서."

가만히 듣고 있던 여리가 따뜻하게 웃으며 이현을 끌어안았다.

"바보."

여리 역시 어젯밤의 일을 후회하고 있었다. 이현이 자신을 누구보다 위하고 존중한다는 걸 모르지 않았다. 표현의 방식이 조금 거칠 뿐이었다. 그럼에도 화가 나 그를 예전의 이현으로, 과거의 그로 단정하고 비약한 것이 마음에 걸렸었다. 둘의 과거는 여리는 물론 이현에게도 어둠이었다. 그것을 들춘 것이 너무 미안했다.

이현은 품에 안긴 여리를 꽉 끌어안으며 안도의 한숨을 뱉었다.

"저도 미안해요."

여리가 말했다.

"속상해서 그랬어요. 저한테는 이사님이 제일 소중한데 몰라주는 것 같아서."

"알아. 네 잘못 없어. 내가 그렇게 만든 거야."

"이사님이 진심으로 저 응원하는 거 알아요. 다 알면서 나쁜 말 해서 미안해요."

여리는 이현의 품으로 파고들었다. 어제 하루 함께하지 못한 밤이 소중한 것을 잃은 것처럼 속상했다.

"여리야."

이현이 여리를 불렀다.

"내가 널 갖기가 얼마나 어려웠는지…… 너는 몰라."

이현은 제 몸보다 훨씬 작은 품으로 안기듯 파고들었다.

"나한테 사랑하는 사람이 생길 거라고는 기대도 안 했거든."

기대는 없었지만 바람도 없었다고는 할 수 없었다. 늘 조건 없이 자신을 사랑해 줄 누군가를 기다렸다. 어릴 적엔 어머니의 존재가 그랬고, 어느 순간부터는 연인의 존재가 그랬다.

"내 인생에는 그런 거 없을 줄 알았어."

"이사님……."

"아버지는 말 한마디 따뜻하게 할 줄 모르는 분이고, 날 낳아 준 여자는 살았는지, 죽었는지조차 모르니까."

이현은 척박한 제 삶을 견디기 위해 사랑과 애정 따위에는 관심 없는 척 살아왔다. 그래야만 스스로가 비참하지 않았다. 한 순간이라도 솔직하게 애정을 원했다면 피가 없어 늙어 가는 뱀파이어처럼 영원히 굶주린 채로 살까 봐 두려웠다.

"내가 너한테 따뜻한 사람이면 좋겠어."

진실로 그러기를 바랐다.

"너는 이미 나한테 따뜻하니까."

이현이 겨울이라면 여리는 햇살이었고, 이현이 사막이라면 여리는 오아시스였다. 여름과 겨울, 사막과 바다처럼 만날 수 없는 것이 아닌 다른 모습으로 함께하면서 기적 같은 순간으로 존재하는 것이 이현과 여리였다.

"내가 널 가진 게 너한테도 기적이었으면 좋겠어."

한평생 겨울 같던 제 마음에 불꽃을 피운 여리가 기적이 아닐 리 없었다.

"이미 기적이에요."

여리는 이현을 꼭 끌어안았다. 절절한 사랑을 남김없이 고백했음에도 여전히 불안해하는 모습이 가여웠다.

"이사님을 만나기 전까지만 해도 저는 집에서는 쓸모없는 딸, 소속사에서는 골칫거리 연습생, 친구들한테는 허황된 꿈을 좇는 철부지로 살았어요."

그래서였을까. 무대에 서고 싶다는 여리의 꿈은 무대 밑에서 무한한 사랑을 보내 주는 팬들 때문에 생긴 것이었다. 무수한 사람들의 사랑을 받고 싶고, 조건 없이 넘치는 사랑을 받고 싶었던 은연중의 욕망이었다.

"그러다가 이사님을 만났는데…… 기억나요? 저한테 누구한테도 싫은 소리 듣지 말고, 누구한테도 고개 숙이지 말라고 했던 말?"

"그랬나."

"다이어트도 싫어했잖아요. 돈 없어서 밥 못 먹었다고 하니까 험악해져서는……. 생각해 보면 제가 밥 먹는 거에 그렇게 신경 쓰는 사람은 엄마 말고 이사님밖에 없었던 것 같아요."

여리는 살풋 웃음이 샜다.

"스토커 때문에 전화했을 때도 이사님이 바로 달려올 줄은 꿈에도 몰랐어요."

그때의 일은 여리에게도, 이현에게도 놀라운 일이었다.

"생각해 보면 저는 항상 혼자 이겨 내는 사람이었어요. 아빠의 외도도, 엄마의 방관도, 소속사의 눈치도, 멤버들의 원망도 그냥 혼자…… 혼자 이겨 냈어요. 그게 익숙했고 또 별다른 방법이 없었거든요."

여리도 처음부터 독립적인 성향의 사람은 아니었다. 어릴 적에

561

는 울기도 잘 우는 소녀였지만 늘 벽에 부딪히고 상처를 내자 모른 척하는 법을 터득한 것뿐이었다.

"제 인생에 이사님이 나타나서…… 좋아요."

이현은 여리를 나약하게 만드는 존재였지만 그것이 싫지 않았다. 얼마든지 나약해져도 괜찮다는 그 모든 몸짓이 여리를 편안하게 했다.

"힘들면 힘들다고 말하고, 아프면 아프다고 말하고, 좋으면 좋다고 말할 수 있어서 좋아요."

"그래."

이현은 여리의 가는 허리를 힘껏 끌어안았다.

"힘든 일이든, 좋은 일이든 다 말해 줘. 다 듣고 싶으니까."

그다운 말에 여리는 고개를 끄덕였다.

"그리고 이사님은 지금도 충분히 따뜻해요."

"거짓말."

이현이 시무룩하게 말했다.

"정말이에요. 따뜻하다기보다는 뜨거운 편에 가깝지만……."

"뜨거워?"

이현이 말을 늘였다. 금세 장난스러워지는 목소리에 여리는 찰싹, 넓은 등을 때렸다.

"이상한 생각 하지 말아요."

새초롬한 목소리에 이현은 끌어안은 몸을 놓고 여리와 마주 보았다. 촉촉해진 눈가로 저를 바라보는 눈이 어지간히 예뻤다.

"사랑해."

굳이 말하려 하지 않았는데도 사랑한다는 말이 튀어나왔다. 시작이 어렵지 다음은 쉽다는 말이 무엇인지 실감하는 순간이었다.

마주한 여리가 환하게 웃었다.

"저도 사랑해요."

당당하게 뱉어 놓고 수줍은 듯 얼굴을 붉힌 여리가 어색하게 등을 돌렸다.

"잠깐만."

이현이 여리의 손목을 꼭 쥐었다.

"왜요?"

"내가 어제 레스토랑에서 하려던 말이 있어. 줄 것도 있고."

귀가 새빨갛게 익은 이현이 안주머니에서 작은 상자 하나를 꺼냈다.

"그게 뭐예요?"

이현이 한쪽 무릎을 꿇었다.

"이사님, 왜……."

당황한 여리가 말릴 새도 없이 이현은 작은 상자를 열었다.

"이게……."

상자 안에는 반짝이는 반지가 들어 있었다. 투명하고 커다란 다이아몬드가 박힌 화려한 반지였다.

"너한테는 처음부터 반지였어야 했던 것 같아."

이현의 말에 여리는 믿어지지 않는다는 듯 손을 떨었다.

"발목을 잡는 게 아니라 손을 잡았어야 했는데……."

"이사님……."

"이제야 알아서 미안해."

이현은 덜덜 떨고 있는 손끝을 쥐고 약지에 천천히 반지를 끼웠다. 원래 제 것이었던 것처럼 꼭 맞았다.

"결혼하자."

한마디에 여리가 엉엉 울며 이현의 품으로 무너졌다.

"흐윽…… 뭐야아. 이렇게 갑자기…… 흐읍."

이현이 작은 몸을 품 가득 끌어안았다. 맞닿은 여리의 심장이 두근두근 뛰고 있었다.

"너한테 영원히 복종하면서 살게."

이현은 반지가 끼워진 작은 손등 위에 입을 맞췄다.

"내가 받고 싶었던 사랑, 너한데 다 주면서 살게."

그러고는 눈물이 흐르는 눈 위에 입을 맞췄다.

여리는 조심스럽고 애정이 느껴지는 입맞춤에 눈물을 주체 못 하고 흐느꼈다. 이현이 평생토록 원했던 사랑은 여리가 무대 위에 서라도 보상받고 싶어 했던 사랑과 다르지 않았다.

이현이 그런 사랑을 주겠다 약속했다. 영원히 헤어질 걱정 없이 함께하자고 말하고 있었다.

"대답해. 나 애타서 죽을 것 같아."

재촉 속에 떨림이 고스란히 느껴졌다. 여리는 재빨리 고개를 끄덕였다. 조금의 망설임도 없는 힘찬 끄덕임이었다.

"뭘 물어요. 당연히 좋지."

둘의 입술이 닿았다. 몇 번이나 엉키고 풀렸던 인연이 영원히 끊어질 수 없는 관계로 단단히 묶였다.

"아빠!"

여름이는 주말 아침이 되면 일찍부터 일어나 이현을 깨우기 바빴다.

"엄마, 아빠 안 일어나. 힝."

여름이가 여리의 다리를 끌어안으며 칭얼거렸다. 릴레이 회의로 인해 새벽 늦게 퇴근한 이현이 쉽사리 눈을 뜨지 않아 시무룩해진 모양이었다.

"아빠가 안 일어나?"

여리가 여름이의 갈색 눈을 바라보며 묻자 고개를 끄덕였다.

"응, 아빠가 오늘 찰흙 놀이 같이 해 주기로 했는데에."

여름이는 입 안에 넣어도 들어갈 것처럼 작은 손으로 고무찰흙을 만지작거리고 있었다.

이현은 남편으로서도 훌륭했지만 아빠로서도 결점이 없었다. 그리 욱하는 성질을 갖고 있으면서도 여름이 앞에선 단 한 번도 목소리를 높인 적이 없었다. 늘 다정하고 나긋한 목소리로 아빠로서 줄 수 있는 모든 사랑을 주려 노력했다.

바쁜 와중에도 주말이면 여름이와 이곳저곳을 놀러 다녔고 여름이가 원하는 거라면 기꺼이 함께했다. 오늘도 그런 것의 연장선으로 찰흙 놀이를 하려 했던 모양이었다.

"아빠 곧 일어날 거야. 그 전에 우리 여름이 손 씻어야지?"

여리는 손 여사를 향해 눈짓을 하며 말했다. 손 여사는 여리가 가사에 손대는 걸 끔찍이 싫어하는 이현이 고용한 가사도우미이자 육아도우미였다. 손 여사를 필두로 집안의 가정일을 돕는 사람들은 다섯 명 남짓이었는데 그들 모두는 여리와 여름이에게 친구이자 엄마 같았다.

"응? 왜에?"

여름이가 고개를 갸웃거렸다.

"아침 먹어야 하니까. 엄마가 아침 먹기 전에는 뭐라고 했지?"

"손 씻고 세수!"

"아이, 우리 여름이 착하네에."

여리는 자신과 닮은 여름이의 갈색 머리카락을 쓸어 주며 웃었다. 여름이가 손 여사와 함께 욕실로 향하는 것을 확인한 후 안방으로 들었다.

이현이 넓은 침대 한가운데에서 죽은 듯이 잠들어 있었다. 근래의 이현은 통신과 재단, 건설과 호텔은 물론이고 백화점까지 맡아 몸이 열 개라도 모자랐다. 결혼 이후 눈에 띄게 안정을 찾은 이현이 태생적인 불안감을 극복하고 일에 열중하자 못마땅해하던 권회장조차 인정할 수밖에 없었다.

"이현 씨."

여리는 이현과 결혼한 지 7년이 넘도록 달콤한 신혼 생활을 즐기고 있었다. 그사이에 대학도 졸업하고 여름이도 낳았지만 이현과의 사랑은 변하지 않았다. 오히려 매일 더 뜨거워지고 있었다.

"여보."

물론 변한 것도 많았다. 가장 눈에 띄는 변화는 여리가 이현을 부르는 호칭이었다. 그토록 입에 붙어 있던 이사님이라는 말을 제외하고는 거의 모든 호칭으로 불렀다. 이름도 불렀고 여보, 자기와 같은 애칭으로도 불렀다. 그중 이현이 가장 좋아하는 것은,

"오빠."

오빠였다. 웬만한 것에는 무신경한 이현이 오빠 소리에는 늘 입이 귀에 걸렸다.

신혼여행 첫날 오빠라고 불렀을 때 이현의 표정은 가히 코미디였다. 새빨갛게 익은 얼굴은 물론이고 날카로운 눈을 어린애처럼 깜빡이며 깜짝 놀란 얼굴을 했다. 그 이후로 몇 번이고 다시 불러 달라고 조르는 통에 여리는 한동안 꽤 애를 먹었었다.

"오빠, 아침 안 먹어요?"

"흐음……."

이현이 잠에서 깨어나려는 듯 낮은 신음을 뱉으며 곁에 앉은 여리의 허리를 끌어안았다. 이현이 가장 좋아하는 시간이었다.

"몇 시야?"

"아침 아홉 시요. 여름이가 아빠 안 일어난다고 심통 부려요."

이현이 푸스스 웃었다. 이현은 소문난 딸바보였다. 결혼하고 2년 후 갖게 된 여름이는 이현의 삶을 송두리째 바꿔 놓았다. 사랑하는 여리에게조차 온전히 표현하는 것을 어색해하던 이현은 애정 표현

의 대가가 되어 여리를 어이없게 만들었다.

여름이를 유치원까지 데려다주고 데려오는 것은 물론이고, 주말이면 항상 옆구리에 끼고 살았다. 사랑한다는 말을 밥 먹듯이 하는 것은 기본이고 여름이가 원하는 것이라면 그게 무엇이든 들어주었다. 가령 여리가 금지한 지렁이 젤리를 먹는 것과 같은 일 말이다. 여름이도 그런 아빠를 어찌나 좋아하는지 별명이 아빠 껌딱지였다.

"뽀뽀해 주면 일어날게."

이현이 제 볼을 톡톡 치며 말했다. 여름이를 향한 스스럼없는 애정 표현이 여리에게도 예외는 아닌지라 이현은 예전보다 더 많이 사랑을 표현하고 요구했다. 여리가 망설임 없이 쪽쪽 입을 맞췄다.

세수를 하고 나온 이현이 주방으로 들자 손을 깨끗이 씻은 여름이가 환하게 웃었다.

"아빠!"

"우리 여름이 잘 잤어?"

이현이 한 팔로 여름이를 안아 들고 볼에 뽀뽀를 했다.

"아빠, 아빠. 오늘 여름이랑 찰흙 놀이 할 거지?"

"응, 해야지. 우리 여름이 찰흙으로 뭐 만들고 싶어?"

"사과!"

"사과?"

"응, 사과! 태미니가 사과 좋아한다고 했어!"

이현은 여름이의 등을 토닥이며 그랬어, 하더니 여리를 향해 고개를 돌렸다.

"태민이가 누구야?"

"아, 유치원 같이 다니는 남자아인가 봐요. 요즘 여름이가 푹 빠져 있는 애예요."

손 여사와 함께 반찬을 옮기던 여리는 대답 없는 이현을 쳐다보
았다. 나라 잃은 표정을 짓고 있는 걸 보니 여름이에게 좋아하는
남자가 생겼다는 사실이 충격적인 듯했다.

"여름아, 그 태민이란 친구 좋아해?"

이현이 확인 사살을 하듯 물었다.

"안 묻는 게 좋을 텐데……."

답을 아는 여리가 중얼거렸다.

"응! 태미니 좋아! 나중에 결혼할 거야."

이현은 여름이를 유아 의자에 앉힌 뒤 여리를 쳐다보았다.

"나 지금 제대로 들은 거 맞아?"

절망에 빠진 얼굴이었다. 이현에게 세상에서 가장 중요한 것은
여리와 여름이, 두 여자였다. 여리에게 향했던 집착이 거두어진 적
없듯이 여름이에게도 독점욕이 있었다. 물론 먼 훗날 여리가 이현
을 만났듯 여름이도 누군가를 만나 결혼을 할 수도 있다는 걸 알
았지만 벌써부터 떠나보낼 생각은 하고 싶지 않았다. 아직까지는
'커서 아빠랑 결혼할 거야.' 소리를 듣고 싶었다.

"자기야."

이현이 여리를 불렀다.

"여름이 유치원 옮기자."

"네에?"

여리는 제 남편의 유난이 우습다는 듯 깔깔 웃었다. 고작 5살밖
에 안 된 여름이가 누굴 좋아한다고 한들 연애를 하는 것도, 결혼
을 하는 것도 아니었다. 게다가 워낙 좋아하는 상대가 자주 바뀌어
어제는 승현이, 오늘은 태민이가 된 것뿐이었다. 내일은 또 누구의

이름을 부를지 몰랐다.

"왜 웃어? 나 진지해."

이현은 정말이지 진지했다.

"여자 원생만 받는 유치원은 없나?"

식사를 준비하던 도우미들조차도 웃음을 참기 시작했다.

"그런 게 어디 있어요."

여리가 핀잔을 주자 이현은 더욱 시무룩해졌다.

"아니 왜 없어. 여중도 있고, 여고도 있고, 여대도 있는데 왜 여자 유치원은 없어."

"그러게요. 왜 없을까요."

여리가 고개를 절레절레 흔들며 말했다.

"돈 벌어서 뭐해. 내가 만들든가 해야겠어."

이현은 여름이에 대한 일에선 늘 끝없이 유치했다.

"쓸데없는 소리 그만하고 얼른 자리에 앉아요. 오늘 여름이 아주버님 댁에 맡기고 데이트하는 거 잊었어요?"

이현은 순간 아쉬운 얼굴을 하더니 이내 고개를 끄덕였다. 여름이가 태어난 이후 둘만의 데이트를 하기가 영 어려워 고안한 방법이었다. 손 여사에게 맡기는 방법도 있었지만 여름이가 이혁의 집에 가는 것을 좋아했다.

이혁은 이현보다 먼저 아이를 낳았는데 여름이보다 두 살 많은 아들, 시원이였다. 시원이와 여름이가 어찌나 친남매처럼 잘 노는지 이혁과 이현의 모습과는 딴판이었다.

"형님도 다음 주에 시원이 맡기러 오신대요."

이현과 여리가 여름이를 맡기듯 이혁과 그의 아내도 종종 시원이를 맡겼다.

"아, 그럼 초콜릿 케이크 사 둬야겠다."

이현은 제 형보다 그의 아들 시원이를 더 편하게 생각했다. 똘 망똘망한 눈으로 자신을 바라보며 작은 아빠, 하고 부르는 걸 좋아 했다.

여리는 그런 모습을 보며 한참이나 뿌듯해했다. 오랜 세월 서로 를 모른 척하고 살아온 탓에 이혁과 이현은 쉽게 편해지지 않았다. 아직도 만나면 긴 대화를 나누지 못했고 그 대화가 다정한 편에 속하지도 않았다. 대신 조카에 대한 사랑은 이현이나 이혁이나 부 족함이 없었다. 제 형제에게 주지 못한 사랑과 관심을 자식을 통해 갚는 것만 같았다.

아침을 먹고 이혁 부부에게 여름이를 맡긴 이현과 여리는 간만 에 손을 잡고 거리를 걸었다. 여름이가 없이 걷는 게 어색하기는 했지만 오랜만에 다시 예전으로 돌아간 것 같아 기분이 좋았다.

거리에서 크리스탈의 신곡이 흘러나왔다. 이현이 노래를 따라 흥얼거리는 여리의 눈치를 살폈다. 결혼 이후에도 여리는 크리스 탈 멤버들과 돈독한 우정을 유지했다. 결혼식에는 크리스탈 멤버 들이 직접 들러리를 서기도 했고 여름이에게는 이모가 되는 것을 자처해 자주 놀아 주기도 했다.

그래도 이현은 마음 한구석이 불편하고 미안했다. 대학에 입학 하고 얼마 안 돼 여름이를 갖는 바람에 졸업 후 진로는 생각할 수 없었다. 여름이의 존재가 세상 그 무엇보다도 소중하겠지만 가끔 씩은 여리도 과거의 자신을 그리워하지 않을까 생각했다.

"여리야."

"응?"

"처제들처럼 무대에 서고 싶지 않아?"

이현에게 혜인이와 민정, 영우는 든든한 처제가 된 지 오래였다.

"음, 가끔?"

여리가 아무렇지 않은 듯 말했다.

"아직은 자기랑 데이트하고 여름이랑 노는 게 제일 좋아요."

"……."

"네가 일했으면 좋겠어요?"

여리는 말이 없는 이현을 바라보며 미소 지었다. 아쉬운 게 조금도 없다면 거짓말이겠지만 이현과 여름이가 가장 중요하다는 것은 진심이었다. 따뜻하고 편안한 가정 속에 산다는 것은 어렵고도 행복한 일이었다. 어릴 적 갖지 못했던 것이기에 더욱 소중했다.

이현이 팔을 둘러 여리의 어깨를 감쌌다.

"나는 네가 나랑 여름이 때문에 하고 싶은 거 포기하며 사는 게 싫어."

이현은 여리가 하고 싶은 것이라면 그게 무엇이든 다 할 수 있으면 좋겠다고 생각했다.

"너 아직 어려. 하고 싶은 일 있으면 망설이지 마."

여리는 미안한 표정의 이현을 바라보며 웃었다.

"내가 뭘 하고 싶을 줄 알고 하래?"

"뭘 하고 싶은데?"

"음, 배우?"

"너 원래 배우였잖아. 난 너 배우인 거 좋아."

이현은 진지한 얼굴이었다. 그의 눈에는 TV에 나오는 그 어떤 배우보다도 여리가 더 예뻤다. 연기력은 또 어떻고. 고작 4회 출연한 드라마 '논개'에서도 청월이 역으로 온갖 스포트라이트를 받지 않았던가.

"정말?"

여리가 보조개를 드러내며 웃었다.

"남자 배우랑 막 포옹도 하고, 키스도 할 텐데 괜찮아요?"

이현의 얼굴이 순간 굳어졌다. 남자 배우와의 애정 신은 미처
생각하지 못한 것이었다. 결혼을 하고, 여름이를 낳았어도 여리를
향한 소유욕에는 변함이 없었다.

이현이 한숨을 크게 쉬웠다. 여리는 그런 이현이 귀여워 얼른
농담이라는 말을 덧붙이고 싶었다.

"괜찮아."

하지만 이현이 더 빨랐다.

"네?"

그제야 여리도 웃는 낯을 거두고 진지해졌다. 마트 아저씨와 손
이 부딪히는 것도, 길을 물어보는 사람과 말을 섞는 것조차도 싫어
하는 이현이 괜찮다고 말하다니 그냥 하는 말은 분명 아니었다.

"나는 네가 내 아내, 여름이 엄마로 사는 것도 좋은데 윤여리로
사는 게 제일 좋아."

여리는 금세 눈가가 촉촉해져 그대로 이현의 품에 안겼다. 이렇듯
자신을 존중하고 지지해 주는 남편이 있는데 급할 것이 무엇일까.

이현은 그런 여리의 등을 토닥토닥 두드려 주었다. 그도 예전에
는 여리가 그저 자신의 아내로만 살기를 바랐었다. 하지만 어린 시
절을 통째로 바쳐 만든 무대 위의 삶도, 평범한 대학생으로의 삶도
이현을 위해 포기한 것이 여리였다.

이현은 여리에게 청혼하며 자신이 받지 못했던 사랑을 주기로
약속했다. 사랑하는 아내인 여리의 꿈과 미래를 지지하고 믿고 싶

었다. 그것이 여리를 행복하게 한다면 하지 않을 이유가 없었다.

"손 여사님도 있고 나도 있어. 부족하면 도와줄 다른 사람 또 구하면 돼. 너는 하고 싶은 거 하면서 살아."

이현의 말에 여리는 고개를 절레절레 흔들었다. 그가 말하는 미래가 고맙고 달았지만 미래를 위한 준비는 천천히 시작해도 되었다. 사랑하는 남편과 사랑하는 아이의 곁에서 충분한 시간을 보낸 다음 그때 생각하고 싶었다.

여름이를 가졌다는 걸 처음 알았을 때 여리는 자신이 어린 시절 받지 못한 사랑을 여름이에게 모두 주겠다 다짐했다.

"여름이 엄마 되게 좋아해요."

여리가 중얼거렸다.

"여름인 엄마보다 아빠 더 좋아해."

"에이, 내기할까요?"

"여름이 걱정은 하지 마. 여름이도 자기 엄마가 하고 싶은 거 하면서 사는 걸 더 좋아할 거야."

이현은 여리와 똑 닮은 여름이를 떠올렸다. 갈색 머리카락과 갈색 눈, 웃을 때 보이는 보조개와 도톰한 입술이 전부 여리와 판박이였다.

"여름이 걱정이 아니라 내가 지금이 좋아서 그래요. 당신 아내로 사는 게 지겨워지면 그때 얘기할게요. 지금은 아니야."

여리는 이현의 눈을 바라보며 말했다. 여름이의 갈색 눈동자는 자신을 닮았지만 눈 모양은 이현과 닮아 있었다. 시원하게 커다란 여리와 달리 날카롭고 길게 뻗은 것이 한 성격 할 것 같은 느낌이었다.

"그러고 보면 정말 신기한 것 같아요."

"뭐가?"

"여름이요."

여리가 이현의 어깨에 기댔다.

"자기랑 나랑 딱 반반 닮았잖아요. 어쩜 그렇지?"

이현이 동의한다는 듯 웃었다. 여름이는 누가 보아도 이현과 여리의 딸이었다.

"그런 여름이 낳아 줘서 고마워."

이현이 여리 이마에 입을 맞췄다. 이현에게 여름이는 여리와 마찬가지로 기적이었다. 눈에 넣어도 안 아플 최초의 존재고 세상 모든 것을 주어도 아깝지 않은 두 번째 존재였다. 그리고 가족이었다.

"저도 고마워요."

그것은 여리에게도 마찬가지였다.

"사랑해."

"응, 나도."

이현과 여리는 서로의 사랑을 고백하는 데 망설임이 없었다. 말하지 않아도 몸짓과 눈짓 곳곳에 사랑이 묻어났지만 언제나 표현하고 드러내기 위해 노력했다. 사랑을 받지 못해 외로웠던 자신들의 과거를 떠올리면 그것이 얼마나 필요하고 중요한 일인지 모를수 없었다.

이현과 여리는 자신들의 사랑 앞에 완전히 복종하고 굴복했다.

— fin

저의 방패가 되어 함께해 준
허니빵과 벨, 언제나 고마워요.